U0596319

中 华 学 术 精 品

中古文学史论文集

曹 道 衡 著

中 华 书 局

图书在版编目(CIP)数据

中古文学史论文集/曹道衡著. - 北京:中华书局,
2002
　(中华学术精品)
　ISBN 7 - 101 - 03582 - 5

Ⅰ.中… Ⅱ.曹… Ⅲ.文学史 - 研究 - 中国 - 六
朝时代 - 文集　Ⅳ.I209.37 - 53

中国版本图书馆 CIP 数据核字(2002)第 066812 号

原版责编:隽雪艳

新版责编:陈志刚

中华学术精品

中古文学史论文集

曹道衡 著

＊

中 华 书 局 出 版 发 行

(北京市丰台区太平桥西里 38 号　100073)

北 京 冠 中 印 刷 厂 印 刷

＊

850×1168 毫米 1/32·16 印张·364 千字

1986 年 7 月第 1 版　2002 年 9 月新 1 版

2002 年 9 月北京第 1 次印刷

印数:1 - 5000 册　定价:38.00 元

ISBN 7 - 101 - 03582 - 5/I·454

许　序

　　世有通才，或博古通今，或学贯中西，这样的学者罕如凤毛麟角。不过观其实体，于通才中往往还可以见到他的专好，或对断代，或在学科中某些课题造诣尤深，专与通在他全部学识中常常不是一种均势状态的。本来专与通是应该统一的，不通无以专，在通晓中求专，方可获得在研究中纵横驰骋的自由。

　　道衡同志三十余年来从事于古代文学的研究，于中古时期文学的研究，尤具卓识。多年来他写的文章，不论是理论探索或作家研究，都集中于这一时期内。但是可以看得出，他研究的领域尽管在魏晋南北朝，对中国文学却掌握着广泛的知识。"磨刀不误砍柴工"，他对知识的积累，一直认为是做好研究的基本功。他的治学经验是不轻易动笔，读书多于写作，读书是一种有机的吸收，所谓"陶冶"，不论是创作或研究，都是不可少的工夫。我和道衡同志相识的岁月中，觉察到他的治学态度是十分严谨的，为了查找一个资料，寻求一个出处，常常废寝忘食，孜孜以求。他为了精细研究南北朝文学，昼以继夜地攻读南北朝史，从政治、社会、经济、民族关系、战争等诸方面综合地去把握。他本有眼疾，有一日阅读中忽然一目失明，幸而及时医治得宜，得免于厄。锲而不舍，是他治学的一贯精神。

　　魏晋文学是文学史上一个重要的转变时期，由明道说而出现了"诗赋欲丽"的缘情说，文学史家称之为是"文学的自觉时代"。

这是一个十分值得深入研究的课题。历来研究魏晋南北朝文学的学者虽曾迭见，但是系统和完整地对这一时代文学及其作家作全面研究的人却不多，几部古代文学史中虽有论列，也只能是简略的。道衡同志多年来有志于此，作出了自己的努力。这一本结集，便是他多年的心血。总览全书，对魏晋文学的剖析和作家的成就，有一种开阔展现之感，无论于广度与深度说，都有着明显的特色。

我和道衡同志共事交往有年，他不嫌我是个门外汉，嘱我为他的书写几句话，我只得自不量力地涂上几个字。好在读者要看的是他的研究文章，我的饶舌不过是表达了我对这本书出版的一点快慰的心情而已。

许觉民

一九八五年十月三十一日

沈 序

"中古文学"这一概念,肇自刘师培氏《中古文学史》,时代的断限,上起建安,下迄梁陈。其后王瑶先生的《中古文学思想》等三部专著,论述的范围也大体与刘氏相同。

对这一段文学的研究,在学术坛坫里是比较寂寞的,远远比不上唐诗研究或者《红楼梦》研究那么显赫。这种"古已有之"的现象,自然和当权者的倡导或文学家的偏爱绝不相干,千百年、千百万读者的爱好,并不受任何权威的左右。原因在于文学作品本身。这一段文学比不上唐诗的新鲜、阔大和多色调,也缺乏宋词的委婉和细腻,除了有数的几位大作家而外,作为一个总体,它所反映的生活面和表现的思想深度确实显得狭窄和不足。唐朝人和宋朝人提到六朝文学,大多是批评指责。明朝人和清朝人的态度要温和一点,但真正够得上冷静和深刻的评论像叶燮那样的并不很多;有人肯定这段时期的文学创作,多少还出于封建末世道敝文穷的感伤而去追怀往古。至于清朝中叶以后,桐城和反桐城之争,改革与保守之争,曾经牵扯到六朝文学,这当然也不是纯粹的文学研究。近代以来,从西方传入的各种新型的研究方法和思维方法,特别是马克思主义的方法,逐渐为学者所掌握运用,把整个中国古代文学作为一个有机体,才有了"文学史"的明晰概念。水涨船高,对这一段文学的研究就达到了一个新的水平。做出过贡献的学者,刘师培氏是最早的一位。之后,首先可以作为大旗来招展的,自然是鲁迅先生;黄节、罗根泽、余冠英、萧涤非、王瑶等先生,也都写出了为研究者所必读的专著。在经过一场文化大劫之后,中华书局又出版曹道衡同志的《中古文学史论文集》,这无疑是一件使人高兴的事。

道衡同志是一位诚实而谨严的学者。幼年时期,就在潘景郑先生的指导下,从《说文》、《尔雅》入手,习读经部群籍。青年时期入无锡国专历史系,毕业后又转入北京大学中文系。这也许并不是巧合,因为道衡同志正是以经史为根柢,沿着清人朴学的路子来研治集部的。

前几年,学术界掀起过一股探索中国文学发展规律的热潮;近一两年,对方法论的介绍和讨论又如风起云涌。对比之下,道衡同志的研究,就招来过"手工业方式"的议论。但我以为泰山不辞土壤,宏大的建筑有赖于基础的坚深与每一构件的准确。即便真是"手工业",以豪华驰名于世界的罗尔斯·劳斯轿车,不正是以手工制造作为标榜的么? 在提倡学术自由、学术个性的今天,这三十万言的论文集,不仅具有存在的充分理由,而且我相信,它会经得起历史的选择和淘汰。

掌握大量第一手材料,并从这些材料中引出结论,这是道衡同志一贯所遵奉的原则。从方法论的角度来说,这实在卑之无甚高论,但证之近三十年来古典文学研究的实践,真正达到锲而不舍的境界,恐怕也并不那么普遍。道衡同志以自己的著作证明了他的诚实和谨严。比如关于十六国和北朝文学,这是前人最少接触过的领域,刀耕火种,即易有所收获。然而从论文集中的六篇大块文章来看,即不难发现作者是在从事着怎样精细的耕耘。其中,《十六国文学家考略》,钩沉索隐,可以看成一篇《补十六国文苑传》,文章中所搜辑的材料和论述,使我们比较清楚地了解了当时北中国地区的文学概况,弥补了文学史上的一块空白。从材料的排比进入分析综合，就是《关于魏晋南北朝的骈文和散文》等既各自独立，又互为呼应的五篇文章。

以东晋政权的建立为标志，形成了中华民族的大分裂。在近三百年间，南北文风的差异、排斥、交流、融合这些错综复杂的现象，始终是研究者所关注的一个重要课题。过去二三十年来，出于对马克思主义不全面的理解，人们往往只从社会经济、政治的原因去做阶级分析，而对于由于不同民族、不同地域以及不同的文化积累而造成的社会心理、审美尺度，总是有意无意地保持着一定的距离。这是一方面的缺陷。另一方面，说南北文风的互相影响，大体上也是以"南"为主。在不同文化的接触之中，高水平的一方总是较多地影响于另一方，这是不必曲为文饰的。近亲之间的结合，下一代每每不能茁壮，在文化上也同样存在这一现象。如果不是北方文化的贞刚质朴和南方文化的清新绮丽结合，就不会产生璀璨的唐代文化，这已是人所共知的常识。如果说正式的结亲是在隋文帝统一以后，那么，两家之间的了解、交往到问名纳采的过程却要早得多。详细地论证这一过程，而且具体、明确，这是道衡同志以辛勤的劳动为这一段文学史所做的有益贡献。

在其他许多具体问题上，道衡同志的研究也在前辈学者的基础上有所前进。比如论汉赋，他提出了辞赋家和纵横家之间的关系；论诗歌体裁的发展和声律论的起源，所利用的材料要比过去丰富而可靠，特别是关于四声和译经的关系，使陈寅恪先生的创见得到了有力的补充；论郭璞"游仙诗"的历史渊源和鲍照的作品，志怪小说某些作者的创作意图在于宣扬神不灭论，等等，也都是实际材料中引出的坚实结论。

道衡同志学风的诚实和谨严，还体现在为某些同志所不重视的小考证上。其实有些考证，看来似乎属于琐屑米盐，却往往可以由小见大。《试论北朝文学》一文中谈到了鲍照的《行路难》，据《艺文类聚》十九引《陈武别传》和《世说》注引《续晋阳秋》，对《乐府诗选》所引《陈武别传》和《晋书·袁山松传》的记载作了补充。仅仅不到十个字的差别，就明确了《行路难》是"北人旧歌"，陈武是"休屠胡人"，并考定了陈武的生活年代大体属于三国。这一看来并不起眼的结论，在同行们的眼里，不啻是在鲍照上溯曹丕的七言诗发展中断截了的链条上增添了一个环节。

道衡同志治学沿袭清人朴学的路子，但毕竟时代不同了，三十年来，他对马克思主义的学习是认真踏实的。体现在这本论文集中的成绩，就和朴学家们局限于具体问题的考订有所不同。但是在论著中要求言必有据，不为凿空无稽之谈，则是他所力求步武于前辈学者的。他常常自谦为"迂拙"。如果指处事酬世的能力差，或许这竟是潜心于专业者的一种职业病；但在学术上，我以为道衡同志是通达的，可以跻于汪容甫所说的"通人"之列。这一段文学史，不像某些领域一样有什么"珍秘材料"和忽然冒出来的"重要文物"，所能见到的都是人所常见之书。材料在面前摆着，需要的第一是勤奋的积累，即旧时所说学力；第二是思维能力，即旧时所谓"识力"。学而有识，读而能通，这部论文集就是见证。

道衡同志是我在北大时期的高班学长，在文学研究所，又同在魏晋南北朝这一段工作。对于他的为人和治学，我是了解得比较多的。《中古文学史论文集》即将和读者见面，道衡同志要我写一点意见。桃李不言，下自成蹊，本来不必再多所辞费，上面一些意见，不妨看作是我个人的读后感。如果能对读者了解本书有一点帮助，那将是我很大的荣幸。

沈玉成

一九八五年十月

目　次

附录

后记

试论汉赋和魏晋南北朝的抒情小赋

　　赋这种介于诗歌和散文之间的文体,在我国文学史上占有一定的地位。据《隋书·经籍志》载,刘宋时代的谢灵运所编纂的《赋集》有九十二卷之多,北魏崔浩所编的也有八十六卷。除谢、崔两家外,还有不著编者姓名的《续赋集》十九卷。可见由汉至南北朝时代产生的赋,数量相当可观。翻开我国现存最早的一部诗文总集——梁昭明太子萧统所编的《文选》来,首先读到的就是赋。而且,按今本《文选》的分卷来说,全书六十卷,赋一共占了约十九卷,如果再加上"七"、"对问"、"设论"等本质上也属于赋那个范畴的作品来,所占篇幅已超过了全书的三分之一。这很可以说明赋这种文体在古人心目中的重要地位。从《文选》中所选录的赋来看,很大一部分产生于汉代,因此历来评论赋的人,总是把汉赋奉为"正宗"。他们谈论汉代文学时,也往往首先说到赋。因为当时的文人确实都喜作赋,而且很少写诗。所以梁代的文学批评家钟嵘曾说:"自王(褒)、扬(雄)、枚(乘)、(司)马(相如)之徒,词赋竞爽,而吟咏靡闻。"(《诗品》)

　　然而,对今天的读者来说,却很少人爱读汉赋,认为它们尽堆砌一些奇字,使人觉得艰涩难懂,甚至枯燥,倒不如魏晋以后的一些抒情小赋,还比较被人们传诵。这种观感是很自然的。问题在于汉赋为什么会存在上述那些缺点,我们在承认这些缺点存在的条件下,如何评价汉赋在文学史上的地位? 同时,在汉代以后,赋这种文体又是怎样发展的? 那些抒情小赋的出现又有什么原因?

这些就是本文所试图探讨的几个问题。

一　关于汉赋及其缺点形成的原因

我们说汉赋在内容上是为封建统治者歌功颂德,在文字上又是佶屈聱牙,罗列一大堆鸟兽草木之名,很不流畅等等缺点,其实指的往往是汉赋中的一个部分,即司马相如、扬雄以至班固、张衡那些描写都邑、田猎、宫室等内容的"大赋"。这些赋中,上述那些毛病确实严重存在,毋庸讳言。但这仅仅是问题的一个方面。如果我们阅读一下全部现存的汉赋,也许就不会作出笼统的结论。汉赋中也有着另一些作品。例如:西汉初年的赋就和那些"大赋"很不一样。贾谊的《吊屈原赋》、《鹏鸟赋》都是很不错的抒情作品。即使像司马相如,除了《子虚赋》、《上林赋》和《大人赋》这些迎合帝王兴趣的作品外,还有《哀二世赋》、《长门赋》① 等抒情的赋作;张衡除了《两京赋》,也还有《归田赋》、《思玄赋》;甚至如扬雄那样为汉成帝刘骜的腐朽统治涂脂抹粉的人,也写过一篇抒发个人身世感慨的《逐贫赋》(见《艺文类聚》卷三五和《古文苑》卷四)。这些作品就不是一味投合帝王和贵族的趣味。像《长门赋》写陈皇后被废黜后的悲苦心情,就和诗歌中那些描写弃妇的愁思之作有异曲同工之妙。这里并没有歌功颂德,也没有那种堆砌怪字的现象。张衡的《思玄赋》,不但不是歌功颂德之作,而且对当时的现实颇有不满。如:"俗迁渝而事化兮,泯规矩之员方。宝萧艾于重笥兮,谓蕙

---

① 《长门赋》前面的序说到了汉武帝的谥法,序中还说陈皇后又得了宠。其实司马相如死于武帝生前;陈皇后亦无重新受宠之事。可见序文系后人所加,但赋本身尚难断为伪作。

苣之不香。斥西施而弗御兮,縠騑裹以服箱。行颇僻而获志兮,循法度而离殃。惟天地之无穷兮,何遭遇之无常。不抑操而苟容兮,譬临河而无航。欲巧笑以干媚兮,非余心之所尝。"对东汉王朝中叶宦官势力抬头,朝政腐败作了有力的批判。稍后的蔡邕《述行赋》、赵壹《刺世疾邪赋》更是发展了这个传统。所以我们说,汉赋的一些代表作,虽然存在着严重的缺陷,却不能因此一笔抹煞汉赋,也不能说汉代的赋都存在前面谈到过的那些毛病。

当然,我们看到了汉赋中有另外一些作品,并不能因此否认那些"大赋"的种种缺点。那些"大赋"在汉赋中所占的比重显然要大得多,而且对后世的影响也比另一些作品为深。因此,我们很有必要来探索一下那些"大赋"的缺点是怎样形成的,评价一下它们在文学史上究竟起了哪些影响。

要回答上面说的两个问题,我们首先要弄清楚赋的概念和它产生的历史。关于赋是什么,根据东汉班固说:"或曰:'赋者,古诗之流也。'"(《两都赋序》)他这个说法大约是根据《周礼·春官·太师》来的。《周礼》中说太师"教六诗"即风、赋、雅、颂、比、兴六类。相传为孔子弟子卜商所作的《毛诗序》中,把这六个名目称作诗的"六义"。后来唐人孔颖达作《毛诗正义》,认为风、雅、颂是诗的分类,而赋、比、兴则是作诗的三种手法。历来研究《诗经》的人,大抵都信从孔颖达的解释。但近代的朱自清先生在《诗言志辨序》中却认为:"赋比兴原来大概是乐歌的名称,和风雅颂一样。"这个争论虽然由于材料不足,暂时很难解决,但"赋"这个名字是由诗的研究中来,与诗有着密切的关系则是肯定的。班固在另一个地方又说:"不歌而诵谓之赋。"(《汉书·艺文志》)照他的说法,"赋"似乎本是诗的一种,只是由于能否合乐歌唱,才有了"诗"与"赋"的区别。他这种看法是有根据的。《国语·周语上》载召虎对周厉王姬胡说:

"故天子听政,使公卿至于列士献诗,瞽献典,史献书,师箴,瞍赋、矇诵。"韦昭注:"无眸子曰瞍,赋公卿列士所献诗也。"又说:"《周礼》,矇主弦歌,讽诵箴谏之言也。"从这些记载看,似乎"赋"是指朗读诗歌。从《左传》中所载的"赋诗"事例看,不论朗读自己的新作,或朗读别人的诗篇,均可称"赋"。如闵公二年载许穆公的夫人"赋《载驰》",定公四年载秦哀公出兵救楚,"赋《无衣》",当是朗读本人的新作;而襄公十四年所载的戎子驹支赋《青蝇》、鲁国叔孙穆子对晋国人赋《瓠有苦叶》,则显为朗读别人的旧篇。但被朗读的诗,并非不能歌唱,因为上述的篇目均被收入《诗经》之中,据《史记·孔子世家》说:"三百五篇,孔子皆弦歌之。"因此,在春秋以前,"赋"似乎只指诵诗,至于在文体上与"诗"相区别的"赋",恐怕还没有出现。

　　"赋"作为一种独立的文体出现,据班固说是在战国的后期,最早的赋家是屈原和荀况。但屈原的作品是否都"不歌而诵",这就很难令人置信。例如《九歌》,就是根据当时民间祭神的乐曲改写而成的,其中《山鬼》一篇,直到晋、宋时代,还被改写后谱曲歌唱(见《宋书·乐志》)。像《离骚》那样的长篇,也决非绝不能歌唱。大家知道,荷马的史诗《伊里亚特》和《奥德赛》的篇幅都很长,但荷马本人就是吟唱的。再说《离骚》和《九章》的末尾都有"乱曰",这本身就是音乐上的术语,和《论语》中所谓"《关雎》之乱"是同一意思。因此说屈原作品不能歌唱,倒毋宁说它与音乐有极密切的关系更近情理。至于荀况,则是一个杰出的思想家,他写的《荀子·赋篇》中虽然有《礼》、《智》、《云》、《蚕》、《箴》等赋,但艺术价值不高,对后来文学创作的影响也不大。屈原那些抒情作品和荀况那些咏物之作在性质和文体上都很不一样。因此,班固的那些看法,似乎还不能明确地区分"诗"和"赋"在文体上的不同。

　　比较明确地道出了赋的特点的,是东汉的刘熙和晋代的陆机。

刘熙说:"敷布其义谓之赋。"(《释名·释书契》)陆机说:"诗缘情而绮丽,赋体物而浏亮。"(《文赋》)按照这两家的说法,就是认为"赋"与"诗"不同之点,在于它的作用着重于描摹客观的事物,而不像诗那样主要是抒情;"赋"的写作手法也和"诗"不同,"诗"要有一定的含蓄,要讲究比兴,而"赋"则着重铺叙,只用"铺陈其义而直言之"的赋法即可。梁代文学批评家刘勰综合了这两家的意见,认为:"赋者,铺也,铺采摛文,体物写志也。"(《文心雕龙·诠赋篇》)从这个定义出发,刘勰对赋的起源提出了和班固稍有不同的看法。他说:"然赋也者,受命于诗人,拓宇于《楚辞》也。于是荀况《礼》、《智》,宋玉《风》、《钓》,爰锡名号,与诗画境。六义附庸,蔚为大国。遂客主以首引,极声貌以穷文,斯盖别诗之原始,命赋之厥初也。"(同上)刘勰在这里把赋的正式形成归之荀况和宋玉,确实很有见地。关于荀况,我们已谈到过,不再重复。至于以宋玉的《风赋》、《钓赋》为最早的赋,显然抓住了赋的特点。宋玉一说是屈原的弟子,他也写了不少抒情的作品,例如《九辩》,基本上和屈原的作品属于一个范畴。而《风赋》等作品就不同了,它们的内容主要是咏物,而且大体上是以旁观者的口吻来进行描述,不带抒情的成分。这区别是汉代人已经有所觉察的。司马迁在《史记·屈原列传》中说宋玉等人"皆好辞而以赋见称"。这里把"辞"和"赋"相对称。"辞"本是文辞之通称,但这里所谓"辞"显然指和"赋"相区别的另一种文学体裁。从形式上看,"辞"和"赋"确有类似之处,但其作用却重在抒情,和"体物"的"赋"有别。所以后来虽把"辞赋"合称,其实人们对具体作品的分类,就常将"辞"和"赋"分开。《文选》中也有"辞"这一类,收的是汉武帝的《秋风辞》、陶渊明的《归去来辞》等,这些作品显系抒情之作。《秋风辞》的文体跟《楚辞》及刘邦《大风歌》、《鸿鹄歌》相类,本是歌辞。郭沫若同志在《屈原研究》中曾把"乱曰"引为"辞曰",都是着眼于"辞"与音乐的关系。陶渊明的《归去来辞》虽然不一定歌唱,但文体亦近于《楚辞》,而且内容也属抒情。所以司马迁把"辞"与"赋"对称是有鉴于这两种文体之别的。王逸编集《楚辞》时,就只收《九辩》、《招魂》等作品①,而没有收《风赋》之类,可见他也知道"辞"与"赋"有别,"赋"在性质上和《楚辞》不同。这个区别,我们只要把《风赋》和屈原的《橘颂》相比较就很清楚。屈原的《橘颂》虽然表面上是写橘树,实际上却是写作者的理想,他把高洁、坚贞等性格赋予了橘树,使它人格化了。在这篇作品中,作者的笔锋带着强烈的感情,处处明显地流露出来。至于《风赋》则不然,作者把风分为"大王(楚王)之雄风"和"庶人之雌风"两种。作者对楚王的"雄风"显然是歌颂的;对"庶人之雌风"虽然不一定有歧视之意,却很难看出有多少同情。这样的作品从作者的主观用意说,当然是讽谏,但他的感情却藏得颇深。《史记·屈原列传》说宋玉等人"皆祖屈原之从容辞令",又说他们"终莫敢直谏",这后一句话,可能就指《风赋》这类作品而言。《橘颂》和《风赋》的各自特点很能代表"诗"和"赋"的区别。

我们同意刘勰把最早的赋归诸宋玉的《风赋》等,有一个很重要的原因就是因为它们和许多汉赋一样,其服务对象常常是帝王和贵族。现存宋玉的不少赋,写的都是他自己和楚王的对话。这些对话自然出于假托,但赋中写的是国王的生活,而且写作的目的也在于供统治阶级的上层分子阅读,则大约无疑问。这些作品虽然常有讽谏的意图,但只能委婉曲折地让读者去体会,不能痛快地抒情言志,否则就起不到作用,反而可能招致杀身之祸。相反地用

---

① 《招魂》作者有屈原和宋玉二说,很难定论。但像《招魂》及《大招》一类作品不管作者是谁,其内容虽已着重铺叙,但抒情气氛很浓,仍难和汉"赋"相提并论。

赞扬的口吻去铺叙、夸耀和渲染那些贵人的威风和豪华,则往往能投合他们的口味。宋玉一些赋的这个特点,在汉代那些大赋中不但保存着,并且变本加厉地发展起来。例如司马相如的《子虚赋》、《上林赋》是写给汉武帝刘彻看的;扬雄的《甘泉赋》、《羽猎赋》是写给汉成帝刘骜看的;班固的《两都赋》则自称"西土耆老,咸怀怨思,冀上之眷顾,而盛称长安旧制,有陋雒邑之议。故臣作《两都赋》,以极众人之所炫耀,折以今之法度"(《两都赋序》),也是为帝王服务的作品。这些作者本人就很少进步思想,而写作的动机更是为了向帝王讨好,因此在那些大赋中,很难像宋玉的《风赋》那样起到一定的讽谏作用。尽管有些汉赋的作者也未必完全同意统治者的奢侈、豪华的享乐生活,像司马相如曾经上书劝谏汉武帝打猎[①],但他的《子虚赋》、《上林赋》写到皇帝出猎的情景,还是那么威风凛凛,使人感觉他是在衷心地颂扬。他们所谓"讽谏"是在赋的末尾写上一段枯燥无味的说教或凭空臆造的情节,把皇帝打扮成一个提倡节俭和励精图治的贤明君主作结。这种描写不但空洞,毫无感染力,而且只能起到粉饰现实的作用。一些汉赋的作者对此也不满意,扬雄批评司马相如的赋说:"吾恐不免于劝也。"(《法言·吾子篇》)班固又批评司马相如和扬雄说:"竞为侈丽闳衍之词,没其讽谕之义。"(《汉书·艺文志》)但是他们自己写起赋来,仍然犯着同样的毛病。这说明那些大赋的性质,决定了它不可能产生较有思想意义的作品来,纵使作家对此有一定的认识,也还是难于脱出这个窠臼。

形成汉代大赋那些缺陷的又一个重要的原因是它受战国纵横

---

① 司马相如谏猎的上书,主要是劝汉武帝不要自己冒险射猎。但派兵去围射禽兽,他似乎并不反对。

家,尤其是苏秦、张仪之流的影响过重。这个原因也与赋本身发展的历史有关。前面我们说过,赋的形成在战国后期,当时正是纵横家学派盛行的时代。像苏秦、张仪这些人,就是凭着嘴皮去说服各国的统治者,博取高官禄位。他们的行为和著作,对宋玉有一定的影响。例如宋玉的《对楚王问》,就和《战国策》中那些纵横家的著作很少区别。至于汉代的辞赋家们,受苏秦、张仪的影响也很明显。他们的作品多数假托一宾一主对话,结果是一方把另一方说服,这种结构和《战国策》就很相像。最突出的一例就是苏秦、张仪每游说一个君主时,总要说一通:"大王之国,东有……,西有……。"这套"东有"、"西有"的公式在汉代大赋中也是屡见不鲜。至于手法上的夸张甚至失实,也是汉赋和苏、张之流共同的特点。试看苏秦游说齐王的一段话:"临淄甚富而实,其民无不吹竽鼓瑟、弹琴击筑,斗鸡走狗,六博蹹鞠者。临淄之涂,车毂击,人肩摩,连衽成帷,举袂成幕,挥汗成雨,家殷人足,志高气扬。"这种描写和班固《两都赋》、张衡《两京赋》中矜夸京都的富庶在手法上极为类似。但是,《战国策》中那些纵横家著作毕竟是政论文章,只要文笔犀利,有逻辑性,就算达到了目的。而且这些文章中,苏秦、张仪那几篇游说辞因为形成了一个公式,也算不得上乘。至于赋,作为文学作品,不但要求有形象,而且还得有含蓄、有诗意。过于政论化,往往把作者的意思全盘地直说了出来,反而使人觉得浅露,没有什么回味的余地了。

汉代大赋还有一个常被人指责的缺陷就是罗列名词,堆砌奇字。关于这个毛病,也是赋这种文体的性质决定的。赋的本义是铺,也就是铺陈其事,这个特点本身就使它难免有罗列名词的现象。其实,铺叙的写法在文学作品中未始不可用,《楚辞》中的《招魂》也用铺叙的手法,甚至也罗列了许多名词,然而这篇作品还是很动人的,历来被人传诵,其原因在于它带有强烈的感情。汉代大赋使用铺叙手法和罗列名词的部分显然远比《招魂》为多,更重要的是它们总是绝少感情的成分,几乎成了流水账,当然不能打动读者。另一方面,汉代大赋用奇字之多也远远超过了《招魂》,这就更使作品艰涩难读,令人生厌。这种缺点多少是和司马相如、扬雄这些人的个人爱好有关。《汉书·艺文志》载,司马相如和扬雄都是文字学家,一个著有《凡将篇》,一个著有《训纂篇》,都是类似后来的《千字文》一类著作。一个文学家懂得文字学,这本来是好事,但他们却仗着识的奇字多,故意把它们搬到赋中,以炫耀自己的"博学"。这种个人的爱好和赋本身的特点结合起来,促使他们把所有能想得到的鸟兽草木之名以及一些形容词大量地堆砌在赋里。这样就形成了那些大赋艰涩难读的弊病。后来班固、张衡以至晋代的左思、潘岳等人写的大赋也有这种毛病,则是受了他们的影响。因为汉代辞赋家们作赋,主要是靠模拟,据桓谭《新论》记载,扬雄曾对他说:"能读千赋,则善为之矣。"(《艺文类聚》卷五六引)晋人作大赋,也模拟汉人,左思《咏史诗》公开说"作赋拟《子虚》"。而且一些人甚至把赋的这种毛病,视为优点。《三国志·魏书·国渊传》载,国渊曾说:"《二京赋》,博物之书也。"《世说新语·文学篇》载晋孙绰认为"《三都》《二京》,五经鼓吹"。刘孝标注:"言此五赋是经典之羽翼。"于是作大赋讲究堆砌已成了一种传统,很难予以摆脱。不过,在指出汉赋这一缺点的同时,我们也应当承认,其中某些生僻的辞汇也不一定都是作者有意堆砌,而是由于古今语言和生活状况的变迁造成的。试看桓宽《盐铁论·散不足篇》中所载衣食和车马器用的名称,也很生僻,而这种论战文章,则未必有意堆砌奇字以夸耀博学。

汉赋特别是那些大赋,尽管有上面谈到的种种缺点,但是它们在文学史上仍然有其一定的地位,不应完全抹煞。这是因为我国的韵文从《诗经》、《楚辞》开始,到建安时代诗歌的再度繁荣,中间差不多有四百年左右,在这个时期中,除了乐府民歌以外,文人作家的精力几乎全部投到了赋上。这些赋在描写山川景物、宫殿建筑以及田猎、朝会的场面所使用的手法比前人更细致、更具体了。在锻炼辞句方面也有所丰富和发展。这些对后代的文学有不小的影响。像陆机、潘岳为代表的"太康诗人"和南朝从谢灵运到江淹的某些诗中,都可以看到汉赋的影响。甚至如杜甫这样伟大的诗人在一些描写山川的诗中,也可以看出某些痕迹来,其中最显著的是《三川观水涨》、《火》等篇,清代的浦起龙、杨伦等人都已指出过①。其他像杜甫从秦州入蜀途中所作的《铁堂峡》、《青阳峡》等首也有所表现。唐代散文家韩愈在《进学解》中,也自称从司马相如、扬雄那里继承了作文的技巧。韩愈的诗在中唐时代也可以说是独树一帜的,它们受汉赋的影响就更大了。过去的学者所称赏的《南山》、《陆浑山火》等篇就是突出的例子,即使像我们今天还很传诵的《调张籍》等首,也显然可以看出汉赋的影响。因此在描写技巧和语言方面,汉赋确实为后来诗歌繁荣作了某些准备。晋代的葛洪曾经说:"《毛诗》者,华彩之辞也。然不及《上林》、《羽猎》、《二京》、《三都》之汪涉博富也。"他还举出《诗经·鲁颂》中描写宗庙宫殿的篇章,不如东汉王延寿的《鲁灵光殿赋》;《诗经·国风》中一些写打猎的诗,不如司马相如的《上林赋》(见《抱朴子·钧世篇》)。葛洪主要的着眼点是辞藻。从诗意来说,像《诗经·郑风》的《大叔于田》等首,还是颇可玩味的,恐怕比《上林赋》的堆垛、雕饰及枯燥说教要好得多。但从语言、辞藻等方面来说,司马相如的赋当然比

---

① 见《读杜心解》卷一和《杜诗镜铨》卷一三。

《诗经》来得丰富。至于刘勰在《文心雕龙》中，则对汉赋中那些描写山川、宫殿的技巧评价更高了。他说："至如气貌山海，体势宫殿，嵯峨揭业，熠耀焜煌之状，光采炜炜而欲然，声貌岌岌其将动矣。"(《夸饰篇》)刘勰的评语显然言过其实。但是我们也应当承认，建安以后的很多诗人，往往在描写手法方面，从汉赋中得到启发。有时，汉赋中一些极平凡的句子，经过诗人改造，却能成为名句。例如曹操的《步出夏门行》中用"日月之行，若出其中，星汉灿烂，若出其里"的诗句形容大海的浩瀚无垠。这四句诗的手法和汉赋中某些形容上林苑之广大的句子十分相像。如：司马相如《上林赋》有"日出东沼，入乎西陂"之句。"东沼"和"西陂"都是上林苑中的地名。这两句的意思是说上林苑宽广得似乎太阳的运行也出不了它的范围。后来扬雄的《羽猎赋》也有"章皇周流，出入日月，天与地沓"之句；张衡《西京赋》也有"牵牛立其左，织女处其右，日月于是乎出入，象扶桑与蒙汜"等句。曹操的诗句可能多少从上面几家的赋中得到启发。又如曹植《名都篇》中的"控弦破左的，右发摧月支"，是化用张衡《西京赋》中的"弯弓射乎西羌，又顾发乎鲜卑"。李白《梦游天姥吟留别》中的"熊咆龙吟殷岩泉，栗深林兮惊层巅"，颇似淮南小山《招隐士》中的"虎豹斗兮熊罴咆"和"丛薄深林兮人上栗"等句。杜甫的《丽人行》中"犀箸厌饫久未下，鸾刀缕切空纷纶"两句，则来自晋人潘岳那篇和汉赋同属于一类的《西征赋》。潘岳的原文是"饔人缕切，鸾刀若飞，应刃落俎，霍霍霏霏"。这样的例子还可以举出很多。这些例子说明，汉赋在具体刻画一些事物时，有它成功的一面，那就是它往往写得比较细致，有时也有一定的想象力。但是，就以上面几个例子来说，也不难看出后来的诗人虽然化用汉赋，而所创造的新句，则超过了汉赋。以曹操的诗和司马相如等人的赋而论，同样用日月出入来形容范围的广阔，给读者的感觉却不一样。因为宽广的大海,确实给人以囊括宇宙之感,凡是到过海滨的人,都会感到曹操这几句诗是真实的、亲切的。至于一个上林苑,不论面积再大,要说日月就在苑中运行,总不免使人感到言过其实,反而觉得虚假。再看杜甫《丽人行》和潘岳《西征赋》的比较,也大有优劣之别。潘岳那几句赋,描写不能说不细,连"雍人"切食物的碎片也写得很形象,然而充其量不过是写一个厨师切菜的动作,而杜甫的诗却反映了天宝末年上层统治者的穷奢极欲,对他们作了无情的揭露,这里"鸾刀缕切"四字大大地加重了读者对"犀箸厌饫久未下"的憎恨。这一情节起着画龙点睛的作用,不再是机械的刻画,而是渲染和烘托。黑格尔说得好:"尽管自然现实的外在形态也是艺术的一个基本因素,我们却不能把逼肖自然作为艺术的标准,也不能把外在现象的单纯摹仿作为艺术的目的。"(《美学》,中译本第 54 页)黑格尔这段话,很可以说明汉赋中那些细致的描写不能像后来那些诗那样取得效果的原因。我国古代的诗歌理论家也很懂得这个道理。日本和尚遍照金刚在《文镜秘府论》中综述我国唐代一些诗人的意见,认为诗光说理就无味;光写景,也无味,必须做到既有景,又有理旨。其实这种看法,在钟嵘《诗品》中已经强调了"体情写物",认为四时景物,感动了人,才能写出好诗。唐以来批评家又发展这看法,明确地提出了"情景交融"的要求,就是指的这种情况。但是,不可否认,汉赋中那些形象的描写本身,对文学创作还是有用处的。因为在文学作品中,作者的思想和感情,总是要通过对具体事物的描写表达出来,才能感染读者。这是文学作品的形象特质决定的。细致的描写在不少场合,常常能把事物的形象刻画得更突出、更生动,从而使作品更富于艺术价值。在这方面,汉赋确也起过一些好影响。例如晋代鲁褒的讽刺散文《钱神论》(见《晋书·隐逸·鲁褒传》),对当时一些人贪财的丑态刻画得入木三分,用的就是那种铺叙和夸张的手法,显然受了赋的影响。汉末产生的乐府民歌《孔雀东南飞》中也有大量铺叙的句子,使诗的形象更为鲜明生动。

这说明特别是汉代的大赋,虽有种种缺点,可是它们毕竟在文学史上留下了影响,为后来文学创作的繁荣准备了条件。

二 汉代以后赋的发展

前面说过,即使在大赋盛行的汉代,也有过不少抒情的赋。赋这种文体在汉代四百年左右的发展过程中,读者对象和作品的题材也有不少变化。到了东汉时代,像司马相如、扬雄那样靠写赋取得帝王青睐的事例已不大有了,这说明帝王贵族们对赋的爱好已经衰退。另一方面,抒写封建士大夫们自己的怀抱,甚至发牢骚、揭露黑暗现实的内容却逐步增加。这种现象是有它的社会根源的。这反映了封建经济的发展使地主和农民的矛盾逐步尖锐起来,这种现象在汉武帝统治的后期,已经渐渐有所表现,经历了昭、宣两朝到宣帝末年,就一天天明朗化起来。阶级矛盾的尖锐化,促使地主阶级内部的分化,一部分人由于对政局的失望,引起了他们和朝廷的对立情绪。昭帝时所举行的"盐铁之议",就是这种矛盾的反映。在那次争论中,有的儒生就引用《庄子·秋水篇》中"鹓鹐"与"太山之鸱"的故事嘲弄公卿以富贵骄人(见《盐铁论·毁学篇》)。这是公然流露对朝廷的不满。元帝以后,朝政日益混乱,一些士大夫们对朝廷的态度再不像过去那样驯服了。朱云、梅福等人的弃官,实际上已经是后来那些隐逸的先驱。试看汉武帝时东方朔作《答客难》,谈到西汉中期的士大夫们的处境,还是认为:"圣帝流德,天下震慑,诸侯宾服,连四海之外以为带,安于覆盂,动犹运之掌。贤不肖何以异哉。遵天之道,顺地之理,物无不得其所。故绥之则安,动之则苦,尊之则为将,卑之则为虏,抗之则在青云之上,抑之则在深泉之下,用之则为虎,不用则为鼠。"士人们的贵贱荣辱完全决定于帝王之手。但到昭帝时,有些人已经对官爵表示轻蔑并引用《庄子·列御寇篇》中典故说:"夫郊祭之牛,养食期年,衣之文绣,以入庙堂,太宰执其鸾刀,以启其毛,方此之时,愿任重而上峻坂,不可得也。"(《盐铁论·毁学篇》)后来到西汉和东汉之际,情况更不同了。《后汉书·党锢传》:"至王莽专伪,终于篡国,忠义之流,耻见缨绋,遂乃荣华丘壑,甘足枯槁。虽中兴在运,汉德重开,而保身怀方,弥相慕袭,去就之节,重于时矣。"后来人所称颂不息的严光等隐士,正是出现在东汉初年。这些人不愿做官,用隐居来博取名誉,一方面是由于他们对朝廷不满,另一方面也因为他们中不少人颇有自己的"生财之道",不做官,也可以过富足的生活。例如东汉末年的仲长统作了一篇《乐志论》,他自称不羡入夫帝王之门,而只要有一个富足的庄园给他享受。还有一方面则是由于东汉中叶以后朝廷和农民的矛盾愈加尖锐,在朝的皇帝和大官们不得不笼络在野派来加强统治和欺骗农民。因为在当时,农民对在野派还存在一定的幻想。《后汉书·党锢传》载,宦官吕强曾建议汉灵帝赦免因党争禁锢的名士,以免他们和黄巾联合起来。这种例子,在史书中有不少记载。这些在野派的人物平时虽然和朝廷有矛盾,但到阶级斗争发展到本阶级的统治发生动摇时,也总是站到朝廷一边去的。他们隐居不仕,主要是抬高自己的身价。《抱朴子·正郭篇》载,东汉末的名士郭泰虽不做官,却"声誉翕熠,秦胡景附,巷结朱轮之轨,堂列赤绂之客,轺车盈街,载奏连车"。这些都可见他们政治潜力之大。他们为了和在朝的人物对抗,提出了"道"与"事"的对立来表示自己比做官的人高明。这"道"与"事"的对立,就是魏晋以后"名教"和"自然"的对立之先声。直到南北朝,谢灵运还写过"事为名教用,道以神理超"(《从游京口北固应诏》)的诗句,来和朝廷分庭抗礼。这一部分人的思想情绪和艺术趣味反映在文学创作中,就使赋的题材有所扩大,写作态度也和过去不同。

这个变化虽然仍没有使赋跳出封建地主阶级的圈子,但在一些作品中,我们可以看出作者们的眼光由朝廷转向山林和社会;他们的思想由儒家的仁义道德转向道家的通脱和任诞;他们的作品也由歌功颂德转向言志和抒情,有了作者的个性;风格也由雕琢堆砌逐步趋向平易、流畅。例如西汉和东汉之间的班彪所作的《北征赋》,通过纪述旅途中所接触的事物和感想,写出了自己的身世之感。这篇赋开了纪行一类赋的风气。也是文人再度使用赋来抒情的萌芽。冯衍的《显志赋》(见《后汉书·冯衍传》和《艺文类聚》卷二六)除了抒写不得志的苦闷外,还流露出一些出世思想,已开了魏晋人的先河。所以南北朝许多文人都很同情和推崇他,如梁代的江淹、刘峻(孝标)等,都把他作为怀才不遇的典型人物来歌颂。张衡、蔡邕等人的赋开始写到了社会现实,尤其是张衡一些赋,抒情气氛比前人又有增加。赵壹的《刺世疾邪赋》具有更强烈的批判性。不过,班彪、张衡等人的赋,还有些大赋的影响,铺叙的成分过多,思想感情也多用直陈其事的笔法来表达。赵壹的赋则辞采较差。这些赋虽然还不如魏晋以后的抒情小赋那样具有感染力,但已经可以看出转化的趋势。

抒情小赋和汉代大赋的一个主要区别是前者着重抒情,而后者则如陆机所说主要是"体物"。这个区别是抒情小赋在文学价值上超过大赋的一个极为重要的原因。本来,文学作品既可以写客观存在的事物,也可以写作者主观的感情,两者并不矛盾,更不能因此来分作品的高下。尤其是那些抒情小赋也未必都反映什么重大社会问题。为什么说抒情小赋的价值比大赋为高呢？因为文学作品有它的特点。它的描写对象是人和人们的社会生活，即使写到山川、草木，那也只是借以烘托现实生活的某一方面或寄寓作者的内心感受，这种描写显然和地理学家、植物学家的著作不同。后者可以冷静地、客观地描述自然界，前者则必须饱和着感情。有些科学著作所以具有文学意味，也是作者在描述自然界时，倾注了自己的感受之故。毛主席说过："作为观念形态的文艺作品，都是一定的社会生活在人类头脑中的反映的产物。"（《毛泽东选集》第 3 卷第 817 页）当作家的头脑在反映这些社会生活时，必然有自己的爱憎，自己的感想。尤其是抒情作品更是这样。用刘勰的话说："人禀七情，应物斯感，感物吟志，莫非自然。"（《文心雕龙·明诗篇》）这就是说：作家虽然因物而兴感，而吟咏的却是他自己的"志"（思想和感情）。文学作品如果缺乏强烈的爱憎，总是不能感染读者的。古今中外一些用冷漠的客观的态度去描写生活的小说，就常常不受读者喜爱。何况赋这种文体，本是从诗歌中发展起来的，它本身就是一种古代的散文诗，离开了抒情而一味在"体物"，而且所写的还是像山川、宫室一类自然界的事物，当然很难吸引读者了。至于抒情小赋却恢复了从《楚辞》以来的抒情传统，又从建安以来的诗歌中吸取了比兴手法，因此情况就与汉代大赋完全不同。抒情小赋中也有一些咏物的作品，像鲍照《观漏赋》实际是悲叹光阴易逝，有志难伸；他的《尺蠖赋》和《飞蛾赋》则是借物喻人，表现了对腐朽现实的不满。庾信的《枯树赋》，虽然写的是树木，其实却是用树木来比喻自己。赋中所写的移植、兵燹、砍伐等等灾难无非暗喻他自身的遭遇。这里用的就是以彼物比此物的"比"法。这些赋动人的原因就在于它们具有比较强烈的真情实感。至于汉赋中某些作品,即使写人物的打猎活动吧,那当然是人们社会生活的一种,然而赋中那些奉皇帝之命去生搏禽兽的士兵,最多只能给读者一个很勇猛、很有力的印象。至于他们有什么个性呢?那是根本看不出来的。因为赋家的目的不在描写那群有血有肉的士兵,更不用说写某甲的机智或某乙的大胆,他只要告诉读者:有一群勇猛的士兵,抓住了不少猛兽,以此炫耀帝王出猎的盛况就行了。至于写山川、宫殿的部分,更是机械地描摹其外表。有时甚至连山川的面貌也是模糊的。尽管赋中用了不少山旁石旁的生僻形容词。给人的印象还不过是一座抽象的山,把它放到长安可以,放到洛阳也可以,或者放到任何别的有山的地方都无不可。因为照《西京杂记》载,司马相如认为作赋要"控引天地,错综古今,苞括宇宙,总揽人物"(《北堂书钞》卷一〇二引,原文见《西京杂记》卷二),真是无所不包。另一方面,传统的说法又认为"登高能赋,可以为大夫"(《汉书·艺文志》)。他们既要求无所不包,又要求望一眼就能作赋,至于他们对见到的事物,是否真正理解和熟悉,是否思想上受到过感动,那倒似乎没什么关系。这种浮光掠影式的印象,最多不过是一个抽象的、空洞的概念。正如列宁说的:"一般的存在?——就是说,是这样的不规定性,以致存在=非存在。"(《黑格尔〈逻辑学〉一书摘要》第32页)一个模糊的、抽象的概念当然在作家头脑中形成不了激情,也对读者不会有感染力。别林斯基说过:"如果他(指诗人)想用大自然景象来迷惑或者惊吓我们,他自己先就必须对这景象加以欣赏或感到吃惊。"(《别林斯基选集》,人民文学出版社中译本第1卷第221页)汉代大赋中描写一些人或事物往往连篇累牍,却看不出作者的爱憎和激情,有时甚至是空洞、抽象的影子。抒情小赋则与此相反,有时写某种景物只是淡淡的几笔,然而由于这是内心深受触动以后产生的真情实感,自然能具有强烈的感染力,至于像《枯树赋》一类用"比"法的作品,则完全是借物喻人,其感人力量已主要不在对树木形状的描摹,而是以抒情的笔调,感染读者。尽管我们读了那篇赋,对那棵槐树并无多少印象,而作者的心情却活现在我们面前。

抒情小赋的艺术特点基本上和诗相同。它们有时也描写景物,描写人的体态,但这些都不过是为抒情的目的服务。一般认为较早的抒情小赋可以把王粲的《登楼赋》和曹植的《洛神赋》作为代表。以《登楼赋》为例,它通篇是写的思乡之情。赋中也有一些写景的句子,像一开头那段写作者极目所见的景物,是一片风景秀丽、土地肥沃、物产丰富的好地方,但接下去却说:"虽信美而非吾土兮,曾何足以少留。"这样就更显得自己思归之情的迫切。这种睹物兴情的描写,就是诗歌中常用的"兴"法。篇末那段写傍晚景色的文字,更是"情景交融",把内心里那种渴望做一番事业的愿望、想念家乡的心情和年岁迟暮、环境孤寂等等复杂的情绪都借着几句写景的话烘托、渲染出来。如果我们把《登楼赋》和作者的《七哀诗》第二首进行比较的话,就可以发现有很多共同的东西。可是《七哀诗》第二首毕竟篇幅小,只是单纯写乡思,而《登楼赋》则抒发内心中更错综复杂的心情。这是因为赋这种文体更自由些,更便于表现这种心理。像这样的赋从内容到技巧都展现出诗意。这篇赋所以长期传诵不衰,不能说和这些特点无关。

王粲除了《登楼赋》以外还写了不少赋,可惜存留的不多。据曹丕在《典论·论文》中说,王粲长于辞赋,他还有《初征》、《槐赋》等名篇。这两篇赋的佚文还存留在唐初欧阳询编的《艺文类聚》中。《初征赋》(见卷五九)从现存的一段文字看,内容是写他从荆州一带回到北方时的心情,手法有点类似《登楼赋》;《槐赋》(见卷八八)那段佚文较长,前面是写槐树的茂盛,后面却是"既立本于殿省,植根柢其弘深,鸟取栖而投翼,人望庇而披衿",显然把槐树拟人化了,可惜全文已佚,但有所寄托则很清楚。其他如《柳赋》、《鹦鹉赋》等篇也有佚文保存在《艺文类聚》等类书中,从这些佚文看,也是常用"比兴"手法,颇有抒情意味。

除了王粲以外,《洛神赋》的作者曹植也为抒情小赋的形成作出了贡献。曹植的赋数量相当多,但全篇保存的却不多。大量的是类书中所引的佚文。那篇历来被认为是他的代表作的《洛神赋》所以传诵,因为作者对洛神倾注着爱慕的感情。这篇赋在《文选》中把它和宋玉的《高唐赋》、《神女赋》、《登徒子好色赋》放在一类。其实宋玉那几篇赋只是写美女的体态之美,而用意则在讽谕,曹植的《洛神赋》写的却是爱情。据李善《文选注》引"《记》曰"的说法是曹植思念甄后而作。这说法虽未必可靠,却反映出古代的读者也深深感到这篇赋中的强烈感情,和前此描写美女的赋不同,才会作这种推测。《洛神赋》以外,曹植其他的赋作,大约都不如《洛神赋》艺术性高,所以梁代沈约在答陆厥书中说:"以《洛神》比陈思他赋,有似异手之作。"(见《南齐书·文学·陆厥传》)但也有些颇值得注意的赋,如《鹖雀赋》(见《艺文类聚》卷九一)和《蝙蝠赋》(见《艺文类聚》卷九七)的佚文。这两篇赋都是借咏物来讽刺当时现实中的某些人物,实际上是赵壹的《穷鸟赋》(见《后汉书·文苑·赵壹传》)和《刺世疾邪赋》的发展。但赵壹用的是直说的方法,而曹植则全用比拟。这一类赋,对后来的文学颇有影响,如晋代张华的《鹪鹩赋》、成公绥的《蜘蛛赋》、《螳螂赋》(见《艺文类聚》卷九七)等都和它们有继承关系。即使像北魏这样文学不大发达的时代,也产生了类似的作品,如拓跋顺的《蝇赋》(见《魏书·任城王云传附拓跋顺传》)就是一例。在曹植这两篇赋中,《鹖雀赋》尤其有特殊意义。这篇赋采用寓言故事的形式,文字也很平易,和一般的赋不同。这种借两只鸟的对话来讽刺人物的笔法,和敦煌所发现的唐代俗赋《燕子赋》(见刘复编《敦煌掇琐》和王重民编《敦煌变文集》),在手法上有明显的类似之处。据《三国志·魏书·邯郸淳传》裴注引鱼豢《魏略》记载,曹植在第一次见邯郸淳时,曾对他"诵俳优小说数千言"。可见他很爱好当时的民间文学作品。因此究竟是曹植当时已有这种民间俗赋,他受了民间文学影响才写的《鹞雀赋》,还是仅仅《鹞雀赋》影响了民间俗赋的作者呢? 这很值得思考。

抒情小赋从建安时代开始繁荣起来,还不光是由于王粲和曹植两人。当时不少文人都善于写抒情小赋。例如曹丕,据刘勰《文心雕龙·时序篇》说他"妙善辞赋"。他的赋作差不多均已散佚,但在《艺文类聚》等书中保存的佚文还不少,其中很多都属于抒情小赋一类。被称为足与王粲并提的徐幹,其《圆扇赋》的佚文,也保留于隋唐间人虞世南编的《北堂书钞》卷一三四,似亦属抒情小赋。其他如应玚、繁钦等人的赋,也有佚文保存在类书中。如果我们再考虑祢衡的《鹦鹉赋》和晋初张华的《鹪鹩赋》、潘岳的《秋兴赋》及左芬(左贵嫔)的《离思赋》(见《晋书·后妃传上》)等作品,很可以说明从建安时代起,抒情小赋已在当时文学史上占有重要的地位。抒情小赋的繁荣正好开始于建安时代,这正说明诗歌的复兴给辞赋带来了新的起色。在抒情小赋中,诗的影响十分明显,而诗是以"言志"为目的的,因此讽谕和抒情也成了赋的主要内容,从魏晋一直到隋代,许多人在不得已时除了写诗,也常常作赋自慰,这样的例子在史书中数见不鲜。

由于赋的内容发生了变化,在某些文学批评著作中对赋的看法也发生了相应的变化。例如曹丕在《典论·论文》中,就提出屈原的作品"据托譬喻,其意周旋,绰有余度矣,长卿(司马相如)、子云(扬雄)意未能及也"(见《北堂书钞》卷一〇〇引)。这就是主张赋须用"比兴",有讽谕的用意,实际上是用对诗的要求来衡量赋了。西晋的挚虞在《文章流别论》中认为:赋应当"假象尽辞,敷陈其志";"前世为赋者,有孙卿、屈原,尚颇有古诗之义,至宋玉则多淫浮之病矣。《楚辞》之赋,赋之善者也"。他又说:"古诗之赋,以情义为主,以事类为佐;今之赋,以事形为本,以义正为助。"他所谓"今之赋"就是指那些汉赋。他认为它们"假象过大,则与类相远;逸辞过壮,则与事相违;辩言过理,则与义相失;丽靡过美,则与事相悖。此四过者,所以背大体而害政教"(见《艺文类聚》卷五六引)。他对赋的要求归根结底就是要有思想意义和真情实感。他自己写过一篇《思游赋》(见《晋书·挚虞传》),就是抒写自己政治上不得志的感慨和乐天任命的思想。尽管他在《文章流别论》中所要求的思想意义还无非是儒家那套说教,而在抒情小赋中没有产生多大影响,但他所要求的"志"和"情义"则在许多抒情小赋中表现得比较清楚。

从建安时代开始的赋和诗接近的倾向,在两晋和刘宋时代得到了进一步的发展,而且风格更多样化了。陶渊明的《悲士不遇赋》和《归去来辞》在内容上继承了《楚辞》以来的"发愤抒情"的传统,形式上则以平淡自然见长。他的《闲情赋》则一往情深,文字也质朴自然。鲍照的《芜城赋》是一首吊古伤今的名作,他其他的赋作亦善用比兴,前面已讲过了。陶渊明和鲍照都是著名的诗人,他们的赋在风格上亦与其诗风一致。他们大抵以诗著名,不论从作品的思想、艺术或从数量上看,他们的诗的成就都高于赋。只有《雪赋》的作者谢惠连和《月赋》的作者谢庄较少传诵的诗作。但他们的诗在当时却也很有名①。在谢庄的作品中有不少带有赋体的杂言诗,这种诗可以说是诗和赋的混和物。这说明赋到这个时期已经从"体物"的范畴回到了诗的"缘情"的领域。

到了刘宋后期,抒情小赋又有了新的变化,这就是讲究声律和对偶的风气盛行起来了。这种风气当然和骈文的兴盛有关。但是赋和骈文之讲求声律也都是受了诗歌的影响,因为诗歌和音乐的关系最为密切,而讲求声律的人大都是从探讨音乐得到的启发。原来,早在东汉末期,文人们就都喜欢音乐,如蔡邕就擅长音乐,尤善弹琴,曹操在音乐方面的造诣,据《三国志·魏书·武帝纪》裴注引张华《博物志》说他可与蔡邕等"埒能"。后来有名的文人嵇康也是弹琴的名手。到了西晋时,晋武帝司马炎命令傅玄、荀勖、张华等人修定音律,更造乐章。当时张华上表认为汉魏的乐章"其文句长短不齐,未皆合古";荀勖也认为这些歌辞"与古诗不类","以问司律中郎将陈顾,顾曰:'被之金石,未必皆当。'"所以荀勖所造基本采用四言(见《宋书·乐志》)。这说明当时在音乐方面是趋向严整的格律化。这种风气也影响了文学创作,人们讲求起"宫商"来了。所谓"宫商"本是音乐的名词,这时却被借指为字的音调。据《文镜秘府论》引北齐李节、隋刘善经的说法,"宫商角徵羽"五声,即代指后来所谓平上去入四声。《世说新语·排调篇》刘注引晋张敏《头责子羽文》讥笑一些人"謇吃无宫商"。陆机《文赋》曾提出"暨音声之迭代,若五色之相宜"的要求,这是主张文学作品讲究声律的开端。刘宋中期的范晔自称"性别宫商",但他又认为"手笔差易,文不拘

① 谢庄的诗在钟嵘《诗品》中列入"下品",但范晔和南齐的王融对他都很称赞,《宋书·谢庄传》还记载他的声名在北魏境内亦颇盛。谢惠连的诗在《诗品》中列入"中品",并说他"才思富捷","《秋怀》、《捣衣》之作,虽复灵运锐思,亦何以加焉"。可见在当时亦颇享盛名。

韵故也"(《宋书·范晔传》)。在范晔看来,像诗赋一类韵文,实在大有讲究声律之必要,所以他认为除自己外,在文学上只有谢庄一人"最有其分"。差不多和他同时的裴松之,则主张连作史书也要讲究音律。他甚至责备晋人郭颁《魏晋世语》"蹇乏全无宫商,最为鄙劣"(见《三国志·魏书·三少帝纪》注)。在这种风气下,赋的作者们当然更讲究音节的和谐。这和齐梁诗歌中"永明体"的出现也是有密切关系的。齐梁以后的抒情小赋可以梁江淹的《恨赋》、《别赋》和由梁入北周的庾信的《枯树赋》、《小园赋》等为代表。清代人姚鼐在《古文辞类纂序》中攻击这些赋"辞益俳而气益卑",无非就是反对这些赋讲求声律和对仗。其实,当时人讲求声律、对仗并不是坏事。赋的过于拘碍于格律以至毫无生气,是唐以后专门用于科举的所谓"律赋"。这些赋今天已无人问津。至于齐梁以后在抒情小赋的领域里,还是有不少发展的。例如江淹那两篇赋,注意描写各类人物在人生短促的愁恨和离情别绪笼罩下产生的种种不同的反映和表现,在手法上别开生面。用赋来写人物,本不多见,而他却能用简短的几笔,勾画出种种不同人物的特点。他说:"别虽一绪,事乃万族",从而把种种不同的离情别绪呈现于读者面前。这当然和他善于捉摸古人的个性,曾经用《杂体三十首》这样的拟古方法表现了从汉至刘宋三十位诗人的创作特点有关。但作者如果没有丰富的生活经验,是写不出来的。庾信的《枯树赋》和《竹杖赋》则借用古人的嘴,抒发自己的身世之感。这些赋中有不少情节是虚构的。如《枯树赋》中的殷仲文、桓温都是历史人物。殷仲文确实说过"此树婆娑,无复生意"的话(《晋书·殷仲文传》);桓温也说过"木犹如此,人何以堪"的话(《世说新语·言语篇》)。但殷仲文那句话是刘裕平定桓玄之后说的,距桓温之死已二十多年,桓温根本不可能听到殷仲文的话,他说"木犹如此"是指他自己手植的柳树。庾信故意把两件事牵合起来，借题发挥。这种赋的写法比较别致。庾信的另一些赋，有不少句子已经几乎跟诗没什么差别了。如《春赋》一开头"宜春苑中春已归，披香殿里作春衣。新年鸟声千种啭，二月杨花满路飞。河阳一县并是花，金谷从来满园树。一丛芳草足碍人，数尺游丝即横路"，纯是七言诗的调子。这篇赋的末尾，也是大量五七言句子，只是中间一段还和一般的赋文体相似。他的《荡子赋》、《对烛赋》等也用这样的形式。这种形式是谢庄的《杂言咏雪》(见《艺文类聚》卷二)、《山夜忧吟》(见《艺文类聚》卷七)、《怀园引》(见《艺文类聚》卷六五)和沈约的《八咏》(散见《艺文类聚》卷一等各类中)的发展。这种作品说明抒情小赋已越来越和诗接近，并且在句法上已十分类似唐初沈、宋和"四杰"的一些歌行[①]。

在诗和抒情小赋的影响下，一些以叙事为主的篇幅较大的赋，也带有浓厚的抒情色彩。例如庾信的《哀江南赋》既反映了梁朝覆亡的过程，也叙述了作者的身世。赋中写到哀怨之处，笔调凄惋，全是抒情小赋的调子。作者在序中自称"不无危苦之词，唯以悲哀为主"，就很能说明这种情况。如果我们拿《哀江南赋》和同时代颜之推的《观我生赋》(见《北齐书·颜之推传》)相比较，虽然题材相近，艺术价值却大有高下。推其原因就在于两篇作品所受到的诗和抒情小赋的影响在程度上很不一样。

---

① 其实这种接近歌行的小赋在梁、陈时代产生得相当多。如梁元帝萧绎的《秋气摇落》一首，宋代人编《文苑英华》时，第三三一卷"歌行类"和第三五八卷"杂文·骚"类都收了它。最后编者只能根据篇中用"兮"字才把它载入第三五八卷中，而在第三三一卷中存个目。这正如清人严可均编《全宋文》时收了谢庄的《杂言咏雪》一类，编《全梁文》时却不收沈约《八咏》。可见对这些作品究竟分入赋类还是诗类，古人也没有定见。这说明抒情小赋到后来几乎和诗完全合流了。

　　抒情小赋在艺术上超过大赋的一个很重要的原因即在于诗的影响,而这种影响也可以说是间接来自民间文学。因为西汉文人们很少写诗,他们对乐府民歌又不大注意学习。东汉以后文人开始有少量诗作,但还不能影响到诗以外的领域。抒情小赋出现于建安时代,而建安正是诗歌经历长期中衰之后的一个繁荣时代。建安诗歌的繁荣又是与汉代乐府民歌的影响有密切的关系。例如曹操的诗,受汉乐府影响最为明显。据《三国志·魏书·武帝纪》裴注引《魏书》说曹操"及造新诗,被之管弦,皆成乐章";又引《曹瞒传》:"太祖为人佻易无威重,好音乐,倡优在侧,常以日达夕。"曹植更是公开赞扬民间文学,他说:"夫街谈巷说,必有可采,击辕之歌,有应风雅,匹夫之思,未可轻弃也。"(《与杨德祖书》)这些都表明他们爱好民歌,并且从中吸取营养,创作"新诗"。和曹操、曹植同时的文人也都是在汉乐府影响下写作的,像陈琳的《饮马长城窟行》就是明显的例子。我们可以说,建安诗歌是直接在汉乐府影响下的产物,而抒情小赋则又是在汉乐府间接影响下的产物。至于前面说到的曹植《鹞雀赋》,甚至可能直接从民间文学中受到启发。

　　抒情小赋之所以能摆脱汉赋堆砌奇字的习气,也和建安诗风受民间文学影响有关。刘勰说:建安诗歌"造怀指事,不求纤密之巧,驱辞逐貌,唯取昭晰之能"(《文心雕龙·明诗篇》)。这种不事雕琢的诗风,和学习民歌有密切的关系。正是民歌的刚健、清新的特色影响了文人诗,甚至散文和辞赋,才使文风从晦涩和雕琢的风气下解脱出来。于是就形成了刘勰说的"及魏代缀藻,则字有常检,追观汉作,翻成阻奥",以至"自晋来用字,率从简易,时并习易,人谁取难。今一字诡异则群句震惊,三人弗识,则将成字妖矣"(《文心雕龙·练字篇》)。奇字的减少,堆砌作风的消失,也使赋流畅,通俗起来,出现了像庾信《小园赋》中"一寸二寸之鱼,两竿三竿之竹"

这样接近口语的句子。这些变化使魏晋南北朝的抒情小赋在艺术上大大超过了汉赋，出现了一些传诵的名篇。

但是，魏晋南北朝的赋并不限于抒情小赋一种。而且即使抒情小赋这一类中，虽有不少传诵之作，但总的来说反映的社会生活究竟不如诗歌那样丰富。同时，在艺术上由于汉赋那种铺陈和堆砌的传统不可能完全消失，而且文人们也往往习惯于用铺陈来炫耀自己的博学，因此和更适于抒情的诗歌比较，还是有所逊色。但是，当时诗歌方面的一些逆流却也在辞赋中有所表现。像庾敳的《意赋》(见《晋书·庾峻附庾敳传》)，就是类似玄言诗一类的东西。孙绰的《游天台山赋》虽然自称掷地"作金石声"，但内容却和他那些玄言诗相类。梁代萧纲、萧绎之流为代表的"宫体诗"，也以同样的内容和手法出现在他们的赋中，就是庾信的某些诗赋，也有些近似"宫体"。

除了抒情小赋以外，类似于汉赋的大赋，在魏晋南北朝也仍然出现。晋代左思的《三都赋》可以说是这方面的代表。他在《三都赋序》中曾批评司马相如、扬雄、班固、张衡等人的赋"假称珍怪，以为润色"，"侈言无验，虽丽非经"，自称要"美物者贵依其本，赞事者宜本其实"。但他并未抛弃堆砌的恶习，像《吴都赋》中，连续举的鱼名、鸟名各有十多种。这样的赋，却受到当时文人的称许。据《晋书·文苑·左思传》载，"豪贵之家竞相传写，洛阳为之纸贵"。在我们今天来看，左思的杰作是他的《咏史诗》，至于《三都赋》却很少人爱读。足见当时人的艺术趣味和我们完全不同。这说明汉代大赋的影响并未消失，因为它也反映着一些人的艺术趣味。直到东晋，还有人在写大赋。不过这些赋已经由歌颂帝王变为谄媚官僚和贵族了。《世语新说·文学篇》载，庾阐作《扬都赋》，给庾亮捧了场，庾亮又送礼，又赞扬，一时在豪门中广为流传，但有识之士像谢安就一针见血地讥讽说："此是屋下架屋耳,事事拟学,而不免俭狭!"另一方面,某些显宦的子孙也把作赋者颂扬自己的父祖视为荣耀,于是就出现了袁宏作《东征赋》不提陶侃,陶范竟要和他拼命(见《世说新语·文学篇》);据说袁宏还故意不提桓彝,引起桓温责问,几乎引起大祸(见《世说新语·文学篇》刘注引《续晋阳秋》)。

南朝像《两京》、《三都》一类大赋虽然很少,但出现了大地主阶级夸耀自己庄园生活的赋。这些赋在手法上几乎全部承袭了汉代大赋的毛病。谢灵运的《山居赋》(见《宋书·谢灵运传》)就是这方面的代表。这篇赋写得十分艰深,作者为了避免别人看不懂,还自己作了注。后来沈约的《郊居赋》(见《梁书·沈约传》),几乎和谢灵运的《山居赋》一样难懂。据《梁书·王筠传》载:"(沈)约制《郊居赋》,构思积时,犹未都毕,乃要筠示其草。筠读至'雌霓(原注:"五激反";大约相当于 nì 的入声)连蜷',约抚掌欣忭曰:'仆恐人呼为霓(原注:"五鸡反";大约相当于 ní)。'次至'坠石磓星'及'冰悬焰而带坻',筠皆击节称赞。约曰:'知音者希,真赏殆绝,所以相要,正在此数句耳!'"(亦见《南史》)一篇赋只能供个别所谓"知音"去欣赏,而对别人来说,甚至连有些字也要担心念错。不管作者怎样自我欣赏,这样的赋毕竟是不能广为流传的。所以连萧统编《文选》,也没有收录《山居赋》和《郊居赋》。

大赋这种体裁,由于适应某些人的需要,不光东晋、南朝有人写,连北朝甚至十六国时代也不曾断绝,并且还受到重视。例如北齐的魏收就曾经说:"会能作赋,始成大才士",而把写作"章表碑志"看作"更同儿戏"(见《北齐书·魏收传》,亦见《北史》)。南凉秃发傉檀的儿子秃发归写了一篇《高昌殿赋》,就被人比之为曹植(见《太平御览》卷六〇〇引崔鸿《十六国春秋·南凉录》)。但是这种缺乏文学价值的赋,毕竟经不起时间的淘汰。在今天,不但《高昌殿赋》久已散佚,连那位以"大才士"自居的魏收,也仅仅留下了五篇赋的名字,原文则连一句也没有保存下来。尽管直到唐宋还有类似的作品产生,而读者寥寥,在文学史上也不大有人提及了。

关于魏晋南北朝的骈文和散文

　　长期以来,不少人总认为南北朝时代的文章都是骈文,只有秦汉以前和唐中叶韩愈、柳宗元提倡"古文运动"之后的文章才是"古文"。所谓"古文"就是指的不讲究声律、对仗,句子的字数也不大整齐的散文。从历史上看,最先明确地排斥一切骈俪化文章的作家是唐代的韩、柳等人①。韩愈在《答李翊书》中宣称"非三代两汉之书不敢观,非圣人之志不敢存"。柳宗元在《乞巧文》中也对当时"骈四俪六"的文章表示不满。他们在一些文章中讲到自己所继承的传统,都只提先秦、两汉的古书,不提魏晋以后人的文章。但在唐代,写骈体文的人仍然多于"古文"家。他们的主张只是到了宋代,才引起普遍的影响。宋代的柳开、石介等人提倡儒学,也推崇韩愈,激烈反对骈文。经过继之而起的欧阳修等人的努力,才使"古文",也就是现在说的散文真正取得了统治地位。宋代散文之战胜骈文,恐怕和当时的理学盛行有关。因为理学家们都主张"文以载道",而且他们所讨论的主要是关于"天理"、"人心"等等哲学问题,自然不适宜用骈文来阐明自己的主张。此外,当时的"古文"大师如欧阳修、王安石等都是大官,他们以自己的地位和声望去提

---

　　①　在韩柳以前,反对骈文者颇不乏人。梁代裴子野作《雕虫论》,就反对齐梁文风,但主要是反对齐梁文风重辞藻而无补于实用。隋代李谔的意见亦然。陈子昂作为一个作家,反对齐梁文风,却偏重诗歌,而且他不满齐梁诗的理由,也是"兴寄都绝",还是从内容着眼。后来刘知几在《史通》中,不赞成用骈文写历史,但他不反对一般的骈文,而且他自己的著作就是用骈文写的。

倡散文,也对文风的改变起着相当大的作用①。但是,宋以后的公文,一般还以骈文居多。

自宋代以后,元、明两朝的文人似乎很少写骈文,论文章的人也往往把目光集中在散文方面。到了清代,骈文的势力有所复兴,这是因为清代考证之学的兴起,人们往往以熟记典故以"博雅",而骈文正好以用典为特色,很适合他们的口味。由于骈文重新受到重视,于是在首的"桐城派"提倡散文。姚鼐编了一部《古文辞类纂》,只收先秦两汉和唐宋以后的文章,至于三国、两晋和南北朝,他仅仅收了诸葛亮的《出师表》、陶渊明的《归去来辞》和鲍照的《芜城赋》等寥寥几篇。相反地,另一些人则提倡骈文。例如阮元在理论上抬出《易经》中的《系辞传》和《文言传》,论证骈文的合理性,并认为骈文比散文出现更早。李兆洛编选的《骈体文钞》则内容与《古文辞类纂》正好相反。这部选本虽然上起秦汉,主要选的却是魏晋南北朝的文章。这两个文章派别几乎势成水火。这种争论虽然各执己见,但从文体的发展历史看,都未免偏颇,而且双方对骈、散的概念也不能说是很明确的。我们一些同志所以把南北朝甚至魏晋的文章一律看作骈文,倒是和这场争论有密切的关系。

本来,选家们收录文章,都不免有自己的偏好。他们所不收的文章,未必都不好,更不等于它们不存在。像姚鼐专选散文,而又屏弃魏晋南北朝人的文章;而李兆洛又着重选魏晋南北朝的骈文,而不收另一些散体文章,这就给人引起了一个错觉,似乎魏晋南北朝人只写骈文而不写散文。在清代,姚鼐、李兆洛两人都是颇有声

---

① 当时和欧阳修、王安石一起提倡古文的还有苏轼、曾巩等人,他们的声望也较高,在社会上造成了很大影响。这些人不但理论上提倡,而且在创作实践方面给人起了示范作用,所以收效较快。

望的人,人们受了他们的影响,久而久之,就造成了上面说的那种错觉。我认为要弄清我国古代文体发展的历史,首先要弄清骈文的性质及其形成的概况,然后才能说明魏晋南北朝文体的全貌。在这里,我想就个人的一些初步理解,提出来向大家请教。

一 什么是骈文?

"骈文"和所谓"古文"之争,虽然延续了很长的时间,但人们对"骈文"这个概念,似乎并没有给予一个明确的定义。有人把骈文看得广泛一些,包括着汉魏人的一些文章;也有人把骈文看得狭一些,只包括南北朝,特别是齐梁以后和唐代某些人的文章。一般地说,骈文的特点是讲究对仗,句子的字数整齐,又要讲究平仄。照清代的袁枚在《胡稚威骈文序》中的说法,似乎骈文的主要特点是用典比散文为多。其实上面所说的关于骈文的那些特征,都有一个发展过程。以声律问题来说,所谓平上去入四声,是南朝齐代的周颙、沈约等人才确定的。在他们以前,虽然有些文章似乎也符合后来的要求,但那多半出于不自觉的偶合①。真正讲究严格的声律,那是唐以后所谓"四六文"的要求,南北朝的不少骈文还没有这样讲究,更不用说魏晋了。日本高僧遍照金刚所著的《文镜秘府论·文二十八种病》中,曾经列举过一些古人文章中的声病,认为骈

---

① 有的同志根据梁释慧皎《高僧传·经师》中的说法,推论出文章声律创自曹植。但慧皎说的是诵经的声调,而他虽认为后来以通经著名的帛法桥、支昙籥都祖述曹植,而在帛、支二人的传记中,不但没有讲到曹植,反而渲染二人是得到神佛佑助,才悟出声律的。其实,从有关曹植的材料看来,还没有任何旁证说明他信佛,也不能证明他创造声律说。再说沈约在《宋书·谢灵运传论》中,还把他列入不知声律的人之中,沈约对佛教是有所理解的,很难设想他能抹煞曹植的创造,而攫为己有,在当时能不受人非难。所以我看此说颇难信从。

文"第一句末犯第二句末,最须避之"。他的意思是说文中上句的末字和下句的末字,不许属于四声中的同一类。他指出孔融的《与族弟书》中"同源流派,人易世疏,越在异域,情爱分隔",就犯了这种病。他又认为"其第二句末即不得与第四句末同声,俗呼为'隔句上尾',必不得犯之"。他举的例子是曹丕的《与吴质书》:"同乘共载,北(当为"以")游后园。舆轮徐动,宾从无声。清风夜起,悲笳微吟。"这里孔融和曹丕的文章,姚鼐等"古文"家是不收的;而李兆洛等人则认为属于"骈文"的范畴。但他们的文章却不合乎遍照金刚所代表的隋唐人对骈文的要求。遍照金刚在同书中还说:"其诸手笔,第一句末不得犯第三句末;其第三句末复不得犯第五句末,皆须鳞次避之。温(子升)、邢(劭)、魏(收)诸公,及江东才子,每作手笔,多不避此声。"他又列举了温、邢、魏等人和南齐的谢朓、王融,梁代的任昉、刘孝绰等人的骈文中犯这种病的例子。在这部书中,还有一篇《文笔十病得失》,讨论骈文的声病。可见骈文的声律,在南北朝时代还不十分严格。遍照金刚是中唐时代到中国来的,他的见解反映的是隋唐人对骈文的要求。至于齐梁以前,"四声"之说还没有明确地提出来,魏晋时代就更不用说了。

即使齐梁时代,也不是每个人都接受"四声"说的。《南史·沈约传》和《文镜秘府论》都记载梁武帝萧衍不懂"四声"的故事。其实萧衍还是一个善于写诗文的人。他的多数文章,如果按照我们一般对文体的分类,恐怕只能算骈文。例如:他的《分遣内侍省方诏》的开头几句:"观风省俗,哲后弘规,狩岳巡方,明王盛轨。所以重华在上,五品聿修;文命肇基,四载斯履。故能物色幽微,耳目屠钓,致王业于缉熙,被淳风于遐迩。"(见《梁书·武帝纪》中)这完全是骈句。因此,我们不能说只有严格地遵照唐以后"四六文"的声律写作的才算骈文,只能说骈文的声律是前后变化的,越到后来,才越趋严密。

　　至于对仗工整和句的字数整齐,这倒是骈文比较突出的一个特点。但是这个特点是由古代汉语基本上是单音词所决定的。古代文章的句子字数有一个逐步趋向整齐的倾向。《尚书》中所保存的殷周文献,如所谓"周诰殷盘",文字比较古拙,句子的字数也大抵是参差不齐的。到了《左传》、《国语》等书中所载春秋时代各国官员的外交辞令,却往往以整齐的四言句居多。这说明随着文字技巧的进步,人们逐渐地讲求修辞,句子的字数也跟着整齐起来。从《左传》和《战国策》中的文章来看,其中叙事的篇幅,字句参差的较多,而记载人们的长篇言论,字句就比较整齐。这说明那些史书所载的言辞,可能有个底本,讲这些话的人,原来就很注意行文的整齐,讲究修辞琢句,以便加强文章的感染力和说服力。到了汉代,许多政论文章和奏议等公文,字句也更趋整齐。我们可以看出,它们的作者很喜欢用排句。一般来说,当时同一作者所写的学术或历史著作,句子的长短还比较参差,而书信等应用文字,排句就多些,不少句子的字数也常常差不多。例如:司马迁在写《史记》时,由于记事,就多用散句。但他的《报任少卿书》,排句就很多,有些片段的句子字数也相当整齐。因此,《骈体文钞》这样的选本,也收了这篇文章。又如刘向的某些文章,《古文辞类纂》和《骈体文钞》都同加收录。这说明司马迁、刘向等人的文章,在姚鼐看来是"古文",在李兆洛看来,却又成了骈文。其实,两汉时代的文人们根本不知道有"骈"、"散"之别,当时文章也很难划分什么"骈体"、"散体"。

　　与句子字数整齐有关的是使用对仗。一些文章中所以有工整的对仗,这也和古代汉语主要是单音词有关。齐梁的文学批评家往往认为文章中用对仗是必不可少的。例如梁代的刘勰在《文心雕龙·丽辞篇》中说：

> 造化赋形，支体必双，神理为用，事不孤立。夫心生文辞，运载百虑。高下相须，自然成对。唐虞之世，辞未极文，而皋陶赞云："罪疑惟轻，功疑惟重"，益陈谟云："满招损，谦受益"，岂营丽辞，率然对尔。《易》之《文》、《系》，圣人之妙思也，序乾四德，而句句相衔，龙虎感类，则字字相俪；乾坤易简，则宛转相承；日月往来，则隔行悬合。虽字句或殊，而偶意一也。至于诗人偶章，大夫联辞，奇偶适变，不劳经营。

刘勰这段话意在说明文章必须有对仗，而对仗是自然产生的，其起源远在唐虞时代。其实他所引前一个例子见于《尚书·皋陶谟》①。这篇文章是否唐虞时代的产物，现代的学者大抵取怀疑态度。因为传说中的唐虞时代是否有文学还存在着疑问，更不论这篇文章是否唐虞时代人所作了。现在来看《尚书》中所保存的一些确实写于商代和西周的文章，实在没有用多少对仗。个别篇中有些对句，如《周书·洪范》中的"毋有作好，遵王之道，毋有作恶，遵王之路；毋偏毋党，王道荡荡，毋党毋偏，王道平平"等句。但《洪范》这一篇的写作年代，也曾有人提出疑问②。而且这种对句和骈体文的对句毕竟很不一样。只有产生于春秋时代的《秦誓》中，有几句话是颇为工整的对仗："番番良士，旅力既愆，我尚有之；仡仡勇夫，射御不违，我尚不欲。"《秦誓》中排句很多，可以看出它是由西周那种质拙

---

① 刘勰所引的第二个例子，见今本《尚书·大禹谟篇》。但《大禹谟篇》是伪《古文尚书》。不在伏生所传的二十八篇。

② 《洪范》的文字比起西周初年的许多文字，就显得比较流畅，不像《大诰》、《酒诰》等篇古奥难懂。同时其中讲到五行学说，而照有些同志的说法，"五行"学说是春秋战国的子思、孟轲一派创造的。此说虽未必是定论，但《洪范》篇是否经过战国人润饰，则很可能是事实。

文字转向战国时代散文的过渡时代的产物。其实,排句多的文章,往往会有对仗。因为排句是把许多意思相近的或相反的话,集合在一起,这里就很自然地出现对句。即便像韩愈所谓"非三代两汉之书不敢观,非圣人之志不敢存"这两句话,虽然字数不齐,意思还是相对称的。对句只是作者把这样两句相对称的话,用字数相等的句子表达出来。所以最早的对句,往往是自然形成的,决非有意为之。刘勰说的"岂营丽辞,率然对尔",确实道出了对仗出现的原因。

从现有的材料看,对仗的出现,似乎有韵的文字比无韵的文字更早。如《诗经·小雅·鱼藻》,大致可以肯定作于西周时代。这首诗中有这样的句子:"鱼在在藻。有颁其首。王在在镐。恺乐饮酒。"这是以物起兴而与下文的本意自然成对。又如《小雅·北山》:"或燕燕居息;或尽瘁事国。或息偃在床;或不已于行。或不知叫号;或惨惨劬劳。或栖迟偃仰;或王事鞅掌。或湛乐饮酒;或惨惨畏咎。或出入风议;或靡事不为。"这是把两种人的情况进行对比,无形中出现了一系列对句。这些句子的形成对仗,恐怕都非作者故意求对。产生于东周以后的"国风"中,有不少对句,其形成恐怕也多半出于无意。战国时屈原和其他《楚辞》作家的作品中,对句也出现得不少。这些对句是否完全没有出于修辞上的考虑,就比较难说。至少像相传为屈原所作的《卜居》中,连着不少句是"宁……;将……",几乎每两句成对,恐怕就有着辞藻方面的匠心了。

散文中对仗工整的句子到战国时代日益多起来了。如《战国策》中的《苏秦始将连横说秦惠王》、《庄辛谓楚襄王》、《乐毅报燕惠王书》等文章,对句就很多。诸子散文中对仗较多的如《庄子》和《荀子》也很值得注意。《庄子》中有些对句相当工整,如:"朝菌不知晦朔,蟪蛄不知春秋"(《逍遥游》);"井蛙不可以语于海者,拘于虚也;夏虫不可以语于冰者,笃于时也;曲士不可以语于道者,束于教也";"天下之水莫大于海,百川归之,不知何时止而不盈;尾闾泄之,不知何时已而不虚,春秋不变,水旱不知"(《秋水》)。《荀子》中的排句、对仗更多,如最传诵的《劝学篇》中的"故不登高山,不知天之高也;不临深溪,不知地之厚也";"骐骥一跃,不能十步;驽马十驾,功在不舍。锲而舍之,朽木不折;锲而不舍,金石可镂"。值得思考的是像庄辛生活在楚襄王时代,正与屈原、宋玉同时。庄周也是战国中后期人,并且对楚国的文化接触很多。《庄子·齐物论》中写风的一段,就有很浓厚的辞赋色彩。荀况更不用说了,他善于作赋,班固在《汉书·艺文志》中把他和屈原并列为辞赋之祖。从《荀子·赋篇》来看,句法和《楚辞》虽不一样,却也喜用对句。这说明散文中讲究对仗,恐怕多少和受诗赋的影响有关。

到了汉代,由于赋的繁荣,许多散文家往往同时是辞赋家。当时文人的名作如贾谊的《过秦论》、邹阳的《狱中上梁王书》都有很多对句和排句,这些文章在形式上与辞赋最为相近。从西汉到东汉,散文中的排句和对仗的增加确是一种很明显的趋势。明代以来提倡"古文"的人往往标榜"文必秦汉",其实秦汉的散文正是在辞赋影响下逐步出现骈俪化倾向的时代。所以后来提倡骈文的人,也同样崇奉汉代文人为老祖宗。至于秦汉人自己,则根本不知道有什么"骈"、"散"之分。他们在文章中逐步注意使用字数较整齐的句子和工整的对仗,最多出于修辞方面的用意,并没有人想创立一种与"古文"相对立的"骈文"。

当秦汉的文学语言开始出现骈俪化的萌芽时,同样在口语中也有不少对句。例如:《史记》中所引的汉代民谚,往往也自然成对,像:"尺有所短,寸有所长"(《白起列传》);"力田不如逢年,善仕不如遇合"(《佞幸列传》);"百里不贩樵,千里不贩籴"(《货殖列传》)。东汉王充作《论衡》,自称不讲究辞采,而力求使老百姓也能理解。但是即使像《论衡》中的文字,对句也不少。如:"操行有常贤,仕宦无常遇。贤不贤,才也;遇不遇,时也。才高行洁,不可保以必尊贤;能薄操浊,不可保以必卑贱。"(《逢遇篇》)这些民间谚语和口语式的文字,恐怕不会故意雕章琢句。因此,秦汉文章的趋向骈俪化,虽然多少与作家们修辞方面的考虑有关,然而根本的原因还是语言发展的自然趋势。

秦汉作者的文章虽然出现了骈俪化的苗头,但他们并不是有意识地在某些文章中大量使用对句,而在某些文章中就较少使用。例如:秦代的李斯写《谏逐客书》,就有较多的骈俪化气息;而他反驳《韩非子·存韩篇》的文字和后来上给秦二世的《论督责书》,也是写给君主看的,而行文基本上是散句。西汉贾谊的《过秦论》有较重的辞赋气息,而上给汉文帝看的《治安策》却相对地要质朴些。这和魏晋以后人的文章,往往以诏令、奏议等应用文字的骈俪化趋势最明显是不一样的。可见当时人还没有把骈俪化看作是典雅庄重的文字的看法。

二 骈、散两体的分化过程

骈文和散文的对立虽然是唐代"古文运动"以后形成的情况。但文体的发展,使某一类文章较多使用对句;某些文章则一般只使用散句。这种现象至迟在魏晋时代已经出现了。以建安时代为例,曹操父子的文章,就往往由于文章的性质不同而使用不同的文体。曹操现存的文章大抵是散体,如《三国志·魏书·武帝纪》注中所引的那篇《让县自明本志令》,就是典型的代表。这篇文章因为只是写给他手下一些地位较高的官员看的,所以不大讲究辞藻。

但他正式发布的文告,特别是给孙权等和他对立的人看的文章,却往往让他的"掌书记"的陈琳、阮瑀等人去写。这些文章就很华美,使用排句、对句相当多。曹丕的文章也有这种区分,例如:他在当皇帝以前写给吴质等友人的书信,就比较注重辞藻;而他的学术著作《典论》则是比较质朴的说理文章。这说明骈俪化趋势最显著的是那些冠冕堂皇的公文;其次是朋友间来往的书信;而一些学术论文则几乎很少出现骈体。

当时最以文学著名的曹植,也是这种情况。他的文章以章表的骈俪化倾向最明显;书信就对句较少,但辞藻还较华美;论文如《贪恶鸟论》,则几乎全是散句了。在曹植的文章中,那些章表确实很像骈文,如他的《求自试表》的开头一段:

> 臣闻士之生世,入则事父,出则事君,事父尚于荣亲,事君贵于兴国。故慈父不能爱无益之子,仁君不能畜无用之臣。夫论德而授官者,成功之君也;量能而受爵者,毕命之臣也。故君无虚授,臣无虚受;虚授谓之谬举,虚受谓之尸禄,《诗》之素餐所由作也。昔二虢不辞两国之任,其德厚也;旦奭不让燕鲁之封,其功大也。

这里差不多每句都是对仗。但是,像曹植这样的章表,在魏晋时代人的文章中是比较罕见的例子。当时人虽然写起章表来比别的文章更多使用辞藻与对仗,却很少有这样大段的对句。

魏末的嵇康、阮籍的文章,有骈俪气息的文章较少。嵇康最有名的文章《与山巨源绝交书》,对句很少;至于他写给儿子看的《家诚》,则几乎是口语化的文字。阮籍的《大人先生传》,实际上是赋体。他的应用文字如《为郑冲劝晋王笺》、《答伏义书》等对句比较多,对仗也工整①。然而嵇、阮二人的论文却都是朴素的说理文章,既不讲究辞藻,也很少用对仗。总的来说,三国时代的文章大体上都不宜归入骈文的范畴。只能说基本上是带有骈俪化气息的散文。

晋代人的文风基本上和三国人差不多。有些人的文章骈俪气息重一些;有些人轻一些。这一方面决定于作者个人的风格,另一方面则还是要看文章的性质,其中骈俪化最明显的,仍然是章表。西晋人写的文章,要数陆机的骈俪气息最重。这恐怕和他的个人风格有些关系,试看他的一些诗都刻意求对,过分追求辞藻。陆机的文章比较有名的是《辨亡论》、《吊魏武帝文》等。在晋初文人中,写议论文章像《辨亡论》这样大段地使用排句、对句,实在不很多见。《吊魏武帝文》骈俪气息也很浓厚。但论陆机的文章,恐怕要数《演连珠》最像成熟的骈文。我们在这里引一段作为例证:

> 臣闻日薄星回,穹天所以纪物;山盈川冲,厚地所以播气。五行错而致用,四时违而成岁。是以百官恪居,以赴八音之离;明君执契,以要克谐之会。

这里每句成对,比起齐梁的一些骈文来,有时对仗显得更为工整。"连珠"这种文体,一般以"臣闻"开头,本是写给帝王看的。《艺文类聚》卷五七:"傅玄叙连珠:所谓连珠者,兴于汉章之世。班固、贾逵、傅毅三子受诏作之。而蔡邕、张华之徒又广焉。其文体辞丽而言约,不指说事情,必假喻以达其旨,而贤者微悟,合于古诗劝兴之义,欲使历历如贯珠,易睹而可悦,故谓之连珠也。"《艺文类聚》中所引的"连珠"一类文章,最早的是西汉的扬雄,其文字全是散

---

① 《嵇康集》中没有章表;《阮嗣宗集》中无韵之文也只有这两篇应用文字较有骈俪化气息。这说明骈俪化趋势,首先是在应用文字,特别是章表中盛行。

体。但从班固到潘勖、曹丕、王粲等人的拟作,则无一不用对仗。然而论对仗的工整,则首推陆机,所以各家的连珠,都不如陆机的有名。这种极端讲究辞藻和对仗的文章,既然多数是"受诏作之",又以"臣闻"或"盖闻"开头,说明它是章表的一个旁枝。这可以进一步说明,魏晋文章的骈俪化倾向,最先开始于应用文字,特别是章表。

但是,陆机写文章也并不都用骈俪化笔调,试看严可均所辑《全晋文》中所收的他给他弟弟陆云的九封信,则基本上是散体,有的还近似口语。同样地,陆云的书信,也多半是散体的。在这些书信中,给陆机的信,最为质朴,而给其他人的信,有时还较华美。这显然视他与写信对象的亲疏而定。越是疏远的朋友,越要客气,文字也就越讲究,至于家信一类,则几乎如同口语。可见像陆机、陆云等晋代文人中最重视辞藻和对仗的人,对骈俪化的文体也只使用于一定的场合。

至于西晋一代的文章,散体仍然多于骈体。如羊祜、杜预、刘毅等政治家的章表,也很少用对仗。羊祜的文章中,只有一篇《请伐吴疏》还有较多的对句,而比较有名的《让开府表》,就显得少些。其他人物如李密的《陈情表》,是历来传诵的名作,这篇文章笔锋富于感情,却不大讲究辞藻,纯用白描手法,和骈体文就很少相似之处。可见即使章表,也还是以散体写作的为多。至于政论文章、学术文章大抵都只求达意,人们往往连辞藻也不太注重,更不用说对仗了。试看裴颜的《崇有论》、江统的《徙戎论》的文风,就很清楚。西晋的历史学家更是专用散体来写,像陈寿的《三国志》就是这样。

关于西晋文风,既如上述。所以有的同志认为当时人夏侯湛仿《尚书》写了一篇《昆弟诰》,有纠正骈俪化的意思,恐怕未必妥当。因为西晋的骈俪化文章还没有占主导地位。同时,晋人确有一种仿古之风。如束晳曾作《补亡诗》，见于《文选》；夏侯湛曾仿《诗经·小雅》，作《周诗》，见《世说新语·文学篇》注。再说夏侯湛本人未必对骈俪化倾向有什么反感，他自己写的《抵疑》、《张平子碑》等文章，就有不少对仗，也颇讲究辞藻。

魏晋以来，骈俪化的倾向虽然在应用文字中发展起来。但到了东晋初年，似乎一度有所减退。其原因恐怕和玄谈之风有一定关系。因为清谈家们喜欢谈一些玄妙的哲学问题，并且以这种内容来写诗赋。而从文学发展的情况来看，骈俪化虽然主要表现于应用文字中，而辞藻、对仗等技巧却基本上来自诗赋。如果在诗赋中雕琢之风有所衰退，也必然引起文章的骈俪化气息之削弱。魏晋以来的文人，凡在章奏等应用文字中具有较明显的骈俪化倾向的人，其诗赋必然是最讲究辞藻的。这在曹植和陆机二人身上表现得最明显。东晋的文人有很大一部分是玄言诗人，他们的诗一般不大讲究辞藻，当然写文章也就很少骈化的句子。如庾亮的诗，据钟嵘《诗品》说，就是"平典似《道德论》"的，而他的章表《让中书监表》也就很少对句。但玄言诗人们写文章，也不完全都用散体。例如：桓温、孙绰的章表，对句很多，而据钟嵘的说法，他们也是玄言诗的作者。其中孙绰还是玄言诗的代表人物，在玄言诗人里，他的诗，比较地说还有些诗意。他的文章在当时也较有名，所以王导、庾亮、郗鉴、褚裒等大官的墓碑，都出自他的手笔，这些碑文都是很注意雕章琢句的文章。不过，以文学价值来说，文章的高下不决定于文体的"骈"或"散"。例如晋代大书法家王羲之的信札往往率意命笔，并不讲究辞藻和对仗，但读起来颇觉意味隽永，很能显示出作者的精神风貌。至于庾亮、孙绰等人的那些章表，就却不大有人爱读。

东晋的历史家很多，他们的著作，仍是散体，因为骈俪化的文字,不适合于叙事。因此干宝、孙盛、袁宏、王隐、常璩等人的历史著作,一般都很少有对句。干宝不但是历史家,也是志怪小说《搜神记》的作者。这部著名的古代小说不但用的是散文,而且还比较口语化。因为小说的内容虽多半不是真实的,然而它和史书一样要把故事梗概叙述清楚,并且还常常要作一些较细的描写,这样的文章用骈体文就不大能达到目的。因此直到东晋时代,骈文并不曾取代散文的地位,即使在应用文字方面,也还不能说已经占了很大的比重。

三 南北朝的骈文和散文

骈文的兴盛实际上始于晋宋之际。在当时,诗歌方面正是"庄、老告退,山水方滋","俪采百字之偶,争价一句之奇"的时代。在这里,诗歌和文章的相互影响,显得比较清楚:由于辞藻华丽,对仗较工整的山水诗代替了质木无文的玄言诗,在应用文字方面也逐渐地出现了骈体逐步地取代散体的趋向。我们有时把骈文称作"六朝文",所谓"六朝",虽包括吴和东晋,但其主要意思是指南北朝。这是因为骈体文的极盛时代正是南北朝。

南北朝时代由于南北两个政权对峙,国土分裂,因此文学的情况有所不同。南方长期处于汉族政权统治下,战乱较少,文人们还能有一个比较安定的生活环境进行创作,所以产生的作品较多。北方则陷于几个少数民族军事首领的长期混战,文学创作在一个较长的时间内陷于停顿。因此总的来说,现存的南北朝人作品,大部分产生于南朝。

一般来说,南朝人的文章,骈文确实占了很大的比重;但即使在当时,散文也并未绝迹。以骈文本身来说,在南朝也大致可以分为三个时期：刘宋时代；齐和梁初；梁后期和陈。刘宋的骈文和齐梁以后的骈文，其形式有较大的区别。刘宋初年人的骈文，从句子的字数比较整齐，文章比较华美和对仗逐步增加等现象来看，基本上可以归入骈文的范畴。然而比起齐梁以后的骈文来，不但散句还较多，对仗也不如后人讲究，更重要的是四声说还没有被明确地提出来，所以对文章的声律限制，也不像后来人那么严格。以谢灵运而论，沈约就说他不知声律①。他的文章比较讲究辞藻，这是人所共知的。但细分起来，也有三种情况，其中对仗比较工整的要数章表，如《诣阙自理表》中的"未闻俎豆之学，欲为逆节之罪；山栖之士，而构陵上之衅"可以说是较有名的句子。但就通篇来说，对句也不算太多。他的书信，文字确实很华美，对仗就很少。至于他的探讨哲理的论文，则显得更质朴些，基本上只能算散文。和谢灵运齐名的颜延之，对自己的"手笔"（无韵之文）颇为自负。他的文章对句比谢灵运较多，而文学价值似乎还不如谢灵运。总的来说，颜、谢的文章，只能说是早期的骈文，还不完全具备后来那些骈文的特色。

　　稍后的鲍照和谢庄的文章，骈体的特色才表现得比较显著。在现存的鲍照作品中，无韵之文一律可以归入骈文的范畴。他的《登大雷岸与妹书》应该说是家信一类，像这样性质的书信，也用骈文来写，这在南北朝也是罕见的例子。谢庄的不少章表，也是比较成熟的骈文。他的《上搜才表》，被李兆洛认为是典范之作，选入了《骈体文钞》。其中有一段是：

　　　　昔公叔与儓同升，管仲取臣于盗。赵文非私亲疏嗣；祁奚

---

　　① 《文选》中不选谢灵运的文，只选诗。也说明齐梁人认为他的文章还不够骈俪化。

> 岂诏雠比子。茹茅以汇，作范前经；举尔所知，式昭往牒。且
> 自古任荐，赏罚弘明。成子举三哲而身致魏辅，应侯任二士而
> 己捐秦相；白季称冀缺而畴以田采，张勃进陈汤而坐以褫爵。
> 此先事之盛准，亦后王之彝鉴。

这段话，基本上都是对句，而且差不多句句用典，确是典型的骈文。
但就是这样的作家，有时也会写出风格与此迥然不同的文章。如
他的《与江夏王义恭笺》，其中有这样一段：

> 家素贫弊，宅舍未立，儿息不免粗粝，而安之若命，宁复是
> 能忘微禄？正以复有切于此处，故无复他愿耳！今之所希，唯
> 在小闲。下官微命，于天下至轻，在己不能不重。屡经披请，
> 未蒙哀恕。良由诚浅辞讷，不足上感。家世无年，亡高祖四
> 十，曾祖三十二，亡祖四十七，下官新岁便三十五，加以病患如
> 此，当服几时见圣世？就中煎悚若此，实在可怜！

这段文字已颇似口语，和他写给皇帝看的那些奏章，简直如出两
手。看来作者要比较恳切地说明自己的要求，采用近似口语式的
散文还是比字斟句酌的骈体文更能达到目的。所以谢庄在迫切要
求辞官的情况下，即使对刘义恭这样烜赫的大官陈情，也还是采用
了散体。

　　和谢庄这种情况类似的，还有较他略早的王微。《宋书·王微
传》说他"为文古"，意思是说他的文章骈俪气息很少。其实，从《宋
书》所载他的四篇文章看，情况也不完全一样。他给王僧绰、何偃
的信和祭告弟王僧谦的文章，都属散体。前两篇比较类似嵇康的
文风，后一篇则更近于口语。但他给江湛那封信，似乎也有骈俪化
的句子，如："必欲探潜援宝，倾海求珠，自可卜肆巫祝之间，马栈牛
口之下；赏剧孟于博徒，拔卜式于刍牧；亦有西戎孤臣，东都戒士，
上穷范驰之御，下尽诡遇之能，兼鳞杂袭者，必不乏于世矣。"江湛

是宋文帝刘义隆的心腹,王微给他写信不同于别人,也许含有客气的意思。因为在当时,骈文一般被认为典雅的正式文章。试看刘宋一代几个皇帝的诏令,就可以看出这个区别。以文帝刘义隆、孝武帝刘骏和明帝刘彧为例:刘义隆给他弟弟义恭、义季等人的几道诏书,实际上是家信,所以都用口语式的散文,而正式发布的《诛徐羡之等诏》、《北伐诏》则用骈文。刘骏公开发布的诏书用骈文,而《宋书·谢庄传》载他给江夏王刘义恭关于改变选举之官的手诏,则用散文来写。刘彧的情况值得注意,他晚年杀了他弟弟刘休仁,曾发布两道诏书去说明这件事。一道是用骈文写的,只是公布刘休仁的"罪状",写得很简略,目的是告诉全国人的。另一道只是给几个方镇和大臣们看的,用的是散体,把事情的原委写得相当具体。这两道诏书,很能说明刘宋一代上层人物对骈散两种文体在使用场合方面的区别。

齐梁时代的骈文和刘宋相比显然更为成熟。由于诗歌中"永明体"的出现,骈文在声律方面更为严密,对仗也更工整了。这个时期著名的文人如沈约、江淹、任昉等集子中的文章,几乎全属骈体。齐梁文章有一个显著变化,就是在刘宋,除了章奏和给尊贵者或客气的人的书信外,一般给朋友的信,还常用散体,而齐梁文人们,则一律用骈体。例如沈约和王锡的关系很密切,江淹自称最好的朋友是袁炳,但沈约和江淹给这些友人写信,也用骈文。这说明骈文的势力已从冠冕堂皇的文章中发展到其他的领域。和沈约、江淹同时的任昉,被称为以骈文闻名,他的骈文有一个特色,就是对仗工整,用典很多。然而即使像这些骈文大家,还是很少用这种文体去说理和叙事。沈约写《宋书》,就是用的散文。江淹作《自序传》,也一反骈文的笔调,改用散体。任昉作为骈文家,写得最多的是公文,然而这类文章要是需把事情的原委讲清,却很难用骈文来写。所以遇到这种场合,他也不得不改用散体,甚至接近口语的文字。例如:他的《奏弹刘整》一文,是弹劾一个官员刘整虐待寡嫂范氏的事情。这篇文章一开头,用的是骈句:"臣闻马援奉嫂,不冠不入;氾毓字孤,家无常子。"但一到叙述事情经过的文字,就大不相同,如:"寅(刘整之兄)第二庶息师利,去岁十月初,往整田上,经十二日,整便责范米六斗哺食,米未展送,(整)忽至户前,隔箔攘拳大骂,突进房中,屏风上取车帷准米去……"这种情况很能说明骈文的局限性。所以很难设想,任何时代的文章可以完全避免使用散体,而一味做"骈四俪六"的文章。

在齐梁时代,不但叙事之文如史书和志怪小说等仍然用散文来写,而且说理的文章,多半也用散文。例如:梁代僧祐所编的《弘明集》中所载的关于宗教和哲学问题争论的文章,用的都是散文。例如:范缜的《神灭论》和曹思文等人站在佛教唯心主义方面反驳他的文章,用的都是散文。因为这种哲学问题,很难用骈文来说理。唯一的例外恐怕是刘勰的《文心雕龙》,这部书全用骈文来写,这确实说明作者高度熟练地驾驭骈体文字的能力。然而,我们也不能不看到,这部著作仍然说明了骈文的局限。作者在有些地方,由于形式的限制,并不能把论点说得很透辟。另外,刘勰虽然能用骈文来写《文心雕龙》,但他的哲学论文《灭惑论》就使用了大量的散句,因为像这种唯心主义的哲学思想,用骈文是很难阐明的。

梁代后期至陈代,骈文的文风又有一个显著的变化,那就是用典的数量大为增加。本来,在骈文中,用典一般就比散文为多。但梁后期至陈代的骈文,有一个特点是差不多句句用典,甚至叙事之处,也往往借用典故。这种文风的代表人物就是庾信和徐陵。庾信虽然由南入北,基本上是北周的作家,然而以骈文而论,因为与徐陵合称"徐庾体",被认为同一流派。历来的评论者都认为庾信的成就高于徐陵。这种看法是有道理的，因为庾信的《哀江南赋序》虽然差不多句句用典，仍能写得凄惋动人，富于感染力；徐陵的代表作《玉台新咏序》则不过是词藻绚丽，却很少动人之处，这也许和两人的生活经历不同有关。"徐庾体"的骈文，在辞藻方面，确实比前人更为华丽，但处处用典，对文体的拘束更甚，这个缺点对后来的文风起了不好的影响。

由于骈文的盛行，到了梁后期的陈代，甚至连历史著作和辩论哲学问题的文章，也常常用骈文来写。前者如何之元的《梁典总论》，后者如傅縡的《明道论》都是这样。但是，当时的散文也并未绝迹。如《南史·陈暄传》所载陈暄的《与兄子秀书》就是一篇散体文章。这种家信一类文字，人们还是不必使用骈文。只是这种质朴的文章在当时不大受人重视，所以很少留传下来。

如果说南朝人的文章虽以骈文为多，但散文仍占一定比重的话；那么在北朝骈文的数量和比重都比南朝要小。北朝和南朝文风不同的原因，一般都归结为西晋末年以后的长期战乱。如《隋书·经籍志》说："其中原则兵乱积年，文章道尽。后魏文帝，未能变俗，例皆淳古。齐宅漳滨，辞人闲起，高言累句，纷纭络绎，清辞雅致，是所未闻。后周草创，干戈不戢，君臣戮力，专事经营，风流文雅，吾则未暇。其后南平汉沔，东定河朔，迄于有隋，四海一统，采荆南之杞梓，收会稽之竹箭，辞人才士，总萃京师。"这段话基本上概括了北朝文学的大致情况。但是，我们需要补充地说明的是北方文风所以不同于南方，其根本原因虽在于战乱，使作家们很难有安定的环境进行创作。但在十六国时代一些应用文字，却往往写得比较华美，和东晋一些人的文章，差别并不太大。因为那时入据中原的少数民族统治者，大抵汉化较深，有的还能自己动手用汉文来写文章。例如淝水之战后，后燕创立者慕容垂写信给前秦苻坚，宣布背秦自立,苻坚也作书回答。这两封信见于《晋书·慕容垂载记》,可以看出他们的文字修养都比较高。慕容垂自称:"臣窃惟进无淮阴功高之虑,退无李广失利之愆,惧有青蝇交乱黑白。丁零夷夏以臣忠而见疑,乃推臣为盟主。臣受托善始,不遂令终,泣望西京,挥涕即迈。军次石门,所在云赴,虽复周武之会于孟津,汉祖之集于垓下,不期之众,实有甚焉。"苻坚答书说:"方任卿以元相,爵卿以郡侯,庶弘济艰难,敬酬勋烈,何图伯夷忽毁冰操,柳惠倏为淫夫!"又说:"失笼之鸟,非罗所羁;脱网之鲸,岂罟所制!翘陆任怀,何须闻也!"这些对仗工整的句子其实和南朝同类文字差别并不相远。慕容垂是鲜卑族,苻坚是氐族,他们的文章尚且很骈俪化,说明北方在十六国时期的文风,和南朝差别不会太多。《周书·王褒庾信传论》叙述十六国文学的情况说:"竞(章)奏符檄,则粲然可观;体物缘情,则寂寥于世。"可以说是比较具体地说出了当时的真相。当然,文学上各种体裁之间,总是相互影响的,"体物缘情"(指诗赋)的衰落,归根结底也必然使应用文字缺乏文采。因为南朝骈文发展的历史已经证明推动文章骈俪化的重要动力之一,就是诗赋技巧的不断发展的丰富。

但是,造成北魏初期的文风和南朝不同的又一个重要原因也不容忽视。那就是拓跋氏的入主中原。拓跋氏和慕容氏虽同属鲜卑族,但汉化的程度大不相同。慕容氏早在三国时代,已开始汉化,而拓跋氏直到前秦苻坚时,其首领涉翼犍还对苻坚说:"北人能捕六畜,善驰走,逐水草而已。"(《晋书·苻坚载记》)苻坚也曾对拓跋氏的使者燕凤说:"卿辈北人,无钢甲利器,敌弱则进,强即退走,安能并兼?"而燕凤自诩拓跋氏的强悍则称:"北人壮悍,上马持三仗,驱驰若飞";"军无辎重樵爨之苦,轻行健捷,因敌取资"(见《魏书·燕凤传》)。可见这个部落受汉人文化的影响很浅。北魏早期的统治者对汉族文化甚至有某种程度的敌视。《魏书·贺狄干传》载，贺狄干奉拓跋珪之命出使后秦，因北魏与后秦外交中断，被扣留于长安，"因习经史，通《论语》、《尚书》诸经，举止风流，有似儒者"。拓跋珪起初对他颇有好感，但他从后秦回去后，"太祖（拓跋珪）见其言语衣服，有类羌俗（实则是汉化），以为习而慕之，故忿焉，既而杀之"。在这种情况下，辞藻华丽的骈文，当然不适合北魏统治者的胃口。拓跋珪基本上占领了中原，称起帝号。他发布的公文，一般是很质朴的散文，因为对这时的帝王和大臣们来说，辞藻华丽，用典很多的骈文，显然不怎么好懂。所以拓跋珪发布的《定国号为魏诏》、《天命诏》等诏书，都用散体。继之而起的几个君主所发布的诏书也都差不多。北魏太武帝拓跋焘曾有一封给刘宋文帝的信，其末段是这样写的："知彼公时旧臣，都已杀尽。彼臣若在，年几虽老，犹有智策。今已杀尽，岂不天资我也。取彼亦不须我兵刃，此有能祝婆罗门，使鬼缚彼送来也！"这封信简直全是口语，在古代的外交辞令中，用这种质木无文的文章实在罕见。所以《魏书》中不载此文，可能是作者魏收认为不大雅观；而《宋书·索虏传》全文载入，也许沈约有意要显示北朝人缺乏文化。这虽然是当时文人的偏见，却也很能说明南北文风的差别。

北魏初朝廷的文告既然是质木无文的，那么当时的文人们文风又如何呢？我们知道，北魏初期最有名的文人要数崔浩和高允。崔浩的文章多数是散体，只有一篇册封北凉沮渠蒙逊为凉王的文章，用骈体来写。这是因为甘肃一带从十六国以来，由于前凉张氏统治比较安定，在那里聚集了一些文人，文化较高。据《魏书·胡叟传》载，当时凉州人自称"自张氏以来，号有华风"。北凉的刘昞、阚骃、宗钦、张湛等文人入魏以后都深受北魏士大夫们尊重。这说明凉州的文化，高于北魏统治区。所以崔浩写这篇文章，不得不用辞

藻华美的文字。至于高允的文章,今存者几乎全属散体,而且很少
文采。从《魏书·宗钦传》所载他和宗钦相赠答的诗看,两首都是淡
乎寡味的四言诗,而宗钦那首似乎还比高允写得稍好些。以时代
而论,崔浩差不多和谢灵运、颜延之同时;高允的壮年也差不多相
当于鲍照、谢庄生活的年代,而他的晚年,则沈约、江淹等人已经崭
露头角了。南北文风的区别在这个时期可以说最为显著。

北魏孝文帝元宏迁都洛阳,大力推行汉化,使北朝的文风开始
走向骈俪化。元宏自己就很能用汉文来写作。《北史·魏本纪三》
说他"才藻富赡,好为文章,诗赋铭颂,在兴而作。有大文笔,马上
口授,及其成也,不改一字。自太和十年已后,诏册皆帝文也。自
余文章,百有余篇"。元宏的诗只有个别和别人联句被保存了下
来。他的文章则《魏书》中所存的不少,其中有骈体,也有散体。其
中像《酬徐謇诏》,可以说是比较纯粹的骈文:

> 夫神出无方,形禀有碍,忧喜乖适,理必伤生。朕览万机,
> 长钟革运,思茫茫而无怠,身忽忽以兴劳。仲秋动痾,心容顿
> 竭,气体羸瘠,玉几在御。侍御右军将军徐成伯,驰轮太室,进
> 疗汝蕃,方穷丹英,药尽芝石,诚术两输,忠妙俱至,乃令沉劳
> 胜愈,笃瘵克痊。论勤语效,实宜襃录。(见《魏书·徐謇传》)

在元宏的影响下,北魏一些官员也开始学着用骈文写奏章了。
但在当时,散体的公文还是多于骈体。所以《隋书·经籍志》说当时
的文章"未能变俗,例皆淳古"。因为统治者的提倡,虽然可以使不
少人去对文章下功夫,却不能很快地改变文风和出现有成就的作
家。所以《魏书·文苑传》说,在元宏时代,确实形成了尚文的风气:
"衣冠仰止,咸慕新风";但直到他孙子明帝元诩时,从事写作者虽
然很多,却"学者如牛毛,成者如麟角"。

北朝文学比较兴盛的时代,是北魏末和北齐时代。当时最有

名的文人是常景、温子升、魏收和邢劭。但这些文人也很少自己的特色。例如《北史·魏收传》载，邢劭的文章模仿沈约，魏收的文章模仿任昉。他们互相指责对方剽窃任、沈。其实他们都是南朝文学的崇拜者，不过所崇拜的人物不同而已。北朝人之仰慕南朝文学，不光是文人们如此，连一些帝王也是这样。据史载北魏末期的帝王在宫廷里吟咏的是鲍照的《代淮南王》等乐府诗（见《北史·魏本纪五》）；当他们大权旁落时，就借谢灵运"韩亡子房奋，秦帝鲁连耻"的诗句鼓动臣下为他尽忠；甚至被篡位之后，也朗诵范晔的《后汉帝·献帝纪赞》来抒发内心的悲愤（见《魏书·孝静纪》）。所以像温、邢、魏诸人的文章，基本沿袭齐梁文风。倒是由北齐入周、隋的卢思道，虽然用骈文来写应用文字，却用质朴的散文写了《北齐兴亡论》和《后周兴亡论》两篇史论（见《文苑英华》卷七五一），说理比较清楚，在骈文盛行之际，出现这种文章，还是可喜的。

至于西魏、北周的文化，不但赶不上南朝，也不及东魏和北齐。据刘知几《史通》说，北周北魏北齐还保存较多的鲜卑习惯和语言。看北周一代，除了由梁入周和由北齐入周的一些作家外，并没有产生过什么有成就的文人。从文体的情况看，宇文泰和他侄儿晋公宇文护等人的文章，大抵都是散文。但宇文泰手下的汉族文人却承袭北魏末年的风气，大抵用骈体来写作公文。如王悦的《与梁汉域主杨贤书》、申徽的《为周文帝（宇文泰）责侯莫陈悦书》、《为周文帝传檄方镇》等都是这样。宇文泰并不赞成这种文风，他命苏绰作《大诰》，文体摹仿《尚书》，意在纠正骈俪之风。但《大诰》对北周的文风并没有起多大影响。相反地自从王褒、庾信等人入周之后，他们的文体立即风靡朝野。从现存的文章看，宇文泰几个儿子写的文章，全属骈体。其中最典型的是滕王宇文逌，他的《庾信集序》完全是模仿庾信的文体。从元宏和宇文泰的事例，说明文风问题往往很难由个别统治者的意志来左右。然而,宇文泰的反对骈文,不仅是出于个人的好恶,也反映着一部分知识分子不满意骈文的过于雕琢,不切实用的弊病。因为在此以前,梁代史学家裴子野,曾作《雕虫论》,对齐梁文风有所非难①。到了隋代,李谔又再一次上书隋文帝杨坚,要求纠正文体。但他在反对齐梁文风时,自己的行文,却并未摆脱骈文的腔调,如"竞一韵之奇,争一字之巧,连篇累牍,不出月露之形;积案盈箱,唯是风云之状",这些全是工整的对仗。杨坚接受了他的意见,曾对某些"文风轻绮"的官员,加以惩处。但用命令和处分来改变人们文章的风格,本来很可笑,当然不会收效。相反地,到炀帝杨广时,又提倡起齐梁文风来。当时有两个史官窦威和崔祖浚曾反对南朝文化,结果各挨了一顿打。在杨广看来,江南是"天下之名都","自平陈之后,硕学通儒,文人才子,莫非彼至"(《全隋文》卷五)。杨广为文化问题打人,当然不对;但从文化落后的北周的基础上建立起来的隋帝国的统治者,其崇奉南方文化并不足怪。至于克服齐梁文风的弱点,进而用散文来代替骈文,只是到了唐代,才逐渐取得成功。因为这需要有人通过创作实践来逐步改变风气,而不是靠行政手段能取得成功的。

关于北朝文风,还有一点应当提到的是关于《水经注》和《洛阳伽蓝记》。在不少文学史著作中,往往把它们作为北朝散文的代表。其实《水经注》是郦道元为《水经》所作的注释;《洛阳伽蓝记》是一部史籍。这些著作,即使在南朝,一般也用散文来写。当然这两部著作中有不少篇幅具有文学意味。但这些部分的文字,有时

----

① 裴子野在当时曾有一定影响,梁简文帝萧纲在给元帝萧绎的信中说到当时有人学他的文风。不过萧纲对裴子野的文章是不满意的。他说:"裴氏乃是良史之才,了无篇什之美。"人说"裴亦质不宜慕"。可见首先提倡写散文的人,大抵是史学家。

也不免沾染骈俪化的习气,如《水经注·涞水》中写张泽景色:"其西则石壁千寻,东则磻溪万仞,方岭云回,奇峰霞举",是很工整的对仗。《洛阳伽蓝记》中关于寿丘里的一段描写,对句更多,而且很工整。这说明北魏末年的文章,即使是散文,也会带些骈俪气息。原来在整个南北朝虽然有了骈、散之分,并且已有人感到骈文的缺点,但还没有人把骈散两种文体看得水火不能相容。这种偏见,基本上是后来人造成的。

四 关于骈体文的评价

骈文作为一体文体,的确有较大的局限性,所以历来的评论者对它总是指责者多,赞扬者少。平心而论,骈文确实有许多弱点。总的来说,它既不宜于叙事,也不适于说理。这一点我们在前面已经说得较多。具体到历史上一些作家的骈文,也可以发现许多毛病,大体说来有下列几种情况:

一、刻意雕琢,有时反而使文句欠通。例如江淹《别赋》中的"使人意夺神骇,心折骨惊";《恨赋》中的"或有孤臣危涕,孽子坠心"。其实后一个例子,不过是为了追求新奇,故意把"坠涕"和"危心"二语的动词加以颠倒,但这样一来,就令人费解了。因为"涕"(眼泪)是不会感到忧虑的;心也无法坠下去。前一例子的毛病虽然一样,但程度上更严重。即使改成"骨折"、"心惊",仍然不很好懂。原因在于离别之情虽然造成人们内心的痛苦,却无法引起"骨折"。在辞赋和骈文中,使用辞句倒装的手法,在一定程度上,本来是可以的。例如:李白的《悲清秋赋》中的"澄湖练明,遥海上月";苏轼的《后赤壁赋》中的"人影在地,仰见明月"。据前人的说法本是"遥海上月,澄湖练明"和"仰见明月,人影在地"的倒置。但把语句顺过来,意味却大有逊色。像这种例子,就完全可以容许。至于江淹这些句子,则把文意弄得很不通顺,显然就成了病句。这种由于种种原因而造成文句欠通顺的例子,在骈文中比较常见,金代的王若虚在《滹南遗老集·文辨》中,曾举出庾信《哀江南赋》中"崩于巨鹿之沙,碎于长平之瓦"和"申包胥之顿地,碎之以首"等语加以指责,就是因为文句欠通。

二、因为强求字句整齐或故意求典雅而改变人物的本名,甚至用一些含混的概念去代替它。这种弊病在骈文中也数见不鲜,例如唐王勃的《滕王阁序》中有"杨意不逢,抚凌云而自惜;钟期既遇,奏流水以何惭"。这里把杨得意的"得"字和钟子期的"子"字删去,给古人改了名。刘知几《史通·因习篇》则更严重了,其中有这样的话:"若乃韦、耿谋诛曹武,钦、诞问罪马文"。把魏武帝曹操叫"曹武";晋文帝司马昭叫"马文",各取姓名中一字和谥法中一字,简直不成文理。如果不熟悉历史的人,真会当作"曹武"、"马文"是人的真实姓名。至于用典故去代替人名或朝代的名称,弊病也很明显。如庾信的《吴明彻墓志铭》中有"自梁受终,齐卿得政,礼乐征伐,咸归舜后"。这里用"齐卿"和"舜后"来代替陈霸先,因为春秋时的陈恒在齐国的官爵是卿,而姓陈的据说是舜的后代。但春秋时齐国的卿有好多人,如高氏、国氏、崔氏、庆氏都曾任"齐卿",所以"齐卿"不可能是陈姓的代名词。"舜后"的概念更是含混,从字面上说,既可理解为舜的后代,也可以理解为舜以后。即以舜的后代来说,像田氏、袁氏、姚氏据说都是舜的后裔,也不能专指陈霸先。又如刘知几《史通·断限篇》中说:"沈录金行,上羁刘主;魏刊水运,下列高王。"他据古代所谓"五德终始说",认为晋得的是"金德";而北魏得的是"水德"。这种迷信的说法我们可以暂且不管。但照这种说法,"金行"也不等于晋朝,"水运"也不等于北魏。因为在这种学说看来金木水火土五行是循环不息的。唐以前各王朝中，少昊、夏代和晋代都可以说是"金行"；商代和刘宋也可以说是"水运"，而且秦代历来被认为是"闰水"所以也是"水运"。这实际上是把涵义大小不同的两个概念互相替代，违反了逻辑的规律。

三、不要用典处用了典，使一句简单的话分成好几句，而读者反而感到晦涩。这种弊病往往出现在叙事的篇幅中。如庾信的《齐王(宇文)宪神道碑》写到齐王宪之死，用了"既而赤鸟夹日，黄熊入寝，实沈无祀，桑林不祭"四个典故，其意思不过是说宇文宪得了不治之症死去。宇文宪是被周宣帝宇文赟杀害的，庾信当时无法直说宇文宪怎样死去是可以理解的。但后文明明说到"宣政元年六月二十八日薨"，意思如在"薨"字前加"以疾"二字已经明确，这四句话实在毫无必要。又如徐陵的《章昭达墓志铭》讲到侯景之乱时，用"既而黑山巨盗，凭陵上国；白水强胡，虔刘中夏"来代替。在《为梁贞阳侯与陈司空书》、《移齐文》等文中，把北周称作"羌贼"、"戎王"、"羯寇"等，如果不知道历史的人，简直茫然不知他指的是什么人。

四、有些典故和句法重复使用，形成公式。这是骈文中更经常出现的现象。不论庾信、除陵或初唐四杰的骈文中，都有这种现象。例如：讲到某人的学业，总是说"三冬文史"。又如庾信文章中"河阳一县花"，"金谷满园树"；"横雕戈"，"执金鼓"等典故，就重复出现。

总之，骈文作为一种文体，局限性是很大的，由于它的形式方面的限制，有时会出现种种以文害意或辞不达意的毛病。但古代的骈文家，也确实给我们留下了不少名作，如鲍照的《登大雷岸与妹书》、孔稚珪的《北山移文》、丘迟的《与陈伯之书》、庾信的《哀江南赋序》、王勃的《滕王阁序》、骆宾王的《为徐敬业讨武曌檄》等，至今传诵不衰。这些文章有的在抒情和铺叙、夸张一些事物时,往往能把一些曲折、复杂的感情或生动的事物形象传神地表达出来。也有一些应用文字,写得义正辞严,言简意赅,给人留下深刻的印象,如隋末祖君彦为农民起义领袖李密作声讨隋炀帝的檄文,有"罄南山之竹,书罪无穷;决东海之波,流恶不尽"之句,这种铿锵有力的句子,为历来评论家所赞赏。后来李自成、杨秀清等农民起义领导人也使用过一些骈体的檄文。这说明骈文在文学史上也未始没有起过积极的作用。

骈文这种文体所以会产生,原因即在古代汉语基本上是单音词组成的。时至今日,汉语中的多音词已大大增加,所以这种文体当然已不能适用。但是,我们也要看到古代骈文中决不是没有一些可供我们借鉴的手法和可以吸取的辞汇。今天的汉语是古汉语发展来的,在现代汉语中,单音词还有一定的比重,在某些场合,带有骈俪式的语言,也并不是完全不能使用。例如:党中央于一九三六年八月二十五日致国民党的信中,用了"爱国有罪,冤狱遍于国中;卖国有赏,汉奸弹冠相庆"这样的骈句,一针见血地揭露了反动派对内高压,对外投降的丑恶嘴脸。这种句子恰好发挥了骈俪文的长处,而用散文来写,可能就很难作到这样简洁有力了。

我们对待遗产的态度本来是吸取精华,剔除糟粕,只要对今天有用的,都可以批判地加以继承。至于古人那种骈文和散文的门户之见,那只是历史的陈迹,显然没有必要再加以左右袒。

五　骈文在文学史上的地位问题

在我国古代,诗和文(包括骈文和散文)被看作文学的"正宗"。近年来的文学史家则把文学的内涵缩小到几乎只包括诗歌、小说和戏剧;至于各类的"文",虽然并未公开排斥在文学之外,却很少受到重视。特别是骈文,因为被视为"形式主义"的东西,所以更少人对它进行研究和论述。

其实,把一种文体说成"形式主义",本来就不很妥当。因为在文学方面说,"形式主义"是指光追求形式华美,而缺乏思想内容的东西。但"骈文"这种文体,却是由古汉语多系单音词的特点而产生,在文章的发展过程中自然形成的。因此不能笼统地一律把它看作形式主义的作品。何况骈文中确有一些作品并非缺乏进步的内容或真情实感。即使一些作品由于追求辞藻,在个别文句中出现若干语病,但就整个作品来说,在艺术上确有独到之处,也不能因为它是骈文,就加以抹煞。这个道理本来很清楚,似乎不必多说。

比较复杂的问题倒是我国古代的一些文章,其中包括骈文和散文,究竟算不算文学作品?这个问题,实际上涉及"文学"一词的涵义问题。"文学"一词,本来有广义和狭义两种理解。这个区别在外国也同样存在。马克思和恩格斯在《共产党宣言》中提到的"文学",取的是广义的解释。如果照这种解释去看待我国古代的散文和骈文,那么在文学史中本来没有理由把它们排斥在文学之外。因为在政论、应用文以及历史著作中,具有文学意味的篇幅本来不少。这些文章从文体上说,和狭义理解的文学作品本来有着千丝万缕的密切联系,很难截然分割。例如:袁淑《驴山公九锡文》、沈约《修竹弹甘蕉文》等,都是有所寄托的杂文,应该说和狭义的文学作品属于一类,但这些文章用的格式,却和当时的应用文完全一样。志怪小说《搜神记》的作者干宝,同时是个史学家,在文体上说,《搜神记》的文字,丝毫不比他的《晋纪》讲究。我们如果只取《搜神记》而根本不提《晋纪》的佚文,恐怕不很妥善。再说志怪小说在我们今天看来,情节显然是虚构的,但在古代,很多人都把鬼怪看作实有。因此裴松之注《三国志》就收录了不少志怪小说中的材料,当作历史看待。唐人修的《晋书》、《南史》等书中,也用了许多志怪小说中的材料。这就说明古代小说和历史二者存在着千丝万缕的联系,不应该截然加以分割。再说那些应用文和历史、哲学著作,在语言和写作技巧方面,也总是和狭义的文学作品相互影响着。屏斥这些文章不谈,那么文学史上的某些现象就难于理解。研究唐传奇时如能和当时历史著作的叙述方法进行比较研究,显然比孤立地论述要清楚。而且从文学史来看,早期的文学作品,有些本来是历史或哲学著作。例如《史记》和《庄子》是现在每一部文学史都加以论述的著作,因为它们是散文的老祖宗。但人们对后来的许多史学和哲学著作则只字不提。这种做法,是否有充分的理由,也很值得思考。因为后来有些史学家,分明是著名的作家,如沈约和欧阳修。再以诗歌来说,律诗和骈文,虽然一个有韵,一个无韵,然而讲究平仄和对仗的特点,以及喜欢用典的习惯,都是完全相同的。它们之间的相互影响,更是不言自明。照目前那种轻视骈文的做法,显然对说明律诗的形式和发展有一定的困难。即使从律诗这一体裁的形成问题出发,我们的文学史家,也显然很有必要给予骈文以足够的重视。

再说,我们研究文学史,不但要具有今天的文学观点,同时也必须历史主义地阐明古人的文学观,说明某些文体在古人心目中的地位,不管古人的看法是否正确,也必须在文学史中予以适当的介绍。根据上述的理由,我觉得我们已有的文学史著作,对骈文和某些散文的重视是不够的。今后我们的文学史著作,应该在这方面有所改进,使文学史研究的质量进一步提高。这是我个人的一点希望。

略论南北朝文学的评价问题

一

　　关于南北朝,特别是齐梁文学的评价问题,"文化大革命"前,曾经有人提出过,但由于林彪、"四人帮"的文化专制主义,整个古典文学研究工作基本上陷于停顿状态,所以没有认真进行讨论。今天,作为文学史的研究者,我们有必要根据具体的分析,给这个时代的文学以一定的历史评价。

　　南北朝,特别是齐梁文学中的形式主义倾向,确实是存在的,这一点我们无法加以否定。问题在于:在形式主义流行的南北朝时代,是不是还有些在某种程度上摆脱了形式主义倾向,反映过一些重大现实问题的作家? 同时,即使受形式主义影响的作家,他们的文学主张和创作实践是否毫无可取之处? 这也很值得考虑。

　　如果我们仔细阅读一下南北朝的文学作品,就不难看到,即使梁、陈时代某些写过"宫体诗"的人,也不是没有写过一些其他内容的作品;至于像江淹、何逊、吴均、刘孝绰、柳恽、阴铿等人,更是从来没有或很少人目之为"宫体诗人"。我们更应当看到:梁陈一些诗人对唐代许多杰出的诗人们是有影响的。例如:李贺受他们的影响就很明显。他的《还自会稽歌》,有一篇小序,就公开承认是从庾肩吾的诗中得到启发;作者还有一首《追和柳恽》,则和柳恽《江南曲》有着明显的继承关系。其实,就是"宫体诗人"也未尝没有可取的成分。如庾肩吾的《乱后经吴邮亭》:

邮亭一回望，风尘千里昏。青袍异春草，白马即吴门。獯戎鲠伊洛，杂种乱辕。辇道同关塞，王城似太原。休明鼎尚重，秉礼国犹存。殷牖爻虽赜，尧城吏转尊。泣血悲东走，横戈念北奔。方凭七庙略，誓雪五陵冤。人事今如此，天道共谁论？

这首诗还是反映了侯景之乱中的一些现实，其中"白马"、"青袍"的典故，在后来诗人的作品中也经常出现。稍后的徐陵，由于编了《玉台新咏》，所以给人一个印象，似乎他专写"宫体诗"，其实也不尽然。他一些乐府诗和赠别之作，写的也很清新可喜。这些作家的成就当然不能估价很高，但对他们的可取之处，还应该给予适当的评价。

二

关于齐梁文学，当时的批评家如刘勰、钟嵘、裴子野等人就曾深表不满。他们指责当时的文风，归结起来无非是两点：一是内容贫乏；二是一味追求辞藻。到了唐代，许多著名的作家差不多都对齐梁文学作过批评。其中最有名的是陈子昂，后来李白、杜甫、韩愈、白居易等大作家，也都对齐梁文学有所指责。因此人们的轻视齐梁文学，已经有一千多年的历史了。到了"五四"时代，人们提倡白话文，反对文言文，其锋芒所向，也指向齐梁文学。例如：胡适的《中国文学改良刍议》中所提的"不用典"、"不讲对仗"等等，正是针对齐梁的文风而言。那时的人要打倒"选学妖孽"、"桐城谬种"。这里所谓"选学妖孽"就是指当时一些模仿齐梁文学，写骈体文的人。从此以后，齐梁文学在人们心目中的地位降得更低。当人们提到这个时期的文学时，总是贬抑的多，肯定的少。这种看法差不多已经成了"定论"。

我们今天来评价南北朝文学,特别是齐梁文学,不是要做什么翻案文章,更不是要对历来批评齐梁文学的人作任何非难。一般说来,那些对齐梁文学的批评,有很多是中肯的。当时不少作家确实过于追求辞藻华美而不大重视作品的思想意义。在这里,我们可以引一段梁代裴子野《雕虫论》中的意见:

> 爰及江左,称彼颜(延之)谢(灵运),箴绣鞶帨,无取庙堂。宋初迄于元嘉,多为经史;大明之代,实好斯文,高才逸韵,颇谢前哲,波流相尚,滋有笃焉。自是闾阎年少,贵游总角,罔不摈落六艺,吟咏情性。学者以博依为急务,谓章句为专鲁,淫文破典,斐尔为功。无被于管弦,非止乎礼仪,深心主卉木,远致极风云,其兴浮,其志弱,切而不要,隐而不深,讨其归途,亦有宋之遗风也。(《文苑英华》卷七四二和《全梁文》卷五二;《通典》卷一六作《选举论》,文字略有出入)

另一个梁代的批评家钟嵘在《诗品》中对同一现象也作过类似的批评。

值得注意的是,这些批评家们批判齐梁文风,其实指的往往是整个南北朝。因为陈代的文风完全是沿袭齐梁的,这似乎并无异议。而齐梁文风据裴子野的论述,是导源于刘宋的。和裴子野差不多同时的批评家们,其看法也和他相同。例如:萧子显的《南齐书·文学传论》把所谓"今之文章",即齐梁时代的文学分为三个派别。据他说,一体是源出谢灵运;一体源出鲍照;还有一体,他没有举出代表者的姓名,照他的叙述,这一派的特色是:"缉事比类,非对不发,博物可嘉,职成拘制。或全借古语,用申今情,崎岖牵引,直为偶说。唯睹事例,顿失清采。"这里说的情况和钟嵘《诗品》中所说的"颜延、谢庄尤为繁密,于时化之。故大明、泰始中,文章殆同书抄。近任昉、王元长（王融）等，辞不贵奇，竞须新事；尔来作者，浸已成俗。遂乃句无虚语，语无虚字，拘挛补衲，蠹文已甚"，指的是同一倾向。可见萧子显所说的就是以颜延之、谢庄为代表的一派诗风。从这里，我们可以看出不但裴子野，而且萧子显、钟嵘都一致认为"齐梁文风"起于刘宋。所以对齐梁文学的批评，实际也就是对南朝文学的批评。

不但如此，如果就诗歌来说，北朝的诗人们大体上也摆脱不了齐梁的轨辙。因为现存的北朝文人诗歌，大抵出现于北魏孝文帝元宏以后。在此以前，北朝一些文人虽写过某些诗，如高允和宗钦互相赠答之作（见《魏书·宗钦传》），都是些缺乏诗意的四言诗，谈不上多少文学价值。元宏迁都洛阳，大力推行汉化，才使北朝的文人诗发展起来。唐代来华留学的日本高僧遍照金刚在《文镜秘府论·四声论》中说："昔永嘉之末，天下分崩，关河之地，文章殄灭。魏昭成、道武之世，明元、太武之时，经营四方，所未遑也。虽复网罗后民，献纳左右，而文多古质，未营声调。以太和任运，志在辞彩，上之化下，风俗俄移。……从此之后，才子比肩，声韵抑扬，文情婉丽，洛阳之下，吟讽成群。及从宅邺中，辞人间出，风流弘雅，泉涌云奔，动合宫商，韵谐金石者，盖以千数，海内莫之比也。郁哉焕乎，于斯为盛。"这段话对北朝后期文学显然估价偏高。按《魏书·文苑传》说元宏提倡汉化以后，"衣冠仰止，咸慕新风"，然而直到他儿子时还是"学者如牛毛，成者如麟角"。但北朝文学的兴起始于元宏迁洛之后，则是完全正确的。而元宏迁洛的时间，正是南朝齐明帝建武元年，正值"永明体"盛行的时代。因此在诗风上受齐梁诗人影响极为明显。在这里，我们可以引两个较突出的例子。一是北魏杨衒之《洛阳伽蓝记》卷四所载的"荆州秀才张斐"的"清拔之句"："异林花共色，别树鸟同声。"一是《艺文类聚》卷二所引北齐刘逖的《对雨有怀诗》,其中有这样的句子:"细落疑含雾,斜飞觉带风。湿槐仍足绿,沾桃更上红。"这类诗句完全是齐梁诗的格调。因为北朝诗人,很多是学南朝的。北齐颜之推在《颜氏家训·文章篇》中说:"刑子才(即邢劭)、魏收俱有重名,时俗准的,以为师匠。邢赏服沈约而轻任昉;魏爱慕任昉而毁沈约,每于谈宴,辞色以之,邺下纷纭,各为朋党。"《北史·魏收传》还记载着邢、魏互相指责对方摹拟和剽窃沈约、任昉的事。这说明对齐梁的批评,同时也意味着对北朝诗人的批评。所以说,否定齐梁文学实际上就是对整个南北朝文学的否定。

如果说否定齐梁文学是对整个南北朝文学的否定,那么又将怎样去理解唐诗和南北朝诗的历史联系呢?大家知道,在任何一个时代,每一种意识形态的发展,都必然要以他们前人积累的材料和经验为出发点。正如恩格斯在给梅林的信中所说:"在每一科学部门中都握有一定的材料,这些材料是由以前各代人的思维中独立形成的。并且在这些世代相继的人们的头脑中经过了自己独立的发展道路。"(《马克思恩格斯书简》第62页)试想,如果没有南北朝诗人为唐诗的种种艺术技巧作准备,那么这样一个光辉灿烂的诗的黄金时代又是怎样产生的呢?当然,从内容方面说,我们可以用唐代的阶级斗争形势(如"安史之乱"等等)来加以解释。然而从艺术上讲,唐诗的丰富多彩的艺术风格,如果没有前人积累的经验作为凭借,那是无法设想的。但是,我们又不能不看到,唐代那些批判齐梁文风的人,都是杰出的文学革新者,在文学史上有他们不可磨灭的作用。这又该怎样理解呢?

关于这个问题,我们也应该作具体的研究,即这些作家是从什么角度来否定齐梁文学的?他们在否定齐梁文学时,是不是在另一方面也吸取了它的某些可取的成分?在这里,我们首先要从陈子昂说起。陈子昂是唐代第一个出来反对齐梁文风的人。但是,他在当时对齐梁文学的批评是从什么角度出发的呢? 我们知道,生活在初唐(实际上是武则天时代)的陈子昂当时所面临的文学状况,正是"上官体"流行的时代。"上官体"的代表人物是唐高宗李治时的大臣上官仪。他的作品大体上承袭隋末唐初许多诗人的诗风。这些人走的是"宫体诗"的老路,不能正视现实。因为在唐初所谓"贞观之治"的年代里,由于阶级矛盾相对地有所缓和,封建地主阶级的知识分子们对文学这一武器并不显得特别重视。《通鉴》卷一九五载,贞观十二年,有个官员邓世隆,请求给太宗李世民编文集。李世民不许,他说:"梁武帝父子、陈后主、隋炀帝皆有文集行于世,何救于亡! 为人主患无德政,文章何为!"其实李世民并非不会作诗文,在他周围也有不少文人,但他们的文风大体上都不过像陈、隋许多作家那样"吟风月,弄花草"而已。到李世民的儿子李治初年,任用长孙无忌、褚遂良等旧臣,政治基本上还算清平。但到了李治中后期,武则天开始掌权以后,情况就不同了。关于武则天这个人的评价,史学界存在着不同的说法,我们不想专门讨论这个问题。但是,从历史上看,武则天掌握政权以后,唐王朝的阶级矛盾日益尖锐起来。这表现在对外用兵的时常失利和统治阶级内部争权夺利互相残杀的事情越来越多。武则天任用周兴、来俊臣等酷吏,滥杀异己,实行残暴统治就是证明。陈子昂这个人是有政治抱负的。明末的大思想家王夫之在《读通鉴论》中曾经谈过。陈子昂要改革文风,主要就在于他要通过文学这个武器来宣扬自己的政治主张。他反对齐梁诗风,重点在于不满意那些诗"兴寄都绝",即思想性差。从他自己的创作看,他的《感遇诗》受阮籍《咏怀诗》的影响十分显著,而事实上学阮籍的《咏怀诗》却是许多南北朝作家所共同使用来抒发身世感慨的重要手法之一。我们可以举出鲍照的《学阮公体》、江淹的《效阮公诗十五首》和其他拟古诗以及庾信的《拟咏怀》为例。尤其是江淹那十五首《效阮公诗》，据他的《自序传》中说，是他在刘宋末年"赋诗十五首"，来讽谏建平王刘景素想搞政变的密谋的。这些诗的用意，和陈子昂的《感遇诗》十分相似。从艺术上看，这些南北朝诗人的作品也和陈子昂相类。这里面的继承关系比较明显。再说陈子昂的创作，也不是全盘否定辞藻。他也很注意诗歌的形象性，善于通过写景来抒情，做到情景交融。日本遍照金刚在《文镜秘府论·论文意》中说："落句须令思常如未尽始好。如陈子昂诗落句云'蜀门自兹始，云山方浩然'是也。"这种艺术特色，正如钟嵘《诗品》所谓"味之者无极，闻之者动心"。这是南朝诗人所特别注意的一个方面。在陈子昂的作品中，显示出这种特色的也不少。例如他的《送客》：

> 故人洞庭去，杨柳春风生。相送河洲晚，苍茫别思盈。白
> 苹已堪把，绿芷复含荣。江南多桂树，归客赠生平。

在这首诗里，主要的句子是写景，但通过写景，却把人的离情别绪传达了出来。这种手法显然受了梁代柳恽某些诗的影响。例如：柳恽的《江南曲》："汀洲采白苹，日落江南春。洞庭有归客，潇湘逢故人。故人何不返，春华复应晚。不道新知乐，且言行路远。"在内容和风格上与陈子昂那首诗都颇相像。柳恽还有几首赠吴均的诗（见《艺文类聚》卷三一），也对陈子昂这类诗颇有影响。这说明在陈子昂的创作中，并没有完全舍弃南朝诗歌中一些有价值的东西，特别是艺术手法。相反地，在陈子昂的另一些作品中，我们也感到艺术上有些缺陷，而这种缺陷，在某种程度上说，也可以归结为他吸取南北朝诗人的艺术经验还不够之故。

其次，我们可以举韩愈为例来谈谈。韩愈虽然在《荐士》诗中说过"齐梁及陈隋，众作等蝉噪"的话，似乎对南北朝诗否定得最彻

底,但在同一首诗中,他对谢灵运、鲍照还是称赞的。他自己的诗受这两位南朝诗人的影响很深,明清以来的评论者对他这一点讲得很多。从韩愈的诗歌风格看,他是提倡高古、险怪和雄伟的风格的。这一点确实和齐梁时代作者们的主流不同。(这只能从一般而论,其实像梁代的江淹、吴均,也有些诗写得比较高古,江淹也还有某些奇险的诗。)但诗歌的艺术风格,本来可以多种多样。仅仅根据风格上的差异,并不能否定一些作家的成就。何况韩愈从南北朝诗人那里也吸收过许多经验,例如他的《秋怀诗》,从题材上说,就创始于谢惠连,而且韩愈这首诗的艺术风格也颇与《文选》中某些南朝诗人的作品相近。

最需要在这里说明一下的是白居易和元稹。元、白反对南北朝诗风,也是很激烈的。白居易在《与元九书》中,曾经公开地批评鲍照,说他的"归花先委露,别叶早辞风"(原句见《玩月城西门廨中》;《四部丛刊》本《白氏长庆集》引作"离花先委露,别叶乍辞风")等诗句无益于"风教"。我们不能否认,元、白提倡新乐府运动是进步的,对当时的诗歌起了很好的推动作用。而且如果我们孤立地看"归花"二句,也确实只是文字华丽,并无太多的社会意义。但是如果仔细地研究一下鲍照在文学史上的作用,就可以发现,实际上正是他开了新乐府运动的先河。我们知道,元稹写过一篇《乐府古题序》,文中竭力推崇杜甫的《悲陈陶》、《哀江头》等诗:"率皆即事名篇,无复依傍。"他和李绅、白居易一起创作"新乐府",就是"不复更拟古题",也有些是"虽用古题,全无古意"。后一种写作方法,其实是在鲍照那里得到的启发。鲍照也以善于写乐府诗著名。《宋书》和《南史》的《临川王义庆传》附《鲍照传》,首先提到他的乐府诗。鲍照的乐府诗是很能反映一些社会现实的。这一点,大家都公认,我不想多说。这里应该注意的是,鲍照的乐府诗有时也有点

"虽用古题,全无古意"的味道。在这里,我想举他的《代东武吟》为例。鲍照的《代东武吟》是一首大家很熟的诗,它写一个老兵退伍以后的困苦生活。现在的评论家对这首诗都很称赞。但是,在鲍照以前的《东武吟》又是什么样子的呢?宋郭茂倩《乐府诗集》卷四一就载有一首晋陆机的《东武吟行》,原文是:"投迹短世间,高步长生闉。濯发冒云冠,洗身被羽衣。饥从韩众餐,寒就佚女栖。"原来是一首求仙的诗,内容毫无可取,在艺术上也不见得高明。这和鲍照的《代东武吟》的精神境界完全不一样。这很能说明鲍照的乐府诗颇富于创新的精神。

我们不妨再举一个例子,那就是鲍照的《代陆平原(即陆机)〈君子有所思行〉》。这首诗看起来似乎跟别人的作品还比较相似,不像《代东武吟》那样与前人完全不同。所以《乐府诗集》卷六一引《乐府解题》说:"《君子有所思行》,晋陆机云:'命驾登北山';宋鲍照云:'西上登雀台';梁沈约云:'晨策终南首',其旨言彤宫丽色不足为久欢,宴安鸩毒,满盈所宜敬忌,与君子行异也。"但值得注意的是,鲍照那首作品有这样的句子:"筑山拟蓬壶,穿池类溟渤,选色偏齐代,征声匝邛越。"这四句诗,开头都是一个动词,看起来似乎是泛指。但是,如果我们联系当时的历史背景,就可以知道,这首诗名为"拟古",实则是讥刺时政的。根据《宋书·何尚之传》记载:"是岁(元嘉二十三年),造玄武湖,上(刘义隆)欲于湖中立方丈、蓬莱、瀛洲三神山,尚之固谏乃止。时又欲造华林园,并盛暑役人工,尚之又谏宜加休息。上不许,曰:'小人常自暴背,此不足为劳。'"又《南史·宋本纪中》也记载:元嘉二十三年,"筑北堤,立玄武湖于乐游苑北,兴景阳山于华林园,役重人怨"。我们把这些史料和鲍照的诗联系起来看,就知道他这首诗虽然用的是"古题",却也像白居易那样"为君为民为事为物而作",也是"主文而谲谏"的意思。清代的何焯曾经说："诗至明远(鲍照)，发露无余，李、杜、韩、白皆从此出也。"(引自清于光华编《文选集评》卷五)何焯的话主要是从艺术手法和形式上说的，但我们从创作精神方面看，似乎元稹、白居易提倡的新乐府运动，也与鲍照有着不可忽视的渊源关系。

至于李白、杜甫虽然说过一些贬低南北朝特别是齐梁文学的话，但他们总的来说更不是全盘否定南北朝文学。李白的《古风》第一首，虽然有"自从建安来，绮丽不足珍"之句，照清人沈德潜的解释，似乎李白对建安文学是肯定的，对建安以后的作品是否定的。其实李白对南北朝甚至齐梁文学并不是一笔抹煞。譬如对谢朓，他就很推崇；至于他对鲍照更不用说了。他的《行路难》和鲍照的《拟行路难》的继承关系是这样明显，只要放在一起读一下，就可以感觉得到。杜甫虽然说过"恐与齐梁作后尘"的话，但他却又说过"颇学阴何苦用心"(《戏为六绝句》)和"流传江鲍体，相顾免无儿"(《赠毕四曜》)等语。他对谢灵运、鲍照、谢朓、庾信等都极推崇，这方面例子很多，不一一列举了。

上述种种情况证明：唐代的许多大作家、大诗人，虽然批判过南北朝特别是齐梁诗风，但他们对那个时代文学上的成就，却都有所继承和发扬。他们对前人的批判，决不是一笔抹煞，而是既有所吸取，又有所舍弃。古代作家们对前人创作经验的这种态度似乎与辩证法的原理暗合，很值得我们借鉴。

三

上面我们论述了古人对南北朝文学的某些批评意见，下面我们还要谈谈对南北朝文学史上一些问题的看法。

一、关于南北朝文学的思想内容问题。过去我们总觉得南北朝作品反映当时的现实较少,思想内容较差。这看法一般来说不能算错。如果把南北朝作品和建安作家的作品比一比,那显然在思想内容上有所逊色。但这样的说法,也只是就整个情况而论。具体到每个作家,那就要具体地加以研究。譬如说鲍照,他有好些诗写到了民生疾苦。这些诗拿来和建安作品比较一下,是否完全没有新的内容呢?我看就不一定这样。即以《代东武吟》来说,这里写到了士兵的痛苦。这种题材,在他以前的作品中,只有汉代乐府民歌如《十五从军征》等首中出现过。至于文人的创作,那是另一种情形。我们不否认建安许多诗人的作品是写到过人民的痛苦,也写到过出征士兵的苦难的。例如:曹操的一些诗就是这样。但在曹操那里,是以主将的身份对他的部下有所同情。这种同情当然也是好的,应该给予很高的评价。但是,这还是上层人物的思想感情。鲍照就不一样了,出现在他诗中的主人公本身就是下层人物,通过这个人物的嘴,作者除了描述士兵的困苦以外,还表现了怨恨的情绪。至于作者另一首名作《代苦热行》,甚至公开唱出了"爵轻君尚惜,士重安可希"的抗议声。这不能不说是对建安传统的发展。从曹操到杜甫,这种写士兵困苦的题材有一个发展过程,鲍照的《代东武吟》、《代苦热行》正代表着这个过程中的一个重要阶段。鲍照诗歌的思想性应该说是南北朝诗人中很高的一个。这是由于他出身于社会地位较低的寒门庶族,本人又备受压抑,坎坷终身,容易了解人民的疾苦之故。

其他作家当然很少能达到鲍照那样的高度。但是我们也不能说那些人就完全没有关心社会现实、同情人民的作品。例如:齐梁间的范云于齐武帝(萧赜)永明十年出使北魏,路过黄河,曾写了一首《渡黄河诗》,其中有"空亭偃旧木,荒畴余故塍。不睹行人迹,但见狐兔兴。寄言河上老,此水何当澄”(见《艺文类聚》卷八)之句。据《南史·范云传》载,他有一次曾在陪萧赜的儿子萧长懋(文惠太子)观看农民割稻时说:“三时之务,亦甚勤劳,愿殿下知稼穑之艰难,无徇一朝之宴逸也。”到了梁代,他又因梁武帝萧衍纳齐东昏侯之妃而荒废政事进行直谏。可见他对当时国土分裂、政局昏暗和人民生活的困苦,并未忘情。又如梁代的王僧孺也写过一首《伤乞人》。原文是:“少年空扶辙,白首竟填沟。苇席何由足,菽藿不能周。自顾非好乞,行且欲包羞。劳君款曲问,冒此殷勤酬。”(见《初学记》卷一八)这首诗对沦落为乞丐的穷人流露了同情,并且指出乞丐的穷困并不该由他自己负责。这对一千多年前的诗人来说,不失为一种卓见。像范云、王僧孺这些人,在齐梁诗人中,并不算特别有名,一般的研究者对他们不大注意。但就是这样一些作家,也决非没有可取的作品。至于像庾信后期那些写到乱离的诗赋,那就更不待赘言了。

二、南北朝的诗歌体裁有很大的发展。在这方面,最有贡献的当然也推鲍照。他的七言诗和杂言诗对唐代许多大诗人都有影响。例如:他的乐府诗,对李白的影响最为明显。所以王夫之在《古诗评选》中曾经把七言诗的成熟归功于鲍照,认为“前虽有作者,正荒忽中鸟径耳”。从文学史来看,七言和杂言的诗,早在汉魏时代,已经在民歌中出现,某些文人也曾写过一些。但自从西晋武帝时荀勖、张华等人重定乐歌以后,他们认为汉魏的乐歌字句不整齐,“被之金石,未必皆当”(见《宋书·乐志》)。从此文人作的乐府诗中,杂言诗就很少出现,只是民歌中还有出现的。至于一般的诗,几乎清一色地不是四言就是五言。鲍照在创作这些七言诗和杂言诗时,颇得力于采用民间形式。例如:他的代表作《拟行路难》,就是一种民歌的体裁。《行路难》这种民歌形式至少在西晋前已经存在。《艺文类聚》卷一九引《陈武别传》:"陈武字国本,休屠胡人。常骑驴牧羊,诸家牧竖十数人,或有知歌谣者,武遂学《太山梁父吟》、《幽州马客吟》及《行路难》之属。"陈武的时代很难确切考定,但《艺文类聚》引用这故事时是把它放在《魏志》(《三国志·魏书·管辂传》)和《文士传》(记魏人李康事)之间。可见他大概是三国时人。据此则《行路难》的曲调,最晚出现于三国时代。晋人袁山松就仿作过这种歌,见《世说新语·任诞篇》注引《续晋阳秋》和《晋书·袁瓌附袁山松传》说到"旧歌有《行路难》,曲辞颇疏质"。结合《陈武别传》看,此曲流行于下层的牧民中,被文人看作"疏质",大致是民歌。

和鲍照同时的谢庄,也对杂言诗进行过努力。他写过几首近于赋的杂言诗。像他的《杂言咏雪》,见于《艺文类聚》卷二,被归入"赋"一类。这首诗的句法是首二句三言,次二句四言,下面六句是六言。后来齐梁诗人也曾作过这样的诗,如沈约的《八咏·临春风》(见《艺文类聚》卷一),也被列入"赋"类。这首诗的开头一段是:"临春风,春风起春树,游丝暖如网,落花雾似雾。先泛天津池,还过细柳枝。蝶逢飞摇漾,燕值羽参差。"下面又是一些三言句、五言句,还夹杂了一些六言句。这种诗体在当时似乎影响不大,也没有产生过传诵的名作。但它们在文学史上也有一定的作用。因为在南朝后期的一些人如萧纲、萧绎以至庾信的某些抒情小赋,在体裁上就和这种杂言诗颇相近。至于北朝,在一个时期曾流行过一种短诗,第一句三言,后面三句五言。这种短诗很可能是从这里变化出来的。像本来是南朝士大夫的王肃,因为父亲王奂被杀而逃奔北魏。据《魏书·祖莹传》载,他在北魏写过一首《悲平城》,用的就是这种短诗,颇为元宏之弟彭城王元勰所称赏。后来有一次元勰误把《悲平城》说作了"悲彭城",王肃说没有这首诗,祖莹就出来为元勰解围,当场作了一首《悲彭城》,其体裁和《悲平城》相同。又据《魏书·彭城王勰传》载,有一次元宏出巡,在路上经过一座松林,叫元勰写诗。元勰应声作了一首《问松林》:"问松林,松林经几冬。山川何如昔,风云与古同。"元宏对此大加称赞。这种诗大约是王肃从南方带到北方去的。因为王肃本是谢庄的女婿(见王肃的女儿王普贤墓志),当然会受到谢庄的影响。继王肃之后从南朝投奔北魏的,还有梁武帝萧衍的儿子萧综。他在北魏不很得意,写了《听钟鸣》和《悲落叶》等诗。这些诗见于《梁书·豫章王综传》,也是用三言句开头的杂言诗。可见这种诗体,对北朝一些人的影响很大。这也可能由于北朝民歌本来杂言较多,而南朝民歌则多数是五言的,所以久居北朝的人,似乎更喜欢谢庄那种杂言诗。这种杂言诗在谢庄创作它们时,显然受了琴曲的影响,例如:《晋书·苻坚载记》所载前秦赵整"援琴而歌"的《阿得脂》,在文体上与此颇相近。此外,它是否也从《华山畿》等民歌中得到启发。因为《华山畿》基本上是以一句三言句开头,下面都是五言句。谢庄懂得音律,《宋书·乐志》所载刘宋的郊庙歌辞,有一些就出于他的手笔。《南史·谢庄传》还记载宋孝武帝刘骏叫他作过一首《舞马歌》,"令乐府歌之"。另外,更值得注意的是,这种诗体对后来的俗文学是有影响的。如《敦煌拾零》中载有唐代佛教徒们写的《禅门十二时》,也是用的这种体裁。佛教徒当时常常利用民间文学形式宣传他们的教义。可以推测说,这种体裁曾经影响了后代的民间文学。

应该指出:南北朝的文人作品有的也是利用了民间形式的。例如我们所熟知的"五更调",就是南北朝时代就有的。我们引一首陈代伏知道的《从军五更啭》为例(见《艺文类聚》卷五九):

一更刁斗鸣,校尉逴连城。遥闻射雕虏,悬惮将军名。

二更愁未央,高城寒夜长。试将弓学月,聊持剑比霜。

三更夜惊新,横吹独吟春。强听《梅花落》,误忆柳园人。

四更星汉低,落月与云齐。依稀北风里,胡笳杂马嘶。

五更摧送筹,晓色映山头。城乌初起堞,更人悄下楼。

这种形式至今还在一些地方流行。至于齐梁作家们的不少诗,受南朝乐府民歌的影响也极显著。尽管萧衍父子曾在乐府民歌中欣赏某些落后的成分,但当时其他作家却并不都是这样。

三、上面讲的是南北朝诗歌趋向自由的倾向。另一方面,当时的诗歌也趋向格律化,这就是以沈约等人为代表的"永明体"的出现。关于"永明体"和沈约所讲的"四声八病"说,常常遭到人们非难,认为是"形式主义"。这种"四声八病"说的限制确实太严,连沈约本人作诗也没有真正做到。但是,这些声律上的限制,也多少是在历来作家创作经验的基础上产生的,只是沈约把这些限制看得太死板罢了。他所提出的一些格律,和后来所谓"近体诗"的出现显然有很大关系。当沈约提出这种理论后不久,钟嵘就在《诗品》中加以非议。但钟嵘也承认,作诗应当"清浊通流,口吻调利"。《文镜秘府论·四声论》述隋代刘善经的话说:"嵘徒见口吻之为工,不知调和之有术,譬如刻木为鸢,抟风远扬,见其抑扬天路,骞翥烟霞,咸疑羽翮之行,然焉知王尔之巧思也。四声之体调和,此其效乎。除四声以外,别求此道,其独(犹)之荆者而北鲁燕,虽遇牧马童子,何以解钟生之迷。"这段话还是有一定的道理。因为作诗要求"清浊通流,口吻调利"。那么在声律方面进行探讨,显然很必要,不过沈约所提的要求太苛细了,事实上办不到。他在这方面的探索,却仍有其历史地位,不能抹煞。

这种讲究声律的风气是怎样产生的呢?关于这个问题,古人就有争论。沈约在《宋书·谢灵运传论》中自称:"自骚人以来,此秘未睹,至于高言妙句,音韵天成,皆暗与理合,匪由思至。张(衡)蔡

(邕)曹(植)王(粲),曾无先觉,潘(岳)陆(机)颜(延之)谢(灵运),
去之弥远。"但梁代的和尚慧皎在《高僧传》卷一三《经师传论》中,
却说曹植就"深爱声律,属意经旨",在修改佛经译本时,创造了念
经的声调,并由此悟出了文章的声律原理。和沈约同时的陆厥,也
不同意沈约的说法,他认为古人作诗,有些也符合沈约的格律,所
以说古人也懂得音律。陆厥的批评,沈约曾作了答复。关于慧皎
说声律起源曹植之说,我们却有必要作一番探讨。慧皎立论的根
据是说曹植作过《太子颂》和《睒颂》("太子"指释迦牟尼,因为他是
"天竺迦维卫国王之子",见《魏书·释老志》)。不过这两篇文章今
已散佚,有不少人怀疑它们出于佛教徒伪托,不可信。从情理来
说,陆厥既然不同意沈约的说法,他说前人已知声律,那么为什么
不举曹植的《太子颂》等来立论呢?何况曹植在南北朝人心目中地
位很高,沈约如果硬说曹植创造的声律是他自己的发明,那恐怕只
能贻笑大方。从现有的史料看,还找不到任何其他材料证明曹植
信佛。相反地,《高僧传》卷九《佛图澄传》却载有后赵时王度对石
虎说的一段话,证明汉魏时代,汉人是不大允许奉佛的。王度说:
"往汉明感梦,初传其道,唯听西域人得之寺都邑,以奉其神,其汉
人皆不得出家。魏承汉制,众循前轨。"王度的说法也许太绝对了
一些,因为《后汉书·陶谦传》就载有汉末笮融大起佛寺的事例。但
这是战乱年代,过去的禁令可能有所松弛,未必能推翻王度的说
法。至少,在汉魏间,佛教势力还比较小,对曹植未必有太大影响。
又据《高僧传》卷一《僧伽跋澄传》:"苻坚秘书郎赵正崇仰大法,尝
闻外国宗习《阿毗昙》、《毗婆娑》,而跋澄讽诵,乃四事礼供,请释梵
文,遂共名德法师释道安等集僧宣译。跋澄口诵经本,外国沙门昙
摩难提笔受为梵文,佛图罗刹宣译,秦沙门敏智笔受为晋本。"据此
则知在十六国的前秦时代,译经尚须依靠西域僧人,汉人只能记录

别人的译语,当然还不可能体会出梵文中的韵律之妙,更不论三国时代了。况且后秦时代著名的译经者鸠摩罗什,曾对弟子慧睿讲梵文的"宫商体韵,以入弦为善"。如果曹植早已知道这一点,罗什又有什么必要加以重复呢?所以说曹植悟出了梵文韵律并用于创作,未必可信。但有一点却值得注意,即音韵学的讲求大约始于魏晋时代。因为发明反切的孙炎和最早的韵书《声类》的作者李登都是三国时魏人。关于反切的方法,宋郑樵在《通志·六书略五》中,认为是从翻译梵文的佛经中得到的启发。郑樵是懂梵文的,他的意见值得重视。清人陈澧在《切韵考》卷六中,不同意郑樵的看法,但他立论的根据仅仅是颜之推作为一个佛教信徒,没有说反切起于佛经翻译,这恐怕很难说服郑樵。我想:梵文是一种拼音文字,当我们的祖先接触到拼音文字时,确实很容易悟出反切的原理。这和从梵文中悟出文章的音律规则是不同的。我们今天学了一些外语的拼音,就不难理解反切的原理,但要从外国文学中悟出他们的音节而用于汉文的创作却只有少数精通外文的人才能办到。所以说曹植从梵文中悟出诗文的韵律,恐怕不足信,而说音韵学的兴起与佛经翻译有关则似乎不无道理。当然,音韵学的兴起,也必然会间接地影响到诗律,包括"四声八病"说的出现。

郑樵在《通志》中还说到:"华有二合之音,无二合之字。梵有二合三合四合之音,亦有其字。华书惟琴谱有之。盖琴尚音,一音难可一字,该必合数字之体,以取数音之文,二合者,取二体也。"他提到了琴谱,很值得注意。因为音韵之学和音乐恐怕是有密切关系的。《魏书·术艺·江式传》载,北魏江式曾说到晋代的吕静仿李登《声类》,把字分作宫商角徵羽五类。陈澧在《切韵考》卷六中曾假设,宫商角徵羽就代表着平上去入四声。他根据一些材料推测:"宫"指平声,"商"、"徵"、"羽"等代表仄声。这虽是一种假说,看来还较合理。《文镜秘府论·四声论》引北齐李节(据近人罗根泽先生考证,也作"李概",字"季节")《音谱决疑》的序言说:"案《周礼》,凡乐,圜钟为宫,黄钟为角,大蔟为徵,姑洗为羽,商不合律,盖与宫同声也。五行则火土同位,五音则宫商同律,暗与理合,不其然乎?吕静之撰《韵集》,分取无方。王徵(微)之制《鸿宝》,咏歌少验。平上去入,出行间里,沈约取以和声之律吕相合。窃谓宫商徵羽角,即四声也。羽,读如括羽之羽,亦之和同,以拉群音,无所不尽。岂其埋藏万古,而未改于先悟者乎?"据《文镜秘府论》载,刘善经也很推崇此说;同书《调声》又引唐元兢的话说:"声有五声,角徵宫商羽也。分于文字四声,平上去入也。宫商为平声,徵为上声,羽为去声,角为入声。"《玉海》所载徐景安《乐书》也有类似的论点。郭绍虞先生为《文镜秘府论》写的《前言》中表示,他不完全赞同以五音配四声的说法,但他也说:李节、刘善经的意见,"都不是没有道理的。因为认为宫商合律,则上下平的区别,就得到合理的解释"。

古人曾经用"宫商"来指平仄声,还可以从一些史料中找到旁证。如晋代张敏写过一篇游戏文字,叫《头责子羽文》,见于《世说新语·排调篇》刘孝标注中。这篇文章讲到秦子羽的一些朋友"或謇吃无宫商"。他说的这些人包括"太原温颙"、"颍川荀寓"、"范阳张华"、"南阳邹湛",这些人在晋代都是很有文化修养的士大夫。但他们都不是洛阳人,所以讲起话来带着方言,念不准洛阳口音的声调,而据《颜氏家训·音辞篇》,当时的语音是以帝王建都之地为准的。"謇吃无宫商",就是说语音不符合洛阳的平仄声调。

然而为什么古人要用"宫商"来指平仄呢?我想恐怕就因为他们悟出平仄声的区别,就是从研究音乐时知道的。三国以来许多文人都爱好音乐,如曹操、嵇康,这是人所共知的。也许,人们在悟出这个道理后,虽然认为它有益于创作,却没有认真实践。所以像陆机《文赋》中提到"暨音声之迭代,若五色之相宣",但他的诗似乎不注意平仄。《文镜秘府论·文二十八种病》中列举前人的声病,就常常以他的诗句为例。范文澜同志在《文心雕龙注》中曾举出一些例子,说曹植有些诗句符合声律要求,恐怕不完全是"暗与理合"。但是,值得奇怪的是从曹植、谢灵运等人的诗中,可以看出一些名句,偏偏不讲声律。如曹植的"高台多悲风",五字全用平声;谢灵运的"明月照积雪",除"明"字外都是仄声。这些句子一向都被视为警句。可见作者和读者对此都不计较。

沈约生于刘宋后期,卒于梁初,而刘宋时期,正是音乐方面发生变化的时代,却也是文人们开始注意诗文音律的时代。《南史·萧思话附萧惠基传》:"自宋大明以来,声伎所向,多郑卫,而雅乐正声鲜有好者。惠基解音律,尤好魏三祖曲及《相和歌》,每奏辄赏悦不已。"这里把汉魏乐府称作"正声",而把当时流行的曲调称为"郑卫"。当时的文人范晔自称"性别宫商"。《宋书·范晔传》说他善弹琵琶,还载有他临死时给外甥、侄儿们的一封信,自称"吾于音乐,听功不及自挥,但所精非雅声为可恨,然至于一绝处,亦复何异邪"。这说明他懂得音韵是和熟习音乐有关的。《文心雕龙·声律篇》:"古之教歌,先揆以法,使疾呼中宫,徐呼中徵。夫商徵响亮,宫羽声下,抗喉矫舌之差,攒唇激齿之异,廉肉相准,皎然可分。"可以作为旁证。

稍后于范晔的谢庄也对音韵很有研究。范晔在上述的信中曾说到"后进中"最懂声律的是谢庄。《诗品》也记载齐代王融说过,懂得用"宫商"作诗的只有范晔和谢庄二人。《南史·谢庄传》载,谢庄曾向王玄谟解释双声、叠韵说:"碻磝"是"叠韵","玄护"是"双声"。(据《文镜秘府论·文二十八种病》记载,"玄护"作"悬瓠",似较《南史》为善。因为"碻磝"、"悬瓠"都是地名。)《文镜秘府论·四声论》说:"宋末以来,始有四声之目。"并且引梁萧子显《南齐书》中的话说到沈约等人开始用四声作诗的事。这就是说,人们在长期研究音韵学之后,终于试图用到文学创作上来了。但是,平上去入这四声的名目,似乎还不大为人们所理解。据《梁书》和《南史》的《沈约传》载,萧衍平素不喜"四声说",他曾经问周舍说:"何谓四声?"周舍回答道:"'天子圣哲'是也。"然而萧衍还是不太肯信用这一学说。(据《文镜秘府论·四声论》的记载,萧衍问的是朱异,而当朱异举"天子圣哲"来回答时,萧衍却说"'天子寿考'岂不是四声也"。更说明他对四声毫无理解。)萧衍还是很能写诗的,但他对四声却茫然。可见要把"四声说"真正用到创作中去,还得有个过程,而沈约本人也没有完成这个任务。据《文镜秘府论·四声论》载,北魏有个甄思伯,就曾"取沈君少时文咏犯声处以诘难之"。其实沈约所讲的声病,由于太苛细,到他自己晚年,也未能避免。他的历史功绩不在于"四声八病"能否实行,而在于他为格律严谨的近体诗打下了基础,迈开了第一步。他这种对声律的探讨当然纯粹属于形式问题。但是律诗和绝句在我国诗歌中占了这么大的比重,像这样一些诗体的产生过程及原因,作为文学史的研究者,无论如何总不能置之不理,也不能简单地说这是形式主义的逆流。因为在律诗、绝句中,好诗并不少。

四、"永明体"的作者们不光是讲求格律,他们对诗歌的另一些主张,也曾经起过很好的作用。这主要是强调了诗歌的和谐、流畅。原来在晋宋之际,一些诗人为了纠正玄言诗"淡乎寡味"的弊病,逐渐注意诗的形象性,借助于写景来表达思想和感情,同时也注意了使用华丽的辞藻。这本来是好事。作诗注意辞藻,如果不忽视内容,就无可非议。刘宋初年像谢灵运等诗人,写了许多著名的山水诗,有不少传诵的好句。不但如此,他还多少体会到写景和抒情应该结合起来。在这方面,他们也作过一些努力。历来为人们所称赏的名句"池塘生春草,园柳变鸣禽",好就好在这种写景是烘托出了诗人内心的感受,可以当得起钟嵘所谓"言已尽而意有余"的长处。但是谢灵运的作品并不曾都具备这个优点。他常常把写景的好句和一些承袭玄言诗的枯燥议论混在一起,而其中最晦涩的往往就是这些带玄言诗味道的句子。钟嵘《诗品》对谢诗备极推崇,但也不否认它"颇以繁芜为累"。例如谢氏的《富春渚》,写奇险的山水景色,不乏佳句,却插上了"洊至宜便习,兼山贵止托"那样用《易经》典故的生僻句子,颇妨害全诗的完整。后来的评论家曾认为从汉魏诗人到陶渊明的作品,都是"气象雄浑,难以句摘",而到南朝以后,就往往过于注意句而忽视了通篇的完整。这种缺点在谢灵运身上比较严重。其实这样的毛病也并非始于谢灵运。晋代陆机的《文赋》已经提出了"立片言而居要,乃一篇之警策"的理论。陆机自己也是很注意锻铸名句的,不过他远没有谢灵运那样的才华,只能在辞藻、对仗方面下功夫,因此他自以为精心写作的"警策"之句,却往往陷于呆板,很少人爱读。到了晋宋之间,这种把注意力放在名句上的风气更普遍了。据萧子显《南齐书·文学传论》说,当时有个叫张际的人,他论文章专门"摘句褒贬"。"永明体"的作家们对这种不良的风气是有所认识的。《南史·王筠传》载,沈约曾对人转述谢朓的话说:"好诗圆美流转如弹丸。"这句话似乎笼统,其实谢朓的意思是可以理解的。他是要求诗除了名句以外,还应该要求通篇流畅,不应流于晦涩。我们今天读谢朓的诗,就可以发现,他那些作品虽不能说句句都好,但总的来说比元嘉诗人流畅得多。尽管钟嵘曾说他的诗"末句多踬","意锐才弱",但这是笔力还不够雄健之故,不是指他没有注意篇的完整。而且历来诗人的作品,一篇之中的诗句,总是很难全无高下可分的。李白在《谢脁楼饯别诗》中说到"蓬莱文章建安骨,中间小谢又清发",特别表扬谢脁的诗,说他颇有建安诗人的遗法。建安作品一般是通篇完整的。李白的话,很可能含有这层意思。我看谢脁的诗,成就即在既能吸取元嘉诗人辞藻华美的长处,又能效法建安,避免晦涩之弊,注意到篇的完整,为唐诗开了先河,应该予以较高的评价。

除了谢脁外,沈约对文学也有一些不错的主张。人们讲到沈约,总是谈他的"四声八病",其实,他还有些意见,却长期没人注意过。例如:《颜氏家训·文章篇》载:"沈隐侯(即沈约)曰:'文章当从三易,易见事一也;易识字二也;易读诵三也。'邢子才常曰:'沈侯用事,不使人觉,若胸臆语也。'深以此服之。祖孝徵亦尝谓吾(颜之推)曰:沈诗云'崖倾护石髓',此岂似用事耶?"沈约这种用典的方法,对诗歌也起了积极作用。我国古人作诗大抵都有用典的习惯,用得好,确实能增加诗的形象性,用得不好,却会陷于艰涩。一般来说,用典用得好,使人觉得很自然,几乎感觉不出作者在用典,这才见出本领。沈约所主张的用典方法正是这样。沈约用典的方法,对唐人很有影响。我们随便引一个例子,就可以看出即使比较冷僻的典故,如果用得好,也可以显得很自然。例如唐代的李德裕写过一首《谪岭南道中作》,其末二句是:"不堪肠断思乡处,红槿花中越鸟啼。"这里"越鸟"两字很容易叫人联想起《古诗十九首》中的"越鸟巢南枝",跟前面的"思乡"相呼应。所以读了这首诗,即使不知道其中更深一步的用意,还是能体会他的心情,欣赏他作品的诗意。但是如果我们读过《水经注》的《温水》,就可以发现这"越鸟"二字还有一层含意。那就是《水经注》载,晋代有个叫俞益期的人,因生性耿直,不得志,远游岭南,写信给韩康伯,其中有一段说:"尝对飞鸟恋土,增思寄意。谓此鸟背青,其腹赤,丹心外露,鸣情未达,终日归飞,飞不十千,路余万里,何由归哉!"俞益期这些话实际上是借鸟来吐露自己失意的痛苦。李德裕借用这个典故也有他的含义,他是一个政治家,因为受排挤而被贬谪,所以用"越鸟"一典,以喻自己的"丹心"。可是他用得很自然,所以不使人感到生僻。如果他写出了"丹心鸟"或别的话,意思也许更明白,但反而使人感到生僻了。这不能不说是用典的一种技巧。南北朝诗人的一些好诗,用典往往不少,但从谢朓、沈约以后,确实比前人来得自然,这是一个进步。这种技巧,对唐诗的繁荣,也起到一定的作用。这不能不说是永明诗人的一个贡献。

五、一个时期以来,不少同志总认为齐梁以后不少批评家是进步的;而作家大抵不怎么高明。刘勰、钟嵘曾批评过齐梁诗风的形式主义方面,这是事实。但是,我们也必须看到:当时一些有成就的作家和刘勰、钟嵘并不对立。钟嵘自己说过"(谢)朓极与余论诗"。《梁书·刘勰传》也说到沈约读了《文心雕龙》,"大重之,谓为深得文理,常陈诸几案"。可见刘勰、钟嵘至少不是谢朓、沈约的对立面。至于陈子昂等人的文学革新,在思想上和刘勰、钟嵘显然有渊源关系。如果认为从刘勰到陈子昂都全盘否定齐梁文学,甚至否定谢朓、沈约,那显然不符合历史事实。

试论北朝文学

　　长期以来,文学史的研究比较注意南朝文学,这当然是必要的,但对北朝文学的兴起和发展,也很有必要作进一步的探讨。这个问题比较复杂,本文只想就几个方面作一些初步的探索,请大家指正。

一

　　我们一般说"南北朝",大抵指南方刘裕代晋自立,北方拓跋珪进兵中原建立"代"或北魏开始,到隋文帝杨坚统一中国为止。这就是说"南北朝"这一历史时期应当始于公元 420 年左右,终于公元 589 年。至于西晋的灭亡,则一般又以永嘉六年(312)洛阳的陷落或建兴四年(316)长安失守,愍帝司马邺被俘为标志。从西晋灭亡到宋魏两个政权的建立,相距有一百多年之久,我们习惯称之为东晋和十六国时期。在这一百多年中,黄河流域处于各族军事首领的长期混战局面,而南方的东晋统治区却相对比较安定。原来聚居于黄河中下游地区的士大夫阶级文人学士大部分随着东晋皇朝流亡到南方,也有一小部分西逃凉州,投奔前凉张氏政权。这样就使黄河中下游这一历来的文化中心逐渐衰落,文学活动陷于停滞状态。所以,在许多文学史著作中关于这一时期的北方文学大抵很少谈到。

　　当然,战乱频仍和文人南逃造成了十六国时期文学的衰落。

不过,当时留在黄河中下游地区的文人还有一些。晋代著名诗人刘琨和卢谌都始终没有离开北方。此外,像《晋书·刘琨传》就讲到刘琨死后,温峤曾向东晋朝廷上书,提到刘群、崔悦等"并有文思"。崔悦的孙子崔宏在前秦末曾作诗自伤,据说北魏高允曾见此诗,事详《魏书·崔玄伯(即崔宏)传》。至于在十六国做官的人,正如《周书·王褒庾信传论》说的:"其潜思于战争之间,挥翰于锋镝之下,亦往往而间出矣。"据说这些人的应用文字写得还"粲然可观";诗赋则很少。这些话大体上是符合当时文人的实际情况的。我们试看《晋书》的"载记"部分所录前燕、前秦和后秦一些公文,写得颇有文采,有的还有较浓厚的骈俪气息,就可以知道此语非虚。

到了北魏入据中原的初期,情况又发生了变化。从《魏书》中所录公私文函看来,在孝文帝元宏迁洛,大力推行汉化以前,大多数是比较质朴的散文,绝少文采。特别是《宋书·索虏传》所载魏太武帝拓跋焘写给宋文帝刘义隆的两封信,简直是口语,而且显得疏拙。这种文章比较真实地代表着北魏初年的公文。至于《魏书》中所载的一些诏令、奏章,倒可能已经后来史官或魏收加以润饰。这说明北魏初年不但文学不发达,连应用文字也还赶不上十六国时期。但当时文人的文字修养未必真的退步了。像《魏书·沮渠蒙逊传》载有拓跋焘册封沮渠蒙逊为凉王的文章,据云是"崔浩之辞也",写得就很典雅。这或许因为北魏和刘宋是敌国,可以不拘礼节;对北凉却是以"天子"册封藩属,不得不讲究庄重。这两种公文文体并存,恐怕和拓跋氏的文化状况及其政策有密切的关系。

在"永嘉之乱"以后陆续入据黄河流域的各少数民族中,鲜卑拓跋氏受汉族文化的影响是比较浅的。匈奴族刘氏是南匈奴的后裔,长期迁居今山西南部一带,刘渊、刘聪等人都博通汉族经籍,并能吟诗作文;羯族后赵政权创立者石勒本人虽不大识字,但他长期和汉人杂居在上党一带,对汉化并不敌视,他重视张宾、徐光等汉族知识分子;氏族苻氏和羌族姚氏也长期与汉人杂居,苻坚、姚兴等人都受过很深的汉化教育,他们都奖励过人们从事文学活动。尤其像苻坚连南方的士大夫也不能轻视他。《世说新语·企羡篇》载,东晋士人郗超甚至"得人以己比苻坚,大喜"。苻坚的侄子苻朗著有《苻子》,文笔颇为优美。鲜卑慕容氏在入居中原前,就和汉人来往密切。据《晋书·慕容廆载记》,慕容廆还曾见过西晋作家张华,受到称赏。至于拓跋氏,直到道武帝拓跋珪的祖父什翼犍后期,还处于游牧状态。《魏书·燕凤传》载,什翼犍派燕凤去见苻坚,苻坚说他们"无钢甲利器",而燕凤则说他们"上马持三仗,驱驰如飞","军无辎重樵爨之苦,轻行速捷,因敌取资"。这很能反映拓跋氏部落的生活状况。

拓跋珪虽然建立了代国,不得不摹仿汉族制度,建立天子的威仪。他为了维持统治,也必须任用某些汉族士大夫。但他对汉族文化仍有反感。即使鲜卑人学汉人的举止衣饰,他也不能容忍。《魏书·贺狄干传》载,贺狄干本来很受拓跋珪宠信,只因他出使后秦,受了汉族文化的熏陶,竟招致杀身之祸。至于汉人就不用说了。《魏书·崔逞传》载,有一次拓跋珪出兵攻后燕,军中乏粮,向崔逞问策。崔说:"取椹可以助粮,故飞鸮食椹而改音,《诗》称其事。"拓跋珪认为是把他比作"飞鸮",有意"侮慢",后来借故把他杀了。

拓跋焘时,鲜卑贵族和汉族士大夫之间还有很深的矛盾。《魏书·王慧龙传》载,王慧龙自称是太原王氏之后,由南方逃到北魏,崔浩见了,就嫁女给他,说是"真贵种矣",向人称赞。"司徒长孙嵩闻之不悦,言于世祖(拓跋焘),以其叹服南人,则有讪鄙国化之意。世祖怒,召浩责之。浩免冠陈谢得释。"崔浩后来因修史获罪被杀,也与他记载拓跋部落入据中原前的落后状况,触怒了鲜卑贵族有关。这种成见一方面自然由于拓跋氏文化较低;另一方面汉族封建统治者自秦汉以来的大汉族主义政策,还有某些地主贵族掠卖少数民族的人为奴,也造成了少数民族在心理上的敌意。这种对立情绪必然会影响到北魏皇朝的文化政策,从而使北朝的文化大落后于南朝。

本来,北朝统治的中心黄河中下游地区经历西晋末年以来的长期战乱后,文化就远不如南方发达。即以所藏典籍而论,据《隋书·牛弘传》载,牛弘上书隋文帝杨坚,讲到晋朝的"永嘉之乱"后,北方典籍大部分散失,有些则被人带到了南方。一些"因河据洛,跨秦带赵"的政权,"宪章礼乐,寂灭无闻"。"刘裕平姚,收其图籍,五经子史,才四千卷,皆赤轴青纸,文字古拙。僭伪之盛,莫过二秦(前秦和后秦),以此而论,足可明矣。故知衣冠轨物,图书记注,播迁之余,皆归江左。晋宋之际,学艺为多,齐梁之间,经史弥盛。宋秘书监王俭,依刘氏(指汉代刘向、刘歆父子)《七略》,撰为《七志》。梁人阮孝绪,亦为《七录》。总其书数,三万余卷。"牛弘又说到梁代经过侯景之乱,建康文德殿藏书犹存,被萧绎搬到江陵,"重本七万余卷"。至于北魏,他说:"爰自幽方,迁宅伊洛,日不暇给,经籍阙如。"据《隋书·经籍志》说到北魏初年"粗收经史,未能全具",孝文帝元宏迁洛时,为了学习汉族文化,"借书于齐(指南齐)秘府之中,稍以充实"。《魏书·崔鸿传》载,崔鸿作《十六国春秋》,于北魏宣武帝元恪时上疏,讲到"唯常璩所撰李雄父子据蜀时书,寻访不获"。此书不知是指《华阳国志》或今已失传的《汉之书》、《蜀李书》(见《新唐书·艺文志》),据云:"此书本江南所撰,恐中国所无","乞缘边求采"。可见北方藏书远不如南方丰富。郦道元作《水经注》,讲到北方一些地理和水道的材料,也往往引用晋宋人的著作,说明北魏迁洛前,北方人著述书籍甚少。

北魏初黄河中下游文化不但不如南方,也不如西北的凉州。北魏初年好多文化部门,都受凉州影响。《魏书·乐志》载,北魏音乐"兼奏燕、赵、秦、吴之音,五方殊俗之曲",又说拓跋焘"平凉州,得其伶人、器服,并择而存之"。《隋书·音乐志下》:更说到北魏得到西凉乐曲后,一直沿用,到魏周之际,称之曰"国伎"。又如北魏的历法,也来自凉州。据《魏书·律历志上》说:"世祖平凉土,得赵𫓹所修《玄始历》,后谓为密,以代景初(三国魏时所定历法)。"所以从十六国时代到北魏初年,北方的文化中心其实在凉州,而不在黄河中下游地区。

二

北魏初年的文化本来比南朝落后,而统治阶级对待士人的政策,更使北方文学的发展受到不利的影响。由于拓跋氏上层分子既不甚理解汉族文化,又对汉化怀有一定的敌意,这就在一定程度上使当时的士人较少在这个领域里作努力。这是因为在封建社会中,大多数知识分子的出路,往往只有做官或充任幕僚。(其实当幕僚的目的,也无非是为了求官。)他们求官的一个重要手段就是向统治者献诗献赋或为之起草公文。他们写这些诗赋或公文,都必须投合统治者的爱好。北魏初年的统治者对诗赋既不欣赏,对辞藻华美的骈文也不感兴趣,他们的公文往往只求达意,并无他求。所以北魏早年的诏令、奏章一般都用散体,而且以散体文的要求来说,其多数亦非佳作。

如果说北魏初期的应用文字也很少文采的话,那时的文学创作就更谈不上了。当时出身黄河中下游地区的文人首推崔浩和高允。崔浩除应用文字外,并无文学作品留存;高允则写过一些诗,据《魏书》本传,他还作过一篇《代都赋》,今已散佚。《广弘明集》所录的《鹿苑赋》,虽不能算佳作,但比他的诗似略胜一筹。从《魏书》中所载他的四言诗看,实在是枯燥无味的说教,毫无诗意。《乐府诗集》载有他拟汉乐府之作,也谈不上多少长处。如他的《罗敷行》:

> 邑中有好女,姓秦字罗敷。巧笑美回盼,鬌发复凝肤。脚着花文履,耳穿明月珠。头作堕马髻,倒枕象牙梳。姗姗善趋步,褿褿曳长裾。王侯为之顾,驷马自踟蹰。

这完全是简述《陌上桑》上半首的梗概,着力于陈述罗敷的打扮,而失去了原作细致动人的描写和罗敷机智、高尚的性格,读起来味同嚼蜡。北魏初年的另一些人倒写过一些较为可读之作。不过这些人大抵是由南方或一些割据政权入魏的。他们的作品多系入魏前所作,到北魏以后,却不大见到他们再有什么创作流传。例如:《魏书·胡叟传》载,他出生于南方,先到北凉,又由北凉入魏前所作的诗,就较有文采和感情。《胡方回传》讲到胡方回在夏国时曾作《统万城铭》(原文见《晋书·赫连勃勃载记》,据《晋书》及《周书·王褒庾信传论》说是其父胡义周作),写得典雅而富于辞采。此外像由凉州入魏的张渊作《观象赋》,宗钦、段承根都作过一些四言诗,其文学价值虽不甚高,却比崔浩、高允的作品较有文采。崔浩、高允等人都在不同程度上受过凉州文人的影响。《魏书·张湛传》载,崔浩注《易经》,作序时自称常与张湛、宗钦、段承根三人论《易》;《宗钦传》载宗钦赠诗给高允,高允答诗时有书信称宗诗"唱高则难和,理深则难酬",因此久久才作答。这虽属谦辞,也说明他对凉州士人颇为推重。

从拓跋珪建立代国到元宏迁洛,北魏基本上没有什么作家。元宏迁洛以后,大力推行汉化,北朝文学才粗有起色,但和南朝相

比,数量仍少得多。以《隋书·经籍志》所载有诗文集的作家来说,
合魏、齐、周三代的人数,还不如南方的陈代多,更不用说文学更繁
荣的宋、齐、梁了。《魏书·文苑传》说到"永嘉之后","文章殄灭"。
该传所载文人,都生于北魏后期。当然,《魏书》中也为郑道昭、常
景、祖莹、袁翻等人另外立传。但这些人物也都是元宏迁洛前后才
出现的。所以历来史籍都认为北朝文学兴起于元宏时代是符合文
学史的事实的。

三

从元宏迁洛到杨坚灭陈那段时期中的北方文学究竟应当怎样
评价? 在这个问题上,古人的见解不很一致。《隋书·经籍志四》
说:"其中原则兵乱积年,文章道尽。后魏文帝,颇效属辞,未能变
俗,例皆淳古。齐宅漳滨,辞人间起,高言累句,纷纭络绎,清辞雅
致,是所未闻。"这段话对北魏晚期和北齐文学的评价不高。但日
本遍照金刚在《文镜秘府论》中则认为:自元宏以后"才子比肩,声
韵抑扬,文情婉丽,洛阳之下,吟讽成群。及宅邺中,辞人间出,风
流弘雅,泉涌云奔,动合宫商,韵谐金石者,盖以千数,海内莫之比
也。郁哉焕乎,于斯为盛"(《四声论》)。这与《隋书·经籍志》的意
见出入很大。其实这两种看法,都有一定的背景。我们知道,《隋
书》的"志"是由令狐德棻、长孙无忌等人主持编修的。他们两人的
祖父和父亲都曾是北周的大官,而北周一代,除了由梁入西魏至周
的庾信、王褒等人而外,并没有产生什么重要作家。所以《隋书·经
籍志》不能不说"后周草创,干戈不戢,君臣戮力,专事经营,风流文
雅,我则未暇"。如果他们对北齐文学肯定得很高,就会显得北周
在文化上比北齐落后,所以多少要加以贬抑。遍照金刚作为一位

日本人,本来对中国的几个割据政权可以无所偏袒。但是,他在唐代来到中国,似乎较多地接触到北齐人的著作。因此《文镜秘府论·四声论》中提到南齐武帝萧赜、梁武帝萧衍都称名;而对北魏诸帝则称庙号或谥法。他在书中有些材料引自刘善经的著作,刘善经虽算隋代人,但他原籍河间信都,周齐对峙时,已在北齐文林馆任职(见《北齐书·文苑传》)。另外,此书还常常引用由北齐入隋的李概等人的意见,所以推崇北齐也不足怪。因为北魏末年和北齐时,北方确有一些人认为自己的文人超过了南朝。如《魏书·文苑·温子升传》:"萧衍使张皋写子升文笔,传于江外。衍称之曰:'曹植、陆机复生于北土。恨我辞人,数穷百六。'阳夏太守傅标使吐谷浑,见其国主床头有书数卷,乃子升文也。济阴王(元)晖业尝云:'江左文人,宋有颜延之、谢灵运;梁有沈约、任昉,我子升足以陵颜轹谢,含任吐沈。'"《颜氏家训·文章》更载有北齐卢询祖曾讥笑梁代诗人王籍《入若耶溪》诗中的"蝉噪林逾静,鸟鸣山更幽"二句,说"此不成语";据说魏收亦有此看法。同书还说到由梁入北齐的萧悫所作《秋思》诗中"芙蓉露下落,杨柳月中疏"之句,也不为时人所喜。可见北齐文人中有一部分人自视甚高,看不起南朝的情况是存在的。但这种看法实在有些夸张过度,也杂有文人相轻的因素,即以贬抑王籍、萧悫的诗句来说,就没多大道理。《魏书·文苑传》所称温子升诗文流传到南方和吐谷浑,这都完全可能,它们曾受萧衍称赏,也未必全属虚构;但说萧衍会说南朝文人远不如温子升,则很难令人置信。我们不否认在萧衍统治的中后期,梁代一些作家比梁初的沈约、任昉以至何逊、吴均有所逊色;但即以"宫体诗"作者而论,其诗文成就与温子升也仍属各有短长,未必能分什么高下①。萧衍是个很能吟诗作文的人，断不致如此抑扬失实。至于元晖业的话，更是夸饰之辞。从温子升现存的诗看，说已超过谢灵运、沈约，那就荒唐了。其实，北魏末和北齐的文人，多数还在师法齐梁。如邢劭、魏收之学沈约、任昉，是人所共知的。《北史·元文遥传》："（元）晖业尝大会宾客，有人将《何逊集》初入洛，诸贤皆赞赏之。"根据这些材料，只能说明北朝文学在当时已逐步兴起，而南朝文学却又趋向衰落，不如过去之盛，至于说北高于南，则尚非事实。

我认为对北魏后期以至北齐一段时期的北方文学的评价，还是《隋书·文学传》讲得比较公正：

> 暨永明、天监之际，太和、天保之间，洛阳、江左，文雅尤盛。于时济阳江淹，吴郡沈约，乐安任昉，济阴温子升，河间邢子才，巨鹿魏伯起等，并学穷书圃，思极人文，缛彩郁于云霞，逸响振于金石。英华秀发，波澜浩荡，笔有余力，词无竭源。方诸张蔡曹王，亦各一时之选也。闻其风者，声驰景慕，然彼此好尚，互有异同。江左宫商发越，贵于清绮；河朔词义贞刚，重乎气质。气质则理胜其词，清绮则文过其意，理胜者便于时用，文华者宜于咏歌。此其南北词人得失之大较也。

这段议论除了把齐梁和北朝文人比诸曹植和王粲等建安作家似过誉外，对南北文人的得失讲得较有分寸。从这段话看来，作者认为南朝文学盛于南齐及梁初；北朝文学盛于北魏末及北齐。他认为南朝文学以诗见长，而北朝以应用文较好。这意见虽忽略了北朝

---

① "宫体诗"作为一个流派来说，当然不能肯定。但具体而论，萧纲、萧绎等人的诗，也不是没有一些较好的。至于属于"宫体"一派的诗人，更不容一笔否定，如庾肩吾后期所作的一些感伤离乱之作，从思想内容说，亦颇可取。

人的应用文不过是模仿南朝的事实,却有一定的识见。因为北魏末和北齐初文人的诗歌确实还赶不上南朝;而应用文则至少已可与南朝人媲美。试看温子升、邢邵、魏收那些骈文与沈约、任昉的差别确实难分高下。尤其是梁后期"徐庾体"的骈文流行后,南朝的应用文确有弱点,那就是动辄用典,拘碍过甚,不但含义不清楚,而且有时还欠通顺。这种情况,我在《关于魏晋南北朝的骈文和散文》(《文学评论丛刊》第7辑)中已经谈过,这里不赘述。《隋书·文学传》的作者对"徐庾体"是不满意的。在此文中又说到:"梁自大同(梁武帝萧衍年号)之后,雅道沦缺,渐乖典则,争驰新巧。简文(萧纲)、湘东(萧绎)启其淫放,徐陵、庾信,分路扬镳。其意浅而繁,其文匿而彩,词尚轻险,情多哀思。格以延陵之听,盖亦亡国之音乎!周氏吞并梁荆,此风扇于关右,狂简斐然,流宕忘反,无所取裁。"这些话显然兼指诗文而言。如果就诗而论,庾信早期的诗存者甚少,后期的诗和辞赋,都不容作此评价。至于徐陵甚至萧纲、萧绎也都要具体分析,他们也有部分好诗,而总的倾向,确有可议之处。《隋书·文学传》的批评未始不对。若论骈文,那么此文的批评基本上也是正确的。梁朝后期至陈代的骈文,过于追求辞藻和用典过多之弊实甚于北朝。庾信一些文章,亦有此弊。相对地说,温子升等人的骈文仍能保存任昉、沈约那种文体,用典较少,不求生僻,可以说较之徐庾较刚健而"便于时用"。我们试把温子升的《寒陵山寺碑》和庾信一些碑志相比,就可以看出前者要流畅、简练一些。

四

如前所述,北朝文学到了元宏迁洛以后逐步繁荣起来,而南朝文学到梁中叶以后却出现了衰落的趋势。这是因为北朝的社会状况和南朝不同。南朝文学凭借东晋以来的文化传统,基础比较雄厚。南朝初年经过刘裕、刘义隆两个较有作为的帝王在政治上作了一些整顿,曾出现过一个暂时的繁荣局面,后来萧道成、萧赜直到萧衍初年,经济虽不如刘宋初年富裕,但总的说整个统治阶级还没有腐朽到梁后期的程度。所以梁朝中叶以前,南方文人有一个较安定的政治环境,又有较高的文化教养,所以写出了一些艺术价值较高的诗赋。这在当时的北方是无法比拟的。北魏初年北方所存典籍既少,统治者又不重视甚至歧视文人。因此那时南方文学独盛。但是,即以南朝初年而论,那些作品往往只以艺术技巧方面的成就见长,内容则还是摹山范水,吟风月,弄花草者居多。像鲍照那样多少反映某些社会现实的诗人则较少。到了梁中叶以后,统治阶级满足于苟安局面,文恬武嬉,一味追求享受的情况越来越严重。由梁入北齐的颜之推在《颜氏家训·涉务篇》中说到,南方的"文义之士","多迂诞浮华,不涉世务"。"梁世士大夫皆尚褒衣博带,大冠高履,出则车舆,入则扶持,郊郭之内,无乘马者"。他们甚至"肤脆骨柔,不堪行步;体羸气弱,不耐寒暑"。这种人不但不了解现实生活;连宋初谢灵运那样登山涉水观察自然景色也不可能。于是,他们除了咏身旁杂物,声色女乐甚至写一些药名、星名等等文字游戏外,别无它能。当然还有些文人不全这样,然而此风已占主要地位,"宫体诗"正是这种生活态度的反映。当时北朝的文人正好相反。北魏在元宏时代不光大力提倡汉化,奖励文学;而且元宏是个励精图治的帝王,元宏死后,朝廷虽昏庸,而整个士大夫阶级还未堕落到南方士人的地步。《颜氏家训·治家篇》:"今北土风俗,率能恭俭节用,以赡衣食,江南奢侈,多不逮焉。"同书《慕贤篇》叙述南北士人,只推崇三个人:一个是由北魏入梁的羊侃;另外两

个是北齐的杨遵彦(愔)和斛律光。三个都是北方人。这说明北朝
士大夫比较重实际,关心世事。这种风气就决定了北朝文学的内
容不同于南朝。

早在元宏迁洛初年文学创作刚刚兴起之时,北方就出现了一
些较有内容的诗,如《魏书·韩麒麟附韩显宗传》所载韩显宗赠李彪
的一首诗:

> 贾生谪长沙,董儒诣临江。愧无若人迹,忽寻两贤踪。追
> 昔渠阁游,策驽厕群龙。如何情愿夺,飘然独远踪。痛哭去旧
> 国,衔泪届新邦。哀哉无援民,嗷然失侣鸿。彼苍不我闻,千
> 里告志同。①

此诗虽质朴,然感情强烈,笔力刚劲,写自己政治上失意的牢骚,较
之梁陈某些绮靡柔弱的诗,确有其长处。与此同时的郑道昭存诗
三首,其中两首缺文较多,但《登云峰山观海岛》一诗,很能代表他
的特色:

> 山游悦遥赏,观沧眺白沙。云路沈仙驾,灵章飞玉车。金
> 轩接日彩,紫盖通月华。腾龙蔼星水,翻凤暎烟家。往来风云
> 道,出入朱明霞。雾帐芳霄起,蓬台植汉邪。流精丽旻部,低
> 翠曜天葩。此瞩宁独好,斯理见如麻。秦皇非徒驾,汉武岂空
> 嗟。

这首诗由登山望海想起了海上的仙山,颇多幻想成分,对仙居的描
绘颇似一幅色彩艳丽的画图。从手法上说,与郭璞《游仙诗》相近。
在北方诗坛经过一百多年沉寂之后,出现这样一些作品,不能不说
是文学重新繁荣的起点。

———————————————

① 此诗丁福保《全北魏诗》误为韩延之作,按韩延之东晋末人,后逃奔后秦和北
魏。他字显宗,却非此诗作者,查《魏书》自明。

　　元宏死后,北魏政治日衰,但文学并未因此停滞,相反地,不少文人却利用文学作品对现实作了无情批判,如《魏书·任城王澄附元顺传》所载元顺《蝇赋》、《阳尼附阳固传》所载阳固《刺谗疾嬖幸诗》;《初学记》卷二九所载卢元明《剧鼠赋》等有的直抒愤慨,有的使用比兴,都是讥切时事之作。这些诗赋在技巧上和南朝文人尚有一段差距,但思想内容却颇有可取之处。这也许是北朝人崇尚实务,关心世事的表现吧!

　　北朝文人的诗赋虽较有社会内容,但在艺术技巧和形式方面,则显然向南方文人学习。这是因为南北朝经过长期分裂之后,社会现实虽不相同,而语言文字则同属汉语,尤其是书面语言,更无区别。北方文人要提高自己的艺术技巧,利用和吸取南朝人的成果当然很必要。但他们在利用南方的形式和技巧时,往往作了改造,使内容和情调都与南方作品迥异。例如:"吴声歌曲"中的《华山畿》,以三言句开首,后面都是五言。这种民歌,本是情歌。沈约采用此体写了《六忆诗》,也属这种题材。但由南入北的王肃用这形式写了一首《悲平城》,用以描写平城的荒凉,就使诗的风格一变;后来元勰、祖莹继作此体,亦属吊古之辞。又如常景的《蜀四贤赞》,题材和用意都近于刘宋时颜延之的《五君咏》、鲍照的《蜀四贤咏》。这种借咏史以寄托对现实不满的作品,在南朝后期就不大有人去写了。这四首诗的形式很值得注意,它们虽名为"赞",而实则是四首五言八句的诗,三四句和五六句都是对仗,除了有些句子平仄声调尚和后来的律诗稍有出入外,基本上已是近体诗的格式。如第一首《司马相如赞》:

　　　　长卿有艳才,直致不群性。郁若春烟举,皎如秋月明。游
　　梁虽好仁,仕汉常称病。清贞非我事,穷达委天命。

这首诗值得注意的是它虽非严格的律诗,却明显地运用平仄声相

对的方法。这种诗体,我们在梁以后的诗歌,特别是《玉台新咏》中可以发现很多。但《玉台新咏》中所收的诗,决无这种题材。这说明北朝文人采取了南朝诗的形式和技巧,而在内容方面却跟梁中叶以后的南朝诗人不大一样。

从常景这首诗可以知道,在南北朝中期以后,南北两个政权虽然互相对峙,文人之间的交往还是常有的。据《文镜秘府论》载,北朝文人对沈约的"四声论"也曾有过不同的反响。常景是"四声论"的拥护者,他写了"四声赞",对此表示赞同;甄琛则持反对态度。《魏书·甄琛传》载,甄琛曾作《磔四声》,他还从沈约的诗中找出一些例子,说明沈约自己的诗也不符合他关于诗歌声律的要求。《文镜秘府论》载,沈约还曾对他的诘难作过答辩。可见"四声论"在北方也和南方一样,曾引起争论,赞成的、反对的都有。不过北朝同意"四声说"的人,在创作上和南朝人不大一样。南朝到梁代以后,虽还有何逊等人写过一些赠别、游览之作,但多数人大抵以写艳体诗闻名,即使不赞成"四声说"的萧衍,也爱写艳体。北朝方面当然因为摹仿南朝,也有人写过这类题材,但多数人还较多地写别的题材。如前面提到的常景,据《魏书》本传称,他曾拟刘琨《扶风歌》作诗十二首。这多少能说明在元宏提倡汉化,北朝文学开始兴起不久,像《隋书·文学传》所说河朔人"词义贞刚","重气质"这些特点,已在文人诗中有所表现。

由北魏末到北齐,最有名的文人是温子升、邢劭和魏收三人。他们的诗存者不多,形式和技巧方面都明显地摹仿南朝,但有些作品却也自有其特点。温子升的诗以《捣衣诗》为最有名。在温诗中艺术性确以此诗为最高。然而此诗的内容和风格都与南朝某些作家相似。这首诗已开唐人闺怨诗的先河。他的《白鼻䯄》则类似《梁鼓角横吹曲》中的《高阳王乐人歌》。高阳王元雍是北魏后期人,其乐人所唱的歌可能本是民歌或据民歌改作。温诗和《乐人歌》写的都是豪门少年相聚酒肆的事,这种题材在南朝诗中极罕见。他的《凉州乐歌》二首,更有新意。如第二首:

> 路出玉门关,城接龙城坂。但事弦歌乐,谁道山川远。

《凉州乐歌》据《乐府诗集》说是唐代开元时才有的,其实《隋书·音乐志》早已讲到西凉乐自北魏初就成为主要乐曲。这首诗把远行看作乐事,在文学史上却很少见,不能不说是北朝诗特有的内容。

邢劭的诗文,似乎较少受人注意。但他值得重视的原因,不光在于他擅长诗文,而且有明显的唯物主义思想。《北齐书·杜弼传》载,他和杜弼辩论"形"、"神"关系时,曾说:"神之在人,犹光之在烛,烛尽则光穷,人死则神灭。"这思想和梁范缜《神灭论》相同。他的《冬日伤志篇》写他对洛阳残破的感慨和对北齐政局的忧愤,显得悲凉和高古:

> 昔时惰游士,任性少矜裁。朝驱玛瑙勒,夕衔熊耳杯。折花步淇水,抚瑟望丛台。繁华忽昔改,衰病一时来。重以三冬月,愁云聚复开。天高日色浅,林劲乌声哀。终风激檐宇,余雪满条枚。遨游昔宛洛,踟蹰今草莱。时事方去矣,抚己独伤怀。

据《北齐书·魏收传》载,邢劭在晚年"既被疏出",而且北齐孝昭帝高演杀死杨愔总揽大权以后,北齐政治就日趋混乱。阳休之、颜之推都曾为此感叹,邢劭和杨愔有交谊,当然感慨更深。这首诗颇似三国后期及晋代某些诗人的格调,不以辞藻见长,而以笔力刚劲,感情真切取胜。这与南朝诗人多数讲究辞藻和典故很不一样。

和邢劭并称的魏收,现存的诗似乎较少特色。他那些诗中较好的句子如"滴下如珠落,波回类璧成"(《喜雨》),"凌寒翠不夺,迎喧绿更浓"(《庭柏》)等,和南朝后期一些诗人的诗句并无多少区别。他所以有名气,恐怕主要在于骈文。因为他所推崇的任昉,也是一位骈文家。

邢劭和魏收以外,北齐诗人如刘逖、祖珽等人作诗也学习齐梁诗人。刘逖的《对雨》、《秋朝野望》较好,但仍离不开南朝诗人的影响。倒是不甚有名的诗人郑公超的《送庚羽骑抱》较有特色:

> 旧宅青山远,归路白云深。迟暮难为别,摇落更伤心。空城落日影,迥地浮云阴。送君自有泪,不假听猿吟。

这首诗写得十分自然,既不大用典,也不过于讲求辞藻和对仗,而感情真挚,已有唐人送别诗的气息。可惜这位诗人只存这一首诗。这种诗所以值得注意是因为北齐有不少诗人都赞同沈约的主张,认为作诗当从"三易":"易见事"、"易识字"、"易读诵"(《颜氏家训·文章篇》)。邢劭、祖珽就明确地赞赏沈说。这些诗人的诗风大抵近于永明作家,和"宫体"诗兴起以后的南朝诗之大量用典颇异其趣。

北齐还有一些由梁入北齐的文人如颜之推、萧悫等也写过一些较好的诗,如颜之推的《古意二首》,萧悫的《秋思》等,也都以清绮见长而不大用典。邢劭为萧悫的集子作序,称之为"雕章间出",评价很高。颜之推在《颜氏家训·文章篇》中对萧悫的"芙蓉露下落,杨柳月中疏"之句也很推崇。

当北齐诗人写出一些好诗,初步显示出自己特色的时候,与北齐相对峙的北周,则几乎没有产生什么重要诗人。今存北周诗在数量上反而比北齐诗多,这完全是因为北周得到了出生于梁代的庾信、王褒等杰出作家。但庾信和王褒的成名早在入北周以前。他们到了北方,由于生活经历的变化,诗歌的内容比过去要充实得多,风格也显得刚健。例如庾信的《拟咏怀二十七首》,比起早期的《奉和山池》、《奉和泛江》以及《将命至邺》、《入彭城馆》等诗就显得沉郁、苍劲、富有真情实感。王褒在梁所作的《燕歌行》，其实不过是辞藻华丽，对战争并无真正的体验，仅搬弄一些典故及乐府诗中的现成辞藻而已。他入北周后所作的《渡河北》、《送别裴仪同》则显得朴素和悲凉，远非过去那些作品所可比拟。然而庾信和王褒毕竟还是由南入北的。至于在北周统治区出生的人中，似乎没有产生什么重要作家。像北周明帝宇文毓以及赵王宇文招、滕王宇文逌虽有少量诗传世，都称不上什么佳作。

北周诗歌之不及北齐，本不足怪。因为北魏统治的一百多年，北方的政治、经济中心，又重新迁回了黄河中下游地区。宇文泰割据的关中地区，文化久已荒废。当东西魏分立之后，北方的文人学者以及所藏典籍，全在东魏统治区内。因此北齐文化，远比北周为高，文学创作的情况也是这样。不过，北周的文学自从王褒、庾信入周以后，也逐渐有所发展。周武帝宇文邕灭齐以后，北齐一些文人相继入周，这就更促使北周的文学繁荣起来。但时隔不久，隋文帝杨坚就代周自立。因此北齐、北周后期的作家，大部入隋，成了隋代人。

五

时间短暂的隋皇朝统一了中国，也使南北的文人聚集到长安，这就促使南北文风进一步融合。隋代诗人中较有名的，既有北方人，也有南方人。其中卢思道、薛道衡来自北齐；杨素出身北周；而虞世基等则来自江南。隋文帝杨坚对南朝绮靡文风颇为反感，他曾企图用行政命令的方法改变文风，但收效甚微。他的儿子炀帝杨广则与之相反，他竭力推崇南朝，说什么"自平陈之后，硕学通儒，文人才子，莫非彼至"（《敕责窦威崔祖浚》，见《全隋文》卷五）。

其实隋代诗人中较有成就的,倒大抵是北方人。现在一般文学史著作讲到隋诗,主要只论及卢思道和薛道衡,这两人都是由北齐入周隋的。卢思道的代表作是《从军行》、《听鸣蝉篇》。《从军行》已开唐人边塞诗的先河。这种题材,在南朝后期作者亦不少,但那些诗只是一味堆砌典故,缺乏真实的感受,有些甚至脱不了"宫体诗"的习气,如萧纲《关山月》中竟用了"月中含桂树,流影自徘徊";陈陆琼的《关山月》则有"团团婕好扇,纤纤秦女钩"之句,笔力细弱,看不出一点征战气氛。卢诗也写到征人远出的思乡之情,但全诗气象要壮丽得多,如"白雪初下天山外,浮云直上五原间"等句,把沙场征战,气象瞬息变化写得颇为生动。《听鸣蝉篇》是和颜之推、阳休之等同作,颇得庾信赞赏。此诗风格亦与初唐歌行相类。

薛道衡的名作是《昔昔盐》和《人日思归》,前者不过以"空梁落燕泥"著名;后者虽诗意甚浓,但把它与南方永明以后某些诗人的短诗相比,却也未必很突出。当然薛诗中佳句佳篇并不止此,像《豫章行》之写闺怨,就很细腻而富有文采;《敬酬杨仆射山斋独坐》亦颇有写景的好句。不过卢思道和薛道衡的诗风,其实都是接近南朝文人的,他们所以比梁后期及陈代一些诗人略胜,是在于受"宫体"影响较少,不是处处用典,还能保持梁初以前诗歌清绮的长处。

由北周入隋的杨素,由于后来成了权贵,所以人们鄙薄其为人,也就对他的诗估价不足。其实他有些诗似乎成就并不逊于卢、薛。如他的《出塞二首》,薛道衡、虞世基均有和诗,却都赶不上他。他这两首诗,第一首气魄很大,颇具将帅的风度;第二首写征战的辛苦和沙场荒凉景色,非亲身经历者不能道。两诗笔力雄健,不但为主要取法齐梁的薛道衡所不及;连骨力较胜的卢思道也为之失色。他的《山斋独坐赠薛内史二首》,通过写景来抒情,色泽绚丽,意境清远,更是隋诗中难得的佳作。

隋代另一位不大为人提到的诗人孙万寿,也很有一些好诗。《隋书·文学传》载有他被贬官江南后寄给长安友人的诗。其中像"江南瘴疠地,由来多逐臣"等句,似乎对杜甫《梦李白》中的"江南瘴疠地,逐客无消息"有直接影响。这首诗的气象已接近盛唐诗。此外,他还有《和周记室游旧京》、《行经旧国》和《东归在路率尔成咏》等诗,都不大用典,也不一味求对仗,写得自然流畅,而颇有感情。这位诗人也是北方人,由北齐入周隋,事迹除见《隋书》外,亦附见《北齐诗·儒林·孙灵晖传》。

从上述的情况来看,北朝诗歌发展到北齐末期,许多诗人的创作水平已赶上了南方,而南朝自梁后期由于士人生活的腐朽以及"宫体"出现,再加上侯景之乱及江陵的陷落,大批文人北迁,诗歌创作已经衰落。所以整个陈代,受到后人称赞的只有徐陵、阴铿二人。到了隋代,由南入北的诗人似乎并未写出多少佳作。像虞世基等人传世之作显然远不如前面讲到的几位北方诗人。这些北朝作家传世的作品数量不多。这主要是由于从元宏迁洛到南北统一,时间较短。另外,南北朝后期作品的保存,端赖唐初所编的几部类书,而这些类书的编者,又都是在统治者崇尚南方文学的气氛下进行工作的,是否对北朝诗就相对地有所忽视,这问题尚待研究。

六

本文在前面主要论述了北朝诗歌的发展,关于"文"的方面,还谈得较少。这是因为当时的"文"一般是应用文,文学价值不高。不过北朝"文"的发展,其情况基本上也与诗相类似。我在上文中已讲到北魏后期和北齐的应用文字虽亦属模仿齐梁,却亦有胜于南朝后期文人之处。北朝人的"文",胜于南朝者,也限于北齐。至于北周,在庾信、王褒来到以前,基本上没有产生什么重要文人。当时文人如申徽等的应用文字,历来很少有人爱读。然而这种不成熟的骈文,已被宇文泰视为过于"华靡",而要苏绰作《大诰》,仿效《尚书》来纠正文体。苏绰的文学主张其实是行不通的。正如《周书·王褒庾信传论》所说:"然绰建言务存质朴,遂糠秕魏晋,宪章虞夏。虽属词有师古之美,矫枉非适时之用,故莫能常行焉。"他这种文体连当时人也不以为然。《周书·柳虬传》载,"时人论文体者,有古今之异,虬以为时有今古,非文有今古,乃为《文质论》"。此文今佚,但它强调"时有今古"就和苏绰不同。正因为苏绰的文体既不适用,其文章亦无文学价值,所以庾信、王褒入北以后,北周的应用文就完全在"徐庾体"影响之下,变得与南朝毫无区别了。

苏绰的文学主张虽在当时就不为人所同意,但到近代却又常被一些研究者视为唐代"古文运动"的先驱。其实,"古文运动"主要是反对骈体,并不主张摹仿佶屈聱牙的《尚书》去写文章。从南北朝现存的著述来看,散体文其实并未绝迹,沈约和魏收都是骈文家,而《宋书》、《魏书》全属散体,有些传记都很有文学意味。当时的一些书信、论说,也多散体,这些文章都比苏绰的文章高明。尤其要提到的是南方梁代裴子野的《雕虫论》,强调文学作品的思想内容,而不像苏绰那样一味仿古,其见地实在要高明得多。

就在北朝,也有一些人对文学发表过很好的见解。如北魏后期的祖莹曾说:"文章须自出机杼,成一家风骨,何能共人同生活也。"(见《魏书》本传)邢劭也说过:"昔潘陆齐轨,不袭建安之风;颜谢同声,遂革太元之气。自汉逮晋,情赏犹自不谐;江北江南,意制本应相诡。"(《萧仁祖集序》,见《全北齐文》卷三)这些意见都反对模仿,强调文学应随时代不同而变化。他们的见解都远比苏绰进步。即使是隋李谔上书杨坚,请求改革文体,其主张和苏绰基本一致,但他那篇上书本身却决不古奥,反而带有若干骈文气息。可见即使主张改革文体的人,也多少和苏绰的食古不化有别。

至于北朝文人自元宏迁洛以后所作的文,基本上也和南朝人一样,主要是骈体,只有一些学术著作如《水经注》、《洛阳伽蓝记》等用散体,那些书虽有文学价值,性质却和纯粹的文学作品不一样。不过,北朝骈文只是北齐文人较有佳作,北周骈文也和诗一样,较好的都出于庾信、王褒之手。所以我们一般讲北朝文,总是推崇温、邢、魏三家。其实由北齐入隋的卢思道,在文的方面也颇有特色。他的《劳生论》写当时的人情事态,可说绘声绘色,极尽揭露之能事,与南朝刘孝标的《广绝交论》,可以先后媲美。钱钟书先生说:"隋文压卷,当推此篇。"(《管锥编》第 4 册第 1547 页)这说明北朝文人确实能较为注意社会现实,所以到南北朝后期,他们不论在诗文等方面,都出现了一些较好的作品。相对地说,时至隋代,较有成就的文人倒是北方人多于南方人。

东晋南北朝时代北方文化
对南方文学的影响

  历来研究文学史的人,似乎都认为自西晋末年的动乱以后,北方文人纷纷南逃,因此在东晋和南北朝初期只有南方才有文人创作。北方只是到魏孝文帝元宏迁都洛阳以后才产生了温子升、邢劭和魏收等人,而且即使这些作家,也不过是一味模仿南朝文人的作品。至于北方文学和其他文化部门是否也曾影响过南朝文人,则几乎无人论及。这种情况的形成,有着较深的历史根源。早在当时,南方一些人就对北朝怀有偏见。这实际上是出于民族的偏见。例如《洛阳伽蓝记》中记载梁武帝时大将陈庆之曾说到从晋室南渡以后,南方人就把中原看作"荒土"、"尽是戎狄"。虽然陈庆之本人曾率兵进入洛阳,和北方士人接触,因此改变了看法。不过当时多数南方人的偏见并不会因之消除。直到隋唐时代,崇尚南方文学而否定北方文学者尚大有人在。像隋炀帝杨广虽世居北方,却是一个南方文化的热烈鼓吹者,他曾断言:"及永嘉之末,革夏衣缨,尽过江表,此乃天下之名都。自平陈之后,硕学道儒,文人才子,莫非彼至。"(《敕责窦威、崔祖浚》,见《全隋文》卷五)唐初许多文人学者,亦多系南朝人的后代,所以唐初所修史书中也常有贬抑北方文学的话。如《隋书·经籍志》中就有"其中原则兵乱积年,文章道尽"之语。这些话显然不能说纯属偏见。因为从现存的典籍来说,东晋和南北朝时代人的著作,绝大多数出于南方人的手笔。

不但如此，即使考之唐初人所作的《隋书·经籍志》，尽管其中所著录的书，已散佚甚多，但南方文化高于北方的情况似乎也很明显。《隋书·经籍志》的编著者并不全是南方人，他们所著录的书名，是以当时朝廷所能搜罗到的典籍为依据。唐初距南北朝时代很近，所反映的情况当可信从。所以历来的研究者比较着重于研究南朝文学而忽略北朝文学的做法是完全可以理解的。

但是，从文学史的全局来考虑，东晋南北朝时代既然存在着二百七十多年的南北对峙局面，南北方的文化既存在着不同的特色，也有着种种联系和相互影响。例如：东晋南北朝的书法，南北两地既各具特色，而且还相互影响；当时的音乐则各自的特点以及交流尤为明显。当时北方的佛学，似乎较之南方更为兴盛。在东晋和南朝思想界产生过重大影响的名僧支愍度、慧远等人都是由北方来到南方的。不但如此，像慧远其人，还兼通儒家经典，尤精"三礼"和《毛诗》，南朝传授礼学的雷次宗，其实是从慧远那里学来的。这些文化部门虽然不等于文学，但是这些部门却与文学有着千丝万缕的联系。南北方之间在这些方面的联系本身，就无可避免地会影响到各自的文学。因为各种意识形态的发展，总是相互影响的。

如果就文学本身而言，南北文风也确有不同。据《隋书·文学传》说："江左宫商发越，贵于清绮；河朔词义贞刚，重乎气质。气质则理胜其词，清绮则文过其意，理胜者便于时用，文华者宜于咏歌。此其南北词人得失之大较也。"《隋书·文学传》这段话是针对北魏后期以及北齐文人与南方的齐梁文人相比较而言的。在《隋书》的作者看来，北方在北魏中叶以前，并没有值得称道的文学作品，所以置之不论。其实，北魏中叶以后出现的那些较著名的文人如温子升、邢劭和魏收，只不过是南朝文学的模仿者。例如：邢劭之学沈约,魏收之拟任昉都属人所共知的事实。若以这些作家的文风与南方文人相比,那只不过是他们在辞藻绮丽方面还赶不上南朝文人而已。但是以"清绮"和"贞刚"来区分东晋南北朝时代南北文学各自的特点,似乎也有些道理。试看北魏时代的《李波小妹歌》与南方的《子夜歌》以及一些魏碑与《文选》中所载南方文人所作的碑志,区别就很明显。这种文风的差别,显然不仅在形式与技巧方面,还涉及到文章的内容。这是南北长期分裂所造成的社会生活的不同,在人们心理状态上也造成了一定的差异。这两种不同的文风却又不是截然分开的。它们之间又相互影响。虽然总的来说,还是南方文风影响北方,但北方文风却也多少对南方起过一定的影响。北方对南方的影响主要在音乐和佛学等部门,而这些方面的影响也无可避免地会涉及到文学。当然,北方一些文人作品,也曾多少在南方引起反响。在这里,我想提出个人的一些浅见,请大家指正。

一 北方音乐对南方文学的影响

关于南方和北方在音乐方面的相互影响是较为明显的。现存的《梁鼓角横吹曲》虽属南方乐官所执掌的音乐,其曲调及大部分歌词却产生于十六国和北魏境内;《魏书》、《洛阳伽蓝记》等书记载北朝的帝王、贵族,却也喜欢叫人演奏南朝民歌《团扇歌》和鲍照所作的乐府诗。在音乐方面的这种相互影响不仅仅限于乐曲的声调,也关系到歌词。这些歌词不论是民歌或文人创作,都会在诗歌方面产生影响。

我们通常认为:东晋南渡之后,原来中原的各种文化都随之南迁。这种说法其实只是一种概略的说明。由于西晋末年刘渊、石勒的南侵，带有很大程度的流窜性，所以中原一些士族都是仓皇南逃，不可能把所藏图籍、乐器等都携带到江南。怀帝司马炽和愍帝司马邺被俘，西晋几乎是全军覆没，朝廷的一切财物，全落入前赵之手。司马睿在江南建立的偏安小朝廷，其礼乐是很不完备的。《宋书·乐志》云："晋氏之乱也，乐人悉没戎虏。及胡亡邺下，乐人颇有来者，谢尚时为尚书仆射，因之以具钟磬。太元中破苻坚，又获乐工杨蜀等，闲练旧乐，于是四箱金石始备焉。"这里讲的是朝廷中的郊庙、食举等音乐，在当时被视为"雅乐"的歌曲，在东晋初年，尚且散佚甚多。至于汉魏的《相和歌》等民歌以及部分文人创作的乐府歌词，当然也有散佚。《南齐书·王僧虔传》载，南齐初年，王僧虔曾写信给王俭，建议借南北通使之便，派乐署中人员充任出使北魏的散役，顺便寻访南方所缺的汉魏旧曲。他说："北国或有遗乐，诚未可便以补中夏之阙，且得知其存亡，亦一理也。但鼓吹旧有二十一曲，今所能者十一而已。"王僧虔的建议，据说未被朝廷采纳。但他是一个深通音律的人，对南朝乐曲的散缺情况了解得比较清楚。他所以建议派人到北魏去搜求，正是由于他了解到南方所存汉魏旧曲有不少是逐渐地从北方流入江南的。

北方乐人和乐曲的流入南方，往往不光是汉魏的旧曲，而且还有十六国和北朝的乐歌。例如《乐府诗集》中所载的《梁鼓角横吹曲》，大抵是十六国及北魏的作品，然而其中还可能保存着某些汉魏的歌辞。这些乐曲传入南方后，南方文人们曾加以仿作。《乐府诗集》卷二五引陈释智匠《古今乐录》提到，"是时乐府胡吹旧曲"中，有《大白净皇太子》、《小白净皇太子》、《雍台》等。这些曲调根据智匠所说，显然是北方的鲜卑歌，其歌曲原辞已经散佚。考《旧唐书·乐志》，《大白净皇太子》、《小白净皇太子》二曲，南朝的梁代乐署中所奏与北方所保存的鲜卑歌，"其音皆异"。至于歌辞内容有无异同则已无可考。《雍台》一曲则有南方文人所作歌辞,如梁武帝和吴均都曾作过一首。这两首歌辞虽属同一曲调,而文字内容很不一样。梁武帝那首,已经很难觉察到它原是北方歌曲了。吴均那首则似尚有北方民歌那种悲凉的气息:

> 雍台十二楼,楼楼郁相望。陇西飞狐口,白日尽无光。

此诗后二句提到了北方的地名和景色,可能与北歌的原意较近。尽管南朝文人作家仿作《梁鼓角横吹曲》中的北方歌辞,现在存者甚少,仅此《雍台》一曲,还不足以说明南朝文人受北方民歌影响的全部情况,然而至少可以断言,南朝文人中确曾有人拟作过北朝民歌。

南朝文人拟作北方歌曲的明显例子,恐怕主要是《乐府诗集》中的《横吹曲辞》。这部分乐曲据郭茂倩说,起于汉代。但是该书所收的"横吹曲辞"却全是南朝人拟作,而且仅《梅花落》一曲出于鲍照之手,其他诸曲均系梁陈人所作。这些乐曲据《乐府诗集》卷二一引证《晋书·乐志》说本属"胡曲"。考《晋书·乐志》云:"胡角者,本以应胡笳之声,后渐用之横吹。有双角,即胡乐也。张博望入西域,传其法于西京,惟《摩诃兜勒》一曲。李延年因胡曲更造新声二十八解,乘舆以为武乐。后汉以给边。和帝时,万人将军得之。魏晋以来二十八解不复具存。用者有《黄鹄》、《垅头》、《出关》、《入关》、《出塞》、《入塞》、《折杨柳》、《黄覃子》、《赤之杨》、《望行人》十曲。"《乐府诗集》摘引这段文字后说:"其辞后亡。又有《关山月》等八曲,后世之所加也。"从《晋书》原文来看,"横吹曲"当即"胡角"。这种曲调据说创于汉代,到魏晋时仍然沿用。然而《宋书·乐志》中却不见"横吹"之名,只提到了"角"。原文只是说:"角,书记所不载。或云出羌胡以惊中国马;或云出吴越。"可见在南朝初年的刘宋时,"横吹曲"尚未流行。按:《宋书·乐志》是沈约作,早于《晋书》。如果晋代确有"汉横吹曲",沈约不容不知。因为他曾著《晋书》一百一十卷。对晋代制度很熟。"横吹"之名见于南朝史书的似以《南齐书·垣崇祖传》为较早。据云:"崇祖闻陈显达、李安民皆增给军仪,启上(齐高帝萧道成)求鼓吹、横吹。上敕曰:'韩白何可不与众异。'给鼓吹一部。"这说明"横吹"在南齐时已有,且与"鼓吹"不同。但结合《宋书》与《晋书》来看,"横吹曲"起于汉代之说,恐怕不很可信。何况《乐府诗集》中说到《晋书》所列十曲之辞均已亡佚,而该书所载的"汉横吹曲"的曲名又远远超过了十曲。值得注意的是《乐府诗集》中所载"汉横吹曲"有不少曲名,都与"梁鼓角横吹曲"的曲名相同。还有一些曲名,连《晋书·乐志》也不载,《乐府诗集》指为后人所加,但这些曲调也有梁陈人所作歌词,足见是梁以后才有的。这就不能不使人产生这样的疑问:所谓"汉横吹曲"是否和"梁鼓角横吹曲"一样,逐步由北方流入南方,而且其中有一部分还可能与"梁鼓角横吹曲"是同一个曲调或用着相同的歌辞。因为南朝宋齐时代,早已流行着北方的"羌胡伎"。如《南齐书·柳世隆传》载宋末萧道成与沈攸之作战时,萧的大将黄回"军至西阳,乘三层舰,作羌胡伎,溯流而进"。又同书《东昏侯纪》:"高障之内,设部伍羽仪,复有数部,皆奏鼓吹、羌胡伎、鼓角横吹,夜出昼反,火光照天。"这里所谓"羌胡伎"显然是北方乐曲。"梁鼓角横吹曲"中本有羌族乐歌,可能即从宋、齐时的"羌胡伎"而来。"汉横吹曲"中有一部分曲名与此相同,可能也和"羌胡伎"有关。因为据《晋书》说"横吹"是"胡角",而《宋书》却又以为"角""出羌胡"。

关于"汉横吹曲"和"梁鼓角横吹曲"的曲调相同,古代的研究者们如郭茂倩等已注意及之。如《乐府诗集》卷二二《折杨柳》,郭氏云:

> 《唐书·乐志》曰:"梁乐府有胡吹歌云:'上马不捉鞭,反拗杨柳枝。下马吹横笛,愁杀行客儿。'此歌辞元出北国,即鼓角

横吹曲《折杨柳枝》是也。"《宋书·五行志》曰:"晋太康末,京洛
为《折杨柳》之歌,其曲有兵革苦辛之辞。"按古乐府有《小折杨
柳》,相和大曲有《折杨柳行》,清商四曲有《月节折杨柳歌》十
三曲,与此不同。

在这里,他引《旧唐书·乐志》认为"汉横吹曲"《折杨柳》即"梁鼓角
横吹曲"的《折杨柳枝》,并断言与"相和歌"的《折杨柳行》、清商曲
的《月节折杨柳歌》等不同。其他如《紫骝马》、《刘生》、《黄覃子》等
曲的说明,都把它们与"梁鼓角横吹曲"相联系。这种现象,我在
《关于北朝乐府民歌》(见《学习与思考》1982 年第 1 期)一文中,早
已论及,在这里不想多说。不过,我当时还觉得应为"梁鼓角横吹
曲"沿袭"汉横吹曲"。现在看来,此说恐怕要作些修改。因为从前
面引过的《乐府诗集》及《晋书·乐志》的话看来,在《晋书》中所称
"用者"十曲,其歌辞据郭茂倩说,已亡佚。《乐府诗集》所载,皆后
人拟作之辞。郭氏提到的《关山月》等曲,说是后人所附益,却也有
梁陈人作品。可见这部分乐曲,大抵为齐梁以后传入南方。不管
这些乐曲是否真如《晋书·乐志》说的那样起源于汉代,而在宋齐间
还没有引起南方文人的注意。它们的曲调与内容都与"梁鼓角横
吹曲"近似,说明系自北方传入南方。南方文人拟作"汉横吹曲",
其内容又多与"梁鼓角横吹曲"的曲辞相同。例如:我在《关于北朝
乐府民歌》中曾将梁元帝萧绎和刘孝威、车敩等人所作《陇头水》与
"梁鼓角横吹曲"中的《陇头流水歌辞》的内容相比较,说明这些人
的作品,显然受了"梁鼓角横吹曲"的影响。这种情况至少可以证
明南朝文人的创作确曾从北方传入的音乐中受到启发。

　　南朝后期文人受北方民歌的影响,并不限于这些乐曲的名称,
而更主要的是他们所写的乐府诗中,关于战争、边塞以及北方景物
的内容显然增加了。这些内容在汉魏和西晋的一些民歌或文人诗

中，本来也有。但从东晋南渡之后，直到宋、齐两代，除鲍照而外，几乎无人写过。不过，鲍照诗中写战争，内容和手法基本上与汉魏乐府诗相近。像他的《代出自蓟北门行》，情调是激昂的，从某种程度上说更近于曹植等人向往于建功立业的思想。梁陈文人写战争则与此相反，经常是取厌恶与悲观的态度。这种内容就与北朝一些民歌有类似之处。当然，梁陈文人多数没有战争的经历，他们所写的苦战情况与边塞景色大抵取之古书中的典故。但为什么到了梁代，文人们突然大量地写起战争题材来，这很值得注意。因为正是由于北方民歌到梁代才广泛地流传，并引起文人重视。

梁陈文人写作乐府诗，不光拟作北方民歌，他们有时拟作汉魏旧曲，也写到了边塞和苦战，和前此的作品不大一样。我们试以《燕歌行》为例。这种歌辞现在最早的作品出于曹丕之手，稍后的则为陆机。他们的作品都只是写妇女想念外出的丈夫，与战争无关。其后从谢灵运到梁元帝的作品，虽然提到征戍，却也没有写征人在前方受饥寒及苦战的情况。到王褒、庾信之作，就和前人大不相同。如王作之"城下风多能却阵，沙中雪浅讵停兵"；庾作之"晋阳山头无箭竹，疏勒城中乏水源"，均直接写到战场的苦况。这种写战争而颇厌战的情调，与北朝民歌如《企喻歌》等类似。《周书·王褒传》中说："褒曾作《燕歌行》，妙尽关塞寒苦之状，元帝及诸文士并和之，而竟为凄切之词，至此方验也。"这里把王褒之作说成江陵陷落的预兆，当然是迷信。然而这个传说，也反映了王褒等人之作是和前人诗作的内容不大相同。这种变化，其实就是南朝文风受北方音乐影响之故。

二　北方的佛学与南方文学的关系

东晋南北朝时代佛教极为兴盛。南北两个政权都崇信佛教。当时北方的前秦和后秦曾在佛经翻译方面做了大量工作。南方的东晋和南朝的佛教徒,虽然已有人从海道前往印度,求取佛经,但成效毕竟不如北方。东晋佛教徒中影响最大的名僧当推慧远。他本来就是北方人,师事前秦名僧释道安,跟随道安到襄阳,后来他又移居庐山。慧远本人不但是僧人,而且精通儒家经典,还擅长诗文。他作的《庐山记》(见《全晋文》卷一六二)、《万佛影铭》(见同上)以及与刘遗民、鸠摩罗什等人来往的书信,都富于文采。《庐山记》尤为较早地描绘庐山景色的文章,也是一篇出色的山水散文。他的《万佛影铭》是因为他雕绘佛像而作,这个佛像在南朝文人中有较大反响。如谢灵运作《佛影铭》;鲍照也有同样的文章,在南朝文章中都是有名的作品。慧远也能作诗,他的诗和佛偈都较有文采。在他影响下,庐山诸道人的《游石门诗(并序)》也曾对山水诗和山水散文的兴盛有一定作用。他还作有《沙门不敬王者论》五篇,载于《弘明集》中。其第五篇为《形尽神不灭论》。他这种论点虽属唯心主义,却在文人中引起了争论。如陶渊明的《形影神》诗、梁范缜的《神灭论》都是针对此说而发。至于作家中钦佩慧远的,也大有人在。如谢灵运就信佛,并且作《庐山慧远法师诔》,对他备极推崇。

慧远本人还曾和后秦名僧鸠摩罗什有书信交往。鸠摩罗什及其弟子僧肇,都是佛教史上重要人物。南北朝许多僧人都受过鸠摩罗什的影响。鸠摩罗什是翻译家,他首先提出了佛经翻译中应当注意梵文与汉文各自的特点,因而把文体问题视为一个重要问题。他曾说过："天竺国俗甚重文藻，其宫商体韵，以入弦为善。凡觐国王，必有赞德，见佛之仪，以歌叹为尊，经中偈颂，皆其式也。但改梵为秦，失其藻蔚，虽得大意，殊隔文体。有似嚼饭与人，非徒失味，乃令呕秽也。"（见《全晋文》卷一六三）他从事佛经翻译，就非常重视文字的华美。所以南朝梁释慧皎《高僧传》在论译经问题时称赞他的译文云："其后鸠摩罗什，硕学钩深，神鉴奥远，历游中土，备悉方言，复恨支、竺所译文制古质，未尽善美。乃更临梵本，重为宣译。故致古今二经，言殊义一。时有生、融、影、睿、严、观、恒、肇，皆领悟言前，辞润珠玉，执笔承旨，任在伊人。故长安所译，郁为称首。"（卷三）鸠摩罗什作为一个出生于龟兹的天竺国人，到长安后，努力学习汉语。他自己能用汉文写信与南方的慧远探讨佛学，其文字亦颇不恶。他还作有《赠沙门法和颂》一首，五言四句，颇有辞藻。但是他并不认为自己的汉文很好，译经时还是依靠他的汉族弟子僧睿、僧肇等。僧肇作《般若无知论》，他见了说："吾解不谢子，辞当相挹。"（见《高僧传·僧肇传》）可见他对文辞的重视。在他的影响下，南北方的佛教徒做过不少重译佛经的工作。如南朝宋谢灵运也曾参与这种工作。

鸠摩罗什的弟子僧肇所作《肇论》文藻华美，能以畅达的文笔，宣扬唯心主义的玄理。他那套哲学思想虽属唯心主义，然而在南北朝的哲理散文方面却占有相当重要的地位。他的文章很快传到了南方，由梁陈间人结集成书，并由南朝陈释慧达为之作疏[①]。他的著作显然会影响到南朝文人。例如齐梁的僧朗，就曾在长安学习鸠摩罗什和僧肇的学说，后来又到了南方。僧朗其人是能诗的，

---

① 参看方立天同志《僧肇评传》，见《中国古代著名哲学家评传》第 2 卷第 403 页。齐鲁书社 1980 年版。

今存何逊诗中有一首《日夕出富阳浦口和朗公》,当即其人。僧朗曾把他的学说传给周颙,周颙因之作《三宗论》(参阅黄忏华先生《南朝佛教》,见中国佛教协会编《中国佛教》第 1 册第 34 页,知识出版社 1980 年版)。齐代僧人智林见了周颙的文章,大为称赏,并说:"年少见长安耆老,多云关中高胜,乃旧有此义,当法集盛时,能深得斯趣者,本无多人。"(见《南齐书·周颙传》)可见南朝士人中受鸠摩罗什、僧肇影响的,确有人在。

值得注意的是,周颙本人虽然不是作家,却是"四声说"的创始者。沈约所提出的"四声八病"之说就是根据周颙的说法。至于沈约本人也是信佛的。周颙、沈约当然会知道鸠摩罗什论佛经文体的意见。因为自从鸠摩罗什提到了诵经的声调问题后,佛教徒们都在努力从事于创造适合于汉语的新声调。《南齐书·竟陵王子良传》:"招致名僧讲语佛法,造经呗新声,道俗之盛,江左未有也。"陈寅恪先生曾经据此认为"四声八病说"之兴起与此有关。我们试看慧皎《高僧传》的《经师论》中,讲到诵经声调的话,基本上不过是发挥鸠摩罗什的论点。慧皎那篇文章中有一些离奇的神话,还把诵经的声调说成始自曹植,显然不可信。但是在这篇文章中也有一些话很值得研究。《高僧传》中所载善于诵经的和尚,如于帛法桥,此人是后赵石虎时人,生活在北方。南方僧人,以支昙籥为最早,却是月支人,且生活于晋孝武帝时,比帛法桥为晚。汉族和尚,则以宋释僧饶为早;此外,如释昙迁,与"性识宫商"的范晔交谊颇深。其后诵经的和尚,以释僧辩为最有名。《高僧传》本传载萧子良"集京师善声沙门龙光、普知、新安、道兴、多宝、慧忍、天保、超胜及僧辩等集第作声。辩传《古维摩》一契,《瑞应》七言偈一契,最是命家之作"。可与《南齐书》相印证。又如,他说:"逮宋齐之间,有昙迁、僧辩、太傅文宣等,并殷勤嗟咏,曲意音律,撰集异同斟酌科例。"这里的"太傅文宣"正指萧子良。萧是南齐永明间人,沈约等人当时均在其门下。沈约所创的诗体,也就是"永明体"。这种情况确可研究。慧皎在此文中还说:"若能精达经旨,洞晓音律,三位七声,次而无乱,五言四句,契而莫爽。其间起掷荡举,平折放杀,游飞却转,反叠娇哢,动韵则揄靡弗穷,张喉则变态无尽。故能炳发八音,光扬七善,壮而不猛,凝而不滞,弱而不野,刚而不锐,清而不扰,浊而不蔽,谅足以超畅微言,怡养神性。故听声可以娱耳,聆语可以开襟,若然可谓梵音深妙,令人乐闻者也。"(见卷一三)这些论点与沈约在《宋书·谢灵运传论》中所讲的"夫五色相宣,八音协畅,由乎玄黄律吕,各适物宜。欲使宫羽相变,低昂互节,若前有浮声,后须切响,一简之内,音韵尽殊,两句之中,轻重悉异,妙达此旨,始可言文"的论点基本上相似。他们都强调音韵的和谐与变化。尽管慧皎讲的是和尚诵经,而沈约讲的是文人作诗。他们的论点所以会有这种共通之处,是因为当时的文人因为诗与乐从三国以来已逐渐分家,许多文人诗已不能配乐歌唱。诗人不能不致力于探索不能入乐之诗的格律,而汉语的基本上是单音节词,讲究格律就会注意所谓"宫商"或四声问题。另一方面,佛教徒诵经时,也发现用汉语唱梵文的偈呗颇为不便。他们也认识到"良由梵音重复,汉语单奇。若用梵音以咏汉语,则声繁而偈迫,若用汉曲以咏梵文,则韵短而辞长"(《高僧传》卷一三《经师论》)。于是佛教徒作偈,也往往采用汉族民歌中常用的"五言四句"的体裁,而尽量要求音节和谐。慧皎讲的"起掷荡举,平折放杀……","张喉则变态无尽"等语,其实讲的也是声律的变换问题。文人们和佛教僧侣两者的努力显然有不少共同之处,他们之间的相互影响也是不难觉察的。在这个问题上,声律问题既是鸠摩罗什所首先提到,而南方的"四声说"的创作者周颙却正好是通过僧朗学到了罗什之学。再看沈约的"四声八病说"提出以后,同时的两位文学批评家刘勰与钟嵘的态度颇为不同。刘勰基本上拥护沈约的见解;钟嵘则取反对态度。如果我们考察一下刘勰和钟嵘的生平,就不难发现钟嵘生平和罗什的佛学没有什么关系;相反地,刘勰早年就依僧祐而居,而僧祐也曾学过罗什所传的《十诵律》。这问题也颇可引人深思。

总之,佛经的翻译特别是鸠摩罗什的翻译方法引起了佛教徒们对诵唱经呗的注意,而佛教徒的努力又和南方文人在诗歌格律方面的探索互为表里。这一点,也不能否认北方的佛学曾对南方文学产生过影响。

至于东晋南北朝的哲学散文,散见于《弘明集》、《广弘明集》中者,北方一些人的文章,文笔并不在南方文人之下。南朝范缜的《神灭论》,确是一篇杰出的唯物主义的文献。至于其他一些主张"神不灭"的唯心主义论文在理论上比起僧肇的文章来,都显得粗浅和空洞。这说明北方的哲理散文确有胜于南方之处,这一点也是不容忽视的。

三　北方文学在南方所引起的反响

一般说来,东晋南北朝时代的文学是南盛于北,北方文学主要是受南方文学的影响。这个事实当然无可否认。我在《关于南北朝文学的评价问题》(见《文学遗产》1980 年第 2 期)中亦已谈及。不过,文化史上两个地区间所谓"影响",总是相互的。南方文学比北方繁荣,因此北方文人向南方学习的情形较为显著,易于为人们所注意。至于北方文学也曾经在一定程度上影响过南方,则不大有人觉察。这是因为在这方面史料比较零碎,不大有人注意。从现有的史料来看,大抵十六国时期和北魏中叶以后的作品,曾引起过南方文人的注意。至于北魏初年到中叶一段时期,似乎产生的文人并不多,在南方也没有引起多少反响。

十六国文学对南方文人产生过影响的主要有前秦的苏蕙、王嘉和前凉的谢艾、王济和张骏。前秦女诗人苏蕙的《回文诗》,在我国文学史上可以说是现存"回文诗"的最早作品。这种诗体虽因拘束过多,近似文字游戏,但苏蕙之作尚有一定的感染力。此诗出现后,至迟在宋、齐间已传入南方。江淹《别赋》有"织锦曲兮泣已尽,回文诗兮影独伤"之句,即用此典。江淹多数佳作,大抵作于宋末,而且他把苏蕙故事作为典故来引用,也说明在江淹作赋以前,苏蕙故事早已流行。稍后于江淹的吴均在《与柳恽相赠答六首》其一中,有"书织回文锦,无因寄陇头"之句,亦用此典。此外,《太平御览》卷八一五引王隐《晋书》,也讲到了苏蕙故事。但王隐乃东晋初人,比苏蕙要早。我在《十六国文学家考略》(见《文史》第 13 辑)一文中已指出《御览》之误,但也不能排斥这样的可能性:即《御览》所引,乃《隋书·经籍志》所记南朝人所作八部《晋书》之一的佚文,而编者误作王隐。不管怎样,苏蕙的《回文诗》对南朝确有影响。

前秦的志怪小说作者王嘉也曾对南方文学产生过影响。《隋书·经籍志》载:"《拾遗录》二卷,伪秦姚苌方士王子年撰。"又:"《王子年拾遗记》十卷,萧绮撰。"王子年就是王嘉的字。王嘉的著作至少在南齐时,已传入南方。《南齐书·祥瑞志》中引了三段王嘉的歌:

> 王子年歌曰:"金刀治世后遂苦,帝王昏乱天神怒;灾异屡见戒人主,三分二叛失州土;三王九江一在吴,余悉稚小早失孤,一国二主天所驱。……"

> 歌又曰:"三禾掺掺林茂孳,金刀利刃齐刈之。……"

> 歌又曰:"欲知其姓草肃肃,谷中最细低头熟,鳞身甲体永

兴福。……"

萧子显作《南齐书·祥瑞志》,自云:"齐氏受命,事殷前典。黄门郎苏侃撰《圣皇瑞应记》。永明中,庾温撰《瑞应图》。其余众品,史注所载,今详录去取,以为志云。"可见这里所引王嘉歌辞,在南齐时已有。这些歌辞属于谶纬迷信,本不足取。甚至这些歌本身也可能是南齐帝王的御用文人们捏造的。但无论如何,这些人托名王嘉,至少说明王嘉其人在南齐时已颇有名,连王朝更迭之事,也会借重于他。

《拾遗录》和《拾遗记》的关系也值得重视。因为萧绮是南朝人,梁武帝的后人。他在《拾遗记序》中称此书"辞趣过诞,音旨迂阔,推理陈迹,恨为繁冗。多涉祯祥之书,博采神仙之事,妙万物而为言,盖绝世而弘博矣。"这段议论有批评,也有颂扬。不过,作为一个南朝文人而去整理十六国时人的著作,也说明了南朝人对王嘉的著作颇为重视。此外,像慧皎《高僧传·释道安传》中,还附有王嘉的事迹。这段记载虽亦涉诞妄,至少说明王嘉对南朝人的影响不小。

前凉的张氏政权在十六国中文化较高。张骏能作诗文,《乐府诗集》中载有他的诗二首。他的臣僚中如谢艾、王济皆能作文章,为刘勰所称道。《文心雕龙·熔裁篇》:"昔谢艾、王济,西河文士,张骏以为艾繁而不可删,济略而不可益。若二子者可谓练熔裁而晓繁略矣。"刘勰在这段话中不但称赞了谢艾、王济的文章,也很肯定张骏的批评意见。这说明这些人的文章和意见,也引起了南方文学家的称道。

上面讲到的这些北方文人,大抵生活在十六国时代,而其影响到南方却多数在齐梁以后。这是因为南北对峙的政局使北方作品传到南方需要一定的时间,而且传到南方以后,又得在文人中广为流传之后,才能被引用和称道。例如前面提到的谢艾是在苻坚灭前凉之前已经去世的人,但他的文集流传到南方则大约在刘宋时代。据《宋书·大且渠蒙逊传》载,宋文帝元嘉十四年(437),且渠茂搜派人向刘宋献书,中有《谢艾集》八卷。这时距谢艾卒年(353)已有八十多年,至于刘勰作《文心雕龙》,已是南齐末年之事,距元嘉十四年又有六七十年了。当然,由于南朝书籍经江陵陷落时梁元帝焚书之后,已散佚甚多,前此是否有人提到,已难考知。

当然,北方的作品也有很快就传入南方的。这大抵是一些诗歌。如"梁鼓角横吹曲"中的《高阳王乐人歌》;北魏咸阳王元禧被杀,他的宫人作《咸阳王歌》以及胡太后的《杨白华歌》等。这些歌所以很快传入南方,是由于齐梁以后南北交通比较频繁,北魏自后期内乱之后,不少人投奔南朝,再加上梁代大将陈庆之一度率兵攻入洛阳。另外,这些诗歌都是短篇,易于口耳相传,且与音乐有关,所以流传较快。

北方文学之影响南方,一般以十六国时代作品和北魏中后期以后的较多。这是因为北魏统一中原后,文学曾一度很不发达。这种情况,我在《试论北朝文学》一文中已有说明。但是,当时北方仍然产生过某些民歌,而且有些人对文学还是有自己的见解的。例如《李波小妹歌》就产生于北魏中期以前。又如《魏中书令秘书监兖州刺史郑羲碑》(即所谓《郑文公碑》)载,郑羲出使刘宋,"宋主客郎中孔道均就邸设会,酒行乐作。均谓公曰:'乐其何如?'公答曰:'哀楚有余,而雅正不足,其细已甚矣,而能久乎?'"这说明北朝人对南方流行的《子夜歌》一类,是不满意的。据此碑载,郑羲曾作有《孔颜谣》、《灵岩颂》"及诸赋咏诏策,辞清雅博"。郑羲即北朝诗人郑道昭之父,说明北朝文学在元宏迁洛之前,已有一定的发展。

元宏迁洛以后,北方文学逐渐兴起。但那时一些作家还仅仅是南朝文学的模仿者。甚至后来北周文人之仿效王褒、庾信，也是大家所熟知的例子。所以我们长期以来往往只重视南朝文学对北朝的影响，而忽视北朝文学对南朝的反作用。但是，北朝文学到了北魏末年与北齐时代，文学上的成就已很可观，连南朝文人也不能完全忽视其存在了。例如：北魏的甄琛反对沈约的"四声八病说"，据日释空海《文镜秘府论》载，沈约还作了答辩。这件事很可以说明北朝文人在南朝人心目中的地位。因为沈约在齐梁是文坛领袖，许多南朝文人都想得到他的称赞以立名誉。如果沈约看不起甄琛，他完全可以置之不理。又如《魏书·温子升传》所载梁武帝称赏温子升的话，也许有夸张失实处，然而温子升文章传入南方并受到梁武帝赞许大约不会是虚构的。和温子升齐名的邢劭，也是扬名南方的北方文人。《北史·邢劭传》载，南朝官员曾向北朝问起邢劭，说"邢子才故是北间第一才士"，恐亦属事实。同样地，唐段成式《酉阳杂俎·语资篇》载，北魏李骞出使梁朝，梁明少遐很赞赏他的"萧萧风帘举"之句，认为依依然可想。段成式虽然是唐后期人，并且他所记载的故事颇多出于传闻，但此事恐亦非无据。这些例子都可以说明北朝的文学发展到北魏末和北齐初，已经引起了南方文人的注目。现在看来，那些称道北方文人的南方人还是有见地的。因为温子升与邢劭确实写过一些较好的诗文，其成就至少不在梁陈不少文人之下。李骞这位作家历来的文学史研究者似乎不大提到他。其实，《魏书》所载他赠卢元明、魏收的诗及《释情赋》，也都富有文采，而且它们都是抒情性很强的作品。

　　当然，由于南北两个政权的长期对立，北方又长期处于鲜卑等族的统治下，确也造成南方文人轻视北方文学的心理。例如：唐张鷟《朝野佥载》卷六载，庾信早年出使东魏回梁后，对人说到北方文人之作，除温子升的《韩陵山寺碑》外，一无可取。这也许是庾信过于自负，目空一切的缘故。但他对温子升还是肯定的，这说明他对北朝文学并非一笔抹杀。《酉阳杂俎·语资篇》有一段记载则与张鷟之说有较大出入。据云："（庾）信曰：'我江南才士，今日亦无。举世所推如温子升独擅邺下，尝见其词笔，亦足称是远名。近得魏收数卷碑，制作富逸，特是高才也。'"我觉得后一段记载，恐不可信。这不光是因为段成式的时代晚于张鷟，更主要的是庾信在南方时，称赏温子升之文是完全可能的，因为他确曾出使东魏，但要他称扬魏收的"数卷碑"，却难于置信。因为庾信去东魏时，温子升尚在，据《北史·邢劭传》载，温子升在时，世称"温、邢"；魏收因年轻，要到温死后才称"邢、魏"。又据《北齐书》及《北史》的魏收传，魏收早年文才和行为都不为人所重。甚至后来很称赞他的高澄，在侯景叛变以前也不大看得起他。他在当时文坛的地位，未必会有人请他作"数卷碑"。再说庾信从东魏回南不久，就爆发了"侯景之乱"。他在流离颠沛之际，恐亦无从获得魏收之文。我想，庾信在南方时，其文风和徐陵相近。从徐陵对魏收的态度来看，南朝文人对魏收恐怕是贬抑的。唐刘餗《隋唐嘉话》下卷："梁常侍徐陵聘于齐，时魏收文学北朝之秀，收录其文集以遗陵，令传之江左。陵还，济江而沉之，从者以问，陵曰：'吾为魏公藏拙。'"考徐陵南归时，魏收在北齐已颇有文名，但徐陵还是看不大起他。庾信从北齐南返比徐陵出使归来要早七八年，既然徐陵看不起成名后的魏收，庾信恐难称赞其成名前之作。当然，徐陵之看不起魏收，恐怕主要是文人相轻，同时这件事也还不足以说明在当时北方文学不如南方。

我曾经认为，南北朝后期的文学是北方赶上并超过了南方。看来此说似不误。因为，庾信晚年确曾称赞过北方文人。据《北史》载，卢思道、阳休之和颜之推都作了《听鸣蝉篇》，而庾信看后认为卢作最善。此外《朝野金载》记载庾信称赏温子升同时，就说到卢思道、薛道衡"少解把笔"。当时卢、薛年龄尚幼。至于作《听鸣蝉篇》，则在北周灭北齐以后，卢、薛的创作均已成熟。庾信以卢作为善，显然是认为他超过了颜之推。颜之推是南方人，他在江陵时还和庾信一起校过书（见颜的《观我生赋》），有一定的交情。然而庾信仍说卢优于颜。这说明北方文人确已有许多人写出了好作品，使来自南方的庾信，也不能不承认。

综上所述，我认为东晋南北朝时代，尤其是南朝梁以后，南北方文人之间的交往和切磋是不少的，文学上的相互影响也是不容怀疑的。自然，从主要倾向来看，当时南方文学还是比北方繁盛，南方对北方的影响，也多于北方对南方的影响。这也无可否认。

《相和歌》与《清商三调》

在郭茂倩《乐府诗集》中关于"清商曲"的概念似乎比较混乱。他把《子夜歌》等"吴声歌"和《石城歌》等"西曲歌"称为"清商曲辞",以区别于"相和歌辞"等曲调。但是,当他论述到《相和歌辞》和《清商曲辞》时,却常常把二者混为一谈。例如卷二六关于《相和歌辞》的说明中有两次提到"相和"与"清乐"是同一事物。当他引了《旧唐书·音乐志》中《平调》、《清调》、《瑟调》皆周《房中曲》之遗声也。汉世谓之'三调'"的话,又提到《楚调》和《侧调》,说"与前三调总谓之'相和调'"。后面又说到"后魏孝文、宣武用师淮汉,收其所获南音,谓之'清商乐','相和'诸曲亦皆在焉。所谓'清商正声','相和'五调伎也"。在卷四四论《清商曲辞》时,他又说:"《清商乐》一曰'清乐'。'清乐'者九代之遗声[1],其始即相和三调是也。"根据这些话看来,郭茂倩的论述似乎与他自己对乐曲的分类相矛盾。他在《清商曲辞》一类中收的全是"吴声"和"西曲"的做法,孙楷第先生在《清商曲小史》(见《文学研究》1957 年第 1 期)中,已经指出其不妥之处,并且认为这种分类法是受了北朝人的影响。由于汉魏旧曲在中原久已失传,"清商曲"后来由南入北,北方

---

① 郭茂倩说"清商曲"是"九代之遗声"指的是周、秦、汉、魏、晋、宋、齐、梁、陈九个朝代。因为《吴声歌》中有《月节折杨柳》,而《折杨》之名,始见《庄子·天地篇》,而《清商三调·瑟调曲》中也有《折杨柳行》;《旧唐书·音乐志》所载"清乐"曲名有《白雪》,据《淮南子·俶真训》载,春秋时师旷奏之,而《文选》宋玉《对楚王问》中又说到有人在楚都郢中唱过。

人分不清旧曲与"吴声"、"西曲"之别,才统称之为"清商"。关于孙先生这个看法,我认为有一定的道理,但也不无可以商榷之处。这个问题,准备在下面详谈。在这里我首先想谈谈在南朝人的记载中,《相和歌》和《清商三调》是否一个概念,它们之间的关系究竟如何?

一

《清商三调》和《相和歌》并非一事,郭茂倩的做法是承袭了郑樵《通志》的谬误。这是梁启超在《中国之美文及其历史》中已经讲过的。《相和歌》与《清商三调》虽然都是汉魏以前的乐曲,但我们现在所能见到的关于它们的论述,却大抵出现于南朝。其中论述最详的要算《宋书·乐志》。《宋书》的作者沈约虽然卒于梁代,但他一生经历了宋、齐、梁三代,而且他的记述又有刘宋人何承天、徐爰等的著作为基础,所以很值得重视。在《宋书·乐志一》中,沈约写道:

> 凡乐章古词,今之存者,并汉世街陌谣讴,《江南可采莲》,《乌生》、《十五》①、《白头吟》之属是也。吴哥杂曲,并出江东,晋宋以来,稍有增广。

在这段文字里举出的《江南可采莲》、《乌生》、《十五》都是《相和歌》,而《白头吟》② 则是《清商三调》后面所谓的《大曲》。沈约又说:

---

① 各本生《乌生十五子》,今据中华书局标点本改。
② 《白头吟》据《宋书·乐志》说是"大曲",而《乐府诗集》卷四一据《古今乐录》引王僧虔《技录》说是《楚调曲》,今姑从《宋书》。

　　凡此诸曲,始皆徒歌,既而被之弦管。又有因弦管金石造
　哥以被之,魏世三调哥词之类是也。

这里所谓"魏世三调哥词"显然即指《清商三调》。沈约的意思显然
认为《江南可采莲》等《相和歌》是先有歌词,后来才配上乐器演奏;
而"魏世三调哥词"则与此相反,是先有乐调,然后由曹操等人依声
填词。所谓"魏世三调哥词",当即"清商三调",我们下面还要谈
到。

　　在《宋书·乐志三》中,沈约对《相和歌》作了比较详细的介绍。
他说:

　　《相和》,汉旧歌也。丝竹更相和,执节者歌。本一部,魏
　明帝分为二,更递夜宿,本十七曲,朱生、宋识、列和等复合之
　为十三曲。

沈约这段话颇为重要,他提到了魏明帝(曹睿),又提到了曹睿时代
的乐官朱生、宋识、列和等人名字,指出正是这些乐官把原本十七
曲的《相和歌》合为十三曲。这说明在三国魏时,《相和歌》和《清商
三调》并非一种乐曲。沈约还列举了十三曲的名称:《气出倡》、《精
列》、《江南》、《度关山》、《东光乎》、《十五》、《薤露》、《蒿里行》、《对
酒》、《鸡鸣》、《乌生》、《平陵》、《陌上桑》。其中《陌上桑》一曲有三
首歌词,凡十三曲,十五首歌词。沈约的记载,应当是可信的,因为
刘宋时代张永的《元嘉正声技录》的记载,基本上和他一样。据《乐
府诗集》卷二六从陈释智匠的《古今乐录》转引张永的话说,"《相
和》有十五曲",比沈约所载,多了《觐歌》和《东门》二曲,但张永也
说到这两个曲调"无辞"。可见张永所见的十三曲与沈约所见全
同。至于智匠的《古今乐录》,还说到了"十七曲"的问题,他指出除
张永所举的二曲外,还有《武陵》、《鸤鸡》二曲,已失传。可见十七
曲的名字在陈代尚可考知。这证明从刘宋的张永到陈代的智匠从

没有把《相和歌》与《清商三调》混为一谈。

沈约作《宋书·乐志》时，基本根据晋代的乐官所歌，而当他提到《相和歌》由十七曲合为十三曲时，提到了列和其人。这个列和是曹睿的乐官，直到晋武帝司马炎命令张华、荀勖定音律时尚在（这个问题下面还要谈到）。因此沈约所说的"十三曲"，应该就是魏晋时代《相和歌》的旧貌。正因为如此，我认为沈约在《宋书·乐志三》中，讲完了《相和》的曲名后，又另起一段说"《清商三调歌诗》，荀勖撰旧词施用者"一语，再列举《平调》、《清调》、《瑟调》等乐曲名，是有意识地把《相和》与《清商三调歌诗》分开。他这样做法也是符合魏晋时代乐曲分类的旧貌的。

从南朝其他人的文章中，我们也不难发现他们的看法与张永、沈约相同。例如由宋入齐的王僧虔曾于宋顺帝升明二年上表论音乐时说："又今之《清商》，实由铜爵，三祖风流，遗音盈耳。"（见《南齐书·王僧虔传》，亦见《宋书·乐志一》，文字稍有出入）这段话把《清商》说成了魏时的乐曲，和沈约所谓"魏世三调哥词"是一个意思，并不把它和《相和歌》说成同一乐曲。《宋书·乐志》引用这篇文章时，前面还加了一句"并论三调哥曰"，可见"三调哥"即"清商三调"，与《相和歌》有别。

稍后于沈约的萧子显在《南齐书·萧惠基传》中也说到："惠基解音律，尤好魏三祖曲及《相和歌》，每奏辄赏悦不能已。"这里所说的"魏三祖曲"即指《清商三调》（观王僧虔上表自明），与《相和歌》并非一事，因为萧子显在文中加上一个"及"字，分明指它们为两类事物。

从上面引证的材料，我们至少可以说明南朝的宋、齐、梁、陈四代的一些人物，都没有把《相和歌》与《清商三调》混为一谈。

二

从现有的材料来看,《相和歌》和《清商三调》在演奏时所用的乐器,似乎也不大一样。关于《相和歌》的名称,据《宋书·乐志》说,即由"丝竹更相和,执节者歌"而来。可见这种乐曲只用管弦伴奏。所以《乐府诗集》卷二六关于《相和六引》的说明中引《古今乐录》说:"凡《相和》,其器有笙、笛、节歌、琴、瑟、琵琶、筝七种。"其实演奏《相和歌》,有时也不一定具备这七种乐器。《宋书·律历志上》载,西晋荀勖和当时的协律中郎将列和讨论笛律时,列和坚持他从曹睿时代以来的老经验,不同意荀勖所制的新笛,荀勖"令郝生鼓筝,宋同吹笛,以为《杂引》、《相和》诸曲",才使列和心服。可见《相和歌》只要有一种管乐器,一种弦乐器,即可演奏。

至于《清商三调》,似乎除管弦乐以外,还可以用钟磬来伴奏。据《隋书·音乐志下》讲到"《清乐》其始即《清商三调》是也"的话以后,又讲到这种音乐所用的乐器说:"其乐器有钟、磬、琴、瑟、击琴、琵琶、箜篌、筑、筝、节鼓、笙、笛、箫、篪、埙等十五种,为一部,工二十五人。"这里钟是金属乐器,磬是石制乐器,除了管弦以外,又增加了金石。这说明《宋书·乐志》说《相和》等歌曲是"徒歌","既而被之弦管";而《魏世三调哥词》则"因弦管金石造哥以被之"的话确是有所根据的。一种有金石乐器,一种没有,这是《相和歌》与《清商三调》在演奏方法上的区别。

三

上面我说的都是关于《相和歌》与《清商三调》并非同一事物的

理由。但是，郑樵和郭茂倩为什么把二者合称为《相和歌辞》呢？郭氏又为什么把《清商曲辞》去作为《吴声》和《西曲》的总名呢！应该承认，我们今天所引的史料，郭氏不可能没有见到，而且有些材料还是从《乐府诗集》中转引来的，那么郭茂倩为什么还要误从郑樵的分类呢？关于这个问题，我们还应该从"清商"二字的本意和后来的引申之意来作一翻探讨。

"清商"的"商"字，本属乐律中的五声之一，所以"清商"之名应该和乐律有关，不像《相和歌》那样，仅取其"丝竹更相和"而得名。关于乐律是一个专门问题，我们可以不去谈它。但是有一点似乎比较清楚，那就是"商"作为一种乐调是很悲凄的。从古代一些文献中看来，许多古人都爱听悲凄的乐曲。例如西汉枚乘《七发》中谈到音乐，就强调乐曲是"天下之至悲"，认为好听。《韩非子·十过篇》记载了这样一个故事：春秋时卫国乐官师涓在濮水上听到一种"新声"，奏给晋平公听，据晋国乐官师旷说，这"新声"是"清商"，平公问"清商"是否最悲的音乐，师旷说"不如清角"，平公就要师旷奏"清角"给他听。这最悲的音乐"清角"，据东汉高诱在注《淮南子·俶真训》时说："清角，商声也。"这说明"商声"是一种悲伤的曲调。从汉到魏晋，人们提到"商声"，大致都认为它悲。例如《史记·刺客列传》记载燕太子为荆轲送别时，奏"变徵之声"，"士皆垂泪涕泣"；而在陶渊明的《咏荆轲》中却说成"商音更流涕"。"清商"这种歌似乎也是一种悲伤的曲调。这看《韩非子·十过篇》已很清楚。《古诗十九首》中的《西北有高楼》中说到"清商随风发，中曲正徘徊。一弹再三叹，慷慨有余哀"。曹丕的《燕歌行》也有"不觉泪下沾衣裳，援瑟鸣弦发清商"之句。李善《文选注》在这两首诗的注中，都引了宋玉《笛赋》"吟《清商》，追《流徵》"之句。这些例子都说明"清商"不但是悲歌，而且是受人喜爱的乐曲。这种爱好也影响到了帝王。

因此在皇宫中也就出现了专供皇帝娱乐之用的乐署,这种乐署在三国魏时就已经出现。

关于职掌"清商"之官的出现,可能和曹操父子之喜爱音乐有关。根据史籍的记载,在西汉时,曾设立过演唱民歌的"乐府"机构,如宫中的"掖庭材人"和宫外的"上林乐府",都唱民歌(见《汉书·礼乐志》)。但据说从哀帝时下诏取消以后,整个东汉时代,均未有重建的记载。现今所知关于三国魏时掌管"清商"的官署,见于《三国志·魏书·三少帝纪》裴注引《魏书》①所载司马师和群臣向太后上奏废齐王曹芳时的章表,提到了"清商令令狐景"、"清商丞庞熙",还说到曹芳"每见九亲妇女有美色,或留以付清商"。这个官署有"令"、有"丞",都经常伺候皇帝,而"清商"的演员,又多半是妇女。所以《文献通考》卷一四六把"清乐(即清商乐)归入"俗部乐",亦即"女乐"一类。它和掌管宗庙朝廷之乐的"太乐"不是一个官署,这和西汉时废"乐府"而不废"太乐"官是一样的。晋代有无"清商令"、"清商丞"等官,史无明文记载,但从《宋书·乐志》说到"荀勖撰旧词施用者"的话和《乐府诗集》中对不少乐曲都注明"魏晋乐所奏"或"晋乐所奏"来看,似乎也有此官。至于南朝的宋代,则确有人专掌"清商乐",不过职掌者却是妇女。《宋书·后妃传》说到宋明帝(刘彧)留心后房,拟外百官,备置内职",其女官中除了相当于三品官的"乐正"等职外,还专设"清商帅,置人无定数",官职相当于五品。这种官职既由妇女充任,当然是设在宫里,所以《宋书·百官志》是不列这种官名的。无论如何,自曹魏至刘宋,"清商"已由曲调之名成为官署之名。"清商既已成为官署之名,所谓《清商三调》即清商署中演奏的三种曲调,至于后来"清商曲"的含义,

---

① 当是《晋书·王沉传》所说的王沉和荀颛、阮籍等人共撰的《魏书》。

那就不限于"三调",而多少有点像"乐府诗"了①。从史籍的记载看来,清商署所奏的曲调是逐渐有所增加的。从王僧虔上表中提到"清商"时看,"清商乐"基本上是魏时清商署演奏的乐曲,这也就是《宋书·乐志》所说经荀勖修订过的"平调"、"清调"和"瑟调",所以合称"清商三调"。但《宋书·乐志》中著录的曲调名,增加了《大曲》和《楚调怨诗》两个名目。其中《大曲》据沈约的排列法是置于"三调"和"楚调怨诗"之间,似是一种独立的曲调;而《乐府诗集》卷二六说,张永《元嘉正声技录》把"大曲"分于诸调,又别叙《大曲》于其后,"唯《满歌行》一曲,诸调不载,故附见于《大曲》之下"。据郭茂倩说:"诸调曲皆有'辞'、有'声',而《大曲》又有'艳'、有'趋'、有'乱'。'辞'者,其歌诗也;'声'者,若羊、吾、夷、伊、那、何之类也;'艳'在曲之前;'趋'与'乱'在曲之后,亦犹《吴声》、《西曲》前有'和',后有'送'也。"(亦见《乐府诗集》卷二六)这大约是《大曲》与诸调不同之点。至于《楚调怨诗》,《宋书·乐志》只载了一首歌词,即曹植的《明月》("明月照高楼"),亦即《文选》中所谓《七哀诗》;而其他曲调,则都有好几种曲子,有些曲子还有几首歌词。这说明《楚调怨诗》是后来加进"清商乐"中的,所以歌词少②。至于《乐府

---

① 我们现在说到"乐府诗",当然包括宗庙朝廷的乐章。但在汉武帝设立乐府,"采诗夜诵,有赵、代、秦、楚之讴"(《汉书·礼乐志》)时,乐府中的乐工并不唱那些归太乐职掌的庙堂乐章。

② 《宋书·乐志》把《白头吟》算作《大曲》,并且说它和《棹歌行》同调。而《乐府诗集》卷三六和卷四一引《古今乐录》则把《棹歌行》列入《瑟调》;《白头吟》列入《楚调怨诗》。这恐怕是同一首民歌,可以谱成不同曲调来演唱。因为《白头吟》本是汉代民歌,乐官采入乐章时,就可以作不同的处理。如《白头吟》本词和"晋乐所奏"的歌辞就不一样。"晋乐所奏",比起"本辞"来,已增加了许多字句。而所谓"本辞"据清纪容舒《玉台新咏考异》卷一说,"其实'竹竿何袅袅'四句,已是先时入乐所加,其文迥不相属,说者曲为之词,究牵强不可通也。"可见同一首民歌,也可以谱成不同的曲调演唱。

诗集》中又提到一个"侧调",据说出于《楚调》,可见这种曲调,更是后起的东西。但它的歌辞,却未必比"三调"产生得晚①。这说明"清商乐"的含义有个发展过程。晋代的"清商乐"已不限于"三调"。东晋南渡以后,部分"吴声"歌,已被"清商乐"所吸收,如《乐府诗集》卷四四所载《子夜歌》四十二首,《子夜四时歌》七十五首都注明"晋宋齐辞"。到了南朝,曲调和歌辞也常有增减,至于南朝后期所谓"清商乐"或"清乐"的内容,就和"清商三调"大有区别了。

南朝前期的"清商曲"至少已包括《大曲》、《楚调怨诗》,这在张永、沈约的记载中已经看得很清楚。至于后期的变化,恐怕就更大了。首先一点是原来的"清商三调"已不大受人喜爱,这只要看《南齐书·王僧虔传》所载的那篇章奏,已经提到"而情变听移,稍变销落,十数年间,亡者将半"的话,就可以知道在刘宋末年,由于"吴声"、"西曲"的盛行,已在逐步取代"清商三调"等旧曲的地位。在统治阶级上层人物中,对音乐的趣味,也在跟着改变。至少在东晋时代,士大夫们多数崇尚"清商三调",而看不起"吴声"等歌。所以王僧虔说:"京洛(指魏和西晋)相高,江左(指东晋)弥重",原因在于"谅以金石干羽(指宗庙朝廷之乐),事绝私室;桑濮郑卫(代指《子夜歌》等"吴声",因为它们多系民间情歌),训隔绅冕"②。从历史记载看,也说明这个情况。例如《北堂书钞》卷一〇六引徐野民

---

① 《乐府诗集》在卷二六中提到《侧调》,而在《相和歌辞》一类,却未收《侧调》的歌辞。其实《侧调》还是有的,如《文选》中的《伤歌行》,"五臣"吕向注说:"侧调,伤日月代谢,年命道尽,离绝知友,伤而为歌。"《乐府诗集》卷六二《杂曲歌辞·伤歌行》的说明中,也说:"《伤歌行》,侧调曲也。"这首诗是"古辞",产生的时代不会晚于汉魏,大约是入乐时间较晚。

② 《宋书·乐志》也载有王僧虔表文,但作"谅以金悬干戚,事绝于斯"一句,文义不贯。《南齐书》则作"谅以金石干羽,事绝私室,桑濮郑卫,训隔绅冕,中庸和雅,莫复于斯"。疑《宋书》在传抄过程中误脱一行,少了十六个字,所以出现异文。

(即徐广)《晋记》曰:"王恭尝宴司马道子室,尚书令谢石为吴歌。恭曰:'居端右之重,集宰相之坐,为妖俗之音乎!'"(这件事,亦见于《晋书·王恭传》,文字稍有不同)可见东晋的士大夫对"吴声"常常很鄙视。

但是东晋南渡以后,北方的士族为了笼络南方士族以巩固政权,常常要讨好南方的士大夫,甚至用通婚的手段来加深这种关系。例如号称"江左管夷吾"的王导,就曾向元帝司马睿建议:"顾荣、贺循,此土之望,未若引之以结人心,二子既至,则无不来矣。"(《晋书·王导传》)王导曾想和陆玩结儿女亲事,陆玩不同意,见《世说新语·方正篇》。王导本人为了与南方士族搞好关系,还学讲南方的方言。《世说新语·排调篇》:"刘真长始见王丞相,时盛暑之月,丞相以腹熨弹棋局曰:'何乃渹!'刘既出,人问见王公云何?刘曰:'未见他异,唯闻作吴语耳。'"刘真长(刘惔)对王导讲吴语有所不满,但北方的士族南迁以后,语言也必然会逐步采用吴语。尤其是宋齐以后,王、谢等大族势力削弱,他们也渐渐和南方人通婚。如谢灵运的孙子谢超宗和出身低微的张敬儿结了儿女亲家;谢朓的妻子是王敬则的女儿,而王敬则是个士兵出身的人,不识几个字;南方武人沈庆之的儿子沈文季的妻子,却是王弘之子王锡的女儿。这种通婚也必然使北方迁来的士族,更多地接受了南方的歌曲。所以到了刘宋中期以后,随王刘诞作《襄阳乐》、南平王刘铄作《寿阳乐》、荆州刺史沈攸之作《西乌夜飞》,都是"西曲歌",内容也都是儿女之情。南齐初年,据《南史·王俭传》载,大臣沈文季竟在皇帝(萧道成)面前唱起《子夜》来,也不受指责。南齐武帝萧赜作《估客乐》("昔经樊邓役"),也属"西曲"。梁武帝萧衍父子所写的这类歌辞就更多了。他们既然能写出歌辞,清商署的乐工当然就要演唱这些乐曲。这样,"清商乐"就渐渐地成了"吴声"与"西曲"。

在这个转变的同时，原来的"清商三调"等旧曲，由于人们不大爱听，乐工们自然也不再去唱它们。王僧虔在刘宋末已说这些乐曲在十几年中"亡者将半"。我们试看《乐府诗集》从《古今乐录》转引王僧虔《技录》中论一些"三调歌诗"的话，往往有"今不歌"、"今不传"等语。从刘宋末到梁陈，这个趋势不但没有停止，而且在发展着。因此南朝后期所谓"清商乐"，实际上主要是"吴声歌"和"西曲歌"。所以《隋书·音乐志下》说到"《清乐》其始即《清商三调》是也"。后面列举隋时"清乐"的曲名，却说"其歌曲有《阳伴》"。《阳伴》即《杨叛儿》，本属"西曲歌"，据《南史·齐本纪下》说起于刘宋时代。《旧唐书·音乐志二》更认为它起于南齐。郭茂倩的把"吴声"、"西曲"称作"清商曲辞"，显然是依据《隋书》和《旧唐书》的说法，虽然像孙楷第先生指出的那样不合"清商曲"的本来内容，却又是"清商乐"本身在整个南朝发展演变的结果，并非完全出于北朝人的误解。我们试看《隋书·音乐志上》说到陈后主（陈叔宝）在"清乐"中造《黄鹂留》及《玉树后庭花》、《金钗两臂垂》的事，可见以"吴声"、"西曲"混入"清商乐"早在南朝就有，并非北方人的误解。而且有些南渡前的中原旧曲，在南朝流传以后，也会变成用吴音演唱。如：《乐府诗集》卷二九关于《吟叹曲》的说明中，引了《古今乐录》的话，指出其中《王明君》一曲已见于张永《元嘉技录》，并说是西晋石崇作的歌辞。但讲到《王明君》的曲调时，又引《古今乐录》，说到这种乐曲的演奏方式，到梁武帝天监年间，经过乐府令斯宣达的改造，一直传到陈代。隋平陈，得到了南方的乐舞。所以隋唐演奏的《明君舞》当即梁代改制的演奏法。郭茂倩又说："按：此本中朝（指西晋）旧曲，唐为吴声，盖吴人传授讹变使然也。"唐人唱的曲，须经"吴人传授"，就是因为这些曲调在南北朝时，只有南方人会演唱。但由于音律和语言的变化，南方人唱的中原旧曲，亦已带有吴语的声调。再加上乐舞本身也在发展，就必然有所改变。这更说明清商曲的含义本身有它的发展变化，不能单怪北朝人误解。因为隋唐两朝，南朝的文人学者或他们的子弟在朝廷任职者不少，有些还亲自参与了修史的工作，这些人大概不会把"清商"的概念弄混的。

四

如果说郭茂倩以"吴声"、"西曲"为"清商曲辞"的问题还比较易于解释的话，他把《清商三调》和《相和歌》混为一谈似乎更令人费解。因为我们前面已经说过关于《相和歌》与《清商三调》的差别，有许多材料他都是见过的。他所以误从郑樵的看法，我看是由于《宋书·乐志》等著录的《相和歌》中杂有曹操、曹丕之作，而所谓"清商三调"中确实也有《相和歌》的歌词。这种情况，使一些人认为"清商三调"就是《相和歌》似亦不难理解。

为什么《宋书·乐志》中所载的《相和歌》会杂有曹操、曹丕的作品，而"清商三调"中又会有《相和歌》的歌辞呢？我们还得回到"乐府"和"清商署"的建置问题上来。首先，《相和歌》是汉代的旧曲，这是沈约已经说明了的。至于"清商三调"，据《通典》卷一四六说："并汉氏以来旧曲，乐器形制，并歌章古调与魏三祖所作者，皆备于史籍。"照杜佑之说，似乎"清商三调"的曲调，也产生于汉代。现在我们可以见到的"清商三调"中，确实有不少《古辞》是汉代的民歌，如《瑟调曲》中的《东门行》、《孤儿行》、《妇病行》，《楚调曲》中的《白头吟》等，大约都可以断定是汉代的民歌。还有一些号称"古辞"的作品，则情况比较复杂，如《瑟调曲》中的《陇西行》、《雁门太守行》，前者有不少句子显然杂有统治阶级的意识和生活情调；后者是歌颂东汉时一个洛阳令的，和《雁门太守行》题目无关，似是不知名的文人或民间歌手采取《雁门太守行》曲调所制。这两首歌产生于汉代似乎不成问题，但并非原来民歌的本辞。《清调曲》中的《董逃行》，今《乐府诗集》卷三四所载的那首"吾欲上谒从高山"，虽然已见于《宋书·乐志》，但和题目亦无关系，恐怕也是乐官或文人依声填辞之作，此曲的本辞可能是《后汉书·五行志》所载的"承乐世董逃……"那一首。这里所谓"董逃"就像曹丕等人的《上留田》那样，只是个声音，并无实义①。《瑟调曲》中的《西门行》，从思想意识来说，不大像民歌。其"本辞"产生的时代可能较早，后来有人根据"本辞"改写成了《古诗十九首》中的《生年不满百》，而"晋乐所奏"的歌辞，则似乎又把古诗《生年不满百》中的字句采入了歌辞。这些曲调的歌辞，有些虽称"古辞"，似乎已非本来面目。因为魏代掌管"清商乐"的官员，对这些乐曲的歌辞进行了选择，有曹操、曹丕和曹睿所作的歌辞，就尽量采用，没有他们的仿作，也尽量采用比较适合统治者口味的歌辞来演唱。因为这部分乐曲中，包含大量"魏三祖"的作品，所以南朝人常常称之为"魏三祖曲"或"魏时三调歌诗"，它们中有些虽作于汉时，而入乐演唱，则始于魏。所以明人胡应麟《诗薮》说："乐府自魏失传，文人拟作，多与题左，前辈历有辩论。愚意谓当时但取声调之谐，不必词义之合也。其文士之词，亦未必尽为本题而作。《陌上桑》本言罗敷，而晋乐取屈原《山鬼》以奏。陈思'置酒高堂上'，题曰《箜篌引》，一作《野田黄雀行》，读其词皆不合，盖本公讌之类，后人取填二曲耳。其最易见者，莫如唐乐府所歌绝句，或节取古诗首尾，或截取近体半章，于本题面目，全无关涉。细考诗人原作，则咸自有谓，非缘乐府设也。"（见《内

---

① 《五行志》作者司马彪说"案'董'谓董卓也"，是附会之辞。因为此歌出现于灵帝中平年间，当时董卓还没有掌握大权。

编》卷一)他的话虽下及唐代,不专论"清商三调",但这个意见显然
是有道理的。

"清商三调"不但经过魏时乐官的选择,到了晋代以后,人们似
乎又增加过一些曲调,如《平调曲》中的《铜雀台》,其本辞虽已不
存,但从题目和后人拟作看,大抵是凭吊曹操身后之作,其情调多
少和陆机的《吊魏武帝文》相近,恐怕不是魏代"清商乐"中原有的
乐曲。所以"清高三调"中的乐曲,情况恐怕比《相和歌》要复杂得
多。

《乐府诗集》中的《相和歌辞》部分,虽然包括了不少汉代的民
歌。但在汉代,曾产生多种多样的民歌,决不止《相和歌》一种。现
今所存的汉代民歌名目,如《宋书·乐志》中提到的"但歌",据说曹
操很喜欢这种音乐,而晋以后就失传了。此外像《汉铙歌》十八首
中的《战城南》、《上邪》、《有所思》等,其歌辞显然也是民歌。据《汉
书·礼乐志》载,汉武帝时设乐府,采诗夜诵,有赵代秦楚之讴"。乐
府之官一直到哀帝时才撤销,而即使乐府之官撤销以后,民间仍然
会有新的民歌产生。《盐铁论·散不足篇》:"往者民间酒会,各以党
俗,弹筝鼓缶而已,无要妙之音,变羽之转。今富者钟鼓五乐,歌儿
数曹。中者鸣竽调瑟,郑僻赵讴。"《汉书·礼乐志》说汉成帝时,"是
时郑声尤甚,黄门名倡丙疆、景武之属,富显于世。贵戚五侯定陵、
富平外戚之家,淫侈过度,至与人主争女乐"。这些情况还是哀帝
罢乐府之前的事,但从这种盛况推测,就很难说当时民歌只限于
《相和歌》的十七曲或十三曲。至少像上面谈到的《董逃行》,总是
东汉时代的产物。所以曹操、曹丕作诗,学习汉代民歌,并不限于
《相和歌》一种。

反过来说,《乐府诗集》中称为《相和歌辞》的曲调,有些也决非
汉代产物。如所谓《吟叹曲》中的《大雅吟》、《王明君》和《楚妃叹》、

歌辞皆晋代石崇所作。这说明郑樵、郭茂倩对《相和歌辞》的理解，显然和《相和歌》的本义出入很大。

当然，"清商三调"与《相和歌》有一些共同的曲子，其中最显著的是《陌上桑》。据《乐府诗集》卷二八说到《古今乐录》把古辞《陌上桑》归入《瑟调曲》；而《宋书·乐志》则列入《大曲》之中，并且注明"前有艳词曲，后有趋"；但郭茂倩自己则把它列入《相和曲·陌上桑》一类。郭氏这样做是有根据的。在同书卷三九关于古辞《艳歌行》（"翩翩堂前燕"）的说明中，他引证王僧虔《技录》云："《艳歌·双鸿行》，《荀录》所载《双鸿》一篇；《艳歌·福钟行》，《荀录》所载《福钟》一篇，今皆不传。《艳歌·罗敷行》（"日出东南隅"篇），《荀录》所载《罗敷》一篇，《相和》中歌之，今不歌。"这说明宋齐间的王僧虔是见到荀勖所定的音乐的，当时《陌上桑》曾作为《相和歌》演奏。值得注意的是《乐府诗集》卷二八著录《陌上桑》时，说明《罗敷》是"魏晋乐所奏"，而《宋书·乐志》所载三首《陌上桑》——一首曹操的《驾虹霓》，一首曹丕的《弃故乡》和一首改写《楚辞·九歌·山鬼》的《今有人》则被注明说是"右三曲晋乐所奏"。《宋书·乐志》所录乐曲，多据晋乐，所以把《罗敷》放进《大曲》一类。这个现象很可以用王僧虔《技录》的记载来解释，原来在魏代，《罗敷》还是《相和歌》，到晋代，可能是荀勖以后才由乐官们把它抽出来放进《瑟调曲》或《大曲》中去了。所以在《宋书·乐志》中就看不出它是《陌上桑》的古辞。其实《相和歌》的曲辞，凡属古辞，都是取诗中几个字为名的，如《乌生》、《平陵东》、《东光》等。至于曹操、曹丕所写的曲辞则和题目无关。其实，曹操、曹丕不过是仿古辞的声调另作新辞。有些曲调在《宋书》中虽只录新辞，但其本辞当在，如《蒿里》、《薤露》都是取诗中两个字为调名的。《陌上桑》的本来的曲辞，显然是《罗敷》，因为故事情节和题目对得起来。

　　乐官们舍弃民歌本辞而代之以曹操、曹丕的新作,显然是适应统治阶级的需要。例如曹操、曹丕所作的《陌上桑》,艺术价值都比不上《罗敷》。但也有相反的例子,曹操所作的《蒿里》、《薤露》的新辞却不论从思想到艺术都比古辞要强。不管怎样,经过乐官们这样改编,客观上却把乐曲的源流弄混了,郭茂倩等人所以把"清商三调"误为《相和歌》,恐怕与这种变动有关。

　　一般来说,乐官们对一些歌辞增加字句,是出于音律上的原因,他们所增益的句子有的和原文很少关系。如《白头吟》和曹植的"明月照高楼"都是这种情况。但有时却显然出于内容方面的考虑。如《乐府诗集》卷三七所载的《东门行》(《瑟调曲》,《宋书·乐志》作《大曲》)本辞,有比较强烈的反抗性,它写到穷人活不下去,想要拔剑出去反抗;主人公的妻子劝阻他,他却斥责道:"咄!行,吾去为迟,白发时下难久居!"至于"晋乐所奏"的曲辞却强调"今时清廉,难犯教言,君复自爱莫为非","平慎行,望君归"。这一改,就把反抗意识大大削弱。可是后来的乐官觉得"晋乐"改得还不彻底,干脆不唱它了。所以《古今乐录》就说"今不歌"。

　　这种为政治需要而删削乐词的例子还有《楚调怨诗》。这个曲调在《宋书·乐志》中只载有曹植的《七哀诗》("明月照高楼")一首。但《乐府诗集》卷四一引《古今乐录》说:"《怨诗行》,歌东阿王'明月照高楼'一篇。王僧虔《技录》曰:'《荀录》所载古《为君》一篇,今不传。'"同卷还引了《乐府解题》中所载的"古辞""为君既不易,为臣良独难"两句。其实这首诗并未失传,《晋书·桓伊传》中记载桓伊曾当了东晋孝武帝司马曜和宰相谢安唱这个歌,传中还记录了部分曲辞。《艺文类聚》卷四一也载有这首歌辞。但《宋书·乐志》却不载,王僧虔《技录》说"今不传"。根据王僧虔说,《荀录》有此曲,可见荀勖还是保存这首歌的,是后来乐官加以删削。至于《宋书》,

其实也提起过这首诗,那就是《乐志四》载《魏鼙舞歌》这篇,有一首《为君既不易》,但没有载歌辞(《乐志四》另有魏陈思王《鼙舞歌》五篇,与此不同,却录有全文)。从《宋书》的记载看,此诗确系三国魏时人作,不过不是曹植的作品①。如果从艺术价值看《为君既不易》当然不如《明月照高楼》,而乐官们弃取的标准,恐怕不在于此。因为这首诗是叙述《尚书·金縢》的故事,不像民间作品。这首诗所以值得注意,是因为曹丕和曹植曾对周成王和汉昭帝的优劣进行过辩论。曹丕的《周成汉昭论》②认为汉昭帝没有怀疑霍光,而周成王却曾怀疑周公,所以他说汉昭帝更高明。曹植的《周成汉昭论》③认为汉昭帝没有怀疑霍光,只因为汉武帝死前有遗诏,所以不能扬汉昭帝而抑周成王。在这场争论中,曹丕的论点显然是为曹操独揽大权辩护,而曹植则可能因为与曹丕有矛盾而与之立异。这首《怨诗》的思想,正好和曹丕的论点相似。这说明作者写这首歌是为魏之代汉服务的。后来晋之代魏,又和魏之代汉事迹相似,所以荀勖修订音乐时,仍然保留这首歌辞。但当西晋后期经过"八王之乱",帝王们对宗室重臣辅政都没有了好感,所以乐官们就把它从歌辞中删掉,代以《明月照高楼》。但歌辞既已流传,从乐章中删掉,不等于从此无人知道。况且这首诗毕竟是同情正直的人而反对坏人的,在艺术上也不无可取之处,所以在一些人中,它还流传着。直到东晋,桓伊目睹孝武帝司马曜昵近司马道子、王国宝等

---

① 后来人们误以为曹植所作,始于《艺文类聚》,宋真德秀的《文章正宗》和郭茂倩的《乐府诗集》沿用这误说。明胡应麟《诗薮》认为:"今观前'为君既不易'十余语,诚然。至'皇灵大变动'等,不类子建,恐是汉末人作。"这种从风格判断作者的方法,不很科学。但说明他多少发觉此曲非曹植之作。

② 见《艺文类聚》卷一二。

③ 见《太平御览》卷四四七。

坏人而疏远谢安,就唱此诗来讽谏。

这个例子说明乐官们选择歌辞都有一定的政治目的。现在我们所见的《相和歌》和"清商三调"等曲,都曾经过乐官们挑选和加工。《相和歌》开始时都是民歌,但后来被吸收入乐时,就代之以部分文人作品;"清商三调"和后来的《楚调怨诗》等曲,其曲调的来源可能也是民歌,但多数歌辞却是文人利用民间曲调"因弦管金石造哥以被之"。"清商三调"的情况,似乎比《相和歌》更复杂一些。它和《相和歌》之间的区别,主要在于音调。郑樵、郭茂倩时,这些曲已不能歌唱,他们无从了解其曲调,所以把它们误为一事,也就不足怪了。

关于北朝乐府民歌

一

在许多文学史著作和论文中，我们常常把《乐府诗集》中的《梁鼓角横吹曲》叫作"北朝乐府民歌"；把"吴声歌"、"西曲歌"等在《乐府诗集》中所谓"清商曲辞"的部分叫做"南朝乐府民歌"。这种分法沿用既久，似乎已经约定俗成，难以改易了。

这种说法其实并不确切。首先一个问题是关于南北朝的时间概念。当我们讲到这一历史阶段，常常使用"魏晋南北朝"或"两晋南北朝"这些名词。这里所谓"魏晋"和"两晋"显然包括东晋在内，而今存的《子夜歌》等"吴声歌"中，有些显然产生于晋代，并在东晋时已被采入乐府歌唱。《晋书·乐志下》："吴歌杂曲并出江南，东晋以来，稍有增广。《子夜歌》者，女子名子夜造此声。孝武太元中，琅邪王轲家有鬼歌'子夜'，则子夜是此时人也。"《乐府诗集》所载《子夜歌》四十二首、《子夜四时歌》七十五首，都说是"晋宋齐辞"。既然有东晋乐府歌辞，那就至少应改为"东晋南朝乐府民歌"才更符合事实（虽然这些歌辞中可能还杂有文人作品）。至于"北朝乐府民歌"之名，问题就更多了。因为"北朝"当指后魏、北齐和北周三个朝代。但现存的《梁鼓角横吹曲》中，并没有北齐、北周两代的作品。至于后魏的作品有没有呢？有的，但数量不多。其中确实可考的是所谓《魏高阳王乐人歌》。这曲调现存歌辞两首，《古今乐录》说是高阳王乐人所作，故名。高阳王元雍是后魏后期人。从诗的内容看,也许是经"乐人"改编民歌而成。

至于《梁鼓角横吹曲》中其他歌辞,则有不少显系十六国时代的作品。如《企喻歌》的末首,据《乐府诗集》卷二五引《古今乐录》云:"最后'男儿可怜虫'一曲是苻融诗,本云'深山解谷口,把骨无人收'。"苻融乃前秦君主苻坚之弟,说明这曲调可能为氏族的歌。《琅邪王歌辞》的第八首说到:"谁能骑此马,唯有广平公。""广平公"即后秦姚兴之子、姚泓之弟姚弼。可见这种曲调可能本出羌族。但其中有些歌辞是否经南方人附益或修改,很可怀疑。如:

> 琅邪复琅邪,女郎大道王。孟阳三四月,移铺逐阴凉。

这首歌的内容和第二首十分相像,会不会是后人仿第二首拟作?诗中"孟阳"二字,值得注意。一般来说,"阳"当为"春",东晋人讳郑太后(简文帝母,名阿春)改"春"为"阳"。"孟阳"疑即"孟春阳春"之简称。鲍照《代堂上歌行》:"阳春孟春月,朝光散流霞;轻步逐芳风,言笑弄丹葩。""芳风"、"丹葩"都非正月(孟春)景色,可见当时人有将孟春阳春连用的习惯。《琅邪王歌辞》中的"孟阳三四月",当然不是"孟春",而和鲍诗一样,泛指春天。然而此诗也避开了"春"字,疑是南朝人沿袭晋讳,如梁檀道鸾《续晋阳秋》之例。这是《琅邪王歌辞》经南朝乐工润饰或修改的痕迹。

《巨鹿公主歌辞》的情况也与此相同,《乐府诗集》引《旧唐书·音乐志二》的话说"似是姚苌时歌词",则亦系羌族之歌。但又云:"其词华音,与北歌不同。"可见歌辞已经南方乐工修改。《慕容垂歌辞》写的是慕容氏与东晋的战争,不管是指慕容垂枋头之战还是慕容超守广固之事,总之是十六国时代的歌辞。还有一首《慕容家自鲁企由谷歌》,也属这种情况。

《紫骝马》和《黄淡思》二曲,据《乐府诗集》载,这两种曲调在《汉横吹曲》中已有,是否十六国或北朝才有,值得研究。《紫骝马》

前面的短诗,可能是十六国或后魏时北方的产物,但"十五从军征"以下,陈代智匠在《古今乐录》中已说是"古诗"。后来学者又说它产生于汉代,还有人怀疑它就是《相和歌》的《十五》本辞。《黄淡思》一曲,《古今乐录》怀疑它即《黄覃子》。这种曲调东晋民歌中也有,如《晋书·五行志中》载,桓石民任荆州刺史时,"百姓忽歌曰《黄昙子》"。现在《梁鼓角横吹曲》所录的《黄淡思歌辞》,风格和那些《子夜歌》及"西曲"差别不大,尤其是第三首:"江外何郁拂,龙洲广州出;象牙作帆樯,绿丝作帏绰。"像这样的歌辞,不仅风格上与南方民歌类似,而所讲到的名物,也与北方不相干。即使曲调产生于北朝的话,歌辞也当出于南方人之手。

其他像《陇头流水歌》、《东平刘生歌》、《折杨柳歌》等,也都是《汉横吹曲》中已有的曲名。这些曲调虽然在《乐府诗集》中已只有后人所拟作的歌辞,而无汉代曲辞原文。但后人拟作的《汉横吹曲》,有些内容与《梁鼓角横吹曲》有类似处。如《乐府诗集》卷二一所载梁元帝萧绎的《陇头水》:

> 衔悲别陇头,关路漫悠悠。故乡迷远近,征人分去留。沙
> 飞晓成幕,海气旦如楼。欲识秦川处,陇水向东流。

同卷又有梁车敖的《陇头水》:

> 陇头征人别,陇水流声咽。只为识君恩,甘心从苦节。雪
> 冻弓弦断,风鼓旗竿折。独有孤雄剑,龙泉字不灭。

这两首拟《汉横吹曲》的歌辞,与《梁鼓角横吹曲》中的《陇头歌辞》显然有关系。尤其是萧绎提到了"秦川",车敖提到了"陇水流声咽",这都与《梁鼓角横吹曲》中第三首"陇头流水,鸣声幽咽。遥望秦川,心肝断绝"有沿袭的痕迹。这当然不可能是民歌采用萧绎、车敖辞语,只能是萧、车化用民歌原文。但《乐府诗集》不把萧、车之作放进《梁鼓角横吹曲》,而放进《汉横吹曲》中,多少总有点根

据。因为萧绎、车敳这些文人引用汉代旧曲的歌辞是很自然的;至于十六国和北朝民歌,在当时作为音乐歌唱是可以的;但作诗用这种典故就较少①。我想,是否《梁鼓角横吹曲》的曲调虽与《汉横吹曲》有别,有些歌辞却就是汉代原辞呢? 从《紫骝马》中的"十五从军征"的例子看来,似乎不能否定这一可能性。又如《雀劳利歌辞》的"雨雪霏霏雀劳利,长嘴饱满短嘴饥",以"雨雪"起首,而《汉横吹曲》中也有一支称为《雨雪》的曲调。《东平刘生歌》在《汉横吹曲》中也有《刘生》这曲调。萧绎、陈叔宝、张正见、柳庄、江晖、徐陵、江总等梁陈诗人都写过此诗。《古今乐录》说:"《梁鼓角横吹曲》有《东平刘生歌》,疑即此《刘生》也。"(见《乐府诗集》卷二四引)这句话更说明萧绎等人所拟作的是《汉横吹曲》,而不是《梁鼓角横吹曲》,这也说明《梁鼓角横吹曲》的曲辞有些是承袭《汉横吹曲》的。

《折杨柳歌辞》的情况可能更复杂些。《汉横吹曲》的《折杨柳》,原辞已不见《乐府诗集》等书。但《折杨》之名,最早见于《庄子·天地篇》。所谓"《折杨》、《皇苓(华)》",不知和《折杨柳》有无关系,《宋书·五行志》说到"晋太康末京洛为《折杨柳》之歌,其曲有兵革苦辛之辞",其辞亦不存。但《乐府诗集》卷二二所录梁柳恽、陈叔宝、江总之作,则多少有关"兵革苦辛",是否受两晋民歌影响,不得而知②。《旧唐书·音乐志二》说《梁鼓角横吹曲》的"上马不捉鞭,反拗杨柳枝;下马吹横笛,愁杀行客儿",是"胡吹歌","元出北国"。这首歌,在《梁鼓角横吹曲》的《折杨柳歌》中保存着;《折杨柳歌辞》第一首的内容也与此相仿。这些歌辞出于北方少数民族是

---

① 南朝人诗文中用十六国典故的,唯前秦苏蕙的《回文诗》,曾被江淹等人所提到,但苏蕙是文人,《回文诗》并非民歌。

② 以情理论,《宋书·五行志》的话,多少说明沈约曾见过两晋的《折杨柳》,而柳恽又离沈约不久,似亦可见到。

不成问题的。但今存歌辞如果不是南方乐工所译,也是经南方人修改的。如《折杨柳歌辞》的第四首:

> 遥看孟津河,杨柳郁婆娑。我是虏家儿,不解汉儿歌。

这里提到"虏家儿",就不像北方少数民族的原话。因为"虏"是南朝对北方少数民族的蔑称。少数民族的人民既不会这样自称,十六国和后魏的统治者大抵出身少数民族,也不会允许那儿的汉人这样称呼他们①。《北史·薛辩附薛聪传》载,魏孝文帝元宏曾和薛聪开玩笑,说他是"蜀人",薛聪说自己九世祖薛永随刘备入蜀,"时人呼为蜀臣",现在自己在后魏做官,就"是虏非蜀也"。元宏只好笑着说:"卿幸可自明非蜀,何乃遂复苦朕?"可见称"虏"是少数民族很不爱听的话。元宏只是自己先开玩笑,不好发怒而已。所以此歌的译文恐非出北方汉人之手,而像南方乐工所改。

我个人还认为,《折杨柳歌》和西北少数民族特别是氐族或羌族有点关系,恐非后魏时产物。因为"遥看孟津河"之句,与前秦赵整的《琴歌》"昔闻孟津河"有些类似,疑赵整拟这民歌而作,以讽刺苻坚。另外,《洛阳伽蓝记》卷四载后魏时羌族起义,秦州刺史元琛派他的婢女吹篪竟使羌人闻声投降的故事说:"秦民语曰:'快马健儿不如老妪吹篪。'"秦州一带本是氐族、羌族聚居之地,而"快马健儿"又和此曲第五首"健儿须快马,快马须健儿"之句相合。再说"孟津河"在洛阳附近,后魏自元宏迁洛后,洛阳才成为多数鲜卑人聚居之地。但元宏是提倡汉化的,他禁止鲜卑人穿本族服装及在朝廷讲鲜卑语。如果鲜卑族人公开唱"我是虏家儿,不解汉儿歌",

---

① 个别少数民族,也称别的少数民族为"虏",如《晋书·苻坚载记》载,前秦时长安童谣云:"长鞘马鞭击左股,太岁南行当复虏。"还说"秦人呼鲜卑为白虏"。同书也记苻坚称鲜卑慕容氏为"白虏"的话。

即使原文作"我是鲜卑儿",亦属与皇帝大唱反调。

《幽州马客吟》这个曲调,据《艺文类聚》卷一九引《陈武别传》说,陈武曾向牧人学唱《太山梁父吟》、《幽州马客吟》及《行路难》。其中《太山梁父吟》和《行路难》都是魏晋以前就有的曲调,可能汉代就有。那么此曲是否十六国或北朝的产物,也很难说。《地驱乐歌》的末二首,据《古今乐录》说:"'侧侧力力'以下八句是今歌有此曲。"这两首的情调和南方民歌中的《子夜歌》、《哪呵滩》相似。这里所谓"今歌",恐亦出于南方乐工拟作,曲调虽与北方民歌相同,内容却变得和南方民歌无别。这也可能是乐工将南方人拟作附入的。《梁鼓角横吹曲》中,确也有以北方文人的拟作附入之例。例如《雍台》一曲,据《乐府诗集》卷二五引《古今乐录》说"是时乐府胡吹旧曲"中有这曲名,和《大白净皇太子》、《小白净皇太子》等并列。智匠说的"是时",显然指梁代。因为《旧唐书·音乐志》说到梁乐府鼓吹又有《太白净皇太子》、《少白净皇太子》、《企喻》等曲。但这《雍台》的歌辞却出于梁武帝萧衍及文人吴均之手。这说明《梁鼓角横吹曲》的多数乐曲虽来自北方,也未必不能易以南朝帝王或文人改作的歌辞。这正像《相和歌》是汉代的旧曲,而《宋书·乐志》所载其中一些曲调的歌辞,则被乐工代之曹操、曹丕之作一样。

此外,像《捉搦歌》、《隔谷歌》和《淳于王歌》,大约是北方民歌,但产生于十六国时代,还是后魏初,却也很难考定。《隔谷歌》还有个令人不解的情况,《乐府诗集》卷二五所载共两首,一首杂言的据《古今乐录》说"前云无辞,乐工有辞如此";一首是整齐的七言四句,《乐府诗集》说是"古辞"。但根据一般情况,出自北方少数民族的歌,往往是杂言,而汉族的歌,则多整齐的五七言。《乐府诗集》卷八六引《乐府解题》对《敕勒歌》的说明云:"其歌本鲜卑语,易为齐(指北齐)言,故其句长短不齐。"根据这种说法,那么杂言的当为北方少数民族原辞的译文,而七言的倒像南方人拟作。《乐府诗集》所说"古辞",疑有误。不过,智匠是陈代人,《古今乐录》说的"乐工有辞如此",总有根据,疑杂言那首也是经南方乐工润饰的。

根据上述情况,我认为这些歌辞与其称之为"北朝乐府民歌",倒不如用《乐府诗集》所谓"梁鼓角横吹曲"更妥当些。因为它们是南朝梁的乐府官署中所演奏的北方乐曲,而这些乐曲又有不少是后魏以前的产物。

当然,现在一些同志讲的"北朝乐府民歌",有时也包括一些不属于《梁鼓角横吹曲》的歌辞,如《魏书·李孝伯传》所载的《李波小妹歌》。这首歌确系北方汉族民歌,但北朝的乐府官署亦未采入歌唱,只能称"北朝民歌",而非北朝的"乐府民歌"。《魏书·咸阳王禧传》的《咸阳王宫人歌》,则出于宫人之手,恐怕不可称为"民歌"。

二

《梁鼓角横吹曲》的曲调既产生于北方,为什么成了南朝梁的乐府官署中演奏的乐曲? 这是一个值得研究的问题。原来所谓"横吹曲",本是一种军乐。《乐府诗集》卷二一云:

> 《横吹曲》,其始亦谓之"鼓吹",马上奏之,盖军中之乐也。北狄诸国皆马上作乐。故自汉已来,北狄乐总归鼓吹署。其后分为二部,有箫笳者为鼓吹,用之朝会道路,亦以给赐。汉武帝时南越七郡皆给鼓吹是也。有鼓角者为"横吹",用之军中,马上所奏者是也。

郭茂倩说的"横吹曲"指"汉横吹曲"。但"横吹曲"之名不见于《宋书·乐志》。据《宋书·乐志》说:"鼓吹,盖短箫铙歌,蔡邕曰:军乐也。"又说:"《建初录》云:'《务成》、《黄爵》、《玄云》、《远期》皆骑吹曲,非鼓吹曲。'此则列于殿庭者为'鼓吹',今之从行鼓吹为'骑吹',二曲异矣。"《务成》、《黄爵》等曲,在《宋书·乐志》中,附见于"晋鼓吹曲"中,其歌辞似多与军乐无关。可见《宋书》所谓"从行鼓吹"或"骑吹"与"横吹曲"不是同一事物;倒是"鼓吹铙歌",中有《汉铙歌》,更似军乐。唐人所修的《晋书·乐志》则有"鼓角横吹曲"之名,并说:"胡角者,本以应胡笳之声,后渐用之横吹,有双角,即胡乐也。"《晋书·乐志》所列"横吹"十曲之名:《黄鹄》、《陇头》、《出关》、《入关》、《出塞》、《入塞》、《折杨柳》、《黄覃子》、《赤之杨》、《望行人》,亦见于《乐府诗集》。据《晋书》说其乐是张骞得自西域,由李延年更造新声。一般来说,《宋书》作于齐梁间,比《晋书》为早,当更可信从。然《宋书·乐志》无"横吹"或"鼓角横吹"之名,不一定说明刘宋时这种乐曲不存在。可能因为它们是军中所用的少数民族乐曲,所以沈约略而不论。沈约作《宋书·乐志》,对晋宋乐舞都有介绍,文中也提到刘宋时"又有西伧羌胡诸杂舞",还提及随王诞所造《襄阳乐》、南平王铄所造《寿阳乐》、沈攸之所造《西乌夜飞歌》。他对后面那些乐曲,认为"歌词多淫哇不典正",不加著录;至于"西伧羌胡诸杂舞",则连名称也不加介绍。这可能有轻视之意。另外在《宋书》中有时提到的"鼓吹",似即指"鼓角横吹"。

刘宋一代的军乐中,是有少数民族乐曲的。《南齐书·柳世隆传》讲到宋顺帝时沈攸之反对朝廷,进攻郢城,"郢城既不可攻,而平西将军黄回军至西阳,乘三层舰,作羌胡伎,溯流而进"。这虽是刘宋末年之事,但也可以证明刘宋军队里奏过少数民族的军乐。不但如此,连"鼓角"这名称,在晋代及刘宋时,也都有过,并且皆指军乐。《晋书·石勒载记》讲到石勒早年"每耕作于野,常闻鼓角之声,勒以告诸奴,诸奴亦闻之,因曰:'吾幼来在家恒闻如是。'"从这句话看来,"鼓角之声"即指《载记》前文所谓"鞞铎之音",当是军乐。《宋书·张兴世传》载，张兴世之父仲子"尝谓兴世：'我虽田舍老公，乐闻鼓角，可送一部，行田时吹之。'兴世素恭谨，畏法宪，譬之曰：'此是太子鼓角，非田舍老公所吹。'"这里所谓"鼓角"，称之为"太子鼓角"，颇可注意。因为《梁书·昭明太子传》载，刘孝绰议太子居叔父之丧，应该"逾月不举乐，鼓吹寂奏"。同传下文又云："如元正六佾，事为国章，虽情或未安，而礼不可废，铙吹军乐，比之亦然。"从《梁书》此文看来，可以证明张兴世所谓"太子鼓角"，亦可名之曰"鼓吹"，其性质即"铙吹军乐"。又《南齐书·王敬则传》载，王敬则母"生敬则而胞衣紫色，谓人曰：'此儿有鼓角相。'"王敬则虽在齐代做大官，但出生时还是刘宋。《南齐书》作于梁代，其记载当属可信。上述材料说明在刘宋时鼓角之名，有时与鼓吹混用。

至于南齐以后，少数民族音乐在南朝统治阶级中颇受欣赏，似乎不光军中用之，有时也用来取乐。如《南齐书·郁林王纪》："世祖（武帝萧赜）丧，哭泣竟，入后宫，尝列胡伎二部，夹阁迎奏。"同书《东昏侯纪》："每三四更中，鼓声四出，幡戟横路，百姓喧走相随，士庶莫辨。出辄不言定所，东西南北，无处不驱人，高障之内，设部伍羽仪，复有数部，皆奏鼓吹羌胡伎，鼓角横吹，夜出昼反，火光照天。"这些帝王以少数民族乐曲取乐，有的就是奏军乐。至于武官有时也用"横吹"作为威仪，而且它和"鼓吹"似乎有别。《南齐书·垣崇祖传》载，齐高帝萧道成时，"（垣）崇祖闻陈显达、李安民皆增给军仪，启上求'鼓吹'、'横吹'。上敕曰：'韩白（按：垣崇祖常自比韩信、白起，故云）何可不与众异'，给鼓吹一部"。考同书《李安民传》，萧道成即位后，李就"加鼓吹一部"。《陈显达传》则说陈显达给鼓吹是武帝永明八年的事，而垣崇祖死于永明元年。因此陈显达"增给军仪"的事，恐怕指给了"横吹"。证以《垣崇祖传》，把"鼓吹"、"横吹"并提即可了然。据《宋书·乐志》，刘宋以后，给"鼓吹"

比魏晋要严,"魏晋世给鼓吹甚轻,牙门督将五校悉有鼓吹"、"今则甚重矣"。"横吹"是军乐,似与"增给军仪"相符。

从南齐到陈代,用少数民族乐歌取乐的事例也不少。《陈书·章昭达传》:"每饮会必盛设女伎杂乐,备尽羌胡之声,音律姿容并一时之妙。虽临对寇敌,旗鼓相望,弗之废也。"《隋书·音乐志上》曾讲到陈后主叔宝"遣宫女习北方箫鼓,谓之'代北',酒酣则奏之"。《乐府诗集》卷一六引此语后说:"此又施于燕私矣。"这里所谓"代北",是否后魏的乐曲,如《真人代歌》之类,无法确考。不过既称"代北",恐是鲜卑歌。《隋书·经籍志》有《国语真歌》十卷、《国语御歌》十一卷,都与《鲜卑语》等书并列;同书《音乐志》有《大角》,凡七曲,"其辞并本之鲜卑"。可能北方乐曲此时也不断流入南朝。《隋书·音乐志》中说北齐后主"唯赏胡戎乐,耽爱无已。于是繁手淫声,争新哀怨"。这种音乐能取得陈后主欣赏,似乎不难理解。

我们上面讲到宋、齐和陈代都演奏过少数民族乐曲,为什么《乐府诗集》名之曰《梁鼓角横吹曲》呢?这是因为此名原出《古今乐录》。这些歌有的也可能在宋齐时已流入南方,而智匠生活在陈代,他所见到的却只是梁代乐府官署中所保存的北方军歌,故归之于梁。《旧唐书》则以"梁乐府横吹曲"称之,其实是同一事物,却点明了是梁代乐府官署所唱。

当然,在梁代,传入南方的北方歌曲还不止这一些。如《魏书·咸阳王禧传》所载《咸阳王宫人歌》、《乐府诗集》卷七三所载魏胡太后所作《杨白花歌》(事详《梁书·杨华传》)等,也曾传入南方,但非军歌,梁代乐府官署亦无演唱的记载,所以不收入《梁鼓角横吹曲》。此外,南方文人用北方传入的曲调作歌辞,似乎在南齐时已有,如王融作《阳翟新声》。《乐府诗集》七四引《隋书·音乐志》说是西凉乐曲。今本《隋》虽亦有此语,但作"阳泽新声"。考同书《文学·孙万寿传》载孙万寿诗有"宜城酝始熟,阳翟曲新调"之句,可见,《阳翟新声》即《阳泽新声》,西凉乐在南齐时已经流入南方。此亦非军乐,故亦不见于《梁鼓角横吹曲》中。

三

至于北方的魏、齐、周三代也有乐府官署,但所奏乐歌是否和《梁鼓角横吹曲》相同,从现存史料看,似乎不完全是这样。据《魏书·乐志》说,后魏道武帝拓跋珪建国之初:

> 正是上日,飨群臣,宣布政教,备列官悬正乐,兼奏燕、赵、秦、吴之音,五方殊俗之曲。四时飨会亦用焉。凡乐者乐其所自生,礼不忘其本,披庭中歌《真人代歌》,上叙祖宗开基所由,下及君臣兴废之迹,凡一百五十章,昏晨歌之,时与丝竹合奏。郊庙宴飨亦用之。

这里的"燕"似指鲜卑慕容氏,"赵"指匈奴刘氏和羯族石氏,"秦"指氐族苻氏和羌族姚氏,"吴"指东晋。这些歌曲中,可能有一部分曲调和《梁鼓角横吹曲》相同(但曲辞未必一样)。至于"五方殊俗之曲"就包括别的少数民族甚至外国的音乐;《真人代歌》则是鲜卑拓跋氏自己的乐曲。到太武帝拓跋焘统一北方后,后魏乐歌又有所增益。《魏书·乐志》云:

> 世祖破赫连昌,获古雅乐,及平凉州,得其伶人、器服,并择而存之。后通西域,又以悦般国鼓舞设于乐署。

这里讲到拓跋焘得凉州"伶人、器服"一事,颇为重要。因为后魏乐府中所奏音乐,基本来自凉州。后来孝文帝元宏时代,大力推行汉化,虽曾叫高闾审定音乐,但"遇迁洛不及精尽,未得施行,寻属高祖(元宏)崩,未几,闾卒"(《魏书·乐志》)。根据这段记载,后魏音乐似乎还是少数民族乐曲为主,其中凉州音乐占有特别重要的地位。凉州音乐,本是汉族和西域少数民族音乐的混合物。《隋书·音乐志中》载北齐祖珽上书云:"魏氏来自云朔,肇有诸华,乐操土风,未移其俗。至道武帝皇始元年,破慕容宝于中山,获晋乐器,不知采用,皆委弃之。天兴初,吏部郎邓彦海,奏上庙乐,创作宫悬,而钟管不备。乐章既阙,杂以《簸逻回歌》。初用八佾,作《皇始》之舞。至太武帝平河西,得沮渠蒙逊之伎,宾嘉大礼,皆杂用焉。此声所兴,苻坚之末,吕光出平西域,得胡戎之乐,因又改变,杂以秦声,所谓《秦汉乐》也。"祖珽所定北齐音乐,据《隋书》说"仍杂西凉之曲",并说"所谓'洛阳旧乐'者也"。可见与后魏音乐区别不大。直到隋文帝开皇年间,据《隋书·音乐志下》载,置七部乐,其一叫"国伎",《隋书》解释说:"西凉者,起苻氏之末,吕光、沮渠蒙逊等,据有凉州,变龟兹声为之,号为'秦汉伎'。魏太武既平河西得之,谓之《西凉乐》,至魏周之际,遂谓之'国伎'。"可见在北朝,《西凉乐》的地位特别高。后魏文人温子升作有《敦煌乐》一首,《凉州乐歌》二首。这种歌词,南朝文人除前面说到王融的《阳翟新声》外,还不大有人写过,说明《西凉乐》在北朝特盛。

后魏自元宏迁洛以后,有人也用汉语写作歌辞,例如《高阳王乐人歌》、《咸阳王宫人歌》和《杨白花》等。因为《魏书·高祖纪下》载,太和十九年元宏"诏不得以北俗之语言于朝廷,若有违者,免所居官"。因此后魏一些贵族,迁洛后颇有欣赏汉族歌曲的。如《洛阳伽蓝记》卷四载,河间王元琛的婢女能吹奏《团扇歌》(东晋歌曲,《宋书·乐志》谓东晋王珉家婢女作)及《陇上声》(疑即《晋书·刘曜载记》所录北方汉族民歌《陇上歌》);田僧超能为《壮士歌》。《北史·魏本纪五》载,魏孝武帝元修,在宫中叫人唱鲍照的乐府诗《代淮南王》。但留在平城一带的鲜卑人,似仍用本族语言。有一事颇可玩味,那就是《魏书·孝文五王传》载,元宏的废太子恂,迁洛后想回平城,元宏大怒,说元恂想"跨据恒朔","乃是国家之大祸,脱待我无后,恐有永嘉之乱"。这简直是以汉族自居,而把留居拓跋氏故地的鲜卑人看作另一民族了。至于北齐、北周以至隋、唐的皇族,大抵出身于北方的"六镇",汉化程度要轻得多。像北齐和隋、唐的祖先从血统来说都是汉人,却早已鲜卑化了。尤其北齐和北周时代,王公贵族所用的语言,大约主要是鲜卑语。《周书·长孙俭传》:"时梁岳阳王萧詧内附,初遣使入朝,至荆州,俭于厅事列军仪,具戎服,与使人以宾主礼相见。俭容貌魁伟,音声如钟,大为鲜卑语,遣人传译以问客,客惶恐不敢仰视。"北齐的情况也差不多。《颜氏家训·教子篇》所说"齐朝有一士大夫",要教他儿子"鲜卑语及弹琵琶,稍欲通解,以此状事公卿"。高欢进攻北周的玉壁,被韦孝宽所败。他叫斛律金唱《敕勒歌》并且自和之。这首歌原文是鲜卑语。这些鲜卑语的歌当不止这一首,到唐初修《隋书》时还有不少,因为魏、齐、周三代通用的乐曲,许多都是用鲜卑语唱的。《隋书·音乐志上》讲到北周时"登歌之奏,协鲜卑之音"。隋文帝杨坚即位后,还是"制氏全出于胡人,迎神犹带于边曲"。当时颜之推曾上言:"今太常雅乐,并用胡声,请冯(凭)梁国旧事,考寻古典。"未被采纳。但平陈之后,杨坚又认为南朝的"清乐"是"华夏正声"。随着民族的融合,鲜卑语逐渐为人们所遗忘。《旧唐书·音乐志二》说到唐时所存后魏乐府中的"北歌"有五十三章,其中可解的只有六章。不可解的据云多"可汗"之辞。《旧唐书》作者认为:"知此歌是燕魏之际鲜卑歌也,其词虏音,竟不可晓。"据说唐玄宗开元年间有个歌工叫长孙元忠的,"自高祖以来世传其业"。长孙元忠之祖是从一个并州人叫侯贵昌那里学来的。唐太宗贞观年间,曾有诏叫侯贵昌"以其声教乐府"。然而,"虽译者亦不能通知其辞,盖年岁久远,失其真矣"。"长孙"是鲜卑族的姓,长孙元忠从血统上说当是鲜卑人,但他也不尽知鲜卑歌。这些歌也许就是《隋书·经籍志》所谓《国语真歌》、《国语御歌》之类。《隋书·音乐志》提到过《簸逻回歌》当是其中之一。李白《司马将军歌》提到的"羌笛横吹《阿鞞回》",明代杨慎曾认为是"番曲",不知是否亦属后魏北歌。至于历来传诵的《木兰辞》,许多同志认为产生于后魏,也有人从文体上觉得接近隋唐。但此诗凡两次提到"可汗",与《旧唐书·音乐志》所说的后魏"北歌"类似。此诗也可能本为"燕魏之际鲜卑歌",经汉人翻译加工,就成了这个样子。此诗风格与《梁鼓角横吹曲》很不同,而这种叙事诗,似与《梁鼓角横吹曲》也不一样。但文笔问题,往往和译者的文学修养有关,未必能据此断定其产生时代。清人张玉谷在《古诗赏析》中认为诗中用"可汗"字,木兰当是北朝人,而诗则南朝人所作,此说有理①。

　　不过,《旧唐书·音乐志》所谓的后魏"北歌",有些虽名称与《梁鼓角横吹曲》相同,其音调仍不一样。所以《旧唐书》又说"北歌"中有《白净皇太子》;"梁乐府又有《太白净皇太子》、《少白净太子》……隋鼓吹有《白净皇太子曲》,与'北歌'较之,其音皆异"。可见后魏乐府官署中,即使有类似《梁鼓角横吹曲》的歌,亦与之不同。所以把《梁鼓角横吹曲》称为"北朝乐府民歌",恐不妥当。

---

　　① 有人认为《木兰诗》产生于隋唐,除文体外,也可能因为宋代黄庭坚说到此诗是唐朔方节度使韦元甫得自朔方之故。但黄氏此语未必可信。因为《乐府诗集》引《古今乐录》有"《木兰》不知名"一语,可见《木兰》之名,陈智匠已知之。而且考唐代自玄宗至代宗时历任朔方节度使的姓名,据《新唐书·方镇表》、《唐会要》及《通鉴》所载,基本清楚,其中无韦元甫之名,又《旧唐书·韦元甫传》载韦曾任苏州刺史、浙西观察使、扬州长史、淮南节度使等职,未任朔方节度使。他长期在南方,即使此曲是韦元甫发现的,仍然应得之南方,还是经南朝人写定之说较近事实。

曹丕和刘勰论作家的
个性特点与风格

在我国古代的文学理论著作中关于文学反映现实和文学与政治的关系问题,似乎很早就受到人们的重视。例如,被郭沫若断定为公孙尼子所作的《礼记·乐记》和一般认为汉人所作的《毛诗序》,都对这些问题有所论述。这些战国、秦汉人的论著,虽然囿于儒家的"风化说",过分重视统治阶级所谓"德教"的作用,但其中毕竟有不少可取的见解,值得我们重视。至于有关作家的个性特点及其风格问题的提出,却要晚得多。从现存的材料看,似以曹丕的《典论·论文》为最早。《典论·论文》虽然比较简略,如刘勰所说的有"密而不周"之弊,然而在文学批评史上,仍有其突出的地位。《文心雕龙》中的《体性》、《才略》诸篇所讨论的一些问题,都与《典论·论文》有明显的渊源关系。当然,《文心雕龙》中的论述比起《典论·论文》来,不但更详明,而且有很大的进展。

不论曹丕所以能较早地提出作家个人的特点问题或刘勰之所以能对曹丕所谈到的问题有所发展,都是当时整个思想界和文学界发展的结果。正如恩格斯说的:"作为特殊的分工领域,每一时代的哲学都有一定的思想材料作为前提,这种材料是从它的先驱者那里继承下来的,而且它就是从这出发的。"① 作为意识形态之

---

① 恩格斯:《1890 年 12 月 27 日给康拉德·施米特的信》。

一的文学批评也是这样,它的发展,不仅要以前人的成果为出发点,而且必然地要受到先前和当时的哲学思想以及文学创作情况的制约,这个道理是不言而喻的。在这里,我想就《典论·论文》到《文心雕龙》中关于作家特点和风格问题的论点的产生和发展的原因提一些初步的看法,请大家指正。

一 曹丕《典论·论文》的主旨及其思想渊源

曹丕的《典论·论文》常见的版本大抵录自《文选》。而从现存的古类书如《北堂书钞》、《艺文类聚》和《太平御览》中还可以找到一些佚文,所以范文澜同志在《文心雕龙注》中,曾说过"《文选》删落者尚多也"的话。不过,《典论·论文》的主旨从《文选》所录的文字看还是很清楚的。在文章一开头,作者就提到了"文人相轻,自古而然"的现象,他说:"夫人善于自见,而文非一体,鲜能备善,是以各以所长,相轻所短。里语曰:'家有敝帚,享之千金',斯不自见之患也。"所以他自称写作这篇文章的目的在于提倡"审己以度人",反对文人相轻。他对和他差不多同时的七位作家,也就是"建安七子"的特长和短处都作了比较中肯的评价。(在《北堂书钞》所引的佚文中,曹丕也曾评骘过屈原和司马相如的优劣,但从现存的文字看,他讨论的重点似乎还是那些同时代人。)虽然由于史料的缺乏,当时文人们相互讥评的事例,我们所知不多,但从曹植《与杨德祖书》中讲到"刘季绪才不逮于作者而好诋呵文章,掎摭利病"的话来看,这种事情确实存在过。所以曹丕作为这些作家们的"东道主"之一,对这种现象提出批评,显然可以理解。而且他的这种论调,和曹操所推行的"兼容并包"的用人政策也完全一致。

曹丕反对"文人相轻"的主要理由是说"文本同而末异",他把文章分为四类，断言："奏议宜雅，书论宜理，铭诔尚实，诗赋欲丽，此四科不同，故能之者偏也。"不同的作家所以有不同的专长，据说是由他们的禀赋或气质所决定的。曹丕写道："文以气为主，气之清浊有体，不可力强而致。譬诸音乐，曲度虽均，节奏同检，至于引气不齐，巧拙有素，虽在父兄，不能以移子弟。"这种把人的文学才能归结于先天气质的说法，在今天看来，当然不大正确，然而从当时思想界的状况出发，却完全可以理解。

这种先天的"气"，多少和东汉王充等思想家所讲的"骨法"、"骨相"有某些关系。王充《论衡·骨相篇》说："人命禀于天，则有表候于体。""骨法"就是这种表候。这种说法虽然主要讲人的命运和寿夭，但有时也涉及才性的问题。这和曹丕在文学批评方面的主张有类似之处，曹丕也是强调"气之清浊有体，不可力强而致"，不过王充更侧重后天的因素。在《论衡》一书中，他多次谈到"骨相"和人的才能，善恶有密切的关系。例如在《命义篇》中，他断言人的才能与所禀的"气"有关。他说："天有王梁、造父，人亦有之，禀受其气，故巧于御。"在《率性篇》中他又认为人性虽有善恶，但"其善者固自善矣；其恶者，故可教告率勉使之为善"。依照王充的观点，人性的善恶既可以改造，才能和知识，也同样可以通过学习来提高。他说："人才有高下，知物由学，学之乃知，不问不识"；"天地之间，含血之类，无性知者"（《实知篇》）。在《实知篇》中，他还举了许多事实，证明孔子不能先知。这里就包含着人的知识必须通过学习和经历方能取得的意思。这就与曹丕说的"不可力强而致"有所区别。王充比较着重后天的作用，而曹丕则比较着重先天的因素。但在人的性格、操行等问题上，他们都承认有先天和后天两种因素存在。

二　文学的发展与曹丕《典论·论文》产生的关系

曹丕的《典论·论文》所以舍弃儒家的"风化说"而采用"禀赋说"，是由于从东汉到三国时代，文学创作的情况已经发生了很大的变化。文学创作中的实际情况已经使"风化说"在解释某些文学现象时，很难讲通。

原来，曹丕的《典论·论文》旨在反对"文人相轻"，他立论的基础又是各个作家都有其长处和短处。在这个范围里，"风化说"实在帮不了他的忙。"风化说"有它可采的一面是在于它能够解释某一时代的许多作家，总会反映某些共同的思想内容。但是，它却不可能解释同一时代的各个作家所以有种种不同的风格、特点与成就。至于"禀赋说"就不一样了。不管这种说法是否合乎事实，但用来解释人物的性格和才能所以有千差万别的原因，倒多少能自圆其说。这也是《典论·论文》所以采用"禀赋说"的重要原因。

在我国文学批评史上，作家个人的风格、特点等问题所以到曹丕的《典论·论文》中才初步作了专门的探讨，也有其必然的原因。我们知道：我国古代的文学起源甚早，到了西周时代已经出现了今本《诗经》中的某些诗篇；春秋战国时代又出现了"百家争鸣"的局面，产生了许多子书和伟大的诗人屈原，文学不可谓不盛。汉代的诗歌虽然存者不多，而散文和辞赋却也颇发达。然而直到汉代，几乎所有的文论家都只是围绕着政治盛衰对文学的影响讨论问题，不大有人注意过各个作家之间在风格、个性等方面的差异。这是因为当时的文学作品，还没有和历史、哲学等学术著作以及应用文字区别开来。文学和当时的政治的关系比较明显，而那些学术著作和应用文字又大抵以说理为主，较少抒写作者的感情。直到西汉以前,在散文方面成就最高的无过于《庄子》和《史记》。前者是哲学著作,后者是历史。对这两部内容不同的书进行艺术上的比较研究,分析其艺术风格上的差别,在当时文学批评尚处于萌芽状态的条件下,无疑是困难的。至于汉代的应用文字,倒有不少颇具文学价值,但它们毕竟不是纯粹的文学作品,而且从汉武帝以后,多数文人大抵引证儒家经典,作为立论根据,文字也祖述先秦的"经书"和"子书",在内容和文笔上虽有区别,而要从中发现作者的个性特点,则似乎也不容易。

从先秦到汉代,真正属于文学作品范畴的应该说是诗赋两类。以诗来说,先秦的诗除了《诗经》三百余篇和一些零星的逸诗外,存者不多。汉代的诗歌基本上也只有汉乐府和无名氏的几十首"古诗"。有主名的诗像韦孟《讽谏诗》、张衡《四愁诗》、班固《咏史诗》、梁鸿《五噫歌》等数量甚少,很难从一二首诗中看出一个人的艺术特色。在这种情况下,汉以前的诗歌可以说除了屈原、宋玉以外,艺术价值很高的作品大都出于无名氏之手。这些无主名的作品,其中一些究竟是民间歌手还是文人作家所作,它们产生的时代是西周抑为东周,前汉抑为后汉,往往也难于确定。既然连作品的主名也无法知道,那么即使再高明的批评家也无法分析作家的个性与风格。当然,屈原、宋玉这两位文人作家的作品数量并不少。但文学批评家所以能提出作家个性特点这个问题的首要条件是他们必须在客观存在的文学状况中,对各各不同的作家进行比较。在仅有两个作家的作品时就要求从中分析出风格、特点的差异,无疑是困难的。再说,关于屈、宋作品本身也存在着一些争论。例如《招魂》的作者,司马迁归之屈原,王逸归之宋玉;即使确系宋玉所作的《九辩》,又有好多地方摹仿屈原作品。直到后来的批评家,虽然对不少诗人的特色有较中肯的评论,而对屈、宋艺术风格的区别也较少谈到①。"诗言志",在我国当时的各种文学形式中,诗是最能反映作者的志趣、性格的,而诗歌发展的具体状况,确实也使曹丕以前的文论家,很难提出和探讨这个问题。

除了诗歌以外,辞赋也是汉代文学的重要形式。汉代是辞赋的繁荣时代,当时多数作家,主要以辞赋著名。迄今所知的汉赋,绝大多数都有主名。因此,在汉代既有这么多辞赋家出现,为什么文学批评家还不能从他们的作品中发现各自不同的风格和特点呢? 这个问题的答案,只能从当时的辞赋本身中去寻找。

我们知道:赋这种文体一般认为是从诗歌,特别是从屈原、宋玉为代表的"楚辞"中发展出来的。刘勰在《文心雕龙·诠赋篇》所谓"六义附庸,蔚成大国"。当赋的形式刚成熟的时候,几乎就带上了一个特点,"遂客主以首引,极声貌以穷文"。于是赋的作用便和诗有了区别。晋代陆机在《文赋》中写到:"诗缘情而绮丽,赋体物而浏亮。"这两句话为后人所普遍接受,有些人往往以"缘情"、"体物"二语来代指诗、赋。其实,陆机这两句话主要概括的是汉赋,特别是以司马相如、扬雄以及另一些人的大赋的特点。确实,两汉的大赋,抒情的成分绝少,而且差不多形成了一个公式,总是主客对话,夸耀一番宫室、车服、田猎的盛况,"曲终奏雅",讲几句儒家的说教收场。正如刘勰在《文心雕龙·情采篇》中批评的:"心非郁陶,苟驰夸饰,鬻声钓世,此为文而造情也。"在文学手法上,大赋也是陈陈相因,很少个人特点。据《艺文类聚》卷五六引桓谭《新论》载,桓谭曾想向扬雄学写赋,扬雄说:"能读千赋,则善之为矣。"扬雄要人多读赋,其目的就在于摹仿,因为扬雄自己大部分的学术和文学

① 这里是说艺术风格问题,至于屈、宋思想、行为不相同,那是司马迁在《史记·屈原列传》中已说过的。

著作都不过是模拟他人的著述或作品。至于赋家的技巧互相因袭，《文心雕龙·通变篇》有一段话，很可以说明这个问题："夫夸张声貌，则汉初已极，自兹厥后，循环相因，虽轩翥出辙，而终入笼内。枚乘《七发》云：'通望兮东海，虹洞兮苍天。'相如《上林》云：'视之无端，察之无涯，日出东沼，月生西陂。'马融《广成》云：'天地虹洞，固无端涯，大明出东，月生西陂。'扬雄《校猎》云：'出入日月，天与地沓。'张衡《西京》云：'日月于是乎出入，象扶桑于蒙汜。'此并广寓极状而五家如一。"这段话虽然照黄侃和范文澜解释，都认为不是讥笑这些作家的互相抄袭，但是从艺术手法上讲，后来四家都不过是改头换面地套用枚乘所创造的意境而已，并没有多少创新和发展。汉赋最大的缺点正在于夸饰、堆砌过甚，写山只写其高，写川只写其广，至于究竟要写哪座山，写哪条川，则根本无法分辨，真是千山共状，百川同貌。因此这种"体物"之作，确实使人难于看出作家的个性和风格，其原因并不在于"体物"，而在于这些作品多数是因袭摹拟的东西，实在没有什么作者个人的特点可言。

到了东汉以后，赋的内容开始有着变化。从冯衍《显志赋》、班彪《北征赋》起，一些赋已由夸耀统治者的宫观田猎之盛的内容转变为抒写个人的不得志或纪行述感之作；张衡、蔡邕的一些赋，不但加强了抒情的成分，而且反映了对现实的态度。这些赋虽然和魏晋以后的抒情小赋不完全相同，但已经有作者的人性和真情实感在内。到了汉魏之际，诗歌和抒情小赋的繁荣，使散文的情况也发生了变化。试看"建安七子"中，有的以诗赋闻名，有的以文章著称。即以诗人而论，王粲和刘桢的诗风就迥然不同。孔融的散文骈俪气很重，曹植的文章也带骈俪气，但两人的文风各别，而曹操的一些文章却又纯是散体。三国时代的辞赋，现在保存全文的不算多，而以传诵的王粲《登楼赋》与曹植《洛神赋》来说，也可以看出二人个性、风格不一样。由于当时的文学家在诗、文和赋的方面已经各有所长,而不同的诗人、散文家与辞赋家也已显出各人不同的特点和风格。于是,文论家们探索这个问题就有了必要的前提。曹丕的《典论·论文》才能应运而生。

但是,曹丕对作家的个性和特长的论述毕竟比较简单。他只是感觉到了这个问题的存在,而还不能圆满地解释它。他所谓"气之清浊有体,不可力强而致",完全把这个问题归结为先天的禀赋。从这个角度来说,他的看法在哲学上还落后于王充等人关于人们才能、德行的解释。不管如何,他首先提出了这个问题,总之是一个不可忽视的历史功绩。

三 魏晋思想家关于"才性"的认识对
刘勰《文心雕龙》的影响

曹丕把作家的特长、风格和个性归结为先天的"气",虽然能勉强自圆其说,但毕竟过于简单,而且不能解释一系列的问题。至少,人的性格总要受环境和教育的影响,同一个时代的人,思想中也总反映着某些共同的社会问题,虽然由于社会地位不同而观点有别。从这一点上说,"禀赋说"甚至比"风化说"更难加以解释。尤其是东汉末年以后,不论在野、在朝的人物,都公认桓、灵二帝的统治是腐败的。晋代的刘颂曾上表给晋武帝司马炎,说当时的社会状况,"实是叔世"。他历叙汉末之乱,经过曹操的整顿,虽有短期的"吏清下顺"局面,但到曹丕、曹睿手里"法物政刑固已渐颓矣"。因为这两个君主都是"奢淫骄纵倾殆之主也"。这种局面,到晋代的建立,并未改变,所以称为"叔世"(见《晋书·刘颂传》)。这种社会状况,又进一步叫人们从政治形势中去探求人们思想情况的原因。于是哲学家们又逐步地抛弃了把人的操行、性格或才能归因于先天禀赋的论点，而倾向于和后天因素有关系了。例如嵇康所说的"性"，就有先天的"天性"和后天形成的个性两种意思。他在《难张辽叔自然好学论》中，断言："夫民之性，好安而恶危，好逸而恶劳"，据说这是"天性"。至于后来"六经纷错，百家繁炽，开荣利之涂"，于是"求安之士，乃诡志以从俗，操笔执觚，足容苏息，积学明经，以代稼穑。是以困而后学，学以致荣，计而后学，好而习成，有似自然"。这说法既不同于"风化说"，也不同于"禀赋说"。他主张人的本性"好逸恶劳"当然不对，但认为人的个性形成，和从小的环境和社会影响有关，则比前人是很大的进步。

　　魏末晋初的傅玄对人性的理解是"人之性如水焉，置之圆则圆，置之方则方"（见马总《意林》引《傅子》)。他还说："人之学者如渴而饮河海也。大饮则大盈，小饮则小盈。大观则大见，小观则小见。"（同上）他前一个论点似乎有点近于"风化说"，但其主旨似乎还在强调后天影响。东晋学者们似乎也与这些先辈的观点类似。葛洪的《抱朴子》就是这样。人的道德和智慧照他看来都是后天努力的结果。所以他在《勖学篇》中说："故朱绿所以改素丝，训诲所以移蒙蔽"；"夫不学而求知，犹愿鱼而无网焉"。他虽然承认"才性有优劣，思理有修短"，但他认为这只是智力的高低，这种区别，通过后天的努力完全可以克服。所以他又说："泥涅可令坚乎金玉，曲木可攻之以绳墨，百兽可教之以战阵，畜牲可习之以进退，沈鳞可动之以声音，机石可感之以精诚。又况乎含五常而禀最灵者哉！"他认为少年时代的学习最为重要，"故修学务早，及其精专，习与性成，不异自然也"。他在反对先天决定论时，还专门对"骨相"之说作了批判。在《行品篇》中提到有些人"颜貌修丽，风表闲雅，望之溢目，接之适意，威仪如龙虎，盘旋成规矩"，而既无德行，也无才能;另一些人"貌望朴悴,容貌痤陋,声气雌弱,进止质涩",而知力过人,功业煊赫。这显然比东汉的一些思想家有了更接近事理的认识。

葛洪不光论到了性格,才能的问题,他还就自己的亲身经历,讲到了文学上如何提高的问题。他写道:

> 洪年十五六时,所作诗赋杂文,当时自谓可行于代。("于代"二字从孙星衍校正本。据孙星衍说,"于代"二字原脱,从《意林》补。按:《意林》编者马总是唐人,唐代讳"世"字,改作"代"字,疑葛洪原文是"于世"二字。)至于弱冠,更详省之,殊多不称意。天才未必增也,直所览差广,而觉妍媸之别。于是大省所制,弃十不存一。今除所作子书,但杂尚余百所卷,犹未尽损益之理,而多惨愤,不遑复料护之。他人文成,便呼快意。余才钝思迟,实不能尔。作文章每一更字,辄自转腾,但患懒,又所作多不数省之耳。(《自叙篇》)

这段话十分强调后天因素对文学才能进步的作用,证明他自己在文学上的进步,正是由于书读多了,创作实践多了。这也就证明了文学的成就可以"力强而致"。这比曹丕的《典论·论文》有所进步,并且对刘勰《文心雕龙》中关于作家性格、才能问题的论述在哲学上有很大影响。但是,葛洪的观点也有他的局限,他所说的后天的功力基本上是指书本知识,而没有提到生活实践。这是因为在葛洪看来,"欲见无外而不下堂,必由于载籍";"舒竹帛而考古今,则天地无所藏其情矣"(《勖学篇》)。这些不正确的看法,对刘勰的观点也有一定的影响。

四　刘勰《文心雕龙》关于作家个性的论述

　　刘勰的《文心雕龙》是一部系统的文学批评著作。在这部书中,比较集中地论述作家个性和特点的要算《体性》和《才略》两篇。其中《体性篇》主要从理论上说明作家个人特点的形成问题;《才略篇》则具体评论历代一些作家个人的特长和风格。但其它各篇有时也涉及这个问题。《才略篇》的"赞"说:"才难然乎,性各异禀。一朝综文,千年凝锦。余采徘徊,遗风籍甚。无日纷杂,皎然可品。"刘勰讲到了"性各异禀",但他并不认为禀赋决定一切。他所说的"无日纷杂,皎然可品",就是认定在千百种不同文体和风格中,可以归纳出几类。这就是《体性篇》中所说的"八体"。他对"八体"的论述,其实不尽归于先天的因素,他更强调的似乎是后天的熏陶和主观努力。他说:

　　　　夫情动而言形,理发而文见,盖沿隐以至显,因内而符外者也。然才有庸俊,气有刚柔,学有浅深,习有雅郑,并情性所铄,陶染所凝,是以笔区云谲,文苑波诡者矣。故辞理庸俊,莫能翻其才;风趣刚柔,宁或改其气;事义浅深,未闻乖其学;体式雅郑,鲜有反其习;各师成心,其异如面。若总其归涂,则数穷八体:一曰典雅,二曰远奥,三曰精约,四曰显附,五曰繁缛,六曰壮丽,七曰新奇,八曰轻靡。

刘勰在这段话中,似乎既承认先天的"才"和"气";也承认后天的"学"和"习"。但他断言"八体屡迁,功以学成",归根结底,先天的禀赋还得有赖于后天的努力才能成功。近人黄侃在《文心雕龙札记》中对"八体屡迁"一语评论说:"此语甚为明懂。人之为文,难拘一体,非谓工为典雅者遂不能为新奇,能为精约者遂不能为繁缛,……"这个解释很有道理。这说明刘勰对作家的个性与风格有更深的理解,他已经认识到同一作家可以有多种风格的问题。因为在刘勰的时代,由于作家和作品已大大增加,在很多作家的创作中都可以发现多种不同风格的作品。例如:同一个曹植可以写出华丽的诗赋、文章,典雅的庙章舞曲和质朴而近于口语的《鹞雀赋》,以至沈约在《答陆厥书》中谈到以《洛神》比陈思他赋,"有似异手所作"(《南齐书·陆厥传》)。同一个陶渊明可以写"浑身静穆"的《归园田居》、《饮酒》诸诗,也可以写《咏荆轲》这样"金刚怒目式"的诗。同一个鲍照,有的诗写得古朴,也有些写得华丽繁缛。同一个谢灵运,诗赋精工繁富,而书札却又清新淡雅。这种情况就使刘勰理解到作家的个性和风格的形成主要并不在先天条件,而在后天的努力。否则,一个作家就只能有一种风格了。所以他在《体性篇》中又写道:

> 夫才有天资,学慎始习,斲梓染丝,功在初化,器成彩定,难可翻移。故童子雕琢,必先雅制,沿根讨叶,思转自圆,八体虽殊,会通合数,得其环中,则辐辏相成。故宜摹体以定习,因性以练才,文之司南,用此道也。

在这段话中,刘勰对"才"的问题进一步作了解释。他认为"才"可以通过"练"而提高,不纯粹决定于禀赋。他特别强调的是"习",因为只有通过"习",人方能兼善众体。在这一篇的"赞"中,他说"习亦凝真,功沿渐靡",就是说"习"可以改变天资,补先天之不足。

刘勰并没有完全抛弃曹丕所谓"气之清浊有体"之说,还承认"才有天资"。但他着重讲的是人要在文学上有所成就,光有"天资"是远远不够的,主要还在于"学"。他和葛洪一样,特别强调早期的熏染。所以他说"学慎始习","器成彩定,难可翻移"。这种理论对人的个性形成的解释,比较近乎事实。

刘勰把后天的努力看作在文学上取得成就的主要途径,无疑是对的。但他对学习的理解,却主要指书本知识。所以在《事类篇》中,他断言:"夫经典沈深,载籍浩翰,实群言之奥区,而才思之神皋也",认为"将赡才力,务在博见",指的都是靠读书来提高。他在同一篇中说:"夫以子云之才,而自奏不学,及观书石室,乃成鸿采,表里相资,古今一也。"这种把学习仅仅看成读书的见解,在《神思》、《风骨》诸篇中也有表现。《神思篇》说到创作要"积学以储宝,酌理以富才,研阅以穷照,驯致以怿辞"。在这四条中,"积学"、"研阅"基本上都是从书本中下功夫。在《风骨篇》中他说:"若夫熔铸经典之范,翔集子史之术,洞晓情变,曲昭文体,然后能孚甲新意,雕画奇辞。"他主张文学上创新要以前人的成果为出发点是对的,但除此以外,他并没有提到别的因素。

刘勰所以把读书看作学习文学的唯一途径,也和他当时文坛的风气有关。《文心雕龙》作于齐代,而书中所论到的作家,大抵限于刘宋以前。齐代正是骈文盛行之际,骈文的特色之一就是用典。至于当时的诗风,据钟嵘《诗品》说,从刘宋的颜延之、谢庄开始,大量用典故,到大明、泰始年间,"文章殆同书抄"。此风几乎贯彻整个南朝。刘勰生活在这个环境中,不能不受影响。《文心雕龙》中专列《事类》一篇就说明他对用典的重视。人们既要用典,就不能不多读书。这也是他着重书本知识的一个原因。

无可否认,生活在齐梁时代的刘勰,自然不可能明确地认识文学是社会生活的反映或者文学作品是客观现实在作者头脑中的反映等原理。但在局部的、个别的问题上,他已经模糊地感觉到文学与客观事物的关系。例如:在《物色篇》中,他说:"物色之动,心亦摇焉";在《时序篇》中,他分析建安文学"雅好慷慨"的原因时,提到:"良由世积乱离,风衰俗怨";他在总论文学的变化时说:"故知文变染乎世情,兴衰系乎时序"。这些话既谈到了自然景物,也讲到了社会现实。但当他具体论到作家个性的时候,却很少从他们的生活经历、社会环境去论述其创作。他之所以只能把学习停留在书本知识上,也和他客观唯心主义的思想体系有关。因为在他看来,一切真理在儒家的经典中都已具备。他说:"经也者,恒久之至道,不刊之鸿教也。故象天地,效鬼神,参物序,制人纪,洞性灵之奥区,极文章之骨髓者也。"(《宗经篇》)《文心雕龙》的目的就在提倡"宗经"。他这个主张虽然对纠正南北朝绮靡文风有一定的积极作用,但这种思想也使他的文学观不可能摆脱经学的奴婢的地位。在他那个时代,要摆脱儒学的桎梏,显然是不可能的。但从文学理论的发展史上看,他毕竟总结了三国到南齐的文学经验,把曹丕提出的作家个性和特点的问题向前大大地推进了一步。

(《社会科学研究》1981 年第 5 期)

干宝和志怪小说

在现存的魏晋志怪小说中,干宝的《搜神记》一书可以算得上一部代表作。据他在此书的自序中说,写作此书的目的在于"发明神道之不诬"。其书实亦博采古籍及当时的神怪传说而成,所以连喜采小说的《晋书》作者也说他"既博采异同,遂混虚实",也并不认为其中故事都可信。《隋书·经籍志》把此书列入"史部""杂传"一类,并在论这一类书籍时说到汉阮仓《列仙图》、刘向《列仙传》、曹丕《列异传》等书,认为"因其事类,相继而作者甚众,名目转广,而又杂以虚诞怪妄之说。推其本源,盖亦史官之末事也"。这些史书的作者大抵是有神论者,他们虽对这些书中的故事不全信,却又认为其中也有真事。在我们今天看来,不但这些神怪故事不足信,而托名刘向、曹丕之作,亦并非真出于这两位作者之手。

值得注意的是:这些志怪小说,大抵出现于魏晋六朝。对于这问题,一般研究者大多认为和当时政局动荡,社会黑暗,士人们思想苦闷,转而侈谈鬼神;另一方面也与佛、道两教的盛行有关。这些解释,我认为都很有道理。然而,还有一个原因,我看也很难忽视,那就是当时的唯心主义者与唯物主义者的争论。《晋书·阮瞻传》:"瞻素执无鬼论,物莫能难,每自谓此理足可以辩正幽明。忽有一客通名诣瞻,寒温毕,聊谈名理。客甚有才辩,瞻与之言,良久及鬼神之事,反复甚苦。客遂屈,乃作色曰:'鬼神,古今圣贤所共传,君何得独言无,即仆便是鬼!'于是变为异形,须臾消灭。瞻默然,意色大恶。后岁余,病卒。"此故事亦见《世说新语》。它显然是唯心主义者在理屈辞穷时编造出来的,但于此也可以知道魏晋的清谈家们中,不光有唯心主义者,也有唯物主义者。阮瞻的无鬼论,其具体论点虽已无从考知,但他的本家阮修,也是个无鬼论者,他的论点在《晋书》本传中尚有记载:"尝有论鬼神有无者,皆以人死有鬼,修独以为无。曰:'今见鬼者云着生时衣服。若人死有鬼,衣服有鬼邪?'论者服焉。"阮修此论,盖本王充《论衡》,非其独创。不过这种论证方法,的确能叫有鬼论者张口结舌的。阮瞻的论点,可能与此相类,所以唯心主义者无可奈何之余,才只能编造那通鬼话。

关于阮瞻被鬼吓死的故事,虽非干宝本人所编造,但干宝的思想,却和那个故事的编者相似。他既要证明鬼神的存在,又想用"撰集古今神祇灵异变化"来证明这论点,其实和那个故事里的"鬼"所谓"古今圣贤所共传"是一个意思。

自从干宝以后,继之而起的志怪小说为数甚多,这些书的作者也都承认鬼神之存在。更有趣的是这种怪诞故事也编造到了干宝自己家里。据《晋书》本传说:"宝父先有所宠侍婢,母甚妒忌,及父亡,母乃生推婢于墓中。宝兄弟年小,不之审也。后十余年,母丧,开墓,而婢伏棺如生,载还,经日乃苏。言其父常取饮食与之,恩情如生,在家中吉凶辄语之,考校悉验,地中亦不觉为恶。既而嫁之,生子。"这个故事亦见于《太平御览》引《续搜神记》。其实这个故事,显然也是从古人的书中抄来,安在干宝家中的。原来西晋以来,讲到开墓发现活人的事不止一次。如:《三国志·魏书·明帝纪》裴注引《傅子》:"时太原发冢破棺,棺中有一生妇人,将出与语,生人也,送之京师,问其本事,不知也。视其冢上树木可三十岁,不知此妇人三十岁常生于地邪?将一朝歘生,偶与发冢者会也。"同书又引顾恺之《启蒙注》:"魏时有人开周王冢者,得殉葬女子,经数日而有气,数月而能语;年可二十。送诣京师,郭太后爱养之。十余年,太后崩,哀思哭泣一年余而死。"这两个故事讲的都是坟墓中死人复活,而且复活者都是女性,这与干宝父婢的故事相同。不过,《傅子》所记的故事,似有可能出于当时传闻之误,所以傅玄在记这个故事时,也用的是存疑口吻,未必有宣扬神怪的目的。顾恺之所记,已较《傅子》更怪诞,而且作者似乎是深信不疑的。不过这两个故事毕竟还没有叫鬼魂公开出场。至于《续搜神记》和《晋书·干宝传》就公然讲到干宝之父的鬼魂会给与生者饮食,并与之道家中吉凶之事。这个故事显然更有利于宣扬鬼神之存在。因此过去一些人都信以为真。如明胡应麟说:"令升遭门闾之异。爰摭史传杂说,参所知见,冀扩人于耳目之外。"(《津逮秘书》本《搜神记》卷首)毛晋《搜神记跋》也有"令升感圹婢一事,信纪载不诬,采录宜矣"之语。然而这个故事,干宝这立志要"发明神道之不诬"的当事人,偏偏只字未提,却又将此事归之杜预之子杜锡。《续搜神记》据云即托名陶渊明的《搜神后记》,此书据历来学者说都认为是六朝人所作。一些六朝志怪小说的作者,往往是佛教的信徒。如《幽明录》作者刘义庆,《宋书》本传说他"晚节奉养沙门,颇致费损"。《隋书·经籍志》所著录的《补续冥祥记》的作者王曼颖,也是佛教徒,和《高僧传》作者慧皎是朋友。这时不少作者的撰述志怪小说成风,我颇疑其与思想界的"神灭"与"神不灭"的争论有关。因为范缜著名的《神灭论》虽出现于南齐,而关于"神灭"的论点却在晋、宋间并未消灭。所以慧远作《沙门不敬王者论》的第五篇即为《形尽神不灭》。所以持"神不灭"之说者,总爱编撰这些神鬼故事来为自己的论点辩护。当时的统治者,对维护"神不灭"故说,也是竭力支持的,如梁武帝萧衍曾竭力组织人们围攻范缜即其一例。所以有些作者的写作目的可能还是讨好统治者。

然而,这些编撰志怪小说的人,托伪的手段有时也很不高明。如《列异传》托名曹丕,而曹丕据《三国志·魏书·方伎传》裴注所载《典论》佚文看并不信神仙之说;《搜神后记》托名陶渊明,而陶渊明的《形影神》诗却又不承认形尽神不灭之论。所以不光这些故事诞妄,其著者主名亦往往属于假托。《隋书·经籍志》著录的志怪小说,其作者往往有姓无名,如荀氏《灵鬼志》、孔氏《志怪》、郭氏《汉武洞冥记》、谢氏《鬼神列传》、殖氏《志怪记》、《周氏冥通记》之类;还有不少书则干脆不著作者姓名。大约这些书多半出于一些无名的或社会地位不高的文人之手。有些文人往往瞧不起这些书。唐段成式《酉阳杂俎》卷一二《语资》载:"庾信作诗用《西京杂记》事,旋自追改,曰:'此吴均语,恐不足用也。'"按:吴均有《续齐谐记》,至于《西京杂记》则非他所作,这可能是庾信说错或段成式误记。然而由于这一类书内容虚诞,到六朝后期,已为有些人轻视,大约是事实。在今天来看,这些志怪小说中保存了一些有积极意义的民间故事,也有一些优美动人的篇章,不能简单否定。不过其中有不小的一部分则旨在宣扬迷信,似亦毋庸讳言。

关于陶渊明思想的几个问题

　　陶渊明是我国成就最高、对后世影响最大,同时也最负盛名的诗人之一。然而,这位伟大诗人的真面目,在长期的封建社会中,却一直受到涂抹和歪曲。他们断章取义地摘取了诗人某些作品,把诗人形容成一个飘飘然的隐逸诗人。在他们眼光中,诗人只是一个毫无人间烟火气的、浑身静穆的仙人,使我们这些凡夫俗子无法接近,无法理解他。另一种人又将诗人形容为"晋室遗老",对司马氏的王朝抱着拳拳孤忠,俨然是伯夷再世、叔齐重生。他们用这种看法去理解诗人,一方面是有意地歪曲,另一方面也由于他们不可能真正懂得我们伟大的诗人。直到解放以后,一些同志开始用新的观点和方法来研究陶诗,廓清了前人对陶渊明的某些错误看法,也批判地吸收了前人在研究陶诗方面的一些优秀成果。他们根据鲁迅先生的遗教,批评了朱光潜先生等研究者的某些错误观点,指出陶渊明不光是"采菊东篱下,悠然见南山"的逍遥自在的隐士,而且是很关心政治的人,并且在《桃花源诗》中,发掘出诗人的"春蚕收长丝,秋熟靡王税"的可贵的乌托邦思想;在《形影神》诗中,发掘出他关于"神灭"的朴素唯物主义思想。这些成就都是很值得重视的。然而,在这些同志的文章中,有一些论点,似乎还值得作进一步的探讨。例如有人说陶渊明的思想是反映了没落的士族的意识,有人则认为他反映的是中小地主的思想。关于诗人对政治的看法,各家也颇有纷歧。有人因为他曾祖陶侃不忠于晋室,所以说他倾向桓玄;有人却竭力论证陶侃是晋朝的忠臣来说明陶渊明也是忠于晋室的;更有人把上千年来一致公认为论述政治和晋、宋易代之事的《述酒》诗说成与政治无干,而只是咏酒。这些看法,我认为都是还可以讨论的。

一

陶渊明一名潜,字元亮(一说名渊明,字元亮,晋亡后改名潜,字渊明)。生于晋哀帝兴宁三年(365),卒于宋文帝元嘉四年(427)。他所生活的时代,正是我国历史上第一次遭受严重的民族危机的时代。那时候,北中国广大的土地遭到匈奴、鲜卑、羯、氐、羌五族的侵扰,已经沦陷了半个多世纪。"五胡乱华"虽然已经到了尾声的阶段,然而鲜卑拓跋氏又勃兴于塞外,逐步地统一北中国,和流亡在南方的汉族政权(东晋和后来的宋、齐、梁等)相对立。南方的晋、宋等朝虽曾几次出兵北伐,却从没有真正下过收复失地的决心,当然也不可能收到什么实际的效果。即如刘裕的北伐,尽管一度灭了南燕和后秦,取得相当大的胜利,也终于虎头蛇尾,中原的失地还是得而复失。

在这样的民族危机之下,南方国内的政治情况也是一团漆黑,毫无生气。当时的统治者在对付异族侵略者时,虽然表现出软弱无能,然而对人民的压迫却又异常凶狠。地主、官僚们继承了魏晋以来的恶习,骄奢淫佚,恣情享乐,无止境地榨取人民的血汗。当时较有清醒头脑的知识分子范宁在他的奏疏中,指斥这种腐败的生活道:

> 今并兼之士,亦多不瞻,非力不足以厚身,非禄不足以富家,是得之有由而用之无节。捕酒永日,驰骛卒年。一宴之馔,费过十金,丽服之美,不可赀算。盛狗马之饰,营郑、卫之

音……(《晋书》卷七五《范宁传》)

这样奢侈腐化的生活，其费用当然全落在人民头上。为了满足吸血鬼们的这种无耻的生活，他们拼命地侵占田地，鱼肉人民。据《通典·食货典》一记载刘宋孝武帝大明初年的情形道："富强者兼岭而占，贫弱者薪苏无托，至渔采之地，亦又如兹。"这里虽然说的是刘宋时代的情况，但和东晋相隔不远，情况不致有多大出入。山泽之地如此，耕地也可想而知。农民在这样的兼并之下，生活的痛苦自不待言。《晋书》卷七五《范宁传》有如下的记载：

> 仓庾虚耗，帑藏空匮。古者使人岁不过三日，今之劳扰，殆无三日休停，至有残形剪发，要求复除。生儿不复举养，鳏寡不敢妻娶。

这种残酷的压迫，终于引起了孙恩、卢循领导下的农民大起义。这个起义被统治者用血腥的手段镇压下去了。这次农民起义延续了十多年，并且诗人陶渊明亲自看到了这次大暴动。

东晋的封建统治集团对农民这样残暴，对知识分子也不见得好些。魏、晋以来，实行了所谓"九品中正法"。在这种选举制度之下，朝廷选举官吏，完全根据门第的高低，豪右大族的子弟，虽然碌碌无能，也被列入上品，普通的人尽管有多大本领，也只能屈居下品。所以《宋书·恩幸传》引刘毅语说"下品无高门，上品无贱族"就是指的这种情况。这些"凡庸竞驰，傲诞成俗"的豪门子弟盘踞着政府各部门中的要职，招权纳贿，互相争权夺利，甚至彼此屠杀和攻打。从东晋建国到南北朝的结束，内战和流血政变总是史不绝书。这种黑暗制度和混乱的政局，诗人不但目睹，也身受了被压抑之苦。

伟大的诗人陶渊明正是生长在这样一个黑暗的时代里。诗人出身于比较寒微的地主阶级家庭。虽然根据一般的说法，陶渊明的曾祖就是东晋的名臣陶侃。然而,且不管这个说法是否靠得住,但对诗人在当时的仕途上却并无帮助。即使说诗人确系陶侃的曾孙吧,在当时人看来,原也不算什么名门望族。在门阀制度之下,只有一些著名的豪绅大族才被看作"清流"。出身寒微的人,即使做到高官,也仍然被这些士族所鄙视。关于这一点,顾炎武《日知录》卷一三"流品"条已有详尽的论证。所以,陶侃本人这样的官阶,尚为别人目为"小人",骂为"溪狗"(见《晋书·陶侃传》及《世说新语·容止篇》),何况他的支庶子孙? 到陶渊明时,他和陶侃的袭封长沙公的一房子孙已经是"昭穆既远,已为路人"了。他的祖父和父亲虽说都做过一个时期的官,也不很大。他自己说"弱年逢家乏,老至更长饥",可见他的出身家庭是相当贫困的。以陶渊明的家庭出身说,在当时的社会中,自然很难得到别人的重视。这就决定了诗人在仕途上必然不能得志和他的抱负决不能实现的命运。

二

和封建社会的一般知识分子一样,年轻时代的陶渊明也有着建功立业的壮志。他信奉儒家治国平天下的观点,梦想得到统治者的重用,施展他自己的才能,做出一番轰轰烈烈的事业来。他在《荣木》一诗中,写下了当年的怀抱:

> 先师遗训,余岂云坠! 四十无闻,斯不足畏。脂我名车,
> 策我名骥,千里虽遥,孰敢不至!

这种处世的态度,可以说完全是儒家信徒的思想。在这首诗中,诗人对世事的态度是这样积极,简直和那位"三月无君则遑遑如也"的孔丘一样了。"千里虽遥,孰敢不至",诗人竟吐露出一个在政治上颇有大志的人的口吻来了。然而在前面所说过的那种门阀制度

的社会里,一个寒门出身的诗人尽管胸怀大志又有什么用呢？陶渊明虽然几次出仕,然而所得到的却只是参军、县令之类的官职,远远地不能施展他的抱负。尤其是当时官场中的腐败和黑暗,更引起了诗人强烈的反感。他既不愿意学那种吹牛拍马、贪污舞弊的堕落行为,也不愿陷在那种争权夺利、尔虞我诈的政治漩涡中。这个黑暗的社会容不了他,他也绝不肯对这种现实妥协。在这样的矛盾之下,使诗人感到受不了。即使在做官的时候,他也是"遥遥从羁役,一心处两端",想着"商歌非吾事,依依在耦耕,投冠旋旧墟,不为好爵萦"。他终于慨叹着"我岂能为五斗米折腰向乡里小儿",就这样解绶去职了。《饮酒》诗第十二首中说:

> 长公曾一仕,壮节忽失时;杜门不复出,终身与世辞。仲理归大泽,高风始在兹。一往便当已,何为复狐疑！去去当奚道,世俗久相欺;摆落悠悠谈,请从余所之。

这时候,他已经下定决心,不再做官了。去职以后,他的思想有了变化,开始对仕途失掉兴趣,决意归隐。归隐以后,诗人的心境也不是太平静的。当然,他那种少年的壮志已经碰了钉子,被黑暗的现实所粉碎了。他决不再想去尝那种宦海的风味,但是却并不意味着诗人对政治的兴趣已经冷淡,再没有什么壮志了。诗人自己说:

> 忆我少壮时,无乐自欣豫,猛志逸四海,骞翮思远翥。荏苒岁月颓,此心稍已去。值欢无复娱,每每多忧虑。气力渐衰损,转觉日不如。壑舟无须臾,引我不得住。前涂当几许,未知止泊处。古人惜寸阴,念此使人惧。(《杂诗》第五首)

"此心稍已去",当然并不是全去了。事实上不但没有去,而且诗人的精神还是很积极的。他尽管"气力日衰损,转觉日不如",却还是效法"古人惜寸阴"。他的归隐原是出于不得已,他的壮志事实上是更深刻、更激烈地在他的诗句中流露出来。他对当时的政局是不能忘情的。在他的诗中,常常有着愤懑的语调。以前有人说陶渊明"浑身是静穆的",其实正好相反。静穆只是他的外表。在冰冷的外衣里面,却藏着一颗火热的心。如果仔细读一下陶诗,那么这种"金刚怒目式"的词句是不胜枚举的。直到诗人晚年的时候,他的政治热情还没有减退。在《咏荆轲》一诗中,我们可以看到诗人理想中的人物形象。原诗云:

> 燕丹善养士,志在报强嬴。招集百夫良,岁暮得荆卿。君子死知己,提剑出燕京;素骥鸣广陌,慷慨送我行。雄发指危冠,猛气充长缨。饮饯易水上,四座列群英;渐离击悲筑,宋意唱高声。萧萧哀风逝,淡淡寒波生;商音更流涕,羽奏壮士惊。心知去不归,且有后世名。登车何时顾,飞盖入秦庭。凌厉越万里,逶迤过千城。图穷事自至,豪主正怔营。惜哉剑术疏,奇功遂不成!其人虽已殁,千载有余情。

荆轲本是一个向来受人仰慕的侠义之士。陶渊明对他更是推崇备至。在这首诗中,诗人突出地刻画了荆轲的"君子死知己"的侠义精神。显然,诗人这样推崇荆轲,一方面是称赞他能够为知己而死;另一方面,也正是羡慕荆轲之所以能得到燕太子丹这样的知己,尽管奇功不成,但是也落得个"且有后世名"。回想诗人自己,却是得不到知己,只能隐居田园,"聊为陇亩民"。比起荆轲来,诗人觉得自己更为不幸。诗人在另一首诗中写道:"饥食首阳薇,渴饮易水流。""饥食首阳薇"就是说学伯夷、叔齐去做隐士;"渴饮易水流"就是说像荆轲一样地为知己效力。诗人既然在现实社会中找不到知己,因此退而求其次,只能学伯夷、叔齐的归隐了。但是尽管他做了"首阳夷齐",心中却念念不忘地羡慕着荆轲。在《咏贫士》第一首中,诗人唱出了"知音苟不存,已矣何所悲"的慨叹。即

使在闲适的时候,心情也很复杂,例如《读山海经》十二首,第一首是:

> 孟夏草木长,绕屋树扶疏。众鸟欣有托,吾亦爱吾庐。既耕亦已种,时还读我书。穷巷隔深辙,颇回故人车。欢然酌春酒,摘我园中蔬。微雨从东来,好风与之俱。泛览周"王传",流观"山海图"。俯仰终宇宙,不乐复何如。

这首诗,可以说是很悠然自得的了。在这里似乎很难说诗人心中还存在多少不平。但是读下去,情况就不同了。诗人通过"夸父诞宏志,乃与日竞走"、"刑天舞干戚,猛志固常在"等诗句,表达了自己的雄心壮志并未衰歇。接着他又通过《山海经》神话中臣危、钦䲹等恶神的形象,警告当时统治者说:"明明上天鉴,为恶不可履。"最后,他又借着"鸱鹖见城邑,其国有放士。念彼怀王世,当时数来止"等诗句,抒发出自己胸中的不平。这说明诗人不但没有忘情世事,而且是满腹牢骚的"放士"。所以他在《感士不遇赋》中,充分地发泄了这种怀才不遇、愤世嫉俗的感情。作品的存在,雄辩地证明了诗人的思想并不是什么飘飘然的出世的隐士,而是一个积极的、入世的"不遇之士"。他的归隐是出于不得已,是对黑暗现实的抗议。如果片面地、表面地看陶诗,把他当成一个"隐逸诗人",那真是完全误解了陶渊明,也永远不能理解陶诗的真好处。

三

除了仕途上的挫折以外,家庭环境的下降,对陶渊明思想的变化也起了一定的作用。陶渊明的家庭本来不能算富裕。到了二十岁以后,更是衰败下去。他三十岁上死了妻子,四十四岁又遭受火灾,对他的经济情况影响很大。他描写自己的生活情况道:

　　　弱冠逢世阻,始室丧其偏。炎火屡焚如,螟蜮恣中田。风
雨纵横至,收敛不盈廛。夏日长抱饥,寒夜无被眠。造夕思鸡
鸣,及晨愿乌迁。(《怨诗楚调示庞主簿》)

又说:

　　　弱年逢家乏,老至更长饥;菽麦实所羡,孰敢慕甘肥!怒
如亚九饭,当暑厌寒衣。(《有会而作》)

这些诗句虽然可能有某些夸张的成分,然而总的来说,却是写实
的。诗人决不可能凭空装出这副可怜相来。这种贫困的生活,对
诗人说来,当然是一种不幸,但从另一方面看,由于贫困的煎迫,使
诗人的命运更接近农民而远离统治者,使他对现实的不满更强烈,
这样就更加深了陶诗的人民性。特别值得注意的,是陶渊明归隐
以后,参加了一定程度的农业劳动。他之所以参加劳动,是和他的
贫困有一定关系的。在《癸卯岁始春怀古田舍》一首中,他说:

　　　在昔闻南亩,当年竟未践。屡空既有人,春兴岂自免。

这是他三十九岁时所作的诗,王瑶先生认为:"本年春,渊明开始躬
耕。"(王注《陶渊明集》第 21 页)这个说法是有一定道理的。我们
虽然不能根据这几句诗断定陶渊明参加劳动一定始于何年何月,
但是基本上可以肯定他在以前时候并没有或者并未经常地参加劳
动,现在因为"屡空",而开始亲自参加劳动了。并且,从现存材料
看,在以后的岁月中,陶渊明的生活是在下降着。当他做彭泽令
时,还"送一力给其子",写《归去来辞》时,也说"僮仆欢迎"。但到
他死后颜延之作《陶征士诔》却说他"居无仆妾"。由于家庭经济的
日益衰败,也可能使他逐渐参加更多的劳动。这一点,在他的诗中
也是看得出来的。例如陶渊明刚参加劳动时写的《劝农》诗说:

　　　气节易过,和泽难久。冀缺携俪,沮溺结耦。相彼贤达,
犹勤垄亩;矧兹众庶,曳裾拱手!

> 民生在勤,勤则不匮。宴安自逸,岁暮奚冀! 儋石不储,
> 饥寒交至,顾尔俦列,能不怀愧!

在这首诗中,陶渊明还只是认识到人生于世必须劳动,认为不好好劳动会遭到饥寒。这首诗与其说是表达自己的看法,毋宁说是更多地在劝别人好好劳动。这种思想和他在同一年中所写的《癸卯岁始春怀古田舍》中所说的"秉来欢时务,解颜劝农人"是一样的思想情绪。这正是一个刚参加劳动的人的看法。但是到后来,他经过一个时期的劳动生活,思想感情有了一定程度的变化,在他诗中的说法也就不一样了。他说:

> 人生归有道,衣食固其端;孰是都不营,而以求自安! 开
> 春理常业,岁功聊可观;晨出肆微勤,日入负未还。山中饶霜
> 露,风气亦先寒,田家岂不苦? 弗获辞此难。四体诚乃疲,庶
> 无异患干。(《庚戌岁九月中于西田获早稻》)

这首诗和上面引的不同了,陶渊明在亲自参加一些劳动以后,他已经相当认识到农民耕田的辛苦。劳动,这对一个出身封建士大夫阶级的知识分子来说是一件很不容易的事。"晨出肆微勤,日入负末还。山中饶霜露,风气亦先寒",然而诗人认识到劳动是必要的。他认识到"弗获辞此难",因此也就不去"求自安"。他已经对躬耕的生活有了感情,认为尽管"四体诚乃疲",却可以"庶无异患干"。这应该说主要是在自勉,而不是劝人了。这时候他对农民与统治者的态度也有着显著的不同。对于统治者,在他的《归去来辞》中,已经宣言:"归去来兮,请息交以绝游。"即使在"偃卧瘠馁有日矣"的情况下,江州刺史檀道济馈以粱肉,他还是"麾而去之"。对于农民,他却有了更多的接触。例如《移居二首》第二首中,诗人描写了他和农民的关系:

> 农务各自归,闲暇辄相思,相思则披衣,言笑无厌时。

又如《归园田居》第二首：

> 时复墟曲中，披草共来往；相见无杂言，但道桑麻长。桑麻日已长，我土日已广，常恐霜霰至，零落同草莽。

从这些诗中，可以知道陶渊明归隐以后，开始和农民有着比较经常的来往。在这种接触中，他逐步地对农民有了感情，因此思想也不能不受到农民的影响。在《陶集》中有不少诗篇，如果不是对农民有一定认识的人是写不出来的。不但如此，陶诗中所反映的农家生活，不论是劳动的喜悦或者饥寒的苦辛；也不论是某种陶然自乐的情绪或者对远古时代的幻想式的怀念，这些思想都或多或少地反映了农民的或和农民共通的思想感情。这都是和诗人的参加劳动以及接近农民有着密切的关系。应该承认，陶渊明在归耕以后，尤其是在亲自参加劳动之后，他的思想发生了相当的变化。当然，诗人基本上还不是一个农民。他的参加劳动，也未必完全如普通农民一样地操劳。而且人的意识也总是落后于客观存在。诗人的思想也终究不等于真正的农民思想。他基本上还只是一个封建社会中失意的带有反抗性的知识分子。诚如鲁迅先生所说："陶潜之在晋末，是和孔融于汉末与嵇康于魏末略同，又是将近易代的时候。但他没有什么慷慨激昂的表示，于是便博得'田园诗人'的名称。但《陶集》里有'述酒'一篇，是说当时政治的。这样看来，可见他于世事也并没有遗忘和冷淡，不过他的态度比嵇康、阮籍自然得多，不至于招人注意罢了。"（《而已集·魏晋风度及文章与药及酒之关系》）陶渊明的思想，的确是和嵇康、阮籍属于同一类型。不过，他亲自参加了一些劳动，又和农民有着联系，因此他的思想比起嵇康、阮籍来是更多地反映出农民的思想来。所以陶诗虽貌似平和，实质上他的进步性更强，人民性也更多。这是陶诗的显著的特点，也是陶诗所以伟大的重要原因之一。有些同志对陶诗作了片面的、表面的理解，他们对陶渊明的评价也就不大确当。例如张芝先生说："陶渊明自己虽然不是士族，但由于文化教养，时代风习的熏陶，他也有当时士族阶级所共同具有的生活态度，生活习惯，和生活意识；士族没落了，他也就有一种没落的感觉，他老是怀想古代，这心情也是可以了然的。军阀势力呢，他一方面看不上眼，也够不上资格，于是他在另一方面谋出路，这就是他躬耕的来由。他想靠自己的劳动，维持一个小天地，保留他自己的没落情调，以及自己的思想体系。"(《陶渊明传论》第 26－27 页)按照张芝先生的说法，似乎陶渊明的思想是一种士族的思想，他的归耕也是为了保持他的没落情绪。如果真如张芝先生所说，陶渊明真成了没落了的士族阶级的殉葬者了。这样的看法，不能不说是贬低了陶渊明的评价。显然，陶渊明的出身是和士族不同的，并且从现存的材料看，也很难说陶渊明的生活态度以及思想教养等同于士族的思想。张芝先生所以持有这种看法，恐怕是和陶渊明的经常怀念往昔有很大的关系。但是怀念往昔，实际上不一定是没落情调。陶渊明的怀念往昔不是晋初，也不是门阀制度的极盛时代，而是怀念太古的淳朴和三代的太平。这是一个有正义感的知识分子，在黑暗的现实下感到极端苦闷，但又找不到出路，只能在传说中的黄金世界中去找寻乐土，寄托他的理想，并且借着"是古非今"之外衣，来批判现实。这和张芝先生所谓"没落情调"是不相干的。

四

在陶渊明的作品中，《桃花源记》和《桃花源诗》可以说是最传诵的篇目之一。的确，这个作品在《陶集》中是相当重要的。其所以重要的原因，还不光在它文笔的生动和构思的奇妙，而且也在于这一作品寄托着诗人理想中的社会。这种理想正是形象地表达了诗人的社会思想。从这个作品中,我们可以看到诗人伟大的人道主义精神。原诗如下:

> 嬴氏乱天纪,贤者避其世。黄绮之商山,伊人亦云逝;往迹浸复湮,来径遂芜废。相命肆农耕,日入从所憩。桑竹垂余荫,菽稷随时艺;春蚕收长丝,秋熟靡王税。荒路暧交通,鸡犬互鸣吠。俎豆犹古法,衣裳无新制。童孺纵行歌,班白欢游诣。草荣识节和,木衰知风厉;虽无纪历志,四时自成岁。怡然有余乐,于何劳智慧! 奇踪隐五百,一朝敞神界。淳薄既异源,旋复还幽蔽。借问游方士,焉测尘嚣外! 愿言蹑轻风,高举寻吾契。

在这首诗中,诗人给我们描写了一幅多么淳朴,又多么安乐的乌托邦图景。在那里人人劳动,人人享受,没有剥削者和统治者,也没有受苦受难的奴隶。人们在劳动之后,可以“日入从所憩”,得到充分的休息。老人和小孩的生活,也得到充分的保障,可以“纵行歌”和“欢游诣”。生产的东西,也很丰足,不但菽稷、桑竹、蚕丝都能保证生产和需要,而且根本没有人世的苛重的“王税”。人与人之间不但没有什么机诈,而且连智慧也用不到,至于外间世界的一切对他们更是隔绝的。由于“往迹浸复湮,来径遂芜废”,因此“遂与外人间隔”,“乃不知有汉,无论魏、晋”,连朝代的变换也不知道了。这样的社会显然不是一般封建社会的知识分子所能想象得出来的,也不是过着“四体不勤,五谷不分”的寄生生活的封建士大夫阶级所能具有的。陶渊明所以能提得出这样的理想国来,正是由于他不光是一个具有进步思想和不满现实的知识分子,而且是一个多少参加了一定的农业劳动,而且深刻地了解和同情农民的人。这样的幻想虽然用今天的眼光看来是这样的幼稚和简单,而且甚至诗人自己也没有想把这种理想国的制度推行到现实社会中去。然而,只要诗人能提出这样的理想国来,这对四、五世纪时代的人来说,已经是非常了不起的了。如果我们把这种理想国放在当时的条件下来考察,就不难发现这种想法,实际上是反映了广大农民的理想和要求。生于四、五世纪的农民,身受严重的封建压迫,弄得"生儿不复举养,鳏寡不敢妻娶",虽然曾经爆发了农民起义,也在刘牢之、刘裕等军阀的残酷镇压下,被暂时地压了下去。农民痛恨这种现实,力求改变自己的现状,但是他们却找不到出路,没有办法来摆脱自己身上的重担,因此只好在幻想中找寻慰藉。他们幻想中的良好社会,也就是像桃花源这样人人劳动,人人享受,五谷丰登,又不交租税的社会。正由于这样的理想国只是出于幻想,因此不论是陶渊明或者当时的农民群众,都没有能力去提出实现自己理想的办法。他们也没有可能去认识自己的力量,因此也根本没有想到通过什么样子的道路去取得这样的社会制度。他们甚至没有可能像十九世纪初年西欧的空想社会主义者那样具有实施自己理想的办法。所以,诗人只能用"愿言蹑轻风,高举寻吾契"的办法,幻想自己离开现实,逃向这个乐土去。这种想法正好就是封建重压之下的知识分子和作为小生产者的农民所共同具有的软弱性的表现。他们找不到出路,而只能将自己的理想和要求付之幻想,而幻想本身,也正如列宁所说"是弱者的命运"(《列宁文选》上卷第813页)。对于诗人这种软弱性,我们不应该过分苛责,而必须充分估计到它积极的、进步的一面。诗人已经提出了合理的社会应该是怎样的,这同时也就说明了现实社会的不合理,应当加以否定。这样的提法本身,就是对黑暗社会的严重抗议。像桃花源这样的理想国,对于农民来说是一种乐土,而对封建地主来说,却是他们所竭力反对的。黄天骥先生认为这种思想是"渗透了失败的反抗者——所谓退隐的中小地主层——的本质愿望,甚至还融合了农民大众自发的要求",这个说法我认为还值得作进一步的研究。当然,陶渊明在归耕以后,本质上还不一定就是一个农民。然而在他的思想中,反映出若干农民的思想意识却很可以理解。中小地主阶层出身的知识分子在失败之时所以能反映出人民的东西来,往往是和人民接触,受人民思想熏陶之故。我国历史上有很多知识分子,从社会地位上说,也属于中小地主阶层,然而他们一方面和统治者有深刻的矛盾,另一方面又远离人民。因此,他们的思想是和陶渊明的理想国大异其趣的。陶渊明的这种理想国本身,与其说是反映中小地主阶层的理想,还不如说是广大农民的要求。正是由于陶渊明在政治上遭到了打击,在生活上受到了折磨,以及他亲自参加了一定的劳动和他跟广大农民有着较密切的关系,所以他也就很自然地反映出农民的观点和要求来。尤其是人人必须参加劳动的看法,更是陶渊明一贯的主张。如:

相彼贤达,犹勤垄亩,矧兹众庶,曳裾供手。(《劝农》)

人生归有道,衣食固其端,孰是都不营,而以求自安。(《庚戌岁九月中于西田获早稻》)

这种主张,显然和农民的思想有着密切关系。中小地主阶层的失败者的思想中可以有民主的色彩,可以有人道主义的成分,然而像这样坚持人人必须参加劳动的看法,却不是远离农民的人所能具有。这一种看法,正是劳动者的思想意识。陶渊明思想之所以崇高,这也是一个原因。

在桃花源的理想中所反映出来的思想,也不光是农民的思想意识,其中也有传统思想的成分。其中最显著的,当然是老、庄思想。例如《老子》第八十章中提出的"小国寡民"的主张,显然与《桃花源记》有着血缘的关系。还有《庄子》中不少地方,也存在着向往上古无君无臣的社会思想。陶渊明继承了这些观点,并且发展了这些观点。因此,他的思想比起老、庄来是大大地进了一步。在老子的理想国中,并无人人参加劳动以及否定统治者的想法。正好相反,老子提出了"使人……"、"使民……"的看法。谁来"使……"呢? 显然是通过统治者的手。庄子虽然否定君臣,但又想恢复原始时代的生活,连劳动生产也不要。陶渊明一方面否认了统治者,提出了人人劳动,大家享受,另一方面又力主必须努力从事劳动。这正是陶渊明不同于老、庄的地方,也就是他高过老、庄的地方。当然陶渊明在《桃花源记》中表现出来的老、庄思想,不光是这一些。例如"于何劳智慧"的观点,正是老、庄"绝圣弃智"的看法的继承。这种看法,多少有"开倒车"的意味,这是陶渊明思想中的杂质,应该加以批判的。然而,整个地说来,《桃花源记》还是有着颇大的进步意义。

五

除了上面谈到过的那些作品以外,不少优秀的田园诗,也在《陶集》中占着颇重要的地位。在这些诗篇中,诗人用生动的诗句歌唱着美丽的大自然和淳朴的农村生活。这些诗篇有着很高的艺术价值,因此成为历来传诵的篇章。关于这些诗,以前的学者,常常加以曲解,把它们说成为陶诗唯一的内容。他们就是通过这种歪曲的论调,把陶渊明形容为一个浑身静穆的田园诗人。这种论调当然是极端错误的。我们在上面已经谈过,陶渊明的诗决不止于这一方面,而且就这一方面而论,也并不像那些评论者所描绘的那样飘飘然。他的流连于自然景物,是应该作仔细的分析的。我们知道,陶渊明曾经是一个胸怀大志的人物,由于仕途上的挫折,才使他放弃了从政的幻想而开始他的躬耕生涯。他尽管在躬耕的田园生活中，参加了农业劳动和接触了农民，然而他毕竟和农民不同，是一个具有高度文化教养的知识分子。他能够欣赏大自然的美，能够在平凡的农村景物中，找寻出富于诗意的东西。因此，他爱上了大自然，爱上了农村的生活。在自然景物中，寄托了他的全部政治苦闷和理想。在这些景物中，找到了慰藉，并且通过对大自然的歌唱，来抒发他自己的感情和对社会现实的不满。即如以前学者们经常提到的"采菊东篱下，悠然见南山"而论吧！如果我们从全诗出发来加以评论，那就正好说明诗人的这种心情。原诗云：

> 结庐在人境，而无车马喧。问君何能尔？心远地自偏。
> 采菊东篱下，悠然见南山。山气日夕佳，飞鸟相与还。此中有
> 真意，欲辩已忘言。

在这首诗的前四句中，已经很清楚地告诉了我们诗人的志向，所谓"结庐在人境，而无车马喧"，也就是左思《咏史诗》中所谓"寂寂扬子宅，门无卿相舆"的意思。诗人在归隐以后，和统治者割断了联系，尽管"结庐在人境"，然而不会受到那些贵客们的车马所骚扰。为什么诗人能够做到这一点呢？那就因为他"心远地自偏"，诗人的心既然"不为好爵萦"，也不去驱骛追逐名利，他早和统治者们"息交绝游"，因此也免去这种困扰，而得到了"采菊东篱下，悠然见南山"的乐趣，在美丽的山色和花色中，寄托着诗人的怀抱。这也就是"此中"的"真意"。显然，通过诗人的生平和全诗的评论，我们可以知道陶渊明的田园诗本身，也不但不是静穆的，而且有着很深刻的积极意义。这些诗篇，也都是和他的人生观，和他的处世态度分不开的。例如在陶诗中，飞鸟是诗人所经常歌唱的东西。他为什么喜欢写飞鸟呢？原来在飞鸟的形象中，寄托了诗人自己的形象。如《归鸟》诗第一章：

　　　翼翼归鸟,晨去于林;远之八表,近憩云岑。和风不洽,翻
　　翮求心;顾俦相鸣,景庇清阴。

在这首诗中,"远之八表,近憩云岑"正好象征着诗人少年的壮志,
也正是"猛志逸四海,骞翮思远翥"的情景。但是由于"和风不洽",
也就是说仕途的不利,他只好"翻翮求心",也就是汤汉所谓"托言
归而求志"的意思。这样的形象,不就是陶渊明自己吗? 又如松
树,也是诗人所最爱好的东西。在《陶集》中,常常谈到松树,他经
常"抚孤松而盘桓","班荆坐松下",当他自比于飞鸟的时候,也要
"自值孤生松,敛翮遥来归"——栖息在松树上。他为什么热爱松
树呢? 在《饮酒诗》第八首中说:

　　　青松在东园,众草没其姿;凝霜殄异类,卓然见高枝。连
　　林人不觉,独树众乃奇。提壶挂寒柯,远望时复为。吾生梦幻
　　闲,何事绁尘羁。

这首诗,吴瞻泰认为"此借孤松为自己写照";温汝能以为,"先生以
青松自比,语语自负,亦语语自怜,盖抱奇姿而终于隐遁,时为之
也",这是相当正确的。陶渊明的喜欢松树,正像屈原喜欢橘树一
样,是寄托着自己的志向的。孤松的挺拔和不畏霜雪,正好就象征
着诗人的耿直的、不愿和统治者合作、不和黑暗现实妥协的崇高人
格。

　　诗人对于其他自然景物的描写,也很生动、形象。这些景物的
描写虽不一定首首都像归鸟和孤松那样处处用以自比,然而像"暧
暧远人村,依依墟里烟。狗吠深巷中,鸡鸣桑树巅","蔼蔼堂前林,
中夏贮清阴;凯风因时来,回飙开我襟"……等等诗篇,都写出了一
种平凡然而美丽的景色。在这种美丽的景色中,诗人排遣着自己
在仕途上的苦闷,并且紧紧地捕捉了这美丽的形象,写出许多不朽
的诗篇。这些美丽的诗篇,至今还毫不逊色地保持着迷人的感染

力。这种诗篇的思想感情是非常健康的,它们不但能启发我们的审美感,而且在某种程度上,也有教育的作用。我们决不能把它们简单地说成"飘飘然"的作品。

六

在陶渊明研究者的文章中,关于陶渊明和晋朝皇帝的关系问题,是一个争论很多的问题。以前很多学者,都认为陶渊明是晋朝皇帝的忠臣和遗老,把他的归隐看作是不愿意事二姓的缘故。最早提出这个看法的,是梁朝的沈约,他在《宋书·隐逸传》中说:"自以曾祖晋世宰辅,耻复屈身后代,自高祖王业渐隆,不复肯仕。所著文章,皆题其年月,义熙以前,则书晋氏年号,自永初以来,唯云甲子而已。"这种看法,事实上很成问题。不但今本《陶集》中所见情况,并非如此。而且陶渊明的隐居,也不能仅仅归结于"耻复屈身后代"。诚如梁启超所说:"当时士大夫浮华奔竞,廉耻扫地,是渊明最痛心的事,他纵然没有力量移风易俗,起码也不肯同流合污,把自己的人格丧失掉,这是渊明弃官最主要的动机。从他的诗文中到处都看得出来,若说所争在什么姓司马的姓刘的,未免把他看小了。"(《饮冰室专集》第22册《陶渊明》)陶渊明弃官的原因,他自己是说清楚了的。他在《与子俨等疏》中,自称:"性刚才拙,与物多忤,自量为己,必贻俗患。"在《归去来辞序》中,又自称:"质性自然,非矫厉所得,饥冻虽切,违己交病。尝从人事,皆口腹自役,于是怅然慷慨,深愧平生之志。"实质上他是看不起当时士大夫社会的丑恶现象,同时他自己也深受这些士大夫的歧视。所以他说:"世与我而相违,复驾言兮焉求"(《归去来辞》);又说:"咄咄俗中恶,且当从黄绮"(《饮酒》第六首),这都说明陶渊明的退隐,主要不是为了一姓的兴亡,而是看不起当时的上层社会。不然的话,他在桓玄谋反之前的《庚子岁五月中从都还阻风于规林二首》中已经唱出了"静念园林好,人间良可辞"的诗句;在《辛丑岁七月赴假还江陵夜行涂口》中,更高唱"商歌非吾事,依依在耦耕,投冠旋旧墟,不为好爵萦;养真衡茅下,庶以善自名"的呼声,这时候非但没有改朝换代,连刘裕本人的地位也不很高,陶渊明哪能预知晋代的灭亡呢? 所以陶渊明的归隐,不能简单地归结为"耻事二姓"。但是,说他对晋朝皇帝完全没有一点留恋,也是不合事实的。生在一千五六百年前的陶渊明,不可能把君臣关系丝毫不挂在心上。例如他在《拟古》第九首中,所谓"忽值山河改",不能不说是指刘裕篡晋的事。又如《述酒》一诗,也是讲晋、宋易代之事的。关于这一点,1954 年《文学遗产》上张芝和阎简弼两位先生展开了争论。对于双方的意见,我都有些不同的看法。张芝先生在《陶渊明传论》一书中,根据陶渊明的曾祖陶侃和外祖孟嘉的一些事迹,断定他们两人都不忠于晋朝,因此说陶渊明也不忠于晋朝,而比较倾向于桓玄的政权。阎简弼先生和张芝先生相反,他引证了不少材料来证明陶侃是忠于晋室的,因此认为陶渊明也忠于晋朝。张芝、阎简弼两先生的意见看来很相反,其实却有一个共同之处,就是都太强调了陶侃对陶渊明的影响,当然,我们不否认:祖宗的生活态度是可以给子孙以某些影响的,然而却决不是什么决定性的影响。以陶侃的社会地位及生平经历说,和陶渊明完全不一样,因此陶侃的思想不可能等于或差不多等于陶渊明的思想。按照陶侃平生的行事说,应该承认他和王敦、桓温是一流人物。他虽然表面上忠于晋朝,实在也不过是没有王敦、桓温那样的机会而已。陶侃本质上也是一个军阀。关于他的行事,我们可以举两个例子来说明。《晋书》卷六六《陶侃传》云:

> 暨苏峻作逆,京都不守。侃子瞻为贼所害,平南将军温
> 峤,要侃同赴朝廷。初,明帝崩,侃不在顾命之列,深以为恨。
> 答峤曰:吾疆场外将,不敢越局。峤固请之,因推为盟主。侃
> 乃遣督护龚登率众赴峤,而又追回。峤以峻杀其子,重遣书以
> 激怒之,侃妻龚氏亦固劝自行,于是便戎服登舟,星言兼迈。

这种行为,在封建制度下的"忠臣",是决不会如此的。我们当然不
必跟着封建学者去指斥他这一行为,但也可以由此看出他是一个
对晋朝并不见得忠心耿耿的军阀。他不但在苏峻问题上如此,对
北方的羯族割据者,他也是互相交通的。《晋书·陶侃传》说:

> 苏峻将冯铁杀侃子,奔于石勒,勒以为戍将。侃告勒以
> 故,勒召而杀之。

如果说石勒和陶侃完全处于敌对地位,石勒何苦要杀掉归降的人,
去讨好敌国呢? 如果陶侃真的忠于晋朝而痛恨石勒,为什么又会
去通知石勒给他儿子报仇呢? 就是在陶侃的私生活方面,据《晋
书·陶侃传》记载,也是"然媵妾数十,家僮千家,珍奇宝货,富于天
府"。可见陶侃的为人,本是一个军阀,他不会死心塌地为晋朝皇
帝效忠,而只是谋图个人的权势。这样一位人物,怎么能和陶渊明
的思想行为很相同呢? 陶渊明是否陶侃曾孙,还是一个问题。即
使是,也只是支庶的子孙了。他从小受的又是儒家的教育,平生的
经历又和陶侃大不相同。陶侃忠晋不忠晋,对陶渊明不可能起什
么决定性的影响。至于陶渊明和桓玄的关系,据现存材料看,也不
见得很密切。我们很难得出他对桓玄政权有好感的结论。相反,
从《述酒》等诗看来,他对晋朝还是有一定程度留恋的。对刘裕篡
晋,陶渊明显然是采取反对的态度,不过这并不是他归隐的主要原
因罢了。关于这一点,罗根泽先生的看法是比较正确的。罗先生
在《陶渊明诗的人民性和艺术性》一文中,即论证了陶渊明的归隐

不是为了不仕二姓,另一方面又指出:"陶渊明不会赞成刘裕篡晋,这不仅因为是'以臣篡君',也因为是'以暴易暴'。"从陶渊明的作品和传记看来,这说法是符合事实的。不过,罗先生在论述这个问题时,却否定了《述酒》诗和政治的关系。罗先生认为《述酒》诗讲的只是酒,不过用了许多隐语,所以不可解。其实,《述酒》诗虽然费解,也不是全不可懂。如果就诗论诗,不要太去深求,那么应该承认这诗中有不少句子都是可解的。陶澍等人的注解虽有时似乎穿凿,但基本上还不能算很牵强。《述酒》诗中很多地方,都和政治有关系。例如第一句"重离照南陆",陶澍引汤汉等人的说法,把重离的离解作黎,说是司马氏之先重黎,照南陆是晋室南渡。这个说法就比较确切,从原诗的意思来说,这个注解是可以信从的。又如"神州献嘉粟,西灵为我驯",汤汉认为"神州献嘉粟"是指义熙十三年巩县人献嘉禾的事,"西灵为我驯"是"四灵"之误,刘裕受禅文有"四灵效征"的话。"诸梁董师旅,芊胜丧其身"句,古直认为"诸梁"指沈田子、沈林子兄弟;芊胜指司马休之等人。"山阳归下国",汤汉认为是比恭帝于汉献帝。这些注解,都有相当的根据,我们很难驳倒他们。再说像"流泪抱中叹,倾耳听司晨"的话,如果说与政治无干,而只是谈酒,诗人何以有如此深的哀怨?这些地方要是照罗先生的说法,都是讲不通的。

总之,陶渊明是一个寒士,他少年时代也曾经有过建功立业的壮志,可是由于门阀制度的压迫和社会现实的黑暗,使他不可能也不愿意在仕途上去找寻出路,因此他就毅然退隐了。归隐以后,他开始参加了一定程度的劳动,同时又和广大农民取得了密切的联系。这样,诗人的思想起了变化,他能够同情农民,了解农民。在他的诗中,反映出来了广大农民的思想情绪。但是,诗人究竟是一个封建时代的知识分子,在仕途上失败和他壮年时大志的未得舒展,对他来说还是耿耿于心的。他的归隐,主要是看不起当时的丑恶现实,至于一姓的兴亡,还是次要的。但由于历史的局限,诗人也不可能完全否认君臣的关系。他对刘裕篡晋,是不满意的,不过这并不是他归隐的主要原因,也不是他思想的主流。

再论陶渊明的思想及其创作

1957 年我曾经写过《关于陶渊明思想的几个问题》一文,刊登于《文学遗产增刊》第 5 辑上。这篇文章的论点,我目前虽然在一些地方有了改变,但基本上还和原来差不多。在这次学术批判运动中,北京大学中文系文四陶渊明研究小组曾对拙文有所批评。这些批评,有些是正确的,我愿意接受,但也有一些我不能同意。自从《文学遗产》上开展了关于陶渊明评价问题的讨论以后,我看到否定陶渊明的意见。对于这些意见,我实在不敢苟同。因此,我想提出一些自己的看法来,同时也对北大同学的批评文章表示一下自己的态度。我的意见不一定对,提出来参加讨论,希望通过讨论,和大家一起提高。

一　怎样评定古代作家的作品

在具体论述陶渊明的思想和作品以前,我觉得首先要明确一下应该如何评价古代作家和作品的问题。我认为:我们现在在陶渊明以及其他许多古代作家的评价问题上所以有这样大的分歧,实际上是一个态度和方法的问题。应该采取什么态度,使用什么方法来评价古代作家和作品呢? 关于这个问题,毛主席的《在延安文艺座谈会上的讲话》中,有明确的指示:"首先检查它们对待人民的态度如何,在历史上有无进步意义,而分别采取不同态度。"毛主席这个指示,是要我们首先从作品本身出发,把这些作品放在具体的历史环境中来考察它们对人民的态度与有无进步意义,然后给以评价。毛主席说的对人民的态度和有无进步意义,当然是指这些作品中怎样反映了当时的现实,表现了什么思想和态度。如果反过来,脱离了具体的作品而从历史上找出主要的矛盾来要求作家有所反映,那就和毛主席的指示毫无共同之点了。作家不等于社会史家,一个文学作品尽管反映生活的面怎样广,也不可能写出社会上一切主要矛盾,而多数作品往往只能写出某一个或几个矛盾。尤其是简短的抒情诗,由于体裁的限制,更不能把现实中一切矛盾全部写出来。文学作品和历史著作毕竟不是一回事。机械地要求一个作家或一部作品反映当时社会上的一切主要矛盾,这是办不到的,也是不应该的。列宁在《列夫·托尔斯泰是俄国革命的镜子》一文中说:"如果站在我们面前的是一位真正的伟大艺术家,那末他至少应当在自己的作品里反映出革命的某些本质方面来。"(《列宁论文学》第 10 页,着重号为笔者所加)这段话很值得我们深思。在这里,列宁要求的是某些而不是一切。事实上对文学作品是不可能要求它反映一切本质的东西的。只要这"某些本质的方面"被正确地反映出来,那就不仅应该肯定,而且应该评为"真正伟大的艺术家"。托尔斯泰没有反映工人运动;曹雪芹没有写农民起义;鲁迅的《呐喊》、《彷徨》也只写了一些知识分子和一些落后的或觉悟较低的农民,其中多数是消极的形象。如果有人离开了作品而从当时历史的一切主要矛盾和重要矛盾出发到作品中去求反映,那就很难得到满意的结论。因为这种作法本身就是错误的。用这种方法去要求作家的同志们,用心是无可非议的。但是他们不了解文学艺术的特点,也不了解对古代人和现代人要求也有不同。对于现代作家,当然应该强调写重大的题材,写工农兵,写新英雄人物。对古代作家,却不应该脱离历史条件来要求。应该从既成作品去考察它的社会意义。其次,对文学作品的要求,也应该从作品本身反映的东西来考察它是否显示社会现实的本质,反映得是否深刻、正确,而不是要求它反映出一切主要的与重要的社会矛盾。这对现代作家也是一样的。有的作家熟悉农村,有的熟悉工厂,也有的熟悉部队。如果硬要写农村公社化的作品必须同时反映城市里的工业建设;硬要写抗美援朝的作品也反映国内的土地改革,那就等于和作者无理取闹了。可惜的是不少同志所要求于陶渊明的却正是这样。例如:北京师范大学中文系二年级二班第一组的同学就认为:陶渊明的时代,"是一个阶级矛盾、民族矛盾、统治阶级内部矛盾空前尖锐的时代","然而陶诗并没有反映出这一历史面貌"。因此得出结论说:"陶渊明基本上是反现实主义的诗人"。我们且把陶诗是否反映阶级矛盾的问题放在下面再说。这些同学们要求陶渊明在诗歌中反映出包括三大矛盾的历史面貌来,这显然是到社会史中去找出公式来套在作品之上,而不是从作品本身出发的。这样要求既不现实也不公平。在现存的薄薄几卷的陶诗中,要求反映出当时历史的全貌,这本身就不大办得到。再说这样要求作家也未免苛刻了,恐怕古今中外很少有作家考得及格。

二 陶渊明是怎样反映现实的

自然,作为一位伟大的艺术家,陶渊明不可能在他的作品中对当时社会的某些本质现象毫无反映。我认为:他的作品是深刻地反映了当时的阶级矛盾的。问题在于反映的方法。陶诗是抒情诗,这必须结合抒情诗的特点来考察。抒情诗大多是简短的诗歌,大部分是通过个人的感受,通过一瞬间的情景和对某一现象的看法来表现作者对现实的态度。因此,不能要求抒情诗像长篇小说那样详细地重现社会现实的许多现象,也不可能塑造出那么多的典型人物。抒情诗中的典型形象往往就只是作者自己。作者只是通过一两句话来说明他对现实的感受与看法。这些感受与看法,有时是在诗中公开地表达出来,有时是曲折地通过一些景物的描写或其他手法暗示出来。只要这些感受与看法,真正显示与揭露了社会的某些本质,尽管在外表上是写个人或个别事件,但实际上却有广泛的典型性。在陶诗中,这种例子很多。陶渊明反映现实、揭露现实的方法,主要就是通过这些简短的抒情诗。他有很多诗篇描写了自己遭遇的饥寒和苦辛,如《怨诗楚调示庞主簿》、《戊申岁六月中遇火》、《有会而作》、《杂诗》其八、《乞食》等。这些诗写的虽然是个人的贫困和苦境,但这种贫困,有着一定的概括意义。作为一个"寒士",陶渊明当然不是农民,但他身受的饥寒之苦,显然和农民有着某些共同的原因和共同的表现。他写的虽是自己的苦况,却也真实地反映了当时广大人民的生活状况。不难想象:一个"寒士"尚且"夏日抱长饥,寒夜无被眠",农民的苦处,更可以想象。因此这几首诗,不能不说有相当深刻的典型意义。从这一点看,就不能说他没有反映阶级矛盾。不但如此,他在描写个人遭遇时,也不光是把个人的不幸当作一个人的事来写。如:

　　仰想东户时,余粮宿中田。鼓腹无所思,朝起暮归眠。既已不遇兹,且遂灌我园。(《戊申岁六月中遇火》)

在这首诗里,诗人遭到了火灾,穷愁潦倒的时候,他没有光想自己。他朦胧地感到:遇火虽然是偶然的不幸,然而真正造成他的贫困的原因,却不是一场火灾,而有更深的社会原因。所以尽管他遭受火灾之后,没有斤斤计较于个人的不幸,思想也没有被个人的痛苦所吞没。他反而更感受到了社会上贫富的悬殊。因此他幻想那个人人富足、没有贫富不均的上古社会。这种幻想显然并不现实,但多少体现了诗人崇高的人道主义精神。他想的是大家,而不是一个人。他的幻想起那个社会,显然是"颂古非今",批判当时的现实。这种思想的进一步发展也就是《桃花源诗》中的乌托邦理想。(《桃花源诗》我们下面还要详谈,现在且不管它。)他所揭露的那种贫富不均,也正是阶级矛盾的集中表现,也正是当时社会的某些本质的东西。光凭这一点说,陶诗的现实意义,已经可以说相当深刻了。

然而,陶诗中反映的生活本质,还远远地不止于此。诗人在不少作品中,反映了他对劳动的看法。这些看法,在古代一般诗人中,是几乎罕与伦比的。陶渊明认为:劳动是人人的天职,他不但不认为劳动是"可耻"的"贱"事,而且认为不应该不劳而获。他写道:

> 人生归有道,衣食固其端。孰是都不营,而以求自安!
（《庚戌岁九月中于西田获早稻》）

> 相彼贤达,犹勤垄亩。矧兹众庶,曳裾拱手。(《劝农》)

他对那批"曳裾拱手"不劳动而"求自安"的剥削者,公开提出了谴责。诗人大胆地突破了"劳力者食人,劳心者食于人"的封建传统观念,把劳动看作人的本分。不劳动而取得衣食是可耻的!这种思想,在封建时代的知识分子中有多少人能提得出来? 显然,在这里诗人已经突破了一般有正义感的知识分子的思想范畴,而表现了广大农民的思想情绪。在《劝农》诗中他还写道:

> 熙熙令德,猗猗原陆,卉木繁荣,和风清穆。纷纷士女,趋
> 时竞逐。桑妇宵兴,农夫野宿。

他把不参加劳动而只能"趋时竞逐"的剥削阶级"士女"和"宵兴"、"野宿"的农民加以对比。作者的爱憎是极为分明的。一方面是辛勤劳动,另一方面却是在玩乐,这是何等的不平! 陶渊明显然是十

分深刻地揭露了现实的本质。

陶渊明的反映现实,除了直说之外,还有各种曲折的或含蓄的方法。例如:

　　　　靄靄停云,濛濛时雨,八表同昏,平路伊阻。(《停云》)

这虽是写景,却也是写现实。所谓"八表同昏",正是象征当时现实的黑暗。这一点,王夫之和查慎行都看得很清楚。又如《读山海经》中"巨猾肆威暴"一首中写的恶神,也正是把它们比喻为反动的统治者。还有好多诗篇,也常常是使用含蓄的笔法暗示出来的。例如:关于当时的民族矛盾,陶渊明虽然写得很少,也不是完全没有表示自己的看法。在《赠羊长史》中,我们可以清楚地看到诗人在这个问题上的态度。诗人对关中的克复,是满怀欣奋的:"圣贤留余迹,事事在中都。岂忘游心目,关河不可逾。九域甫已一,逝将理舟舆。"他对中原的失地并没有遗忘,他高兴地看到了旧域的收复。但是,诗人对于政治是敏感的,他虽然为河山的收复表示高兴,却已经看到了当时的统治者之中,矛盾重重,虽然暂时取得了胜利,却不可能持久。这位战功辉煌的刘裕,追求的也不过是皇帝的宝座而不会更多地顾到关中父老的疾苦。正因为如此,所以诗人即使欢呼胜利时,也流露出了那种阴暗的情绪。他想到了商山四皓等隐者,"清谣结心曲,人乖运见疏,拥怀累代下,言尽意不舒"。这种阴暗的心情,正是当时的现实造成的。真正做到了"知人论世",正可以由此看到他认识现实的深刻。陶诗中有一些诗篇,看起来很平淡,甚至有些消极,其实却正是他批判现实、反映现实的一种手法。例如:他常常"怀古",怀念羲、农、重华,黄、虞、东户等,都无非是用上古的淳朴与三代的太平来否定当前的现实。前面引过的"仰想东户时"就是一例。"怀古"实际上是批判现实的具体手段。这正是在古代的进步知识分子中常用的武器,而且不光是知识分子，就是古代的劳动者，也常常要到古代去找寻武器。这一点，我在《关于陶渊明思想的几个问题》一文中已经说到过。这一点北京大学文四陶渊明研究小组的同志对拙文曾经批评过，但并没有对这论点本身提出反证，却一口断定"怀古"是"糟粕"，须与反抗性分开。并且说我的论点是将"糟粕"与"精华"不分。其实"怀古"是批判现实，也就是反抗性的具体表现。离开了这个具体手段，怎么谈到反抗性呢？这种割裂的办法，我是无法同意的！

三 关于《桃花源诗》的问题

在陶渊明作品中最富于人民性的自然要说《桃花源记》了。在这一篇文章和一首诗中，表现了作者的崇高的理想。

> 相命肆农耕，日入从所憩。桑竹垂余阴，菽稷随时艺。春蚕收长丝，秋熟靡王税。……童孺纵行歌，斑白欢游诣。

在这里，人人都必须劳动，也都有充分的休息，物产是丰富的，却没有统治者来掠夺。这里人人都是劳动者，都生活得很富足，老人和小孩都有足够的照顾。显然，在这里不可能有剥削，更不会有贫富的悬殊。这是多么可爱的一个乌托邦，和当时的现实是何等鲜明的对比！诗人在这个作品中，根本否定了统治者的特权，不但他不要王税，甚至"不知有汉，无论魏晋"，把王朝的政权也忘掉了。诗人想象了一个没有"王税"的社会。这就意味着他已经在某种程度上否定了君权。这在封建时代是十分难能可贵的。"普天之下，莫非王土，率土之滨，莫非王臣"，这在封建社会是神圣的教条，谁敢触犯一下，那简直是大逆不道。陶渊明竟敢公然叫出"靡王税"，叫出"不知有汉，无论魏晋"。这是相当大胆的行为。不但如此，他根本否定了剥削，否定了贫富的悬殊。这个理想，显然是代表着广大农民的呼声。尽管这种幻想仅仅是一种幻想,在当时根本不可能实现,甚至诗人也没有去设法实现它。他生在一千五百多年前,敢于和能够这样想,这就不是容易的事了。事实上古代许多优秀的思想家,都幻想过一些形形色色的乌托邦,但他们的理想根本都是无法实现的。即使如圣西门、傅立叶等著名的空想社会主义者尚且如此,何况陶渊明? 对这种理想的评价,不是看它办得到与否,而是看它怎样批判了现实,提出了主张。这种光辉的主张,显然是古代遗产中民主思想成分的结晶,是劳动和被压迫阶级的思想情感通过进步知识分子的笔尖公开的流露,永远值得我们尊敬!

当然,《桃花源诗》中也未免有某些"绝圣弃智"的老庄思想的残余。这是这个作品的糟粕。但这究竟是非常次要的东西。这个缺点是无论如何掩盖不了《桃花源诗》的成就的。

可是,现在有些同志,却不是这样看,竟认为它是"反动诗"。以为陶渊明是要用桃源来引导农民脱离阶级斗争,逃到桃花源中去。因此断言:这个作品是"麻醉人民"。这个论点,我看难于成立。事实上陶渊明并没有说过桃花源真的存在,他早已说过:"后遂无问津者",真的桃花源是没有的。相反地,他提出了一个没有剥削的理想,却足以使读者清楚地认识到当前现实的不合理。陶渊明是一千五百多年前的人,那时既没有资产阶级,更没有无产阶级,他从那儿去找到打倒封建社会的力量呢? 难道"桃花源"的小生产者的理想不是当时最有进步性的理想吗?

其实,陶渊明的乌托邦虽然是一种幻想,也正如列宁所说,是软弱的表现。但是,不论陶渊明也不论当时的农民和其他小生产者在当时都找不到真正的出路,因此这种幻想的产生是不可避免的。恩格斯对圣西门、傅立叶等空想社会主义者给予了崇高的评价。列宁甚至在民粹主义的乌托邦中,也主张"把农民群众健全宝

贵的诚恳坚决战斗民主主义内核细心分辨出来"(《列宁文选》第 1
卷第 816 页)。圣西门、傅立叶等人生活在 18 世纪末 19 世纪初的
欧洲;民粹派更是马克思主义在俄国的敌人。然而恩格斯和列宁
还对他们的乌托邦给予充分肯定。我们也就不应当拿起今天的水
准去要求一千五百年前的陶渊明了。

四　关于陶渊明的隐逸

关于陶渊明的隐逸,也是目前争论得很利害的问题。有些同
志对陶渊明提出了责难,认为他的归隐是"消极的"、"无意义的"、
"对人民只有害而无益"。这些责难,我认为都缺乏充分的理由。
陶渊明归隐的原因,他自己已经说出了:

> 自真风告逝,大伪斯兴。闾阎懈廉退之节,市朝驱易进之
> 心。怀正志道之士,或潜玉于当年,洁己清操之人,或没世以
> 徒勤。故夷皓有安归之叹,三闾发已矣之哀。(《感士不遇赋
> 序》)

可见陶渊明的归隐是由于他不满当时的现实,又不愿同流合污。
他有理想,有抱负,却无法施展。他不肯牺牲理想去向上爬,而他
的进步理想在当时又必然要碰壁。他所以自比于伯夷、商山四皓
和屈原,正是说明他看不惯那个社会、而那个社会也容不了他的情
况。"世与我而相弃",正是最好的说明。这只要看他在《示周续
之、祖企、谢景夷三郎》一诗中那样尖刻地讽刺了他们,而吐露出自
己高洁的志趣,就可以清楚地看出来。

陶渊明为了坚持自己的理想,宁愿受穷受苦,甚至挨冻挨饿也
在所不惜。他虽然早期也曾出仕过一个短时期,但当他看透了官
场的丑恶以后,却宁愿穷死苦死也不出去做官了。我们可以看到,

陶渊明的归隐，并不是很容易的。他没有富厚的资财来供他享受，要活下去，他非得亲自参加劳动不可。这对一个封建社会的知识分子来说，并非易事：

　　　　山中饶霜露，风气亦先寒，田家岂不苦，弗获辞此难。四体诚乃疲，庶无异患干。(《庚戌岁九月中于西田获早稻》)

参加劳动是这样辛苦劳累，而且有时还免不了要遭受灾荒：

　　　　炎火屡焚如，螟蜮恣中田。风雨纵横至，收敛不盈廛。夏日抱长饥，寒夜无被眠。(《怨诗楚调示庞主簿》)

面对这样艰苦的环境，陶渊明并没有动摇他的理想。他反而更坚定地生活下去。"贫富常交战，道胜无戚颜"(《咏贫士》)，诗人的意志是何等坚定。如果陶渊明没有崇高的理想，他不可能有这样的决心的。老实说，在当时的社会中，虽然一个"寒门"出身的知识分子要备受歧视，但是若能同流合污，也不是绝对没有爬上去的机会。然而陶渊明却甘愿穷、甘愿苦也不去追求富贵，甚至得了"羸疾"，临死前一年，竟至穷得有时没饭吃①。即使到了这种地步，江州刺史檀道济送来米和肉，他却"麾而去之"。陶渊明这种高尚的品格，难道不值得歌颂吗？

　　当然，这种行为虽然很高洁，却不可能动摇封建阶级的统治，这也是事实。那么我们究竟应该怎样评价他的行为呢？我认为：这必须从陶渊明这具体的人和具体的环境来理解。作为一个知识分子的陶渊明，我们必须结合着知识分子的特点来加以分析。知识分子，正如列宁在《进一步，退两步》中引考茨基的话所分析的：

　　　　他并不是以这样或那样运用实力来进行斗争，而是利用

────────────

　　① 见《乞食》诗，年代从逯钦立、王瑶两先生说。详逯著《陶渊明年谱稿》(前中央研究院历史语言研究所《集刊》第20本)及王编《陶渊明集》。

论据来进行斗争的。他所用的武器就是他个人的知识,他个
人的能力,他个人的信念。他只有凭靠自己个人的品质,才可
获得相当的意义。(《列宁文选》第 1 卷第 466 页)

这段话虽然说的是资产阶级知识分子,但对封建社会的知识分子
也在某种程度上适用。封建社会的知识分子也是凭着个人的知
识、个人的品质去求得相当的意义。他们是依靠自己的知识,去为
统治阶级服务。只有得到了统治者的信赖,他们的知识才能有所
作为。"学成文武艺,售于帝王家",不售与帝王家他们就不能有所
作为。所以东方朔说"用之则为虎,不用则为鼠",而孔丘也要"三
月无君则惶惶如也"。一个知识分子如果不愿和统治者合作,那就
意味着他从此不想有出路,只能受穷一辈子了。陶渊明正是这样,
他不但绝意仕进,不再愿意拿自己的知识来为统治者效劳,反而用
他的知识来写《桃花源记》等作品去批判当时现实,反对统治者。
这说明他是在反抗现实,而不是维护当时的黑暗现实。虽然他没
有用实力来进行斗争,而且也不可能用实力来斗争。但作为一个
知识分子,他已经用起那唯一的武器——知识与论据来反对现实
了。尽管这种反抗不可能动摇封建制度的根本基础。这是历史条
件限制了他,不必苛责。事实是虽然陶渊明的反抗是无力的,然
而,他总是在反抗。他这种行为就对人民没有害处,反而有好处。

五　关于陶渊明的写景作品

陶渊明也写了一些描写风景,特别是田园景色的诗。这些诗
被过去的封建文人和资产阶级学者加以歪曲、吹胀,使之成为陶诗
中唯一的内容。这显然是错误的。但是,这些诗本身并不坏,也有
一定的价值。其中有一些,虽然是写景,也寄托了作者的志趣。

如:《杂诗》中的"青松在东园"一首,显然是以松树的坚贞比喻自己的操守和志趣。这些诗,体现了作者的反抗现实的决心,当然会有价值。另外一些诗,则不一定寄托了多少反抗意识,但诗人用高度的艺术技巧写出了大自然中富有诗意的形象,能够给予读者以美感的享受。这些诗虽然没有反映社会矛盾,但它能丰富人们的精神生活,还是有相当价值的。它在今天也还能不褪色地给人以美的享受。关于这一问题,我在《关于陶渊明思想的几个问题》一文中,曾经说:

> 他(指陶渊明)究竟和农民不同,是一个具有高度文化教养的知识分子。他能够欣赏大自然的美,能够在平凡的农村景物中,找寻出富有诗意的东西。

这一论点引起了北京大学文四陶渊明研究小组同志们的指责,认为我是把陶渊明放在农民之上来评价。我这句话确有毛病。因为"究竟和农民不同"一语,的确容易引起误解。但对于这一批评,我也觉得很难完全同意。因为说作为一个有高度文化教养的知识分子的陶渊明在欣赏自然界的美方面,比农民更擅长,我想这并不奇怪。在封建社会里,广大农民在残酷的剥削压迫下,失去了学习文化的可能,同时也没有空闲给他们欣赏自然景色。因此在这方面不如陶渊明这样的知识分子,这毫不足怪。正如马克思所说:

> 由于分工的结果,艺术天才只是集中地表现在个别人身上,而广大群众的艺术天才却无从发挥。(《论共产主义社会》第 134 页)

陶渊明正是这种艺术天才集中地表现在他们身上的个别人物之一。他所写的作品,虽然不能为当时农民所欣赏,但在今天社会主义社会和今后的共产主义社会中,却要永远地为广大工农所喜爱。这是没有疑问的事。这样说,并不等于说把陶渊明放在当时农民之上来评价。我想，我决不认为陶渊明艺术天才高，就忽视了人民大众的创造作用，陶诗的成就正是他向广大人民和民间文学学习的结果，然而，这一真理和陶渊明比当时农民更能欣赏大自然的美又有什么矛盾呢？承认陶渊明在这方面的能力，哪里扯得上什么把陶渊明放在农民之上的问题。北京大学文四陶渊明研究小组同志对于拙文的批评，未免有些牵强。

六　结语

上面是我对陶诗的一些看法。总的说来，我认为陶渊明不失为一位伟大的作家。当然，他也有局限性，例如：在他的作品中，时常有人生无常的思想，有时也不免有消极的生活态度。这些局限，正是黑暗社会对他的压迫造成的。这不是诗人的罪过，而是他的不幸。而且，更主要的，是在陶诗中，这些作品毕竟还只是少数，而且也不是本质的东西。它决不能掩盖陶诗的光辉成就，也决不能因此否认陶渊明是一位伟大作家。

郭璞和《游仙诗》

东晋初年诗人中,最为历来评论者所称道的无过于郭璞。他的诗中最著名的是《游仙诗》。这些诗比较完整地保存下来的仅十四首;此外散见于钟嵘《诗品》、《北堂书钞》等书中的佚句也不算多,加起来大约也超不过二十首。除了《游仙诗》,他还有四言诗四首和某些四言诗和五言诗的佚句,数量更少,艺术价值也较差,因此不大为人们注意。所以今天我们来评价郭璞的诗歌,主要是探讨他的《游仙诗》问题。

一

讲到"游仙",人们也许会觉得这是一种消极出世的题材,似乎并无积极意义可言。这种看法虽不免失之片面,也未始没有一点道理。因为郭璞的《游仙诗》确有一些逃避现实的成分,倒也无庸讳言。即使古代的论者,也有人比较注意郭诗的这一方面。如南朝宋檀道鸾作《续晋阳秋》,就把郭璞和玄言诗联系了起来:

> 正始中,王弼、何晏好庄老玄胜之谈,而世遂贵焉。至过江,佛理尤盛。故郭璞五言始会合道家之言而韵之。(许)询及太原孙绰,转相祖尚,又加以三世之辞,而《诗》、《骚》之体尽矣。(见《世说新语·文学篇》注引)

檀道鸾这段话虽然主要是批评许询和孙绰,但他无疑地把郭璞也看作玄言诗的始作俑者之一。如果从现存的十四首《游仙诗》及一些佚句看来,郭诗虽有出世思想,但像第八首中"啸傲遗世罗,纵情在独往;明道虽若昧,其中有妙象;希贤宜励德,羡鱼当结网"等少数诗句外,一般来说像后来的玄言诗那样单纯发议论的片段并不多。也许檀道鸾当时见到的郭璞作品中有较多的例子,而今天久已散佚。再说在抒情诗中发一些类似道家思想的议论,并非始于郭璞。在魏晋诗人的某些诗中已有其例。所以把郭璞的《游仙诗》看作后来玄言诗的先河,目前似还缺乏佐证。不过,据《世说新语·文学篇》载,他的"林无静树,川无停流"之句,曾为清谈家阮孚所激赏,说:"每读此文,辄觉神超形越。"这两句诗据梁刘孝标注说出于《幽思篇》,全诗今佚。也许郭璞写过某些类似玄言的诗,只是未能保存下来。

在历来评论郭璞的人中,还有一种意见和檀道鸾很不一样,如唐李善《文选注》说:

> 凡"游仙"之篇,皆所以滓秽尘网,锱铢缨绂,餐霞倒景,饵玉玄都。而璞之制,文多自叙,虽志狭中区,而辞兼俗累①,见非前识,良有以哉!

李善这段话主要是批评郭璞的《游仙诗》不够超脱,还没有遗忘世事。这种指责虽然不足取,但他却看出了郭璞的写作《游仙诗》决非一味逍遥出世,而是对当时的现实有所不满。不管他的出发点与我们如何不同,若就现存的郭诗来说,似较符合实际情况。至于"见非前识"一语,不知何指,因为从现有的材料看,只有钟嵘《诗品》曾提到《游仙诗》"乃是坎壈咏怀,非列仙之趣也"一句,然而就《诗品》全文看,并无非难之意。或许唐以前曾有过那种批评,已难

---

① "辞兼俗累",原作"辞无俗累",与全文意思抵牾。清胡克家《考异》云:"案:'无'当作'兼',各本皆讹。"今从之。

考知。

至于称赞郭璞的意见，据钟嵘《诗品》说始于晋李充的《翰林论》。李充是东晋初年人，曾为王导的僚属，与郭璞差不多同时。他与郭璞很可能见过面，对郭璞的身世与创作应该有较深的了解。可惜的是《翰林论》一文久已亡佚，后人所辑的零星佚文中，并无他论郭璞的话。钟嵘说到此事，也仅"《翰林》以为诗首"一语，并没有具体述及他的论点。不过，从《晋书》本传来看，李充其人恐怕不会从消极厌世的角度来欣赏《游仙诗》。因为《晋书》说他"幼好刑名之学，深抑虚浮之士"。他作有《学箴》一文，反对"越礼弃学而希无为之风"。这篇文章虽对老庄有所肯定，却并不主张出世。从《翰林论》的某些佚文来看，他所称道的也都是一些有关政事的文章。以我们大致可以设想，郭璞的《游仙诗》从问世之日起，人们就基本上不是从消极避世的角度来肯定它们的[①]。

李充以后的评论家如刘勰、钟嵘对郭璞都很推崇。刘勰说：

> 江左篇制，溺乎玄风，嗤笑徇务之志，崇盛亡机之谈。袁孙以下，虽各有雕采，而辞趣一揆，莫与争雄。所以景纯仙篇，挺拔而为俊矣。（《文心雕龙·明诗篇》）

这段话很值得注意，刘勰认为郭璞高于袁宏、孙绰等玄言诗人之处，主要不在辞藻之华美，而在于郭诗既不像袁、孙诸人之"辞趣一揆"，更不像他们之一味逃避现实。平心而论，玄言诗一般来说，大抵"淡乎寡味"，然而像孙绰的某些作品，也决非缺乏文采的；如《艺文类聚》卷三所载的那首"萧瑟仲秋月"，就不能说没有诗意。但刘勰不满那些作品的原因除了艺术技巧而外，主要就在那些作者"嗤

---

① 李充之推崇郭璞，可能还有艺术方面的考虑。他的《翰林论》中曾有"潘安仁之为文也，犹翔禽之羽毛，衣被之绡縠"一语。据钟嵘《诗品》，郭璞之诗是宪章潘岳的。

笑徇务之志,崇盛亡机之谈"。他认为郭璞比这些人高明,显然是考虑到内容问题的。

稍后于刘勰的钟嵘,曾以郭诗为"中兴第一",他对郭璞显然是从内容和技巧两个方面来评价的:

> 晋弘农太守郭璞诗,宪章潘岳,文体相辉,彪炳可玩,始变永嘉平淡之体,故称中兴第一。《翰林》以为诗首。但《游仙》之作,辞多慷慨,乖远玄宗,而云"奈何虎豹姿",又云"戢翼栖榛梗",乃是坎壈咏怀,非列仙之趣也。

这里所引的两句《游仙诗》,不见于今存的十四首中。从这两句诗看来,《游仙诗》中似乎还有一些对当时现实持批判态度的篇什,仲嵘是见到过的。然而他对这些诗并无任何非议。相反地,他在《诗品序》中,甚至把郭璞和刘琨看作玄言诗的对立面来论述。可见檀道鸾的把郭诗等同于玄言,李善之责备郭璞"辞兼俗累",似欠妥,而且也与过去多数批评家的意见相左。

为了说明郭璞《游仙诗》决非消极厌世之作,除了引证历来的评论以外,我们似乎还应该对"游仙"这类题材在文学史的情况以及郭璞本人的生平经历作一些探讨。

二

"游仙"这种题材,在文学史上出现较早,并非自郭璞始。即以《文选》所录的"游仙"一类诗说,就有西晋何劭之作。《艺文类聚》卷七八"仙道"一类则更有曹丕、曹植、何劭、张华、成公绥诸人之作,皆在郭璞之前。其实我国古代诗歌中有关成仙和长生的思想,起源甚早。据《史记·秦始皇本纪》说:"始皇不乐,使博士为仙真人诗,及行所游天下,传令乐人歌弦之。"这里所谓《仙真人诗》虽久已亡佚,但可以算是诗歌中最早写到神仙思想的作品。这些诗的内容虽已无从考知,但大致可以猜测为祝颂帝王长生不死之作。后来的汉乐府中也有这类内容,如"汉铙歌"中的《上陵曲》、"清调"中的《董逃行·上谒》等。此外像"瑟调"中的《善哉行·来日》,虽非专门祝颂帝王之辞,也是反映一些富贵者幻想长生或成仙的思想。

这些作品的出现是和战国秦汉间那些假托神仙的方士有关的。从现有史料来看,早在战国时代,成仙不死的迷信已经出现,《战国策·楚策》中,就有"有献不死之药于荆王者"的记载。秦始皇、汉武帝之迷信方士神仙更是尽人皆知的事实。汉代的淮南王刘安亦信神仙,因此后人流传过许多关于他成仙的传说。这种求仙的欲望,当然主要是在帝王贵族之间流行。所以汉乐府中凡是写到神仙的,大体都没有多少积极意义,在艺术上亦较少可取之处。

至于辞赋中写到神仙的内容,也许出现得比诗歌早些。相传为屈原所作的《远游》,类似游仙的色彩颇为明显。但它究竟是战国末期抑或汉人所作,颇难考定。郭沫若同志曾经怀疑它是司马相如《大人赋》的初稿。此说虽并未得到学者公认,然而多数研究者都认为它不是屈原之作。《远游》的游仙内容所以值得注意,是因为其中写到了政治上的失意,作者似有借仙境来摆脱人世的苦闷之意。这种思想和后来许多文人之写作游仙诗比较相像,与司马相如的《大人赋》则不很一样。在西汉辞赋中虽也有一些类似道家思想的片段,如贾谊《鹏鸟赋》的末段说到"至人遗物兮,独与道俱"、"真人恬漠兮,独与道息"诸语,虽很超脱,却与游仙有别。只是到了东汉张衡的《思玄赋》,游仙的色彩才较明显。如:

何道真之淳粹兮,去秽累而飘轻。登蓬莱而容与兮,鳌虽抃而不倾。留瀛洲而采芝兮,聊且以乎长生。冯归云而遐逝

兮,夕余宿乎扶桑。饮青岑之玉醴兮,餐沆瀣以为粻。发昔梦
于木禾兮,谷昆仑之高冈。

这篇赋后面的"系曰",也和后来一些游仙诗的内容相近,这说明最
晚到汉代,已经有一些文人在作品中表现了不满现实而想借游仙
来求解脱的思想。

像张衡《思玄赋》那种游仙的内容,在诗歌中出现似乎要晚些。
前面说到的秦代《仙真人诗》以及"汉乐府"中一些作品,至少都没
有反映出作者对当时现实的不满。甚至像曹操那样的政治家兼诗
人,在他所拟作的乐府诗中,写到游仙时,也不过是追求成仙和长
生。因此,如《气出倡》、《精列》等诗,在他的作品中,均非上乘。他
这些诗的内容,有些与《太平经》中所讲的仙人相似。这可能和东
汉后期的某些思潮有关。另外,曹操本人对求长生恐怕也颇感兴
趣。《三国志·魏书·武帝纪》裴注引张华《博物志》说他"又好养性
法,亦解方药,招引方术之士,庐江左慈、谯郡华他(陀)、甘陵甘始、
阳城郤俭,无不毕至,又习啖野葛至一尺,亦得少多饮鸩酒"。不过
他是否真信人能成仙,则很难说。从他的《碣石篇·龟虽寿》中看
来,似乎认为人和动物都不免一死,然而服药以求长寿则可能办得
到。所以他说:"盈缩之期,不但在天;养怡之福,可得永年。"这种
思想和后来嵇康的《养生论》比较一致。他几首讲到仙人的诗,也
可能是沿袭汉乐府的题材,所以跟郭璞等人的《游仙诗》的倾向不
大一样。

曹丕和曹植的诗也有"游仙"的内容,不过他们两人其实并不
相信神仙。如曹丕的《折杨柳行》,被《艺文类聚》收入"游仙"一类。
但正是在这首诗中,他写道:"彭祖称七百,悠悠安可原;老聃适西
戎,于今竟不还;王乔假虚词,赤松垂空言。"这些话显然是怀疑仙
人的存在,这与他《典论》佚文中否定神仙方术之说可以互相印证。

《折杨柳行》前半写的那些仙境,可能是他作诗时一些幻想而出于艺术上的需要。曹植也有一些"游仙"诗,但他也不信神仙,这只要看他的《辨道论》以及《赠白马王彪》中"虚无求列仙,松子久吾欺"之句就很清楚。曹丕和曹植之不信神仙,恐怕和他们亲身见到曹操所招引的方术之士毫无效验有关。

如果说曹丕不信神仙而偏写"游仙"诗这一点似乎比较费解的话,那么曹植写这类作品倒是更近情理的。因为历史上一些写"游仙"诗的作家,有不少人都不一定信神仙。他们多数是想借求仙来表示自己不关心现实,以求全身免祸,同时幻想仙境的自在,也多少能作为排遣生活中苦闷的一种手段。所以后来"游仙"之作,一般出现在政治比较黑暗的时代或仕途上不得志的人物之手。像曹植后期那样备遭猜忌的境况下,借"游仙"以求解脱,显然不难理解。关于这一点,我们只要看文学史上"游仙"诗的大量产生是在魏末的正始年间就很明白。正始时代的"游仙"诗,今存者虽不很多。但据《文心雕龙·明诗篇》说:"乃正始明道,诗杂仙心,何晏之徒,率多浮浅。惟嵇志清峻,阮旨遥深,故能摽焉。"这里所谓"诗杂仙心",当指那时诗作,颇多讲到神仙之事。在刘勰看来,嵇康、阮籍的诗,也有这种倾向,只是内容及艺术技巧远在时人之上。不过正始年间的诗,除嵇、阮外,存者不多①。例如刘勰提到的何晏,今存诗两首,其内容颇有忧生之嗟,至于"游仙"思想,倒不太明显。可能那些作品已亡佚,估计刘勰这样说,总有一定根据。嵇康、阮籍的诗中都曾讲到神仙,这是人所共知的。嵇康有一首《游仙诗》,说到"乘云驾六龙,飘飘戏玄圃"诸语,他还有一首《述志诗》也讲到

---

① 《隋书·经籍志》集部总集干宝《百志诗》下原注载,梁代有《古游仙诗》一卷。是否有更多的作品,现已不可知。

神仙。然而从他的《养生论》看来,他并不完全相信人能成仙,认为仙人"似特受异气,禀之自然,非积学所能致也"。他只是认为人们如果养生有道,可以延年益寿。即以此说而论,是否全属真心话,亦可考虑。因为他在《与山巨源绝交书》中说:"又闻道士遗言,饵术黄精,令人久寿,意甚信之,游山泽,观鱼鸟,心甚乐之,一行作吏,此事便废,安能舍其所乐,而从其所惧哉。"他对魏晋之际险恶的环境颇有忧惧,恐怕多少是想借此自晦以求全身的一种手法。阮籍的《咏怀诗》也讲神仙,却显然不信。在这组诗的第四十一首中他说:"采药无旋返,神仙志不符。"这两句诗,近人黄节早已指出它们与曹丕《折杨柳行》同是否定仙人存在的话。阮籍诗中写"游仙"的原因,正如该诗第七十首所说:"有悲则有情,无悲则无思;苟非婴网罟,何必万里畿。"这几句诗明确地道出了他的用心。可见正始诗人如嵇、阮辈之写"游仙",不但不是忘情世事,相反地倒是曲折地表现内心的苦闷。后来一些诗人写作"游仙"诗,似亦可作如是观。

嵇、阮以后文人写"游仙"题材的也不少。像《文选》所录的何劭《游仙诗》,似乎较为"超脱"。不过何劭其人亦非全无忧生之嗟。我们知道,他是何曾之子。据《晋书·何曾传》说:"初,曾侍武帝宴,退而告遵等曰:'国家应天受禅,创业垂统。吾每宴见,未尝闻经国远图,惟说平生常事,非贻厥孙谋之兆也,及身而已,后嗣其殆乎!此子孙之忧也。'"何遵是何劭的庶兄,何曾说这些话,他当然也知道。所以何劭虽任高官,而政治上无所作为,《晋书》说他"然优游自足,不贪权势",对当时争权夺利的各派都不得罪。可见何劭的思想虽不同于嵇、阮,也未始没有借游仙以求免祸的用心。和何劭曾相互赠答的张华,也写过"游仙"的诗。他和何劭不同,是西晋后期在政治上颇有识见和作为的人。然而他身处乱朝,忧患甚多,写作"游仙"诗的动机更是可想而知。其他像张协、成公绥等人,也是对西晋的现实颇有不满的。张协在《杂诗》的第四首中,表现得很明显;成公绥在《啸赋》中更公开说:"狭世路之厄僻,仰天衢而高蹈。"从上述的许多例子看来,绝大多数作家之写《游仙诗》,都不像李善所要求的那样"滓秽尘网,锱铢缨绂",并且对世事漠不关心。所以因为郭璞的诗主要写"游仙"而责其不关心现实,恐非笃论。

三

上面的论述虽从"游仙"题材的历史情况说明了大多数写《游仙诗》的人,均不忘情世事,然而具体到郭璞的《游仙诗》,似乎仍须作具体的探讨。

关于郭璞其人,《晋书》本传所载的事迹几乎都带迷信色彩,这大约是由于《晋书》作者喜欢杂采小说入史之故。但即使如此,从郭璞现存的一些散文、辞赋和诗歌,结合史传的记载来看,仍然可以理解他的思想及为人的一般情况。

据《晋书·郭璞传》载,郭璞的离开闻喜(在今山西)老家是通过占卜,预知家乡将乱而避居南方的。其实闻喜在地理位置上说,距匈奴族刘渊(前赵政权创始人)的居地平阳(今临汾)及羯族石勒(后赵政权创始人)出生的上党都不远。他对西晋晚年的危机是完全可以预料得到的,并不需要占卜。从他现存的辞赋看来,他离开老家南迁时,晋南一带战乱已经兴起,而王室内部的相互残杀亦已开始。在他的《流寓赋》中他写到从老家出发的情景:"戒鸡晨而星发,至猗氏而方晓;观屋落之隳残,顾徂见乎丘枣。"(见《艺文类聚》卷二七)这显然是经过兵燹之后的状况。在他的《登百尺楼赋》中,他更写道:

嗟王室之蠢蠢,方构怨而极武。哀神器之迁浪,指缀旒以譬主。雄戟列于廊技,戎马鸣乎讲柱。(见《艺文类聚》卷六三)

"百尺楼"据赋中所述,地处盐池之滨,大约在今山西运城、安邑附近,离闻喜不远,说明他是在"八王之乱"已经爆发以后才离开家乡的。对这些离乱,他不但没有取冷漠的态度,而且颇有忧愤。在他到达南方以后所写的一些四言诗中,常常流露出思念中原、志图恢复的情绪。如《答贾九州愁诗》中说到:"顾瞻中宇,一朝分崩;天网既紊,浮鲵横腾;运首北眷,邈哉华恒。"这几句诗,似是希望愍帝司马邺在长安所建立的政权能重振晋室,然而这想法毕竟难以实现,所以他又哀叹"庶睎河清,混焉未澄"。在长安陷落之后,他又寄希望于元帝司马睿建立的东晋政权。在他赠王导的诗中,鼓励王导辅佐东晋"方恢神邑,天衢再廓"(《与王使君》)。他的期望虽然落空了,但这些毕竟说明他的政治态度。

郭璞生平好言阴阳术数,善卜筮,他也曾屡次上书东晋元帝用灾异、天变等理由,要求减轻刑罚,实行大赦。他的这些奏章在今天看来当然有些荒诞之处,然其主旨却在于要求适当地减轻人民的负担。这是因为东晋朝廷僻处东南一隅,既要和刘曜、石勒和割据西蜀的李雄等作战;而境内又因王室和贵族诛求无厌,使人民处于山穷水尽的地步。本来西晋灭亡,就与人民不堪承受苛重的赋役有关。《晋书·五行志上》载,西晋后期在江淮间道路上曾出现许多破草鞋的事。这个故事虽属传闻,但据东晋初的史学家干宝(郭璞的友人)解释:"屦者人之贱服,处于劳辱黔庶之象也;故者,疲弊之象;道者,四方往来所以交通王命也。今败屦聚于道者,象黔庶罢病,将相聚为乱,以绝王命也。"这说明当时的一些学者,也多少认识到民不堪命,已到了危及朝廷存在的程度。这种情况,在东晋初年,似乎毫无改变。元帝太兴二年(319)时,"徐、扬及江西诸郡蝗,吴郡大饥";连元帝自己下诏,也不得不承认:"天下凋疲,加以灾荒,百姓困穷,国用并匮,吴郡饥死者百数。"(《晋书·元帝纪》)其实这个数字还是大大缩小了的,据《晋书·五行志上》说,这次吴郡灾荒"死者千数焉"。郭璞在永昌元年(322)因皇孙出生上书元帝时说到:"适闻吴兴复有欲构妄者,咎征渐成,臣甚恶之。顷者以来,役赋转重,狱犴日结,百姓困扰,甘乱者多,小人愚崄,共相扇动,虽势无所至,然不可不虞。"(见《晋书》本传)这些话虽基本是站在朝廷的立场上考虑问题,也多少对民生疾苦,有所同情。

郭璞为人占卜,虽被后人形容得神乎其神,但他有时也不无政治目的。例如:大军阀王敦阴谋作乱,庾亮、温峤考虑进行讨伐,令郭璞占卜,郭璞答云"大吉";相反地,王敦在发动叛乱前,要郭璞占卜,他却说"无成",并且说王敦如果举兵,"必祸不久"。这样就触怒了王敦而招致杀身之祸。据说当时王敦曾问郭璞,今你自己寿命多少,他答云"命尽今日日中",果于此时被害(见《晋书·郭璞传》)。这说明他是预见到有杀身之祸,然而为了求得避免一场流血的内乱,借占卜来加以劝阻。这一行动更说明郭璞决不是一个不关心现实,只求明哲保身的隐士,更不是醉心于荒诞不经的神仙方术以及卜筮等迷信活动的人。《晋书》本传说:"明帝(元帝子司马绍)之在东宫,与温峤、庾亮并有布衣之好,璞亦以才学见重,埒于峤、亮,论者美之。"可见他并非没有升官的机会。只因他"性轻易,不修威仪,嗜酒好色",未被重用。他所以这样做,也有原因,因为他深知东晋朝廷内部矛盾重重,仕途十分险恶,他又不愿同流合污。在《客傲》一文中,他自称:"若乃庄周偃蹇于漆园,老莱婆娑于林窟,严平澄漠于尘肆,梅真隐沦乎市卒,梁生吟啸而矫迹,焦先混沌而槁杌,阮公昏酣而卖傲,翟叟遁形以倏忽;吾不几韵于数贤,故

寂然玩此员策与智骨。"的确,郭璞在主观上未尝不想学那些隐遁
之士,全身远祸。但他虽尽量自晦,而面临政局的重大危机时,又
不能完全采取冷眼旁观的态度。应当说,郭璞对当时政局的认识
相当清醒,在王敦叛乱前不久,他的朋友陈述死去,他痛哭说:"嗣
祖(陈述字)! 嗣祖! 安知非福!"这种心情是何等忧愤! 所以因为
郭璞的《游仙诗》中多作放达语而断言他不关心现实或消极出世,
恐怕是皮相之谈。

<h1 style="text-align:center">四</h1>

前面我们从"游仙"题材的发展历史和郭璞本人的思想情况说
明郭璞的《游仙诗》并非忘情世事之作。不过,在这些诗中,他幻想
超脱世事的心情倒确实是有的。从现存的十四首诗中,其第一首
就概括地说出了自己写《游仙诗》的宗旨:

> 京华游侠窟,山林隐遁栖。朱门何足荣,未若托蓬莱。临
源挹清波,陵冈掇丹荑。灵溪可潜盘,安事登云梯。漆园有傲
吏,莱氏有逸妻。进则保龙见,退为触藩羝。高蹈风尘外,长
揖谢夷齐。

他认为置身仕途的人并不足羡,除非求见那些高官以求进身,弄得
不好就会像羝羊的角被挂在篱笆上,求进不能,求退不得。在当时
的现实条件下,还是归隐求仙而不必追求官位。他钦仰着庄周和
老莱子之妻,正是因为认识到现实的黑暗。然而,他并不真甘心于
"高蹈风尘外",也不见得相信自己能成仙或长生。如第四首:

> 六龙安可顿,运流有代谢。时变感人思,已秋复愿夏。淮
海变微禽,吾生独不化。虽欲腾丹溪,云螭非吾驾。愧无鲁阳
德,回日向三舍。临川哀年迈,抚心独悲咤。

这首诗中丝毫没有想成仙的思想,也自认为长生无望。他只是坐视年光的流失、事业的无成而感到悲哀。这情绪与屈原所谓"老冉冉其将至兮,恐修名之不立"(《离骚》)是一脉相通的。由于郭璞的地位和处境不同于屈原,他不可能像屈原那样始终投身于政治斗争中去。然而虽力图"高蹈尘网外",又往往使他不能甘心。这种情绪是魏晋一些号称"狂放"或"隐逸"的知识分子所共有。阮籍《咏怀诗》所谓"于心怀寸阴,羲阳将欲冥";陶渊明《杂诗》所谓"日月掷人去,有志不获骋",都表现了他们并不甘心无所作为、赍志以没的心情。在《游仙诗》的第五首中,他更吐露了自己的抱负:"逸翮思拂霄,迅足羡远游。"说明他非无用世之心;然而当时的现实,又叫他对仕途失去了指望。他说:"珪璋虽特达,明月难暗投。"表示不愿与那些腐朽官僚同流合污的志趣。他在东晋南渡之际,确曾对收复中原抱有一定的幻想,因此和朝廷中那些较有眼光的政治人物如王导、温峤、庾亮等都有一定的交谊,甚至和当时身为太子的明帝也有过来往。因此,在统治阶级上层中有一定的名声,不但朝廷中的大臣想征辟他做官,连那野心勃勃的军阀王敦,也要召他入幕。他迫于事势,亦不得不应。所以在《客傲》中,他说到东晋的朝廷中政局变幻莫测,"登降纷于九五,沦涌悬乎龙津;蚑蛾以不才陆槁,蟒蛇以腾骛暴鳞",真是进退不得,如同"触藩之羝"。在人世既然使他失望,于是他有时就想逃避到超现实的幻境中去找寻慰藉。在《游仙诗》中,他一再地说:"长揖当途人,去来山林客"(其七);"寻我青云友,永与时人绝"(其十三)。他幻想上升天堂,"永偕帝乡侣,千龄共逍遥"(其十);甚至要"翩翩寻灵娥,眇然上奔月"(《北堂书钞》卷一五〇引郭璞诗)。

当然,现实的苦闷想靠幻想来摆脱,总是办不到的。郭璞自己在诗中也写到了自己纵使升仙,也仍然忘不了人世。如第九首:

采药游名山,将以救年颓。呼吸玉滋液,妙气盈胸怀。登仙抚龙驷,迅驾乘奔雷。鳞裳逐电曜,云盖随风回。手顿羲和辔,足蹈阊阖开。东海犹蹄涔,昆仑蝼蚁堆。退邀冥寂中,俯视令人哀。

在这首诗中郭璞写成仙升天确很逍遥自在,然而,即使在这天堂之中回顾人世,还是为人间的苦恼而伤心。他并不能忘记世人,对人民的疾苦还是有一定的同情。正如第五首末句写的那样:"悲来恻丹心,零泪缘缨流。"这种思想感情令人想起了屈原《离骚》的篇末,写自己在天空中行游,"奏《九歌》而舞《韶》兮,聊假日以偷乐",然而笔锋一转却是"陟升皇之赫戏兮,忽临睨夫旧乡;仆夫悲余马怀兮,蜷局顾而不行"。无可否认,郭璞所描写的这种情结,不但是从屈原那里受到启发,而且又深深地影响了后人。例如李白的许多作品中,也常常写到"游仙",而其中像《古风》第十九首("西上莲花山")中,也写到自己与仙人卫叔卿"驾鸿凌紫冥"之际,"俯视洛阳川,茫茫走胡兵;流血涂野草,豺狼尽冠缨"。这说明郭璞的《游仙诗》,正是我国古代浪漫主义诗歌从屈原到李白的发展中一个重要的环节。

郭璞所创造的升天时俯视大地的幻想,可能是从登高望远所得的印象加以想象和夸张得来的,它对后人的艺术构思,也有直接的影响。如李贺的《梦天》中"遥望齐州九点烟,一泓海水杯中泻",也正是"东海犹蹄涔,昆仑蝼蚁堆"和第十二首的"四渎流如泪,五岳罗若垤"的发展。郭璞的诗句一般还倾向于古朴和自然;而李贺则更偏于奇崛和瑰丽,不过从《梦天》中那两句的意境看,还与郭诗的风格不算相异太多。

郭璞的诗虽多写超现实的题材,但当他写到一些隐居山林的求仙之士时,往往能用鲜明生动的形象,刻画出那种幽静宁谧的山景。如第二首写道士隐居于千余仞的青溪之中，"云生梁栋间，风出窗户里"，仅此十字就概括地写出了求仙者所居，必在人迹罕至的高山。第三首的开首写"翡翠戏兰苕，容色更相鲜；绿萝结高林，蒙笼盖一山"，这四句更是用写景在衬托那位"冥寂士"的性格。他隐居在山中，"静啸抚清弦"，既不惊动在兰苕上游戏的翠鸟，而且杜门不出，也不与世人交往，使绿萝"蒙笼盖一山"。这种"物我两忘"的境界，才使他能得道，驾鸿乘烟，与仙人同游。这种内容虽偏于出世，然而写景手法颇为工致，不论"云生"两句或"翡翠"四句，都构成了给人深刻印象的画面，着墨不多，却又给人以丰富的联想。苏轼曾评论王维的诗说"诗中有画"，对郭璞这些诗句，似乎也可以这样说。

郭璞写到求仙之士"悟道"的情景，虽属幻想，然而他把这种境界安排在一个山林的早晨，通过写景来刻画人物的心境开朗，豁然贯通，也使人感觉生动而贴切。在晋代写景诗中，也独具特色。如第八首的"旸谷吐灵曜，扶桑森千丈；朱霞升东山，朝日何晃朗；回风流曲棂，幽室发逸响"这些名句，实际是写登高山而望日出的现实感受，丝毫没有什么神秘的色彩。作者在观察到这种现象之后，"悠然心永怀，眇尔自遐想；仰思举云翼，延首矫玉掌"，也不过是人们在领略这种自然界壮观之后油然而生的一种想努力追求各自理想的心情，这种心情基本上也是乐观向上的。只是郭璞在具体的历史条件影响下，不免流露出"啸傲遗世罗"的出世情绪以及探索道家所谓"妙象"的玄想。整个来说，全诗的情调是健康的，写山中日出的景象更令人神往，诗句虽着墨不多，而确实做到了穷形尽相，它显示给我们的画面，虽古代一些名画也很少做到，也许只有着重表现光线和色彩的油画，才能显示出这首诗的意境。

在《游仙诗》中，所写的仙境，有天宫、有高山，也有大海，其中像第六首,设想的就是秦汉以来的方士们所盛传的海上仙山。他利用《国语·鲁语》中讲到爰居(一种海鸟)的出现,将引起海上大风的现象作引子,写出了仙山在汹涌澎湃的大海中出现的景象:"杂县寓鲁门,风暖将为灾;吞舟涌海底,高浪驾蓬莱。"形容海浪翻滚的气象也颇雄壮,接着就是"神仙排云出,但见金银台",众多的仙人出现在人们的面前,一片热闹而欢乐的气氛,使人感到求仙确是一条安稳而且逍遥的出路,诗的最后归结为"燕昭无灵气,汉武非仙才",更用仙境的美妙,显示了帝王和富贵之不足慕。此诗的气势和前面讲到的几首不一样,前两首偏于幽寂,第八首虽色彩鲜明,还没有展示仙人的姿态以及神仙出现时的奇景。相比之下,这一首更显得设想新奇,笔力刚劲。刘勰评郭诗的特点为"挺拔",此诗似可以作为突出的例子。

郭璞在东晋初年诗人中,不但在内容方面独树一帜,而且遣词造句也和当时人不甚相同。他继承了太康诗人重辞采、比较讲求对仗等特点。他又是个渊博的学者,善于在《楚辞》、《山海经》等书中吸取神话故事,作为构思之助。因此他遣词造句,既能化用古书中的典故,又在对仗和语言的锻炼方面颇费工夫,确可以当得起钟嵘所谓"文体相辉,彪炳可玩"的评语。比起东晋初年那些"淡乎寡味"的玄言诗来,毕竟远胜,所以古人评为"中兴第一",确实不是过誉。

然而,他的《游仙诗》毕竟散佚得太多了,就是留传下来的十四首,除《文选》所存七首和其他三首(第八"旸谷吐灵曜",第九"采药游名山"和第十"璇台冠昆岭")外,也都似有阙文。所以后来的研究者,虽有人认为《游仙诗》是郭璞诗作的总名(清王夫之《姜斋诗话》),并给予了较高评价。然而由于数量较少,历来多数研究者对他也就不大给予应有的重视。其实试读一下李白的《古风五十九首》等作品,郭璞的影响,颇为明显。可见,在我国文学史上,郭璞《游仙诗》的历史地位,确实是不可忽视的。

论鲍照诗歌的几个问题

一

在南北朝诗人中,鲍照的成就是相当突出的,这在近年来的文学史著作中差不多已为大家所公认。可是,过去的评论家们对他的评价却往往很不充分。这种现象的出现自然也不足怪。因为每一个时代、每一个阶级对文艺作品的看法,都会有各自不同的政治标准和艺术标准。不但如此,人们在评价不同的作家和作品时,也常常有各自不同的偏爱,同时,评论家们谈问题的角度不一样,也会导致评价方面的不同。鲍照的诗作所以会引起人们一些不同的议论,这是一个重要的原因。

钟嵘《诗品》把鲍照的诗列为"中品",颇受后人诟病,例如清代王士祯就认为他的意见不公允,主张"宜在上品"。关于钟嵘的看法,其实别有原因,我准备在下面详谈,这里不想赘述。不过,对鲍诗有贬辞的论点却并不始于钟嵘。我们知道,最早搜集鲍照诗文并为之作序的是南齐的虞炎。关于虞炎的生平,附见《南史·陆厥传》:"时有会稽虞炎以文学与沈约俱为文惠太子所遇,意眄殊常,官至骁骑将军。"他所作的《鲍照集序》称"奉教撰",也就是奉齐文惠太子萧长懋之命而作,文中称:"储皇博采群言,游好文艺",指的就是萧长懋。在这篇序文中,他对鲍照作品的观感是:"照所赋述,虽乏精典,而有超丽。"这里批评鲍照缺乏"精典",就是指的鲍诗不像颜延之那样凝炼,用钟嵘的话说,就是指它不及颜延之那样"体裁绮密,情喻渊深,动无虚散,一句一字皆致意焉"。这种推崇颜延之的文学批评观,实际上反映的是宋末齐初不少人的看法。《南史·齐高帝诸子传下》记载武陵昭王萧晔"与诸王共作短句诗,学谢灵运体,以呈高帝(萧道成)。帝报曰:'见汝二十字,诸儿作中,最为优者。但康乐放荡,作体不辨有首尾,安仁(潘岳)、士衡(陆机)深可宗尚,颜延之抑其次也。'"萧道成在这里最推崇的虽然是潘岳和陆机,但在他眼光里,颜延之的地位显然要比谢灵运等人为高,至于鲍照,那就更不符合他们的要求了。因为,鲍照不论从文学观和创作实践方面来说,和颜延之都是大相径庭的。《南史·颜延之传》:"延之尝问鲍照己与(谢)灵运优劣,照曰:'谢五言如初发芙蓉,自然可爱。君诗若铺锦列绣,亦雕缋满眼。'"这段议论,与钟嵘《诗品》中,文字虽有不同,意思是一样的。但据钟嵘记载,这段话是汤惠休语,并且说到"颜终身病之"。在同书下卷评论汤惠休时,钟嵘又写道:"惠休淫靡,情过其才,世遂匹之鲍照,恐商周矣。羊曜璠云:'是颜公忌(鲍)照之文,故立休鲍之论。'"足见颜延之当时,曾对鲍照进行过诋毁。《南史·颜延之传》:"延之每薄汤惠休诗,谓人曰:'惠休制作,委巷中歌谣耳,方当误后生。'"这几句话,是否所谓《休鲍论》的原文虽不可知,但毕竟反映了颜延之对鲍照、汤惠休的看法。颜延之这段话值得注意的地方,是他贬低汤惠休的理由,就在于汤诗是取法"委巷中歌谣",也就是说注意学习民歌的体裁。确实,在学习民歌这一点上说,鲍照和汤惠休的确是一致的,所以"休、鲍"并称也不无道理。当然,他们从民歌中吸取的成分很不相同,而且两人的诗风也有很大差别,这也是事实。所以钟嵘反对这种说法,更有见地。这个问题我下面还要谈到。

颜延之以学习民歌为理由来贬低鲍照和汤惠休,在今天来看当然是荒唐的偏见,但在当时一些士大夫阶级的文人中,确实产生过不小的影响,这也不容忽视。《诗品》下卷评论谢超宗、丘灵鞠、檀超、钟宪等七人的诗时曾说到:"檀、谢七君,并祖袭颜延,欣欣不倦,得士大夫之雅致乎! 余从祖正员(指钟宪)常云:大明、泰始中,鲍休美文,殊以动俗。惟此诸人,传颜、陆体用,固执不如颜谐,诸暨(指颜则)最荷家声。"从这里,我们可以看出在宋末齐初的文人中,存在着两派不同的意见,一派以"典雅"为宗旨,适合上层士大夫们的口味,他们所推尊的作家是颜延之;另一派则带有民歌的色彩,虽然文体华美,却仍然不适应那些上层士大夫们的口味。这一派的杰出代表是鲍照,而汤惠休在某种程度上也属于这一流派。萧子显《南齐书·文学传论》在评论宋齐文风时,一方面把"休、鲍"并称,另一方面却又说到:"发唱惊挺,操调险急,雕藻淫艳,倾炫心魂,亦犹五色之有红紫,八音之有郑卫,斯鲍照之遗烈也。"这些议论都说明鲍照和颜延之的诗风在当时不但存在着门户之争,而且风格上确有"雅"、"俗"之分。一些人对鲍照的贬辞,最早起源于颜延之及其一派人物。到了钟嵘作《诗品》时,虽然文艺观点已有所不同,但那种论点对他还留下若干影响。所以他说鲍照"颇伤清雅之调,故言险俗者,多以附照"。这和虞炎说的"虽乏精典",仍是一脉相承的。这种论点一直延续到隋代的王通。王通作为一个思想家,他对鲍照的不满,主要在作品的内容方面。他批评鲍诗"急以怨",然而他推尊颜延之则称之为"其文约以则",也是欣赏那种规行矩步、四平八稳的上层士大夫们的艺术趣味。这是鲍照诗歌在整个南北朝常常受人非议的主要原因。

二

鲍照的诗歌以乐府诗的成就为最高,这在现在大约也不大有人否认。其实,早在《宋书》和《南史》本传中,都一开头就说他"尝为古乐府,文甚遒丽"。可见乐府诗在他诗作中的地位,很早就受到了人们的重视。

如果从表面现象来看,写作乐府诗并不能说明鲍照着力于学习民歌。因为南朝的文人作家,都或多或少地写过一些乐府诗。例如谢灵运、谢惠连等人现存的诗作中,乐府诗都占有一定的比重,甚至颜延之也写过《从军行》、《秋胡诗》等作品,也属于乐府诗的范畴。后来齐梁诗人也留下过不少乐府诗。但是,这仅仅是问题的一个方面。如果从传诵的情况看,在那些诗人现存的作品中,为历来所爱读的,大都是乐府以外的诗作,而唯独鲍照传诵的作品,则主要是那些乐府诗。不但如此,像梁代江淹的《杂体诗三十首》,模仿从汉到刘宋时三十家的诗作,而对鲍照也主要学他的《代东武吟》、《代出自蓟北门行》等写从军生活的乐府诗。这就说明在不少南北朝人眼光中,鲍照诗作中最有代表性的是乐府诗。

当然,"乐府诗"这个概念并不等于"民歌",像郭茂倩《乐府诗集》中所载的《郊庙歌辞》、《燕射歌辞》等庙堂乐曲,当然和民歌有本质的不同。不过,这种诗,在鲍照现存的诗作中并不存在,并且他是否写过这一类诗,也并无佐证。从现存于《鲍参军集》中的乐府诗来说,有很大一部分在《乐府诗集》中属于《相和歌辞》和《杂曲歌辞》这两大类,此外,也有一些是属于《横吹曲辞》、《琴曲歌辞》、《舞曲歌辞》和《清商曲辞》等类。这说明鲍照对当时流行的各种乐曲的歌辞都曾经下功夫学习过。值得注意的是在现存的鲍照乐府诗中,像《吴歌》、《采菱歌》这些被郭茂倩称作"清商曲辞"的作品分量很少,而属于"相和歌辞"和"杂曲歌辞"的部分则相对来说要多得多。这种现象之所以应予重视,是因为郭茂倩所说的"清商曲辞",其实指的是东晋、南朝所流行的民歌曲调;而《相和歌辞》与

《杂曲歌辞》则大部分产生于汉魏或西晋以前,并且鲍照所使用过的大多数乐府旧题,也是前人如曹植、陆机等人所早已使用过的。从这种情况看来,鲍照的作品虽然和古代民歌有着血缘关系,但像萧子显那样说他"八音之有郑卫",钟嵘那样说他"俗",似乎又不大好解释了。因此关于鲍照的乐府诗和民歌的关系,似乎有作进一步探讨的必要。

从南朝音乐发展的历史看,当时一些人所欣赏的大抵是东晋、南朝以来流行的"吴声"和"西曲",其次是杂有所谓"羌胡之声"的"鼓吹曲";至于汉魏旧曲,似乎已经不大有人欣赏了。郭茂倩《乐府诗集》中用"清商曲辞"来称呼"吴声"和"西曲",据孙楷第先生《清商曲小史》(《文学研究》1957 年第 1 期)考证,实际是沿袭了北朝至唐一些人的错误。孙先生引《魏书·乐志》中"初高祖(孝文帝)讨淮、汉,世宗(宣武帝)定寿春,收其声伎,江左所传旧曲、明君、圣主、公莫、白鸠之属,及江南吴歌荆楚西声,总谓之(按:"涵芬楼"影印宋蜀大字本《魏书》及中华书局标点本均无"之"字)清商"的话,认为"这是北朝人不了解南朝的乐随便乱称"。这样解释比较合理。但孙先生又说:"乐府源流的不明,自唐中叶始。"此说我略有怀疑。因为《乐府诗集》卷四四中"清商乐一曰清乐。清乐者,九代之遗声,其始即相和三调是也。……南朝文物号为最盛,民谣国俗亦世有新声"的说法,虽然概念有些混乱,并且把汉魏旧曲与吴声、西曲混为一谈。但这做法似乎不始于唐中叶。《隋书·音乐志上》讲到陈后主时的音乐说:"又于'清乐'中造《黄鹂留》及《玉树后庭花》、《金钗两臂垂》等曲,与幸臣等制其歌词,绮艳相高,极于轻薄。"可见郭氏把南朝"新声"混入"清商"的事。在陈末已开始①。
《隋书·音乐志下》也说到:"'清乐'其始即'清商三调'是也,并汉末
旧曲";却又说"其歌曲有《阳伴》……"。《阳伴》即《杨伴儿》,在南
齐时代,人们还不承认它是"清商"②。其实,后代的乐曲从前代乐
曲中有所继承是无可否认的。有些后来的乐曲混入旧曲的情况也
不是什么稀罕的事。当然,这并不能说两种曲调属于同一范畴。
因为当时喜爱汉魏旧曲的人,大抵反对"吴声"和"西曲"。《南史·
萧思话附萧惠基传》:"自宋大明以来,声伎所尚,多郑卫,而雅乐正
声鲜有好者。惠基解音律,尤好魏三祖曲及《相和歌》,每奏辄赏悦
不已。"萧惠基的音乐爱好和同时人王僧虔是一致的。《南史·王昙
首附王僧虔传》:"雅好文史,解音律,以朝廷礼乐,多违正典,人间
竞造新声。时齐高帝辅政僧虔请正声乐,高帝乃使侍中萧惠基调
正清商音律。"这件事亦见于《南齐书·王僧虔传》,虽然没有提到使
萧惠基"调正清商音律"一语,却载有王僧虔的上表,其中除了推崇
汉魏旧曲外,还提到:"自顷家竞新哇,人尚谣俗,务在噍杀,不顾音
纪,流宕无崖,未知所极,排斥正曲,崇长烦淫。"这里所谓"新声",
大抵指的"吴声"和"西曲"。《宋书·乐志一》:"宋明帝自改舞曲歌
词,并诏近臣虞和并作,又有西伧、羌胡诸杂舞。随王诞在襄阳,作
《襄阳乐》;南平穆王为豫州,造《寿阳乐》;荆州刺史沈攸之又造《西
乌飞歌》曲,并列于乐宫,歌词多淫哇,不典正。"其中宋明帝刘彧和
虞和所造的《宋泰始舞曲辞》见《乐府诗集》第五十六卷,从文辞上

---

① 《隋书》的志,成于唐高宗初年,当时许敬宗等人都在朝,他们是南朝人的后裔,大约不会把由南入北的乐曲弄错。

② 《杨伴》据《旧唐书·音乐志二》说是"童谣"。考《南史·齐本纪下》有"宋氏以来,人间有《杨婆儿》哥,盖此征也"语,足见此曲始于刘宋。这和下引《袁廓之传》所载的事实,也可互相证明。

· 229 ·

看,不过是一些歌功颂德的庙堂诗,看不出什么"淫哇"和"不典正"。《襄阳乐》、《寿阳乐》、《西鸟夜飞》等曲,见于《乐府诗集》者大抵都提"无名氏"所作,这些曲辞均属"西曲",内容确系情歌,称之为"淫哇"、"不典正"倒很可以理解。这说明在当时有些人认为"吴声"和"西曲"不算"正声",多少和歌辞的内容有关①。尽管一些士大夫们对"吴声"和"西曲"有反感,如《南史·袁湛附袁廓之传》载,袁廓之因为齐文惠太子萧长懋欣赏《杨伴儿》("西曲"歌的一种)而进谏。但这些乐曲在统治阶级的上层分子中已很盛行,并不认为奏这些曲调会"有失身份"。《南史·王昙首附王俭传》载,齐高帝萧道成有一次和大臣们在华林苑游宴,褚渊弹琵琶,王僧虔、柳世隆弹琴,沈文季歌《子夜来》,张敬儿舞;王俭自称只会诵书,就诵读了司马相如的《封禅书》(即《封禅文》);只有王敬则"脱朝服袒,以绛纠髻,奋臂拍张,叫动左右"。据说萧道成对王敬则的举动不大满意,但对沈文季唱《子夜来》,却并无反感。尽管萧道成在文学方面推崇的是颜延之一派诗风,在音乐上却不妨让人歌唱《子夜来》。这是因为在音乐方面,"吴声"与"西曲"早已压倒了汉魏旧曲的影响。所以后来像梁武帝萧衍赏给徐勉以"后宫'吴声'、'西曲'女妓各一部"(见《南史·徐勉传》),干脆不用汉魏旧曲了。

音乐和诗歌的密切关系是人所共知的。由于东晋和南朝在音乐方面"吴声"与"西曲"取代了《相和歌》等汉魏旧曲,这就在当时的诗歌中产生了影响。据说"吴声"歌中有些曲辞就是东晋文人所作。如《桃叶歌》二首和《碧玉歌》中的"碧玉破瓜时",据说前者是

①　东晋时士大夫们对"吴歌"很反感,即因其内容多为情歌。《北堂书钞》卷一〇六引徐野民(即徐广)《晋记》:"王恭尝宴司马道子室,尚书令谢石为吴歌。恭曰:'居端右之重,集宰相之坐,为妖俗之音乎!'"(《晋书·王恭传》也有类似记载,但把"吴歌"改为"委巷之歌"。)

王献之作,后者是孙绰作①。刘宋时代的一些诗人,受这些吴歌的影响也常有所表现。如谢灵运的《东阳溪中赠答二首》,就和《子夜歌》一类作品颇为相似。鲍照的《吴歌》、《采菱歌》当然也是在"吴声"、"西曲"的影响下产生的。至于汤惠休的作品,受"吴声"、"西曲"的影响似乎更重一些,他的作品留传的不多,但像《江南思》、《杨花曲》等作品,都有这种特色;并且江淹所拟作的《休上人(即汤惠休)·怨别》,也明显地具有这种情调。相反地,在颜延之现存的作品中,似乎还没有发现"吴声"和"西曲"的影响。因此颜延之指斥汤惠休诗为"委巷中歌谣",也许可以从这里得到一些解释。

然而,鲍照的诗风毕竟不同于汤惠休。他虽然也拟作了某些"吴声"和"西曲",毕竟只占少数,因此从这个角度来解释南朝人常常把"休、鲍"并称,而且批评他"俗"的原因,似乎颇为牵强。要说明当时人以鲍照的诗为"俗",我认为还应当从他拟作的那部分"相和歌辞"及"杂曲歌辞"的诗作来进行探讨②。

在鲍照的乐府诗中特别引人注目的是那些七言和杂言的作品。因为这些体裁的诗歌,虽然在汉魏之际已经存在,并且在西晋时代像傅玄、陆机、夏侯湛等人都曾写作过,但到东晋以后就几乎绝迹了。以七言论,谢灵运和谢惠连虽然各写过一首《燕歌行》,但从形式到内容都竭力摹仿曹丕的原作,并没有什么发展,在他们的诗作中谈不上任何代表性,而且即使这样的七言诗,在当时文人的

———————————————————

① 《乐府诗集》卷四五对这些作品并不注明作者名字。对《桃叶歌》只是引陈释智匠《古今乐录》的话,说是王献之作;至于《碧玉歌》是孙绰作,他没有提,这里是根据《玉台新咏》和《艺文类聚》卷四三的说法。

② 《乐府诗集》中所录《杂曲歌辞》,内容比较复杂,其中有汉魏作品,也有若干东晋以后的作品,如《西洲曲》、《长干曲》等,和"吴声"、"西曲"当属同一时代的产物。但是,鲍照所拟作的部分,大抵都是东晋以前就有的歌曲。这里所用的"相和歌辞"是沿用《乐府诗集》的说法,其实《相和歌》和魏时《清商三调》有别,我准备另文说明。

作品中,也为数很少。至于杂言诗,则在东晋以后到鲍照以前就更为少见了。关于杂言诗传统的中绝,恐怕有两个原因。一个是受音乐方面的影响。据《宋书·乐志一》载,西晋初年朝廷曾经使张华和荀勖等人制定过一次朝会、宴享所用的"食举"乐诗。当时他们都认为汉魏所用的乐章,"其文句长短不齐,未皆合古"。张华认为这些乐章的音节,知音的人能够依它各自的韵律来歌唱,所以主张"一皆因就,不敢有所改易"。但荀勖的看法与张华不同,他说曾问过一个司律中郎将陈颀,据陈颀说:这种文句"被之金石,未必皆当"。所以荀勖所造的乐章,基本上都用四言句。后来,荀勖就负责制定乐曲的事宜。他还主持制定了"正德大豫之舞"以及一些乐器的声调。由他这样强调文句整齐的人来领导音乐工作,多少会使写作各种乐府歌辞的人渐渐倾向齐言诗而较少写作杂言诗。再加上东晋南渡以后,汉魏旧曲散亡很多,而南方所流行的"吴声"、"西曲"又是整齐的五言句占绝大多数。文人作家耳朵里听惯的都是整齐的四言或五言乐章,写起来也就自然而然地倾向于五言诗。另一方面,从文学本身来说,汉代乐府民歌中虽然有五言的,也有杂言的,而汉代出现的那些"古诗"(无主名的文人诗)却基本上是五言。建安的曹操父子虽是《相和歌》等民歌的热烈爱好者,并且进行过创作。但从"三曹"和"建安七子"的作品看来,艺术性比较高的绝大多数是五言或四言诗,至于杂言诗中较为读者传诵的不过是陈琳的《饮马长城窟行》、曹植的《当墙欲高行》等寥寥几首。傅玄等人的杂言诗,虽然有一些比较成功,然而从影响和传统的积累方面说,都远远敌不过五言。这是杂言诗从东晋以后很少出现的更主要的一个原因。尽管如此,杂言诗在晋代民歌中并没有真正消灭,七言诗似乎出现得更比杂言要多一些。如果我们对现存的东晋以前的民间歌谣作一些考察,就可以发现:从东汉到西晋间产生于南方和北方中原地区的谣谚就不大相同。南方的谣谚虽然也有个别杂言诗(如吴孙亮时代一些童谣《呼汝恪》、《白鼍鸣》等)，但它们的艺术价值似乎不高，也很少引起人们注意。至于吴孙皓时代的两首童谣(《宁饮建业水》和《阿童复阿童》)，则不但引起了人们的注意，而且《宁饮建业水》一首，还比较传诵，成了我国古代文学作品中常用的典故。至于中原地区的谣谚，则与此相反，七言和杂言体所占的比重要大得多。例如：东汉桓帝时的《小麦童谣》，就是一首艺术上相当完整的杂言诗。当时的童谣，杂言体的数量很多。一直到西晋的《束皙歌》，也是杂言诗。至于七言诗在汉魏至西晋的谣谚中更有许多名作。即以我们常读的《并州歌》、《陇上歌》而论，都是产生于西晋末年的七言民歌。相反地，和这两首民歌产生于同一时代，而流行于南方地区的《襄阳童儿歌》却是五言的。这就说明当时北方的歌谣和南方的歌谣在体裁上有一定的差别。这里所讲的歌谣，基本上是徒歌，和配乐演奏的乐章当然不完全相同。但是，那些入乐的民歌，开始时基本上也只是徒歌，不过后来被人配乐演唱而已。《晋书·乐志下》论到汉魏以来的《相和歌》和东晋以后的"吴歌"时说："凡此诸曲，始皆徒歌，既而被之管弦。"所以《相和歌辞》中杂言诗远比"吴声"、"西曲"中为多，这个原因不完全是由于时代的不同，也还因为各个地区的民歌体裁本来有所差别。即使在交通发达的今天，我国各地的民歌体裁也有种种不同，何况在交通很不发达的古代①？这个道理本来不用多说。再看汉魏以来的《相和歌》中，也有着《江南可采莲》这样在体裁和

---

① 在解放前后，流行在南方一些省的汉族民歌，甚至部分少数民族的民歌，仍然以五七言四句为主；相反地，北方像陕北的《信天游》，内蒙古和山西北部的《爬山歌》等则属杂言。这说明南北民歌的特点，至今仍有一定区别。

风格上和后来的"吴声"、"西曲"比较相似的作品,更可以证明南北方民歌之间本来存在着区别。

南朝的士大夫们早已听惯了南方的乐曲,对南渡以后北方汉族的乐舞也抱有轻视的态度,所以《宋书·乐志一》谈到刘宋一代舞曲时,把"西伧、羌胡诸杂舞"并称。所谓"伧"就是指的没有随东晋王朝南渡的中原汉人。《洛阳伽蓝记》卷二"孝义里"载,梁代陈庆之曾说:"自晋宋以来,号洛阳为荒土,此中谓长江以北,尽是夷狄。"反映着当时不少人的心理。因为南北方的方言不同,南朝的士大夫们对北方汉族的语音都认为"不雅正"。《南史·儒林传》说到卢广由北入南后写道:"时北来人儒学者有崔灵恩、孙详、蒋显并聚徒讲说,而音辞鄙拙;唯广言论清雅,不类北人。"又谈到沈峻时说:"北人孙详、蒋显亦经听习,而音革楚夏。故学徒不至。"如果说儒生讲授经学时的口音,竟能影响听讲者的多寡,那么北方人的歌唱当然更难引起南方士大夫的兴趣。这当然更是不言而喻。

南朝的士大夫中也曾有个别人爱好汉魏旧曲而要派人去中原搜集的,如《南齐书·王僧虔传》载,当刘宋末年宋魏通使时,王僧虔曾写信给王俭,建议:"古语云:'中国失礼,问之四夷',计乐亦如。符坚败后,东始备金石乐,故知不可全诬也。北国或有遗乐,诚未可便以补中夏之阙,且得知其存亡,亦一理也。"但这样的意见,也没有被采纳。那么流传在北方的民歌,即使是东晋南渡以前的产物,自然更不会被南渡后的士大夫们所重视了。

然而,不管士大夫们的兴趣如何,南北朝之间的歌谣和乐章的交流,并不会完全被隔绝,例如:北朝的《高阳乐人歌》、《杨白花歌辞》等很快流传到南方就是明显的例证。尤其像鲍照这样原籍北方,而且还到过南北朝边界地区的人①,接受北方原有的民歌的影响,可以说是不乏机会的。所以鲍照在他的乐府诗中,出现了这么多七言和杂言的诗歌,很难说只是一种偶然的现象,而是和他受流行于北方的一些民歌的影响有关。

严格地说来,鲍照受北方民歌的影响,似乎并不限于汉魏时代已经入乐的《相和歌》,或"清商三调",当然更不是《乐府诗集》中所载的那些"梁鼓角横吹曲",也就是我们今天习惯称之为"北朝乐府"的那些作品。因为这些少数民族的民歌,有不少虽然产生于鲍照出生以前,但至少从现存鲍照的作品中,还没有发现过他任何拟作这些作品的迹象。

在鲍照所作的杂言乐府诗中,有一部分也可能是汉魏以来的旧曲。例如:他的《梅花落》,在《乐府诗集》中收入"汉横吹曲"一类。该书卷二一谈到"汉横吹曲"时说:"《乐府解题》曰:'汉横吹曲二十八解,李延年造。魏晋已来唯传十曲:一曰《黄鹄》、二曰《陇头》、三曰《出关》、四曰《入关》、五曰《出塞》、六曰《入塞》、七曰《折杨柳》、八曰《黄覃子》、九曰《赤之阳》、十曰《望行人》。后又有《关山月》、《洛阳道》、《长安道》、《梅花落》、《紫骝马》、《骢马》、《雨雪》、《刘生》八曲,合十八曲。'"这十八种乐曲《黄覃子》在《乐府诗集》中的"汉横吹曲"中没有保存,而在"梁鼓角横吹曲"中有《黄淡思》、《乐府诗集》卷二五认为是否即《黄覃子》,不敢断定②。《紫骝马》

---

① 据钱振伦和钱仲联对《见卖玉器者》一诗的注,鲍照曾随宋衡阳王刘义季到过梁郡。他的《春羁》诗,也有"淮阳非尺咫"之句。他还有《岐阳守风》、《长松遇雪》等诗,钱仲联认为他曾随宋临海王子顼由陕入蜀。这些地方都在南北朝交界之处。

② 《宋书·五行志二》:"桓石民为荆州,镇上明,民忽歌曰:黄昙子,曲终又曰:'黄昙英,扬州大佛来上明。'"顷之而石民死,王忱为荆州,黄昙子乃是王忱之字也。忱小字佛大,是大佛上明也,这里说的是东晋的事情,"黄昙子"疑即《黄覃子》。

在"梁鼓角横吹曲"中也有,其中"十五从军征"显然是汉人的诗作,所以《乐府诗集》卷二五引《古今乐录》说:"'十五从军征'以下是古诗。"卷二四引《古今乐录》又说:"《紫骝马》古辞云:'十五从军征,八十始得归。道逢乡里人,家中有阿谁。'"《折杨柳》和《陇头》的曲名,在"汉横吹曲"和"梁鼓角横吹曲"中均有。特别是《折杨柳》,恐怕是先秦时代已经存在的曲名。《庄子·天地篇》:"大声不入于里耳,《折杨》、《皇荂(一作"华")》,则嗑然而笑。"至于《宋书·乐志》所载"清商三调"中也有《折杨柳行》("默默施行违"),另有曹丕所作的"西山一何高";陆机的"邈矣垂天景"等,更不用说了。《宋书·五行志二》和《晋书·五行志中》所记晋"太康末,京洛为《折杨柳》之歌,其曲始有兵革苦辛之状",大约是沿袭汉代的乐曲,另制新词。这说明一些曲名在不同种类的乐曲中可以同样出现。但它们的唱腔和曲辞未必相同。这正如宋词的词牌名和后来的曲牌名虽有相同的名目,唱起来却并非完全一样。然而前面讲到的"汉横吹曲",其原来的曲辞已无存者①。现在《乐府诗集》中称为"汉横吹曲"的曲辞大多是梁陈以后人所作,都是些五言诗。只有鲍照的《梅花落》,却是三句五言,一句七言,又是一句五言,三句七言。这种诗体比较别致,是否和中原地区的民歌常有七言和杂言有关?这个问题就很值得思考。

---

① 当然,"汉横吹曲"也很有可能本来有曲无辞。因为在古代已有依声作辞的先例,如《宋书·乐志》谈到曹操、曹丕和曹睿有"因丝竹金石造哥乎以被之"的事实;另一方面,也有些文人的诗句后来被人谱成了乐曲。如《乐府诗集》卷四四所载晋宋齐时的《子夜四时歌》中《冬歌》十七首中就有一首:"白雪停阴冈,丹华耀阳林。何必丝与竹,山水有清音。"显然是截取左思《招隐诗》中的句子,谱成《子夜歌》的乐调去歌唱。《梁书·昭明太子传》载昭明太子萧统回答番禺侯萧轨提议奏乐时,"咏左思《招隐诗》曰:'何必丝与竹,山水有清音。'"疑即由于这几句早已入了乐,所以念出来回答萧轨。至于"梁鼓角横吹曲"中出现古诗《十五从军征》,可能也是这种情况。

鲍照的七言和杂言乐府诗受到过东晋南渡以前在中原流行过,却没有被采入乐章的民歌的影响,这大概没有什么疑问。因为向来被视为鲍照代表作的《拟行路难》十八首,用的就是在东晋以前的北方民歌。因为《行路难》这种曲调早在鲍照出生以前,已流入江南,但士大夫们一般都看不起它。《世说新语·任诞篇》注引《续晋阳秋》:"袁山松善音乐,北人旧歌有《行路难》,曲辞颇疏质,山松好之,乃为文其章句,婉其节制,每因酒酣从而歌之,听者莫不流涕。初,羊昙善唱乐,桓伊能《挽歌》,及山松以《行路难》继之,时人谓之三绝。"① 这里所谓的"北人",显然指的是中原地区的汉人,并非指北方的少数民族。因为《艺文类聚》卷一九引《陈武别传》说到陈武从牧人学习《太山梁父吟》、《幽州马客吟》及《行路难》之属。这条材料置于《三国志·魏书·管辂传》的引文之后,《文士传》记李康(三国魏人,《运命论》的作者)事前,说明陈武其人当是三国时人。再看他学唱的歌曲中有《太山梁父吟》,这种曲调至晚出现于汉魏之际,现在我们知道的有曹植所作《太山梁甫吟》,晋陆机的《太山吟》和《梁甫吟》;还有相传为诸葛亮所作的《梁甫吟》。后一首作品虽然未必可靠,但诸葛亮喜欢《梁甫吟》却是史书有明文记载,并无疑问的事。所以《行路难》的出现,最晚也在三国以前②。《续晋阳秋》的作者檀道鸾是刘宋人,他的生平附见《南史·文学·檀超传》。他作为南朝人,当然不会把北魏统治下的中原称

---

① 袁山松的卒年,据《晋书·孙恩传》载,他是晋安帝隆安五年(401)被孙恩所杀,下距鲍照的卒年(466)有六十多年。而据虞炎说,鲍照死时"年五十余"。可见《行路难》流入江南是在鲍照出生以前。

② 《陈武别传》中提到的《幽州马客吟》,亦见于"梁鼓角横吹曲"。但这未必能说明它起源于少数民族。因为前面我们已说到,像《陇头》、《折杨柳》和《紫骝马》都是既见于"汉横吹曲",亦见于"梁鼓角横吹曲"的。何况《紫骝马》的歌辞,还有《十五从军征》这种古诗。

作"中土";但他原籍高平金乡,本是北方人,自然也不愿像一些南方人那样称北方人为"伧",所以就使用了"北人"这个称呼①。这说明《行路难》确系晋室南渡以前中原的民歌。

《行路难》这些民歌,其始和那些《相和歌》或"清商三调"并没有太大区别。因为据《宋书·乐志一》说:"凡乐章古词,今之存者并汉世街陌谣讴。《江南可采莲》、《乌生》、《十五》、《白头吟》之属是也。"只是后者被采集入乐,多少会经过文人加工,所以人们就把它们看作"典雅"的东西;而前者由于不曾入乐,也未经文人加工,相比之下不免有粗细之分。再加上当时南朝士大夫对北方人往往怀有偏见,所以在东晋人看来,原来的《行路难》歌辞,就显得"疏质"了。这种"疏质",在某种程度上说,也可以作为"俗"或不"精典"的解释。

当然,从原来的《行路难》到鲍照的《拟行路难》,是会有很大变化的。《拟行路难》的辞藻华美,决不能以"疏质"视之。但是采用那种没有入乐的民歌体裁写诗,一些士大夫的上层分子仍然会把这样的作品看作"俗"体。另外,从《拟行路难》的艺术特点来看,在这些诗中感情奔放,而且用典不算多。这和陆机、颜延之等人"非对不发",好用典故而且往往缺乏真情实感的诗风毕竟大异其趣。那些欣赏颜延之一派诗歌的人像萧道成等对这样的作品自然不会欣赏。可是在我们今天看来,鲍照选用这种民歌形式来反映某些社会生活和抒发他自己失意的悲愤是非常适当的。《行路难》原来的曲辞,我们对它已经一无所知。从《世说新语·任诞篇》讲到"袁山松出游,好令左右作《挽歌》"的话和《续晋阳秋》说到"听者莫

---

① 其实,南朝人对北方少数民族很少用"北人"这名称,通常用的是"虏"这种蔑称。

不流涕"的话来看,至少袁山松改写的《行路难》,是和《挽歌》比较近似的悲歌。这种情调,也许和鲍照《拟行路难》中的第十("君不见舜华不终朝")和第十一("君不见枯箨走阶庭")等首相类似。但是鲍照的十八首作品,内容很不一致。其中有写行子、思妇哀怨的;有感叹人生无常的;也有直接吐露自己备遭压抑的激愤心情的。

过去的不少研究者,往往把它们看作一时之作,并且根据末首中有"余当二十弱冠辰"一语,断定为鲍照二十岁左右写的。这种说法纯粹是主观臆测,毫无根据。《拟行路难》十八首并非一个整体①,它们反映了多种人物的思想和生活。余冠英先生说得好:"《行路难》共十八首,末首说'余当二十弱冠辰'。后人据此说鲍照在二十岁左右即元嘉十二年(435)左右作《行路难》。但第六首说'弃檄罢官去',作者在元嘉二十三年(446)才在朝为侍郎,相距十年以上,可见非同出一时。"② 余先生从鲍照的生平事实出发来证明《拟行路难》中存在着反映作者以后的生活经历的内容,这是十分有力的证据。我完全同意余先生的意见。因为从《南史》本传中看,鲍照向宋临川王刘义庆献诗前,曾对人说过"千载之上有英才异士沈没而不闻者,安可数哉! 大丈夫岂可遂蕴智能,使兰艾不辨,终日碌碌与燕雀相随乎"的话。这段话一方面反映鲍照当时确有一番雄心;另一方面,他却对当时的仕途还存在不少幻想。这种思想和《拟行路难》末首的情绪颇为吻合。在那首诗中,鲍照虽然对自己的前途也不见得十分乐观,说到了"诸君莫叹贫,富贵不由

---

① 按《玉台新咏》卷九,选录鲍照《拟行路难》四首,以《中庭五株桃》为第一首,《奉君金卮之酒碗》(本集作"美酒")为第三首。可以作为旁证。

② 《乐府诗选》1953年版,第 188 – 189 页。"弃檄罢官去"的"檄"字,本集作"置",这里据《乐府诗集》。

人"、"对酒叙长篇,穷途运命委皇天"等语。这是因为在南朝门阀制度盛行的时代,即使一个涉世未久的青年人,只要出身"寒门",也会比较清楚地认识现实。然而,他还没有感到绝望,觉得自己的才华,仍有可能得到舒展的机会,所以他唱出了"莫言草木委冬雪,会因苏息遇阳春"的诗句①。像这首诗,断言他作于二十岁左右即出仕以前,似乎并无多大疑问。

《拟行路难》中有不少首的情况则与此大不相同。以第四首("泻水置平地")和第六首("对案不能食")为例,就不像一个阅世未深的青年人的思想感情,而倒显示出作者在经历了一系列坎坷和挫折之后发出的激愤和哀怨之情。前者说:"心非木石岂无感,吞声踯躅不敢言",这里蕴藏着多么深重的悲愤。后者说:"自古圣贤皆贫贱,何况我辈孤且直",则不仅是倾诉,简直像抗议了。至于第五首的内容,粗粗看来,好像和末首类似,都是讲及时行乐,对前途听天由命;其实它的宗旨却与末首简直相反。这一首原文是:

> 君不见河边草,冬时枯死春满道。君不见城上日,今暝没尽去,明朝复更出。今我何时当得然,一去永灭入黄泉。人生苦多欢乐少,意气敷腴在盛年。且愿得志数相就,床头恒有沽酒钱。功名竹帛非我事,存亡贵贱付皇天!

在这首诗里,他已经对"功名竹帛"不再抱什么希望,也不再认为自己像草木一样有"会当苏息遇阳春"的时候。如果说末首的强调及时行乐,有点像李白《将进酒》中"天生我材必有用,千金散尽还复来"的意思,那么这一首却更近于杜甫《醉时歌》中的"生前相遇且衔杯"之句了。在今天的读者看来,这种情调显然过于消极,但那是当时社会现实对鲍照这样一位出身寒微的人长期压抑和打击所

---

① 南朝时出身微贱,而以文辞致身高位的人还是有的,如后来的江淹和范云等。

造成的结果。在这些诗句中,包含着作者的多少辛酸泪!

《拟行路难》中,除了直抒胸臆的作品以外,还有一些写弃妇和行子、思妇们的哀怨与愁苦的内容。其中写妇女生活的诗篇,当然可以用"比兴"的说法来解释,即认为是托喻自己在仕途上的失意。但是其中对一些妇女的生活和心理活动,写得很细致和生动。如第八首("中庭五株桃")中的"床席生尘明镜垢,纤腰瘦削发蓬乱"和第十二首("今年阳初花满林")中的"朝悲惨惨遂成滴,暮思绕绕最伤心"等句,语言朴素自然,音节谐和,在南朝的歌行中有着显著的特色。这些诗篇说明作者对她们的生活有较深刻的了解。在封建社会中,男女之别极为严格,一个二十来岁的青年恐怕也难写出这种作品来。

《拟行路难》的第十三首("春禽喈喈旦暮鸣")里所写的生活和思想情绪,更值得我们探讨。这首诗借一个出征军人和一位过客的晤谈,写出了那位军人思念家中妻子的感情。这种感情和第十四首("君不见少壮从军去")中的"将死胡马迹,能见妻子难"的情调相一致。鲍照虽然没有从过军,但由于他到过宋、魏两个政权交界的地方,对军人们也有过接触,所以能写出《代东武吟》、《代出自蓟北门行》、《代苦热行》、《代陈思王白马篇》以及《拟古八首》中一些有关军旅生活的诗篇。尤其是刘宋王朝在元嘉后期对北魏的战争失败以后,出征的将士怀有前面所引两句诗的念头,也不难理解。所以说第十三首中所描写的情绪,确系当时出征者的感情,亦无不可。但是鲍照本人却长期过着"去亲为客"的生活,也经常在外面思念自己的家乡和妻子。如他的《梦还乡》和《春羁》等诗,就表现了他这种思想。所以说像这首诗中"我初辞家从家侨,荣志溢气干云霄。流浪渐冉经三龄,忽有白发素髭生。今暮临水拔已尽,明日对镜复已盈。但恐羁死为鬼客,寄思寄灭生空精"等句,是他自己长期游宦和不得志的写照也完全合理。不管这首诗究竟写的是出征军人还是鲍照自己,像这样通过一个细节来深刻地反映内心活动的手法,总是长期饱经忧患者的心声,而不像出自一个尚未经过多少阅历的青年人的手笔。

在《拟行路难》中,不论是直接抒写作者思想感情或描写征夫、思妇以及被遗弃妇女的生活的篇章,都有一个共同的特点,就是它们所写的都不是庙堂中的王公贵族,也不是那些自命风雅的上层士大夫们的生活和情调。与此相应的是,在艺术手法上它们也保存着民歌清新、刚健的特色。它们具有夺目的文采和激动人心的感染力,却绝少颜延之那种"全借古语,用申今情"的雕琢手法。从某种意义上说,萧子显用"雕藻淫艳,倾炫心魂"八个字来批评鲍诗,虽寓有若干贬义,但从今天看来,倒说明了像他这样一个对鲍照并不很赞成的批评家也不得不承认鲍诗的动人力量和它们显露出了作者惊人的才华!

三

鲍照的五言乐府诗,有不少是"相和歌辞"(包括《相和歌》和"清商三调"),也有一些虽然在《乐府诗集》中列入"杂曲歌辞",但这种曲调已经曹植、陆机等人用来进行过创作,按理说在南朝,应该算是"雅乐"了。然而,他这一类作品,和上层士大夫们的生活情调,仍是格格不入的。例如:他著名的《代东武吟》写的是一个退役的老兵或下级军官暮年的悲惨生活;《代东门行》、《代门有车马客行》、《代棹歌行》等写的都是各种游子们的旅怨别恨。有些作品如《结客少年场行》虽然写的倒是达官贵人的烜赫气势,但这是通过一个"坎壈怀百忧"的失意者的观感来描写的,对那些富贵者持着明显的批判态度。

鲍照是善于利用拟作乐府古题来批判当时的现实的。我在《关于南北朝文学的评价问题》①中,曾根据《宋书·何尚之传》证明他的《代陆平原君子有所思行》是对刘义隆大修玄武湖及景阳山的行为有所讥刺;也曾就《代东武吟》与陆机的《东武吟行》的对比来说明鲍照对待现实的态度。其实有不少乐府旧题,本来没有多大积极意义,但到鲍照手里,却成为他揭露或蔑视当时社会的有力武器。如《升天行》这种游仙诗,不论曹植和后来梁代的刘孝胜、隋代的卢思道等人所作的《升天行》,表现的情调都是出世的。唯独鲍照的《代升天行》则与此不同。他这首诗写的虽然也是游仙,然而一开头就说:"家世宅关辅,胜带官王城。备闻十帝事,委曲两都情。倦见物兴衰,骤睹俗屯平。翩翩若回掌,恍惚似朝荣。穷途悔短计,晚志重长生。"这段话,实际上是借游仙者之口来写作者对当时政治状况的看法。我们知道,鲍照早年生活在京口(今江苏镇江)一带,离开都城建康(今南京市)不远。而从鲍照生活的时代看,刘宋王朝内部争权夺利互相残杀的情况非常频繁。许多帝王的结局往往是被杀或被废。气势烜赫的大臣们从徐羡之、傅亮、谢晦起,到刘义康、刘义恭、颜竣、沈庆之,几乎无一人得到善终。从民生情况来说,宋文帝早期,虽然有一个比较安定的局面,相对地给人民一个短暂的休养生息的机会,但是好景不长,正如《南史·循吏传》所说:"暨元嘉二十七年,举境外捍,于是倾资扫蓄,犹有未供,深赋厚敛,天下骚动。自兹迄于孝建,兵连不息。以区区江东,蕞尔迫隘,荐之以师旅,因之以凶荒,向时之盛,自此衰矣。"鲍照这几句诗,虽然是借汉代喻南朝,概括的却是他平生所熟睹的历史现

---

① 《文学遗产》1980 年第 2 期。

实。所以他这首诗最后以"何当与尔曹,啄腐共吞腥"作结,表示对富贵、权势的极端蔑视。这种思想状况,我们在后来李白的不少讲求仙的诗中也常常可以遇到。从前的评论家往往注意到李白的诗句,在技巧上有许多学习鲍照的地方。我想,李白所以重视向鲍照学习,除了艺术上的借鉴外,在思想方面也有所共鸣,这恐怕是一个因素吧。

鲍照善于利用乐府旧题来作为他批判当时现实的手段,还表现在他的《代白头吟》中。关于《白头吟》,传说是汉代卓文君所作,用以抗议司马相如富贵后纳妾的事。这种传说显然不可信。但这首诗写的是弃妇的悲愤却无可否认。至于鲍照的《代白头吟》则有着更深广的社会意义:

> 直如朱丝绳,清如玉壶冰。何惭宿昔意,猜恨坐相仍。人情贱恩旧,世议逐衰兴。毫发一为瑕,丘山不可胜。食苗实硕鼠,玷白信苍蝇。凫鹄远成美,薪刍前见陵。申黜褒女进,班去赵姬升。周王日沦惑,汉帝益嗟称。心赏犹难恃,貌恭岂易凭。古来共如此,非君独抚膺。

这首诗已经不再限于一个弃妇的哀怨,而是写的当时仕途的黑暗。诗中虽然也用到了周幽王宠褒姒而废申后;汉成帝进赵飞燕而疏班婕妤的典故,那只是比喻手法。诗的宗旨还在指斥统治者昵近小人,疏斥正直的大臣以致朝政日益混乱的事实。诗中出现了"食苗实硕鼠,玷白信苍蝇"的句子,这是公开对一些当权的官僚进行痛斥。如果考虑到宋孝武帝刘骏统治时期的政治状况,这首诗的内容就不难理解。刘骏做皇帝以后,行为颇为荒淫。《南史·颜延之附颜竣传》:"上(刘骏)自即吉之后,宫内颇有丑论,又多所兴造。竣谏争恳切,并无所回避。上意甚不悦,多不见从。"最后被赐死。宗室大臣刘义恭官位很高,却"虑不见容,乃卑辞曲意附会"(《南史·宋宗室及诸王传上》)。刘骏所信用的近臣戴法兴、戴明宝等"大通人事,多纳货贿,凡所荐达,言无不行,天下辐凑,门外成市,家产并累千金"(见《南史·恩幸传》)。诗中说到"人情贱恩旧",似乎是有感于刘骏杀死颜竣这样的旧臣;而用"硕鼠"的典故,也颇像对二戴招权纳贿的鞭挞。像这样的诗,因为是对帝王和大臣进行讥刺,自然不便于大声疾呼,而要借用古事来隐喻。所以这首诗中所用的典故就比较多,在风格上多少与谢灵运、颜延之等人有些近似,而和《拟行路难》一类作品不大一样。但鲍照这样一位作家,在风格、技巧上确实是多种多样的。他有许多诗,也擅于使用典故和对仗,跟他当时的和后来齐梁的一些诗人同具这些特点;但也有些诗则风格比较质朴,保留着汉魏诗的色彩。如他的《代贫贱苦愁行》:

> 湮没虽死悲,贫苦即生剧。长叹至天晓,愁苦穷日夕。盛颜当少歇,鬓发先老白。亲友四面绝,朋知断三益。空庭惭树萱,药饵愧过客。贫年忘日时,黯颜就人惜。俄顷不相酬,恧怩面已赤。或以一金恨,便成百年隙。心为千条计,事未见一获。运圮津涂塞,遂转死沟洫。以此穷百年,不如还窀穸。

这首诗写的是贫苦人的哀愁,对当时的社会不能说没有批判,但它和《代白头吟》不同之处,就在于它不涉及当时的朝政,用不着有所忌讳,所以诗中就不大用典故、隐喻,而基本采用白描的手法。所以陈祚明说这首诗像汉魏的赵壹和程晓。在齐梁人看来,也许觉得它缺乏"雕润"了。这首诗,我认为可能是鲍照本人长期穷愁潦倒的生活写照。如果联系他的《请假启》中自称"臣居家之治,上漏下湿,暑雨将降,有惧崩压。比欲完葺,私寡功力,板锸绚涂,必须躬役"看,他能这样细致地写出穷苦人的悲惨生活,确实很近情理①。

综观鲍照的诗作,特别是他的乐府诗,其内容大体是写一些社会地位比较低微的游子、思妇等人物的生活和思相情感,很少出现颜延之所常写的那种雍容典雅、歌功颂德的庙堂文学;也较少写过谢灵运等人怡情山水、纵谈玄理的上层士族情趣。这在一定程度上,保存着汉魏以来那些"街陌谣讴"的基本精神。这些作品,在上层士族看来,其内容当然是近于"俗"的;而且鲍照的作品还常有激愤之情,也不合于汉代以来儒家所提倡的"温柔敦厚"、"怨而不怒"的"诗教"。所以当时的评论者把鲍诗说成"险俗"、"郑卫"也就不足怪了。

当然,鲍诗中出现的游子、思妇,未必等于当时的劳动人民。张志岳先生说过:"据我的考察,魏晋南北朝诗人的家世和劳动人民相距很远,他们的作品没有一首是以写劳动人民为主旨的,鲍照也不例外。"(见《鲍照及其诗新探》,《文学评论》1979 年第 1 期)对张先生的看法,我基本上同意。然而,从鲍照大多数诗作来说,和元嘉的颜、谢以及后来齐梁的多数诗人相比,其内容与生活情调还是存在着显著的区别。

四

当鲍照利用汉魏以来曾在中原地区流行过的民歌体裁写作杂言乐府诗的差不多时候,另一位诗人谢庄也曾经在杂言诗方面进

---

① 鲍照的《请假启》,我认为不见得有多少夸张。因为南北朝的知识分子中,贫苦的人往往居住这种破屋。《南史·刘瓛传》说:"刘瓛兄弟三人共处蓬室一间,为风雨所倒,无以葺之。"他成名以后,"住在檀桥,瓦屋数间,上皆穿漏"。刘瓛的社会地位比鲍照高,尚且如此,所以说《请假启》中写的当为实事。

行过尝试。这就是《艺文类聚》中所载的《杂言咏雪》(卷二)、《山夜忧》(卷七)和《怀园引》(卷六五)等首。这几首作品,在近人丁福保所编的《全宋诗》卷二中,认为并非全文,他选录的是《续古文苑》中的文字。这个本子比《艺文类聚》所引的文句多出很多。另外,《续古文苑》还从石刻谢庄手迹中辑出一首《长笛弄》,在其他书中均不载。关于《续古文苑》所载文字,我认为不像伪作,因为以其中的《瑞雪咏》和《艺文类聚》中所引的《杂言咏雪》来比较,《续古文苑》本中有明显的错字。如其中"暑未沈而井阒,寓方霾而曳"两句,后一句就很费解。但《杂言咏雪》中这一句作"寓方霾而海滨",则不但文从字顺,也和上文的"河徼云惊"句相叶。《续古文苑》本如果出于伪托,倒不见得会有这种错误。因为《艺文类聚》并非难得的书,谢庄在南北朝作家中,也算得上一位名家,既要作伪,就不大可能留下这种漏洞。

谢庄也能写五言诗,他的诗,被钟嵘列为"下品"。在《诗品》卷中议论到用典问题时,钟嵘又把颜延之和他并提,认为他们用典过多,造成了"大明、泰始中,文章殆同书抄"的风气。如果从谢庄现存的五言诗看,确实有些呆板,很少精彩之处。不过他的《月赋》却很有特色,在南北朝抒情小赋中,是很传诵的佳作。看来,谢庄在诗歌方面的成就比不上他的辞赋。他那些杂言诗,实际上是介于诗赋之间的作品,例如那首《杂言咏雪》在《艺文类聚》中列入"赋"的一类,他那些杂言诗,也有那种雕琢过甚、用典较多的倾向,不过读起来还是比五言诗显得自然和活泼一些。他这些作品有一个明显的特点是音节比较优美,所以夏敬观《八代诗评》说到他"尤注重音节,开初唐四杰之派"。

谢庄的杂言诗和鲍照的杂言诗虽然文字都很华美,音节也都很流畅。但两人的作品在风格上却截然不同。鲍照富于民歌气息,而谢庄则纯粹是文人诗的气派。这大约和鲍照与谢庄的生活经历不同,所要表现的思想感情也迥异,因此在艺术技巧上也各自采用不一样的手法。

谢庄和鲍照之间有过一定的交谊,他们曾联句作诗。在鲍照的集子中有一首《与谢尚书庄三连句》,这首诗并不注明哪一句是鲍作,哪一句是谢作。看来这些诗句都出于鲍照之手。因为现存南北朝人的诗集中,关于联句,有两种处理方法,一种是载录全诗,注明某一句是谁所作;另一种是只截取本人的诗句,而删去别人的句子。(如梁何逊集子中有《拟古三首联句》,载有何逊、范云和刘孝绰的诗。而在范云、刘孝绰的诗中,只保存范或刘个人的诗句。)鲍照这首联句原文是:

> 霞晖兮涧朗,日静兮川澄。风轻桃欲开,露重兰未胜。水
> 光溢兮松雾动,山烟叠兮石露凝。掩映晨物彩,连绵夕羽兴。

这首诗虽然也是杂言,却和鲍照别的杂言诗风格完全不同,倒很像谢庄那几首杂言诗的笔调。这说明鲍照才大,谢庄所能者,他亦能为之;而鲍照的那种诗体,却未见谢庄作过。然而鲍照愿意模仿谢庄的诗体和他作联句,这也说明他对谢庄在这方面的努力还是赞成的。

谢庄这种诗体的来源,我认为有两个方面。从文学方面说,他多少从《楚辞》和两汉所谓的"楚歌"(如刘邦的《大风歌》、《鸿鹄歌》、刘彻的《秋风辞》等作品中吸收了一些营养;而直接继承的则是晋代傅玄、夏侯湛、湛方生等人所作的杂言诗和讴谣[①]。从音调和节奏方面说,恐怕和他对琴曲有较深的研究有关。历来论谢庄的人往往说到他深通文章的音律。在他的前辈中,范晔曾谈到这

---

① 傅玄有一部分杂言诗类似民歌,如《秦女休行》,对鲍照也有影响。

一点。范晔认为关于文章的音律,除自己外,"年少中谢庄最有其分"(《宋书·范晔传》,《南史》同)。钟嵘《诗品》卷下引南齐王融论音律时说:"惟见范晔、谢庄乃识之耳。"我们知道范晔的擅长文章音律,是和他善于弹琵琶有关的。但范晔自己对他在音乐方面的评价是"听功不及自挥"。至于谢庄,《宋书》和《南史》的传记中,都不曾提到他会演奏什么乐器。然而他对音乐的欣赏力较高。《南史·褚裕之附彦回(即褚渊)传》:"尝聚袁粲舍,初秋凉夕,风夕甚美,彦回援琴奏《别鹄》之曲,宫商既调,风神谐畅。王彧、谢庄并在粲坐,抚节而叹曰:'以无累之神,合有道之器,宫商暂离,不可得也!'"褚渊善于弹琴和琵琶,这是大家所熟知的,这里所以提到谢庄称赏,正是为了证实褚渊的弹奏确实成功。从《乐府诗集》中关于《琴曲歌辞》的说明中经常引用谢希逸(谢庄字)《琴论》的话看,谢庄对琴曲确实有着一定的研究。《乐府诗集》所载的《琴曲歌辞》在诗体上多种多样,四言、五言、七言杂言都可以谱曲弹奏。其中有一些琴曲,在文体上和谢庄的作品比较相似,有些却很不一样。不过精于乐律的人从琴曲中学习其节奏和音调,恐怕不一定和文句有必然的联系。

在音律方面,谢庄的造诣大约超过了鲍照。鲍照在乐府诗中,也有一部分是"琴曲歌辞",但其中有些不过是五言诗,像他的《代别鹤操》,读起来令人感到与他拟作的其他汉魏旧曲没有太大区别;《幽兰》五首,文体近似"吴声"或"西曲";只有《代雉朝飞》在文体上有点近于晋石崇《思归引》一类琴曲,然而把《代雉朝飞》和《代北风凉行》(属"杂曲歌辞")并读,文体虽不全同,但差别也不明显,因为像《拟行路难》的各首字数句数也不相同。至于谢庄那几首杂言诗,至少还可以使人轻易地看出它们和琴曲的关系。

至于说到对后世的影响,那么以南齐的"永明体"作家而论,鲍

照的影响主要表现在文学的手法方面,谢庄则对"永明体"的出现,
更有密切关系。因为"永明体"的创始人沈约,曾经用谢庄那种杂
言诗体写过"八咏";而"永明体"的另一个重要作家王融,也曾经推
崇过谢庄为识宫商的人物。然而永明诗人的代表作,大抵是五言
诗,从文体上说,有些作品受当时流行的"吴声"、"西曲"的影响也
不容忽视。如谢朓、王融的一些短诗,已开唐代五言绝句的先河,
这些诗跟现存的"吴声"、"西曲"还是很相像的。

至于南朝后期的梁陈作家,在写作七言诗时,也夹杂一些五言
句,如吴均《行路难》、萧子显《从军行》一类诗,在文体上与鲍照相
近;而庾信、萧绎等人的抒情小赋,有些以五七言句为主,也夹有四
言句、六言句,却多少可以看出它们与谢庄、沈约那些杂言诗的继
承关系。这些诗和赋的相互影响,到了初唐一些作家手里,逐渐地
溶合起来,成为歌行体。在那些歌行中,鲍照的影响主要在文学技
巧方面;而谢庄则主要在音律、节奏方面。在诗歌的发展中,文学
技巧以及思想内容的继承关系,往往比较容易看清楚;而音律与节
奏则由于语言本身的演变和各种音乐的影响,特别是隋唐以来许
多少数民族的和外国的音乐的传入和盛行,使人们不大容易分辨
出前后的继承关系。所以历来的评论家,往往谈到李白、杜甫以至
韩愈等人受鲍照诗影响,却很少提到谢庄。这当然主要是因为谢
庄那些诗在思想内容和艺术成就上远不及鲍照;但谢庄那些诗本
身的成就主要在音节方面,恐怕也是一个原因①。

---

① 李白有一些诗显然也有谢庄影响,如《鸣皋歌送岑征君》、《万愤词投魏郎中》
等,但这些作品数量不多。

五

鲍照除了乐府诗以外,还写了不少其他诗歌。这些诗除了一部分"拟古"之作以外,有不少首的风格和谢灵运以至颜延之似乎差别不大。关于这种情况,张志岳先生认为:鲍照"对于当时诗坛追求声貌的风气,是热心参加并欲一显身手的。这从鲍照一生经历往往借诗文为进身之阶的情况来印证,是和他热衷仕进的思想联系着的"(《鲍照及其诗新探》)。对这种解释,我也同意。因为从鲍照的一生看,他虽然从没有致身高位,而且长期隐沦下僚,但仍一直在仕途上浮沉着,并未脱身。这种情况也许是由于他的贫困,使他不能不奔走于衣食,而既然要以诗文作为进身的手段,也就不能不仿效当时盛行的文风。鲍诗所以在过去常常受到一些评论家的贬抑,和这个情况也有密不可分的关系。

从年辈来说,鲍照比谢灵运、颜延之要晚一些。但宋代的严羽在《沧浪诗话》中,却把他和颜、谢并列为"元嘉体"的代表人物。从鲍照乐府以外的某些诗歌那种讲究雕琢和用典的手法论,严氏把三家并列的作法不能说没有道理。但是三人的生活经历和各自的气质绝不相同,即使写的是类似的题材,有时仍然会流露出各自的不同感情。例如:颜延之的《车驾幸京口三月三日侍游曲阿后湖作》写的都是些颂扬之辞,一片升平气象,最后以"德礼既普洽,川岳遍怀柔"作结,似乎连当时南北两政权并存的局面也不存在了。谢灵运则不然,他在《从游京口北固应诏》中强调的是"事为名教用,道以神理超",表示自己对皇帝并不驯服。在这首诗中,谢灵运还写道:"顾已枉维絷,抚志惭场苗。工拙各所宜,终以返林巢。"说明自己对官位并无兴趣,愿意归隐。鲍照的同一类诗歌,情调又不相同。他在有些诗中虽然也和颜延之那样是歌颂帝王的(如《侍宴覆舟山》二首);但如《从拜陵登京岘》就以写山路的艰险、旅途的苦辛为主,最后则归结为"伤哉良永矣,驰光不再中。衰贱谢远愿,疲老还旧邦。深德竟何报,徒令田陌空",则流露了自己在仕途上不得志的牢骚。

隋代的王通对这三位诗人的评价正是着眼于这三种不同的思想感情。他在《文中子中说·事君篇》中,说谢灵运是"小人","其文傲";鲍照是"狷者","其文急以怨";只有颜延之"有君子之心焉,其文约以则"。作为一个思想家,王通是一个以"君臣大义"的维护者自居,所以他的评价可以完全不顾三人在文学成就上的高下。在这方面,后来的韩愈,虽自负为儒家道统的继承者,但他毕竟是个作家,懂得艺术鉴赏,所以在《荐士》诗中,推崇"鲍谢",而不提颜延之。

看来,颜延之的诗不足与鲍、谢并称,这在古代许多评论家目光中,已差不多一致。如明胡应麟《诗薮》所说:颜延之等"所以远却谢、鲍诸人,正以典质有余,风神不足耳"。在今天应该更没有争议了。问题是鲍照和谢灵运的评价,在今天一些研究者的论著中,和古人还是很纷歧的。当代许多文学史著作和论文,比较重视文学作品的思想意义和社会内容,因此扬鲍抑谢者较多。传统的批评家则从钟嵘开始,大抵扬谢抑鲍。在《诗品》中,谢灵运列在"上品",而鲍照仅居"中品"。严羽的《沧浪诗话》也认为"颜不如鲍,鲍不如谢"。但也有人采取折衷的态度,如清代的方东树在《昭昧詹言》中说:"鲍谢两雄并峙,难分优劣。谢之本领,名理境界,肃穆沈重,似稍胜之,然俊逸活泼亦不逮明远。"(卷六)关于这些不同的评价,我觉得主要还是由于各方面的出发点不同。

钟嵘的论诗,往往把眼光局限在乐府以外的作品,特别是他公

开声明自己的评论只是讲五言诗。所以鲍照一些杰出的代表作像
《拟行路难》就不在他评论的范围之内。不过,即使撇开这些七言
诗和杂言诗,鲍照和谢灵运的高下,还是各有所长,因为题材不同,
手法也不同,只能像方东树那样以"难分优劣"来评价。我觉得钟
嵘所以要推谢而贬鲍,原因还在于齐梁诗坛的风气。据我看来,南
朝后期的诗歌在梁武帝萧衍统治的中后期,在题材方面有过一些
变化。南齐和梁初诗人,大抵以行旅、游览之作见长,梁代中后期
及陈代因为"宫体诗"的出现,情况便略有区别。但多数梁陈诗人,
也仍然喜欢吟咏自然景物。这种情况实际上反映了南朝士族沿袭
魏晋遗风,崇尚清谈,爱好游山玩水的生活风尚。所以李谔给隋文
帝杨坚上书要求改正文风时说到齐梁以后的诗歌"连篇累牍,不出
月露之形;积案盈箱,尽是风云之状"。钟嵘虽然对齐梁时代的文
风有所批评,但他毕竟不可能完全摆脱时代风尚对他的局限。从
那些写景诗来说,鲍照确实有些诗比谢灵运有所逊色。这是因为
谢灵运的游山,有他的经济条件。《宋书·谢灵运传》:"灵运因父祖
之资,生业甚厚,奴僮既众,义故门生数百,凿山浚湖,功役无已。
寻山陟岭,必造幽峻,岩嶂千重(《南史》作"数十重"),莫不备尽。
登蹑常箸木履,上山则去前齿,下山去其后齿。尝自始宁南山伐木
开径,直至临海,从者数百。"这样地兴师动众地寻幽探胜,当然能
给谢诗增添不少素材,使他那些山水诗富有独创的境界。但是,这
种生活对鲍照这样一个贫苦知识分子说来却又很难想象。他平生
过的是寄人篱下的幕僚生涯,很少机会去游山玩水。所以方东树
《昭昧詹言》批评他的《登庐山》说:"此不必定见为庐山诗,又不必
定见为鲍照所作,换一人换一山皆可施用。"(卷六)如果就这类诗
而言,"鲍不如谢"的论点也未始不可成立。因为鲍照有些写景的
诗,似乎有些追求对仗,反而显得不大自然。如《登庐山望石门》中

的"崭绝类虎牙,嵾岹象熊耳",对仗虽工,却是以两座山来比一座山,没有到过虎牙山、熊耳山的人自然从中体会不出庐山的险峻;就是到过那些山的人,也未必能了解庐山哪些地方与这两座山相像。用王国维《人间词话》的语言来说,这样的诗句,就失之"隔"。

不过,鲍照写景的诗,也自有其特色,和谢灵运不一样。谢灵运笔下的山水,一般是描写景物的优美动人如《过白岸亭》中的"近涧涓密石,远山映疏木";《登江中孤屿》中的"云日相辉映,空水共澄鲜";《初去郡》中的"野旷沙岸净,天高秋月明"等警句,从意境方面来说都是使人心旷神怡的。他还有些警句,则色彩绚丽,使人感受到大自然的生机蓬勃,如《于南山往北山经湖中瞻眺》中的"初篁苞绿箨,新蒲含紫茸。海鸥戏春岸,天鸡弄和风"等。这些意境很能代表谢诗的长处,这是他长期登山陟水,不断体察自然景物的结果。鲍照则不然,他笔下的山川,往往是险峻的,而且一般都是秋冬的肃杀气氛。在这些诗中,作者的心境也是沉郁的。如他的《行京口至竹里》:

> 高柯危且竦,锋石横复仄。复涧隐松声,重崖伏云色。冰闭寒方壮,风动鸟倾翼。斯志逢凋严,孤游值曛逼。兼涂无憩鞍,半菽不遑食。君子树令名,细人效命力。不见长河水,清浊俱不息。

在这里出现的景物和谢诗是另一种风味,从意境来说主要是艰险和萧瑟的景象,而且出现在诗里的作者也是一位风尘仆仆,饥渴劳顿饱含着苦辛的旅人。这种情调,和谢灵运的山水诗迥然不同。谢诗中也有秋冬景色,有时也有牢骚,但山水在谢诗中总是可爱的;在鲍诗中,却更加增添他的愁思。像这样的诗,在鲍照集中还不少,如《岐阳守风》、《发后渚》、《发长松遇雪》都属于这一类。

鲍、谢山水诗的区别,从根本上说是由于两人的社会地位、生活经历不同,因此他们对待自然景物的心情也完全不一样。谢灵运在《石壁精舍还湖中作》一首中写道:"昏旦变气候,山水含清晖。清晖能娱人,游子憺忘归",这很能说明谢灵运对山水的观感。鲍照在《代东门行》的末尾则说:"野风吹草木,行子心肠断。食梅常苦酸,衣葛常苦寒。丝竹徒满堂,忧人不解颜。长歌欲自慰,弥起长恨端。"坎坷艰辛的生活道路诗,不能不在鲍照的心灵中留下阴影。他虽然在幕僚生涯中,不免也要陪同显官们游山玩水,但那只是强颜欢笑。所以《登庐山》一类诗,并不能显示出鲍诗长处,倒是《行京口至竹里》一类,更能表现出他自己的特色。前人论杜甫的写景诗往往提他受鲍、谢影响。其实杜甫的《汉滨陂西南台》,受谢灵运影响最明显。后来遭受艰辛之后的诗如《白水县崔少府十九翁高斋三十韵》、《三川观水涨》及由同谷入蜀路中诸作,则受鲍照影响较多。这也说明心情的变化,会影响诗的风格。

鲍照乐府以外的诗歌,并不限于山水诗,其他诗歌也有他的卓越成就。他的《拟古》等诗,基本上和乐府诗一样,反映的是当时社会地位较低的人物的生活,如《拟古》第六首("束薪幽篁里")、《观园人艺植》等,在南北朝文人诗中,反映一定阶层人物的生活和思想感情应该说是真实的而且较深的。《见卖玉器者》一诗,实际上是借题发挥,讥刺那些官员不能赏识自己的才华。这一类诗一般比较质朴,还保存一些汉魏的古气,跟南北朝其他诗人不同。

过去有人把江淹和鲍照并称。这种提法始于唐代的李白(《经乱离后天恩流夜郎,忆旧游赠江夏韦太守良宰》和《江夏送倩公归江东序》)、杜甫(《赠毕四曜》)和日本僧人遍照金刚的《文镜秘府论》。从现存的江淹诗来看,那些作品大抵作于宋末齐初,比鲍照稍后,比"永明作家"们又早一些。以江诗和鲍诗相比,笔力就显得纤弱一些。但他还有些古气,较永明以后的诗人为遒劲。"江鲍"

合称的理由,就在于他们在元嘉诗人和永明诗人中起着承先启后的作用。元嘉的颜谢在古奥这一点上,是相同的。鲍照有些诗,也写得很古奥,但从他开始已趋向流畅易读。在这方面,他有时作得比较成功,如《赠故人马子乔六首》,很注意锻炼字句,但写得浑厚自然,摆脱了颜、谢和他自己某些诗中的艰涩的缺点。然而,他有些诗,也未免弄巧成拙。如《玩月城西门廨中》的"始出西南楼,纤纤如玉钩;末映东北墀,娟娟似娥眉"等句,有些刻意求对,反而显得呆板和不自然。这种缺点和谢惠连《雪赋》中的"既因方而为珪,亦遇圆而成璧"犯的是同一毛病,钟嵘说他"贵尚巧似,不避危仄",多少说到了他的要害。至于同一首的"归华先委露,别叶早辞风"句,唐代元稹批评它光是华丽,而缺乏思想意义。其实这两句诗从内容方面并没有什么可指责的地方,只是这种句子,已接近齐梁诗的风气。从鲍照开始的倾向到江淹身上表现得更为明显。话又得说回来,过去的评论者,对齐梁诗往往多贬词,而对元嘉诗人的评价则高一些,其实也不一定公允。元嘉诗风从骨力上说要刚劲些,但晦涩、板滞而且用典过多的毛病也很明显。齐梁诗风虽然有一些比较纤弱,但笔调流畅,音节更讲究些。至于诗的社会内容方面,则除鲍照外,颜、谢的诗也并不比齐梁诗更有积极意义。因此作为从元嘉向齐梁的诗风发展中,鲍照首先迈开了第一步,这决不能算是一个缺点。不过总的讲来,鲍照诗歌虽然风格比较多样,而其中成就最高的还是他的乐府诗。特别是它的七言和杂言诗,更是为后来人开辟了一条新途径。这个历史功绩是不容抹煞的!

江淹及其作品

　　江淹在梁代作家中占有相当重要的地位。钟嵘在《诗品》中对他的评语就显然高出于同时的其他诗人如沈约等。其实,江淹的诗,在梁代诗人中,当然也算得很有特色;他的一些拟古诗,确实也能有所寄托,写出一些个人的牢骚和不平,比当时那种不太健康的宫体诗要高出很多。但总的来说,思想性和艺术成就都不算太高,倒是他的一些抒情的赋,虽然也还不能称为杰作,却也是长期为人们所喜爱的作品。通过对江淹这个作家的研究,我们可以更清楚地认识到一些古典文学研究工作中所经常遇见的问题,如:感伤作品的评价问题;作家的生活和他的创作的关系问题等。因此,像江淹这样一个作家,还是值得我们加以研究与探讨的。我这篇文章想就个人对江淹的一些不成熟的看法提出来同大家讨论。

一

　　江淹字文通,济阳考城人,一共活了六十二岁(444—505),经历了宋、齐、梁三个王朝。这三个王朝的更迭,在江淹的生平历史上起了重大的变化,这些变化归根结底决定了他创作发展的道路。《梁书·江淹传》称:“淹少以文章显,晚节才思微退,时人皆谓之才尽。”所谓“才尽”的原因,正可以从他的生平历史和社会地位的变化中去得到解释。

　　关于江淹才尽的故事,钟嵘《诗品》有一段神话式的记载:

> 初,淹罢宣城郡,遂宿冶亭,梦一美丈夫,自称郭璞,谓淹
> 曰:"吾有笔在卿处多年矣,可以见还。"淹探怀中,得五色笔以
> 授之。尔后为诗,不复成语,故世传江淹才尽。

这个故事虽然看起来有点荒诞不经,但其中却透露了一个重要消息:即江淹到"罢宣城郡"以后所作的诗,已经"不复成语"。考《梁书·江淹传》:"(齐)明帝即位,为车骑临海王长史,俄除廷尉卿,加给事中,迁冠军长史,加辅国将军,出为宣城太守,将军如故。在郡四年,还为黄门侍郎,领步兵校尉。"可见罢宣城郡正是齐明帝时。那么江淹到齐明帝时,文学创作已发展到了绝境。这比较姚思廉《梁书》所说的"晚节",在时间上要明确得多,而且在程度上也比《梁书》所说的要严重。显然,生于梁代而又作为杰出的文学批评家的钟嵘的意见,应该是较姚思廉更可信从。但是,若认为:江淹在齐明帝时创作才走下坡路,当然是不对的。作家生活的变化,思想感情的改变,和才思的增进和减退都是逐渐发生的,不可能真有一个晚上作了个梦,才思就马上丧失殆尽的事。事实上,钟嵘的《诗品》在沈约的评语中说:

> 永明相王爱文,王元长等皆宗附之。约于时谢朓未遒,江
> 淹才尽,范云名级故微,故约称独步。

可见早在齐武帝永明时代,江淹的文学才能已经大大减退。钟嵘这两段记载,看来有点矛盾,其实倒是丝毫不矛盾的。江淹的"才尽"正是开始于齐武帝时,而最终到明帝时就彻底地走到了绝境。

我们既然弄清了江淹"才尽"的过程发生在什么时代,再从他生平传记来加以研究,那么才尽的原因,就可以很容易地得到解决。

江淹的为人本来没有多大的理想,从他的《自序传》看,他所追求的生活趣味原来就不很高明:

　　　　仕所望不过诸卿二千石,有耕织伏腊之资则隐矣。常愿
幽居筑宇,绝弃人事。苑以丹林,池以绿水,左倚郊甸,右带瀛
泽。青春爱谢,则接武平皋,素秋澄景,则独酌虚室,侍姬三
四,赵女数人。否则逍遥经纪,弹琴咏诗,朝霞几间,忽忘老之
将至。淹之所学,尽此而已矣。[①]

这样一个极端重视个人舒适享乐的作家,当然不可能长期地保持
自己的创作才能的。他早年所以能写出一些优秀的作品,主要原
因是他当时的生活环境还比较困苦,所依附的刘景素不但没有重
用他,而且曾把他关进监狱,把他贬斥到当时来说是相当遥远的
福建建瓯去。不但刘景素不信任他,而且据他自己说由于他"倜傥
不俗,或为世士所嫉"(《自序传》)。这种牢骚和忧谗畏讥之情,在
他的作品中也突出地反映出来。同时他被贬到当时还很荒凉的福
建,所以又常有严重的乡土之思,这种情绪也经常出现于他的作品
中。这些牢骚和痛苦,正反映着他个人与当时现实的矛盾,因此他
的作品能够在一定程度上对当时的现实有所批判。更重要的原因
是他那种牢骚和不满,在当时的现实中是有很广泛的概括意义的。
长期封建社会中,多数的知识分子大抵都是失意者,能够飞黄腾达
显然只是极少数。因此在江淹的一些作品中虽然主观方面只是悲
叹着他自己的不幸遭遇,但客观方面却道出了长期封建社会中绝
大多数知识分子内心的苦闷。正因为如此,才使他早期的一些诗
赋成为长期传诵的佳作。事实上江淹的集子中较好的作品,大多
数都可以考证出来是他不得意时期的产物。

　　到了齐代,江淹的生活就发生了很大的变化。他在萧道成和
沈攸之的互相火并中,成为萧道成一个得力的谋士。萧道成得势

---

① 　见《江文通集》。

后,他当然会得到好处。正如他自己所说:"军书表记,皆为草具。"不过,萧道成对他虽然比刘景素要重视得多,终究也还没有使他十分称心。所以他在萧道成统治时所写的《自序传》中,还说对当时的官职"既非雅好,辞不获命"。但比较优越的环境,已经使他没有这么多牢骚和忧惧,这个时候的作品,便显然不如以前了。萧道成死后,他的官职又一再往上升,对现实再也没有反感,当然再也不可能写出宋末时的那种作品来了。到他"罢宣城郡"时,他的官职已超过了二千石的愿望,时过境迁,生活环境一变,创作道路当然也随着发生变化,从此为诗"不复成语",正是他的环境决定的。入梁以后,他官至金紫光禄大夫,封醴陵侯,自称"平生言止足之事,亦以备矣。人生行乐耳,须富贵何时"①。这种志得气满的神情,当然只能把他的文学才能断送殆尽。由此可见,江淹的"才尽",正是他生活环境的变化造成的。这一点,清代人姚鼐已经约略地看到了。他写道:

> 江诗之佳,实在宋、齐之间,仕宦未盛之时。及名位益登,尘务经心,清思旋乏,岂才尽之过哉,后世词人受此病者,亦多有之。(《惜抱轩笔记》卷八)

把江淹才尽归结为名位益隆之故是正确的。但姚鼐说是因为"尘务经心,清思旋乏",却是封建士大夫的见解。古代的文人,所以一做起官来,创作往往就随之破产,其原因倒并不在于"尘务经心"。因为在封建社会中做官,不论大官小官,他们的工作,总一样可以算作"尘务",做大官要"尘务经心",做小官也同样地会"尘务经心"。主要问题,倒在于官运亨通之后,作者的思想感情发生了变化,原来具有某些进步思想或比较同情人民的人,因为自己做了大

---

① 见《梁书·江淹传》。

官,于是进步思想和同情人民的感情,遂因高高在上地远离人民,便逐渐淡漠起来。例如:白居易晚年的作品,人民性就不如早年强烈;至于元稹,到做了宰相后更是把进步的思想抛个精光,创作当然跟着破产。至于江淹,在前面已说过,本来进步思想不多,早年创作的黄金时代就没有写出过了不起的杰作,只是由于个人的悲愁和牢骚在当时还有相当的典型性,所以写出来的东西还为人们所同情和喜爱。等升到大官以后,牢骚没有了,悲愁更没有了,创作不破产,那倒是怪事。从江淹这个例子,正说明生活与创作的关系是何等密切。

二

前面已经说过:江淹在早年,由于有过不得志的生活,也曾写过一些为人爱读的作品。在这些作品中,最有名的当然是《恨赋》和《别赋》。当我们一提起江淹的名字来,几乎就会很自然地想到这两篇代表作。在六朝人的抒情小赋中这两篇确实是相当有名的。它们都有很浓厚的伤感情调,这种情调在今天看来是不能算为健康的。但是,长期以来它们却激动着许多读者的心灵,其故何在呢? 这就应该从它们的思想内容和艺术技巧的各方面来加以分析才能得到应有的结论。

从思想方面说:《恨赋》所写的主要是人生短促、有志难伸的痛苦,《别赋》所写的主要是离情别绪和背井离乡的悲伤。这种主题,虽是古典作品中常见的,但江淹所以选择这两个主题作为自己的题材,却与他早年身世有密切关系。他在早年由于不得刘景素的重视,所以自觉有志难展。在《恨赋》中所写的一系列人物的身世之恨,差不多都贯彻着这一思想,虽然由于这些人物的不同而具体表现有着种种差别。这篇赋中最动人的篇幅,主要是集中在李陵、冯敬通和昭君等人身上。这三个人物,都表现出作者本人的影子来。例如:写李陵,就特别强调他投降匈奴本是想"得当以报于汉",却不为汉武帝所理解,以至他"拔剑击柱,吊形惭魂"。写昭君是"望君王兮何期,终芜绝兮异域",显然也是借昭君的不受汉元帝知遇,寄托自己的没有知音。尤其明显的是写冯敬通的片断:

　　　　至乃敬通见抵,罢归田里,闭关却扫,塞门不仕,左对孺

　　人,右顾稚子,脱略公卿,跌宕文史,赍志没地,长怀无已!

这完全是身世坎坷者的牢骚,其情调和鲍照在《行路难》中写的"弄儿床前戏,看妇机中织"完全一致。如果作者自己没有这样的经历,当然不可能把这种心情传达得这样深刻而且逼真,只寥寥几笔便概括了封建社会中许多失意和贫困的知识分子们的痛苦。几千年的旧社会中,知识分子们能够在官场,在社会中扬眉吐气的是少数,绝大多数人,则不免穷困、失意。当他们读到这段文字时,当然会感到十分亲切的。《恨赋》所以在过去一直成为读者所喜爱的作品,其故即在于此。今天,我们的思想、感情和遭遇当然和江淹的处境完全不同了,因此读起来总觉得这种情调不很健康。然而,从历史条件来考察,却可以由此认识到过去一部分人物的思想感情,而这部分人物在当时也是处于比较下层的地位,过着贫困潦倒的生活,其处境是值得同情的。再加上江淹的作品本身又富有文采,善于概括出他所描写的各式各样人物的愁恨来,其艺术手法还是很值得借鉴的。因此,即使在今天,我们虽然不同于过去知识分子那样会和它产生共鸣,但借鉴总是可以的。

　　《别赋》在艺术上比《恨赋》更为成熟,它的思想内容也更为复杂。从江淹这样一位具体的作家来说,选择离情别绪作主题来竭力加以描写,这和他的乡土之思有密切关系。在他的集中有《去故

乡赋》、《哀千里赋》、《待罪江南思北归赋》都表现了这种思乡之情。例如:《待罪江南思北归赋》的末段,就有如下的文字:

> 况北州之贱士,为炎士之流人,共魑魅而相偶,与蟏蛸而为邻。秋露下兮点剑舄,青苔生兮缀衣巾。步庭庑兮多蒿棘,顾左右兮绝亲宾。忧而填骨,思兮乱神。愿归灵于上国,虽坎轲而不惜身。

人们对乡土的留恋,总是和家人、亲友分不开的。思念乡土往往也总是先想到家人或亲友。江淹的乡关之思也正是这样,他为了"顾左右兮绝亲宾"而思乡的感情,显然就与离别之情在许多地方息息相关,所以《别赋》在本质上也正和《恨赋》一样,是寄托自己的悲愁。然而,别绪和有志难伸的愁恨是不同的。有志难伸的遭遇,往往主要是失意的人,特别是失意的知识分子,而离别之情,则比较广泛。抽象地说离情别绪,则什么阶级的人物都可以有,而问题是在于各个阶级的人物,在离别时的感情却有着种种不同的具体内容。如果空洞地说江淹写离别之情写得好,有概括性,那显然是错误的。

离别这件事,在人们生活中是总会遇到的。然而为什么江淹那篇赋独独能为人们所传诵呢?这个问题当然也有时代的、阶级的原因。古代的交通极端不便利,长途旅行,往往穷年累月,而且由于交通工具落后,再加上封建时代的治安很少保障,旅途常常有危险。因此,在古人心目中,几百里、一千里就是极大的距离了。从自然条件来说,古人的特别重别,也正是上述原因之故。当然,除了古代交通不便以外,社会的条件更是一个主要的因素。在封建社会中人们的生活是建立在以家庭为单位的自然经济的基础上的,不论社会的和生产的斗争也总是以家庭或亲族为单位来进行。离开了自己的家庭和亲友,当然在一系列问题上失去支持而感到软弱无力。再加上在家长制的封建社会中，家族观念也特别深，因此，人们也总是愿意长期与亲族团聚在一起而不愿分开。在那样的社会中，人们确实也很少有出门的需要。农民被束缚在土地上，而地主也不愿轻易离开自己的庄园。尤其是社会中下层的人物，要是背井离乡总是有着不得已的原因，或者是躲避什么灾难，或者是为了寻求衣食或出路。在"行子"的心目中，总是把自己的出门看作不幸的事情。我国古代许多诗歌中所写的"行子"、"旅人"的愁思，也总是把家乡和亲族联系在一起，就是这个道理。这些诗歌的主人公往往都是比较下层的人物，特别是贫寒的知识分子。因为他们常是家产不多，靠依附别人才能在社会上立足。江淹《别赋》所写的主人公，很多也正是这一些人物，而贯穿全文的也正是这种人的思想感情。因为作者江淹早年就是这一流人物。当然，《别赋》中写了各种人物的离别之情，其中也有富人，有求仙访道者，但这些篇幅却并没有感动人的力量。真正感动人的还是写夫妻之别、恋人之别等篇幅。历来读者所以爱读《别赋》的原因，也正是在于他们的遭遇和环境往往和江淹笔下的人物有着共同的地方而引起共鸣。

当然，除了内容方面有高度的概括性、典型性，能够引起许多读者的共鸣以外，《别赋》还有许多精彩的艺术手法。它和《恨赋》一样，能够用简单的笔墨传达出社会上各色人物在离情别绪上的特点。更突出的是他在描写人物的心理时，常常能通过环境、气氛的描绘，渲染、烘托出人物的心理。例如写行子的心情是：

> 是以行子肠断，百感凄恻，风萧萧而异响，云漫漫而奇色。舟凝滞于水滨，车逶迟于山侧。棹容与而讵前，马寒鸣而不息，掩金觞而谁御，横玉柱而沾轼。

在这里，风云也好像因为人们的别离而悲伤，因此变了样子。舟车也好像了解到人们惜别之情而走不动了。这一切正是渲染出人物内心的悲愁之深，因此自然景色和周围环境，在这个行子心目中都变了样子。这里写的是物，但实际上却是人的心理。

《别赋》另一个特点，就是富有强烈的抒情气氛。赋中有许多句子所以能给读者难忘的印象，即在于它具有抒情诗的色彩，使人三复不厌。例如写夫妇之别的一段中有这样的句子：

> 春宫闷此青苔色，秋帐含兹明月光，夏簟青兮昼不暮，冬釭凝兮夜何长。织锦曲兮泣已尽，回文诗兮影独伤。

这种感情的缠绵，加上词采的华美，确实像一首抒情的短诗。又如写恋人分别的一段：

> 春草碧色，春水绿波，送君南浦，伤如之何？

更是如泣如诉地写出了一个妇女在和她爱人分手时那种神伤的情态。这种一唱三叹的情韵，使《别赋》在艺术上更显得引人入胜。

当然，不论《恨赋》和《别赋》的情调都过于伤感，这是一个严重的缺陷。但是，这种伤感的情调显然是当时社会历史条件的产物，而且确实能概括当时一部分人的思想感情。但在今天，造成那种不健康的情绪的社会基础早已消失，而大多数的知识分子的思想感情也已经发生了或正在发生根本的变化。今天的绝大多数读者中既不可能有什么"怀才不遇"之感，也不会再把分别看作什么可怕的了不得的事情。随着社会主义建设的发展，人们的思想改造的深化，这些作品中所反映的思想、感情所能影响的人数也必然越来越少了。但是，从文学史上说，它们却仍然有它们的地位。它们在艺术上的成就仍可供大家欣赏、借鉴。只要我们能根据历史唯物主义的原则，有批判地加以研究分析，指出它的毛病，适当地给予一定的评价，这样的作品还是不必要也不可以一笔抹煞的。

除了《恨赋》、《别赋》之外，江淹还写过不少诗、散文及其它短赋,但这些作品的价值都不如这两篇作品影响之大。因此,本文仅仅就这两篇最重要的代表作加以论述,其他作品不再赘述。好在江淹作品的特色,在《恨赋》、《别赋》中,基本上也可以窥见一个概貌。

论江淹诗歌的几个问题

在南北朝诗人中,江淹可以说是比较有特色的一个。但是长期以来,人们对他的诗歌似乎较少重视。产生这种情况的原因大约有两个:其一是他的《别赋》和《恨赋》历来传诵,一般读者因为欣赏他的辞赋,就相对地不大注意他的诗。其二则是由于他善于"拟古",而且从梁代以来,就流传着他"才尽"的故事。于是,人们就自然而然地认为:他的"才尽"正是一味模仿古人的结果。因为离开了现实生活,而光从古人作品中去寻找"灵感",自然会导致才思的枯竭。这种说法从理论上讲,显然"持之有故,言之成理"。然而具体到江淹那些拟古之作,恐怕还应该有所分析,它们未必是一味模拟因袭之作。因为从晋代以来,许多诗人都写过不少"拟古"诗。这些诗,有些当然是机械的模仿,如西晋陆机的一些诗就是这样;但多数"拟古"诗却未必如此,如陶渊明、鲍照等人的某些作品,则不过是以"拟古"为名,抒写自己的胸臆,实际上并不依傍古人。江淹的拟古之作,虽然和陶渊明、鲍照的做法不完全一样,而其中却也寓有本人的许多真实的思想和感情,因此不乏好诗。所以把他"才尽"的原因,归之模仿,恐怕未免失之简单化。这个问题我准备在下文详谈,在这里不赘述。

现在,我想就江淹才尽的时代,他的生平经历,他诗歌的特色,以及他的《杂体诗三十首》等拟古诗的评价问题,提一些初步的看法,就正于广大的研究者和读者。

一 关于"才尽"的问题

关于"江淹才尽"的传说,最早见于梁代钟嵘《诗品》:

> 初,淹罢宣城郡,遂宿野寺,梦一美丈夫,自称郭璞,谓淹曰:"吾有笔在卿处多年矣,可以见还。"淹探怀中,得五色笔以授之。尔后为诗,不复成语。故世传江淹才尽。

这个带有神话色彩的故事,自然不能信,但有一点,大约是事实,就是江淹晚年文思枯竭,没有写过什么好诗。因为现存的江淹诗文,大抵作于宋末齐初,以后的作品存留的很少,它们所以散失的原因,恐怕在于本身价值不高。

根据《诗品》所载的传说,江淹"才尽"的时间,是从他作宣城太守罢任之时。考《梁书·江淹传》,江淹出任宣城太守是在齐明帝萧鸾即位后不久。在任时间据《梁书》说是四年。那末,照钟嵘的说法,"江淹才尽",当是建武四年(497)以后的事。再看《诗品》中评沈约时说:"永明相王爱文,王元长(王融)等皆宗附之,约于时谢朓未遒,江淹才尽,范云名级故微,故约称独步。"这里的"相王"指竟陵王萧子良,萧子良卒于齐郁林王隆昌元年(494)。当时在萧子良周围的文人就是谢朓、沈约、王融等人,这些诗人的诗,号为"永明体"。那末,江淹的才尽,似乎还在建武四年以前,在永明年间,他已经"才尽"了。现在我们看江淹所留传的作品,大抵都作于永明元年(483)以前①。所以清人纪昀在《四库全书总目提要》卷一四八中说：

> 淹《自序传》称：自少及长，未尝著书，惟集十卷。考传中所序官阶，止于中书侍郎。校以史传，正当建元之初，则永明以后所作，尚不在其内。

这种说法虽不全对，但基本上符合今本《江文通集》的情况。我们试看今本《江文通集》中的骈文，有一部分是他上给宋建平王刘景素的上书或为刘景素起草的公文；另一部分则是为萧道成起草的公文，这些公文又都在萧道成篡宋以前。这两部分占了他骈文的一半以上。再看他现存的诗，其中有很多是描写今湖北省一带景物的，显然是跟随刘景素到荆州去时所作；再一部分是写今福建一带山景的，是刘景素把他黜为建安吴兴令时所作②。这些诗歌也可以断定为刘宋末年的作品。而江淹诗歌中比较最传诵的部分，除了拟古诗我们在下面谈外，也多数属于这个时期。这说明江淹创作的极盛时代是在刘宋末年。在今本《江文通集》中的诗文，可断定作于萧道成称帝以后的就为数绝少，至于永明以后的作品，则现在大部分已散失。考《隋书·经籍志》有"《梁金紫光禄大夫江淹集》九卷(梁二十卷)；《江淹后集》十卷"。现存的《江文通集》已非

---

① 江淹文章中，可以考定为萧道成死后所作的，有《自序》、《齐故司徒右长史檀超墓铭》、《铜剑赞》等，其中《铜剑赞》，肯定作于永明初年以后。他的诗赋，有些也难于确定其写作年代，如《灵丘竹赋》，似与王俭所作出于同一时间，可以断定为入齐后作，但作于建元或永明，则很难说。《郊外望秋答殷博士》，可能是他永明年间任国子博士时作，诗中有"属我兹景半，赏尔若光初"之语，说明已在中年以后作。所以今本《江集》，虽主要收的是宋末齐初的作品，也难免有永明以后作品。纪昀的说法，基本上可以成立，但并不完全符合事实。

② 《宋书·州郡志》："建安太守，本闽越。"又说："吴兴子相，汉末立，曰汉兴，吴更名。"

原本,是后人辑录而成的。大约辑录者所能见到的,也主要是原来九卷本中的诗文,至于《后集》十卷,可能收录了他永明以后的作品,但因为缺乏佳作,所以无人提及,终于大部分失传了。

根据上述的情况,我们大致可以得出这样的结论:一、江淹现存的作品,绝大部分都作于"才尽"以前,因此"才尽"的故事,并不能影响他现存作品的评价问题;二、江淹卒于梁武帝天监四年(505),他的传记也见于《梁书》,因此习惯上把他视作梁代人。但从创作活动的时代看,他的作品基本上产生于宋末齐初,比谢朓、沈约、王融等永明诗人为早。再说他的诗风实际上正反映着从谢灵运、颜延之和鲍照等人到永明诗人的诗风转变的枢机,起着承前启后的作用。这就是江淹诗歌所以值得我们重视的一个重要原因。

二　关于江淹的身世和经历

当我们探讨江淹的"才尽"问题,以及说明他诗歌的成就和特色时,都有必要对他的身世和经历进行一翻研究。因为每个作家的思想和艺术风格的形成,总是和他当时的社会现实以及他本人的社会地位与经历有极为密切的关系。特别是解释一个作家由文思富赡变为诗才枯竭的原因,更不能不到他的生活道路中去寻求答案。而对江淹这样一位作家来说,他的创作成就和后来"才尽"的原因,我个人认为是完全可以从他的身世与经历中得到解释的。

关于江淹的出身,据《梁书·江淹传》说他"济阳考城人也,少孤贫",并未提到他的出身。但《梁书·处士·何点传》却说到何点"有人伦识鉴,多所甄拔","称济阳江淹于寒素"。江淹自己在《自序传》中,连幼年家贫也没有提到。不过,从他其他作品中看来,他的

出身比较寒微,在早年是直言不讳的。如他在《待罪江南思北归赋》中自称:

　　况北州之贱士,为炎土之流人。

在《诣建平王上书》中,他又自称:

　　下官本蓬户桑枢之人,布衣韦带之士。

这些都说明他的出身比较低微。他在《自序传》中所以不提自己出身贫寒,可能是由于后来官位渐高,不愿再提及自己出身寒门的问题了。然而,根据一些史料都说到他早年比较贫寒。据《南史·江淹传》说:"初,淹年十三,孤贫,常采薪以养母,曾于樵所得貂蝉一具,将鬻以供养。其母曰:'此汝之休征也,汝才行若此,岂长贫贱也?可留待得侍中著之。'至是果如其言。"从江淹的亲属来看,也说明这种情况。江淹在《自序传》中没有提到他父、祖的名字;《梁书·江淹传》亦然。《南史》只说到了他父亲叫康之,曾任南沙令。只有《文选·别赋》李善注引刘璠《梁典》说到他祖父江耽,官丹阳令,并未举出他祖上有什么名位烜赫的人物。他的母亲是平原刘氏,即刘昭的姑母。《梁书·文学·刘昭传》说到江淹是刘昭的"外兄",而刘昭的家世也不算显赫。他的祖父刘伯龙虽官至少府卿,父亲刘彪却不过是齐晋安王记室。刘昭自己也不过是无锡令等小官。在南北朝森严的等级制度下,亲戚之间的社会地位,大致差不多。这也可以作为江淹出身比较低微的一个佐证。

　　但是,江淹的籍贯是济阳考城,而济阳考城的江氏,在南朝也可以算得是个大族。其中最有名的是宋文帝刘义隆时代的江湛,他是刘义隆所倚仗的重臣,后来和刘义隆一起被太子刘劭所杀。江湛的孙子江敩,是南齐一代士族的首领。出身低微的人想做士大夫,须得由他许可,连皇帝也作不了决定。另一个济阳江氏的显要人物江谧,社会地位比江敩就低一些,被称为"寒士","诚不得竞等华侪"(《南齐书·江谧传》),然而他毕竟官至吏部尚书①。但江氏各支的社会地位,却很不同。例如《魏书·江悦之传》记载江悦之的家世说他的父、祖都是被刘裕所杀,他本人在宋孝武帝刘骏时,历任诸王参军,直到齐初,还不过是"征西府中兵参军"。这说明他的地位和江谧相比,又要低微。至于江淹,由于他祖父和父亲的情况我们所知甚少,而他自己又说是"北州之贱士";在《泣赋》中又说:"咏河兖之故俗,眷徐扬之遗风,眷徐扬兮阻关梁,咏河兖兮路未央",也有可能是过江较晚的一支,所以被视为"寒士"。

从江淹的生平,特别从他早期在仕途上的情况看,也可以说明他的出身比较寒微。据他在《自序传》中自称:"弱冠以五经授宋始安王子真。"这个职务实际上经常是寒门出身者充任的。因为据《宋书·孝武十四王传》,始安王子真死时才十岁。江淹教他"五经",不过是个启蒙的教师,还称不上官员。这个职位和《宋书·恩幸传》所载的巢尚之差不多。巢尚之被称为"人士之末",他在"元嘉末,侍始兴王浚读书,至孝建初,"补东海国侍郎"。而江淹"起家南徐州从事",都是九品以下的官职。从他在刘宋末年的官职来看,最多不过做到东海郡丞,据《宋书·百官志》也不过是八品的小官。在这一时期内,他曾被建平王景素怀疑受贿而下过狱;后来又因东海郡守陆澄遭丧去职,他要求代领郡守职务,而触怒了景素,被贬为建安吴兴令,说明他在仕途上很不得志。但从创作上来说,他的许多好诗,恰恰作于这个时期。相反地,自从他受到萧道成的识拔以后,官职就步步上升。萧道成称帝以后不久,就升任散骑中书侍郎,据《宋书·百官志》,这是第五品的官职。他自称"仕所望不

---

① 吏部尚书在南北朝掌握着官员升迁大权。在东晋和宋、齐经常由王、谢等大族出身的人担任。

过诸卿二千石"(《自序传》),而散骑中书侍郎的品第,也正好和"郡国太守"、"内史"、"相"相等。所以他在当时所作的《自序传》中,颇有些得意的情绪。然而,也正是从这个时候开始,他的创作开始走下坡路,终于发展到"才尽"。这说明他的"才尽",主要不是由于他喜欢拟古,而是由于他的社会地位和生活道路的变化影响了他的创作。

本来,生活的变化虽然会影响人的创作,然而文学史上的事实也告诉我们,并不是所有的作家在取得较高的官职之后,就一定写不出好作品来。至于江淹为什么升官之后,就出现了"才尽"的情况呢? 那就必须看看他平时在创作上擅长的是哪些方面,这些方面和他的生活经历又有着什么关系。

三 江淹诗歌的成就和特色

过去的批评家们论到江淹,往往把他和鲍照并提,合称"江鲍"。这个提法最早可以上推到隋代。隋末王通在《文中子·事君篇》中说:"鲍照、江淹古之狷者也,其文急以怨。"王通在这篇文章中,论到了很多南北朝作家,对他们都有贬词,唯独表彰颜延之、王俭和任昉。如果从文学鉴赏的角度看,这三个人在文学上的成就,实在远不如他所非议的那些人物。所以后来的批评家们很少提到他的意见。有些人虽偶然提到,也采取否定的态度[①]。其实,王通的议论不过是从当时的儒家思想(其中已杂有部分玄学和佛教思想的成分)立场来评价这些作家的思想倾向,并非作认真的文学批评。但是他指出江淹和鲍照的共同之点是"急以怨",却很能抓住

---

① 如宋严羽的《沧浪诗话》。

他们的特色。所以唐代的诗人和批评家们,也常把"江鲍"合称。如杜甫在《赠毕四曜》中说:"同调嗟谁惜,论文笑自知。流传江鲍体,相顾免无儿。"日本遍照金刚在《文镜秘府论·集论》中也提到"搴琅玕于江鲍之树"。如果说王通的说法仅仅着眼于内容,那么杜甫和遍照金刚则兼及了艺术特色。因为江鲍二人的诗风确实有很多类似的地方。其中最显著的一点是他们都兼具元嘉诗人古奥、劲拔的气势和永明诗人清丽的色彩。从颜谢等人向永明体的转变,实际上始于鲍照,而继之者则为江淹。如果把江淹和差不多同时的人沈约相比①,那么我们就可以发现他的诗风接近鲍照的程度就远过于沈约。尽管梁代的钟嵘曾经说沈约"宪章鲍明远",然而他的诗毕竟缺乏鲍照那种遒劲的笔力,而江淹的诗,则还能做到具体而微。

杜甫在《薛端薛复筵简薛华醉歌》中曾经说到:"何刘沈谢力未工,才兼鲍照愁绝倒。"这两句话说的虽是"长句",主要指乐府诗,但移来评价五言诗歌也是适用的。杜甫在这里说到了鲍诗的特点用了一个"力"字,一个"愁"字。而江淹的不少诗歌,也正是继承了鲍照这个特点。他那些优秀的诗歌,大体上也是以写愁为多,以笔力见长。尤其以笔力而论,他的作品确实也比"何刘沈谢"为刚健。

江淹善于写"愁",这是人所共知的。历来传诵的《恨赋》《别赋》,写的都是愁恨。这种愁恨的来源,正在于他早年的坎坷遭遇,而这种遭遇在某种程度上说,也与鲍照比较近似。因此,江淹的诗也往往离不开愁恨。如著名的《望荆山》:

> 奉义至江汉,始知楚塞长。南关绕桐柏,西岳出鲁阳。寒

---

① 江淹生于宋元嘉二十二年(444),卒于梁天监四年(505);沈约生于宋元嘉十九年(441),卒于梁天监十二年(513)。

郊无留影,秋日悬清光。悲风桡重林,云霞肃川涨。岁晏君如何,零泪沾衣裳。玉柱空掩露,金樽坐含霜。一闻若寒奏,再使艳歌伤。①

此诗旧说是他跟随建平王刘景素到荆州时所作,他在刘景素手下,很不得意。早些时候曾一度被刘景素下狱。后来虽然释放了他,却仍然不加重用。江淹对这种处境显然并不满意,却又找不到什么仕进之路。因此在这首诗中,既包含着仕途失意的怨恨,也掺杂着背井离乡的愁思。这种内容和鲍照的某些诗歌所表现的情绪比较相近。但在艺术风格上说,这首诗似乎还更近齐梁以后一些人的诗风。不过,这首诗中用了大量的对句,其风气也始于鲍照。如鲍照的《上浔阳还都道中》,也多半是对句。后来永明诗人如谢朓、沈约等人一些写旅途的诗,也常常以对句为多。这是江淹诗歌比较接近齐梁的一面。但他另一些诗,虽然内容上和前一首相似,风格上却有所不同。如《渡泉峤出诸山之顶》:

岑崟蔽日月,左右信艰哉。万壑共驰骛,百谷争往来。鹰隼既厉翼,蛟鱼亦曝鳃。崩壁迭枕卧,嶄石屡盘回。伏波未能凿,楼船不敢开。百年积流水,千岁生青苔。行行讵半景,余马以长怀。南方天炎火,魂兮可归来。

这首诗是他被刘景素贬为建安吴兴令时在途中所作。这首诗的特色就在于它的笔力雄奇,开首四句写登上高山,纵目四望,但见群山万壑全在脚下,气势非常开阔。接下去所写山势的险峻和景物的荒凉,显示出自己到了一个人迹罕至的地方。这里是写景,也是抒情,一个被贬黜者心目中的山景,自然地引出以思归之情为内容的结句。如果说《望荆山》的哀怨之情还主要是用直接抒写的手法

① 这首诗有异文,兹据《文选》。

来表现的话,这一首却主要是以写景来衬托,因此也就更深沉、更具体。这很能代表江淹诗歌的特色。这些诗在笔调险急,意境沉郁和遣词造句的古奥方面,颇接近于鲍照;而在某些写景的手法上,有时也以"警遒"取胜,又和谢朓有些相似。特别像这首《渡泉峤出诸山之顶》的开首四句,气势浑厚,笼罩全诗,更和谢朓有类似之处。钟嵘说他"筋力于王微,成就于谢朓"。前一句指他的笔力雄健,后一句指他的秀逸。这说明江淹兼具两个时代诗人的不同风气,这也许因为他创作活动的全盛时代,正好在宋末,恰当诗风转变之际的缘故吧!

关于江淹的诗作,钟嵘在《诗品》中对他的评论虽然不算很详细,但有一点却很值得注意,即钟嵘在评论别的诗人时,往往把他们和江淹相比,认为他们不如江淹。如论到范云、丘迟时,说他们"故当浅于江淹,而秀于任昉";论到沈约时又说他"故当词密于范,意浅于江也"。这里连着两次用"浅"于江淹来作评语。"浅"的反义语当然是"深"。这个"深"和"浅"的比较,实际上包含了内容和风格的问题。这里所谓"深",一方面指诗中感情的强弱程度,这种感情决定于诗人对他所写事物所受的感动的程度;另一方面,也指表现手法。江淹的诗风,主要得力于《楚辞》和阮籍的诗,善用比兴,往往用比兴在表现内心的怨愤,从字面上看,似乎是比较平和的,而实际上却蕴藏着强烈的感情,这种深藏不露,也是"深"的一种表现。归根结底,这是诗人们的生活遭遇不同而产生的。即以江淹和沈约比较来说,从《梁书》所载两人的生平说,他们都出身"孤贫"。然而"孤贫"的原因却很不同。沈约的父亲沈璞曾任淮南太守,名位不算很低,只是由于他在元嘉末年附从了刘劭而没有及时归顺刘骏,才被杀。这和江淹的父祖都仅仅做县令等小官不大一样。再说沈约早年虽说官职不高,却颇得蔡兴宗的重视。这个蔡兴宗在刘宋后期曾任吏部尚书,是个士族的头面人物。在前废帝的被杀事件中,他曾起过不少作用。沈约后来又颇得南齐的诸王重视,在官场中并没有遭到多少挫折。因此,钟嵘虽曾说到他"长于清怨",而从他现存的作品看,写"怨"和"愁"的作品并不多,也很少感人之作。这就和江淹大不相同。即以写离情别绪的诗来说,两人的作品深度就不一样。例如沈约的《别范安成》,在他这类诗中可以说是比较有名的一首:

> 生平少年日,分手易前期。及尔同衰暮,非复别离时。勿言一樽酒,明日难重持。梦中不识路,何以慰相思。

这里写的无非是年齿衰暮,别易会难的惜别之情。这种感情不能说不真挚,但意思比较单纯。而江淹的《卧疾怨别刘长史》则虽然也是写离情,却包含着更丰富的内容:

> 四时煎日夜,玉露催紫荣。始怀未及叹,春意秋方惊。凉草散萤色,衰树敛蝉声。凭景魂且谧,卧堂怨已生。承君客江潭,先愁鸿雁鸣。吴山饶离袂,楚水多别情。金坚碧不灭,桂华兰有英。无辍代上朝,岂惜镜中明。但见一叶落,哀恨方未平。

这一首诗在江淹的诗歌中也许算不上名作,但其中除了惜别之情外,还夹杂着身世坎坷的感叹,正如杜甫说的"方知贫贱别更苦",所以倍觉悲凄。诗中所用的许多写景的对句,无非是为表现这个主题服务的。从艺术上说,此诗和沈约的《别范安成》也许有不同的评价,而从思想的深度来说,它确实更胜一筹。如果我们再把江淹的《游黄蘖山》和沈约的《早发定山》相比,也有这种感觉。因为这两首诗虽然都从山景写到了求仙,但江诗的出发点仍然在仕途的不得志,而沈诗却不免一味的飘飘然。这也许是钟嵘认为沈约"意浅于江"的一个重要原因吧。

　　但是,江淹在早年虽然写了一些好诗,而后期竟落得个"才尽"的结果。其原因究竟何在? 一般来说,当然是因为他官做大了,过去那些叹贫嗟卑的感情不再存在,自然也就再不可能写出像前面所引的那些诗歌。另一方面,我们也不能不看到江淹世界观中本来存在的弱点。例如:我们前面提到过"江鲍"并称的问题。从不少作品来说,江鲍的诗风确实比较相近。这是因为他出身寒微,而早年的经历确和鲍照类似。然而,我们也不能不看到,即使在当时,他和鲍照之间仍然有较大差别。那就是在鲍照的作品中,除了写自己的穷愁之外,毕竟在某种程度上看到了民生疾苦,而江淹即使在他创作最旺盛的时代,这样的作品,却很难找到。相反地,在萧道成称帝后不久,他在仕途上开始走上顺境的时候,就在《自序传》中声称"人生当适性为乐,安能精意苦力,求身后之名","仕所望不过诸卿二千石"。在这篇文章中,他还比较坦率地说出了自己思想中庸俗的一面,他所要求的不过是一个"苑以丹林,池以绿水,左倚郊甸,右带瀛泽"的"幽居",在"侍姬三四,赵女数人"的伺候下"弹琴咏诗"。而实际上,他后来的官越做越大,一直做到金紫光禄大夫,封醴陵侯①。官位一天高一天,他越来越养尊处优,这对素来缺乏进步思想的江淹来说,在创作上也必然走到"才尽"的绝路。从这个意义上说,江淹似乎还比不上永明作家范云。范云的诗,虽然流传的较少,但当他官至广州刺史等职以后,还写过一些较好的诗。这是因为范云的居官还比较耿直,敢于对帝王进行直谏,而在对待齐文惠太子等上层人物时,还能告诫他们要了解农民的疾苦。这些思想虽然说不上太多进步意义,可是在江淹的生平行事中,似乎连这个高度也并未达到。在我国文学史上,颇有一些作家曾身

---

　　① 据中华书局标点本《梁书》和《南史》的《校勘记》,"侯"应为"伯"之误。

居要职,而他们的创作并不就此一无可取。像江淹那样官位稍一高升,才思即趋枯竭的文人,实际上是他平生世界观发展的必然结果。

四 对江淹拟古作品的评价

江淹善于"拟古",这是从梁代以来人们一致的看法。不过多数古人并不认为这是他的缺点。所以从萧统《文选》起,直到清代不少选家都选录过他不少拟古诗。只是到近几年来,人们才对这些诗作了较多的非难。其实,古代不少诗人写作拟古诗,其用意有时并不在模仿古人,而是借模拟古人来抒发自己内心的苦闷,或借以对别人进行讽谕。这样的例子在江淹以前早已存在,而到江淹以后也仍然出现。如:晋代的龚壮就开了以拟古为名进行讽谏的先例。《晋书·李寿载记》称龚壮"作诗七篇,托言应璩以讽寿。寿报曰:'省诗知意。若今人所作,贤哲之话言也;古人所作,死鬼之常辞耳!'"龚壮这七首诗,现在虽已散佚。但他既然假托应璩,自然在风格上必须模仿应璩的《百一诗》。而从李寿回答他的话来看,他对龚壮的用意不但很了解,并且也确切知道诗的作者就是龚壮自己。至于庾信的《拟咏怀》,更不过是借拟古为名来自悲身世。上面这两个例子,似乎很少有人怀疑。而江淹的拟古之作,有一些分明也有这种用意,只是他模拟得比较逼真,使一些读者往往忽视了他写诗的真实意图罢了。

江淹的一些拟古诗所以比别人的同类作品写得更酷似原作,有些并不完全是因为他刻意摹仿,而是由于他写作的意图有其难言之处,只能通过摹仿古人的办法曲折地表达出来。例如:他在《自序传》中说到刘宋末年,他在建平王刘景素手下任职时,知道刘景素有发动政变的密谋,曾经公开劝阻。刘景素不但不听,反而猜忌他。后来他任东海郡丞时,"于是王(刘景素)与不逞之徒,日夜构议。淹知祸机之将发,又赋诗十五首,略明性命之理,因以为讽。王遂不悟,乃凭怒而黜之为建安吴兴令"。关于这段自述,和《梁书》的记载,略有出入。《梁书·江淹传》也记载了刘景素和他的心腹密谋夺取政权的事和江淹作诗十五首进行讽谏的情节。但又说到江淹被贬官的原因是由于南东海太守陆澄因有丧事去职,江淹要求代行郡职,触怒了刘景素。这两条记载虽有出入,但事情的经过还是可以理解的。因为郡丞本是郡太守的副职,太守因丧事去职,由郡丞代行郡事本是当时的惯例。刘景素所以违反常例,坚持不用江淹,原因就在江淹的十五首诗触怒了他,才借故加以贬斥。考现在江淹的作品,以十五首为一组的,共有两组。一组是《效阮公诗十五首》;一组是《草木颂》。但《草木颂》一般不认为是诗,而且这组作品前面附有自序,说到自己"不能镌心砺骨,以报所事",而"恭承嘉惠,守职闽中",可以断言是黜为建安吴兴令以后所作。由此我们可以设想,江淹讽谏刘景素的十五首诗,有没有可能就是现存的《效阮公诗十五首》,关于这个问题,我觉得应该对《效阮公诗十五首》作一些探讨。

《效阮公诗十五首》是拟阮籍《咏怀诗》的,这很清楚。我们知道,阮籍的《咏怀诗》本来用比兴较多,很少明说自己的意图。所以《文选注》引颜延之、沈约等人的注解说:"嗣宗身仕乱朝,常恐罹谤遇祸,因兹发咏,故每有忧生之嗟。虽志在刺讥,而文多隐避,百代之下,难以情测。"江淹的《效阮公诗十五首》,也多少有些类似的情况。因为刘景素的密谋,本来是背着朝廷搞的。对这种事情进行讽谏,只能隐微曲折地加以暗示,使对方体会其言外之意,而不可能直说,否则就会有杀身之祸。因此我们探讨《效阮公诗十五首》

的用意是否在于讽谏刘景素,就不能不从贯串全诗的主导思想来着眼。根据江淹自己在《自序传》中所说,他讽谏刘景素的十五首诗,是"略明性命之理"。这里所谓"性命",指的就是有关命运和祸福的问题。因为"命"指"天命",这比较清楚,而所谓"性",其常指的也是"天命"一类东西(《礼记·中庸》:"天命之谓性")。而《效阮公诗十五首》中贯串着的中心内容却正是"天命"无常,祸福难保的思想。如其中的第十三首:

> 假乘试行游,北望高山岑。翩翩征鸟翼,萧萧松柏阴。感时多辛酸,览物更伤心。性命有定理,祸福不可禁。唯见云际鹄,江海自追寻。

又如第十五首:

> 至人贵无为,裁魂守寂寥①。唯有驰骛士,风尘在一朝。舆马相跨耀,宾从共矜骄。天道好盈缺,春华故秋凋。不知北山民,商歌弄场苗。

这两首诗的思想都突出地表现了忧生之嗟,这和阮籍《咏怀诗》中不少首的思想,确实很相近。如果我们不结合当时具体的写作环境来理解,很可能认为江淹只是一味模仿阮籍,别无新意。但是,从江淹的处境来看,他的主旨也只能通过这种曲折的途径表达出来。这正如前面讲到的龚壮,为了讽谏李寿,不得不托名应璩。他的诗自然也必须力求和《百一诗》相像。这种模拟,丝毫不妨碍他进行讽谕。诗中一再强调"天命"的"有定理",祸福之难测,实际上都是针对刘景素谋取帝位的意图,会招致不测之祸。

关于刘景素的密谋,《宋书·建平王宏传附子景素传》有较详细的记载:

---

① 裁,疑为"载"之误。《老子》:"载营魄抱一。"

景素好文章书籍,招集才义之士,倾身礼接,以收名誉。由是朝野翕然,莫不属意焉。而后废帝狂凶失道,内外皆谓景素宜当神器。唯废帝所生陈氏亲戚疾忌之,而杨运长、阮佃夫并太宗(明帝刘彧)旧隶,贪幼少以久其权,虑景素立,不见容于长主,深相忌惮。……自是废帝狂悖日甚,朝野并属心景素,陈氏及运长等弥相猜疑。景素因此稍为自防之计。与司马庐江何季穆、录事参军陈郡殷沵、记室参军济阳蔡履、中兵参军略阳垣庆延、左右贺文超等谋之。以参军沈颙、毋丘文子、左暄、州西曹王潭等为爪牙。季穆荐从弟豫之为参军。景素遣豫之、潭、文超等去来京邑,多与金帛,要结才力之士。由是冠军将军黄回、游击将军高道庆、辅国将军曹欣之、前军韩道清、长水校尉郭兰之、羽林监垣祗祖并皆响附,其余武人失职不得志者莫不归之。

从这段记载来看,刘景素不但确有密谋,而且所联络的人也并不少。所以江淹竭力强调"性命有定理",就是告诫刘景素不要因为"朝野属心",就觊觎非分。一旦密谋事泄,就难免有杀身之祸。在这十五首诗中,他认为刘景素所倚仗的人物并不可信,他们的密谋也很难取得成功。所以在第三首中声称:"天命谁能见,人踪信可疑。"他指责那些拥戴刘景素的人,无非是阿谀奉迎之辈,而自己对刘景素的劝告则是逆耳的忠言。他说"慷慨少淑貌,便娟多令辞"(第四首)。他断言刘景素及其追随者这样下去,必然没有好结果,所以说"扰扰当途子,毁誉多埃尘。朝生舆马间,夕死衢路滨"(第十一首)。他也明知自己的劝告很难得到刘景素的体谅,所以自称"忠信志不合,辞意将诉谁"(第三首)。从这些字句和《宋书》的记载相比勘,可以证明,这十五首诗,确实多有所指,而且就是《自序传》中所说的讽谏建平王景素那十五首诗。因此我们可以说,江淹的拟古诗,用意不完全在于制造什么假古董,至少有一部分是借拟古之名,来为他当时的政治观点服务的。尽管他在这十五首诗中所表现的思想不能算很高明。但是,在当时统治者内部争权夺利的斗争,往往造成较大规模的流血事件。刘景素后来的下场也确实就是这样。所以江淹对他所作的劝告,在客观上仍然有一定的积极意义,不能加以抹杀。

至于江淹拟古诗中所占数量最多,影响也最大的《杂体诗三十首》,则情况比较复杂。在这三十首诗中,他模仿了从《古离别》起到刘宋时代的汤惠休为止的三十家的诗体。这三十首诗正好是每首模仿一家,而且模仿得很像,有时几乎可以乱真。像这样大量模拟古诗的例子,在文学史上很少见到过。他自己在这三十首诗的自序中说:"然五言之兴,谅非复古。但关西邺下,既已罕同;河外江南,颇为异法。故玄黄经纬之辨,金碧浮沈之殊,仆以为亦各具美兼善而已。今作三十首诗,敩其文体,虽不足品藻渊流,庶亦无乖商榷云尔。"根据这段话来看,他写作这三十首诗的目的,似乎在于通过模仿各家的代表作,来显示他们各自的特色。如果从这个角度来理解,这三十首诗也有其不可否认的价值。因为从文学史或文学批评的角度来看,阐明每一家的艺术特点,本来不很容易。江淹这三十首诗,却同时用拟作的办法来显示了三十家的不同成就。我们对于这三十位诗人的理解可能不完全和江淹相同,但在今天来说,要说明一些人的艺术特点,江淹那些拟作仍然颇有参考价值。这是因为他那些拟作经常能准确地选定每一个作家的代表作是什么。例如:对左思,他选择《咏史》作为模拟的对象,对陆机,就选他的《赴洛道中作》;潘岳就选他的《悼亡诗》;陶渊明就选他的《归园田居》,这些都可以说很能代表这些作家成就最高的作品。另外还有一些作家,由于作品已多数亡佚,我们现在已经很难具体说明他诗歌的特色了。例如东晋的许询,据《世说新语·文学篇》载说"简文(晋简文帝司马昱)称许掾(许询)云:'玄度五言诗,可谓妙绝时人。'"可见他的诗在当时曾有一定的影响。然而在今天,我们却很难看到他具体的诗作了。我们说他是一个玄言诗人的代表,那多半是根据某些史书和文学批评著作的记载。现在留存他的五言诗,只是《艺文类聚》卷六九所载他的一首《竹扇诗》:"良工眇芳林,妙思触物骋。蔑疑秋翼蝉,团取望舒景。"这四句大约也不是一首诗的全文,而且和玄言诗的特色很少相似之处。通过这四句诗,我们仍然很难了解许询诗作的特点。但江淹的《杂体诗三十首》中,却有一首《许征君·自序》。这首诗虽属拟作,但多少可以看出玄言诗的一些特点,它和孙绰现存的玄言诗也颇有相似之处。由此也可以知道当时人所以常把孙许并称的原因。所以从文学史研究的角度看,江淹的《杂体诗三十首》有其不可忽视的价值。

如果从文学创作的角度来看,模拟当然不能算正路。但为了吸取诸家的长处,深入体会他们各自的特点,而进行这样的模拟,其实也未可厚非。事实上像这三十首这样大规模的仿古之作,在文学史上既然很少出现,至于像江淹那样取得成功的,更是罕见。因为这不但要准确地显示各个不同作家的个性和艺术特点,而且也必须使自己的拟作具有较高的文学价值。这显然需要过人的才力和功夫。试想我们今天对某些比较熟悉的古代诗人,即使以议论的方式,准确说明三十家的各自特点,也不是轻而易举的事情;至于要仿制他们的作品到几乎可以乱真的地步,那就更为困难。从某种意义上说,这种拟作颇类似于再现三十个人物的各自特点。江淹在这方面是有他的特长的,他的《恨赋》、《别赋》和《泣赋》就比较充分地表现了这种特长。他能把各种人物在同一情绪支配下的种种不同心情用几句概括的话显示出来。尤其像江淹所生活的时代,当时在文学方面主要是诗、赋等抒情作品,像小说、戏剧等以描写人物性格为主的文学形式还没有充分发展起来,而他却对一些人物的个性特点有所了解和注意。这在文学史上,就很有必要给予适当的评价。

当然,像拟古一类作品,其难处还不仅仅在于掌握别人的特点,也必须使自己的拟作具有一定的艺术价值,才能受到人们称赏。值得注意的是像梁代的萧统、清代的王士禛、沈德潜等人都是能够写诗并且具有一定成就的人物,他们选录了江淹这些拟作,显然是从诗本身的艺术价值着眼的。至于诗本身的艺术价值,这还要就作者本人的生活经历来进行考察。从这三十首诗的内容看,有不少首显然也和江淹本人的经历有一定的关系。例如:其中《古离别》、《李都尉·从军》、《陆平原·羁宦》、《张司空·离情》、《休上人·怨别》等首都写的是离情别绪,这些诗的内容,显然正是江淹自己诗赋创作中经常出现的主题。他所以善于描写这种情绪,也和他在当时经常背井离乡去游宦,而仕途又很不得志有关。又如:《班婕妤·咏扇》实际上是借班婕妤的失宠以自况其见弃于刘景素;《张黄门·苦雨》则流露出失意和寂寞之感。由于仕途的失意,他也产生过归隐的思想,这在他的《无为论》和《报袁叔明书》、《与交友论隐书》等文章中都明确地吐露过。这些思想也使他在写作《嵇中散·言志》、《左记室·咏史》、《陶征君·田居》等诗时有一定的思想基础。如果我们这样来看待这三十首诗,那么可以发现,其中大多数也渗透着他自己的思想感情在内。所以当我们阅读《杂体诗三十首》时,还是能感到其中有着作者的某些真情实感,并非一味模仿因袭。这也许是这些诗在千余年来的流传过程中,还是受到一些人重视的一个重要原因吧!

当然,模拟古人和直抒自己的胸臆,毕竟存在着矛盾。不论作者花了多大的工力,也不可能完全解决这个矛盾。因此《杂体诗三十首》在艺术风格上说,毕竟不可能像他另外一些诗作那样突出地显示出江淹本人的创作特色,这也是毋庸讳言的。另一方面,他的拟古诗虽然大体上说,都比较能符合原作的风貌,但它们和原作之间的差别,还是可以清楚地感觉出来。例如:沈德潜在《古诗源》中评论他的《效阮公诗十五首》说:"能脱当时排偶之习,然较之阮公,相去不可数计。"这是因为原作者和拟作者的生活经历、思想感情、个性特点以至艺术风格等等方面都不可能相同。尤其《杂体诗三十首》中所模拟的三十家作者,又并非同一时代的人物,要求江淹把三十家都学得维妙维肖,毫无漏洞可寻,这也显然不大可能。

总之,对江淹的拟古作品,我们也必须做具体的分析,其中有一部分实质上不过是借拟古之名,对刘景素进行讽谏;另一部分虽然不一定有什么用意,但在拟古的同时,也往往流露了他自己的思想和感情。即使像《杂体诗三十首》那样的作品,不但对于我们理解古代作家的风格与特色有一定的帮助;而且从艺术评价上说,这种做法虽然没有必要加以提倡,却也不妨别具一格。至于写作这样一些作品对江淹本人的创作道路来说,也只能帮助他从前人创作中汲取养分,而并不可能由此导致"才尽"。江淹"才尽",是他的世界观和生活道路发展的必然结果。我们毫无必要把它归咎于拟古。

〔附记〕此文作于 1980 年,当时对江诗系年尚未深入探讨,所以对《望荆山》一诗,仍用旧说。其实"奉义"二字与江淹久随刘景素的身份不合;"始知楚塞长"一语,亦与江淹早年曾到过襄阳的史实不符。所以我认为《望荆山》恐系作者在任巴陵王刘休若的右常侍时作,当时刘休若任雍州刺史,在襄阳。

详见拙作《江淹》一文,载山东教育出版社本《中国历代著名文学家评传》第 1 卷第 506－507 页。

六朝文学与李白

长期以来,人们对六朝文学似乎存在着一种偏见,认为这个时代的作品,大抵都陷于柔靡、淫丽,只讲究形式而忽视思想内容的状况。因此关于当时作品的评价,一般都强调其缺点,而较少注意其成就。特别是六朝文字对唐诗的影响这一点,则迄今为止,尚未得到充分论述。

其实,我国古代一些卓越的批评家早已看到了这一点。例如:清代的叶燮,就曾经从发展的观点指出了六朝文学承先启后的作用。他在《原诗》中写道:

> 譬诸地之生木然:《三百篇》,则其根;苏李诗,则其萌芽由蘖;建安诗,则生长至于拱把;六朝诗,则有枝叶;唐诗,则枝叶垂荫;宋诗,则能开花,而木之能事方毕。

在叶燮看来,"六朝诗"是诗歌发展史上的一个重要阶段,其历史地位不容轻视。所以他又说:"不读汉魏诗,不知六朝之工也;不读六朝诗,不知唐诗之工也。"叶燮的看法无疑是符合历史事实的。唐诗和六朝诗有着千丝万缕的联系。唐代一些作家虽然也曾对六朝文学有过微词。如陈子昂、李白、杜甫、韩愈、白居易等,他们都曾批判过齐梁文学。但即使这些作家本人,也无不从六朝甚至齐梁以后的作品中吸取营养。这是因为在唐代,士人无不以应进士科为进身之阶,而应举者必读之书,就是梁萧统所编的《文选》。杜甫曾经谆谆地告诫自己的儿子要"熟精《文选》理"(《宗武生日》)。据《太平广记》卷四四七引《朝野佥载》:"唐国子监助教张简,河南缑氏人也,曾为乡学讲《文选》。"可见在唐代,即使乡学之中,也把《文选》作为教材,其影响之大可知。《文选》所保存的作品,有很大一部分是六朝人的作品,仅仅根据《文选》的流行,就足以说明六朝文学对唐代文学的影响。

在唐代,许多人是不讳言向六朝人学习的。杜甫不但曾推崇过陶渊明、谢灵运、鲍照、谢朓、庾信等杰出作家,就是对何逊、阴铿等人也颇赞赏。在《解闷》十二首(其七)中,他自称"颇学阴何苦用心"。中唐时代来到中国的日本遍照金刚僧人著有《文镜秘府论》一书,搜集了中国从晋陆机《文赋》到唐中叶一些文人对诗文的意见。其中有一段论及向前人学习的问题,就提到江淹、鲍照、颜延之、谢灵运、何逊、刘孝绰、任昉、沈约等六朝作家,均有可以效法之处。在这部书中,还多次称赏谢朓、王融等作家的诗句,以为有些作品中的秀句,被《文选》所遗漏或未被人们所称道,不很公平。这就说明,在唐代,即使到了中叶,已经出现了李白、杜甫等伟大诗人之后,还有许多人推崇六朝文学,强调向六朝文学学习。因此否定六朝文学,割断它和唐代文学的历史联系,毕竟是不妥当的,也不符合唐代多数作家的看法。

唐代一些曾经指责过六朝文学的诗人,其本意决非全盘否定六朝文学。例如杜甫曾说过"恐与齐梁作后尘"的话,然而大家知道,杜甫受齐梁诗影响却相当深。即以公开声称"自从建安来,绮丽不足珍"(《古风》五十九首其一)的李白来说,情况也大致相同。他那两句诗,也不过是指出六朝文学的一些弊病,并不是对当时作品一概抹煞。据唐孟棨《本事诗》载,李白还说过"梁、陈以来,艳薄斯极,沈休文又尚以声律,将复古道,非我而谁"的话。从这段话看来,他反对的也只限于梁陈以后的"宫体诗"以及沈约所提倡的"声病说"。"宫体诗"从总的倾向来说,的确很少可取之处。不过"梁

陈宫体"决不等于全部六朝诗,甚至不能概指全部梁陈诗。杜甫曾
说到"李侯(指李白)有佳句,往往似阴铿"(《与李十二白同寻范十
隐居》)。后来的评论家往往认为李白的诗风与阴铿并不相似。然
而据李阳冰《草堂集序》讲到:"自中原有事,公(李白)避地八年,当
时著述,十丧其九。"可见杜甫的话,未必无据。至少说明李白未必
全盘否定梁陈,不然杜甫就不会在送他的诗里直接说他"似阴铿"
了。其实李白对梁陈宫体,也未必全部抹煞,所以清代赵翼在《瓯
北诗话》中曾说:"然细观之,宫掖之风,究未扫尽也。"(卷一)这是
因为"宫体诗"本身,也从乐府民歌中一些"托于闺情女思"之作变
化而来,到了那些宫廷文人手中,虽杂有某些不健康的因素,也仍
有某些成分,可供后人借鉴及吸取。

李白作诗不愿意为严格的声律所拘束,大约是事实,这和他放
荡不羁的个性以及奔放纵逸的诗风不无关系。清人赵翼对这个问
题曾有一段话颇可参考:

> 青莲集中古诗多,律诗少。五律尚有七十余首,七律只十
> 首而已。盖才气豪迈,全以神运,自不屑束缚于格律对偶,与
> 雕绘者争长。然有对偶处,仍自工丽;且工丽中别有一种英爽
> 之气,溢出行墨之外。

他从"才气豪迈"来解释李白不大作律诗,我以为是颇有见地的。
李白之"不愿束缚于格律对偶"当然不等于他不喜六朝诗。事实上
李白诗主要是得力于《文选》,而《文选》中所选录的诗文却有很大
一部分出于六朝文人之手。唐人段成式在《酉阳杂俎》中曾说:
"(李)白前后三拟词选,不如意,悉焚之,唯留《恨》、《别》赋。"(见
《前集》卷一二《语资》)这里所谓"词选",即指《文选》。后来的批评
家们,也多认为李白诗出于《文选》。如宋代朱熹说:"李太白始
终学《选》诗,所以好。"(《朱子语类》)又说:"李、杜、韩、柳,初亦皆

学《选》诗者。然杜、韩变多，而李、柳变少。"（《跋病翁先生诗》）

从李白现存的诗文中看来，他对不少六朝作家都备极推崇。其中最明显的是他对谢灵运、鲍照和谢朓的态度。明李梦阳《章园钱会诗引》云："李杜二子，往往推重鲍谢，用其全句甚多。"李白经常流露出对谢灵运的景仰，甚至以谢自比。如《赠从弟南平太守之遥二首》其一：

> 梦得池塘生春草，使我长价登楼诗；别后遥传临海作，可见羊何共和之。

这里所谓"登楼诗"即指谢灵运的《登池上楼》，"池塘生春草"，即此诗中名句；"临海作"则指谢的《登临海峤初发疆中作与从弟惠连可见羊何共和之》诗。他在《劳劳亭歌》中又说："我乘素舸同康乐，朗咏清川飞夜霜。"这里"康乐"即指谢灵运，而"清川飞夜霜"句，据明人胡震亨说，恐是谢诗的佚句。最令我们感兴趣的则是他的《酬殷明佐见赠五云裘歌》中以下的诗句：

> 故人赠我我不违，著令山水含清晖。顿惊谢康乐，诗兴生我衣。襟前林壑敛暝色，袖上云霞收夕霏。

这里接连引用三句谢诗的名句，说明他对谢灵运作品极为熟悉而且激赏。在他另一些作品中，也多次提到谢灵运。如《过彭蠡湖》、《入彭蠡经松门观石镜缅怀谢康乐题诗书游览之志》以及《梦游天姥吟》等，都一再提到谢灵运，诸如此例不胜枚举。

李白之推尊鲍照，也是人所共知的。历来的评论家大抵认为李白的诗受鲍照影响很深。如朱熹说："鲍明远才健，其诗乃《选》之变体，李太白专学之。"（《朱子语类》）宋胡仔《苕溪渔隐丛话》引《雪浪斋日记》云："或云太白诗，其源流出于鲍明远，如乐府多用《白纻》。"胡仔还说过："李太白亦多建安句法而罕全篇；多杂以鲍明远体。"这些话说得都很中肯，李白的诗受鲍照影响极为明显，而七言古诗尤甚。他的《将进酒》、《行路难》等诗,都酷似鲍照。如《行路难》第一首的"停杯投箸不能食,拔剑四顾心茫然",即出自鲍照《拟行路难》第六首的"对案不能食,拔剑击柱长叹息";"长风破浪会有时,直挂云帆济沧海"用意亦与鲍照《拟行路难》第十八首的"莫言草木委霜雪,会应苏息遇阳春"近似。李白歌行的豪迈奔放的风格,显然得力于鲍照。同样地,他的五言诗也与鲍照有相似之处。如《古风五十九首》的第六首,颇似鲍照的《代出自蓟北门行》;第十六首显然取法于鲍照的《赠故人马子乔》第六首。

在李白诗文中,曾多次谈到鲍照。他有时以鲍照比喻他的朋友,如《酬裴侍御留岫师弹琴见寄》云:"君同鲍明远,邀彼休上人(汤惠休)。"有时,他也自比鲍照,如:《江夏送倩公归汉东序》中说:"惟倩公焉,……且能倾产重诺,好贤攻文。且惠休上人与江鲍往复,各一时也。仆平生述作,罄其草而授之。"李白这两段话,对鲍照都是推崇而决无贬抑之意。后人忽视了这些诗文,硬说杜甫把李白比作鲍照"盖有讥也"(《苕溪渔隐丛话》),这显然是臆说。更值得注意的是:李白在《赠僧行融》诗中说:"梁有汤惠休,常从鲍照游;峨眉史怀一,独映陈公出。卓绝二道人,结交凤与麟。行融亦俊发,我知有英骨。"这段话中的"陈公"指陈子昂,是李白很尊敬的前辈。他在这首诗里以汤惠休、史怀一比行融,有以鲍照、陈子昂自比之意。最可注意的则是"结交凤与麟"一语。在古代,人们往往以凤凰、麒麟比喻圣人,这是极高的评价,李白竟用来比喻鲍照和陈子昂。可见鲍照在李白心目中的地位。我们不妨这么说:李白对前代作家的评价,还很少有超过鲍照的。

如果说李白曾一再推崇谢灵运、鲍照的话,那么他推崇和钦慕谢朓的话就更多了。这当然和李白较长一个时期居住在宣城等地,那里有许多谢朓的遗迹有关。但更重要的,则是李白对谢朓诗风极为钦佩。李白称颂谢朓的话,往往见于他的一些名篇如"解道澄江静如练,令人长忆谢玄晖"(《金陵城西楼月下吟》);"蓬莱文章建安骨,中间小谢又清发"(《宣州谢朓楼饯别校书叔云》)等,都是人们所熟悉的。尤其应该提到的是他的《秋夜板桥浦汎月独酌怀谢朓》:

> 天上何所有,迢迢白玉绳。斜低建章阙,耿耿对金陵。汉水旧如练,霜江夜清澄。长川泻落日,洲渚晓寒凝。独酌板桥浦,古人谁可征。玄晖难再得,洒酒气填膺。

这首诗中所用辞语有许多出于谢朓诗中,诗风也有意摹仿谢氏,结句说"玄晖难再得,洒酒气填膺",更流露出他对谢朓强烈的仰慕之情。所以清人王士禛在《论诗绝句》中曾称李白"一生低首谢宣城"。

李白除了推崇二谢及鲍照以外,对六朝许多作家都曾称赏,并从他们的诗作中吸取养分。如他的《嘲王历阳不肯饮酒》一诗曾提到陶渊明,在这首诗中,还用了不少陶渊明的典故和陶诗的语汇。他的《游谢氏山亭》的末四句:

> 田家有美酒,落日与之倾。醉罢弄归舟,遥欣稚子迎。

不论手法和意境都来自陶渊明的作品。此外,他还推崇颜延之,在《春日陪杨江宁及诸官宴北湖感古作》中,称赞颜延之说:"延年献佳作,邈与诗人俱;我来不及此,独立钟山孤。"对颜亦有景仰之意。在《经乱离后天恩流夜郎忆旧游书怀赠江夏韦太守良宰》一诗中他曾说:"览君荆山作,江鲍堪动色,清水出芙蓉,天然去雕饰。"这不但高度评价了鲍照,也称赞了江淹。在李白的集子中,当有《拟恨赋》,是他拟《文选》之作中仅存的一篇。这篇作品正如清人王琦注所说:"太白此篇,段落句法,盖全拟之,无少差异。"这说明江淹对李白也很有影响。又如他的《月夜江行寄崔员外宗之》、《宿白鹭洲寄杨江宁》诸诗,都和永明诗人的诗风相近。《寄韦南陵冰余江上乘兴访之遇寻颜当书笑有此赠》中"山花开欲燃"句,则显然从沈约《早发定山》中的"山樱发欲然(燃)"来。这说明李白虽不赞成沈约的"声病说",但对沈约的诗歌,也非全然屏弃。

李白诗歌和庾信的关系也很可研究。他的好友杜甫就以"清新庾开府,俊逸鲍参军"(《春日忆李白》)来称赞他。不过从现存李白的诗文中,却没有见他提到过庾信,而且就诗风而论,他受庾信的影响也远不如受鲍照影响明显。然而我们也不能因此否定杜甫这个论断。因为细读李诗,我们还是可以发现他与庾信的一些共同之处。如《系寻阳上崔相渔三首》其三的"虚传一片雨,唤作阳台神"即出自庾信《咏画屏风诗》其三的"何劳一片雨,唤作阳台神"。他有一些清丽之句,诗风亦与庾诗相近。《古风五十九首》其二十五"世道日交丧"一首,清初王夫之就认为很像庾信入关后的诗(参看《唐诗评选》卷二)。他的《侍从宜春苑奉诏赋龙池柳色初青听新莺百啭歌》则笔调也近似徐庾。这一切都说明李白对庾信作品也很熟悉,杜甫以"清新庾开府"称之,不为无见。

李白的诗岂止吸取了六朝那些大家之长,甚至六朝某些小家的作品,他也没有放过。如《古风五十九首》其三十八的"孤兰生幽园,众草共芜没"两句,用意与梁吴均《赠王桂阳》的"松生数寸时,遂为草所没"相同。从全诗来看,主旨也差不多。李诗"若无清风吹,香气为谁发"亦与吴诗"何当数千尺,为君覆明月"相类。可见即使像吴均一类作家,李白也没有加以忽视。

我国古人有一句成语,叫作"泰山不让土壤,故能成其大;河海不择细流,故能就其深"。从来伟大作家都是仔细地吸取前人创作的许多宝贵经验,加以发扬,才能形成自己的独特风格,超过前人。李白的好友杜甫曾经论到自己学诗的体会说:"别裁伪体亲风雅,转益多师是汝师"(《戏为六绝句》其六)。他强调向前人学习,有时对六朝一些较小的作家也表示拳拳服膺,但他的创作成就却远远超过了许多六朝作家。李白和杜甫稍有不同,他在诗文中所推崇的六朝作家,不如杜甫那样广泛,有时还对他们有所疵议。然而他事实上未曾放过他们的长处。他之所以成为伟大诗人,毕竟与他善于吸取六朝文学的精华分不开。

唐代一些有成就的作家,其实无不受六朝文学的深刻影响,不独李白、杜甫如此,其他作家也不例外。因此,我们在评价六朝文学时,必须实事求是地看到它的承先启后的历史地位,看到它为唐代这个诗歌的黄金时代准备了条件。尽管六朝文学确有许多不足之处,然而唐诗的许多特色,往往可以溯源到那个时代。如果没有六朝作家的努力,也不会出现唐诗那种繁荣的局面。一切伟大作家的出现都不可能是凭空产生的。他们都要以前人的成果为基础。我们反对割断历史,必须从史的发展观点来解释一切文学现象。这是普遍的规律。我在这里虽然仅仅以李白为例,实际上当时其他作家和六朝文学的关系也同样十分密切。所不同的,也许在于他们还没有像李白那样尖锐地批评过六朝文学而已。

(1982 年 9 月在日本《朝日新闻》社和东北大学的讲演)

关于裴子野诗文的几个问题

梁代作家裴子野在当时文坛上曾有较大影响。因此梁简文帝萧纲在《与湘东王书》中曾把他与谢灵运相提并论。但后世的文学研究者似乎对他不甚重视。这也许是因为他曾撰《宋略》二十卷，所以人们往往以史家目之，而忽略了他的文学成就。最近，《古代文学理论研究丛刊》第六辑上译载了日本林田慎之助先生的《裴子野〈雕虫论〉考证》一文，对裴氏的思想和文学观提出了不少新的见解。我读后受到不少启发，但也有若干不同的看法。在这里我想谈谈个人对裴子野的几点认识，以就教于林田慎之助先生和广大读者。

一 关于裴子野的诗歌

萧纲在《与湘东王书》中曾认为："裴氏乃是良史之才，了无篇什之美"；他还断言"裴亦质不宜慕"。照萧纳看来，裴子野似乎并无文学创作的才能，更不能作诗。这显然不是事实。据《梁书》本传载，裴子野有集二十卷；《隋书·经籍志》也著录有"梁鸿胪卿裴子野集十四卷"。可见他除《宋略》以外，确曾写过不少诗文。即以他现存的两首半诗① 来说，似乎还是较有特色的，不应斥为"了无篇什之美"。不过，他的诗风确和梁中叶以后的多数诗人不同。如

---

① 裴氏的《上朝值雪》诗（见《艺文类聚》卷二），显系残篇，所以只能算半首。

《答张贞成皋诗》：

> 匈奴时未灭，连年被甲兵。明君思将帅，方听鼓鞞声。吾生姿逸翮，抚剑起徂征。非徒慕辛季，聊欲逞良平。出车既方轨，绝幕恣横行。岂伊长缨系，行见黄河清。虽令懦夫勇，念别犹有情。感子盈编赠，握玩以为荣。跂予振旅凯，含毫备勒铭。（见《艺文类聚》卷三一）

这首诗显得清刚古朴，接近汉魏乐府的诗风。前人论齐梁诗，往往认为吴均的诗"清拔有古气"，其实裴子野这首诗，似乎比吴均更具"古气"。这种诗当然不合崇尚绮丽的萧纲等人的口味。林田慎之助先生把裴子野称为"古体派"，我看是很有道理的。

裴子野的诗，不但不重辞藻，而且不尚声律，这也是他不同于当时诗人的一大特点。如他的《咏雪诗》：

> 飘飖千里雪，倏忽度龙沙。从云合且散，因风卷复斜。拂草如连蝶，落树似飞花。若赠离居者，折以代瑶华。（见《艺文类聚》卷二）

这首诗所以值得注意，是它说明了作者完全不遵守永明以后声律说的束缚。在这首诗中第三、第四两句的第二字都是平声，第四字都是仄声；第五、六两句和第七、八两句第四字都是平声，形成了以平对平，以仄对仄的形式。这在梁代诗歌中亦甚罕见。一般来说，自从沈约提出"四声八病"说以后，大多数诗人的作品虽和唐以后的律诗还不完全一样，然而对平仄声相对的问题则颇为注意。试看《玉台新咏》和北朝某些文人的诗，都有类似的情况。所以裴子野的诗在萧纲等人看来，就"了无篇什之美"。其实用齐梁诗以前的眼光去看，裴诗还不能说没有一点长处。至少他那种古朴和刚劲之气，倒是梁以后不少诗人罕能比拟的。从这个意义上说，林田慎之助先生称裴子野为"古体派"，我完全同意，并且认为他的诗歌也有这种特色。

二 关于《宋略》和《雕虫论》

林田慎之助先生化了不少功夫考证出《雕虫论》是《宋略》中的文字,并且断言此文作于南齐末。对于这个结论我也完全赞同。不过,《宋略》一书作于南齐末年的结论,似乎不必根据《梁书》本传所载裴子野的生卒年以及沈约《宋书》的成书年代来加以推测。因为这种推测虽然较近情理,毕竟包含有假设的成分。至于《宋略》作于齐末,这是裴子野本人早已说明了的。据唐许嵩《建康实录》卷一四载裴子野的《宋略·总论》之后(许氏引《宋略·总论》并未说明是裴子野的文章),又云:

> 裴子野曰:余齐末无事,聊撰此书,近史易行,颇见传写,比更寻读,繁秽犹多,微重刊削,尚未详定。

这段话显然是入梁以后作者自己所写的跋语。他已经明确地道出了《宋略》成书于齐末。至于此书的流传,大约是成书后不久,即在一些人中传抄。所以作者说到了"近史易行,颇见传写"的话。林田慎之助先生推测说"《宋略》至迟在天监七年已经完成了"(第235页);后面又说:"《宋略》突然受到当时知名之士赞赏的契机,是天监七年范缜的奏文"(第244页)。这些推测之辞,如果按裴子野自己的跋文看来,恐怕是不大正确的。

林田慎之助先生在探讨裴子野的思想和文学观时,似乎仅限于引用《通典》、《文苑英华》以及《资治通鉴》诸书,而忽略了《建康实录》一书。《建康实录》中所载裴子野《宋略》的佚文,不见于《通典》、《文苑英华》诸书者几有十条左右。这些佚文,清人严可均在编《全梁文》时亦未收入。但是早在清代,人们已经注意到了《建康实录》的价值。例如《四库全书总目提要》在论到此书时，就很强调它保存《宋略》佚文之功。

当然，《建康实录》一书由于历来较少版本流传，现存的刻本缺页甚多，而且有不少错字。书中所录《宋略》佚文，由于错字多，有些文字都很费解。但是这些佚文基本上都是裴子野对某些史事所发的议论，虽然有些字句不大好懂，而基本的思想还是可以看得出来的。《建康实录》中所载《宋略》佚文中有一些显然值得注意。例如：该书卷一二中讲到历法时，曾引用裴氏称赞何承天的一段话说：

> 夫历以端时，时以颁政。政成而民不僭，晷叶而时不违。先王历象日月，钦若昊天，敬授民时，谓是物也。后世穿凿，拘于禁忌，推步盈虚，其细由己，削远以附近，毁雅以敦(?)俗，多鄙俚之说，乱采索之旨。由是缙绅先生不以阴阳为学。及何承天能正累代遗术，博物君子也。

这段话可以看出裴氏笃守孔子不语"怪力乱神"的传统，反对迷信，主张历法须对民生有用。这种主张在某种程度上和后来的文体改革论者陈子昂、韩愈比较相近。

裴子野的思想基本上是正统儒家思想，这一点，林田慎之助先生已经讲到过。这一说法，在《建康实录》所引佚文中也可以得到证明。例如卷一二中，还有一段佚文，很强调孝道，认为"天地之大德曰生，生民之至德曰孝"。在另一段佚文中，他又鼓吹"三年之丧"，认为合乎"天道"、"人心"。这些都和他的通礼学并曾"集注丧服"(《梁书》本传)有关。

但是裴子野有些时候却不赞成传统的忠君思想。如卷一二有一段佚文表现：他对徐羡之、傅亮和谢晦的废刘义符基本上采取肯定的态度。他认为徐羡之等人废刘义符是对的，只是废立之后，他们应当弃官归隐,不当贪恋权势,就不致于招杀身之祸。在卷一一的一段佚文中,裴子野还指责了司马休之起兵反对刘裕,认为是"天方厌晋",因此他的行动是"违天"。这些思想又是在南北朝那个特定历史条件下的儒家思想,和宋以后讲什么"君臣大义"以及"臣节"的论点很不一样。

林田慎之助先生很强调范缜和裴子野敢于和皇帝持不同观点的问题。其实裴子野在《宋略》关于强谏问题也曾发表过意见。如《建康实录》卷一二:

> 裴子野曰:彼人臣者,禄及其亲,荣庇其后,身以之泰,道以之行。是故君亲临之,有恩有敬,绸缪缱绻,义莫重焉。敬之欲其尊,爱之欲其报,忠谏之道,自此而兴。名实既颓,君臣交丧。猜离悬隔,非近股肱。上则疾务己好,文过而倨隔。下则阶梯缅邈,怀愤懑而莫通。愤懑在心,辞多偏矫;矜倨在己,易以诛残。故逆彼骊龙,自贻斋粉。虽趣肤寸,动及雷霆。若扶令育者,无位于国,挺然万里,粗明主所甚讳,是欲行义,古之遗直者钦。比夫全躯怀禄之人,有殊间矣。以太祖之含弘,尚掩耳彭城之戮。自斯已后,谁易由言。有宋累叶,罕闻谅直。岂骨鲠之气,乃愧前古,抑王之政刑,使之然乎!张约陨于权臣,扶育毙于哲后,宋之鼎镬,吁可畏哉!

这里所评论的具体问题是关于扶令育谏宋文帝处置鼓城王刘义康一事。这本是统治阶级内部的一场争权斗争。刘义康该怎么处置,其实倒无关紧要。值得注意的是裴子野在这里指出了君臣间的"猜离悬隔",帝王威权在手,"文过而倨隔",听不得不同意见,动不动用杀人来拒谏饰非。他实际上揭出了封建专制制度的痼疾。这在当时显然是卓见。

从《建康实录》中所保存的《宋略》佚文来看,裴子野确是一位值得注意的思想家和史学家。其中虽然没有表现他多少文学观点,但为了全面地了解裴子野的思想和文风,《建康实录》中所载佚文,还是应予足够的重视。

三 关于《宋略》佚文的版本问题

林田慎之助先生就《通典》和《文苑英华》所载《雕虫论》的文字作了比较,并且举了一些例子指明《通典》的文字胜于《文苑英华》。他所举的那些例子都是事实,我完全同意。不过,我认为有些文字上的出入,恐怕是出于缮写时的笔误。如"六义"之误为"六艺",显然是音近而误。"蔡邕"之误为"蔡应",则疑为形近而误。因为在《三国志·吴书·顾雍传》裴注引《江表传》、《吴录》以及唐李善《文选注》等书中往往把"蔡邕"写作"蔡雍"。"雍"和"应"字的繁体"應"在草书中就比较相像。唐人的手写本间用草书,例如在《建康实录》一书中凡毛修之、朱修之等人名,都一律误为"循之"。这就是由于古人常把修字写成"脩",而在草书中也就与"循"字形近而误了。

我怀疑《宋略》一书虽如林田慎之助先生所说,至宋代犹存,但它在传抄中已有许多错误。这不独《雕虫论》是这样。像《宋略·总论》一文,《文苑英华》和《建康实录》所载文字,就颇有出入,并且互有优劣。总的来说,《文苑英华》毕竟是官修书,而且较被人们重视,所以错字比《建康实录》少一些。然而也有一些地方,却是《文苑英华》错了。如《宋略·总论》中"既而沬颒不兴"句,显然是用《尚书·顾命》中:"王乃沬颒水"之典,以周成王临死时洗了脸,召见群臣来比喻宋武帝刘裕之死。《文苑英华》误夺"颒"字,文义就晦涩难懂;而《建康实录》多一"颒"字,一望而知是用《尚书》典故,显然胜于《文苑英华》。又如"大成先志"句，《文苑英华》误为"大臣光表"；"臣"字音近"成"字而"光表"则形近"先志"二字。以文义论，"大成先志"极为通顺，而"大臣光表"则不可通。这些例子都是《建康实录》较胜之处。但有时也可能有两本皆误之例，如"奇迹多于魏武"句，《文苑英华》误"奇"作"寄"；《建康实录》则"迹"字作"略"。考《文苑英华》卷七五二朱敬则《宋武帝论》云："或问前史云：'克敌得隽，奇迹多于魏武'，此榷论乎。"朱氏所引前史，实即《宋略·总论》。朱敬则是唐代史学家，和刘知几是好友，并曾一起修史。他的年代比杜佑、许嵩以及《文苑英华》编者都要早，应该是可信的。这证明《文苑英华》所载《宋略·总论》的"寄"字确系错字；至于《建康实录》的"略"字，从文义说应该是通顺的，不过以朱敬则的引文来校勘，原文很可能是"迹"字，而《建康实录》在引录时可能有笔误。

关于《文苑英华》中的错字问题，还有一点似乎也可注意。那就是《文苑英华》一书的版本很复杂。宋本业已不全，据中华书局影印本的出版说明讲，此书成书后一直由皇室保存，直到明代，还藏在文渊阁中，世人很难见到。一般流行的都是明人辗转传抄的本子。后来明刊本就是根据那些抄本刻的，所以错字甚多。我们试看严可均《全梁文》所载《宋略·总论》中"关头灞上之阻"句的"阻"字作方框（缺文），显系字迹不清。但在中华书局影印本中，这个"阻"字并非缺文，而且字迹很清楚。足见严氏所见《英华》，与中华影印本，就不相同。所以《文苑英华》中的错字，有些恐怕还不是该书原有的，而是后人在传抄中写错的。像林田慎之助先生所举《雕虫论》中的错字，如"元嘉"误为"元寿"，我就疑是传抄之误。因为"嘉""寿"二字互误之例，在一些古书中常有。像《水经注》中的"汉寿"、"汉嘉"互误，就是一例。当然，这个错字究竟是唐以前人缮写之误,《文苑英华》沿袭了唐人,还是《文苑英华》原本不误,后人在传抄中致误,则很难臆断。

四 关于裴子野事迹及评价的几点商榷

林田慎之助先生对裴子野思想的评价,我基本上是同意的。但关于某些事迹,似觉当可商榷。例如:裴子野不愿投奔任昉门下,这当然值得肯定。但林田慎之助先生以此为裴子野不愿"谄媚权贵",则似可商榷。因为据《梁书》本传,此事在天监初年。但天监初年,任昉只做过一个时期的黄门侍郎和吏部郎中,天监二年即出任义兴太守。考《宋书·百官志下》,黄门侍郎和太守,只属五品官,地位不高。任昉到死时才做到吴兴太守,恐怕称不上"权贵"。当时士人所以愿意和任昉交游,只是因为他的学问渊博,在知识分子中有影响,所以梁元帝萧绎及刘孝标在讲到他时,一个是称其文才,说成"遂有龙门之名"(《金楼子·立言篇》);一个是说他"多所汲引,有善己者,则厚其声名"(《广绝交论》)。这都不过指在士人中的影响,这和官场中的"权贵"恐非一事。

关于《宋略》和《宋书》相比,《宋略》能直言不讳胜于《宋书》是事实。不过,关于记载沈约之父沈璞被杀一事,恐怕不足以说明问题。因为此事见于《南史·裴子野传》:

> 及齐永明初,沈约所撰《宋书》称"松之已后无闻焉"。子野更撰为《宋略》二十卷,其叙事评论多善,而云:"戮淮南太守沈璞,以其不从义师故也。"约惧,徒跣谢之,请两释焉。叹其述作曰:"吾弗逮也。"

从这段话看来,裴氏记沈璞事,多少有点报复性质,因为沈约先贬抑了裴氏父祖,他才揭沈约的痛处。考今本《宋书·裴松之传》确实删去了"松之已后无闻焉"一语,而且还讲到了裴骃作《史记》注的事,可见沈约确实改了原文。《宋略》是否也作了修改,原书已佚,现在不得不知。我想:裴子野《宋略》大体上是直笔,这大约是事实。但举记沈璞被杀一事为例,则未为很妥善。因为《史通·曲笔篇》曾论及此事云:"子野、休文释纷相谢,用舍由乎臆说,威福行乎笔端,斯乃作者之丑行,人伦所同疾也。"据此看来,《宋略》恐怕也作了修改,刘知几对此很不满意。

关于《史通》对《宋略》和王劭《齐志》的评价问题。林田慎之助先生认为《宋略》"受到江南'事雅'的文风的影响,颇多与实录不相称的虚饰之词"。这个说法,我也有点怀疑。我认为《史通·叙事篇》的原意有两层,"江左事雅"是指南朝的历史事实比北齐"文雅",亦即朝政较为开明,文化较高(当然对南北朝政治、文化究竟怎样评价,那是另一个问题)。所以原文说到"设使丘明重出,子长再生,记言于贺六浑之朝,书事于士尼干之代,将恐辍毫栖牍,无所施其德音"。这显然是指《齐志》所记的是北齐史事。北齐高氏文化本来很低,而且他们又以荒淫昏暴闻名,所以即使左丘明、司马迁来写这段历史,也无法写得典雅。这里讲的仅是内容,与执笔者文风无关。试看《史通·叙事篇》上文,还举出《左传》、《史记》、《汉纪》、《三国志》四书为例,认为《左传》记齐桓、晋文霸业,"则能饰彼词句,成其文雅",到春秋后期,"则《春秋》美辞,几乎翳矣"。陈寿《三国志》也是"其美穷于三祖";关于魏末史事,也就不受人称道了。这些都是讲内容,而不是说作者的"文风"。《史通》中"且几原务饰虚辞"一语的"且"字,才是文意的转折。这里所谓"务饰虚辞"确与文风有关。因为《叙事篇》下文还专门讲到记事不能一味追求古雅,指责崔鸿《十六国春秋》改裴景仁《秦记》中的"抚盘"为"推案";李百药《北齐书》改王劭《齐志》中的"脱帽"为"免冠"为例,指责"直以事不类古,改从雅言"的做法。然而崔鸿乃北朝人;李百药唐人,这种文风虽然在江南也有,但不能认为与"江左事雅"有必然联系。

　　总之,林田慎之助先生关于裴子野的论述,我基本上是赞成的,只是在一些问题上略有不同的意见。为了互相切磋起见,特地提出来与林田慎之助先生商榷。这些意见不一定都对。因为关于裴子野的文学观及其诗文,长期以来还很少有人专门研究过。我这些看法也只是初步的。我深切地希望大家能对这位史学家和文学家给予一定的重视!

晋代作家六考

一　干宝

　　《搜神记》作者干宝的生卒年，历来研究者似都未加注意，其实他的卒年是确切可考的。唐许嵩《建康实录》卷七："（咸康二年）三月，散骑常侍干宝卒。"咸康是晋成帝年号，咸康二年相当于公元336年。干宝生年，史籍中均无记载，但从现存的史料来看，可以知道个大概的时间。《晋书·干宝传》："宝少勤学，博览书记，以才器召为著作郎。平杜弢有功，赐爵关内侯。"这里提到干宝参加过"平杜弢"之役，颇可注意。《晋书·杜弢传》所载杜弢叛晋事，均不记年月。《怀帝纪》载杜弢之乱始于永嘉五年（311），被平定则见《愍帝纪》，为建兴三年（315）。干宝既参加了镇压杜弢的战争并立了功，则他当时年龄似应在二十岁以上。因为据《晋书》本传，干宝之祖仕吴，其父官丹阳丞，并非高等士族，所以在二十岁以前出仕的可能性很小。再说《晋书》记他参加镇压杜弢之乱以前，已被任为著作郎。据此则干宝出仕可能尚在永嘉五年杜弢叛晋之前。这个假设可以在《晋书·郭璞传》中找到旁证："然（璞）性轻易，不修威仪，嗜酒好色，时或过度。著作郎干宝常诫之曰：'此非适性之道也。'"这里所讲郭璞的缺点，似非细过，而且说到干宝"常诫之"，说明两人年辈应该比较接近。否则在封建社会中，一个年轻人去"告诫"长者，并指出其较严重的缺点，是不合礼节的。郭璞的生卒年史有明文。他卒于晋明帝太宁二年（324），年四十九，则当生于晋武帝咸宁二年(276)。从干宝在杜弢之乱前已任著作郎及他能直言劝诫郭璞来看,那么他比郭璞至多小十岁。如果说小十岁的话,那就应生于晋武帝太康七年(286)。下推至永嘉五年当为二十六岁左右,和当时一般士人出仕的年龄比较符合。据此推算,他大约活到五十岁以上。

关于干宝写作《搜神记》的动机,据《晋书》本传所载,是因为他父亲的宠婢在他父亲下葬时被他母亲推入墓穴,十余年后他母亲死了,合葬开墓,宠婢却活着。这个故事显系无稽之谈,乃《晋书》编撰者杂取小说而来。我认为这个故事本属当时流行的传说。今本《搜神记》中关于坟墓中挖出活人的故事有三条之多。其中有一条与《三国志·魏书·明帝纪》裴注引《傅子》基本一样;另一条的基本情节亦与《三国志·魏书·明帝纪》裴注引顾恺之《启蒙注》相同;不过顾书说的是周代坟墓,而《搜神记》说的却是汉代坟墓。最有趣的是关于杜锡的那一条:"晋世杜锡,字世嘏,家葬而婢不得出。后十余年,开冢祔葬,而婢尚生。云:'其始如瞑目,有顷渐觉。'问之,自谓当一再宿耳。初婢埋时,年十五六。及开冢后,姿质如故。更生十五六年,嫁之有子。"这段文字据《艺文类聚》、《初学记》等唐代类书所引,均谓出《搜神记》,当是干宝本人手笔。这故事的梗概与《晋书·干宝传》所记干宝家的故事完全一样。《晋书》作者显然误采了《孔氏志怪》一类书中的材料,而《孔氏志怪》正如《续搜神记》,书中的材料,基本上都是向壁虚造的。如这则故事干宝本人既已记载过,并指为杜锡家事,而《孔氏志怪》却硬要把它定在干宝家中。这些书所以要把这故事按到干宝本人头上,正是为了故神其事。这与齐梁人关于"神灭"和"神不灭"的争论有关。编造这些故事的人,大体是唯心主义者,目的就在为"神不灭"论张目。

《晋书》本传又载:"又宝兄尝病气绝,积日不冷,后遂悟,云见

天地间鬼神事,如梦觉,不自知死。"考《建康实录》卷七许嵩自注引
《三十国春秋》所载天台令苏韶死后显形,与其从弟苏节言鬼神事,
有部分内容相似。许嵩把这则故事附载于干宝作《搜神记》之后,
且言苏韶与干宝同一年死去。《三十国春秋》据《隋书·经籍志》说
是梁湘东世子萧方等撰。考《梁书》卷三八,萧方等是梁元帝长子,
因奉命进攻河东王萧誉,兵败而死,年二十二。梁武帝、元帝均笃
信佛教,萧方等当亦受影响,所以编造这类故事,为"神不灭"说制
造根据。

至于刘惔看到《搜神记》后对干宝说"卿可谓鬼之董狐"一事,
虽见于《世说新语》、《晋书》等多种典籍的记载,但以情理而论,恐
不可能。因为《晋书·刘惔传》载,刘惔卒年三十六,然未说明他死
于何年。考《晋书·庾亮附庾翼传》载晋穆帝永和元年(345)庾翼死
后,桓温废去其子庾爰之的职位,"又以征虏将军刘惔监沔中军事,
领义成太守"。又《建康实录》卷八:"(穆帝永和三年)冬十二月,以
侍中刘惔为丹阳尹。"可见刘惔在永和初年尚在。至于刘惔的卒
年,据《晋书·刘惔传》云:"后(孙)绰常诣褚裒,言及惔,流涕曰:'可
谓人之云亡,邦国殄瘁。'裒大怒曰:'真长平生何尝相比数,而卿今
日作此面向人邪!'"(此事亦见《世说新语·轻诋》)可见刘惔卒于褚
裒以前。褚裒卒年,《晋书·穆帝纪》、《褚裒传》及《建康实录》卷八
都说是永和五年(349)。那么刘惔卒年大致可定为永和四年(348)

左右^①。根据他卒年三十六推算,当生于晋愍帝建兴元年(313)。干宝死时,刘惔才二十三岁。至于《搜神记》完稿时间,史籍虽无明文记载,恐未必是他临死前的绝笔。那么《搜神记》成书时,刘惔不过二十岁左右,甚至还不过十几岁。干宝似无必要将自己的创作送给一个年轻的晚辈去品评。至于刘惔说什么"卿可谓鬼之董狐"一语,似亦不像晚辈对长者说话的口气,所以此事未必可信。大约因为刘惔在东晋清谈名士中颇负盛名,他本人也自许为清谈的第一流人物。南朝有神论者要抬高《搜神记》的真实性而借重刘惔,所以编出了这一情节。

二　孙绰

玄言诗人孙绰的生卒年,历来研究文学史和哲学史的人,似均未详考。目前一些文学史著作,对玄言诗往往很少提及;一些哲学史的研究者,虽曾提到他的著作,而关于他的生卒年也未确考。如石峻等同志所编的《中国佛教思想资料选编》中就说他的"生卒年不可详考,约生活于公元 320 至 380 左右"(见第 1 卷第 25 页)。这

---

①　关于刘惔的生卒年,有必要作一些探讨。因为他虽非作家,却与同时不少作家有过交往。据清《四库全书总目提要》论到《搜神记》时说,刘惔卒于晋明帝太宁中。此说大误,不可不辨。考太宁仅三年(323—325)。姑且把"太宁中"算作二年(324)的话,那么刘惔该生于晋武帝太康十年(289)了。这样的话,干宝作《搜神记》后给刘惔看,倒也颇近情理。然而事实上这是不可能的。首先,他如果死于太宁年间,那么到永和初年如何还在? 其次,《晋书·刘惔传》说他"尚明帝女庐陵公主"。考《明帝纪》,晋明帝卒于太宁三年,年二十七;而刘惔卒于太宁年间,年三十六。世上岂有女婿反而比岳父大十岁左右之理? 此其一。再说,《晋书·谢安传》云:"安妻,刘惔妹也。"谢安卒于晋孝帝太元十年(385),年六十六。那么谢安的生年当为晋元帝大兴三年(320)。他的妻子年龄也该与之相仿。如果刘惔真的卒于太宁年间,那么刘氏兄妹的年龄几乎相差有三十七八岁左右。这也有点不大近情理。此其二。《四库全书总目提要》之说实不足据。

个论断虽与事实出入不大,但尚属不甚精确的推测。其实,孙绰的生卒年是完全可以考定的。唐许嵩《建康实录》卷八明确地说到他卒于晋简文帝咸安元年(371),享年五十八(他卒年五十八,亦见《晋书》本传)。据此可以推知其生年为晋愍帝建兴二年(314)。

不过,《建康实录》述孙绰家世云:"绰字兴公,太原郡人,冯翊太守楚之子。永嘉丧乱,幼,与兄统相携渡江。"此说不确。考《晋书·孙楚传》,孙绰乃孙楚的孙子而非儿子。且孙楚卒于惠帝元康三年(293),距孙绰之生有二十年之久,因此孙绰不可能是孙楚之子,而只能从《晋书·孙楚传》说,他是孙楚子纂的儿子。

但《晋书》记孙氏事迹,似亦有矛盾。《孙楚传》云:"(楚)三子:众、洵、纂。众及洵俱未仕而早终,惟纂子统、绰并知名。"又云:"统字承公,幼与绰及从弟盛过江。"这两段文字都没有提到绰父孙纂当时是否在世。考《晋书·孙盛传》:"祖楚,冯翊太守,父恂,颍川太守,恂在郡遇贼被害,盛年十岁,避难渡江。"这里所说的"孙恂",既是孙楚之子,当即《孙楚传》中的"孙洵"。"恂"、"洵"二字必有一误。但孙恂事迹,应以《孙盛传》为准。因为孙恂分明官至颍川太守,而且遭乱被杀,不得谓"未仕而早终"。孙恂既死于颍川,且系"遇贼被害",则其年代似可考知。因为《建康实录》既说到孙氏过江是由于"永嘉丧乱",而考之史籍,永嘉年间,颍川一带确实有过战乱。《晋书·王弥传》云:"弥复以二千骑寇襄城诸县,河东、平阳、弘农、上党诸流人之在颍川、襄城、汝南、南阳、河南者数万家,为旧居人所不礼,皆焚烧城邑,杀二千石长吏以应弥。弥又以二万人会石勒寇陈郡、颍川,屯阳翟。"此事《通鉴》卷八七系于怀帝永嘉三年(309)。据此可知孙恂死,孙氏南渡是永嘉年间的事,如果据《建康实录》所载孙绰卒年上推,则尚在他出生之前四五年之久。足证孙氏南渡时,孙纂尚在人世。

关于孙纂的卒年,亦有材料可以考知。据孙绰《表哀诗序》云:"余以薄祜,夙遭闵凶,越在九龄,严考即世。"孙绰九岁,当为晋元帝永昌元年(322)。《表哀诗序》又云:"殖根外氏,赖以成训。"则他在孙纂死后,似是依舅家抚养成人。《表哀诗序》乃孙绰自述身世,其言与《孙盛传》所述并无矛盾。可见《孙盛传》的记载较《孙楚传》为可据。

今所存孙绰作品虽为数不多,但其中有一部分似颇可疑。如所谓《赠温峤》一诗,恐非孙绰所作。因为温峤卒于晋成帝咸和四年(329),当时孙绰才十六岁。至于赠诗当在温峤生前,时间应当更早。像温峤这样的大臣,一个十五六岁的孩子作诗相赠,已不近情理。至于诗的口气,更不似孙绰所宜言,如:"爰在冲龀,质嶷韵令。长崇简易,业大德盛。体与荣辞,迹与化竞。经纬天维,翼亮王政。"(其三)按:温峤卒年四十二,当生于晋武帝太康九年(288)。孙绰无论如何不可能向温峤提到温"冲龀"时如何如何。因为温峤既是大官,又是长辈。所以此诗虽见唐《文馆词林》,然颇疑作者有误。《晋书·孙绰传》还提到"温(峤)、王(导)、郗(鉴)、庾(亮)诸公之薨,必须绰为碑文,然后刊石焉"。今按:王导、郗鉴、庾亮、庾冰诸碑俱存于《艺文类聚》中,确系孙绰所作。唯温峤碑不见流传。前面我曾说到温峤卒时,孙绰年方十六,叫他作碑的可能性很小。不过据《晋书·温峤传》载,温峤死时本葬豫章,其后温后妻何氏卒,子温放之又将温的灵柩迁到建康合葬。如果温放之在此时请孙绰作碑,亦属可能。

孙绰作品中最使人怀疑的是《名德沙门赞》。如《释道安赞》:"物有广赡,人固多宰。渊渊释安,专能兼倍。飞声汧陇,驰名淮海。形虽革化,犹若常在。"此赞最早著录于梁释慧皎《高僧传》卷五。其中末两句显然是说道安已死。但根据《高僧传》本传记载,道安卒于晋孝武帝太元十年(385),已是孙绰死后十五年的事。这种句子不可能出于孙绰之手。又如《竺法汰赞》写到"凄风拂林,鸣弦映壑;爽爽法汰,校德无怍"诸语,亦似作于法汰身后。但照《高僧传》记载,法汰卒于太元十二年(387)。《竺道壹赞》似更难解释,因为据《高僧传》载,竺道壹成名于晋简文帝时,而其卒年则为安帝隆安(397—401)中。孙绰纵使高寿,也未必活到隆安以后。这些赞断非孙绰所作。因为释道安晚年住在苻秦统治下的长安,南北阻隔,或许还有孙绰误听传闻之可能;至于竺法汰和竺道壹都居南方,其存亡断无误传的可能性。尤其竺道壹当孙绰在世时还在竺法汰门下学习,而赞语则总结了道壹的一生。这当然非孙绰所能预知。这些恐皆佛教徒借孙绰之名以自重,或把别人的作品指为孙绰手笔。因为我们如果相信这些赞出自孙绰的话,不但《建康实录》,连《晋书》所记孙绰事迹,均难成立。而《晋书》所记的孙绰事迹,和《建康实录》所载卒年完全吻合,当属可信。我颇怀疑那些赞也许是孙统之子孙腾所作。《晋书·孙统传》称:"子腾嗣,以博学著称,位至廷尉。"孙绰亦官至廷尉卿,南朝有人称孙绰为"孙廷尉"的,如江淹《杂体诗》就是如此。因为叔侄二人均为廷尉,故慧皎误以为绰作。当然,这仅属推测之词,尚无确证。

三　许询

　　许询在东晋玄言诗人中占有重要地位。他的作品虽存者寥寥,且无全篇,然而当时人对他评价甚高。《世说新语·文学》:"简文称许掾(询)云:'玄度五言诗可谓妙绝时人。'"刘孝标注引宋檀道鸾《续晋阳秋》,亦称许询与孙绰并为"一时文宗"。但他一生不仕,其生卒年亦无明文记载。关于他的生平,我们知道得很少。现存史料中最可据的,当推《世说新语·言语》刘注引《续晋阳秋》:"许询字玄度,高阳人,魏中领军允玄孙,总角秀惠,众称神童,长而风情简素,司徒掾辟,不就,蚤卒。"可是唐许嵩《建康实录》卷八的记载却与此有出入:"询字元(玄)度,高阳人,父归,以琅邪太守随中宗过江,迁会稽内史,因家于山阴。询幼冲灵,好泉石,清风朗月,举酒永怀。中宗闻而举为议郎,辞不受职,遂托迹居永兴。肃宗连征司徒掾,不就。乃策杖披裘,隐于永兴西山,凭树构堂,萧然自致,至今此地名为萧山。遂舍永兴、山阴二宅为寺,家财珍异,悉皆是给。既成启奏,孝宗诏曰:山阴旧宅为祇洹寺,永兴新居为崇化寺……常与沙门支遁及谢安石、王羲之等同游往来,至今皋屯呼为许元度岩也。"这里所称中宗指晋元帝,肃宗指明帝,孝宗指穆帝。所载许询生平最可怀疑的是说晋元帝征他为议郎。因为许询如果在晋元帝时"征为议郎",当已成人,年龄至少二十左右。这样,到穆帝时,他年纪已达四十岁以上,甚至可能已到五十左右,与《续晋阳秋》所谓"蚤卒"不合。古书中说人"早卒",一般都指二十几岁就死去。例如被《建康实录》称作许询"至友"的刘惔,卒年三十六,但史书不称之为早卒。考《续晋阳秋》乃南朝宋檀道鸾作,其人去许询时代较近,且系历史著作,其说当较可据。

许询的年辈当比他的友人刘惔、孙绰等人小。孙绰有《答许询》诗,其第五章有"孔父有言,后生可畏,灼灼许子,挺奇拔萃"诸语,说明许询确比孙绰年幼。孙绰据《建康实录》卷八说是卒于晋简文帝咸安元年(371),享年五十八(年五十八亦见《晋书》本传),则当生于愍帝建兴二年(314)。至于晋元帝则死于永昌元年(322)。在元帝死时,孙绰才八岁;刘惔据我在前文推测,约生于建兴三年(313),当时亦不过九岁。那么被孙绰称为"后生"的许询,当时是否已经出生,尚成问题,断无被征为议郎之理。

《建康实录》说明帝征许询为司徒掾，亦不可信。魏晋南北朝时代大官的僚属，一般都由那些官员自己辟举。尤其像司徒这样的地位，不但有权辟举僚属，而且当他们谦让时，皇帝往往敦促他们自行选拔，从无代为辟举之例。再说明帝在位共三年，当时刘惔、孙绰尚不满十三四岁，许询比他们小，更无从被辟举。其实许询曾被辟为司徒掾的时间是大致可考知的。据《文选》江文通《杂体诗三十首》李善注引《晋中兴书》载许询事迹，谓"司徒蔡谟辟，不起"。考《隋书·经籍志》，《晋中兴书》是南朝宋何法盛撰，其说当可据。所以《世说新语》常以"许掾"称许询。再考《晋书·蔡谟传》："康帝即位，征拜左光禄大夫，开府仪同三司，领司徒，代殷浩为扬州刺史，又录尚书事，领司徒如故。初，谟冲让，不辟寮佐，屡敦逼之，始取掾属。"可见许询之称"许掾"是康帝即位后为蔡谟所辟。又考《晋书·康帝纪》和《穆帝纪》，康帝在位仅两年（343—344）；穆帝永和六年（350）即废蔡谟为庶人。可见许询之被辟为司徒掾，应在康帝、穆帝时代，而非明帝时代，《建康实录》的话，误差有二十年左右。

许询活到了晋穆帝永和年间是可以断定的。因为据《晋书·王羲之传》、《孙绰传》、《高僧传·支遁传》等所载王羲之、支遁等人所与之交往的人物，大抵都在永和年间相聚，许询亦在其中。尤其是《世说新语·言语》所载："刘真长（惔）为丹阳尹，许玄度出都就刘宿，床帷新丽，饮食丰甘。许曰：'若保全此处，殊胜东山。'刘曰：'卿若知吉凶由人，吾安得不保此。'王逸少（羲之）在坐曰：'令巢（父）、许（由）遇稷、契，当无此言。'二人并有愧色。"此事亦见《晋书·王羲之传》，《建康实录》载于穆帝永和三年。可见许询在永和初年尚在。

《世说新语·文学》又载，许询年少时，人以比王苟子（王修），许

大不平。因此在会稽西寺与王修论难,使王大受折挫。后来支遁
为此还对许询进行规劝。我们知道王修乃王濛之子,而王濛的女
儿又是晋哀帝的皇后。哀帝卒于兴宁三年(365),年二十五。皇后
和他同年死去,年龄大约相仿。哀帝生于咸康七年(341),他皇后
的兄弟,生年不应相去太多。《世说新语》既然说到"许掾年少时",
那么他和王修论难时,年纪未必大于王修。据此推测,则许询生
年,亦不应早于成帝咸和至咸康年间(约 326—340)。所以孙绰才
会以"后生可畏"称之。

许询的卒年,很难确考。但有一点值得注意,即据一些史料记
载,许询晚年住在会稽一带。《世说新语·言语》所谓"许玄度出都
就刘宿",不过是到建康暂住。他和王羲之是朋友,而永和九年
(353)春天兰亭的聚会,传世的《兰亭诗》中,却有孙绰诗而无许询
诗。这是否意味着许询已卒,很难断定。不过从《续晋阳秋》说他
"早卒"看来,他很可能卒于永和年间。

《建康实录》卷八许嵩自注还引《许玄度集》载支遁好养鹰及
马。这段文字虽不一定是原文,大约可信为《许询集》中的记载。
至于后面又记支遁死后的事,则大约采自别人的著作。因为支遁
卒于晋废帝太和元年(366),比兰亭之会又晚于十几年。许询此时
是否尚在,就很成疑问了。

四　庾阐

东晋作家庾阐所存的作品虽不很多,但他在山水诗的形成过
程中有较重要的地位。这一点,范文澜同志在《文心雕龙注》中早
已说过。庾阐的生平见《晋书·文苑》本传。不过《晋书》所记事迹
过于简略,其生卒年亦不可确考。根据现有的史料,我们只能约略

地考知他生平的一个基本轮廓。

首先，关于庾阐的生卒年，《晋书》虽无具体记载，却说他活了五十四岁。他父亲庾东在晋武帝时就以"勇力"闻名，曾扑杀过一个骁悍的西域"胡人"。庾阐本人在永嘉之乱前已随外家南渡。他母亲则在永嘉末年在项城没于石勒。为此，他"不栉沐，不婚宦，绝酒肉垂二十年"。《晋书》本传又说到"州举秀才，元帝为晋王，辟之，皆不行，后为太宰西阳王掾"。考晋元帝为"晋王"是建武元年(317)的事，此前已有"州举秀才"之事，那么在建武元年时，庾阐年龄当在二十岁以上。因为根据一般的情况，古人出仕的年龄均在二十左右。那么庾阐的生年，大约是惠帝元康七、八年(297—298)前后可能性较大。

如果具体探讨一下庾阐的事迹，我看他的生年也可能稍早于元康八年。因为他的母亲"没于石勒"在"永嘉末"。石勒侵扰豫南的项城一带，根据《晋书》的《怀帝纪》和《石勒载记》记载，当为永嘉五年(311)。至于庾阐正式出仕时间则在元帝永昌元年(322)至成帝咸和元年(326)之间。因为《晋书》本传说他初次出仕是任"太宰西阳王掾"。考《晋书·元帝纪》，西阳王司马羕是在永昌元年任太宰的。又据《成帝纪》，咸和元年，司马羕被免官，并降为弋阳县王。据此可知他出仕时间不可能晚于咸和元年。如果照《晋书》所说，庾阐在母"没于石勒"之后"垂二十年""不婚宦"的话，从永嘉五年至永昌元年，才十一年。《晋书》"垂二十年"之说虽为约数，但把它理解成十一年，毕竟可能性太小。所以其出仕之年当晚于永昌元年。至于他在咸和元年出仕，恐怕可能性亦不大。因为早在前一年，即明帝太宁三年(325)，司马羕已被庾亮所参奏(见《晋书·庾亮传》)而失势。那么，庾阐出仕时间，以明帝时(323—325)的可能性为最大。如果照前面的推测，那么在太宁三年，他约年二十七八岁。照古人的惯例说，二十七八岁结婚，确实较晚；但这个年龄出仕，则颇有其例，不能算太晚。既然《晋书》讲到他"垂二十年"不婚宦而被乡里所称，则有可能当时他已超过二十七八岁。再说"垂二十年"之数，也颇有可能稍多于十五年。所以根据目前所能掌握的材料，我们大致可以说，庾阐的生年应不晚或略早于元康八年；而其卒年也最迟不得晚于穆帝永和七年（351）。据此可知他的年辈当晚于郭璞，而早于孙绰等人。

《晋书》本传虽然谈到了庾阐的一些作品，但限于文和赋，并未谈到他的诗歌。如本传载有他的《吊贾谊文》，称"晋中兴二十三年"，考其年代当为成帝咸康五年（339），而后面又称"吴国内史虞潭为太伯立碑，阐制其文，又作《扬都赋》，为世所重"。其实《扬都赋》和太伯碑文，均应作于《吊贾谊文》之前。《扬都赋》乃庾阐成名之作。据《世说新语·文学》载，赋成之后，大受庾亮称赏。可见此赋当作于庾阐在咸康五年出任零陵太守之前，而庾亮却在次年即卒，此后两人不可能再见面。再说庾亮在咸和九年（334）陶侃死后，任江荆豫三州刺史，出镇武昌，不在建康。所以《扬都赋》的写作年代，当更在其前。至于虞潭为吴国内史，则在苏峻之乱被平定后不久（见《晋书·虞潭传》）；又据《成帝纪》，咸康二年"以吴国内史虞潭为卫将军"，则碑文当作于咸康二年以前。这两篇作品都比《吊贾谊文》早。

关于庾阐生平还有一个重要问题，似是《晋书》所失载，而从他的作品中基本可以考定的，即他在晚年曾到过荆州，可能在庾翼的幕下任过职，其证据是他作有《为庾稚恭檄石虎文》和《为庾稚恭檄蜀文》（并见《艺文类聚》卷五八和《全晋文》卷三八）。庾稚恭就是庾翼的字。考《晋书·庾翼传》载，庾翼当庾亮在世时，已被"赐爵都亭侯"；"及亮卒，授都督江荆司雍梁益六州诸军事，安西将军，荆州刺史,代亮镇武昌";又称"翼雅有大志,欲以灭胡平蜀为己任"。庾亮卒于成帝咸康六年(340);庾翼任荆州刺史后,于康帝建元元年(343)徙镇襄阳;穆帝永和元年(345)卒。《庾翼传》又说到庾翼于康帝即位时,上疏北伐。庾阐代他所作的《檄石虎文》当作于咸康八年(342)下半年或建元元年。今考《为庾稚恭檄石虎文》称"今遣使持节荆州刺史都亭侯翼"云云,与《晋书》所载庾翼的官爵完全符合。又考《晋书·成帝纪》《康帝纪》,在咸康、建元间,蜀地割据者李寿,亦曾多次向东晋边境侵扰,而建元元年,东晋也曾派"益州刺史周抚、西阳太守曹据伐李寿,败其将李恒于江阳"。周抚、曹据在军事上均属庾翼督率。《为庾稚恭檄蜀文》疑即作于周、曹伐蜀之际。这两篇文章出于庾阐之手,就很能说明庾阐曾到过荆州。因为像庾翼这样的大官出镇上游,其幕府中必有文人随从,如果庾阐不在他幕下而在零陵或建康,庾翼根本无必要叫他起草。而且《庾阐集》《隋书·经籍志》有著录,说明唐初尚未散佚。《艺文类聚》说这两篇檄文是庾阐作,当无可疑。

庾阐还有一首《观石鼓》诗,疑亦是他在荆州庾翼幕下时作。此诗载于《艺文类聚》卷八。诗中说:"朝济清溪岸,夕憩五龙泉。"这里所谓"五龙泉",疑指"五龙山"的山泉。《艺文类聚》同卷引盛弘之《荆州记》云:"建平郡南陵县有石鼓,南有五龙山,山峰嶕峣,凌云济竦,状若龙形,故因为名。"盛弘之乃南朝宋人,且熟悉荆州地理状况,其说当可据。建平郡虽地处今湖北秭归一带,离武昌(今鄂城)及襄阳不近,然仍在庾翼辖区以内。且当时东晋与蜀发生过战事,庾阐到这里的可能性较大。因此把此诗定为晚年在荆州时作,似较近理。他还有一首《登楚山》诗,中有"龙驷释阳林,朝服集三河;回首盼宇宙,一无济邦家"之句,颇有盼望恢复中原,而自叹无所作为之感,当亦是在荆州时作。

　　《晋书》本传记庾阐任零陵太守之后，"以疾征拜给事中，复领著作"，似乎回建康后就再未外出。然而从他那两篇檄文和两首诗看来，他晚年到过荆州是不成问题的，这些诗文，似可补史传之失。

五　曹毗

　　曹毗的生平事迹，《晋书·文苑》本传记载颇为简略，只说到他是魏曹休曾孙，父名识。至于他本人情况则为："毗少好文籍，善属词赋，郡察孝廉，除郎中。蔡谟举为佐著作郎，父忧去职。服阕，迁句章令，征拜太学博士。时桂阳张硕为神女杜兰香所降，毗因以二篇诗嘲之，并续兰香歌诗十篇，甚有文彩。又著《扬都赋》，亚于庾阐。累迁尚书郎，镇军大将军从事中郎，下邳太守……至光禄勋，卒。"这段文字既没有说到曹毗的生卒年，亦未提及他享年若干。但至少可以推知他经历了东晋的成帝、康帝和穆帝三朝，并且很可能出生于元帝或明帝时代。因为这里说到他被蔡谟举为佐著作郎。考《晋书·蔡谟传》，蔡谟在成帝时代任徐州刺史，不在建康。他作为刺史只有察举秀才、孝廉及辟举僚属之权，不可能辟举秘书监属下的佐著作郎。"康帝即位，征拜左光禄大夫，开府仪同三司，领司徒。"这时，蔡谟才到建康任职，可能辟举曹毗为佐著作郎。不过，到了穆帝永和四年(348)，他就一再辞官，而到永和六年就因屡违朝命而被免职。据此，蔡谟辟举曹毗的时间，应为咸康八年(342)下半年到永和四年这一段时间。前引本传文字中还有"累迁尚书郎，镇军大将军从事中郎"一语。考"镇军大将军"系指武陵王司马晞，他于永和元年(345)正月被任命为镇军大将军；永和八年改任太宰(见《晋书·穆帝纪》)。那么曹毗任镇军大将军从事中郎的时间当在穆帝永和中期以前。照《晋书》本传所载，曹毗任佐著

作郎,曾因父丧去职。古人遭父母之丧,照例要守孝两年多,号为
"三年之丧"。他服阕后又先后任句章令、太学博士及尚书郎之职。
那么即使他咸康八年就出任佐著作郎,康帝建元中的两年多时间
在家守孝,出任句章令当已在永和初。他任太学博士和尚书郎的
时间大约不会很久;任镇军大将军从事中郎则应在穆帝永和六年
(350)或八年(352)之前。因为《晋书》曾说到他任下邳内史,而《艺
文类聚》卷一〇〇载有他的《请雨文》,自称其官职为"下邳内史"。
此文有"盛夏应暑而或凉"之句。考《晋书·五行志中》载,穆帝永和
六年和八年都是"夏旱"。可见此文作于永和六年或八年,此时他
已官至下邳内史。

　　曹毗的卒年无法考知。但据《晋书》本传,他任下邳内史后还
"累迁至光禄勋",那么他很有可能活到穆帝升平(357—360)年间
或稍后一些时间。

　　关于曹毗写诗嘲笑神女杜兰香"下降"张硕的故事,亦见《艺文
类聚》卷七九引《杜兰香别传》,今本《搜神记》亦载此事。这篇志怪
小说,业已散佚,但《北堂书钞》、《艺文类聚》等类书中尚保存一些
佚文。值得注意的是《艺文类聚》卷八一引文称"曹毗《杜兰香
传》";《北堂书钞》卷一四二和卷一四八的引文均称"曹毗《神女杜
兰香传》"。可见此文即曹毗所作。今本《搜神记》中收入这个故
事,可能因为《艺文类聚》卷七九引文正好在《搜神记》弦超故事之
下,而未加"曹毗"之名,又在"《杜兰香别传》"前误衍"又"字之故,
这个故事大约是摹仿《搜神记》所载神女成公智琼下嫁济北弦超的
故事。所谓杜兰香歌诗亦摹仿所谓成公智琼的诗。如其中"从我
与福俱,嫌我与祸会",和成公智琼诗"纳我荣五族,逆我致祸灾"几
同一辙。考《艺文类聚》卷七九载晋张敏《神女赋》所述与弦超、成
公智琼故事完全一致,可见这种故事在西晋前已有,曹毗不过是拟

作而已。不过他所作的这篇《别传》，对后世却产生过不小的影响。如《太平御览》卷五七三引《幽明录》所述狸精所作歌诗，就有"成公从义起，兰香降张硕"之句"义起"当即"弦超"，而"硕"则显系"硕"之误。后人用此典者更多。

六 李充

《翰林论》的作者李充，虽然《晋书·文苑传》中为他立传，但未载其生卒年及享年之数。不过，从这篇传记看来，他生活的年代，还可约略考知一些。

首先，李充的生年大约是在西晋后期。因为《晋书》本传称："李充字弘度，江夏人，父矩，江州刺史。充少孤。"考《晋书·惠帝纪》，分荆州和扬州十郡置江州是元康元年（291）的事。当时的江州刺史姓名无可考。然而据《晋书》的《华轶传》、《应詹传》、《温峤传》和《王敦传》记载，则从怀帝永嘉年间（307—312）起，历任的江州刺史都有姓名可按。《华轶传》载，华轶任江州刺史是在永嘉年间。华轶被杀后，继之者为王敦。王敦后来改任扬州牧，以其从弟王彬为江州刺史。王敦叛死后，朝廷以应詹为江州刺史，一直到成帝咸和初年，又以温峤为江州刺史。温峤任职不久，继之者为刘胤。刘胤被郭默所杀，朝廷本想用郭默为江州刺史，但陶侃不赞成，出兵诛灭郭默，于是就以陶为江州刺史。陶侃卒于咸和七年（332），以后由庾亮兼任江荆豫三州刺史。庾亮卒于咸康六年（340），这时李充已经出仕。可见李充之父李矩任江州刺史，当在华轶以前，即西晋的惠帝时代或怀帝初年。那么据"充少孤"一语看来，李充的生年大约在西晋后期。

李充的仕历，《晋书》本传载其"辟丞相王导掾，转记室参军"。

考《成帝纪》，王导由司徒改丞相是咸康四年(338)六月的事，而到次年七月，王导就死了。据此则李充任王导的掾属及记室参军，当即在这一年零一个月期间。王导死后，有一个阶段李充没有做官，后"征北将军褚裒又引为参军"。考《晋书·褚裒传》，褚裒于"永和初"任征北大将军，而死于永和五年(349)。那么他被褚裒所举，当在穆帝永和五年以前。这次出仕时，李充因为家贫，要求出任地方官，被任为剡令，从此他就定居在会稽一带，并与王羲之等友善(见《晋书·王羲之传》)。他儿子李颙的《经涡路作》一诗，还是称"言归越东足，逝将返上都"。可见李充父子后来虽到建康做官，但家却安在会稽。

李充的卒年亦不可确考。不过据《晋书》本传载，他任剡令后，曾遭母丧，服阕后又"为大著作郎。于时典籍混乱，充删除烦重，以类相从，分作四部，甚有条贯，秘阁以为永制"。这种把典籍分为四部的做法，一直沿用到近代。此后，他又任中书侍郎之职。他守孝时间有两年多；整理典籍的工作，也很繁重，恐亦需几年光阴，再加上任剡令及中书侍郎的时间，那么他的卒年大约不会早于永和末年至升平年间(335—360)；甚至也可能活到隆和、兴宁年间(362—365)或更后。

十六国文学家考略

　　西晋末年由于政治腐败,统治阶级内部争权夺利互相火并,引起了匈奴、羯、氐、羌、鲜卑五个少数民族军事首领的入侵。他们凭借军事力量在中原割据称王,不断混战,直到北魏太武帝拓跋焘破灭北凉沮渠茂虔,这种混战的局面才告结束。在这一百多年的岁月中,北中国战乱频繁,几乎没有产生多少有名的文学作品。因此,历来的文学史家总是认为这一时期只是南方的东晋皇朝统治区才有文学家,而在北方则除了一些民歌以外,没有什么文人作品可言。这种看法虽然不能说完全不对,然而就文学史的事实来看,当时的创作活动并没有完全停止。在当时曾经出现过苏蕙的《回文诗》这样有名的文坛佳话,这说明当时在北中国还是有不少人具有很高的文学修养,不然的话,产生《回文诗》这种形式的作品就很难想象。再说北魏早期的一些文人,在文风上和南朝颇有区别,如果他们完全是模仿南朝,而没有沿袭十六国文人的某些文风,这种差别也就不大好解释。因此,十六国时代的文学虽然很不发达,但我们还是有必要作一些研究。

　　关于十六国文学家的情况,由于史料缺乏,我们知道得很少。北魏崔鸿的《十六国春秋》散佚已久,而且这部著作是以国别的方法编写的,似乎没有专门立一篇《文苑传》。《晋书》中把各少数民族政权列为"载记",也只是记载一些政治事件,没有专门记载这些政权下的文学情况的篇幅。比较有意识地论述十六国文学家情况的倒是《周书·王褒庾信传论》。据这篇传论说,当时一些文人"皆迫于仓卒,牵于战争。竞(中华书局标点本《校勘记》以为系"章"字之误)奏符檄,则粲然可观;体物缘情,则寂寥于世"。这里说的"体物缘情"是用晋陆机《文赋》中"诗缘情而绮靡,赋体物而浏亮"的意思,代指诗赋。由此可知,当时的文人真正从事今天所说的"文学创作"者较少,而写作一些应用文字的较多。现在我们阅读清人严可均辑的《全晋文》、近人丁福保辑的《全晋诗》等书,就可以发现,迄今存留的十六国人的文章,确实是文多于诗,至于赋则几乎没有存留。但是,从各种史书中的记载看,当时一些人是写过诗赋的,只是现在留传的较少罢了。《周书·王褒庾信传论》作于唐初,可能在令狐德棻当时,十六国人的诗赋就没有留下多少,所以他才说"寂寥于世"。试看隋唐间人所编纂的类书如《北堂书钞》、《艺文类聚》之类,都没有收录这些作品,就可以作一个旁证。

我们今天研究文学史,当然应该着重研究存留的作品。但是,像十六国那些文学家的作品既然很少流传,为什么要专门去加以论述呢?我想,研究一下十六国的文学家情况,至少有两个作用,一是前面已经说过的,即他们多少对后来北朝的文学有一定的影响;二是从十六国文学家的研究中多少可以帮助我们理解汉族和少数民族在文化上的相互影响。因为在当时的文学家中有一些是少数民族作家,还有一些作家虽然是汉族,其作品却曾得到少数民族统治者的欣赏,从这些事例,多少可以推知那些少数民族汉化的程度。此外,有些作家写的诗还夹杂一些少数民族的语言。有的诗也可能本来用少数民族语言创作,而现在留传的却是经过人们翻译的作品。如《折杨柳歌辞》第四首:"遥看孟津河,杨柳郁婆娑。我是虏家儿,不解汉儿歌。"这样的民歌,原文肯定不是汉语。因为"虏"是汉人对少数民族的蔑称,少数民族是不可能自称为"虏"的。像这些例子,也可以看出当时文学受少数民族的影响,可惜的是,北朝乐府民歌中那些少数民族的作品,只剩下了汉语的译文,原作和乐曲均已失传。因此它们对诗体的影响,已很难探究了。然而,当时一些少数民族的诗歌,见于史籍的如前燕慕容廆的《阿干歌》,慕容氏入据中原后,据《宋书》和《魏书》的《吐谷浑传》记载,这个歌曾被作为"辇后鼓吹大曲"。又《隋书·经籍志》载,到唐初修《隋书》时,还存留着"《国语真歌》十卷","《国语御歌》十一卷",这些书都和鲜卑语的书籍放在一起,可见鲜卑族的诗歌在当时数量是不少的。此外,像氐族的苻融,据《古今乐录》说,《企喻歌》的最后一首是他作的,所以《企喻歌》也有可能是氐族的歌。这些少数民族的诗歌,显然会对汉族的诗歌留下影响。我们了解到这些情况,对于探讨南北朝以后的文学史会有一定的帮助。

研究十六国文学家的情况,有一个困难,那就是他们的作品存留得太少,即使在《隋书·经籍志》中记载有他们的文集的,也为数不多。这就产生了一个问题:什么人可以算文学家?如果仅仅把写作诗、赋等纯文学作品的人算文学家,那人数就很寥寥;如果把所有写过文章的人都列入文学家之数,那也不大好办。因为那些应用文字,往往可以叫人代笔。例如后赵的统治者石勒,根据《晋书·石勒载记》说,他出身于下层,曾被掠卖为奴。他要了解历史,就叫别人把《汉书》念给他听。可见他的文化不高。但在严可均辑的《全晋文》中,署名为石勒的文章有十几篇(有的只剩下几句佚文)。这些文章可以想象是出于别人代笔。因此把石勒这样的人物也列入文学家中去,似乎不大妥当。我现在采取的办法是:凡是现在还存留着文章,并且确有文学意味的,当然应该加以论述;其次是《隋书·经籍志》等书载有他们集子或作品篇数的,虽然作品已经散佚,但至少说明他们能够写作,所以也应加以论述;再一种是史籍中讲到他们曾写过文学作品或赞扬过他们的文学才能的,也予以论述。根据这个原则所能考出的十六国时代的文人虽然人数较多,但他们的文章是否都属于今天所谓"文学作品"却难于考定,这样,实际上倒成了"补十六国文苑传"了。这是因为古人对文学的理解和今人不同,他们把应用文字都列入文学的范畴。《文心雕龙》所讨论到的文体除了应用文字外,还包括历史、哲学等等著作。许多史书的《文苑传》中,有些人物也不过以应用文字著名。我现在所以把这些人物都作为文学家来论述,这是因为这些人的作品有的已散佚,有的大部分散佚,我们很难断定他们根本没有作过诗、赋等纯文学作品,而且古代的应用文字往往由擅长文学的人来作,从文体上说,两者的关系极为密切,为了避免遗漏,我们不妨把文学的概念理解得广些。

在这里,还要说明一些情况。那就是有些人物,根据传统的习惯是作为晋代人或北魏人论述的,如卢谌一般算晋人;崔宏一般算北魏人。但他们在十六国时代都生活过一个时期,并且做了官。像这样的人物,我也把他们列入了十六国文学家的范畴。因为我们很难断定他们在十六国统治下没有进行过创作。还有一种情况是有些人物由于种种不同原因不能列入本文范围。如《魏书·卫操传》载有卫操为拓跋猗㐌(桓帝)和拓跋猗卢立碑的事,并节录了碑文。以时代考之,当和刘渊、石勒同时。但卫操的碑文可以看出他的立场和刘琨差不多,恐怕还是作为晋人看待好些。同时他没有在十六国境内居住,所以本文就从略。另外,《高僧传》卷四载有竺僧度和杨苕华互相赠答的两首诗,据说二人都是东莞郡人。考《晋书·地理志》,东莞郡在东晋时,曾在江南建立过南东莞。至于原来的东莞曾一度落入后赵之手。《高僧传》既未说明竺僧度、杨苕华是否南东莞人,也没有说明他们具体生卒年,很难断定他们是十六国人,所以这里也只好从略。

由于水平的限制,我这种论述的方法可能很不妥切,尤其是关于十六国文学家的史料,也很可能有不少遗漏,或论断不当之处,希望大家指正。

一 刘聪(前赵)

刘聪(?—318)字玄明,一名载,匈奴族人,前赵政权创立者刘渊的第四子。他在刘渊生前就曾率兵侵扰洛阳一带。晋怀帝永嘉四年(310),刘渊死后,他发动政变,杀了他哥哥刘和,称帝。次年,他派刘曜、王弥攻入洛阳,把晋怀帝司马炽俘获,押到平阳,次年加以杀害;晋愍帝司马邺又在长安建立政权,到愍帝建兴四年(316)刘聪又派刘曜攻入长安,把愍帝俘获,次年又加杀害。晋元帝太兴元年,刘聪病死。他在位九年。他的生平事迹见《晋书·刘聪载记》,文繁不录。

《晋书·刘聪载记》说他:"年十四,究通经史,兼综百家之言,孙吴兵法靡不诵之。工草隶,善属文,著《述怀诗》百余篇,赋颂五十余篇。"又记载他俘获司马炽后:"聪引帝(司马炽)入谯,谓帝曰:'卿为豫章王时,朕尝与王武子(王济字)相造,武子示朕于卿,卿言:"闻其名久矣。"以卿所制乐府歌示朕,谓朕曰:"闻君善为辞赋,试为看之。"朕与武子俱为《盛德颂》,卿称善者久之。……卿颇忆否?'"由此可见刘聪的文学才能,在早年已很有名。《晋书·刘聪载记》又说他"弱冠游于京师,名士莫不结交,乐广、张华尤异之也"。按:刘渊、刘聪一家是南匈奴的后裔,自汉代已降顺汉王朝,所以沾染汉化很深。《晋书·刘渊载记》说刘渊"幼好学,师事上党崔游,习《毛诗》、京氏《易》、马氏《尚书》,尤好《春秋左氏传》、孙吴兵法,略皆诵之。《史》、《汉》诸子,无不综览"。《刘曜载记》称刘曜(渊族子)"读书志于广览,不精思章句,善属文,工草隶"。这说明前赵政权的统治者早已接受汉族的文化,刘聪能用汉语来进行创作,是很自然的。但他的作品均已散佚。

二 鲁徽(前赵)

鲁徽是刘聪部下的前锋大都督安南大将军赵染(《晋书·愍帝纪》作"赵冉")的长史。晋愍帝建兴二年(314)他劝谏赵染率兵轻进,赵染不听,战败后反而把他杀了。《晋书·刘聪载记》:"(刘)曜复次渭汭,赵染次新丰。索綝自长安东讨染,染狃于累捷,有轻綝之色。长史鲁徽曰:'今司马邺君臣自以逼僭王畿(衡按:"以"字涵芬楼景宋本作"相",今从中华书局标点本),必致死距我,将军宜整阵案兵以击之,弗可轻也。困兽犹斗,况于国乎!'染曰:'以司马模之强,吾取之如拉朽。索綝小竖,岂能污吾马蹄刀刃邪!要擒之而后食。'晨率精骑数百,驰出逆之,战于城西,败绩而归,悔曰:'吾不用鲁徽之言,以至于此,何面见之!'于是斩徽。……赵染寇北地,梦鲁徽大怒,引弓射之,染惊悸而寤。旦将攻城,中弩而死。"鲁徽这人投靠匈奴族割据政权,因此致死,当然不足称道。但据《周书·王褒庾信传论》说他和杜广、徐光、尹弼等人"知名于二赵",足见在文章方面,他曾有一定的名气,不过他的作品已无存者。

三 杜广(不详)

杜广的名字见于《周书·王褒庾信传论》,说他和鲁徽等人"知名于二赵",但未明言是前赵还是后赵。关于他的生平和事迹,都不太清楚。从《周书》的行文来看,很可能是前赵刘曜时代的官员。

因为《周书》似乎是一个政权举两个人名,下文说:"宋谚、封弈、朱
彤、梁谠之属见重于燕秦。"我们有材料考知宋、封二人是前燕人;
朱、梁二人是前秦人。而这里鲁徽是前赵人,徐光是后赵人,这都
有确证;那么杜广应是前赵人,尹弼应是后赵人。再说杜姓是关中
的大姓。《魏书·杜铨传》(《北史·杜铨传》同)载,北魏太武帝拓跋
焘问崔浩:"天下诸杜,何处望高?"崔浩答云:"京兆为美。"刘曜称
帝后迁都长安,任用京兆杜姓的人做官,可能性较大。但《晋书·慕
容皝载记》和《通鉴》卷八八都记载在前燕慕容廆、慕容皝部下有一
个杜群,是平原人。此人是否杜广同族,尚难判断。因此杜广的籍
贯,很难确定。

四 徐光(后赵)

徐光(299?—333)字季武,顿丘人,为石勒部将王阳所掠,后
来做了石勒的中书令,屡次向石勒献计,最后因劝石勒除掉石虎,
勒不听,石勒死后,徐光被石虎所杀。他的事迹散见《晋书·石勒载
记》及《艺文类聚》引《赵书》,《初学记》、《太平御览》引《十六国春
秋》等书。今将主要材料辑录或概述如下:

《艺文类聚》卷五六引《赵书》(亦见《太平御览》卷五八六)曰:
"徐光字季武,顿丘人,年十四五,为将军王阳秣马,光但书柳(《御
览》作"柳")屋柱为诗,不亲马事。"(衡按:《赵书》是记载后赵史事
较早的材料,比崔鸿《十六国春秋》早得多。《隋书·经籍志》:"《赵
书》十卷,一曰《二石集》,记石勒事,伪燕太傅长史田融撰。")据此
可知徐光能写诗。他被掠的年代,据《晋书·石勒载记》,石勒共两
次向顿丘一带进军,第一次是他初起时,当时王阳尚未归附石勒,
而据下引《太平御览》引《十六国春秋》,他是被王阳所掠,可见被掠

时间,当是石勒第二次攻邺之际。据此推算,徐光的生年应是晋惠帝元康九年(299)左右。

《初学记》卷一一引崔鸿《(十六国春秋)后赵录》(《太平御览》卷二二〇所引同)曰:"徐光字季武,顿丘人,幼有文才,年十三,王阳攻顿丘,掠(一本作"拔",今从《古香斋袖珍十种》本及《御览》)之,而令主秣马,光但书往(《御览》作"柱",疑是)作诗赋,左右以白勒(《御览》"勒"上有"石"字),勒令召光,付纸笔,光立为颂,赐衣服,迁为中书令。"(衡按:据此则徐光亦曾作赋。至于"迁为中书令"是以后的事,详下。)

《太平御览》卷三八四引崔鸿《十六国春秋·后赵录》曰:"徐光字季武,顿丘人,父聪,以牛医为业。光幼好学,有文才,年十三,嘉平中,王阳攻顿丘掠之,令主秣马,光但书柱为诗赋而不亲马事。阳怒挞之,啼呼终夜不止。左右以白阳,阳召光,付纸笔,光立为颂,阳奇之。"(衡按:"嘉平"是前赵刘聪年号,凡三年,即晋怀帝永嘉四至六年,亦即公元310—312年。考《晋书·石勒载记》,石勒于永嘉六年自南方北归,攻邺。部将王阳当于此时分兵攻拔顿丘。这段记载与《初学记》及《御览》卷二二〇所引《十六国春秋》有矛盾。那儿说是石勒召见徐光,这里却说是王阳。从情理来说,当时石勒并不在顿丘,当以王阳为是。而且徐光当时只有十几岁,马上任命为中书令,不大近情理,也和《晋书》所载史实不合。疑《初学记》编者,是任意删削《十六国春秋》原文,以致误,而《御览》卷二二〇又是误从《初学记》。)

关于徐光在石勒政权下的事迹,我们可以根据《晋书》,辑其主要者如下:

晋愍帝建兴二年(314),石勒用计袭陷幽州,俘获晋幽州牧王浚。使徐光让浚。(见《石勒载记》上,时间据《愍帝纪》)

晋元帝太兴三年(319)，石勒派石虎攻厌次，俘获晋冀州刺史邵续。石虎遣使送续于勒，勒使徐光让之。(见《邵续传》，时间据《元帝纪》)

晋成帝咸和元年(326)，石勒如苑乡，召徐光，光醉不至，于是幽光并其妻子于狱。(见《石勒载记》下，时间据《通鉴》卷九三)

晋成帝咸和三年(328)，刘曜围洛阳，襄国大震，石勒将亲自出兵救洛阳，郭敖、程遐反对。勒大怒，按剑叱退等出。于是赦徐光，徐光赞成石勒的主张。(见《石勒载记》下，时间据《通鉴》卷九四)

晋成帝咸和三年(328)，石勒败刘曜，勒将石堪俘曜，"送于勒所。曜曰：'石王忆重门之盟不？'勒使徐光谓曜曰：'今日之事，天使其然，复云何邪？'"(见《刘曜载记》，时间据《成帝纪》)

晋成帝咸和五年(330)，勒自称赵天王，行皇帝事。以徐光为中书令，领秘书监。(见《石勒载记》下)

晋成帝咸和六年(331)，石勒将营邺宫，廷尉续咸上书切谏。勒大怒曰："不斩此老臣，朕宫不得成也。"敕御史收之。徐光进谏，为石勒所接纳。(见《石勒载记》下，时间据《通鉴》卷九四)

晋成帝咸和七年(332)，"(石)勒因飨高句丽、宇文屋孤使，酒酣谓徐光曰：'朕方自古开基何等主也？'对曰：'陛下神武筹略，迈于高皇，雄艺卓荦，超绝魏祖，自三王已来，无可比也，其轩辕之亚乎！'"石勒自称"卿言亦已太过"，"朕若逢高皇，当北面而事之"，"朕遇光武，当并驱于中原，未知鹿死谁手"。(见《石勒载记》下，时间据《通鉴》卷九五)

晋成帝咸和七年(332)，暴风大雨，震电建德殿端门、襄国市西门，杀五人。雹起西河介山，大如鸡子，平地三尺，为灾甚烈。徐光对石勒说这是禁止了寒食节的缘故。石勒因此下令查检过去奉祀介子推的礼制，群臣奏请恢复寒食，为介子推立祠堂。黄门郎韦謏

驳了这个建议。(见《石勒载记》下,时间据清汤球《十六国春秋辑补》卷一五)

晋成帝咸和七年(332)程遐见石虎有篡权的可能,劝石勒杀掉他,石勒不听。徐光续劝,石勒默然无语但没有听从。(见《石勒载记》下,时间据《通鉴》卷九五)

晋成帝咸和八年(333),石勒死,石虎诛程遐、徐光。(见《石勒载记》下。衡按:石勒卒年,《载记》误为咸和七年。考《成帝纪》应为八年,《通鉴》卷九五亦作八年。《十六国春秋辑补》卷一五引《载记》,又作注云:七"当作八"。中华书局标点本《校勘记》从丁国钧《晋书校文》说,亦认为应作八年)

《史通·古今正史》:"后赵石勒命其臣徐光、宗历、傅畅、郑愔等撰《上党国记》、《起居注》、《赵书》。……至石虎,并令刊削,使勒功业不传。"

关于徐光的生平,我们可以考得比较详细,但他的作品,并无流传。不过,根据前引的材料,说明《周书·王褒庾信传论》把他作为一个文人来论述,显然是有根据的。

五 尹弼(后赵)

尹弼之名,见于《周书·王褒庾信传论》,但他的生平和作品均无可考。从《周书》行文来看,他当是后赵人。又《晋书·石勒载记》下有刘曜将尹安据洛阳降石勒,又有石勒的荥阳太守尹矩,不知与尹弼是否一家。

六　傅畅(后赵)

　　傅畅(？—330)，北地泥阳人，与魏晋间著名文人傅玄是本家。傅畅的祖父傅嘏，是魏朝名士，《三国志》有传。傅畅的父亲傅祇仕晋，官至司徒。洛阳陷落后，大将军苟晞推傅祇为盟主，征天下兵谋图恢复皇室，不久，暴疾死去，年六十九，"著文章驳论十余万言"。

　　关于傅畅的生平，附见《晋书·傅玄传》："畅字世道，年五岁，父友见而戏之，解畅衣，取其金环与侍者，畅不之惜，以此赏之。年未弱冠，甚有重名，以选入侍东宫，为秘书丞。寻没于石勒，勒以为大将军右司马，谙识朝仪，恒居机密，勒甚重之。作《晋诸公赞叙》二十二卷，又为《公卿故事》九卷。咸和五年卒。子咏，过江为交州刺史，太子右率。"按：《隋书·经籍志》有"《晋秘书丞傅畅集》五卷。"《史通》还说他参加过后赵史书的编写工作(见前徐光条)。

七　卢谌(后赵)

　　卢谌(284—351)字子谅，范阳涿人，东汉卢植的玄孙。曾祖卢毓仕魏为司空。伯祖钦、祖珽在魏晋之际都曾仕宦有名。卢谌的父亲卢志，在晋怀帝永嘉末年投奔刘琨，被刘聪子刘粲所俘，遇害。卢谌的生平见于《三国志·魏书·卢毓传》裴注引《卢谌别传》："谌善著文章。洛阳倾覆，北投刘琨，琨以为司空从事中郎。琨败，谌归段末波。(晋)元帝之初，累召为中书侍郎，不得南赴。永和六年卒于胡。(衡按：卢谌卒年据清汤球《十六国春秋辑补》卷二一考证，当为永和七年。查《晋书·石季龙载记》下，卢谌死于襄国，而此事

《穆帝纪》系于永和七年。《通鉴》卷九九同。汤说是。)胡中子孙过江,妖贼卢循,谌之曾孙。"(衡按:卢谌子孙留在北朝者多贵显,卢玄就是他曾孙,见《魏书·卢玄传》。)又《晋书·卢钦传附卢谌传》:"谌字子谅,清敏有理思,好老庄,善属文,选尚武帝女荥阳公主,拜驸马都尉,未成礼而公主卒。后州举秀才,辟太尉掾。洛阳没,随志北依刘琨,与志俱为刘粲所虏。粲据晋阳,留谌为参军。琨收散卒,引猗卢(拓跋猗卢,北魏的祖先,谥穆帝)骑还攻粲,粲败走,谌得赴琨。先父母兄弟在平阳者,悉为刘聪所害。琨为司空,以谌为主簿,转从事中郎。琨妻即谌之从母,既加亲爱,又重其才地。建兴末,随琨投段匹磾。匹磾自领幽州,取谌为别驾,匹磾既害琨,寻亦败丧。时南路阻绝,末波在辽西,谌往投之。元帝之初,末波通使于江左,谌因其使,抗表理琨,文旨甚切,于是即加吊祭。累征谌为散骑中书侍郎,而为末波所留,遂不得南渡。末波死,弟辽代立。谌流离世故,且二十载。石季龙破辽西,复为季龙所得,以为中书侍郎、国子祭酒、侍中、中书监。属冉闵诛石氏,谌随闵军于襄国,遇害,时年六十七,是岁永和六年也(按:当作"七年",见前)。谌名家子,早有声誉,才高行洁,为一时所推,值中原丧乱,与清河崔悦、颍川荀绰、河东裴宪、北地傅畅并沦陷非所,虽俱显于石氏,恒以为辱。谌每谓诸子曰:'吾身没之后,但称晋司空从事中郎尔!'撰《祭法》,注《庄子》及文集皆行于世。"

卢谌的作品据《隋书·经籍志》载,有"《晋司空从事中郎卢谌集》十卷"。今所存者有诗六首,五首见于《文选》,另一首《答刘琨诗》("随宝产汉滨")见《艺文类聚》卷三一。同书同卷又有《重赠刘琨诗》("璧由识真显")曾有人以为是卢谌诗,但从文意看,似是刘琨答卢谌的诗。此外,卢谌还有上表理刘琨,见于《晋书·刘琨传》和《与司空刘琨书》,见于《文选》,均甚有名。卢谌又善书法。《魏书·崔玄伯(宏)传》:"玄伯祖悦,与范阳卢谌并以博艺齐名。谌法钟繇,悦法卫瓘,而俱习索靖之草,皆尽其妙。谌传子偃,偃传子邈;悦传子潜,潜传玄伯。世不替业,故魏初重崔、卢之书。"

八　荀绰(后赵)

荀绰,颍川颍阴人。荀勖荀辑之子,生平附见《晋书·荀勖传》:"绰字彦舒,博学有才能,撰《晋后书》十五篇,传于世,永嘉末,为司空从事中郎,没于石勒,为勒参军。"

九　裴挹、裴毅(后赵)

裴挹、裴毅,河东闻喜人,西晋名士裴楷的孙子。父裴宪,和荀绰等人一起落入石勒之手,仕后赵,官至司徒。裴挹、裴毅的生平附见于《晋书·裴秀传附裴宪传》:"宪有二子挹、毅,并以文才知名。毅仕季龙为太子中庶子散骑常侍。挹、毅俱豪侠耽酒,好臧否人物,与河间邢鱼有隙。鱼窃乘毅马奔段辽,为人所获。鱼诬毅使己以季龙当袭鲜卑,告之为备。时季龙适谋伐辽,而与鱼辞正会,季龙悉诛挹、毅。"

十　刘群(后赵)

刘群(?—351),中山魏昌人,刘琨之子。生平事迹见《晋书·刘琨传附刘群传》:"群字公度,少拜广武侯世子,随父在晋阳,遭逢寇乱,数领偏军征讨。性清慎,有裁断,得士类欢心。及琨为匹磾所害,琨从事中郎卢谌等率余众奉群依末波。温峤前后表称:'姨弟刘群、内弟崔悦、卢谌等皆在末波中,翘首南望。愚谓此等并有文思,于人中少可愍惜,如蒙录召,继绝兴亡,则陛下更生之恩,望古无二。'咸康二年,成帝诏征群等,为末波兄弟爱其才,托以道险不遣。石季龙灭辽西,群及谌、悦等同没胡中。季龙皆优礼之,以群为中书令,至冉闵败后,群遇害。"据此则刘群亦能写文章,但作品无可考。

十一　崔悦(后赵)

崔悦,清河东武城人。他的生平附见《晋书·卢钦传附卢谌传》:"悦字道儒,魏司空林曾孙,刘琨妻之侄也。与谌俱为琨司空从事中郎,后为末波佐史,没石氏,亦居大官。"又《魏书·崔玄伯(宏)传》载,崔宏"祖悦,仕石虎,官至司徒左长史、关内侯。父潜,仕慕容㑲,为黄门侍郎,并有才学之称。"根据前引温峤的话,他也善于写文章。

十二　续咸(后赵)

续咸的生平事迹见于《晋书·儒林·续咸传》:"续咸字孝宗,上党人也。性孝谨敦重,履道贞素。好学,师事京兆杜预,专《春秋》、郑氏《易》,教授常数十人,博览群言,高才善文论。又修陈《杜律》(衡按:"杜律"指晋初杜预、贾充所定的律令及杜预所作的注解),明达刑书。永嘉中,历廷尉评、东安太守。刘琨承制于并州,以为从事中郎,后遂没石勒,勒以为理曹参军,持法平详,当时称其清裕,比之于公(衡按:"于公",指西汉于定国之父。《汉书·于定国传》:"其父于公,为县狱吏,郡决曹,决狱平,罗文法者,于公所决皆不恨")。著《远游志》、《异物志》、《汲冢古文释》皆十卷,行于世。年九十七,死于石季龙之世,季龙赠仪同三司。"

道衡谨按:以年代考之,续咸当生于三国时代。关于他的事迹,《晋书·石勒载记》有足补传文的地方:

晋元帝太兴二年(319),石勒称赵王,"参军续咸、庾景为律学祭酒"。

晋成帝咸和六年(331),"(石)勒将营邺宫,廷尉续咸上书切谏"(已见徐光条,不详引)。

十三　韦谌(后赵)

韦谌(?—350)事迹见《晋书·儒林·韦谌传》:"韦谌字宪道,京兆人也。雅好儒学,善著述,于群言秘要之义,无不综览。仕于刘曜,为黄门郎。后又入石季龙,署为散骑常侍,历守七郡,咸以清化著名。又征为廷尉,识者拟之于、张(衡按:指西汉于定国、张释之)。前后四登九列,六在尚书,三为侍中,再为太子太傅,封为京兆公。好直谏,陈军国之宜,多见允纳。著《犬林》三千余言,遂演为《典林》二十二篇。凡所述作及集记世事数十万言,皆深博有才义。"

道衡谨按:《晋书·石勒载记》下载韦谌及徐光议灾异的论点说:"按《春秋》藏冰失道,阴气发泄为雹。自子推已前,雹者复何所致?此自阴阳乖错所为耳!且子推贤者,曷为暴害如此?求之冥趣,必不然矣。今虽为冰室,惧所藏之冰,不在固阴冱寒之地,多皆山川之侧,气泄为雹也。以子推忠贤,令绵介之间奉之为允,于天下则不通矣。"石勒接受了他的意见。又《晋书·石季龙载记》载,石虎大建宫室,造兵甲,激起贝丘人李弘等策划暴动,不幸败露,连坐者数千人。(此事《通鉴》卷九七、《十六国春秋辑补》卷一七都认为是晋成帝咸康八年,即公元342年发生的。)石虎"畋猎无度,晨出夜归,又多微行,躬察作役之所。侍中韦谡谏曰:'臣闻千金之士,坐不垂堂。万乘之主,行不履危。陛下虽天生神武,雄据四海,乾坤宜赞,万无所虑。然白龙鱼服,有豫且之祸;海若潜游,罹葛陂之酷。深愿陛下清宫跸路,思二神为元鉴,不可忽天下之重,轻行斤斧之间。一旦有狂夫之变,龙腾之勇不暇施也,智士之计岂及设哉?又自古圣王之营建宫室,未始不于三农之隙,所以不夺农时也。今或盛功于耘艺之辰,或烦役于收获之月,顿毙属途,怨声塞路,诚非圣君仁后所忍为也。昔汉明贤君也,钟离一言,而德阳役止。臣诚识惭昔士,言无可采,陛下道越前王,所宜哀览。'季龙省而善之,赐以谷帛,而兴缮滋繁,游察自若"。这两段话,虽然是公文一类文字,却是韦谡自己的文章。清严可均《全晋文》卷一四八亦作为韦谡文辑入。

十四　王度(后赵)

王度据《晋书·艺术·佛图澄传》记载,是石虎的著作郎,而《广弘明集》卷六唐释道宣《叙列代王臣滞惑解》则称"后赵中书太原王度"。清严可均综合二说,认为他的官职是"中书著作郎"(《全晋文》卷一四八)。他曾向石虎建议废佛教。他的言论见于《高僧传》卷九《佛图澄传》、《晋书·艺术·佛图澄传》、《广弘明集》卷六和《通鉴》卷九五。他这篇言论,《晋书》等均有删节,兹据《高僧传》录出:"夫王者郊祀天地,祭奉百神,载在祀典,礼有常飨。佛出西域,外国之神,功不施民,非天子诸华所应祀奉。往汉明感梦,初传其道,唯听西域人得立寺都邑,以奉其神,其汉人皆不得出家。魏承汉制,亦循前轨。今大赵受命,率由旧章,华戎制异,人神区别,外不同内,飨祭殊礼。华夏服礼,不宜杂错。国家可断赵人,悉不听诣寺烧香礼拜,以遵典礼。其百辟卿士,下逮众隶,例皆禁之。其有犯者,与淫祀同罪。其赵人为沙门者,还从四民之服。"(《全晋文》同)当时石虎的官员多与王度见解相同,但石虎因敬信佛图澄,仍下令允许人民信佛。这里所载的言论,即王度当时的奏章。

道衡谨按:《初学记》卷三载王度《扇上铭》云:"朱明赫离光,启窗来清风。服给嗽云露,体夷神自融。"清严可均《全晋文》卷一四八把它当作文收入,今读原文,似是一首咏夏天的诗的佚句。据《隋书·经籍志》:《晋尚书仆射王述集》八卷。(下注:)梁又有《王度集》五卷。《新唐书·艺文志》亦有"《王度集》五卷",但《隋书·经籍志》又有:"《二石集》二卷,晋北中郎参军王度撰。"这个王度,《史通·古今正史》把他和"宋尚书库部郎郭仲产"并提,是否和后赵的王度是一个人,颇可怀疑。

十五 辛谧(后赵)

辛谧(?—350)的生平见《晋书·隐逸·辛谧传》:"辛谧字叔重,陇西狄道人也。父怡,幽州刺史,世称冠族。谧少有志尚,不妄交游。召拜太子舍人,诸王文学,累征不起。永嘉时,以谧兼散骑常侍,慰抚关中。谧以洛阳将败,故应之。及长安陷,没于刘聪,聪拜大中大夫,固辞不受。又历石勒、季龙之世,并不应辟命。虽处丧乱之中,颓然高迈,视荣利蔑如也。及冉闵僭号,复备礼征为太常。谧遗闵书曰:'昔许由辞尧以天下让之,全其清高之节。伯夷去国,子推逃赏,皆显史牒,传之无穷。此往而不反者也。然贤人君子,虽居庙堂之上,无异于山林之中。斯穷理尽性之妙,岂有识之者邪？是故不婴于祸难者，非为避之，但冥心至趣，而与吉会耳。谥闻物极则变，冬夏是也，致高则危，累棋是也。君王功以成矣，而久处之，非所以顾万全，远危亡之祸也。宜因兹大捷，归身本朝，必有许由、伯夷之廉，享松乔之寿，永为世辅，岂不美哉！'因不食而卒。"

道衡谨按：辛谧在给冉闵的信中称"宜因兹大捷"，当指冉闵连败石袛将石琨于邯郸，败张贺度于苍亭事。此事《通鉴》系于永和六年(350)八月，则辛谧"不食而卒"当在这一年。又《魏书·辛绍先传》："辛绍先，陇西狄道人。五世祖怡，晋幽州刺史。父渊，私署凉王李暠骁骑将军。"据此，辛渊当是辛谧的侄孙，辛绍先是他的侄曾孙。因为辛谧在当时有一定的名望，如果辛绍先是他直系子孙，《魏书》不当略去不提。

十六　慕容廆(前燕)

慕容廆(269—333)一名若洛廆，字弈洛瓌，昌黎棘城鲜卑族人，前燕政权的创立者，生平事迹见《晋书·慕容廆载记》，文繁不录。《魏书》有《徒何慕容廆传》，"徒何"是地名，《晋书》作"徒河"。因为他于晋武帝太康十年(289)移居"徒河之青山"，因此《魏书》以"徒何"称之。

慕容廆的曾祖叫莫护跋，三国初年入居辽西，跟随司马懿讨伐公孙渊有功，封率义王，始建国于棘城之北。他祖父叫木延，父亲叫涉归。慕容氏到涉归时，开始汉化。慕容廆早年，曾游历洛阳，拜访过张华，深受张华称赏。西晋武帝时，他对晋王朝时叛时服。后来刘渊、石勒割据，晋王朝沦亡，他开始借"勤王"之名，扩展自己的势力。晋愍帝、元帝都竭力拉拢他。到他孙子慕容儁时，乘后赵内乱，出兵攻占今河北、河南、山东、山西等地，建都于邺，称帝，传至儁子暐,为前秦苻坚所灭。

慕容廆的作品,在诗歌方面,我们知道的有《阿干之歌》。关于这首歌的写作经过,《宋书》、《十六国春秋》、《魏书》、《晋书》均有记载。其中以《宋书》为最早,也最详尽。《魏书·吐谷浑传》和《晋书·四夷·吐谷浑传》大约都是据《宋书》和《十六国春秋》略加删节而成。《十六国春秋》的作者崔鸿,年代比《宋书》作者沈约稍后(《魏书·崔光传附崔鸿传》说崔鸿在"正光以前,不敢显行其书"。"正光"是北魏孝明帝年号,正光元年是公元520年。而沈约《宋书》据《自序》说,毕功于齐武帝永明六年,即公元488年)。他的记载大体上和《宋书》相似。《十六国春秋》已佚,这段记载见于《太平御览》卷五七○引,文意似有不太连贯之处,可能《御鉴》的编纂者引书时有所删节。所以这里还是引用《宋书·吐谷浑传》:"阿柴虏吐谷浑,辽东鲜卑也。父弈洛韩(衡按:《魏书·吐谷浑传》:"涉归一名弈洛韩")有二子,长曰吐谷浑,少曰若洛廆,若洛廆别为慕容氏。浑庶长,廆正嫡。父在时,分七百户与浑。浑与廆二部俱牧马,马斗相伤。廆怒遣信谓浑曰:'先公处分,与兄异部,牧马何不相远,而致斗争相伤?'浑曰:'马是畜生,食草饮水,春气发动,所以致斗,斗在于马,而怒及人邪?永别甚易,今当去汝万里。'于是拥马西行,日移一顿,顿八十里。经数顿,廆悔悟,深自咎责,遣旧父老及长史乙那楼追浑令还(衡按:《宋书》和《十六国春秋》作"乙那楼",《魏书》作"七那楼",中华书局标点本《校勘记》认为当从《宋书》作"乙";《晋书》作"史那楼",疑是涉上文"长史"而误)。浑曰:'我乃祖以来,树德辽右,又卜筮之言,先公有二子,福胙并流子孙。我是卑庶,理无并大。今以马致别,殆天所启。诸君试拥马令东,马若还东,我当相随去。'楼喜拜曰:'处可寒!'虏言'处可寒',宋言'尔官家'也。即使所从二千骑共遮马令回,不盈三百步,欻然悲鸣突走,声若颓山,如是者十余辈,一向一远。楼力屈,又跪曰:'可寒,此非复人事!'浑谓其部落曰:'我兄弟子孙,并应昌盛。廆当传子及曾孙、玄孙,其间可百余年。我乃玄孙间始当显耳!'于是遂西附阴山,遭晋乱,遂得上陇。后廆追思浑,作《阿干之歌》。鲜卑呼兄为'阿干'。廆子孙窃号,以此歌为辇后大曲。"(衡按:《十六国春秋》佚文作:"及儁、垂僭号,以为辇后大曲。"可见此曲在前燕和后燕都曾歌唱。)《阿干之歌》今虽不存,但这段记载说明了慕容廆确曾作过诗歌。

在散文方面,《晋书·慕容廆载记》载有他的《与陶侃笺》一文,文辞华美,已带有骈文的气息。这篇文章可能是他手下的汉族文人所作。据《晋书》记载,自西晋丧乱之后,慕容廆境内"刑政修明,虚怀引纳,流亡士庶,多襁负归之"。这说明慕容氏入据中原前,受汉人文化熏陶已很深。

十七　慕容皝(前燕)

慕容皝(287—348)字元真,慕容廆的第三个儿子。晋成帝咸和八年(333)慕容廆死后,他嗣位。咸康三年(337)称燕王,晋穆帝永和四年(348)死。他的生平见《晋书·慕容皝载记》,文繁不录。《晋书》说他"尚经学,善天文";又说他"雅好文籍,勤于讲授,学徒甚盛,至千余人。亲造《太上章》以代《急就》,又著《典诫》十五篇,以教胄子"。他的文章如《上晋成帝表》、《与庾冰书》等,文体华美,可能是别人代笔。但他能写文章是无疑的。

十八　慕容儁(前燕)

慕容儁(319—360)字宣英,慕容皝的次子。永和四年,慕容皝
死,次年(349)他嗣位。八年(352)他乘后赵内乱,入据中原,称帝。
升平四年(360)病死。他的生平见《晋书·慕容儁载记》,文繁不录。

《晋书·慕容儁载记》称他"博观图书,有文武干略";又说他"雅
好文籍,自初即位至末年,讲论不倦,览政之暇,唯与侍臣错综义
理。凡所著述,四十余篇"。又记载他曾"谯群臣于蒲池,酒酣赋
诗"。可惜他的作品大抵散佚。《全晋文》卷一四九载有他短文三
篇,全系应用文,前两篇出今本《十六国春秋》,此书《四库全书总目
提要》已指为伪书。后一篇见《初学记》卷二六、《太平御览》卷六八
四,但亦无文学价值。

十九　封奕(前燕)

封奕(？—365),勃海蓨人,生卒年不详。勃海封氏在前燕做
大官的不少,但史书上只说封奕以文学知名。封奕在慕容廆时,已
受宠任。《晋书·慕容廆载记》说:"勃海封奕、平原宋该、安定皇甫
岌、兰陵缪恺,以文章才俊,任居枢要。"《周书·王褒庾信传论》也说
他知名于燕。但他的作品,现已不可见。关于他的生平,散见于
《晋书》等史籍。兹录其主要者如下:

晋成帝咸和九年(334),"皝遣其司马封奕攻鲜卑木堤于白狼。
……斩之"(《晋书·慕容皝载记》)。

晋成帝咸和九年(334),皝遣宁远慕容汗及封奕等救柳城。
"汗性骁锐,遣千余骑为前锋而进。封奕止之,汗不从,为段兰所

败,死者大半"(《晋书·慕容皝载记》,时间从《通鉴》卷九五。《通鉴》有"弈整阵力战,故得不没"语)。

晋成帝咸康元年(335),"慕容皝置左右司马,以司马韩矫、军祭酒封弈为之"(《通鉴》卷九五)。

晋成帝咸康初,(慕容皝)"遣封弈袭宇文别部涉弈于,大获而还。涉弈于率骑追战于浑水,又败之"(《晋书·慕容皝载记》)。

晋成帝咸康二年(336),皝遣封弈率轻骑追击段兰,败之。段兰等再至,弈率骑潜于马兜山诸道,"夹击,大败之,斩其将荣保。遣兼长史刘斌、郎中令阳景送徐孟等归于京师。(衡按:徐孟是晋成帝司马衍的使者。"京师"指建康。)使其世子儁伐段辽诸城,封弈攻宇文别部,皆大捷而归"(见《晋书·慕容皝载记》,时间据《通鉴》卷九五)。

晋成帝咸康三年(337),"封弈等以皝任重位轻,宜称燕王。皝于是以咸康三年僭即王位,赦其境内,以封弈为国相"(见《晋书·慕容皝载记》,《通鉴》卷九五称封弈为"镇军左长史")。

晋成帝咸康四年(338),石虎大举攻燕。"皝问计于封弈。对曰:'石虎凶虐已甚,民神共疾,祸败之至,其何日之有! 今空国远来,攻守势异,戎马虽强,无能为患,顿兵积日,衅隙自生,但坚守以俟之耳。'皝意乃安"(见《通鉴》卷九六)。

晋穆帝永和五年(349),燕将慕容霸上书慕容儁,因石虎死,后赵内乱,劝儁进取中原。"儁犹豫未决,以问五材将军封弈。对曰:'用兵之道,敌强则用智,敌弱则用势。是故以大吞小,犹狼之食豚也。以治易乱,犹日之消雪也。大王自上世以来,积德累仁,兵强士练。石虎极其残暴,死未瞑目,子孙争国,上下乖乱,中国之民,坠于涂炭,延颈企踵,以待振拔。大王若扬兵南迈,先取蓟城,次指邺都,宣耀威德,怀抚遗民,彼孰不扶老提幼,以迎大王。凶党将望

旗冰碎,安能为害乎?'"(见《通鉴》卷九八)

晋穆帝永和七年(351),慕容儁进攻后赵,入侵中原。"慕容恪、封弈讨(石虎幽州刺史)王午于鲁口,降之"(见《晋书·慕容儁载记》,时间据《通鉴》卷九九)。

晋穆帝永和八年(352),慕容儁称帝,"以封弈为太尉"(见《晋书·慕容儁载记》)。

道衡谨按:《魏书·封懿传》:封懿以族子叔念为后,魏孝文帝元宏赐叔念名回。"回父鉴,即慕容晞太尉封弈之后也"。可见封弈历事慕容氏四代。封弈卒于晋哀帝兴宁三年(365),见《通鉴》卷一〇一。又《通鉴》所载封弈对答慕容皝、慕容儁的两段话,可能是封弈当时奏章原文。北宋时《十六国春秋》、《燕书》(燕尚书范亨撰,见《隋书·经籍志》和刘知几《史通·因习篇》等)尚存,清人严可均辑《全晋文》、汤球作《十六国春秋辑补》皆未收入,恐是疏漏。

二十　宋该(前燕)

宋该,平原人,生卒年不详。《周书·王褒庾信传论》有"宋谚",与封弈并提。"宋谚"似即宋该之误。(衡按:"谚"、"该"形近,易以致误。《艺文类聚》卷四四,有孙谚《琵琶赋》。《初学记》卷一六作"孙该"。考《隋书·经籍志》,有"陈郡太守《孙该集》二卷"。清严可均《全三国文》卷四〇亦作"孙该"。)《太平御览》卷四九二引《燕书》曰:"章该字宣恒,为左长史。太祖会群寮,以该性贪,故赐布百匹,负而归,重不能胜,乃至僵顿,以愧辱之。"(衡按:此《燕书》当即范亨《燕书》。《隋书·经籍志》有"《燕书》二十卷,记慕容儁事,伪燕尚书范亨撰"。此段文字称慕容皝为"太祖",用慕容儁所追尊之庙号,显然是《燕书》口吻,不是《十六国春秋》的称谓。)这里的"章"字疑为"宋"字之误,"左长史"恐是"右长史"(《晋书·慕容皝载记》引封裕上书,称宋该为右长史)。《十六国春秋纂录》节引这段记载,作"右长史宋谚",汤球《十六国春秋辑补》卷二五引用时注云:"(谚)当作该。"可见"宋谚"即宋该之误。现存史籍中很少提到宋谚,而关于宋该却有较多材料。《通鉴》卷八八:"宋该与平原杜群、刘翔先依王浚,又依段氏,皆以为不足托,帅诸流寓同归于(慕容)廆。"《晋书·慕容廆载记》说到慕容廆手下有"勃海封弈、平原宋该、安定皇甫岌、兰陵缪恺,以文章才俊,任居枢要"。《载记》附《高瞻传》也说到"瞻又与宋该有隙,该阴劝廆除之。瞻闻其言,弥不自安,遂以忧死"。可见宋该在慕容廆时已被宠任。

慕容皝称燕王后,《晋书·慕容皝载记》说:"裴开、阳骛、王寓、李洪、杜群、宋该、刘瞻、石琮、皇甫真、阳协、宋晃、平熙、张泓等并为列卿将帅。"又记载封裕谏慕容皝之辞有"右长史宋该等阿媚苟容,轻劲谏士,己无骨鲠,嫉人有之,掩蔽耳目,不忠之甚"等语。大约宋该善于阿谀是事实。《慕容儁载记》附《韩恒传》记慕容廆时,他建议慕容廆称王,韩恒表示反对。宋该在慕容皝后期,就不受信用了。《太平御览》卷六五一引崔鸿《十六国春秋·前燕录》:"辽东内史宋该举韩偏为孝廉,皝下令曰:'夫孝廉者,道德沈敏,贡之王庭。偏往助叛徒,迷固之罪,至王威临讨,凭城丑詈,此则勃逆之甚,奈何举之? 剖符朝臣,何所取信? 该可下吏正四岁刑。遍行财祈进,亏乱王典,可免官禁锢终身。'"

至于宋该的作品,现在已无存留。

二十一　皇甫岌(前燕)

皇甫岌,安定朝那人,生卒年不详。《通鉴》卷八八云:"东夷校尉崔悫请皇甫岌为长史，卑辞说谕，终莫能致。廆招之，岌与弟真即时俱至。"皇甫岌以"文章才俊"受任用，见《晋书·慕容廆载记》。但他的事迹远不如其弟皇甫真留传得多。《慕容皝载记》记慕容皝称王时，任用一批人做官，其中有皇甫真而无皇甫岌，可能当时他已死。关于皇甫岌的作品已无可考。

二十二　皇甫真(前燕)

皇甫真，皇甫岌之弟，生卒年不详。生平事迹见《晋书·慕容晆载记》附《皇甫真传》："皇甫真，字楚季，安定朝那人也。弱冠以高才，(慕容)廆拜为辽东国侍郎。皝嗣位，迁平州别驾。时内难连年，百姓劳悴。真议欲宽减岁赋，休息力役，不合旨免官。后以破麻秋之功，拜奉车都尉，守辽东、营丘二郡太守，皆有善政。及儁僭位，入为典书令。后从慕容评攻拔邺都，珍货充溢，真一无所取，唯存恤人物，收图籍而已。儁临终与慕容恪等俱受顾托。慕舆根将谋为乱，真阴察知之，乃言于恪，请除之。……真性清俭寡欲，不营产业，饮酒至石余不乱。雅好属文，凡著诗赋四十余篇。王猛入邺，真望马首拜之。明日再见语，乃卿猛。猛曰：'昨拜今卿，何恭慢之相违也？'真答曰：'卿昨为贼，朝是国士。吾拜贼而卿国士，何怪也？'猛大嘉之，谓权翼曰：'皇甫真故大器也！'从坚入关为奉车都尉，数岁而死。"

道衡谨按：关于皇甫真的生平，《晋书·慕容皝载记》说他在慕容皝称燕王时，已和一些人一起被任为"列卿将帅"。慕容儁称帝，他任尚书左仆射(见《慕容儁载记》，据《通鉴》卷九九说，在此以前，他的官职是右司马)。

晋穆帝升平四年(360)，慕容儁死，慕容晆立。慕舆根与慕舆干谋诛慕容恪及慕容评,"因而篡位"。但计划被慕容暐识破,"于是使其侍中皇甫真、护军傅颜收根等于禁中,斩之"。(见《晋书·慕容暐载记》。按:此事《通鉴》卷一〇一系于升平四年,被派去逮捕慕舆根的是傅颜,不是皇甫真。《通鉴》又记皇甫真事先察觉慕舆根密谋事:"秘书监皇甫真言于〔慕容〕恪曰:'根本庸竖,过蒙先帝厚恩,引参顾命,而小人无识,自国哀已来,骄很日甚,将成祸乱。明公今日居周公之地,当为社稷深谋,早为之所。'恪不听。"可与前引《皇甫真传》相印证。)

晋穆帝升平五年(361),"高昌卒(高昌本后赵将,后赵亡,降于燕,又降于晋及前秦,谋自立),燕河内太守吕护并其众,遣使来降(晋),拜护冀州刺史。护欲引晋兵以袭邺。三月,燕太宰恪将兵五万,冠军将军皇甫真将兵万人,共讨之。……燕人围野王数月,吕护遣其将张兴出战,傅颜击斩之。城中日蹙。皇甫真戒部将曰:'护势穷奔突,必择虚隙而投之。吾所部士卒多羸,器甲不精,宜深为之备。'乃多课橹楯,亲察行夜者。护食尽,果夜悉精锐趋真所部,突围不得出。太宰恪引兵击之,护众死伤殆尽,弃妻子奔荥阳"(见《通鉴》卷一〇一)。

晋海西公太和三年(368),前秦将苻廋叛秦降燕,慕容暐与群臣商议救苻廋,慕容评反对。"廋知评、暐之无远略,恐救师弗及,乃笺于慕容垂、皇甫真曰:'苻坚、王猛皆人杰也,谋为燕患为日久矣。今若乘机不赴,恐燕之君臣将有甬东之悔!'垂得书私于真曰:'方为人患者必在于秦,主上富于春秋,未能留心政事,观太傅图略,岂能抗苻坚、王猛乎?'真曰:'然!绕朝有云:谋之不从可如何?'"(见《晋书·慕容暐载记》,时间从《通鉴》卷一〇一)

晋海西公太和四年(369),慕容垂奔秦。梁琛劝慕容暐备秦。暐不听。"皇甫真又陈其事曰:'苻坚虽聘使相寻,托辅车为谕,然

抗均邻敌,势同战国。明其甘于取利,无慕善之心,终不能守信存
和,以崇久要也,顷来行人累续,兼师出洛川,夷险要害,具之耳目。
观虚实以措奸图,听风尘而伺国隙者,寇之常也。又吴王外奔,为
之谋主,伍员之祸,不可不虑。洛阳、并州、壶关诸城,并宜增兵益
守,以防未兆。'晞、评不从。"(见《晋书·慕容晞载记》,时间从《通
鉴》卷一○二)

道衡谨按:皇甫真的事迹,史籍记载还较详,但其作品大多数
已散佚,仅存奏请防备苻坚的章表。清严可均《全晋文》卷一四九
作为他的文章收入。

二十三 缪恺(前燕)

缪恺,兰陵人,生平不详。《晋书·慕容廆载记》把他和封弈等
人列入"文章才俊"之数。衡按:缪恺当是三国著名文人缪袭的本
家。缪袭附见《三国志·魏书·刘劭传》裴注引《文章志》:"袭孙绍、
播、征、胤等并皆显达。"缪播、缪胤在《晋书·缪播传》中有记载,都
是被东海王越所害。缪恺大约与他们是同族。

二十四 韩恒(前燕)

韩恒,生卒年不详。他的生平见《晋书·慕容儁载记》附《韩恒
传》:"韩恒字景山,灌津人也。父默,以学行显名。恒少能属文,师
事同郡张载(衡按:《文选》张孟阳《七哀诗》李善注引臧荣绪《晋
书》:"张载字孟阳,武邑人也。"考《晋书·地理志》,武邑和观津同属
安平国,故曰"同郡"),载奇之,曰:'王佐才也。'身长八尺一寸,博
览经籍,无所不通。永嘉之乱,避地辽东。廆既逐崔毖,复徙昌黎,

召见嘉之,拜参军事。咸和中,宋该等建议以廆立功一隅,勤诚王室,位卑任重,不足以镇华夷,宜表请大将军燕王之号。廆纳之,命群寮博议,咸以为宜如该议。恒驳曰:'自群胡乘间,人婴荼毒,诸夏萧条,无复纲纪。明公忠武笃诚,忧勤社稷,抗节孤危之中,建功万里之外。终古勤王之义,未之有也。夫立功者患信义不著,不患名位不高。故桓文有宁复一匡之功,亦不先求礼命,以令诸侯。宜缮兵甲,候机会,除群凶,靖四海,功成之后,九锡自至。且要君以求宠爵,非为臣之义也。'"

道衡谨按:《晋书·慕容皝载记》中未见韩恒事迹,疑韩恒卒于慕容儁之世。他的作品亦多亡佚,唯驳宋该之言,清严可均《全晋文》卷一四九收为韩恒的文章。

二十五　王猛(前秦)

王猛(325—375)字景略,北海剧人,家于魏郡。王猛是前秦苻坚的丞相,苻坚统一北中国,王猛之功居多。他的生平见《晋书·苻坚载记》附《王猛传》,文繁不录。

王猛是十六国时代杰出的政治家、军事家。《晋书》称他"瑰姿俊伟,博学好兵书,谨重严毅,气度雄远,细事不干其虑,自不参其神契,略不与交通,是以浮华之士咸轻而笑之。猛悠然自得,不以屑怀"。早年桓温入关,"猛被褐而诣之,一面谈当世之事,扪虱而言,旁若无人"。这很可以看出王猛的性格。

关于王猛的作品,《隋书·经籍志》有"晋苻坚丞相《王猛集》九卷,录一卷"。现今大多亡佚,所存者仅清严可均《全晋文》卷一五二所辑的散文九篇。见于《晋书》的有三篇。此外还有六篇见于《十六国春秋》。见于《晋书》的有:

一、《镇冀州上疏请代》(见《苻坚载记》附《王猛传》)。

二、《渭原誓》(见《苻坚载记》上)。

三、《上疏让司空》(见《苻坚载记》附《王猛传》)。

这三篇无疑是王猛所作。

《十六国春秋》虽属可疑之书,但这里所载之文,大多数见于《通鉴》,应该也是可信的。其中:

四、《围邺上疏》(见《通鉴》卷一〇二)。

五、《疾少瘳上疏》(见卷一〇三)。

六、《遗张天锡书》(见卷一〇一)。

七、《遗慕容筑书》(见卷一〇二)。

八、《为书谕张天锡》(见卷一〇三)。

只有《上疏让辅国将军》一篇,原文不见《通鉴》。但《太平御览》卷一二二引《十六国春秋》却载有这篇文字。又《通鉴》卷一〇〇载:"秦王坚以王猛为辅国将军,司隶校尉,居中宿卫。仆射、詹事、中书令、领选如故。猛上疏辞让,因荐散骑常侍阳平公(苻)融,光禄散骑西河任群、处士京兆朱彤自代。坚不许。"这和《十六国春秋》所载上疏的内容相符,可见它也是王猛的手笔。

王猛的儿子据史籍记载,有三人。一个叫王皮,以谋反被流放。剩下的长曰王永,次曰王休。王永在苻坚败亡后,曾起兵拥戴苻丕,和慕容永作战,兵败被杀。王休早死,有两个儿子,一个是王镇恶,是刘裕的部将,《宋书》有传;一个是王宪,仕北魏,《魏书》有传。

二十六　苻坚(前秦)

苻坚(338—385)字永固,一名文玉,略阳临渭的氐族人。祖父苻洪,世代是氐族酋长,被石虎部将麻秋所害。苻洪的第三个儿子苻健,建立了前秦政权。苻健称帝后,以他弟弟苻雄为丞相,立过很多功劳。苻坚就是苻雄的儿子。

晋穆帝永和十一年(355)苻健死,子苻生立。升平元年(357)苻坚杀苻生自立。他任用王猛治理国政,国势始强,于海西公太和五年(370)灭前燕;孝武帝宁康元年(373)侵占了东晋统治下的今四川一带地方;又于太元元年(376)灭前凉。太元八年(383),他大举进攻东晋,被晋将谢玄等人击败于淝水,全军崩溃。后燕慕容垂等乘机纷纷自立。太元十年(385),他被羌族首领姚苌所杀。他的生平见《晋书·苻坚载记》,文繁不录。

《晋书》称他"性至孝,博学多才艺,有经济大志,要结英豪,以图纬世之宜"。他受汉族文化的影响很深,曾"亲临太学,考学生经义优劣,品而第之。问难五经,博士多不能对"。他提倡文学,多次命群臣赋诗。他自己也能作诗,史籍记载的有三次:一次是升平二年(358)他出巡龙门和韩城时,曾赋诗,见《太平御览》卷一二二引崔鸿《十六国春秋·前秦录》;一次是晋简文帝咸安二年(372)他任命苻融"为镇东大将军,代(王)猛为冀州牧,融将发,坚祖于霸东,奏乐赋诗"(见《晋书·苻坚载记》,时间据《通鉴》卷一〇三)。一次是太元七年(382),"坚飨群臣于前殿,奏乐赋诗"(见《晋书·苻坚载记》)。这些诗虽未留存下来,但说明苻坚确能写诗。

苻坚的文章《晋书》中载有一些,此外像《高僧传》、《广弘明集》和一些类书中都也有一些,但大抵是应用文字。其中像他答慕容垂的书信,是淝水战败后在兵荒马乱中写的,文字却很华美,有许多骈句。这也可以看出他文学修养很高。

二十七　苻融（前秦）

苻融（？—383）字博休，苻坚的弟弟。他在王猛死后，是苻坚主要的辅佐。苻坚进攻东晋前，他曾劝阻，苻坚不听。淝水之战时，他被晋军所杀，秦兵遂大败。他的生平见《晋书·苻坚载记》附《苻融传》，文繁不录。

《晋书》说："融聪辩明慧，下笔成章，至于谈玄论道，虽道安无以出之。耳闻则诵，过目不忘，时人拟之王粲。尝著《浮图赋》，壮丽清赡，世咸珍之。未有升高不赋，临丧不诔，朱彤、赵整推其妙速。"又记载他用《易经》断狱的事，可以知道他对儒家经典很熟，受汉人文化影响颇深。

苻融的作品大多散佚，现在可以考知的只有诗一首，即《企喻歌》的末首："男儿可怜虫，出门怀死忧。尸丧峡谷中，白骨无人收。"《乐府诗集》卷二五引《古今乐录》说："最后'男儿可怜虫'一曲，是苻融诗，本云：'深山解谷口，把骨无人收。'"

他的散文也只剩下一篇《上疏谏用慕容暐等》，载于《晋书·苻坚载记》上，严可均《全晋文》卷一五一已收入。

二十八　苻朗（前秦）

苻朗（？—389），苻坚的侄儿。他的生平详见《晋书·苻坚载记》附《苻朗传》："苻朗字元达，坚之从兄子也。性宏达，神气爽迈，不屑时荣。坚尝目之曰：'吾家千里驹也。'征拜镇东将军，青州刺史，封乐安男，不得已而起就官。及为方伯，有若素士，耽玩经籍，手不释卷，每谈玄语虚，不觉日之将夕；登涉山水，不知老之将至。

在任甚有称绩。后晋遣淮阴(按:中华书局标点本《校勘记》据《谢玄传》认为当是"淮陵"之误。《通鉴》卷一〇五作"阴陵",胡注亦认为当作"淮陵")太守高素伐青州,朗遣使诣谢玄于彭城求降,玄表朗许之,诏加员外散骑侍郎。既至扬州,风流迈于一时,超然自得,志陵万物,所与悟言,不过一二人而已。骠骑长史王忱,江东之俊秀,闻而诣之,朗称疾不见。沙门释法汰问朗曰:'见王吏部兄弟未?'朗曰:'吏部为谁?非人面而狗心,狗面而人心兄弟者乎?'王忱丑而才慧,国宝美貌而才劣于弟,故朗云然。汰怅然自失。其忤物侮人皆此类也。谢安常设宴请之,朝士盈坐,并机褥壶席。朗每事欲夸之,唾则令小儿跪而张口,既唾而含出,顷复如之,坐者以为不及之远也。又善识味,咸酢及肉皆别所由。会稽王司马道子为朗设盛馔,极江左精肴。食讫问曰:'关中之食孰若此?'答曰:'皆好,惟盐味小生耳。'既问宰夫,皆如其言。或人杀鸡以食之,既进,既曰:'此鸡栖恒半露。'检之皆验。又食鹅肉,知黑白之处。人不信,识而试之,无豪厘之差。时人咸以为知味。后数年,王国宝谮而杀之。王忱将为荆州刺史,待杀朗而后发。临刑,志色自若,为诗曰:'四大起何因?聚散无穷已。既过一生中,又入一死理。冥心乘和畅,未觉有终始。如何箕山夫,奄焉处东市!旷此百年期,远同嵇叔子。命也归自天,委化任冥纪。'著《苻子》数十篇行于世,亦老庄之流也。"

　　道衡谨按:《晋书》的记载,基本上根据裴景仁《秦记》(略有出入。《秦记》据《隋书·经籍志》载,共十一卷。"宋殿中将军裴景仁撰。"《史通·古今正史》说前秦亡后,赵整隐于商洛山,修秦史,未成而卒,由冯翊人车频纂成,共三卷。"年月失次,首尾不伦"。"河东裴景仁又正其讹僻,删为《秦纪》十一篇")。《秦记》佚文见《世说新语·排调篇》刘《注》引(称"裴景仁《秦书》")。

关于苻朗的降晋时间，《通鉴》卷一〇五系于晋孝武帝太元九年(384)。他的卒年据《晋书》说："王忱为荆州刺史，待杀朗而后发。"据《通鉴》卷一〇七，太元十四年(389)七月，"以骠骑长史王忱为荆州刺史"。可知苻朗的卒年为公元389年。

关于苻朗的事迹，《世说新语·排调篇》有一段记载，颇能看出他的性格："苻朗初过江，王咨议(王羲之子肃之)大好事，问中国人物及风土所生，终无极已，朗大患之。次复问奴婢贵贱，朗云：'谨厚有识中者，乃至十万，无意为奴婢问者，止数千耳！'"

苻朗的作品，除了《晋书》所载的那首诗以外，还有《苻子》，原书已佚。严可均《全晋文》卷一五一辑录了这书的佚文，其中有不少颇有文学意味。

二十九　苏蕙(前秦)

苏蕙的生平见于《晋书·烈女·窦滔妻苏氏传》："窦滔妻苏氏，始平人也，名蕙字若兰，善属文。滔苻坚时为秦州刺史，被徙流沙。苏氏思之，织锦为回文旋图诗以赠，宛转循环以读之，词甚凄惋，凡八百四十字，文多不录。"这段记载，可能根据过去人所修的《晋书》。《太平御览》卷八一五引王隐《晋书》的一段记载，与此基本相同。但苏蕙的事迹，不可能出于王隐的记载。因为据《晋书·王隐传》载，王隐后来被虞预所排挤，"家贫无资用，书遂不就，乃依征西将军庾亮于武昌，亮供其纸笔，书乃得成，诣阙上之"。考《晋书·庾亮传》，庾亮卒于晋成帝咸康六年(340)，则王隐《晋书》当成于这一年以前。窦滔既然是苻坚的秦州刺史，而苻坚是晋穆帝升平元年(357)才登位的，苏蕙作诗当然更在其后。可见《太平御览》编者对材料的来源弄错了。不过，这条记载如果出于唐人所修的今本《晋书》,《御览》编者未必会误作王隐,而《隋书·经籍志》所载南朝人所作《晋书》有八家,仅庾铣《东晋新书》注明亡佚。因此这段记载,有可能出于南朝人手笔。

关于苏蕙作《回文诗》,南朝人已有记载,梁江淹《别赋》:"织锦曲兮泣已尽,回文诗兮影独伤。"唐李善《文选注》:"《织锦回文诗序》曰:'窦韬秦州被徙沙漠,其妻苏氏。秦州临去别苏,誓不更娶,至沙漠便娶妇,苏氏织锦端中,作此回文诗以赠之。符(苻)国时人也。"五臣注:"良曰:'织锦为回文诗,使成章句,以寄于夫,思念别离,故泣尽影伤也。'"李善注所引《织锦回文诗序》的说法,比《晋书》多了一个窦滔再娶的情节,可能别有所据,但从五臣注中,却看不出有再娶一事。至于宛委山堂本《说郛》第七十八卷,有《织锦璇玑图》,并有唐武则天的说明,这个说明最早见于《文苑英华》卷八三四。这个说明中讲苏蕙的事迹比《晋书》和《文选注》详细得多。据说窦滔和苏蕙之间有纠纷,因为苏蕙性妒忌,有一次打了窦滔的宠妾赵阳台,而赵阳台对窦滔说了苏蕙的坏话,使两人感情受到影响。苻坚派窦滔镇守襄阳,窦滔带了赵阳台赴任,苏氏没有同行。后来苏蕙织锦赠诗,派人送到襄阳,窦滔见了立即派人去迎接她,并遣送赵阳台去关中。这个说明中还提到苏蕙"著文词五千余言,属隋季丧乱,文字散落,追求不获"。在这个说明中,也提到窦滔"谪戍燉煌",但和故事本身关系不大。考苻坚攻陷襄阳在太元四年(379),派去镇守襄阳的是梁成(见《晋书·苻坚载记》),淝水之战发生在太元八年(383),当时镇守襄阳的是都贵,此后襄阳又被晋兵收复,该地在前秦统治下不过四个年头,并无再次换人的记载,可见窦滔镇守襄阳之说,并不可信。又,说明中所谓武则天的署名是"大周天册金轮皇帝",年月是"如意元年(692)五月一日"。考《旧唐书·武后纪》,武则天是如意二年九月称"金轮圣神皇帝";《通鉴》卷二〇五同。《新唐书·则天皇后纪》则认为武则天称"天册金轮大圣皇帝"在天册万岁元年(695)九月。可见这个说明是后人伪托,不可信。

　　至于那首回文诗,据《隋书·经籍志》说,有"《织锦回文诗》一卷,苻坚秦州刺史窦氏妻苏氏作"。根据《晋书》说有八百四十字。从字数看,倒是和《说郛》本相符。但现在的《说郛》本,有着这样一篇说明,因此是否苏蕙原作,很难置信。丁福保《全晋诗》所收的苏蕙作品,根据的就是这个版本。我想,这个版本虽然也有诗是真的、而说明是假的的可能,但毕竟有疑问。倒是《初学记》卷二七所引的比较可靠。原文称《前秦苻(苻)坚秦州刺史窦韬妻苏氏织锦回文七言诗》:"仁智怀德圣虞唐,真妙显华重荣章。臣贤惟圣配英皇,伦匹离飘浮江湘。津河隔塞殊山梁。民士咸旷怨路长。身微闵己处幽房,人贱为女有柔刚。亲所怀想思谁望,纯清志洁齐冰霜。新故或亿殊面墙,春阳熙茂雕兰芳。琴清流楚激弦商,奏曲发声悲摧藏。音和咏思惟空堂,心忧增慕怀惨伤。"这里所引肯定不是苏蕙的全文,但类书所引诗文,常有删节,而这种"柏梁体"的七言诗,和唐人的七古不同,很可能是苏蕙的原文。

三十　赵整(前秦)

　　赵整,一作"正",生卒年不详,他的生平附见《高僧传》卷一《昙摩难提传》:"正字文业,雒阳清水人,或曰济阴人,年十八,为伪秦著作郎,后迁至黄门侍郎,武威太守,为人无须而瘦,有妻妾而无儿,时人谓阉。然而情度敏达,学兼内外,性好讥谏,无所回避。苻坚末年,宠惑鲜卑,惰于治政。正因歌谏曰:'昔闻孟津河,千里作一曲。此水本自清,是谁搅令浊。'(衡按:此歌《乐府诗集》卷六〇作"此水本自清,是谁乱使浊"。《太平御览》卷五七七引《前秦录》作"此水本清白,是谁独使浊"。)坚动容曰:'是朕也。'又歌曰:'北园有一枣,布叶垂重荫。外虽饶棘刺,内实有赤心。'(衡按:《御览》、《乐府诗集》"北园有一枣"作"北园有枣树";"饶"作"多"。)坚笑曰:'将非赵文业耶?'其调戏机捷皆此类也。后因关中佛法之盛,乃愿出家,坚怜而未许。及坚死后,方遂其志,更名道整,因作颂曰:'我死何以晚,泥洹一何早?归命释迦文,今来投大道。'后遁迹商洛山,专精经律。晋雍州剌史郗恢钦其风尚,逼共同游,终于襄阳,春秋六十余矣。"

道衡谨按:《高僧传》所载赵整籍贯,显然有错字。《通鉴》卷一〇三称他为"略阳赵整"。考《晋书·地理志》,有清水县。但今海山仙馆丛书本及日本覆刻明万历寂照庵本均作"雒阳",严可均《全晋文》卷一五九从之,其实当从《通鉴》改。关于赵整的卒年,虽然考不出具体年月,但据《高僧传》,他十八岁做著作郎,考《晋书·职官志》,秘书监"并统著作省";又说著作"别自置省"以后,"犹隶秘书。著作郎一人,谓之大著作,专掌史任,又置佐著作郎八人。著作郎始到职,必撰名臣传一人";而《通鉴》卷一〇三记载宁康二年(374)时,赵整的官职是"秘书侍郎"。胡注:"晋秘书省有丞有郎,无侍郎。秦以整为秘书郎,内侍左右,故曰侍郎。"前秦官制虽然不太清楚,基本上当和晋代相似。《史通·古今正史》载"秦秘书郎赵整参撰国史",可见"秘书郎"或"秘书侍郎"当即著作郎之职。从宁康二年下推到宋初,大约五十年左右。《史通》说到赵整晚年曾修前秦的历史,有个冯翊车频,从经费上资助他。后来赵整死后,刘宋的梁州刺史吉翰叫车频"纂成其书",开始时间是元嘉九年(432)。那末,赵整卒年当在元嘉元年前后,这和《高僧传》说的"春秋六十余矣"相符。

除了《高僧传》这篇赵整的小传外,他的事迹见于史籍者还有:

晋宁康二年(374),"秘书监朱肜、秘书侍郎略阳赵整固请诛鲜卑,坚不听。整,宦官也,博闻强记,能属文,好直言,上书及面谏,前后五十余事。慕容垂夫人得幸于坚,坚与之同辇游于后庭。整歌曰:'不见雀来入燕室,但见浮云蔽白日。'坚改容谢之,命夫人下辇"(见《通鉴》卷一○三)。

晋太元三年(378),"九月,秦王坚与群臣饮酒,以秘书监朱肜为正,人以极醉为限。秘书侍郎赵整作《酒德之歌》曰:'地列酒泉,天垂酒池。杜康妙识,仪狄先知。纣丧殷邦,桀倾夏国。由此言之,前危后则。'(见《通鉴》卷一○四,亦略见《御览》卷四九七引《十六国春秋·前秦录》。)又:"苻坚宴群臣于钓台,秘书侍郎赵整以坚颇好酒,因为《酒德之歌》曰:'获黍西秦,采麦东齐。春封夏发,鼻纳心迷。'"(见《太平御览》卷八四二引崔鸿《十六国春秋·前秦录》)

晋太元五年(380),苻坚分派氐族到"诸方要镇",亲自到灞上为苻丕等人送别,"诸戎子弟离其父兄者,皆悲号哀恸,酸感行人"(见《晋书·苻坚载记上》)。"坚之分氐户于诸镇也,赵整因侍援琴而歌曰:'阿得脂,阿得脂,博劳旧父是仇绥,尾长翼短不能飞。远徙种人留鲜卑,一旦缓急语阿谁?'坚笑而不纳。"(见《晋书·苻坚载记》下)歌亦见《乐府诗集》卷六○。《通鉴》卷一○四"旧"作"舅";"语阿谁"作"当语谁"。衡按:这个歌中杂有氐族语言,不很好懂,胡三省《通鉴注》曾解释"博劳"即"伯赵",是鸟名,这和"尾长翼短不能飞"可以连贯。但"仇绥"二字,他认为"不知为何物"。其实当时人作诗杂以少数民族语言的现象是不奇怪的,《世说新语·排调篇》:"郝隆为桓公(温)南蛮参军,三月三日会作诗,不能酒罚酒三升。隆初以不能受罚,既饮,揽笔便作一句云'娵隅跃清池'。桓问娵隅是何物。答曰:'蛮名鱼为娵隅。'"所以不必强为之解,反而可以看出汉族和少数民族在文学语言上的相互影响。

晋太元六年(381),僧伽跋澄到达关中。"苻坚秘书郎赵正崇仰大法,尝闻外国宗习《阿毗昙》、毗婆娑,而跋澄讽诵,乃四事礼供,请释梵文,遂共名德法师释道安等集僧宣译。……以伪秦建元十九年(即太元八年,公元383年)译出。……初跋澄又赍《婆须蜜》梵本自随。明年(384),赵正复请出之。"(见《高僧传》卷一《僧伽跋澄传》)

晋太元九年(385),"先是中土群经,未有'四含',坚臣武威太守赵正欲请出经,时慕容冲已叛(衡按:据《通鉴》卷一〇五,慕容冲入关中在太元九年四月),起兵击坚,关中扰动。正慕法情深,忘身为道,乃请安公(道安)等于长安城中集义学僧,请难提译出中、增一二《阿含》,并先所出毗昙、心三法度等凡一百六卷。……其时也,苻坚初败,群锋互起,戎妖纵暴,民流四出,而犹得传译大部,盖由赵正之力。"(《高僧传》卷一《昙摩难提传》。考同书同卷《竺佛念传》,此事在太元九年)

苻坚死后,"先是,秦秘书郎赵整参撰国史,值秦灭,隐于商洛山著书不辍,有冯翊车频助其经费。整卒,(吉)翰乃启频纂成其书,以元嘉九年(432)起,至二十八年(451)方罢,定为三卷。而年月失次,首尾不伦"(见《史通·古今正史》)。

赵整的生平大致如上。明屠乔荪本《十六国春秋》有赵整传,清人汤球《十六国春秋辑补》卷四一认为"不知何据",其实屠本不过以《高僧传》为主,杂取《太平御览》、《晋书》而成。

关于赵整的作品,现在只剩下前面引过的几首诗歌。但从史籍记载看来,他不但能写诗,也能写文章,编史书,而且对佛经翻译工作也做出了贡献。

三十一　朱肜(前秦)

朱肜,生卒年不详。《周书·王褒庾信传论》把他和梁谠并提为前秦文人的代表。关于他的事迹,《晋书》和《十六国春秋》等书有所记载,但都是零星的。择要引述于下:

晋穆帝永和十二年(356),苻生派阎负、梁殊二人去凉州劝前凉的张玄靓降服前秦,由张瓘接见,张瓘问到前秦的人物,阎负、梁殊在列举一些官员后说:"其余怀经世之才,蕴佐时之略,守南山之操,遂而不夺者,王猛、朱肜之伦,相望于岩谷。"(《晋书·苻生载记》)

晋穆帝升平三年(359),王猛上疏给苻坚,推荐苻融、任群和朱肜,说"处士朱肜,博识聪辩"(见《太平御览》卷一一二引《十六国春秋》,时间从清汤球《十六国春秋辑补》卷三三)。

晋孝武帝宁康元年(373),苻坚派王统、朱肜等出兵汉川,进攻东晋的蜀地,克成都(《晋书·苻坚载记》、《通鉴》卷一〇三)。

晋孝武帝宁康二年(374),朱肜和赵整劝苻坚诛鲜卑(《晋书·苻坚载记》、《通鉴》卷一〇三)。

晋孝武帝太元七年(383),苻坚与群臣议侵晋。"秘书监朱肜曰:'陛下应天顺时,恭行天罚,啸咤则五岳摧覆,呼吸则江海绝流,若一举百万,必有征无战。晋主自当衔璧舆榇,启颡军门,若迷而弗悟,必逃死江海,猛将追之,即可赐命南巢。中州之人,还之桑梓。然后回驾岱宗,告成封禅,起白云于中坛,受万岁于中岳,尔则终古一时,书契未有。'"(见《晋书·苻坚载记》;《通鉴》卷一〇四文字略有出入)

朱肜善于文学,在这些记载中虽然看不出来,但《晋书·苻坚载记》附《苻融传》在称赞苻融的文学才能时,提到"朱肜、赵整推其妙速",可见在当时人心目中,朱肜也是个能文的人。可惜他的作品已无留传。

三十二　梁谠(前秦)

梁谠和朱肜在《周书·王褒庾信传论》中被并列为前秦文人的代表。关于他的记载,《太平御览》卷四九五引《十六国春秋》说:"梁谠字伯言,博学有俊才,与弟熙俱以文藻清丽,见重一时,时人为之语曰:'关中堂堂,二申两房。未若二梁,璨文琦章。'"《晋书·苻生载记》载,阎负、梁殊出使前凉,对张璟夸耀前秦人物时,讲到"文史富赡,郁为文宗"的人,有"著作郎梁谠"。

关于梁谠的事迹,《晋书·苻坚载记》附《王猛传》载,晋简文帝咸安元年(371)王猛曾上疏要求辞职,"坚不许,遣其侍中梁谠诣邺喻旨,猛乃视事如前。"(时间据《通鉴》卷一〇三)

晋孝武帝太元五年(380)苻坚派大臣率领氐族,镇守各重镇,"中书令梁谠为安远将军,幽州刺史,镇蓟城"(见《晋书·苻坚载记》,时间据《通鉴》卷一〇四)。

梁谠其人可能是氐族。因为派去的人中像苻石是苻坚之子;杨膺是"仇池氐酋";毛兴、王腾"并苻氏婚姻,氐之崇望也"(见《通鉴》卷一〇四)。这可以看出氐族汉化程度之深。可惜他的作品,已无留传。

三十三　梁熙(前秦)

梁熙(?—385),梁谠的弟弟。《太平御览》卷四九五称他文学

才能有"瓌文琦章"之语,已见前梁谠条。他的事迹简述如下:

晋孝武帝太元元年(376)"(苻坚)遣其武卫苟苌、左将军毛盛、中书令梁熙、步兵校尉姚苌等率骑十三万伐张天锡于姑臧"。灭前凉后,"坚以梁熙为持节西中郎将,凉州刺史,领护西羌校尉,镇姑臧"(见《晋书·苻坚载记》,时间据《通鉴》卷一○四)。

晋孝武帝太元二年(377)"先是,梁熙遣使西域,称扬坚之威德,并以缯彩赐诸国王,于是朝献者十余国"(见《晋书·苻坚载记》,《通鉴》卷一○四系于太元二年)。

晋孝武帝太元十年(385)"吕光归自西域,至玉门,熙移檄责光,擅命还师,以子胤为鹰扬将军,与振威将军南安姚皓、别驾卫翰帅众五万拒光于酒泉。敦煌太守姚静、晋昌太守李纯以郡降光。光报檄凉州,责熙无赴难之志,而遏归国之众,遣彭晃、杜进、姜飞为前锋,与胤战于安弥,大破擒之。于是四山胡夷皆附于光,武威太守彭济执熙以降,光杀之"(见《通鉴》卷一○六;《晋书》载吕光破凉州见《吕光载记》,杀梁熙则见《苻登载记》附《索泮传》)。

此外,梁熙曾参加前秦国史的编纂,见《史通·古今正史》。

三十四　王飏(前秦)

王飏的生平及作品,现在已无可考,仅《晋书·苻生载记》中阎负、梁殊对前凉官员张瓘提到"秘书监王飏",是"文史富赡、郁为文宗"的人。

三十五　王嘉(前秦)

王嘉的生平,《晋书》的记载颇为荒诞不经,可能因为他作了

《拾遗录》，讲那些神怪故事，所以后人也把他说成神仙了。姑录《晋书·艺术·王嘉传》于下：

"王嘉字子年，陇西安阳人也，轻举止，丑形貌，外若不足而聪睿内明，滑稽好语笑，不食五谷，不衣美丽，不与世人交游，隐于东阳谷，凿崖穴居，弟子受业者数百人，亦皆穴处。石季龙之末，弃其徒众至长安，潜隐于终南山，结庵庐而止。门人闻而复随之，乃迁于倒兽山。苻坚累征不起，公侯已下，咸躬往参诣，好尚之士，无不师宗之。问其当世事者，皆随问而对，好为譬喻，状如戏调。言未然之事，辞如谶记，当时鲜能晓之，事过皆验。坚将南征，遣使问之。嘉曰：'金刚火强。'乃乘使者马，正衣冠，徐徐东行数百步，而策马驰反，脱衣服，弃冠履而归，下马踞床，一无所言。使者还告，坚不悟。复遣问之曰：'吾所祚云何？'嘉曰：'未央。'咸以为吉。明年癸未，败于淮南，所谓未年而有殃也。人候之者，至心则见之，不至心则隐形不见，衣服在架，履杖犹存。或欲取其衣者终不及，企而取之，衣架逾高，而屋亦不大，履杖诸物亦如之。姚苌之入长安，礼嘉如苻坚故事，逼以自随，每事咨之。苌既与苻登相持，问嘉曰：'吾得杀苻登定天下不？'嘉曰：'略得之。'苌怒曰：'得当云得，何略之有？'遂斩之。先此，释道安谓嘉曰：'世故方殷，可以行矣。'嘉答曰：'卿其先行，吾负债未果去。'俄而道安亡，至是而嘉戮死。所谓负债者也。苻登闻嘉死，设坛哭之，赠太师，谥曰文。及苌死，苌子兴字子略，方杀登，略得之谓也。嘉死之日，人有陇上见之，其所造《牵三歌谶》，事过皆验，累世犹传之。又著《拾遗录》十卷，其记事多诡怪，今行于世。"

又《晋书·苻坚载记》载，慕容暐谋杀苻坚，王嘉说："椎芦作蒮蒛，不成文章，会天大雨，不得杀羊。"苻坚和群臣都不懂，后来慕容暐的密谋终于败露。

关于《拾遗录》，据《隋书·经籍志》说："《拾遗录》二卷，伪秦姚苌方士王子年撰。"又说："《王子年拾遗记》十卷，萧绮撰。"《史通·杂述》评之为"全构虚辞，用惊愚俗"。鲁迅《中国小说史略》云："《传》(指《晋书·艺术·王嘉传》)所云《拾遗录》者，盖即今记，前有萧绮序，言书本十九卷，二百二十篇，当符秦之季，典章散灭，此书亦多有亡，绮更删繁存实，合为一部，凡十卷。今书前九卷起庖牺迄东晋，末一卷则记昆仑等九仙山，与序所谓'事迄西晋之末'者稍不同。其文笔颇靡丽，而事皆诞谩无实，萧绮之录亦附会，胡应麟(《笔丛》三十二)以为'盖即绮撰而托之王嘉'者也。"(《鲁迅全集》第8卷第43—45页)

程毅中同志《古小说简目》云："似二卷本为王嘉撰，十卷本为萧绮撰。"

三十六　许谦(前秦)

许谦(334—396)基本上是北魏的官员，但他在前秦做过官。《魏书》有《许谦传》："许谦字元逊，代人也。少有文才，善天文图谶之学。建国时，将家归附，昭成嘉之，擢为代王郎中令，兼掌文记。与燕凤俱授献明帝经。从征卫辰，以功赐僮隶三十户。昭成崩后，谦徙长安。苻坚从弟行唐公洛镇和龙，请谦之镇。未几，以继母老辞还。登国初，遂归太祖。……皇始元年卒官，时年六十三。……"

道衡按："昭成"即指什翼犍，据《通鉴》卷一〇四载，什翼犍在太元元年(376)死。《魏书·序纪》同。《晋书·苻坚载记》则记载什翼犍被俘至长安事。《宋书·索虏传》则谓什翼犍"为苻坚所破，执还长安，后听北归"。似当从《宋书》。但许谦入秦，当在这一年。

其重归北魏则为拓跋珪登国初年,即太元十一年(386)左右,其卒
年为皇始元年即太元二十一年(396)。这说明许谦在前秦时间约
有十年左右。

三十七　董荣(前秦)

董荣(?—357)小名董龙,苻生的幸臣。《晋书·苻生载记》附
《王堕传》载,王堕"疾董荣、强国如仇雠,每于朝见之际,略不与言。
人谓之曰:'董尚书贵幸一时,公宜降意。'堕曰:'董龙是何鸡狗,而
令国士与之言乎!'荣闻而惭恨,遂劝(苻)生诛之。及刑,荣谓堕
曰:'君今复数董龙作鸡狗乎?'堕瞋目而叱之。龙,荣之小字也"。
《苻坚载记》载,苻坚自立,就杀了董荣,可见董荣死于晋升平元年
(357)。董荣其人不足称道。但《苻生载记》记梁殊、阎负称道前秦
人才时,讲到"文史富赡,郁为文宗"的人时,也提到了"尚书右仆射
董荣",可见他也善于写文章。

三十八　洛阳少年(前秦)

"洛阳少年",姓名不详。《太平御览》卷五八七引《十六国春
秋·前秦录》曰:"苻坚宴群臣于逍遥园,将军讲武,文官赋诗。有洛
阳少年者,长不满四尺,而聪博善属文,因朱彤上《逍遥戏马赋》一
篇。坚览而奇之,曰:'此文绮藻清丽,长卿(司马相如)俦也。'"

三十九　释道安(前秦)

释道安(312—385)是佛教史上的重要人物,其生平事迹见于

《高僧传》卷五《释道安传》，兹摘引如下：

"释道安姓卫氏，常山扶柳人也。家世英儒，早失覆荫，为外兄孔氏所养，年七岁读书，再览能诵，乡邻嗟异。至年十二，出家。……至邺，入寺遇佛图澄，澄见而嗟叹，与语终日。众见形貌不称，咸共轻怪。澄曰：'此人远识，非尔俦也。'因事澄为师。澄讲，安为覆述，众未之惬，咸言'须待后次，当难杀昆仑子'。即安后覆讲，疑难锋起，安挫锐解纷，行有余力。时人语曰：'漆道人，惊四邻。'……既达襄阳，复宣佛法。初，经出已久，而旧译时谬，致使深义隐没未通，每至讲说，唯叙大意，转读而已。安穷览旧典，钩深致远。其所注《般若》、《道行》、《密迹》、《安般》诸经，并寻文比句，为起尽之义，及析疑甄解，凡二十二卷。序致渊富，妙尽深旨，条贯既序，文理会通，经义克明，自安始也。自汉魏迄晋，经来稍多。而传经之人，名字弗说，后人追寻，莫测年代，乃总集名目，表其时人，诠品新旧，撰为经录。众经有据，实由其功。四方学士，竞往师之。……时襄阳习凿齿锋辩天逸，笼罩当时，其先借安高名，早已致书通好，曰：'……。'及至止，即往修造，既坐称言'四海习凿齿'，安曰'弥天释道安'。时人以为名答。……后（苻坚）遣苻丕南攻襄阳，安与朱序俱获于坚。……安外涉群书，善为文章，长安中衣冠子弟，为诗赋者，皆依附致誉。"

道衡谨按：释道安颇为苻坚所敬重。《晋书·习凿齿传》："及襄阳陷于苻坚，坚素闻其名，与道安俱舆而致焉。既见与语，大悦之，赐遗甚厚。又以其蹇疾，与诸镇书：'昔晋氏平吴，利在二陆，今破汉南，获士裁一人有半耳。'""一人"指释道安，"半"指习凿齿。

《晋书·苻坚载记》亦有关于道安的记载："（苻坚）游于东苑，命沙门道安同辇。权翼谏曰：'臣闻天子法驾，侍中陪乘，清道而行，进止有度。三代末主，或亏大伦，适一时之情，书恶来世。故班姬辞辇,垂美无穷。道安毁形贱士,不宜参秽神舆。'坚作色曰:'安公道冥至境,德为时尊,朕举天下之重,未足以易之。非公与辇之荣,此乃朕之显也。'命翼扶安升辇,顾谓安曰:'朕将与公南游吴越,整六师而巡狩,谒虞陵于疑岭,瞻禹穴于会稽,泛长江,临沧海,不亦乐乎!'安曰:'陛下应天御世,居中土而制四维,逍遥顺时,以适圣躬,动则鸣銮清道,止则神栖无为,端拱而化,与尧舜比隆,何为劳身于驰骑,口倦于经略,栉风沐雨,蒙尘野次乎?且东南区区,地下气疠,虞舜游而不返,大禹适而弗归,何足以上劳神驾,下困苍生?《诗》云:"惠此中国,以绥四方。"苟文德足以怀远,可不烦寸兵而坐宾百越。'坚曰:'非为地不广、人不足也,但思混一六合,以济苍生。天生蒸庶,树之君者,所以除烦去乱,安得惮劳!朕既大运所钟,将简天心以行天罚。高辛有熊泉之役,唐尧有丹水之师,此皆著之前典,昭之后王。诚如公言,帝王无省方之文乎?且朕此行也,以义举耳,使流度衣冠之胄,还其墟坟,复其桑梓,止为济难铨才,不欲穷兵极武。'安曰:'若銮驾必欲亲动,犹不愿远涉江淮,可暂幸洛阳,明授胜略,驰纸檄于丹阳,开其改迷之路。如其不庭,伐之可也。'坚不纳。先是,群臣以坚信重道安,谓安曰:'主上欲有事于东南,公何不为苍生致一言也!'故安因此而谏。"后来,苻坚游灞上,太子苻宏又谏伐晋,坚不听,道安又说:"太子之言是也,愿陛下纳之。"但苻坚还是不听。淝水战败后,道安仍在长安,"坚每日召(王)嘉与道安于外殿,动静咨闻之"。道安的卒年为苻坚建元二十一年,即晋孝武帝太元十年(385),见《高僧传》,而《太平御览》卷六五五的引文多"年七十二"四字。但汤用彤先生《汉魏两晋南北朝佛教史》说:"《高僧传》谓道安卒于晋太元十年二月八日,年七十二,此言不知何所本。然据《中阿含经序》,道安实约死于苻坚末年。而道安作《四佛含暮抄序》,及《毗婆沙序》,均有'八九之年'

(即年七十二岁)之语。考二经之出也,其时约在自建元十八年八月至十九年八月。二序之作,或均在建元十九年中,皆自言七十二岁,如安公死于二十一年二月,则实七十四岁。"(第193页)汤先生在同书中,还推算道安的生年,当是晋怀帝永嘉六年(312)。其死去日期,据《高僧传》说,是二月八日,汤先生引据别人的考证,认为应在二月八日以后(参看第195—197页)。

释道安的文章今存者大抵是些佛教经典的序言,不能算文学作品。但从《高僧传》的记载和他跟苻坚、习凿齿的言谈来看,他对诗文应该是擅长的。

四十　古成诜(后秦)

古成诜的生平见于《晋书·姚兴载记》:"给事黄门侍郎古成诜、中书侍郎王尚、尚书郎马岱等,以文章雅正,参管机密。诜风韵秀举,确然不群,每以天下是非为己任。时京兆韦高慕阮籍之为人,居母丧,弹琴饮酒。诜闻而泣曰:'吾当私刃斩之,以崇风教。'遂持剑求高。高惧,逃匿,终身不敢见诜。"

四十一　王尚(后秦)

王尚能文学见前古成诜条。他的事迹见《晋书·姚兴载记》:"秃发傉檀献兴马三千匹,羊三万头。兴以为忠于己,乃署傉檀为凉州刺史,征凉州刺史王尚还长安。凉州人申屠英等二百余人,遣主簿胡威诣兴,请留尚,兴弗许。引威见之,威流涕谓兴曰:'今陛下方布政玉门,流化西域,奈何以五郡之地资之狎犷,忠诚华族弃之虐虏!非但臣州里涂炭,惧方为圣朝旰食之忧。'兴乃遣西平人车普驰止王尚,又遣使喻傉檀。会傉檀已至姑臧,普以状先告之。傉檀惧,胁遣王尚,遂入姑臧。尚既至长安,坐匿吕氏宫人,擅杀逃人薄禾等,禁止南台。凉州别驾宗敞、治中张穆、主簿边宪、胡威等上疏理尚曰:……兴悦,赦尚之罪,以为尚书。”

四十二　马岱(后秦)

马岱生平见前古成诜条。

四十三　杜挻(后秦)

杜挻事迹见《晋书·姚兴载记》:“然(姚兴)好游田,颇损农要。京兆杜挻以仆射齐难无匡辅之益,著《丰草诗》以箴之,冯翊相云作《德猎赋》以讽焉。兴皆览而善之,赐以金帛,然终弗能改。”

四十四　相云(后秦)

相云事迹见前杜挻条。

四十五　宗敞(后秦)

宗敞生平见《晋书·秃发傉檀载记》:“(姚)兴凉州刺史王尚遣主簿宗敞来聘。敞父燮,吕光时自湟河太守入为尚书郎,见傉檀于广武,执其手曰:‘君神爽宏拔,逸气陵云,命世之杰也,必当克清世难。恨吾年老不及见耳,以敞兄弟托君。’至是,傉檀谓敞曰:‘孤以常才,谬为尊先君所见称,每自恐有累大人水镜之明。及忝家业,窃有怀君子。《诗》云:"中心藏之,何日忘之。"不图今日得见卿也。'敞曰:'大王仁侔魏祖,存念先人,虽朱晖盱张堪之孤,叔向抚汝齐之子,无以加也。'酒酣,语及平生。傉檀曰:'卿鲁子敬之俦,恨不与卿共成大业耳。'……宗敞以别驾送尚还长安,傉檀曰:'吾得凉州三千余家,情之所寄,唯卿一人,奈何舍我去乎?'敞曰:'今送旧君,所以忠于殿下。'傉檀曰:'吾今新牧贵州,怀远安迩之略,为之若何?'敞曰:'凉土虽弊,形胜之地,道由人弘,实在殿下。段懿、孟祎,武威之宿望;辛晁、彭敏,秦陇之冠冕;裴敏、马辅,中州之令族;张昶,凉国之旧胤;张穆、边宪,文齐杨、班(指扬雄、班固),梁崧、赵昌,武同飞、羽(指张飞、关羽)。以大王之神略,抚之以威信,农战并修,文教兼设,可以从横于天下,河右岂足定乎!'傉檀大悦,赐敞马二十匹。"又云:"以宗敞为太府主簿,录记室事。"可见宗敞后来在南凉做官。不过他现存的文章则作于后秦。考《魏书·宗钦传》:"宗钦字景若,金城人也。父燮,字文友,吕光太常卿。"可见宗敞即宗钦的兄弟,而宗敞没有仕北凉和北魏,疑年长于宗钦。

宗敞的文章,今存者为理王尚的上疏,全文见《晋书·姚兴载记》。据《晋书》载,姚兴见了上疏很高兴,"谓其侍郎姚文祖曰:'卿知宗敞乎?'文祖曰:'与臣州里,西方之英隽。'兴曰:'有表理王尚,文义甚佳,当王尚研思耳。'文祖曰:'尚在南台,禁止不与宾客交通,敞寓于杨桓,非尚明矣。'兴曰:'若尔,桓为措思乎?'文祖曰:'西方评敞甚重,优于杨桓。敞昔与吕超周旋,陛下试可问之。'兴因谓超曰:'宗敞文才何如?可是谁辈?'超曰:'敞在西土,时论甚美,方敞魏之陈、徐,晋之潘、陆。'即以表示超曰:'凉州小地,宁有此才乎?'超曰:'臣以敞余文比之,未足称多。琳琅出于昆岭,明珠生于海滨,若必以地求人,则文命大夏之弃夫,姬昌东夷之摈士。但当问其文彩何如,不可以区宇格物。'"可见宗敞的文章在当时很有名,这篇表还不是他最好的文章。可惜他其余的作品均已散佚。

四十六　鸠摩罗什(后秦)

鸠摩罗什(? —413)为一代名僧,译经极多,其生平《高僧传》、《晋书·艺术传》等均有记载,文长不录。

鸠摩罗什的卒年据僧肇《鸠摩罗什法师诔》(见《广弘明集》卷二六)为"癸丑之年,年七十,四月十三日,薨乎大寺"。"癸丑"即姚兴弘始十五年,也就是晋安帝义熙九年(413)。据此推算他的生年,当在晋康帝建元元年或二年(343 或 344)。

关于鸠摩罗什的文学见解,在《高僧传》卷二《鸠摩罗什传》中有一段话很有名。他认为翻译佛经,"但改梵为秦,失其藻蔚,虽得大意,殊隔文体。有似嚼饭与人,非徒失味,乃令呕哕也"。可见他比较注重文章的生动和华美。他的作品现存者大抵是佛学论文及偈语,无甚文学意味。但《高僧传》载有他赠沙门法和的一首颂:"心山育明德,流薰万由延。哀鸾孤桐上,清音彻九天。"很有形象性。据说"凡为十偈,辞喻皆尔"。《高僧传》卷六《释慧远传》所载他赠慧远的偈,则不但无韵,而且也没有多少文学意味。

四十七　僧肇(后秦)

僧肇(383—414)是鸠摩罗什的弟子。《魏书·释老志》提到鸠摩罗什的学生,说他们"皆识学洽通,僧肇尤为其最。罗什之撰译,僧肇常执笔,定诸辞义,注《维摩经》,又注数论,皆有妙旨,学者宗之"。他的生平见《高僧传》卷六《释僧肇传》,节录如下:

"释僧肇,京兆人,家贫,以佣书为业,遂因缮写,乃历观经史,备

尽坟籍。志好玄微,每以老庄为心要,尝读老子《道德章》,乃叹曰:
'美则美耳,然期栖神冥累之方,犹未尽善。'后见旧《维摩经》,欢喜
顶受,披寻玩味,乃言知所归矣。……因出《大品》之后,便著《般若
无知论》,凡二千余言,竟以呈什。什读之称善,乃谓肇曰:'吾解不
谢子,辞当相挹。'时庐山隐士刘遗民见肇此论,乃叹曰'不意方袍复
有平叔',因以呈远公(慧远)。远乃抚几叹曰:'未尝有也。'"

僧肇的死,《高僧传》只说:"晋义熙十年(414),卒于长安,春秋
三十有一矣。"《传灯录》卷二七说僧肇被姚兴所杀,严可均《全晋
文》卷一六四采用此说。但汤用彤先生不赞成此说,他说:"《传灯
录》第二七卷,谓僧肇为秦主所杀,临刑时说偈四句。按唐以前似
无此说。偈语亦甚鄙俚,必不确也。"(《汉魏两晋南北朝佛教史》第
329页)

僧肇的作品,据《隋书·经籍志》,有"《晋姚苌沙门释僧肇集》一
卷"。今存者多为佛教论文,但他的《答刘遗民书》(见《高僧传》卷
六)、《上秦王表》(见同上)、《鸠摩罗什法师诔》(见《广弘明集》卷二
六)等,文采可观。可见他还是善于写文章的。

四十八　胡义周(后秦)

胡义周的生平,可知者很少。《晋书·姚泓载记》说到姚泓和
"侍讲胡义周、夏侯稚以文章游集";《赫连勃勃载记》载有一篇《统
万城铭》,说是"其秘书监胡义周之辞也"。《周书·王褒庾信传论》
也说:"胡义周之颂国都,足称宏丽。"但《魏书》和《北史》的《胡方回
传》,都说是胡义周的儿子胡方回所作,未知孰是。关于胡义周的
生平,《魏书·胡方回传》说到:胡方回是"安定临泾人。父义周,姚
泓黄门侍郎"。至于他什么时候由后秦入夏,已难考知。

四十九　赵逸(后秦)

赵逸生平见《魏书·赵逸传》:"赵逸字思群,天水人也。十世祖融,汉光禄大夫。父昌,石勒黄门郎。逸好学夙成,仕姚兴,历中书侍郎。为兴将齐难军司,征赫连屈丐(即赫连勃勃)。难败,为屈丐所虏,拜著作郎。世祖(拓跋焘)平统万,见逸所著,曰:'此竖无道,安得为此言乎!作者谁也?其速推之。'司徒崔浩进曰:'彼之谬述,亦犹子云《美新》,皇王之道,固宜容之。'世祖乃止。拜中书侍郎。神䴥三年三月上巳,帝幸白虎殿,命百僚赋诗,逸制诗序,时称为善。久之,拜宁朔将军、赤城镇将,绥和荒服,十有余年,百姓安之。频表乞免,久乃见许。性好坟素,白首弥勤,年逾七十,手不释卷。凡所著述,诗、赋、铭、颂,五十余篇。"

道衡谨按:拓跋焘见赵逸在夏所著书大怒,大约是指他所著夏国的历史。《史通·古今正史》:"夏,天水赵思群、北地张渊,于真兴(赫连勃勃年号)、承光(赫连昌年号)之世,并受命著其国书。及统万之亡,多见焚烧。"

五十　慕容宝(后燕)

慕容宝(355—398)字道祐,后燕创建者慕容垂的第四子。慕容垂于晋太元十一年(386)称帝,立宝为太子。晋太元二十年(395)率兵伐北魏,为拓跋珪所败。明年,慕容垂死,宝嗣位,拓跋珪攻燕,进攻中山,慕容宝战败,因内讧逃奔龙城。晋隆安二年(398),为兰汗所杀。他的生平见《晋书·慕容宝载记》,文繁不录。

慕容宝善于文学见《晋书·慕容宝载记》:"及为太子,砥砺自修,敦崇儒学,工谈论,善属文,曲事垂左右小臣,以求美誉。"但他的作品却并无流传。

五十一　崔宏(后燕)

崔宏(?—418)字玄伯,因名字与北魏孝文帝相同,所以《魏书·崔玄伯传》称他的字。他的生平见于《魏书》,兹录其在十六国时代事迹及其文学创作情况如下:

"玄伯少有俊才,号曰冀州神童。苻融牧冀州,虚心礼敬,拜阳平公侍郎,领冀州从事,管征东记室。出总庶事,入为宾友,众务修理,处断无滞。苻坚闻而奇之,征为太子舍人,辞以母疾不就,左迁著作佐郎。苻丕牧冀州,为征东功曹。太原郝轩,世名知人,称玄伯有王佐之才,近代所未有也。坚亡,避难于齐鲁之间,为丁零翟钊及司马昌明叛将张愿所留絷。郝轩叹曰:'斯人而遇斯时,不因扶摇之势,而与鹑雀飞沉,岂不惜哉!'慕容垂以为吏部郎、尚书左丞、高阳内史。所历著称,立身雅正,与世不群,虽在兵乱,犹励志笃学,不以资产为意,妻子不免饥寒。太祖(拓跋珪)征慕容宝,次于常山,玄伯弃郡,东走海滨。太祖素闻其名,遣骑追求,执送于军门,引见与语,悦之,以为黄门侍郎,与张衮对总机要,草创制度。……泰常三年夏(北魏明元帝拓跋嗣年号,即晋安帝义熙十四年,亦即公元418年),玄伯病笃,太宗(拓跋嗣)遣侍中宜都公穆观就受遗言,更遣侍臣问疾,一夜数返。及卒,下诏痛惜,赠司空,谥文贞公。……玄伯自非朝廷文诰,四方书檄,初不染翰,故世无遗文。……始玄伯因苻坚乱,欲避地江南,于泰山为张愿所获,本图不遂,乃作诗以自伤,而不行于时,盖惧罪也。及浩(宏子)诛,中书侍郎高允受敕收浩家,始见此诗。允知其意,允孙绰录于允集。"

崔宏的诗,现已不存。

五十二　佟万(北燕)

佟万的生平不详。据《广韵》上平声二冬引《十六国春秋·北燕录》有"辽东佟万,以文章知名"一语。可见他是北燕的文人。

五十三　张骏(前凉)

张骏(307—346)字公庭,安定乌氏人,前凉政权创建者张轨之孙,张寔之子。晋明帝太宁二年(324)嗣位,在位二十二年。他在位时,曾和刘曜作战,又曾派使者和东晋联系。他生平事迹见《晋书·张轨传附张骏传》,文繁不录。

《晋书》说他"十岁能属文"。他的作品今存者有诗二首,见于《乐府诗集》卷二七、三七。

张骏的文章,见于《晋书》本传中的有两篇,一篇是《上疏请讨石虎李期》,一篇是《下令境中》。另外,他作过《山海经图赞》,有零星佚文见于《太平御览》卷九三九及《初学记》卷二九。其中《上疏请讨石虎李期》虽属应用文字,颇重辞藻,带有骈文气息。据《隋书·经籍志》有"《晋张骏集》八卷,残缺"。现在所能见到的张骏作品,只有上述一些。《文心雕龙·熔裁篇》曾引用过他对谢艾、王济文章的评论。

五十四　谢艾(前凉)

谢艾(?—353)的生平见于《晋书·张轨传附张重华传》。他是张重华的大将,颇得信任。本传文繁不录。《通鉴》有一段记载:永和九年(353)"谢艾以枹罕之功,有宠于重华,左右疾之,谮艾,出为酒泉太守。艾上疏言:权幸用事,公室将危,乞听臣入侍,且言长宁侯祚及赵长等将为乱,宜尽逐之。十一月己未,重华疾甚,手令征艾为卫将军,监中外诸军事辅政,祚、长等匿而不宣。丁卯,重华卒,世子曜灵立。……凉右长史赵长等建议,以为时难未夷,宜立长君,曜灵冲幼,请立长宁侯祚。张祚先得幸于重华之母马氏,马氏许之。乃废张曜灵为凉宁侯,立祚为大都督、大将军、凉州牧、凉公。祚既得志,恣为淫虐,杀重华妃裴氏及谢艾"(见《通鉴》卷九九)。

谢艾的作品,据《隋书·经籍志》有"张重华酒泉太守《谢艾集》七卷。注云:"梁八卷"。《宋书·大且渠蒙逊传》附《茂虔(即牧犍)传》载,茂虔献书于宋,有《谢艾集》八卷。现在能见到的,只有少数零星的佚文。《文心雕龙·熔裁篇》称他"可谓练熔裁而晓繁略矣"。

五十五 张斌(前凉)

张斌的生平不详。《太平御览》卷九七二引《十六国春秋》云:"张斌字洪茂,敦煌人也。作《蒲萄酒赋》,文致甚美。"

五十六 宋纤(前凉)

宋纤的事迹见《晋书·隐逸·宋纤传》:"宋纤字令艾,敦煌效谷人也。少有远操,沈靖不与世交,隐居于酒泉南山,明究经纬,弟子受业三千余人,不应州郡辟命。惟与阴颙齐好友善。张祚时,太守杨宣画其像于阁上,出入视之,作颂曰:'为枕何石,为漱何流。身不可见,名不可求。'酒泉太守马岌,高尚之士也。具威仪,鸣铙鼓造焉。纤高楼重阁,距而不见。岌叹曰:'名可闻而身不可见,德可仰而形不可睹,吾今而后知先生人中之龙也。'铭诗于石壁曰:'丹崖百丈,青壁万寻。奇木蓊郁,蔚若邓林。其人如玉,维国之琛。室迩人遐,实劳我心。'纤注《论语》及为诗颂数万言。年八十,笃学不倦。张祚后遣使者张兴备礼征为太子友,逼喻甚切。纤喟然叹曰'德非庄生,才非干木,何敢稽停明命',遂随兴至姑臧。祚遣其太子太和以执友礼造之。纤疾不见,赠遗一皆不受。寻迁太子太傅。顷之,上疏曰:'臣受生方外,心慕太古,生不喜存,死不悲没。素有遗属,属诸知识。在山投山,临水投水,处泽露形,在人亲土,声闻书疏,勿告我家。今当命终,乞如素愿。'遂不食而卒。时年八十二,谥曰玄虚先生。"

道衡谨按:宋纤作品今可见者只有这篇表。他的卒年应是晋穆帝永和十一年或十二年(354或355),因为张祚在位共三年,从征辟至死,还有一段时间,大约是这两年的可能性最大。以此推算,他应该生于西晋武帝泰始末年。

五十七　杨宣(前凉)

杨宣事迹及作品见前宋纤条。

五十八　马岌(前凉)

马岌的事迹,散见《晋书·张轨传》。他在张茂时任参军。晋明帝大宁元年(323)刘曜"遣其将刘咸攻韩璞于冀城,呼延晏攻宁羌护军阴鉴于桑壁。临洮人翟楷、石琮等逐令长以县应曜。河西大震。参军马岌劝茂亲征,长史氾祎怒曰:'亡国之人复欲干乱大事,宜斩岌以安百姓。'岌曰:'氾公书生糟粕,刺举近才,不惟国家大计。且朝廷旰食有年矣。今大贼自至,不烦远师,遐迩之情,实系此州。事势不可以不出,且宜立信勇之验,以副秦陇之望。'茂曰:'马生之言得之矣。'乃出次石头。"(《张轨传》附《张茂传》,时间据《通鉴》卷九二)

永和元年(345)"酒泉太守马岌上言:'酒泉南山即昆仑之体也。周穆王见西王母,乐而忘归,即谓此山。此山有石室玉堂,珠玑镂饰,焕若神宫,宜立西王母祠,以裨朝廷无疆之福。'"(同上附《张骏传》)

永和十年(354)"祚凶虐愈甚,其尚书马岌以切谏免官。……王擢时镇陇西,驰使言温善用兵,势在难测。祚既震惧,又虑擢反噬,即召马岌复位,而与之谋,密遣亲人刺擢,事觉不克"(同上附《张祚传》)。

关于马岌的作品,已见前宋纤条和本条所引关于酒泉立西王母祠的上表。

五十九　索绥(前凉)

索绥事迹见《十六国春秋(纂录本)·前凉录》:"绥字士艾,敦煌人。父戢,晋司徒。绥家贫好学,举孝廉,为记室祭酒,母丧去官,又举秀才。著《凉春秋》五十卷,又作《六夷颂》、《符命传》十余篇。以著述之功,封平乐亭侯。"纂录本《十六国春秋》不很可信,但《太平御览》卷一二四引《十六国春秋》云:"(张骏)命西曹掾集阁内外事付索绥以著《凉春秋》。"《史通·古今正史》云:"前凉张骏十五年,令其西曹边浏集内外史以付秀才索绥,作《凉国春秋》五十卷。"其他事迹也许亦别有所据,姑存之。

六十 吕光(后凉)

吕光(337—399)字世明,略阳氏族人,苻坚功臣吕婆楼之子。晋太元八年(383)奉苻坚之命出征西域,次年攻克龟兹。太元十年(385)他听从鸠摩罗什的建议,从西域率兵回中原,攻破凉州,杀了苻秦的凉州刺史梁熙,开始建立前凉割据政权。太元二十一年(396)自称凉天王。晋隆安三年(399)病死。吕光的生平事迹见《晋书·吕光载记》,文繁不录。据《晋书》说,他攻破龟兹后,曾"大飨将士,赋诗言志",可见他也能写文学作品。

六十一 段业(后凉)

段业(？—401)的生平主要见于《晋书》的《吕光载记》、《沮渠蒙逊载记》,《凉武昭王李玄盛(暠)传》中也有一些关于他的记载。兹录其主要事迹于下:

《沮渠蒙逊载记》说:"业,京兆人,博涉史传,有尺牍之才,为杜进记室,从征塞表,素长者,无他权略,威禁不行,群下擅命,尤信卜筮谶记,巫觋征祥,故为奸佞所误。"这里说的"从征塞表",指从吕光征西域。他的有关经历大致是:

晋太元九年(384)"(吕)光入其城(指龟兹),大飨将士,赋诗言志。见其宫室壮丽,命参军京兆段业,著《龟兹宫赋》以讥之"(见《晋书·吕光载记》,《通鉴》卷一〇五系于是年)。

晋太元十三年(388)"(吕)光谦群寮,酒酣语及政事,时刑法峻重,参军段业进曰:'严刑重宪,非明王之义也。'光曰:'商鞅之法至峻而兼诸侯,吴起之术无亲而荆蛮以霸,何也?'业曰:'明公受天眷命,方君临四海,景行尧舜,犹惧有弊,奈何欲以商申之末法,临道义之神州,岂此州士女所望于明公哉!'光改容谢之"(见同上,时间据《通鉴》卷一○七)。

晋太元十四年(389)"著作郎段业以光未能扬清激浊,使贤愚殊贯,因疗疾于天梯山,作表志诗《九叹》、《七讽》十六篇以讽焉,光览而悦之"(见同上,时间详《载记》本文)。

道衡谨按:段业所作诗赋,具见上述,其作品今已不存。

六十二　李暠(西凉)

李暠(351—417)字玄盛,小字长生,陇西成纪人。吕光末(隆安元年,397),段业自称凉州牧,以李暠为效谷令,不久,被推为敦煌太守。后来因索嗣向段业进谗,段业就任命索嗣作敦煌太守,李暠迎击索嗣,并向段业声讨索嗣罪状。段业因此分敦煌的凉兴、乌泽和晋昌的宜禾三县立凉兴郡,任命李暠为持节都督凉兴已西诸军事、镇西将军、领护西夷校尉。隆安四年(400)晋昌太守唐瑶移檄六郡,推李暠为大都督、大将军、凉公、领秦凉二州牧、护羌校尉。从此建立了西凉政权。他死于晋义熙十三年(417)。他的生平见《晋书·凉武昭王李元盛传》(因为唐朝皇帝认为李暠是他们的祖先,所以这样称呼他),文繁不录。

《晋书》说李暠"少而好学,性沉敏宽和,美器度,通涉经史,尤善文义"。李暠的作品载于《晋书》的有《述志赋》一首,此外还有他上给晋安帝的章表和训诫儿子的手令。其中《述志赋》颇有文采。他的作品据提到的,还有《槐树赋》、《大酒容赋》等,均已亡佚。据说他的作品还有"自余诗赋数十篇"。《隋书·经籍志》有"《靖恭堂颂》一卷,晋凉王李暠撰"。据《晋书》说:靖恭堂是李暠在敦煌南门外"临水起堂","以议朝政、阅武事,图赞自古圣帝明王、忠臣孝子、烈士贞女,玄盛亲为序颂,以明鉴戒之义也"。这些作品今存者只有《晋书》所载的《述志赋》及章表手令等应用文字。

六十三 刘昞(西凉)

刘昞的生平见《魏书·刘昞传》:"刘昞,字延明,敦煌人也。父宝,字子玉,以儒学称。……李暠私署,征为儒林祭酒、从事中郎。暠好尚文典,书史穿落者亲自补治,昞时侍侧,前请代暠。暠曰:'躬自执者,欲人重此典籍。吾与卿相值,何异孔明之会玄德。'迁抚夷护军,虽有政务,手不释卷。暠曰:'卿注记篇籍,以烛继昼,白日且然,夜可休息。'昞曰:'"朝闻道,夕死可矣","不知老之将至",孔圣称焉。昞何人斯,敢不如此。'昞以三史文繁,著《略记》百三十篇,八十四卷;《凉书》十卷;《敦煌实录》二十卷;《方言》三卷;《靖恭堂铭》一卷;注《周易》、《韩子》、《人物志》、《黄石公三略》,并行于世。蒙逊平酒泉,拜秘书郎,专管注记。筑陆沉观于西苑,躬往礼焉,号'玄虚先生',学徒数百,月致羊酒。牧犍尊为国师,亲自致拜,命官属以下皆北面受业焉。时同郡索敞、阴兴为助教,并以文学见举,每巾衣而入。"

道衡谨按:刘昞的《凉书》,当为前凉之史,见《史通·古今正史》。他的作品被称颂的是《酒泉颂》。《周书·王褒庚信传论》说:"刘延明之颂酒泉,可谓清典。"惜此文今已散佚。此文写作经过,据《晋书·凉武昭王李玄盛传》称:"玄盛既迁酒泉,乃敦劝稼穑,群僚以年谷频登,百姓乐业,请勒铭酒泉,玄盛许之。于是使儒林祭酒刘彦(延)明为文,刻石颂德。"此外,《凉武昭王传》还说到李暠作

《槐树赋》"亦命主簿梁中庸及刘彦明等并作文",但现在亦无流传。

六十四　秃发归(南凉)

秃发归,河西鲜卑人。南凉割据者秃发傉檀之子。《太平御览》卷六〇〇和卷六〇二引《十六国春秋·南凉录》:"傉檀子归,年十三,命为《高昌殿赋》,援笔即成,影不移漏,傉檀览而异之,拟之曹子建。"

道衡谨按:《御览》卷六〇〇"归"作"礼",今从卷六〇二的引文。因为《御览》卷五八七亦提到此事,也作"归",疑卷六〇〇引文有误。

六十五　张穆(北凉)

张穆的生平及文学活动,可考者不多。《晋书·沮渠蒙逊载记》:"(蒙逊)以敦煌张穆博通经史,才藻清赡,擢拜中书侍郎,委以机密之任。"又说:"(蒙逊)祀西王母寺。寺中有《玄石神图》,命其中书侍郎张穆赋焉,铭之于寺前,遂如金山而归。"

六十六　张湛(北凉)

张湛的生平见《魏书·张湛传》:"张湛字子然,又字仲玄,敦煌人,魏执金吾恭九世孙也。湛弱冠知名凉土,好学能属文,冲素有大志,仕沮渠蒙逊黄门侍郎、兵部尚书。凉州平,入国年五十余矣,赐爵南浦男,加宁远将军。司徒崔浩识而礼之。……每岁赠浩诗颂,浩常报答。及浩被诛,湛惧,悉烧之。"

六十七　宗钦(北凉)

宗钦(？—450)，宗敞之弟。他的生平见《魏书·宗钦传》："宗钦字景若，金城人也。父燮，字文友，吕光太常卿。钦少而好学，有儒者之风，博综群言，声著河右。仕沮渠蒙逊为中书侍郎、世子洗马。钦上《东宫侍臣箴》曰：'……。'世祖平凉州，入国，赐爵卧树男，加鹰扬将军，转著作郎。钦与高允书曰：'……。'……崔浩之诛也，钦亦赐死。钦在河西，撰《蒙逊记》十卷，无足可称。"

道衡谨按：宗钦作品见于《魏书》所载者，文学价值不能算很高，但从他赠高允的诗看，文采比高允要好些。

六十八　龚壮(成)

龚壮的生平见《晋书·隐逸·龚壮传》："龚壮字子玮，巴西人也。洁己自守，与乡人谯秀齐名。父叔为李特所害，壮积年不除丧，力弱不能复仇。及李寿戍汉中，与李期有嫌。……既假寿杀期，私仇以雪，又欲使其归朝以明臣节。寿既不从，壮遂称聋，又云手不制物，终身不复至成都。惟研考经典，谭思文章，至李势时卒。初，壮每叹中夏多经学，而巴蜀鄙陋，兼遭李氏之难，无复学徒，乃著《迈德论》，文多不载。"

龚壮又能作诗，《晋书·李寿载记》："壮作诗七篇，托言应璩以讽寿。寿报曰：'省诗知意。若今人所作，贤哲之话言也；古人所作，死鬼之常辞耳！'"可惜这些诗均已失传。

六十九　胡方回(夏)

胡方回的生平见《魏书·胡方回传》："胡方回,安定临泾人。父义周,姚泓黄门侍郎。方回,赫连屈丐中书侍郎,涉猎史籍,辞彩可观,为屈丐《统万城铭》、《蛇祠碑》诸文,颇行于世。后为北镇司马,为镇修表,有所称庆。世祖览之嗟美,问谁所作。既知方回,召为中书博士,赐爵临泾子。迁侍郎,与太子少傅游雅等改定律制。司徒崔浩及当时朝贤,并爱重之。清贫守道,以寿终。"

道衡谨按:考《魏书·世祖纪下》及《刑罚志》,故方回与游雅改定律制在正平元年(451)。至于《统万城铭》的作者,《晋书·赫连勃勃载记》和《周书·王褒庾信传论》均以为其父胡义周作。但《晋书》、《周书》均作于唐初,而《魏书》则作于北齐,似以从《魏书》为妥。

〔附记〕《文苑英华》所载武则天关于《织锦璇玑图》的说明,在宋代已颇流行。黄庭坚《题苏若兰回文锦诗图》诗有"亦有英灵苏惠子,只无悔过窦连波"之语。但黄庭坚鉴别古诗,似疏于考订,如论《木兰诗》时误称韦元甫为"朔方节度使",即其一例。所以不足以证武则天的说明可信。

《晋书·郭璞传》志疑

《晋书》好杂采小说入史，唐刘知几在《史通》中早已谈到过。但这一情况在全书中不尽一致，有些篇较为明显，有些似又少些。其中《郭璞传》可以说是取材于志怪小说较多的一篇。值得注意的是，从现存的史料看，郭璞从闻喜老家南迁的时间及其沿途经历都有一些辞赋可据，史传反而叙述很简略，至于他遇赵固，到庐江等，则记了不少荒诞不经的故事，叙述颇详。其实这些故事不但情节难以置信，连据此推测郭璞的行踪，也往往不可靠。如《传》中所载他救活赵固爱马一事，就与当时史实及郭璞生平的经历不符。据云：

> 抵将军赵固，会固所乘良马死，固惜之，不接宾客。璞至门，吏不为通。璞曰："吾能活马。"吏惊入白固，固趋出，曰："君能活吾马乎？"璞曰："得健夫二三十人，皆持长竿，东行三十里，有丘林社庙者，便以竿打拍，当得一物，宜急持归，得此，马活矣。"固如其言，果得一物，似猴，将归。此物见死马嘘吸其鼻，顷之，马起奋迅嘶鸣食如常，不复见向物。固奇之，厚加资给，行至庐江。

按：这个故事亦见于《太平御览》卷八九七引《续搜神记》，亦略见于今本《搜神记》卷三。今本《搜神记》乃后人所纂辑，其来源系从类书中所引，此条据汪绍楹校注谓出《艺文类聚》及《太平广记》。这故事之荒谬姑置勿论，但它既提到赵固其人，却颇可研究。因为赵固在《晋书》中虽不列传，但其生平事迹，尚约略可考。据《晋书》

中多处记载,都说他是前赵的将领。他后来虽归降东晋,那是郭璞到达南方以后多年的事情。在郭璞从北方南迁时,本意即在避乱,而去求见一位前赵的将军,这本身就不近情理。可是有些学者,似乎对此事信以为真。如汪绍楹先生校注《搜神记》时,对这个故事作了考证说:

> 按《晋书·裴楷传》,楷兄子盾,永嘉中为徐州刺史。寻而刘元海遣将王桑、赵固向彭城,盾降赵固。是固永嘉中在徐州左右。《郭璞传》云:"欲避地东南,抵将军赵固。"当是此时。

从这段话看来,汪先生虽未必真信这个故事,但认为《晋书》既称郭璞"抵将军赵固"也就认为无误。然而,考《晋书·怀帝纪》载"贼王桑、泠道陷徐州,刺史裴盾遇害,桑遂济淮至于历阳",此事系于永嘉五年(311)。这段记载与汪先生所引《晋书·裴楷传》可相印证。因为《裴楷传》原文载裴盾"永嘉中为徐州刺史";而王桑、赵固之攻陷徐州,则在此三年以后。《裴楷传》述此事时,又特别提到王桑、赵固之陷徐州,在东海王越死后,而东海王越又死于永嘉五年三月。可见赵固在徐州的时间,肯定在永嘉五年四月左右(《怀帝纪》系于该年四月)。但考郭璞生平事迹,似无于此时在徐州见赵固之可能。因为据《晋书·郭璞传》云:"惠怀之际,河东先扰,璞筮之,投策而叹曰:'嗟乎! 黔黎将烟于异类,桑梓其剪为龙荒乎。'于是潜结姻昵及交游数十家,欲避地东南。"这里说明郭璞离闻喜南迁时间,当在晋惠帝末怀帝初。自惠帝死至怀帝永嘉五年,其间至少有五六年时间,即使路途有耽搁,恐怕也很难说要这么长的时间方达徐州。此其一。从郭璞这段话来看,他所要逃避的就是前赵刘渊、后赵石勒的侵扰,很难设想他在途中要去求见一位前赵将领。此其二。再看郭璞的《登百尺楼赋》中说到"嗟王室之蠢蠢,方构怨而极武。哀神器之迁浪,指缀旒以誓主。雄戟列于廊技,戎马鸣乎讲柱"(见《艺文类聚》卷六三)。这些话都是针对"八王之乱"而言,无一语涉及前赵军队屡次进攻洛阳之事。可见他离开家乡南迁时,尚在惠帝时代,因此说他到永嘉五年才达徐州,似亦不尽情理。此其三。又考他的《流寓赋》云:"过王城之丘墟,想谷洛之合斗;恶王灵之瓮流,奇子乔之轻举;游华莘而永怀,乃凭轼以寓目;思文公之所营,盖成周之墟域。"(见《艺文类聚》卷二七)可见他从闻喜南行,曾经过洛阳。据《晋书》本传所载,他南行的踪迹似是经庐江至宣城(郭璞是否真到过庐江,似亦难确证,详见下文),然后东下到建康等地。从洛阳前往庐江、宣城,其路线似不必向东绕道彭城(徐州),这在地理上说亦难解释。此其四。更重要的则是永嘉五年那一年,郭璞早已到了江南,并且已在殷祐手下任职。这是史传有明文可考的。据《晋书·郭璞传》载,郭璞到达宣城后,"宣城太守殷祐引为参军";后来"祐迁石头督护,璞复随之"。殷祐迁石头督护的时间是大致可以考知的。《晋书·郭璞传》在紧接此语之后就说:

> 时有鼯鼠出延陵。璞占之曰:此郡东当有妖人欲称制者,寻亦自死矣。后当有妖树生,然后瑞而非瑞辛螫之木也。倘此东南数百里,必有作逆者,期明年矣。无锡县欻有茱萸四枝交枝而生,若运理者,其年,盗杀吴兴太守袁琇。

查《晋书·五行志·中》云:

> 怀帝永嘉五年,螺鼠出延陵。郭景纯筮之曰:此郡东之县当有妖人欲称制者,亦寻死矣。其后吴兴徐馥作乱,杀死太守袁琇,馥亦时灭,是其应是。

徐馥杀吴兴太守袁琇事,据《晋书·愍帝纪》为建兴三年(315)之事,《通鉴》卷八九同。所以《五行志》仅称"其后",不言"明年",与《郭璞传》略有出入。但无论如何,都证明郭璞不但永嘉五年已到江南,而且在此前已在殷祐幕下任参军之职。所以关于郭璞见赵固一事,本不足信,至于为他救马之事,更属荒谬,不足辩。

同样地,《晋书》本传关于郭璞在庐江的一段故事,也颇与史实有出入。原文云:

> (庐江)太守胡孟康,被丞相召为军咨祭酒。时江淮清晏,孟康安之,无心南渡。璞为占曰:"败。"康不之信。璞将促装去之,爱主人婢,无由得,乃取小豆三斗,绕主人宅散之。主人晨见赤衣人数千围其家,就视则减,甚恶之。请璞为卦,璞曰:"君家不宜畜此婢,可于东南二十里卖之,慎勿争价,则此妖可除也。"主人从之,璞阴令人贱买此婢,复为符投于井中,数千赤衣人皆反缚一一自投于井,主人大悦。璞携婢去后数旬而庐江陷。

这个故事亦见今本《搜神记》卷三,汪绍楹先生校注云:"本条未见各书引作《搜神记》。"但《搜神记》中并未提到胡孟康"被丞相召为军咨祭酒"一语,只说郭璞劝他南渡。从这个故事本身看来,其诞妄固不待言,而从情节论,也未免有点"发人阴私",对郭璞的声名不利。据《晋书》本传载,干宝和郭璞是朋友。从干宝规劝郭璞之语看,似乎交情还较深。他是否会这样记郭璞之事,姑置勿论。不过,从两段文字来看,《搜神记》似比《晋书》还稍近理些。因为据《晋书·惠帝纪》载,永宁元年(301)五月,诛赵王伦后,已"罢丞相,复置司徒"。中间除成都王颖曾一度任丞相外,直到愍帝建兴元年(313)才以后来的元帝司马睿为左丞相;南阳王保为右丞相。可见建兴元年以前,胡孟康是不可能被"丞相"召辟为军咨祭酒的。而且,他被"丞相召"是要"南渡",可见那位"丞相"当在建康。然而,这位"丞相"也不可能是元帝司马睿。因为他后来做了皇帝,照旧史的体例,如果是司马睿召胡孟康为军咨祭酒,当云"元帝之为左丞相,召为……",决无仅称"丞相"之理。此后东晋任丞相者,惟王导得与郭璞同时。但王导正式任丞相之职,乃在晋成帝之世,那时郭璞久已死去。当然,晋、宋人著作中讲到王导,有时即以"丞相"二字称之,即使所述乃此前之事,这在《世说》等书中亦数见不鲜。然而《晋书·王导传》却明明说:"晋国初建,以导为丞相军咨祭酒。"这里的"晋国初建",当指元帝建武元年(317)初,愍帝初俘杀,元帝尚未称帝而称"晋王"之时。可见那时王导自己还不过是"丞相军咨祭酒",当然无权征辟胡孟康为此职。考《宋书·百官志上》,丞相属官有"军咨祭酒",是"晋江左初"所置。从晋元帝称帝到成帝时王导为丞相一段时间,既无"丞相",当然也不会有召官员为"丞相军咨祭酒"之事。再说即使晋元帝任左丞相时间,也在建光元年,而据我前面的考证,郭璞到达江南早在怀帝永嘉五年以前,不容愍帝建兴元年他尚在庐江。这是此故事的一大漏洞。

其次,这个故事只说到"江淮清晏",而郭璞预知"庐江陷"之事,却未说明庐江沦陷于谁的手中。考之史籍,关于"庐江失陷"之事,实乏记载。如果照文中所谓"江淮清晏"一语看来,似乎从西晋统一迄惠帝太安元年(302),江淮一带尚称太平。到了太安二年,据《晋书·惠帝纪》云:"张昌陷江南诸郡……昌别帅石冰寇扬州,刺史陈徽与战大败,诸郡尽没。临淮人封云举兵应之,自阜陵寇徐州。"庐江郡据《晋书·地理志》,正属扬州,似应在"诸郡尽没"之数。然而,这场战乱既是由扬州向徐州蔓延,而据《晋书·周玘传》记载,这场战争中江南所遭兵乱,并不比江北为轻,所以故事中说郭璞劝胡孟康"南渡",亦非善计。再考《华谭传》载华谭"再迁庐江内史加绥远将军。时石冰之党陆珪等屯据诸县,谭遣司马褚敦讨平之,又遣别军击冰都督孟徐,获其骁帅"。据此则知石冰之乱时庐江的地方官乃"内史"而非"太守"(虽然据《宋书·百官志》,二者地位相等)。且《晋书》未记华谭到任时,庐江是否陷于石冰之手的问题。

从时间来看,华谭到任时间,正是石冰之乱发生的时候,而本传亦无一字提及其前任是胡孟康,且遭石冰之乱败没之事。所以把这个故事中的"庐江陷"指为石冰之乱,似难令人信服。在此之后,"庐江陷"也可能指前面讲到的永嘉五年王桑、赵固等攻陷彭城后"遂济淮至于历阳"之役,然而此时郭璞不在庐江而早已到江南。何况以情理而论,如果"庐江陷"果系永嘉五年时,那么前赵进犯之兵锋甚锐,胡孟康纵使昏愦,亦不会再因"江淮清晏"而不思南渡;郭璞也未必有余暇去诱买胡孟康的婢女。所以这种故事,不但本身不足信,连据以推测郭璞的行踪,亦难凭信。

这里还要提到一点,那就是郭璞救活赵固爱马的故事,据《太平御览》云,出自《续搜神记》,而后人大抵认为《续搜神记》即托名陶渊明所作的《搜神后记》。但考梁释慧皎《高僧序录》,称"陶渊明《搜神录》";《隋书·经籍志》则称《搜神后记》。那么《续搜神记》是否另是一书,颇值得考虑。我感觉《晋书》和《太平御览》所述那个故事的情节,比《艺文类聚》所引《搜神记》要详,而其多出于《艺文类聚》所载处,则往往更不近情理。这种出入,疑非欧阳询等人编纂《艺文类聚》时所删节,而是《晋书》及《太平御览》的编者引用了更后出的材料所致。因为《艺文类聚》所载那段文字,并未讲及郭璞求见赵固之事,只说了赵固马死,"问郭璞";在马被救活之后,也只讲到"亦不复见猴"一语。至于《晋书》和《太平御览》所引《续搜神记》则不但认为郭璞是主动上门求见赵固,而马复生之后,《晋书》又说赵固对郭璞"厚加资给";《御览》则谓"固厚赍给,璞得过江左"。所不同的只是《晋书》说郭璞离开后到庐江,而《御览》所引《续搜神记》则谓"过江左"。根据二书所记,郭璞不但主动要见赵固,还受了他的财物。试想郭璞当时从闻喜逃往江南,是想在南方求一安身之地,半路上却去见一个前赵的将军,还受了他的财物,那么到江南后怎能被司马睿等人所容忍？因此我认为《艺文类聚》所引那段文字，可能产生较早，作者还知道郭璞到江南时，赵固尚未降晋。但据《晋书·李矩传》载，赵固后来是降了东晋的，时间据《通鉴》卷九〇载，是元帝建武元年（317），当时郭璞尚在，通使相问，尚有可能，所以那位作者编出这一故事。后人不了解郭璞的生平，也不知赵固行事始末，任意添枝加叶，离史实愈远。《晋书》的编者好采小说，所以误据了比《艺文类聚》更不可信的材料。这也不足怪，像前面提到的胡孟康那个故事，不是《搜神记》还只说郭璞自己劝胡南渡，而《晋书》反而加上"被丞相召为军咨祭酒"这句更远离历史事实的话吗？至于今本的《搜神后记》，我也想顺便说一点不成熟的看法。此书《四库全书总目提要》及近人余嘉锡先生《辨证》都认为虽非陶渊明作，亦非出于唐以后人之手。这个论点从总体上讲是对的。因为根据汪绍楹先生校注本来看，其中材料大都出于六朝以前的典籍之中。不过，其中有些文字，可能亦经后人窜乱。如汪先生提到其中《丁令威》条，文字不同于《艺文类聚》，而同于宋王象之《舆地纪胜》。我还感到其中有些材料虽亦见于《太平御览》等类书，而其来源，似未必早于《晋书》。如卷二《高平郗超》条，亦见《晋书·艺术·杜不愆传》及《太平御览》卷七二八。从两书文字的异同看，很可引起深思。在《晋书》中，两次出现"景午日"字样。"景"乃唐人讳"丙"作"景"。《太平御览》所引，却一处作"辰加午时"，一处作"至期日"。这显系《晋书》以后的人认为用改字避讳的方法，还不彻底，同时两次出现"景午日"，在文字上也难以避免重复之弊。所以作了这样的修改。据此，我认为对这书的文学价值虽不宜低估，而从史料意义上看，恐怕应持较审慎的态度。

关于鲍照的家世和籍贯

关于鲍照的身世和籍贯，由于史料缺乏，我们知道得很少。最近，张志岳同志的《鲍照及其诗新探》(《文学评论》1979 年第 1 期)一文对这个问题作了一些新的探索。他驳斥了过去不少人误认"东海"的地点为今江苏灌云，指出这是东魏建立的郡名，这无疑是正确的。他又根据《南史·鲍泉传》和《元和姓纂》，推测鲍照当是东海郯，即今山东郯城人①。同时，他又采取了宋人陈振孙《直斋书录解题》的说法，认为南齐虞炎为鲍集作序，说鲍照本上党人是弄错的。他的理由是鲍照和鲍泉同系东海人，而且史传中都说他们出身贫贱；两人相去只数十年，因此断定鲍照也和鲍泉一样是郯人，在过江之前是山东的世族，他二十岁左右出仕，就做到王国的侍郎，可见即使在过江之后，还有一定的门荫可资凭借。这些推测虽也持之有故，言之成理，然而毕竟是猜测之词。我个人对他这些推测还有一定的怀疑，想提出来向张志岳同志请教。

首先，我觉得即使根据张志岳同志的推测，也无法否定虞炎说鲍照本是上党人的话有所根据。因为张同志推测鲍照为东海郯人的主要根据是《元和姓纂》卷七的一段记载：

---

① 按：张志岳同志断定鲍泉是东海郯人的主要根据是《元和姓纂》。其实鲍泉是东海郯人首先见于《隋书·鲍宏传》："鲍宏字润身，东海郯人也，父机，以才学知名，事梁，官至治书侍御史。宏七岁而孤，为兄泉之所爱育。"《北史·鲍宏传》同，文字略有出入)《隋书》和《北史》都作于唐初，比《元和姓纂》早得多，《元和姓纂》的依据可能就是《隋书》或《北史》。

　　鲍　东海郯县。汉太尉昱子德始居东海。
张同志既然信从这条记载，那就等于承认了鲍昱、鲍德是鲍照的祖
先。而鲍昱又是什么地方人呢？《后汉书·鲍永传》有明确的记载：
"鲍永字君长，上党屯留人也。父宣，哀帝时任司隶校尉，为王莽所
杀。"本传附有鲍永之子《鲍昱传》说："昱字文泉……建初四年代牟
融为太尉，六年薨，年七十余，子德……"这就说明东海鲍氏的祖先
确系上党人。又据《汉书·鲍宣传》载，西汉末期的司隶校尉鲍宣，
因得罪孔光被刑，"徙之上党，以为其地宜田牧，又少豪俊，易长雄，
遂家于长子"。《魏书·地形志上》：上党郡长子县"有鲍宣墓"。屯
留和长子是邻县，现在地图上屯留、长子二县之间还有一个村镇叫
"鲍店"。可见鲍宣移居上党后，家族曾在此定居，所以他儿子鲍永
就算上党人。东海鲍氏的始祖鲍德是鲍永的孙子，当然也是上党
人。根据古人的习惯，说到人的籍贯，往往说的是祖籍。因此张同
志既肯定鲍照为东海郯人，那就无论如何不能断定虞炎说鲍照本
为上党人的论点是弄错的，也不能否定鲍照自称"北州衰沦"有指
自己是上党人的可能。

　　其次，鲍泉是东海郯人，能否断定鲍照也是郯人？我觉得也不
一定。因为照《元和姓纂》所说东海鲍氏从鲍德迁郯至晋永嘉年间
约有二百年左右，他的子孙也会互相分居，不一定都住在郯一县。
即如晋代的东海郡比西汉要小得多，还统十二个县。而二百年左
右鲍氏人物的情况，我们至今还没有什么材料足以证明他们都住
在郯县。以史书所记的鲍姓人物论，除鲍照、鲍泉外，《晋书·艺术
传》还有一个鲍靓，生活年代大约是西晋和东晋之间，其籍贯也是
东海人，官至南海太守。《元和姓纂》也没有提他。如果说《元和姓
纂》不提鲍照是因为他官职卑小的话，那么身为太守的鲍靓，似乎
是应当提到的。因为晋代的太守其地位不亚于唐以后的刺史。所

以我们很难说鲍泉是东海郯人,鲍靓、鲍照等东海鲍姓也必然是郯人。

事实上,在晋代东海郡范围内,可能存在着另一个鲍氏聚居的地点。这个地点叫做"鲍口",《魏书》中曾一再地提到它。根据古人往往以某姓聚居之地称作"某店"、"某庄"的习惯,"鲍口"很可能是鲍姓的聚居之地。(《水经注·巨马河》载,郦道元的六世祖迁居郦亭沟水之南,这水也因此叫"郦亭沟水",即因郦姓居此而得名。)《魏书·卢玄附卢昶传》载卢昶与梁将马仙琕等人在朐山(今江苏连云港市海州镇)一带作战时上表魏孝文帝元宏,有"且鲍口以东,陆运无阂,朐、固之间,本无停潦,宜时掩击边陲"之语。从这篇传记看,"鲍口"当在今海州镇的西边。又,《魏书·赵逸附赵邕传》:"时萧衍将马仙琕率众围攻朐城,戍主傅文骥婴城固守。以邕持节、假平东将军为别将,与刘思祖等救之。次于鲍口,去朐城五十里,夏雨频降,厉涉长驱,将至朐城。"这就进一步证明了"鲍口"的地点当在今海州镇之西,其距离照《魏书》说是五十里。但这篇传的下文又叙述卢昶、赵邕败退时情景说:"时仲冬寒盛,兵士冻死者,朐山至于郯城二百里间僵尸相属。"而清代顾祖禹《读史方舆纪要》卷三三却说"郯城县,东至江南海州百二十里",出入较大,除了县址可能稍有迁移外,古今里的长短也有不同。但总的来说,鲍口的地点,离郯城较远,离海州较近,其遗址可能还是在明、清海州的范围之内。这就叫人想起《晋书·艺术·鲍靓传》中的一个故事:"年五岁,语父母云:'本是曲阳李家儿,九岁坠井死。'其父母寻访得李氏,推问皆符验。"考《晋书·地理志》,东海郡,无曲阳县名。这个"曲阳",当是古地名。因为《汉书·地理志》载,东海郡,有曲阳县。这个曲阳县,在清代江苏海州西南一百十里。曲阳县在晋代虽已废去,但曲阳之名,却一直保留到清代。《古今图书集成》卷七五〇载,海州境内有曲阳城,在曲阳村治西北七十里。曲阳在海州西南,而鲍口在海州之西,两地相去不远,所以鲍靓的父母可以去寻访李氏。如果说鲍家远在郯城,为了小孩子一句话,到曲阳去寻根究底,就不大可能了。因此,我们也不能排除这样的可能性:即鲍口的鲍氏和郯城的鲍氏不是一支,所以《元和姓纂》只提鲍泉,而不提鲍靓和鲍照。

我认为鲍照不论是否郯人,但和鲍泉的血缘关系恐怕是相当疏远的。因为《元和姓纂》在前面引过的那段文字下面又说:"永嘉乱,过江,居丹阳。"考《晋书·地理志》,丹阳是郡名,治所在建邺,即今江苏南京市。而鲍照生长在什么地方呢? 从他的集子中,可以找到一些线索。他有一首诗叫《从拜陵登京岘》,"京岘"即京岘山,在京口,即今镇江市东五里,这是刘宋王朝祖坟所在的地方。在这首诗的末尾有这样几句话:

衰贱谢远愿,病老还旧邦。深德竟何报,徒令田陌空。
这里所谓"旧邦"和"田陌"即指家乡和田园。可见鲍照正是今镇江市一带人。从历史上看,永嘉时徐州诸郡的居民,南渡后大抵寄寓在这里。《晋书·地理志》载,晋元帝司马睿"割吴郡之海虞(今江苏常熟)北境,立郯、朐、利城、祝其、厚丘、西隰、襄贲七县,寄居曲阿"。这七县中,除西隰外,本来都是东海郡的县名。又说穆帝司马聃时,"移南东海七县出居京口(今镇江市)"。可见鲍照之生长在镇江一带,是完全可能的。我们看他的集子中还有三条材料可以作证。一是鲍照的《登云阳九里埭》一诗,云阳即今江苏丹阳,与镇江市相近。一是他的《秋夜二首》中的第二首,有这样的话:

霁旦见云峰,风夜闻海鹤。江介早寒来,白露先秋落。
这里有三点可以注意。他所谓"云峰",似即指京岘山的山峰,因为《从拜陵登京岘》诗,有"息鞍循陇上,支剑望云峰"之句。而所谓

"闻海鹤"似指今镇江一带接近长江的入海口（晋宋时这里似离海更近）。《世说新语·言语篇》载荀羡在京口，登北固山望海。可见晋宋人是把镇江看作滨海的。而"江介"指江边上，这些自然状况都与今镇江市一带比较符合。

在鲍照集子中还有一篇《瓜步山楬文》，是他从江州（或荆州）回家途中所作。文中称"鲍子辞吴客楚，指兖归扬"。这里所谓"指兖归扬"即指南兖州和扬州。南兖州的治所在广陵（今扬州市）。他从江州（或荆州）回家要经过瓜步山。瓜步山在今江苏六合县境，在今南京市东，长江之北。过去的研究者虽曾认为当时鲍照的家在建邺（今南京），但从江州（或荆州）去南京，虽然也有可能经过瓜步山，却非必由之路，而去镇江则必然会经过这里。鲍照还有一首《行京口至竹里》，是他由建康去广陵，顺道省家时所作。"竹里"在南京之东，镇江之西，是从镇江至南京的要道。《魏书·岛夷·刘裕传》载刘裕起兵反桓玄，从京口向建康，途中曾宿于竹里。《南史·宋本纪上》载刘裕起兵后，"军次竹里"，"移檄都下"，声讨桓玄。这也证明鲍照的老家正在镇江。这就更证明鲍照的老家在镇江不在南京，和鲍泉不是一个地方。（镇江在晋宋时代又叫丹徒，属毗陵郡，不属丹阳郡。）这也就说明鲍照和鲍泉的血缘关系很远，即使证明了鲍泉的家庭曾经是世族，也难于证明鲍照也出身于世族。在这里，我想也不是没有另一种可能性，即《宋书》和《南史》所说的鲍照是东海人系出于误解，而他祖上却是另一个地方的人。因为《三国志·魏书·鲍勋传》载："鲍勋字叔业，泰山平阳（今山东新泰）人也。汉司隶校尉鲍宣九世孙。宣后嗣有从上党徙泰山者，遂家焉。"可见泰山郡也有鲍姓，而且也是上党迁去的。泰山郡的人民，在永嘉之乱时，也曾迁移到今镇江一带。《晋书·地理志》："惠帝之末，兖州阖境沦没石勒。……是时遗黎南渡，元帝侨置兖州，寄居京口。明帝以郗鉴为刺史,寄居广陵,置濮阳、济阴、高平、太山等郡。后改为南兖州,或还江南,或居盱眙,或居山阳。后始割地为境,常居广陵,南与京口对岸。"可见兖州的流民也曾居于今镇江一带。如果我们假设鲍照是泰山的鲍氏而不是东海的鲍氏,因此虞炎只提他祖籍上党而不提东海,也未始不可能。至于沈约《宋书》说他东海人,也未尝没有因为京口曾是南东海郡所在地而弄错的可能性。因为《宋书》关于鲍照的记载只寥寥数语,似乎知之不多。《南史》作于唐代,更是可能根据沈约的旧说。这样设想虽然纯属臆测,而且可能性极为微小,然而也不能完全排除它。鲍照有一首《春羁》说到:"佳期每无从,淮阳非尺咫。"黄节注认为"淮阳"即指鲍照的故乡。黄氏又认为"淮阳"在清代淮安府清河县东南。清河县即今江苏淮阴市。考《宋书·州郡志一》和《通鉴》卷一三二胡注的说法,刘宋的淮阳郡是在今江苏宿迁县一带。《读史方舆纪要》卷二二载,角城(《宋书·州郡志》作"甬城",《魏书·地形志》、《水经注·泗水》和《淮水》等作"角城")在宿迁县东南百余里。《魏书·高闾传》载高闾上表元宏说:"角城蕞尔,处在淮北,去淮阳十八里。"可见"淮阳"是郡名,和东海不是一个地方。因此如果信从《宋书》的话,作郡名解释,似不如认为泛指淮水之北,比较和《宋书》本传吻合。但《魏书·恩幸·茹皓传》载,茹皓本吴人,"父让之,本名要,随刘骏巴陵王休若为将,至彭城。是时南土饥乱,遂寓淮阳上党"(《北史·恩幸·茹皓传》略同)。考《宋书·州郡志》载,淮阳太守属下有上党令,"本流寓郡,并省来配"。而《魏书·地形志》淮阳郡的属县,却无"上党",可见用的是刘宋的地名。南北朝的地名,往往和流民聚居之地有关。所谓"淮阳上党"即指淮阳郡境内聚居有许多上党移民的地方。所以鲍照所谓"淮阳非尺咫",也很可能意味着他的原籍是上党,与东海鲍氏不是一支,而这与他自称"北州衰沦"

也是可以符合的。至少根据现有的材料,应当肯定虞炎所说的鲍照祖籍上党未必有误,而像张同志那样猜测鲍照是郯县人却颇嫌证据不足。

张志岳同志对鲍泉的考证,目的是论证鲍照的出身也是世族。但是,判断一个人是世族或庶族出身,并不能单凭姓氏和籍贯。有时同一个地方的某姓中,各家的门第也存在着很大的差别。例如:博陵崔姓是北朝至隋唐的第一等高门。但同是博陵的崔姓,就有门第很低的。《魏书·高阳王雍传》:"元妃卢氏薨后,更纳博陵崔显妹,甚有色宠,欲以为妃。世宗(宣武帝元恪)初以崔氏号为'东崔',地寒望劣,难之,久乃听许。"这里虽然说的是北朝的事例,但作为门阀制度统治下的南北朝时代,关于士庶区分的标准,事实上并无多大区别。不信,请看南朝的情况。据《南齐书·江敩传》和《江谧传》记载,两人都是济阳考城的江氏。但两人的社会地位很不同。《南史·江敩传》载,齐武帝萧赜的宠臣纪僧真要求作士大夫,萧赜说:"此由江敩、谢瀹,我不得措意。"这说明江敩的门第很高,在士大夫中有极大影响。而江谧则又是一种情况,齐高帝萧道成曾有敕说:"江谧寒士,诚不得竞等华侪。"(见《南齐书·江谧传》)这些例子都说明同一地方的某姓之间,门第仍有很大的不同。《新唐书·高俭传》所说的"然每姓第其房望,虽一姓中,高下悬隔",就是南北朝这种风气的继续。即使鲍泉确如张志岳同志说的那样有一定的"家世的凭借",也不能证明鲍照也有这种凭借。再说《元和姓纂》说到鲍泉是鲍昱、鲍德的子孙,能否确证鲍泉出身世族,也大成问题。因为《元和姓纂》编于唐代,出现于高士廉(即高俭)等人所编的《氏族志》之后,这时论定人们的门第,已根据唐太宗李世民的意见,"专以今朝品秩为高下"(见《通鉴》卷一九五)。鲍泉是唐滁州刺史鲍安仁的旁系祖先,编者当然要叙述他的"光荣家世",于是找到了鲍昱。因为在东汉,鲍宣的后裔"皆见褒至大官"(《汉书·鲍宣传》)。六朝人大抵喜欢找一个名人做祖先,至于他们是否这个名人之后,却大成问题。例如齐、梁二代的皇室,均姓萧,因此都自称为汉代萧何和萧望之之后。据《汉书》记载,却没有说到萧望之是萧何的子孙。但直到唐朝,姓萧的人往往还在自称萧何及萧望之的后代,弄得颜师古在《汉书·萧望之传》注中,还专门加以辩驳。陈代的皇室,也要自称为东汉陈寔之后,这种说法,其实都大可怀疑。因此像张志岳同志那样根据《元和姓纂》断定鲍泉出身世族,本身就值得怀疑,更何况据此又要判定鲍照祖上也是世族了。

张志岳同志推测鲍照出身世族还有两个根据,我觉得也有商榷的余地。首先,他认为鲍照二十岁左右出仕,就做到王国的侍郎,地位相当于郡守的僚属,如果没有一定的家世凭借是不大可能的。这个论断,我觉得有两点可以怀疑。第一,鲍照出仕的时候是否二十岁左右,这并无确证。他的《拟行路难》中虽有"余当二十弱冠辰"一语,但这首诗并不一定正好是他出仕那一年写的。钱仲联《鲍照年表》就认为《拟行路难》作于鲍照二十岁那年,而任临川国侍郎却是他二十六岁那年。而且他一出仕是否就做到了王国的侍郎,也很可推敲。据《南史·临川武烈王道规传附鲍照传》载,他被任为王国侍郎前,要献诗给临川王义庆,就有人劝阻他说:"卿位尚卑,不可轻忤大王。"这就说明他那时已有官位,只是卑小而已。否则,一个老百姓是无所谓"位"的"高"、"卑"的。所以张同志论证的前提,就很难成立。第二,王国的侍郎又是什么样的官职呢?考《宋书·百官志》王国的内史相当于郡的太守,内史下面是常侍,常侍再下面才是侍郎。而一个郡太守虽然官居四品,而他的副职郡丞,却不过八品,至于掾属那就最多不过九品了。以此类推,王国的侍郎,也不过是九品的官职。鲍照在任临川王的侍郎之后,曾一度被刘骏任命为中书舍人,而中书舍人据《南齐书·幸臣传》说:"晋令,舍人位居九品。"可见王国侍郎的地位,也不过是区区九品的小官,似乎并不需要什么"家世的凭借"。再看《宋书·恩幸传》中的人物,出仕时的官职,也不比鲍照低。例如巢尚之,《宋书》说他是"人士之末",他在元嘉时代"侍始兴王浚读书,亦涉猎文史为上(文帝刘义隆)所知。孝建(孝武帝刘骏年号)初,补东海国侍郎,仍并中书通事舍人"。他出任中书舍人时间和鲍照差不多,一开始都是九品小官,但到前废帝刘子业时,他已做到淮陵太守,属第四品,而在同一期间,鲍照却不过做到临海王子顼的前军参军,位不过七品。巢尚之不是世族出身,这大致可以肯定。那么如果说鲍照门第高于巢尚之,恐怕也很难说通。《宋书·恩幸传》中还有一个徐爰,他出仕于东晋末年。"初为晋琅邪王大司马府中典军。"琅邪王即晋恭帝司马德文。徐爰做这个官是在刘裕奉司马德文北伐姚泓以前。刘裕伐姚泓是晋安帝司马德宗义熙十二年(416)的事。徐爰卒于宋后废帝刘昱元徽三年(475),卒年八十二。根据他卒年上推到义熙十二年,徐爰约二十二岁。他当时所任的官职,据《宋书·百官志》属于"公府掾属"一类,是七品官职。像巢尚之、徐爰这些人物,应该说是庶族出身,并无"家世的凭借"的。但其中一个出仕的官职与鲍照相仿,而升迁却快得多;另一个出仕之初就比鲍照高出了两品。因此说鲍照出身的家族原是山东的世族,在仕途上曾受到照顾,这并不符合事实。

张志岳同志推测鲍照出身世族的另一个理由是鲍照和他妹妹鲍令晖都是作家,有很高的文化教养。这个理由看起来似乎比较有力。其实,在南北朝时代,文化虽然基本上为世族大地主所把持,但一般中小地主等士大夫圈子以外的人,也绝不是不可能有较高的文化教养的。《宋书·恩幸·戴法兴传》:"戴法兴,会稽山阴人也,家贫,父硕子,贩纮为业。法兴二兄延寿、延兴并修立,延寿善书,法兴好学。"又说:"法兴能为文章,颇行于世。"《宋书·历志下》还载有他一篇论历法的表疏,说明他还对历法颇有研究。戴法兴不是世族出身,这是可以肯定的。然而,他的文化教养似乎不能不说很高。南齐时再有一个庶族出身的刘系宗,《南齐书·幸臣·刘系宗传》说他"少便书画"。又《南史·后妃传下》载,陈武帝的皇后章氏,本姓钮,"父景明为章氏所养,因改姓焉"。这样的家庭,一般比较贫寒。但这位皇后却又"善书计,能诵《诗》及《楚辞》"。可见文化教养高的人,并不一定都出身世族。相反地,出身豪门的人,也有缺乏文化教养的。例如:出身于南方大世族吴兴沈氏的沈庆之,据《宋书·沈庆之传》说他"手不知书,眼不识字"。刘裕的侄子刘义綦是《世说新语》作者刘义庆的弟弟,作为皇室的近亲和著名作者的弟弟,文化教养却低得可怜,别人用陆机的诗戏弄他,他却连陆机是西晋人也不知道,还信以为是自己同时代人呢!像沈庆之、刘义綦这些人当然也不能因为文化教养低,就说他们不出身豪门。

总之,鲍照的出身,从现有的材料看,很可能是庶族。因为《南齐书·幸臣传》和《南史·恩幸传》都把他和巢尚之、戴法兴等庶族人物相提并论,而这种情况,在其他作家身上,却没有发生过。这多少说明鲍照的出身比起左思、陶渊明等出身于所谓"寒门"的作家要更贫寒得多。这当然不是说鲍照出身贫寒,他的作品就一定比别人的价值为高。但是当我们探讨他的生平和作品时,弄清他的出身和籍贯,也还是有一定作用的。

鲍照几篇诗文的写作时间

关于鲍照的生平,也许由于他"才秀人微",《宋书》和《南史》都没有正式立传。附见于《宋书·临川王义庆传》的一段文字,主要是一篇《河清颂》,真正讲到他生平事迹的,只有三言两语。《南史》的记载较《宋书》稍详,也不过添了些遗闻轶事,有些话还未必可信(详下文)。比较起来,还是南齐虞炎的《鲍照集序》,多少讲到了一些关于他生平的梗概。但这篇序言毕竟也很简略,而且据虞炎自己说,他搜集鲍照的遗文,也因"年代稍远,零落者多,今所存者,傥能半焉"。可见他在当时所能收集的鲍照遗文,也很不完备。

至于今天我们所见的"鲍集",最早者是《四部丛刊》影印明毛季斧(扆)据宋本校勘的《鲍氏集》。毛氏所用底本是个明刊本,从毛氏的校文来看,他所见的宋本,除文字上有所出入外,基本面貌似乎与今天流行的《鲍参军集》差不多,恐怕已非虞炎时代的本来面目。后来人评论鲍照作品的虽然也有不少,但认真考虑这些作品的写作年代及作者生平的则似乎颇为寥寥。自从晚清的钱振伦开始为《鲍集》作注,后来黄节又为钱注的诗歌部分作了补注,即今天流行的《鲍参军诗注》,才把鲍诗的研究推进了一步。此后吴丕绩、缪钺两位先生都为鲍照作过年谱,但限于史料,都写得较简略,且多猜测之辞。1956年上海古典文学出版社出版了钱仲联先生的《鲍参军集注》,卷首附有钱先生所作的《鲍照年表》,才使我们对鲍照的生平和他某些作品的写作年代问题,有个较清楚的认识。我们可以说,要研究鲍照的生平及其作品,钱先生这部注是必读的书。本文就是我在阅读《鲍参军集注》时产生的一些不成熟的想法，提出来请大家指正。

一 《游思赋》和《登大雷岸与妹书》

这两篇文章作于同一时间，钱仲联先生在《鲍照年表》中已说过。从《游思赋》所写的景色到思想感情都与《登大雷岸与妹书》相同或类似。根据这一点，我们似可推定鲍照向宋临川王刘义庆献诗的时间大约是元嘉十六年的上半年，具体说应是二月至四月左右。考《宋书·临川王义庆传》，义庆在元嘉元年迁丹阳尹，"在京尹九年，出为使持节都督荆雍益宁梁南北秦七州诸军事、平西将军、荆州刺史"。那么义庆任荆州刺史时间当为元嘉九年。《宋书》又说"在州八年"，当是八个年头，那么他离开荆州时间正是元嘉十六年。又《宋书·文帝纪》载，元嘉十六年二月，"以南徐州刺史衡阳王义季为安西将军、荆州刺史"，而同年四月才任命义庆为江州刺史。那么义庆离开荆州时间应在二月前后，距四月被任命为江州刺史有两个月之久。至于任命之后，是否立即赴任，史无明文记载，但一般来说藩王任刺史的，在调任时，往往还都一次，而任命之后，大约不会在都城逗留太久。所以元嘉十六年的二月至四月一段时间，刘义庆大致可以肯定在建康居住，至于去江州的时间，就难于确考了。鲍照去江州是随义庆同去还是义庆先去，鲍照后走？以情理来说，恐怕是后去的可能性较大。因为义庆于四月被任命后，拖到秋天才走，毕竟时间太长。另外，鲍照在献诗之后，到义庆决定任命他为临川国侍郎，也须一段时间。这就可以推测鲍照献诗当是义庆去江州之前，从荆州回建康以后，而鲍照被任命为临川国侍郎则是义庆受任江州刺史以后的事。

二 《野鹅赋》和《谢随恩被原疏》

《野鹅赋序》云:"有献野鹅于临川王世子,愍其樊絷,命为之赋。"可见作于元嘉十六年下半年至元嘉二十一年正月之间。因为刘义庆卒于元嘉二十一年正月,此后鲍照就离开了临川王国。这篇赋显然有"比兴"的用意,尤其是:"惟君囿之珍丽,实妙物之所殷。翔海泽之轻鸥,巢天宿之鸣鹑。鹔程材于枭猛,翚荐体之雕文。既敷容以照景,亦避翩而排云。虽居物以成偶,终在我以非群。望征云而延悼,顾委翼而自伤。无青雀之衔命,乏赤雁之嘉祥。空秽君之园池,徒惭君之稻粱。愿引身而剪迹,抱末志而幽藏。"从这一段话可以看出,鲍照在临川王幕下是有牢骚的。这种牢骚,主要似在与同僚们合不来。鲍照在《谢随恩被原疏》中提到:"缧臣悴贱,可侮可诬,曾参杀人,臣岂无过;寝病幽栖,无援朝列,身孤节卑,易成论砆。"又说:"然古人有言,杨者易生之木也,一人植之,十人拔之,无生杨矣。何则,植之者难,拔之者易,况臣一植之功不立,众拔之过屡至,同彼风霜,异此贞脆。"这篇文章的写作时间,虽无明确记载,但从内容看,恐与《野鹅赋》相差不会太久。根据钱振伦注,"元统内外"即指刺史统治区域的内外,说明作者当时是在一个藩王兼刺史的部下任职;而表中对那位藩王称"臣",这又说明是元嘉时代所作,因为到孝武帝初年,由江夏王义恭等拟定的法令,凡藩王的属官,不得向藩王称"臣",只称"下官"。现在我们所掌握的史料说明,鲍照在元嘉时,曾在义庆及始兴王浚幕下任过职。(钱振伦曾猜测他入过衡阳王义季幕,但史无明文,而且即使有此事,时间亦不长。)所以我认为《谢随恩被原疏》,当是在临川王义庆幕下时作,得罪原因,恐与跟同列相处不融洽有关,这也可与《野鹅赋》相印证。另外,鲍照在《转常侍上疏》中,又提到"臣既无仿佛上报殊绝之恩,有分每半其过,前后轻重,辄得原恕,奖以君子之方,赦其不闲教训,大愆不责,矜泽必加"等语,说明他在临川王幕下时,曾多次受过打击(关于《转常侍上疏》,当亦作于临川王义庆幕下,理由见后)。所以我认为《谢随恩被原疏》与《野鹅赋》的写作时间,应该是比较相近的。

三 《皇孙诞育上表》

此文一开始就自称"兼郎中令侍郎臣照言",篇末又说"谨诣阁上表以闻"。考《宋书·百官志》:自汉代以后,改"郎中令"为"光禄勋","王国如故";又说到刘宋时的王国,"有郎中令、中尉、大农为三卿"。"郎中令"的地位高于侍郎,但南北朝官制常常有职位较低的官员摄行较高职务,称为"兼某职"或"行某职"的例子。鲍照在此时干的是"郎中令"之事,而实际官位只是侍郎,不过,在这种情况下,地位比一般的侍郎要高些。另外,篇末所说的"诣阁上表以闻","阁"指的是刺史的官署。从汉末到六朝,刺史的官署可以称"台阁"或"阁"。古诗《孔雀东南飞》:"汝是大家子,仕宦于台阁";而诗中称焦仲卿为"府吏"。可见在刺史、太守下面的属官,称刺史、太守的官署为"阁"。结合文中对那位藩王称"臣"的情况,我们可以确定此文亦作于元嘉时代。至于元嘉年间有"皇孙诞育"之事,当然指文帝刘义隆生了孙子。文中又说"伏承东储积庆,皇孙诞育",这就证明了这位"皇孙"是太子刘劭亦即《宋书》所称的"元凶劭"之子。那么刘劭生子,鲍照上表庆贺,当在什么时候的事呢?我们在前面已说到,鲍照在元嘉时代,主要是在临川王义庆和始兴王浚幕下任职。那么这篇文章以写于临川王幕下还是始兴王幕下较近情理呢？粗粗想来，似以始兴王时为近，因为始兴王浚和太子劭合称"二凶"，关系较密切。但以事实考之却不然。因为鲍照在始兴王幕下，始终不过是个普通的"侍郎"，不曾像在临川王幕下那样受重视，所以"兼郎中令"，还是在临川王幕下时可能性较大。另外，从时间考虑，刘劭之子生于元嘉二十一年以前，是完全可能的。考《宋书·二凶传》，刘劭生于文帝即位之初，那么元嘉十六年鲍照任临川国侍郎时，他已经十六岁，下推至刘义庆的卒年元嘉二十一年，他已二十一岁。《二凶传》说："劭四子：伟之、迪之、彬之，其一未有名。"从《皇孙诞育上表》的文字看来，这篇文章似是庆贺刘劭长子伟之的出生。因为文中有"国启昌期，民迎福运，台禁称祉，井庐相贺"诸语，都像前此尚无皇孙的情况。古代人结婚早，二十岁以前生子是普遍情况。宋文帝卒年四十七，生刘劭时是十七岁，那么刘劭生子，当亦在二十以前。所以我认为还是鲍照在义庆幕下时作可能性较大。

四 《转常侍上疏》

和《皇孙诞育上表》有关的一篇文章是《转常侍上疏》。这篇文章的格式，显然也是元嘉时代的。因为文中称"臣"而又说"谨诣阁拜疏以闻"，所以还是上给一位藩王的。至于这位藩王是谁？我认为也是刘义庆。因为文章开头说："臣言：即日被中曹板，转臣为左常侍，臣自惟常人，触事无可，谬被拔擢，实为光荣。"考《宋书·百官志》："江左则侍郎次常侍"，所以从侍郎转常侍是升官。鲍照在始兴王刘浚幕下，曾任侍郎之职，但始终没有升迁。他写过一篇《侍郎报满辞阁疏》。这篇文章据钱仲联先生考证是鲍照在任始兴国侍郎期满离职时所作。我觉得从这篇"疏"的内容结合鲍照的生平,可以证明钱先生的意见是正确的。这说明他在始兴王幕下,直到离职始终不曾升迁。尽管钱振伦曾认为鲍照曾入义季幕下,钱仲联先生也主此说,假设此说完全正确,但这篇文章也不可能是在义季幕下作。因为义庆卒于元嘉二十一年,鲍照离开临川国世子时,据《临川王服竟还田里》诗中"怆怆秋风生,戚戚寒纬作"等句看,是那一年秋天,离职后还家居了一段时间,而义季的卒年是元嘉二十四年,前后最多不过三个年头。从这篇文章的内容看,鲍照与那位藩王必有多年很深的关系,似亦非义季。因此这篇文章当亦元嘉时上给临川王义庆的。再说,《皇孙诞育上表》自称"兼郎中令侍郎臣照",既已代行郎中令之职,说明鲍照在临川国的侍郎中是较受重视的,因此升迁为常侍的可能性也较大。

五 《谢解禁止表》

这篇文章的写作时间,我认为似亦以作于临川王义庆幕下时可能性较大。因为文中称"被宣令,解臣禁止",既然是"宣令",当系藩王之"令",而非出自皇帝。文章对藩王称"臣",这又是元嘉时代的格式。从内容看,鲍照这次获罪被禁止的原因,似在于"失礼",所以文中说:"臣自惟孤贱,盗幸荣级,暗涩大谊,狷狂世礼,奇非阮籍,无保持之助;才愧冯衍,有辖辚之困。"结合《转常侍上疏》所说"赦其不闲教训"等语看,似乎也是指"失礼"等过失。考《宋书·谢灵运传》载,临川王义庆是位"道学先生",他的幕僚何长瑜曾写了一首诗讥讽同列陆展,"义庆大怒,白太祖(文帝)除为广州所统曾城令"。所以鲍照在义庆幕下,因小小失礼而受"禁止"的可能性比较大。《转常侍上疏》说到"前后轻重,辄得原恕",似乎受责不止一次。因此我推测此文似亦在临川王幕下所作。

六 《通世子自解启》和《临川王服竟还田里》

《通世子自解启》与《重与世子启》及《临川王服竟还田里》诗，都是临川王义庆死后，鲍照解职还乡时所作。文中说到"自奉清尘，于兹六祀"，说明他在临川王幕下共六个年头。这和一些史料的记载是相符的，因为从元嘉十六年至二十一年正好六个年头。但《自解启》和《还田里》诗所说的时间，粗看似是矛盾的。诗中说"舍耒将十龄，还得守场藿"，似乎鲍照出仕已经有十年之久了。当然，"十年"可能是个约数，古人往往把三四年或五六年也说成"十年"。所以这个"十年"和《自解启》说的"六年"并不一定矛盾。但是我想，鲍照的"舍耒"与就任临川国侍郎是否同一件事，却值得研究。因为《南史·临川王义庆传》载，鲍照向义庆贡诗言志时，"人止之曰：'卿位尚卑，不可轻忤大王。'"既然提到"卿位尚卑"，似乎鲍照当时已在仕途中，只是地位较低而已，没有出仕，就不可能有"位卑"的问题。在南北朝，出身寒微的人，往往初出仕时仅充小吏。因为地位低，史传有时不载。如：《宋书·恩幸传》载，戴法兴早年曾"为吏"，后来才做"尚书仓部令史"，而《南史》则记成："法兴少卖葛山阴市，后为尚书仓部令史。"这里因为"小吏"不入流品，在当时被看作无足轻重，鲍照在"贡诗言志"以前是否充任过小吏，虽然史无明文，但据《南史》的记载，却存在这种可能性，所以诗中说的"十年"是否等于文中说的"六祀"，很难断定。

七 《征北世子诞育上疏》

这篇文章究竟庆贺哪位征北将军生子？据钱仲联先生推测说

是指始兴王浚。我看钱先生的说法是可信的。因为这篇文章向那
位"征北将军"称臣,根据《宋书·礼志》等记载,肯定为元嘉时作,而
在孝建时,已明文禁止。元嘉时代任征北将军的凡三人:一是江夏
王义恭;一是衡阳王义季;一是始兴王浚。江夏王义恭任征北将军
是元嘉九年的事,十六年正月就进位司空,当时鲍照尚未向临川王
义庆献诗,根本没有庆贺的条件,而且他和义恭也没有特殊的关
系。衡阳王义季卒于元嘉二十四年,年三十三。他和鲍照的关系,
虽然据钱振伦说,鲍照曾一度入他幕下,但史无明文,而且即使如
此,最早也得在元嘉二十二年左右。那时义季年已三十一岁,离死
只有两个年头了。古人结婚早,恐怕生子也不会这么晚。所以可
能性最大的只有始兴王浚。考《宋书·二凶传》,始兴王浚"元嘉十
三年年八岁,封始兴王",那么他的生年当是元嘉六年。刘浚任征
北将军的时间是元嘉二十六年十月,见《宋书·文帝纪》。至于他生
子时间,据文章说是"伏承王子以中气正月,钟灵纳和,诞躬紫阁",
那么所谓"征北世子"的诞生,最早当是元嘉二十七年正月。"世
子"根据古代长子继承制的惯例,当是刘浚的长子长文(《宋书·二
凶传》:"浚三子:长文、长仁、长道")。此文写作时间,至迟也不得
超过元嘉二十九年的正月,因为这一年五月鲍照已经"辞吴客楚"
(《瓜步山楬文》),不再在刘浚幕下;而三十年二月,刘浚又已参与
刘劭杀宋文帝事,并于同年五月被杀。

八 《瓜步山楬文》和《谢永安令解禁止启》

这两篇文章,我认为比较重要,考定它们的写作时间,不但关
系到鲍照某些诗歌的解释,而且关系到弄清鲍照生平的一个重要
情节。

关于《瓜步山楬文》,我基本上同意钱仲联先生的看法,当作于元嘉二十九年;至于《谢永安令解禁止启》一文的写作时间,则和一些研究者的见解不大相同。为了行文的方便起见,我先从《谢永安令解禁止启》说起。鲍照任永安令的事,《宋书》、《南史》和虞炎的《鲍照集序》都没有提及。吴丕绩先生就曾经怀疑过"永安令"是"永嘉令"之误;钱仲联先生引用了吴说,却没有正面发表看法,比较慎重。我觉得鲍照是否做过"永安令",似乎不能因为史传及虞炎没有提到就加以否定。因为《宋书》与《南史》关于鲍照的生平自然讲得过于简略,就是虞炎的《鲍照集序》,目的也不在详述鲍照的生平,所以他所历任的官职,不可能也不必一一列举。像他曾任国常侍、兼任过郎中令这些职务,虞炎都未讲到。但是既有《转常侍上疏》和《皇孙诞育上疏》为证,当然不能因为虞炎未提到而轻加怀疑。同样地,他作永安令的事,在没有旁证的条件下,也不宜认为"永嘉令"之误。

《谢永安令解禁止启》一文之所以值得注意,主要在于它的内容。在鲍照的集子中,谢被"赦罪"的文章共有三篇,而这一篇的语气却和另外两篇很不同。如《谢解禁止启》自称"暗涩大谊,猖狂世礼,奇非阮籍,无保持之助;才愧冯衍,有辊辖之困";"谢随恩被原疏"中也有"繇臣悴贱,可侮可诬,曾参杀人,臣岂无过"等语,这说明两次得罪的原因,大抵都不过是一些礼节上的失误,再加上别人的毁谤,所以鲍照从内心里并不服气,这在文章的语气中也可以清楚地看出来。至于这篇《谢永安令解禁止启》,情况很不相同,文中称:"邈世逢辰,谬及推择,恩成曲积,荣秩兼过,虽誓投纤生,昊天罔极,讫天犬马,孤惭星岁。"这完全是对朝廷感恩的意思。文章接下去又说:"加以沦节雪飙,沈诚款晦。"这两句话分量很重,似乎鲍照做了什么"有亏臣节"的事,所以文中绝无前两篇那种怨愤之词。

再下面便是他感谢这次赦罪的主要意思:"值天光烛幽,神照广察,澡霭从宥,与物更禀,遂晞阳春,湎汰秋水,缀翼云条,葺鲜决沼。洗胆明目,抃手太平,重甄再造,含气孰比。"这几句话可以说明好几个问题:首先,这是涉及一件重大的政治事件,而且鲍照是犯有嫌疑的;其次,这一事件关系到朝廷中发生了重大的变故,所以有"抃手太平"、"重甄再造"等语;第三,在这个事件中,鲍照起初虽被怀疑,但经查明与他无干,因此他感谢朝廷"天光烛幽,神照广察"。像这样的重大事件,在鲍照一生中可能遇到的次数并不多。因为刘宋一代统治者内部争权夺利的斗争虽然很多,但可能涉及鲍照的却极少。刘裕死后徐羡之、傅亮、谢晦杀少帝义符,拥立文帝义隆,不久文帝又杀了徐、傅、谢三人,时间都较早,当时鲍照年纪还小,不可能踏上仕途;后来彭城王义康和刘湛与文帝的斗争、范晔等人的政变阴谋,都以文帝胜利告终,朝廷里没有出现重大变故,且与鲍照无关。孝武帝最大的两次争权斗争,一次是南郡王义宣之乱,一次是竟陵王诞之乱,都和鲍照不相干,而且这两次也都是朝廷取得了胜利,所以还不能说是"抃手太平"、"重甄再造"。当时朝廷发生了重大变故而且可能涉及鲍照的,只能是元嘉三十年太子刘劭杀死文帝,以后孝武帝又起兵杀刘劭登位的事件。因为鲍照在元嘉后期曾任始兴王浚的幕僚,而始兴王浚是太子劭的同谋,所以《宋书》把二人合传,称为《二凶传》。因为这个案件被株连的人很多。鲍照辞去始兴王国侍郎的年代在元嘉二十八年或二十九年左右。因为据《宋书·文帝纪》,始兴王浚任征北将军和南徐兖二州刺史是元嘉二十六年十月的事。元嘉二十七年就爆发了宋魏之间的战争,二十八年据《二凶传》说曾"遣浚率众城瓜步山,解南兖州"。刘浚任南徐兖二州刺史时,驻地当在京口(今江苏镇江市),鲍照当时随从刘浚在京口,所以有《蒜山被始兴王命作》的诗。

在鲍照集子中,有一篇《瓜步山楬文》,文中称"岁舍龙纪,月巡鸟张,鲍子辞吴客楚,指兖归扬"。这里的"岁舍龙纪"当是辰年,据钱仲联先生推算,鲍照一生中所逢遇的辰年,只有元嘉二十九年壬辰,有可能经过瓜步山。鲍照为什么在这个时候到瓜步山?我在《关于鲍照的家世和籍贯》(《文史》第7辑)中曾认为是他从江州或荆州回京口老家时作。但此文既然是辰年所作,那么在荆州时就不大存在这种可能性,因为那一年正是大明八年甲辰,是孝武帝死的一年,这时他去荆州已二三年了,似乎不能说"辞吴客楚",更不用"指兖归扬"而且历史上也无关于他在这一年请假返籍的记载。在江州之辰年只有元嘉十七年庚辰,那时他于十六年秋刚去江州,也不大可能在次年五月就请假还乡。所以"辞吴客楚,指兖归扬"还是以元嘉二十九年壬辰可能性最大。我过去的看法,并不妥当。鲍照为什么在这个时候到瓜步山?这和他在刘浚幕下有关。根据《宋书·二凶传》载,元嘉二十八年,魏军自瓜步撤走后,宋文帝曾派"浚率众城瓜步山,解南兖州"。《文帝纪》不载城瓜步山事,但提到"解南兖州"是当年三月的事。前面我们说过,鲍照作《征北世子诞育上表》至早当在二十七年正月,说明鲍照在元嘉二十七年至二十八年,正好在刘浚幕下,刘浚到瓜步山,鲍照是完全可能跟随前往的。他的《侍郎报满辞阁疏》,当作于二十八年或二十九年之际。这就使我们更有必要对"辞吴客楚,指兖归扬"八个字的含义进行研究。从地理位置上说,"吴"与"扬"的概念相近。既然"辞吴客楚",当系离开今江苏南部向湖北省的方向走,亦即溯长江而西;而接下去的"指兖归扬","兖"当是南兖州,治广陵(今扬州),"扬"当指南朝的扬州,治建康(今南京)。从瓜步山到南京,只是一江之隔,不必东绕今扬州,这样走法,和上句"辞吴客楚"相联就更不近情理了。这个情况,应如何解释呢?我认为:鲍照于元嘉二十七年至二十八年既在始兴王刘浚幕下,那么他当时很可能把家属从京口(今镇江)老家带往广陵(因为刘浚兼任南兖州刺史),二十八年他跟刘浚去瓜步时,家属仍留在广陵。他离开刘浚幕下的时间当是元嘉二十九年五月前不久,当时刘浚在瓜步。他从瓜步出发,先到广陵接家属,把家属安排在京口或建康,自己去"辞吴客楚",前往今湖北境内。这里说"辞吴客楚"是指本人的去处,而"指兖归扬",当是出行前的安排家事。只有这样解释,"辞吴客楚"与"指兖归扬"才不发生矛盾。

但是鲍照为什么"辞吴客楚"?这个问题仍须研究。我认为这里所谓"客楚",就是去任永安令之职。因为前面讲过,鲍照随从临海王子顼去荆州决不是辰年,即使他在大明八年甲辰曾离江陵回家探亲,也不必"指兖归扬",更不叫"辞吴",既称"辞吴客楚",必是离吴地赴任之时。至于"楚"的地点,具体说指永安我认为是比较近于情理。考《宋书·州郡志三》,荆州有南河东太守,下辖永安令,实际的治所在今湖北随县一带。所以把鲍照的"客楚"释为任永安令,虽无确切证据,但作为一种假设,是可以成立的。如果按这个假设来探讨鲍照的生平,我认为有许多方便之处。首先,他的《谢永安令解禁止启》,就不必解释为"永嘉令"之误。同时,鲍照既然是元嘉二十九年离刘浚幕,出任永安令,而元嘉三十年就发生了刘劭杀文帝之事,刘浚作为刘劭的同谋,他的僚属照例也有嫌疑而遭株连,这就是情理中事。《谢永安令解禁止启》中说的"加以沦节雪飙,沈诚款晦",指自己曾在刘浚手下任职,在封建社会中,被认为"有亏臣节",也是常情。至于感谢"天光烛幽,神照广察",是指当时朝廷在后来觉察了他和刘浚的阴谋无干,取消了"禁止",也是合理的。(《宋书·孝武帝纪》载,孝武帝于元嘉三十年四月即皇帝位后,曾宣布大赦,次年改元孝建,又宣布大赦。所以被株连的人,如查明无干,当然会在"解禁止"之例。)

根据上面的假设来解释鲍照的一些诗歌,我觉得也比较能讲得通。例如:他的《采莲歌》七首,一些注释者认为有所寄托,如黄节《鲍参军诗注》说"明远此篇盖感事而作"。但他没有具体说明所感何事。我个人认为,鲍照这七首诗,确系"感事而作",他的"感事"即有感于刘劭、刘濬的密谋。试看其中的第三首:"暌阔逢暄新,凄怨值妍华。秋心不可荡,春思乱如麻。"这首诗据黄节注:"《玉篇》:'暄,春晚也。'菱秋熟,在水不移,故曰'秋心不可荡',由秋以溯春,故曰'暌阔',故曰'春思'。"我们如果把"暌阔"释为离开刘濬幕,那么从时间上说,是比较近似的。因为鲍照于元嘉二十九年五月离开瓜步山,那么他离刘濬幕的时间,相隔不会太久,假定为三月,那就和"春晚"之说相符。这首诗提到"秋心",如果说作于元嘉二十九年秋天,正好是"由秋以溯春",指回忆自己离开始兴王刘濬幕之事。再看第五首中"空抱琴中悲,徒望近关泣"两句。关于"近关",据钱振伦、黄节的注释,都认为是用《左传·襄公十四年》所载卫国大夫孙文子得罪献公,"遂行从近关出"的典故。至于"琴中悲",我认为是用《琴操》所载春秋时介子推作《士失志操》(见《乐府诗集》卷五七)的典故。因为用刘宋时的藩王比拟春秋时诸侯,是当时常用的手法。鲍照自比孙文子得罪献公,即指他和刘濬有矛盾,才离开了刘濬幕。"琴中悲",是表明自己的失意。鲍照因为预感到刘劭、刘濬的密谋,因此离职去任永安令是完全可能的。因为据《宋书·二凶传》,刘劭、刘濬企图杀害文帝事蓄谋已久,鲍照身居刘濬幕下,不难有所觉察。他离开之后,由预感到大乱即将发生也产生忧虑,写出这些诗来,似乎也很合理。再看第六首的"春芳行歇落,是人方未齐",这两句也值得注意,前一句显然是比兴,暗喻好景不常,变故即将发生;后句的"是人"即指刘濬,"方未齐"是说用心与人不同,指刘浚和刘劭的勾结。如果把这些诗联系起来看,第七首就比较好解释了:"思今怀近忆,望古怀远识。怀古复怀今,长怀无终极。"这首诗叫人联想到唐代陈子昂的"前不见古人,后不见来者。念天地之悠悠,独怆然而涕下"。可见诗人有着很深的感慨。像《采莲歌》这种曲调,在《乐府诗集》中属于《清商曲辞·江南弄》,这种"西曲"歌辞,一般均为情歌,很少像这样感叹身世的内容。如果我们把它释为元嘉二十九年秋天在永安令任上作,联系当时的政局,那么这七首诗的用意,就完全可以理解。黄节所谓的"感事而作",也得到了解释。

在鲍照诗歌中还有一首《梦还乡》,我觉得也像在永安令任上所作。因为诗中提到"沙风暗空起,离心眷乡畿",说明他身在刘宋王朝统治区的北部边界;"梦中长路近,觉后大江违",似也说明他在长江以北而家在长江以南。鲍照到长江以北有好几次,据有关材料记载,大致有下列几次:一次是到广陵,在刘浚幕下任职;一次是随刘浚至瓜步山;又一次是随临海王子顼去荆州。在这三次中,广陵和瓜步都离建康、京口很近,与诗中所写的情境不合。江陵是鲍照晚年去的,《鲍参军集》中有《伤逝赋》,证明鲍照的妻子比他先死。他的《在江陵叹年伤老》就没有提到想念妻子的话,证明当时鲍妻已卒;而《梦还乡》的内容却是想念他妻子,而且诗中的感情,也和老年时的心境不同。所以也不像在江陵时作。除了这三次外,那就是钱振伦曾经说过的随衡阳王义季去彭城那一次。但这只是钱氏的假设,原无确切史料。再说彭城一带离鲍照的老家很近,作为东海郡人,把彭城说成"此土非吾土",也不大相像。所以我认为《梦还乡》一诗作于永安的可能性较大。因为永安不但在长江以北,而且离建康、京口都较远。从时间上说,他在永安是元嘉末年,他妻子尚在,和诗的内容也正好相符。在这首诗中还有一个内证,那就是"白水漫浩浩,高山将巍巍"两句。从彭城或广陵、瓜步到建康、京口均无高山之隔,而在永安与长江下游之间,却隔着鄂皖之间的大别山区。更值得注意的是"白水"二字。"白水"在今河南南部,和湖北北部的随县一带相近。"白水"在历史上是汉光武的祖先在西汉后期移封之地。鲍照提到"白水",也说明他在鄂北,距豫南不远。

根据上述的理由,我认为"永安令"不是"永嘉令"之误。鲍照在元嘉二十九年至三十年,曾任永安令。那篇《谢永安令解禁止启》即作于元嘉三十年孝武帝击溃刘劭以后,鲍照曾被牵连,但由于事实上并无干系,所以即被"解禁止",后来又被任为海虞令。

九 《日落望江赠荀丞》和《芜城赋》

《日落望江赠荀丞》一诗,钱仲联先生认为和《芜城赋》同为宋孝武帝大明四年前后所作。其主要根据即在于《日落望江赠荀丞》中有"君居帝京内"和"延颈望江阴"等语,因此断言鲍照身居江北。这个"荀丞"是谁呢?钱先生认为是荀万秋。这是根据吴丕绩先生的意见。吴先生援引《宋书·礼志》提到"大明三年,使尚书左丞荀万秋造《五路礼图》"(根据中华书局标点本,原文标点应为:"宋孝武帝大明三年,使尚书左丞荀万秋造五路。《礼图》:玉路,建赤旂,无盖……")和"四年正月壬辰,尚书左丞奏《籍田仪注》"等语,断言:"则是时万秋为尚书左丞,先生所赠,当即万秋。是诗当亦是时所作。"我觉得吴、钱二先生对这首诗的看法,多少是受了吴汝纶的影响。吴汝纶说:"荀伯子及子赤松,均为尚书左丞。伯子元嘉十五年卒官东阳太守,明远盖尚未出。赤松为元凶所杀,史不言有文学。此荀丞不称左丞,殆别一人。"其实吴汝纶否定"荀丞"为荀赤松的理由,颇为牵强。他说荀赤松"史不言有文学",这怎么能断言鲍照因此不可能赠诗给他呢? 相反,与鲍照有交往的如马子乔、"伍侍郎"、"盛侍郎"等史传也没有说到过他们的名字,更不言他们"有文学",但并不妨害鲍照有诗相赠。但吴汝纶认为"荀丞"不一定是荀赤松的另一理由为"不称左丞",倒是值得考虑的。如果依据吴汝纶此说,那么"荀丞"未必是荀赤松,同样也未必是荀万秋。如果我们认为"荀丞"可以称呼"尚书左丞"的话,那么指荀赤松可能性似乎比指荀万秋要大。因为荀万秋这个尚书左丞,实际是不受重用的。《宋书·荀伯子传》:"(荀)昶子万秋,字元宝,亦用才学自显。世祖初为晋陵太守,坐于郡立华林阁,置主书、主衣,下狱免。前废帝末为御史中丞,卒官。"这里并不提到他任尚书左丞事。《礼志》所提到的,也不过是造"五路"等礼器。但荀赤松的情况却和荀万秋不同。《宋书·荀伯子传》只讲到"子赤松为尚书左丞,以徐湛之党为元凶所杀",但《颜延之传》却载有他弹劾颜延之的文章;《二凶传》也说始兴王浚"既入见劭,劝杀荀赤松等"。可见荀赤松在徐湛之的一派中是一个比较重要的人物。《日落望江赠荀丞》诗中有"君居帝京内,高会日挥金"的话,这两句话,用在不甚得志的荀万秋身上,倒不如用在身为徐湛之党羽的荀赤松身上更合适。当荀赤松任尚书左丞时,鲍照正在广陵、瓜步等地;后来他离开刘浚幕任永安令,也在江北。这样,"延颈望江阴"之句,本不必假设鲍照在大明四年左右曾客居江北来解释,因为元嘉末年他本在长江以北,这在他本集中可以找到许多内证。所以我认为此诗是元嘉末所作,"荀丞"不一定指荀万秋而更可能是指荀赤松。

至于《芜城赋》的写作年代,我认为不一定要把它和《日落望江赠荀丞》联系在一起。因为"荀丞"既可能是荀赤松,也可能是荀万秋,甚至也可能是另外一个人,所以在没有其他史料作佐证的情况下,推断鲍照在大明三年至四年客居江北就只能是一种推测。而且"江北"与"广陵"的概念又有大小之别,即使客居江北,也不等于他到了广陵。我们如果说"荀丞"不是荀万秋,那么大明三四年间鲍照"客居江北"之说就失了依据;但相反地说,"荀丞"不指荀赤松的话,鲍照在元嘉末年曾到过广陵仍然是可以成立的。鲍照曾为始兴王国侍郎,是虞炎说过的。始兴王浚曾为南兖州刺史,《宋书》也有明确记载,并不因"荀丞"指谁而受影响。

至于《芜城赋》的写作年代,历来注释家都把它看作孝武帝时所作。此说由来已久,最早的恐怕是《文选》"五臣注"中的李周翰说。李周翰认为这篇赋是孝武帝时鲍照为临海王子顼的僚属,刘子顼出任荆州刺史,鲍照跟随他到广陵,因为预见子顼有背叛朝廷的密谋,因此借汉代吴王濞的历史事件进行讽谏。李说显然不能成立。因为刘子顼死时才十一岁,上推到大明五年或六年时,他不过是个六七岁的小孩,说他已有背叛朝廷的密谋,这断然说不通。何况刘子顼后来起兵支持刘子勋反对明帝刘彧,是因为刘彧杀了前废帝子业,不立孝武帝之子而自立。在这场统治阶级内部斗争中,起因在于皇位继承问题。当时支持刘子勋的人,大抵自称忠于孝武帝刘骏。如当时益宁二州刺史萧惠开就说过"景和(前废帝年号)虽昏,本是世祖(孝武帝)之嗣,不任社稷,其次犹多。吾奉文武之灵,兼荷世祖之眷,今便当投袂万里,推奉九江(指刘子勋)"(《宋书·萧惠开传》)。如果说萧惠开作为异姓大臣,尚以忠于孝武为号召,那么刘子顼于孝武帝在时,哪有什么反对朝廷的预谋呢?再说刘子顼并未去广陵,从建康去荆州,也不经过广陵,可见李说纯系臆测。

清代的何焯显然看出了李说的谬误,于是就提出了另一种推测。他认为宋孝武时竟陵王刘诞曾在广陵起义兵反朝廷,被沈庆之所平定。沈庆之攻克广陵后,曾大肆屠杀,造成严重的破坏。鲍照这篇赋,就是感叹这件事而发的。后来的注释者大抵从何焯说。不过何焯的原话把刘诞起兵的年代误为孝建三年(456),而这一事件实际上是大明三年(459)的事。吴丕绩、钱仲联二先生纠正何焯的记忆错误而继承了他的根本观点。吴先生在《鲍照年谱》中把"荀丞"释为荀万秋,目的即在证成鲍照于大明三年或四年在江北,可能到广陵。

我觉得何焯说虽然比李周翰说要合理些,但似乎还有可商榷之处,即刘诞起兵后,沈庆之所采用的残酷镇压完全是出于孝武帝本人的意志。《南史·宋宗室及诸王传下》:"帝命城中无大小悉斩,庆之执谏,自五尺以下全之。"正因为这样,鲍照在这时候写《芜城赋》去凭吊广陵城,就更难理解。这实际上是对孝武帝本人表示不满。特别是在大明三年即刘诞被镇压的当年或大明四年既被镇压的次年,鲍照就去冒"大逆不道"的风险,这可能性就很小。何况鲍照本人与刘诞本无任何关系。据《宋书》载,孝武帝刘骏自恃文才,认为人莫能及,所以鲍照怕遭猜忌,写文章"多鄙言累句"以自晦。这种说法可能有一定的根据,试看鲍照所作的那些公文,大抵写于元嘉时代,而在孝武帝时所作的,却留传较少。如果说在文学上他还不敢充分发挥自己的才华,那么在这一特定时间内写作这样一篇包含严重政治意义的辞赋,就更难设想了。我认为鲍照写作《芜城赋》的动机,不一定要和刘诞之乱相联系,它的写作时间,更不一定要假设为大明年间。因为鲍照在元嘉二十七年至二十八年在刘浚幕下时,确曾到过广陵,而广陵在元嘉二十七年宋魏之战时,也在一定程度上遭受过破坏。再说他在元嘉末年目睹刘浚、刘劭的阴谋而借吴王濞故事进行谕谏,也完全是近乎情理的。

不少同志所以采用何焯说的一个重要原因,也许是由于赋中所写的广陵残破景象，似乎非经历过一场大战乱，就不可能出现。但是，文学作品毕竟是艺术创作，"文辞所被，夸饰恒存"（刘勰语），不必认定只有刘诞之乱后才有可能出现这种景象。其次，据李善《文选注》说，这篇赋是"登广陵故城"而作，既然是"故城"，当非刘宋时的广陵城，而是西汉广陵城故址，这样来看待《芜城赋》，那么即使不把它和兵燹联系起来也说得通。我个人认为刘宋时的广陵即使经过刘诞之乱，也未必荒凉到赋中所写的程度。因为整个南朝，广陵一直是长江下游北岸的重镇，直到隋代，还有隋炀帝"欲取芜城作帝家"的事。沈庆之平刘诞之乱时，确实杀了不少人，但对城池的破坏，决不像后来北周韦孝宽平尉迟迥之乱后对邺城的破坏那样严重。因为经过那场兵燹，邺城确实成了废墟；而沈庆之平定广陵后，刘宋的南兖州刺史治所仍在广陵。作为一个州的治所，变得像赋中所形容的情境，毕竟是不太近情理的。

十 《为柳令让骠骑表》

这篇文章的写作时间，据钱仲联先生说："联按：《宋书·考武纪》云：'孝建三年十月丁未，领军将军柳元景加骠骑将军尚书令。'此表为是时作。"我觉得钱先生关于这篇文章写作时间的考证是正确的，但对《宋书》引文的断句似乎不妥，因此对柳元景的事迹，似与史实有出入。考柳元景生平，有两次任骠骑将军之职。第一次是孝建三年，其根据即钱先生所引的《宋书·孝武纪》那段文字。第二次是在大明六年。《宋书·柳元景传》："（大明）六年，进司空，侍中、（尚书）令如故，又固让，乃授侍中骠骑将军，南兖州刺史。"柳元景任尚书令时间，据《宋书》本传，为大明三年的事。那么孝建三年那次任骠骑将军，不可能兼任尚书令之职。至于大明六年那一次任骠骑将军,他的确已经是尚书令了,但那一次任命时,鲍照已经不在建康,而已随同临海王子顼去荆州,无从代柳元景作表了。因为据《宋书·孝武纪》载,大明六年七月,以临海王子顼为荆州刺史;十一月才以柳元景为司空,而据《柳元景传》,他固让司空,"乃授骠骑将军南兖州刺史"。那么这次任命时,鲍照已随子顼去荆州是不成问题的。据虞炎《鲍照集序》,鲍照于大明五年"除前军行参军,侍临海王镇荆州"。考《宋书·临海王子顼传》:子顼在大明五年任征虏将军,至大明八年才进号前将军。所记事实与虞炎有出入,当从史传为较可靠。但不论依据虞序或《宋书》,柳元景第二次任骠骑将军,鲍照都已去荆州。所以钱先生关于此文写作时间的考证,我认为是无可怀疑的。问题在于柳元景任尚书令是大明三年的事,孝建三年时他并未任尚书令,也不可能称"柳令"。钱先生所引《宋书·孝武纪》那段文字,中华书局标点本是这样断句的:"丁未,领军将军柳元景加骠骑将军,尚书令建平王宏加中书监。"考《宋书·建平王宏传》,"孝武初年,臧质为逆,宏以仗士五十人入六门……转尚书令,加散骑常侍,将军如故,给鼓吹一部,寻进号卫将军、中书监,尚书令如故"。这说明中华书局标点本断句是正确的,"尚书令"三字该下属,任尚书令的不是柳元景,而是建平王宏。那么,本文题目中的"柳令"二字,又是如何出现的呢?我认为这个"令"字是后人传抄之误。古书中这种例子很多,如江淹有一篇《到功曹参军笺诣骠骑竟陵王》,这里的"骠骑竟陵王"的"王"字,乃"公"字之误。"骠骑竟陵公"指萧道成,这在《宋书·顺帝纪》、《南齐书·高帝纪》中都有明确记载,而各本却均作"王"字,只有明张溥本作"公"字,但又臆加了"子良"二字,误以萧道成为他的孙子萧子良。鲍照这篇文章的题目,情况和江淹那篇类似,大约是后人因柳元景后来做了"尚书令",所以加上"令"字。何况鲍照的集子又是身后经虞炎等人搜集整理的,这个标题未必出于他本人之手;而江淹的集子还是本人生前所定,在传抄中尚且会错呢。

十一 《侍宴覆舟山》

在鲍照现存作品中有关柳元景的还有两首《侍宴覆舟山》诗,各本均注有"敕为柳元景作"字样。吴丕绩先生《鲍照年谱》根据《宋书·孝武纪》载元嘉三十年五月孝武帝曾任命柳元景为雍州刺史,因此断言这两首诗作于元嘉三十年五月以前。钱仲联先生不同意这一说法,他根据第二首有"繁霜飞玉闼"之句,断言在秋天作。但他对吴说断定此诗为元嘉三十年事,未置可否。我觉得钱先生举出的诗句,确实抓住了要害,但对元嘉三十年之说似乎也应取怀疑态度。因为孝武帝虽是个荒淫的帝王,但元嘉三十年是文帝被杀的当年,孝武帝刚继位尚未逾年,还在居丧之际,公然游宴在当时是"失礼"之事,恐怕他还不敢这样做。考《宋书·柳元景传》,柳元景虽两次被任命为雍州刺史,都未成行。第一次是元嘉三十年五月,没去成的原因是由于臧质反对;第二次是孝建元年三月,又因为南郡王义宣和臧质背叛朝廷,柳元景参加平乱,所以没去。当年六月,柳元景又以平义宣之功,进号抚军大将军。据《宋书·孝武纪》,同月,孝武帝又以征西将军武昌王浑为雍州刺史。可见柳元景两次被任命为雍州刺史都未成行。至于鲍照在孝武帝时,曾任中书舍人、秣陵令等职,在都城建康的时间也较长,所以很难确定为哪一年,像吴先生那样确定为元嘉三十年,似无根据。

十二 《请假启》两篇

鲍照的两篇《请假启》中,有一篇涉及到鲍令晖的卒年问题。文中有"臣实百罹,孤苦风雨,天伦同气,实惟一妹,存没永诀,不获计见,封瘗泉壤临送,私怀感恨,情痛兼深"等语。鲍照这个妹妹当然是鲍令晖。根据这篇文章,鲍令晖当先鲍照而卒。这一点钱仲联先生已说过。但梁代钟嵘《诗品》下卷却把鲍令晖和韩兰英算作齐代诗人。("韩兰英",当从宋本《南齐书》作"韩蔺英",参见中华书局标点本《南齐书》第二册第三九六页的《校勘记》)。《诗品》中还有这样一段话:"(鲍)照常(尝)答孝武(宋孝武帝)云:'臣妹才自亚于左芬,臣才不及太冲耳。'兰英绮密,甚有名篇,又善谈笑,齐武(帝)谓韩云:'借使二媛生于上叶,则玉阶之赋,纨素之辞未讵多也。'"如果联系到钟嵘把鲍令晖算作齐代人的做法,似乎他认为鲍令晖活到了南齐。但钟嵘生于梁代,不但比鲍照为后,比虞炎、沈约也要晚些。用《请假启》来纠正《诗品》之误,我认为是完全可以成立的。至于钟嵘致误的原因,恐怕就由于齐武帝把她和韩蔺英并提之故。我们可以从《南齐书·皇后传》中说明韩蔺英的生年和鲍令晖相差不多。据该传《武穆裴皇后传》下附记韩蔺英事迹云:"吴郡韩蔺英,妇人有文辞。宋孝武世,献《中兴赋》,被赏入宫。宋明帝世,用为宫中职僚。世祖(齐武帝)以为博士,教六官书学,以其年老多识,呼为'韩公'。"可见韩蔺英的文学活动开始于宋孝武帝时,当时鲍令晖尚在。《诗品》所载宋孝武帝与鲍照的对话,说明鲍令晖的才华,在孝武帝时,颇为人所知。不过鲍令晖的卒年,大约也就在孝武帝中期。因为鲍令晖如果卒于元嘉时,孝武似乎不必再提她;后来齐武帝也不会把她与韩蔺英并提。但如果她卒于大明五年或六年以后，鲍照就不必直接向皇帝请假，而只要向临海王子顼请假就行了。从刘宋一代制度看，到孝武帝时，藩王的幕僚，向藩王只称"下官"，不能称"臣"，而《请假启》则明明称"臣"，可见是上给帝王的。考虞炎《鲍照集序》，鲍照在孝武初任海虞令，以后任中书舍人，更以后又转任秣陵令和永嘉令。作为县令请假，似乎只需向州郡长官提出，而此表却上给皇帝，所以我认为鲍令晖的卒年，还是以鲍照任中书舍人之职时的可能性为最大。

十三 《谢秣陵令表》

这篇文章的写作年代，关系到鲍照任中书舍人的时间问题。据虞炎《鲍照集序》述鲍照作官的经历说："孝武初，除海虞令，迁太学博士兼中书舍人，出为秣陵令。"《南史·宋宗室及诸王上·临川王义庆传》附《鲍照传》叙述鲍照生平则云"迁秣陵令。文帝以为中书舍人"，似乎鲍照在任临川国侍郎之后，即任秣陵令，再任中书舍人，而且任这些官职都是元嘉时代的事，和虞炎所述不同。其实李延寿是唐人，所述当然不如南齐人虞炎的话可信，而且梁代的萧子显在《南齐书·幸臣传》中也说过"孝武以来，士庶杂选，如东海鲍照，以才学知名"的话。萧子显在这里讲的正是中书舍人之职，可见他也认定鲍照任中书舍人是孝武帝时事。其实鲍照自己在这篇文章中，早已说明了这个问题。他说："今便抵召，违离省闼，系恋罔极，不胜下情。"这里所谓"省闼"即指中书省。中书舍人之职是常在皇帝身边的，所以"系恋罔极"。这几句话确切地证明，鲍照任秣陵令是在中书舍人之后，《南史》所载，不合事实。当以虞炎之说为是。

十四 《中兴歌》十首

吴丕绩先生根据《宋书·孝武纪》载元嘉三十年五月攻克京城改新亭为"中兴亭",定鲍照的《中兴歌》十首当是此时所作。钱仲联先生认为歌中没有一句话涉及孝武讨元凶劭事,所以断为歌颂文帝之作。我觉得吴先生根据改新亭为中兴亭就断定《中兴歌》作于孝武帝时,恐证据不足。但《中兴歌》作于孝武帝时,却颇有可能。因为前面引《南齐书·皇后传》载韩蔺英献《中兴赋》的事,可以作为旁证。从《中兴歌》第九首看,也说明它们作于孝武时的可能性较大:"襄阳是小地,寿阳非帝城。今日中兴乐,遥冶在上京。"这里提到"襄阳"和"寿阳"决不是偶然的。《宋书·乐志》:"随王诞在襄阳,造《襄阳乐》,南平穆王铄为豫州,造《寿阳乐》。"这说明《中兴歌》的写作在《襄阳乐》和《寿阳乐》流行之后。考《宋书·文五王·竟陵王诞传》,刘诞是元嘉二十六年任雍州刺史在襄阳,二十七年还都。又《宋书·文九王·南平穆王铄传》,刘铄于元嘉二十二年为南豫州刺史,当年即以南豫州为豫州,驻寿阳,二十八年还都。可见《襄阳乐》和《寿阳乐》都作于元嘉晚年。《中兴歌》有意识地要压倒这两种乐曲,说明它的产生必在前两种乐曲盛行之后。结合孝武改新亭为"中兴亭",韩蔺英献《中兴赋》的事来考虑,《中兴歌》十首,似以作于孝武时为妥。再说《中兴歌》用帝都来压倒藩国这种意识,也与孝武帝时重订藩王礼制,压低他们的地位的作法相近。所以吴先生的立论根据虽嫌不足,结论似乎倒是可信的。

何逊生卒年问题试考

关于梁代诗人何逊的生平,《梁书》与《南史》本传记载均较简略。尤其是他的生卒年,二书均无明文。他的卒年一般都认为是梁武帝天监十七年(518)。其主要根据是《梁书》本传有"除仁威庐陵王记室,复随府江州,未几卒"诸语。考《梁书·高祖三王·庐陵王续传》载,庐陵王续于天监十六年"为都督江州诸军事,云麾将军,江州刺史";据《武帝纪》的记载,庐陵王续任江州刺史时间是这一年的六月。可见何逊随庐陵王续去江州时间当为这年六月以后。今存何逊诗中有一首《哭吴兴柳恽》。考《梁书·柳恽传》,柳恽卒于天监十六年。他还有一首《赠江长史别》,可以考定亦为天监十六年之作。此诗对考证何逊生平颇有价值,兹录其全文如下:

> 二纪历兹辰,投分敦游处。况事兼年德,宴交无尔汝。中岁多乖违,由来难具叙。及君相藩牧,伊予客梁楚。出国乃参差,会归同处所。以兹笃惠好,可用忘羁旅。重得申平生,何年更瞬阻。笼禽恨踞促,逸翮超容与。饯道出郊坰,把袂临洲渚。长飙落江树,秋月照沙淑。远送子应归,棹开帆欲举。离舟欢未极,别至悲无语。安得生羽毛,从君入宛许。

此诗所赠别的"江长史"乃指江革。《梁书·江革传》:

> 复出为云麾晋安王长史,寻阳太守,行江州府事,徙仁威庐陵王长史,太守如故。……俄迁左光禄大夫,南平王长史。

考《梁书·简文帝纪》,晋安王即简文帝萧纲,他于天监十四年为江州刺史。继之者是庐陵王萧续,何逊正是在天监十六年去江州与江革相遇。江革不久即被调走。此诗即何逊送别时所作。江革离去时间当为那年秋天,所以诗中有"秋月照沙溆"之句。这说明十六年下半年何逊尚在。所以说何逊卒年不大可能早于天监十七年(518)。我过去执笔编写《中国文学史》(中国科学院文学研究所编,人民文学出版社出版)时,也采用此说。近年来中华书局新版《何逊集》的出版说明认为何逊约卒于520年,即梁武帝普通元年。所据材料当与一般的看法相同,只是《梁书》本传所说的"未几"二字是个不确定的辞汇。断为天监十七年这一年,毕竟含有推测的成分。《出版说明》的执笔者大约是考虑到了这一点,对何逊的生年和卒年都用一个整数,并加"约"字。这是较为审慎的作法。我个人认为:何逊的卒年似乎不得迟于普通元年。因为据《梁书》本传载,他是在庐陵王记室任上卒于江州的。又考《庐陵王续传》,庐陵王萧续在普通元年即被召回建康,任宣毅将军,领石戍军事。那么何逊卒年以天监十七至十八年(518—519)的可能性为最大。518年说和约520年说基本上没有多大矛盾。

关于何逊的生年,历来都采取阙疑的态度。中华书局新版的《出版说明》则说约为公元480年。此说的根据大约是《梁书》本传"弱冠州举秀才,南乡范云见其对策,大相称赏,因结忘年交好"诸语。我在《何逊三题》(《中华文史论丛》1984年第4辑)中,也曾赞同此说。至于何逊被举秀才时间,史无明文纪载。考今存何逊诗中有《落日前墟望赠范广州云》,并附有范云《答何秀才》诗。何诗中有"我心怀硕德,思欲命轻车;高门盛游侣,谁肯进畋渔"等句,说明系何逊举秀才后,自顾无人引荐,想请范云举荐。至于范云的答诗,尤堪注意:

> 少年射策罢,擢第云台中。已轻淄水鲞,复笑广州翁。麟阁伫雏校,虎观迟才通。方见雕篆合,谁与畋渔同。待尔金闺

北,予艺青门东。

这里明确地提到了"射策"、"擢第",诗题又称何逊为"何秀才",显然是何逊刚举秀才时所作。诗的结尾又提到"待尔金闺北,予艺青门东"之语,说明范云当时不但表示了自己无力引荐,并且流露出自己在仕途上并不得志,有归隐之意。

和这两首何、范赠答之诗作于同一时期的,还有一首《范广州宅联句》,范云写道:"洛阳城东西,却作经年别;昔去雪如花,今来花似雪",系春天景色。这和何逊《落日前墟望赠范广州云》的前四句"缘沟绿草蔓,扶楯杂华舒;轻烟澹柳色,重霞映日余"所写时令完全符合。这证明何逊举秀才时间当在范云归自广州不久。再考《梁书·范云传》,此时正是范云在仕途上很不得志的时候。《梁书》载范云事迹:他在竟陵王萧子良为司徒时,"补记室参军事",后又为通直散骑侍郎,寻出为零陵内史。曾一度被齐明帝萧鸾召回建康。复出为始兴内史,迁广州刺史。"初云与尚书仆射江祏善,祏姨弟徐艺为曲江令,深以托云。有谭俨者,县之豪族,艺鞭之,俨以为耻,诣京诉云,云坐俨还,下狱,会赦免。永元二年起为国子博士。"据此,范云在南齐明帝后期至东昏侯永元二年(500)前,曾有一段时期因事失职。他所以在前面所引的答何逊的诗中表示无法引荐以及流露出仕途上的不满,正是由于这个原因。

再看《何逊集》中所载《与建安王谢秀才笺》,自称"州民泥涂何逊死罪,即日被板,以民充年秀才",文中又称对方为"大王殿下",可见举他为秀才的,确是一位藩王。但这个藩王是谁?却颇须考定。如果像本集题目那样作"建安王",那只能是梁建安王萧伟,因为萧伟与何逊的关系很深。据《梁书·何逊传》载,他曾任"中卫建安王水曹行参军,兼记室"。《南史》本传更记载何逊得知于梁武帝是由于萧伟荐引;更重要的则是"逊为南平王(即萧伟)所知,深被恩礼,及闻逊卒,命迎其枢而殡藏焉,并饩其妻子"。在《何逊集》中还有一篇《为孔导辞建安王笺》,确是上给萧伟的。然而何逊这篇《谢秀才笺》实不可能作于梁代,更不会上给萧伟。因为据《梁书·太祖五王·南平元襄王伟传》,萧伟于天监元年封建安郡王,当时他任雍州刺史,在襄阳。何逊是东海郯人,考《南齐书·州郡志》,属南徐州,因此举何逊为秀才的,必然是南徐州刺史。那么天监元年时,萧伟不可能举何逊为秀才。据《梁书·南平王传》,萧伟后来曾任南徐州刺史,但那是天监四年的事,那时范云已死,不可能在诗中预言到何逊"射策"、"擢第"的事,且不可能称他为"何秀才"。因为《梁书·范云传》说到范云卒于天监二年。再说那时范云已官至尚书右仆射,何逊也不会以他在齐代的官职称之。所以那篇《与建安王谢秀才笺》并非上给萧伟的。

除了萧伟以外,南齐也有一位建安王,那就是南齐武帝的儿子萧子真。但这篇文章也不可能是上给萧子真的。因为考《南齐书·武十七王·建安王子真传》:萧子真"永明四年为辅国将军,南琅邪彭城二郡太守",后来历任南豫州刺史、丹阳尹、郢州刺史、散骑常侍、护军将军、镇军将军等职,于海陵王延兴二年(494)被杀。他的生平仕历很清楚,既未做过南徐州刺史,就不可能举何逊为秀才,何逊也不会对他自称"州民"。此外,后来出奔北魏的萧宝寅也曾封建安郡王。见《南齐书·明七王传》,但他只做过江州刺史,未任南徐州刺史,与萧子真情况相似。

那么,《与建安王谢秀才笺》究竟是上给谁的? 这是了解何逊举秀才时间的一个重要根据。因为文中明确地提到"即日被板,以民充年秀才"的话。但齐、梁二代,只有这位"建安王",而从史料看来,不论萧伟或萧子真、萧宝寅,均无举何逊为秀才的可能。在我看来,那位举何逊为秀才的藩王兼南徐州刺史,很可能是南齐的巴

陵王萧宝义。《南齐书·明七王·巴陵隐王宝义传》载,他于齐明帝
建武元年(494)被封为晋安郡王,次年任南徐州刺史,永元元年
(499)改任扬州刺史。从时间考虑,他任南徐州刺史时,正值齐明
帝末和东昏侯初。这时范云正好失职家居,与前面谈到的范、何二
人赠答之诗内容相符。问题只在《与建安王谢秀才笺》的"建"字,
似与"晋安王"不合。但古书在缮写中,难免有错字,甚至臆改之
处。抄写者因为熟知何逊与萧伟关系,所以将"晋安"改为"建安"
是完全可能的。例如:《江淹集》中,有一篇《到功曹参军笺诣骠骑
竟陵公》,此文显然是上给萧道成的。但人们只记得萧道成在做皇
帝前封齐王,而不记得他封齐王前曾封竟陵公。于是就误把萧道
成弄成他孙子竟陵王萧子良,于是将"公"字改作"王"字(如《四部
丛刊》影印乌程蒋氏密韵楼藏明覆宋本);或者在"公"字下臆增"子
良"二字(如明张溥《汉魏六朝百三名家集》本)。所以《四库全书总
目提要》中认为何逊的集子"旧本久亡",而且"盖字句亦多窜乱,非
其旧矣"。因此,我认为"建安"当是"晋安"之误。因此说何逊举秀
才时间在南齐明帝末,东昏侯初。此时正当公元500年前不久。
以此上推二十年,确为480年。《出版说明》推测何逊生年约为480
年,盖据《梁书》本传"弱冠州举秀才"一语立论。"弱冠"一般指二
十岁,虽非确切数字,但据此推测何逊生年,只能得出这样或类似
的结论。

我个人认为,把何逊举秀才时间推测为500年或稍前(确切地
说是建武四年至永元元年〔497—499〕可能性最大),显然是近于事
实的。但何逊的生年,似乎尚须推敲。因为《梁书》本传说何逊"弱
冠州举秀才"一语,恐怕未必可信。从现存何逊作品及某些史料看
来,他的成名以及他与范云相识应在举秀才之前;而且他举秀才
时,恐怕已不止二十岁上下了。因为现存何逊诗中,涉及范云的共

五首,其中除《拟古三首联句》系何逊、范云与刘孝绰三人共作,未署官职外,余下四首均提到了范云的官职,它们是:《酬范记室云》、《落日前墟望赠范广州云》、《范广州宅联句》和《行经范仆射故宅》。在这四首中,《行经范仆射故宅》显系天监二年范云死后所作,"范仆射"也是范云在梁代的官职。《落日前墟望赠范广州云》和《范广州宅联句》应是齐明帝末东昏侯初时作,我已在前面说过。至于《酬范记室云》那首诗,颇可玩味。因为范云任"记室"之官,年代甚早。据《梁书·范云传》载,南齐竟陵王"(萧)子良为司徒,又补记室参军事,寻授通直散骑侍郎,领本州大中正,出为零陵内史"。考《南齐书·武十七王·竟陵王子良传》,萧子良任护军将军兼司徒为武帝永明元年(483)事;他"正位司徒"为五年事。永明共十一年(483—493),而范云任零陵内史至明帝萧鸾时召回建康。他在零陵内史任上据史载颇有政绩,大约在任时间不会太短,而永明十一年的次年,萧鸾就连废郁林、海陵二王自立,称建武元年。可见范云任萧子良记室时间,必在永明时代,而且更可能是永明中期。"记室"的地位不高,何逊不可能在范云升官之后仍以"记室"称之。所以,我认为范云与何逊在南齐永明年间已有交谊。再看范云《贻何秀才》中有"闻君饶绮思,摛揽诚足多;布鼓诚自鄙,何事绝经过"诸语,当属初交之词。这与他《答何秀才》中"待尔金闺北,予艺青门东"的口吻相比,显然是前一首早于后一首。因为古人称人为"君"是比较客气的;称"尔"则是对很熟的人,尤其是年辈较低的人的称呼。问题在于范云《贻何秀才》的题目,却有"秀才"二字,而永明时代何逊并非秀才。但古人诗文题目被后人追改之例不少。一般来说,追改者只会把后来的官职或身份加于做官或中举之前,却不会用早年的官职来称呼那人。因此我认为何、范赠答之诗,当是永明年间所作,"秀才"二字乃后人所改。何逊为范云所称赏,似非由于举秀才的对策。

我说何逊成名在举秀才之前，并不是仅仅根据他《酬范记室云》一诗。在史籍及何逊作品中，还可以找到旁证。如《梁书》本传中说到："时有会稽虞骞，工为五言诗，名与逊相埒，官至王国侍郎。"考《梁书·文学·吴均传》云：

> 先是有广陵高爽、济阳江洪、会稽虞骞，并工属文。爽，齐永明中赠卫军王俭诗，为俭所赏，及领丹阳尹，举爽郡孝廉。天监初，历官中军临川王参军，出为晋阳(陵)令，坐事系冶，作《镂鱼赋》以自况，其文甚工。后遇赦获免，顷之卒。洪为建阳令，坐事死。骞官至王国侍郎，并有文集。

这段话说明虞骞等人成名于吴均之前，而又与何逊同时为人所称。关于吴均的生卒年，据《梁书》记载为普通元年(520)卒，时年五十二。据此，他当生于宋明帝泰始五年(469)。何逊成名既早于吴均，似不致于比吴均小十岁左右。再说《吴均传》所说的那三位文人中，高爽与何逊确有来往。高爽作有《寓居公廨怀何秀才》，而何逊也有《答高博士》的诗。何逊还有《往晋陵联句》系与高爽同作。其中何逊所作诗句有"尔自高楼寝，予返东皋陌"语。他以"尔"称高爽，实可注意。因为高爽在南齐永明时就赠诗给王俭，并为王俭举荐。据《南齐书·王俭传》，王俭为丹阳尹，是永明二年(484)事。他卒于永明七年(489)。高爽在王俭任丹阳尹时已能写诗和做官，至少应有二十岁左右。何逊若比他小十岁左右，与他"尔"、"汝"相称，本已不拘礼节。如果说何逊生于480年左右，那么几乎比高爽小二十岁，即使熟不拘礼，亦不致以"尔"字称呼高爽。这说明何逊的生年应该早于齐高帝建元二年(480)。

那么何逊的生年大致在什么时候呢？我个人认为从《赠江长史别》一诗中，可以得到一些线索。在这首诗中，首先提到"二纪历兹长,投分敦游处"。这说明何逊与江革的交情有二十四年("二纪)左右。可见两人定交,至晚也在南齐明帝初年,还在何逊举秀才之前。此诗又说:"况事兼年德,宴交无尔汝",说明何逊较江革年轻。江革的生年,《梁书·江革传》没有记载,只说他卒于梁武帝大同元年(535)。但在这篇传中有一处也多少可以推测到江革的年龄。那就是梁武帝普通五年(524)时,江革曾在彭城被北魏所俘,北魏的徐州刺史元延明逼他"作大小寺碑并祭彭祖文"。江革斥责元延明时说到"江革行年六十"的话。从普通五年上推六十年,为宋孝武帝大明八年(464)。不过,这里所说的"六十"只是个约数,未必能断言江革此年正好六十岁。我们只能说,江革的生年当是公元五世纪的六十年代。何逊小于江革,却又可以和高爽以"尔"相称,那么说他生于宋明帝后期或宋后废帝时,即公元五世纪七十年代的前半期,大致是可以成立的。根据这种推测,何逊大约享年五十岁或稍小于五十岁,年辈大致和吴均差不多。

当然,由于史料缺乏,我这些推测尚不确切。在目前所掌握资料的条件下,个人认为这样说似较近情理。这个不成熟的看法希望得到大家的批评指正。

何 逊 三 题

何逊《与建安王谢秀才笺》

何逊在梁代诗人中占有重要地位。但他的生年,因史无明文,历来迄无定说。最近中华书局整理出版的《〈何逊集〉出版说明》作"何逊(约公元 480—520 年)",虽属约数,却不失为一种较近情理的推测。我想,中华书局的同志所以作此推测,其根据大约是范云《答何秀才》诗中有"少年射策罢,擢第云台中"等句,说明何逊当时年龄不大,已应秀才之举,并且中第。这和《梁书》、《南史》本传所言"弱冠州举秀才"是符合的。更值得注意的是,范云这首诗,内容和何逊《落日前墟望赠范广州云》内容互相呼应。何诗称"高门盛游侣,谁肯进畋渔";范诗则答云"方见雕篆合,谁与畋渔同"。这是何逊希望范云举荐,而范云则表示自己无能为力,并且认为何逊的前途,无需自己出力。据《梁书》、《南史》都说:"南乡范云见其对策,大相称赏,因结忘年交好。"范云这首答诗的态度,似乎有些奇怪。他既然欣赏这位后辈,为什么又不肯援引他呢? 原来,范云当时也并不得意。从何诗称范云为"范广州"看,这两首诗,当作于范云任广州刺史以后。何逊未去广州,此诗自然是范云从广州回建康后作。这在何逊的集子中也有佐证。如《范广州宅联句》,范云写道:

洛阳城东西,却作经年别。昔去雪如花,今来花似雪。

说明范云从罢官归建康后,何逊仍以"范广州"称之。范云从广州回来,是很不得志的。《梁书·范云传》载,范云在南齐明帝时,从零陵内史入为散骑侍郎,复出为始兴内史,以后又做广州刺史。《东昏侯纪》则记范云为广州刺史是永元元年(499)六月的事。据说,"初,云与尚书仆射江祏善,祏姨弟徐艺为曲江令,深以托云。有谭俨者,县之豪族,艺鞭之,俨以为耻,诣京诉云,云坐俨还,下狱,会赦免。永元二年,起为国子博士"。这里提到的江祏,据《南齐书·江祏传》任尚书右仆射为明帝永泰元年(498)事,次年即东昏侯永元元年被杀。谭俨控告范云,以致使他丢官,当是永元元年的事。《南齐书·东昏侯纪》,永元元年九月,曾"以频诛大臣,大赦天下"。可见范云从广州回来,是丢了官,并且下过狱。这时正是失意之际,才会有"待尔金闺北,予艺青门东"之句。这就说明何逊举秀才时间,当在永元元年左右。如果按《梁书》、《南史》"弱冠州举秀才"一语推之,何逊生于 480 年左右,大致是不错的①。

但是,何逊的集子中还有一篇《与建安王谢秀才笺》,是他被举为秀才时作。考何逊一生,经历齐梁二代。齐代的建安王共两个,一个是武帝之子建安王萧子真,他在明帝即位前即被杀害,当然不可能到永元元年举何逊为秀才。另一个是鄱阳王萧宝寅,他是明帝之子,后来降了北魏。据《南齐书》本传,他在明帝建武初封建安郡王,直到萧衍克建康后封建安郡公,他才改封鄱阳王。但萧宝寅在东昏侯即位前,任江州刺史;东昏侯即位,又任郢州刺史。何逊是东海郯人,属南徐州,举他为秀才的,当是南徐州刺史,而决非郢州或江州刺史。何逊在《笺》中首称"州民泥涂何逊死罪",当然是上给南徐州刺史的。所以萧宝寅似亦非举何逊为秀才的藩王。此外,梁代亦有一位建安王,那就是后来改封南平王的萧伟。萧伟和

---

① 这说法须修正,见前文 431 至 434 页。

何逊的关系倒很密切。但这篇《笺》却不可能是写给他的。因为萧伟封王在梁武帝天监元年(502),当时他任雍州刺史,并且在齐永元三年萧衍起兵以后,他就代行此职。至于他任南徐州刺史则为天监四年的事,当时范云已死,根本不可能见到何逊的对策了。所以不论南齐或梁代,都不可能有一位建安王举何逊为秀才。

那么,举何逊为秀才的藩王是谁呢?我看比较可能的,当是南齐的巴陵隐王萧宝义。据《南齐书·明七王·巴陵隐王宝义传》:"(建武)二年,出为使持节都督南徐州诸军事,镇北将军,南徐州刺史。东昏即位,进征北大将军,开府仪同三司,给仗。永元元年给班剑二十人。始安王遥光诛,为都督扬南徐二州军事,骠骑大将军,扬州刺史,持节如故。"考《东昏侯纪》,萧遥光造反是永元元年八月事,萧宝义任扬州刺史也是同年同月的事。这说明永元元年八月以前,南徐州刺史是萧宝义。又据《明七王传》,萧宝义在南齐一代,始终是晋安王,而不是巴陵王,他"封巴陵郡王奉齐后"是梁武帝萧衍受禅后事。所以说举何逊为秀才的,应是萧宝义,这样,与《梁书·范云传》及何逊《落日前墟望赠范广州云》、范云《答何秀才》无不吻合。至于萧宝义封"晋安王",而《与建安王谢秀才笺》为什么误"晋"为"建",这问题似不难解释。因为何逊后来长期为梁建安王萧伟的幕僚,甚至据《南史》载,何逊死后,萧伟还照顾他家属。这样深的关系,自然使后人提到何逊就联想到萧伟,在传抄中误"晋"为"建",甚至有人不考史实,而根据何逊生平与萧伟关系而臆改,这都是可能的。

何逊《赠族人秫陵兄弟》诗

此诗题下有注:"何思澄为秫陵令。"按:《梁书·文学·何思澄传》："天监十五年敕太子詹事徐勉举学士入华林撰《遍略》,勉举思澄等五人以应选,迁治书侍御史。……久之,迁秣陵令。"何逊晚年,似不在建康。《梁书》本传载,逊丁母忧后,"服阕,除仁威庐陵王记室,复随府江州,未几卒"。考《梁书·高祖三王·庐陵威王续传》："(天监)十三年转会稽太守,十六年为都督江州诸军事,云麾将军,江州刺史。"何逊入庐陵王萧续幕下大约是萧续在任会稽太守时。何逊有《下方山》、《入东经诸暨县下浙江作》等诗可证。何逊和何思澄此次见面大约在天监十六年(517)由会稽去江州途中经过建康时。

在这首诗中,何逊自叙仕途的不得志:"游宦疲年事,来往厌江滨;十载犹先职,一官乃任真。"这里说的"十载",指何逊踏上仕途的时间。我们知道何逊初次出仕是做南平王萧伟的幕僚。《梁书·太祖五王·南平王伟传》载,萧伟于天监五年任丹阳尹,六年任扬州刺史,七年改为侍中、中抚军知司徒事,九年任江州刺史。《梁书·文学·何逊传》："王爱文学之士,日与游宴,及迁江州,逊犹掌书记。"这说明何逊入萧伟幕在去江州以前。诗中所谓"十载犹先职"似与史传相符。"十载"虽可能是约数,但他出仕当是天监六年(507)左右。

何逊《入西塞示南府同僚》和《还渡五洲》

这两首诗都提到了江州以西的地名。"西塞"指"西塞山",有两说,一在今湖北江陵附近,据《文选》郭璞《江赋》李注引盛弘之《荆州记》和《水经注·江水》都说是荆门、虎牙二山,隔江相对,"楚之西塞也"。另一说指今湖北黄石市的西塞山,即唐刘禹锡作西塞山怀古诗"王浚楼船下益州"处。南北朝时,二地分属荆、郢二州所辖。但不论哪一个"西塞",均在江州(南府)之西,所以诗中说:"望乡虽一路,怀归成二想。"

"五洲"也在江州以西。《宋书·孝武纪》:"(元嘉)三十年正月,上出次西阳之五洲。"《州郡志三》载,郢州有西阳太守,下属有西阳令,"汉旧县,属江夏,后属弋阳"。《沈庆之传》亦载有宋孝武帝出次五洲事。"五洲"在鄂赣交界一带,即江西弋阳附近。《宋书·州郡志》和《南齐书·州郡志》所载西阳郡辖区,很大一部分是在今湖北东部。何逊从江州还建康或南徐州,都不必经过"五洲";但如果他到荆州(治所在江陵)或郢州(治所在夏口,即今汉口)做官,则无疑会经过黄石市的西塞山和"五洲"。如果去荆州,甚至也可能到荆门、虎牙二山所谓"西塞"。

从《梁书》本传来看,何逊一生做过三个藩王的幕僚:南平王萧伟、安成王萧秀和庐陵王萧续。从这三个藩王的历史看来,萧伟和萧续当何逊在其幕下时,都没有做过荆州刺史或郢州刺史;只有萧秀在天监七年至十一年任荆州刺史;十三年至十六年任郢州刺史。所以何逊到"西塞"、"五洲"等地,当在他为萧秀幕僚之时。但何逊究竟是什么时候到萧秀幕下的?《梁书》本传的记载,似欠清楚。只说到他离开江州萧伟幕,"还为安西安成王参军事,兼尚书水部郎,母忧去职"。(《南史》甚至未提起他入萧秀幕事。)从《梁书》的记载来看,似乎何逊是在建康入萧秀幕的。那么,当为天监十一年萧秀被召回建康,任"侍中中卫将军领宗正卿石头戍事"(《梁书·太祖五王传》)时事。但问题在于当时萧秀并无"安西将军"之号,而他在任荆州刺史和郢州刺史时,都有这官号。从《梁书·何逊传》看来,何逊在天监十六年萧续任江州刺史前已入萧续幕下,并到过会稽,当时萧续为会稽太守。在此以前,何逊因母丧在家守制,所以离开萧秀幕。根据古代"三年之丧"的惯例,何逊在天监十六年以前已服阕出仕,照天监十五年算,遭母丧也当在十三年。所以他不可能随萧秀去郢州。唯一可能是他在十一年萧秀调回建康前,已到荆州做幕僚。我这种假设,在何逊集子中,还可以找到一个佐证,即他的《春夕早泊和刘咨议落日望水》一诗,附有刘孝绰的《太子洑落日望水》,中有"复此沦波地,派别引沮漳"句。"沮漳"地点与江陵很近。刘孝绰曾任萧秀幕僚,做他的咨议参军。因此《入西塞示南府同僚》及《还渡五洲》两诗,当作于天监十年左右何逊在萧秀幕下时,而且说明他曾到过荆州。

庾信《哀江南赋》四解

一 "头会箕敛"

《哀江南赋序》："头会箕敛者合纵缔交，锄耰棘矜者因利乘便。"清吴兆宜注本对"头会箕敛"一语，只注明了出处在《汉书·陈余传》（其实先见于《史记·张耳陈余列传》），并未注明这句话具体指什么人。他对下文"锄耰棘矜者因利乘便"一语却具体作了解释："侯景之乱，布衣起兵，或据郡县，如李弘雅、程灵洗、陆子隆、周续等纷纷甚众。"这个解释比较含混，究竟"头会箕敛者"和"锄耰棘矜者"是一种人还是两种人，他没有表态。

稍后的倪璠，在注释这两个典故时，基本上沿用吴说，但他明确地认为这两句指的是一种人。他说："侯景之乱，梁祚渐衰，陈氏日盛。陈霸先其本甚微，卒受梁禅。'头会箕敛'、'锄耰棘矜'者，言其以布衣起兵也。又霸先之起也，胡颖广州结托，徐度交趾委质，周铁武、钱道戢、骆文牙等皆为所用。《南史》所云盛会风云，擢自降附者也。此皆'合纵缔交'，'因利乘便'之事。"

倪璠在清代以来，被认为注释《庾子山集》的"权威"。其实他这条解释却有许多错误。首先，他把那些依附陈霸先的人指为"合纵缔交"，显然不合这个典故的原意。因为"合纵缔交"本来是指战国时六国联合抗秦的行动，当时的六国是互相独立的，而依附陈霸先的人却并非独立的政治力量，不过是陈的部下而已。这里的"因利乘便"，当是指乘侯景之乱，想搞割据的势力。因此，吴兆宜以李弘雅、程灵洗等人来解释,似乎更妥当些。因为李弘雅并未归顺陈霸先。程灵洗、陆子隆等后来虽然投降了,起兵时却只是想建立自己的地盘,所以说"因利乘便"。

至于"头会箕敛者合纵缔交"一语,吴兆宜并未解释清楚,而倪璠的解释,又显然错误。因为"头会箕敛"和"锄耰棘矜"在这里是对句,显然指的是两种人。要解释这句话,首先要把典故的本义说清楚。根据《史记》和《汉书》的原文是武臣等人申讨秦王朝的罪状,说:"秦为乱政虐刑,以残贼天下,数十年矣。北有长城之役,南有五岭之戍,外内骚动,百姓罢敝,头会箕敛,以供军费,财匮力尽,民不聊生。"从文义来说,显然指的是统治者而不是老百姓。《汉书》注引服虔的说法是官吏挨户收取人头税,按数出谷,用箕收取。这当然也是指统治者而言。倪璠却把它和"锄耰棘矜"同样释为"布衣起兵",显然误解了《史记》的原意。但南北朝人对这句话,却并没有误解。《宋书·沈攸之传》载江淹为萧道成数沈攸之的罪状说"箕赋深敛,毒被南郢",用的就是这个典故,无疑指的是沈攸之这样的上层人物。《魏书·出帝纪》载北魏孝武帝元修(即"出帝")的诏书,有"随以箕敛之重,终纳十倍之征"。又《辛雄传》载辛雄上疏魏明帝元诩,有"致令徭役不均,发调违谬,箕敛盈门,囚执满道"之句。这些文章用这个典故,无疑也是指统治者而言。可见倪璠解释这个典故本来不对,而把一个对仗中两句话说成指同一个人也不符合骈文中一般的用法。但倪氏的说法,却有较大影响。近人谭正璧的《庾信诗赋选》,瞿蜕园的《汉魏六朝赋选》都完全接受了他的解释。

其实,庾信说的"头会箕敛者"指的是另一种人,即梁代诸王中和元帝萧绎相对抗的人。他们之间是有互相勾结之事的。如岳阳王萧詧,不但勾结西魏,而且和河东王誉,也互通声气。《梁书·河东王誉传》:"新除雍州刺史张缵密报世祖(元帝萧绎)曰:'河东起兵,岳阳聚米,共为不逞,将袭江陵。'世祖甚惧。"后来萧誉虽被萧绎削平,而萧詧终于靠西魏的力量灭了萧绎。萧誉、萧詧都是诸侯,说他们"合纵缔交",也更确切些。再看下文"将非江表王气,应终三百年乎"(从《周书·庾信传》,本集作"终于三百年乎"),联系萧詧的事,文意也更为连贯。这样解释也更符合梁末的史实。在梁末,一方面统治阶级内部矛盾重重,各谋自立;另一方面地方上一些有实力的人也都想拥兵自强,造成了《陈书·鲁广达传》所说的"时江表将帅,各领部曲,动以千数"的局面。这样"合纵缔交"和"因利乘便"指的也是两件事,更符合对仗的要求。我认为这样解,比倪注似更符合原文的意思。

二 "胡书"

"新野有生祠之庙,河南有胡书之碣"两句,吴兆宜注认为"胡书"指科斗书,即上古的文字。他的根据是任昉《述异记》所引晋伏滔《帝尧功德铭》中有"胡书龟历之文"一语(见《太平御览》卷九三一)。倪璠沿用此说,近人谭正璧亦然。只有瞿蜕园《汉魏六朝赋选》稍有不同,他提出了"一说胡昭所写",与旧说并列。他似乎还不敢否定旧注。但从《哀江南赋》本文看,这两句系叙庾氏祖德,当系实指。"新野"是庾信祖宗的旧居,"有生祠之庙"本不难解。至于"河南有胡书之碣",当然也应是庾氏祖上的实事。在这里扯到尧身上去,未免牵强。考新野庾氏之兴,当在东汉以后,他们得到了东汉初年樊宏的地产,见《后汉书·樊宏传》李贤注。因此立碑之事,很可能在三国前后。而从汉以来,用蝌蚪文立碑,从无其例。至于释作胡昭书写的碑文,则完全可能。胡昭是三国时人,生平附见《三国志·魏书·管宁传》。《三国志》称："昭善史书,与钟繇、邯郸淳、卫觊、韦诞并有名,尺牍之迹,动见楷模焉。"晋卫恒《四体书势》(附见《晋书·卫瓘传》)和庾肩吾《书品论》(见《全梁文》卷六六)都提到了他。而且《三国志》中还讲到魏正始中,庾嶷曾向朝廷称荐胡昭,可见他和庾氏还有一定的交谊。所以作胡昭所书的碑碣,显然比吴、倪二氏的说法妥善。

三 "赤岸"和"赤壁"

"望赤岸而沾衣,舣乌江而不度"句,现在通行的版本,都作"赤壁"。但宋、明旧本大多数作"赤岸",如涵芬楼景宋蜀大字本《周书》,明本《文苑英华》(卷一二九),《四部丛刊》景明屠隆本,明张溥《汉魏六朝百三名家集》本都是一样。从校勘的角度说,当从古本为是。何况《哀江南赋》中前文已有"张辽临于赤壁"句,与此句相去不足一百个字,又出现"赤壁"字样,也不大符合古人作文的习惯。也许这"壁"字是后人因"赤岸"地名比较生疏,不能确指,所以臆改为"赤壁"。倪璠注本在《总释》中,提到了这个异文,并据《文选·七发》注所引山谦之《南徐州记》等材料作注。但对这个异文的是非,不置可否。其实,这里说的"赤岸",其大致的地点是可以考知的,但并不像山谦之所说的在广陵一带。它应在今南京以西的一段江岸上。《南齐书·高帝纪上》载萧道成在刘宋末与桂阳王刘休范作战时,"使宁朔将军高道庆、羽林监陈显达、员外郎王敬则浮舸与贼水战,自新林至赤岸,大破之,烧其船舰,死伤甚众"。"新林"地点,据元胡三省《通鉴(卷一三三)注》"新林浦去今建康城二十里",即今南京市西的江边上,那么"赤岸"当更在其西。但古代的战争,战线不可能太长,所以离开"新林浦"也不会太远。旧注解释这一段文字,说是侯景在巴陵战败后溃退的事情。那么侯景东逃,正是面向赤岸方向,说他"望赤岸而沾衣",完全可通。也许有人说,"赤壁"是曹操兵败之地,与"乌江"这项羽自刎之地对得较切,作"赤岸"就不好相对。我看也不一定。《哀江南赋》中就有"王子滨洛之岁,兰成射策之年"的句子。前一句是典故,后一句是庾信自己的事,但两句也构成对仗。

四 "横雕戈而对霸主"

"横雕戈而对霸主,执金鼓而问贼臣"二句,讲的是王僧辩的事。关于这两句,吴兆宜和倪璠对"横雕戈"一典,都引用《国语·晋语》中秦、晋作战,秦穆公"衡雕戈"出见晋国使者的事情来解释。他们对后一句的"贼臣",明确地指明说是指侯景。至于"霸主"指谁,则回避不注。确实,这"霸主"二字,不像后面"贼臣"指侯景那样明显,所以吴、倪二家对此不予实指,虽然对读者造成一些不便,但还不失为慎重的态度。近人对这两句也许为了帮助读者理解,就作了不同的推测。谭正璧《庾信诗赋选》认为"霸主"和"贼臣"都是指侯景;瞿蜕园则认为"横雕戈而对霸主"是"描写王僧辩全身军装朝见梁元帝"。这两种解释,我看都不确当。

在庾信的文章中,使用"横雕戈"和"执金鼓"作对仗的句子还有一例,可以用来和《哀江南赋》中这两句比较。这就是他写的《周柱国大将军纥于弘神道碑》中的:

常愿执金鼓而问吴王,横雕戈而返齐地。

这两句的文意很清楚,是说纥于弘生前有志于讨平陈和北齐。在这里,"问吴王"是一件事;"返齐地"又是一件事。这说明这两句话指的是两个对象。所以像谭说把"霸主"和"贼臣"看作同指侯景,

恐怕不符庾信原意。再说庾信对侯景是深恶痛绝的,也不可能用
"霸主"这样的字眼去指他。

瞿说比谭说较好的地方,是把"霸主"和"贼臣"分为两人来解
释。这比较合乎骈文一般的惯例。但他这种说法,仍有难通之处。
因为"横雕戈"这一典故,根据《国语》的本意,是一个杀气腾腾的形
象,用以形容王僧辩去朝见梁元帝的情况,就不相符合。因为梁元
帝是王僧辩的君上,而不是他的敌人。这和《国语》及《纥于弘神道
碑》中所用的"横雕戈"的意思都不相同。再说"横雕戈"是手执武
器,和"全身军装"不是一样的意思;称梁元帝为"霸主",也不妥当。
梁元帝是一个皇帝,而"霸主"一词,一般是指诸侯。所以瞿说也不
确切。

那么这前一句话究竟指什么事呢? 我认为是指王僧辩平河东
王萧誉一事。《梁书·河东王誉传》:"后世祖(梁元帝)又遣领军将
军王僧辩代鲍泉攻誉,僧辩筑土山以临城内,日夕苦攻,矢石如雨,
城中将士死伤太半。誉窘急,乃潜装海船,将溃围而出,会其麾下
将慕容华引僧辩入城,誉顾左右皆散,遂被执。"河东王誉作为一个
诸侯,以"霸主"称之,比较合适。再说梁后期骨肉相残的战争,庾
信是很不满意的。他虽然做过梁元帝的官员,但对元帝杀这些诸
侯王的事,在《哀江南赋》中颇有非议。如:说元帝"沉猜则方逞其
欲,藏疾则自矜于己。天下之事没焉,诸侯之心摇矣";"既言多于
忌刻,实志勇于刑残"。所以他对河东王誉并没有用太严重的贬
辞,只用"霸主"去称呼他。这样解释就较合于骈文中对仗的惯例,
也符合"横雕戈"一典的本意。

〔附记〕此文作于 1980 年,现在看来,关于"胡书"的解释,
恐须修改。瞿蜕园先生以"胡书"为胡昭的字迹,是可通的。

但他并列旧说,不失审慎态度。我在此文中对旧说完全摒弃,似武断。考"胡书"乃古代书法的"百体"之一,见《全梁文》卷六七庾元威《论书》。吴兆宜、倪璠以为即科斗书,未必妥当,但作为书体解,似不误。又拙文提到胡昭与庾巘的关系,亦欠妥,因为庾巘乃鄢陵庾氏而非新野庾氏。

关于王褒的生卒年问题

北周作家王褒的生卒年,《周书》和《北史》均无明文记载。但《周书》本传说到他"建德以后,颇参朝议。凡大诏册,皆令褒具草。东宫既建,授太子少保,迁小司空,仍掌纶诰。乘舆行幸,褒常侍从。……寻出为宜州刺史。卒于位,时年六十四"。这说明周武帝建德年间,王褒尚在。他卒于宜州刺史任上,是没有疑问的。因为庾信的《伤王司徒褒》诗有"拥旄裁甸服,垂帷非被边"之句。"拥旄"即指任刺史,而"甸服"当即指宜州,因为该地离周都长安不远,取《国语·周语》"邦内甸服"之意。

今存王褒的文章中有一篇《太子太保中都公陆逞碑铭》,当系晚年所作。《周书·陆逞传》说陆逞"东宫初建,授太子太保,卒"。《王褒传》所谓"东宫既建"和《陆逞传》所说"东宫初建",均指周武帝宇文邕立宣帝宇文赟为太子的事,据同书《武帝纪》载,是建德元年(572)的事。王褒还有两首诗,一首是《奉和赵王途中五韵》;一首是《和赵王隐士》。《奉和赵王途中五韵》中有"村桃拂红粉,岸柳被青丝,锦城遥可望,回鞍念此时"等句。"锦城"当指成都。考《武帝纪》,赵王宇文招是保定二年十一月任益州总管的;因此与诗中"村桃"二句所写景色不符。但《武帝纪》又载,建德元年三月,"赵国公招为大司空",这个时间却与诗中景物相符,说明此诗是建德元年三月所作。问题在于那时宇文招还只是"赵国公",进爵为王是建德三年的事,说明诗题是后来追改的。这首诗一说为庾信作,所以更不能作为建德三年以后王褒尚在的证据。《和赵王隐士》一诗,诗题是否追改,亦无确证。不过庾信有一首《答王司空饷酒》诗。据《周书》本传,王褒任太子少保以后,"迁小司空"。可见此诗至少是建德元年四月以后作,因为宇文赟立为太子是四月的事,当时王褒是太子少保,"迁小司空"当更在其后,可能是建德二年以后之作。结合《本传》"建德之后,颇参朝议"考虑,王褒任太子少保、小司空的时间,大约不止一年,所以《和赵王隐士》一诗,也确有作于建德三年的可能。但建德六年北周灭了北齐,庾信曾上《贺平邺都表》,而王褒却没有类似的文章,我颇疑当时王褒已卒。王褒作品原有二十一卷,今存者寥寥,很可能原有贺表而业已亡佚。我认为这种猜想有一定的道理。据《梁书·王规传》所附载的王褒《幼戒》一文,《梁书》明确说是到北方以前所作。文中称"吾始乎幼学,及于知命"。此文最晚应作于西魏攻克江陵的那一年,即西魏恭帝元年或梁元帝承圣三年(554)。如果把此文的"知命"机械地理解为五十岁的话,那么此年下距建德元年凡十八年之久,王褒已活过六十八岁了,显然与《周书》本传不合。然而古人说话往往有较大折扣,如齐武帝萧赜卒年五十四,而遗诏称"吾行年六十"(见《南齐书·武帝纪》)。这样说,王褒写作此文时间,也应是四十多岁。再考梁元帝萧绎所作《法宝联璧序》(见《广弘明集》卷二一)说那篇文章写作时,萧绎二十七岁,王褒之父王规四十三岁。萧绎死于承圣三年,年四十七,则萧绎写《法宝联璧序》时,正好是他死前也就是王褒入北那一年前二十年(534)。那一年王规四十三岁的话,王褒应为二十岁左右。古人结婚早,父子相差二十岁已经不算小了。假设王规比王褒正好大二十岁的话,王褒入北之年为四十三,那么王褒卒年应为建德四年(575)。这当然也只是推测。但"及于知命"一语是王褒自己的话。一般来说,四十一二岁就自称"及于知命"毕竟早了些,而且《幼戒》也不一定就是承圣三年之作,只能更早些。所以王褒的卒年最晚不得迟于建德四年;最早也不应先于建德二年下半年。因为考庾信《周太子太保步陆逞神道碑》,陆逞是建德二年五月十一日死的;三年正月十日下葬。这说明陆逞死时,王褒还能给他写碑,即使这篇碑文在三年正月陆逞下葬前即已写成,那么王褒至少在二年下半年尚在,就算此文是他的绝笔,那应是建德二年底左右的事了。所以王褒的卒年可能性最大的还是建德三年(574);照年六十四上推,他当生于梁武帝天监十年(511)。

邢劭生平事迹试考

关于北朝作家邢劭的生平,历来很少有人谈及。这主要是由于史料的缺乏。因为《北齐书》的《邢劭传》久已亡佚。今本乃后人取《北史》本传略加删削补入的。至于《北史》本传,记邢劭生平亦甚多疏漏。中华书局标点本《北史》卷四三《校勘记》云:"疑传本《北史》之《邢劭传》,亦非原貌。如以李崇表羼入劭传,以高澄为'武帝'、'宣武',以子大宝之死为侄恕之死等,李延寿不应荒谬至此。必是此传原文已佚,传本乃后人补掇,故多脱误。"(见第1613—1614页)这种推测是很有见地的。

《校勘记》中还因本传的《传论》中有"及明崔㥄之谤言,执侯景之奸使,昔人称孟轲为勇,于文简公见之"诸语,而传中没有提到这些事,也未记邢劭谥"文简"。《校勘记》指出:"明崔㥄之谤言"一事见《北史·崔㥄传》;"执侯景之奸使"一事见《通鉴》卷一六〇,并认为《通鉴》或许本于《三国典略》。此外,《校勘记》还提到邢劭于天保中曾任太子少师,修《麟趾格》,见《北史·李浑传》,修《麟趾格》事又见《洛阳伽蓝记》卷三;还做过"殿中尚书",见《北史·李铉传》(并见该书第1613页)。通过《校勘记》中搜集的史实,我们对邢劭的生平有了较多的了解。但《校勘记》的目的,只在指出《北史》本传的疏误,并不是详考邢劭生平。例如:关于修《麟趾格》的问题,邢劭一生,当有两次。一次是东魏时,一次是北齐天保年间。东魏时那一次,据《洛阳伽蓝记》卷三云:"暨皇居徙邺,民讼殷繁,前格后诏,自相与夺,法吏疑狱,簿领成山。乃敕子才与散骑常侍温子升撰《麟趾新制》十五篇,省府以之决疑,州郡用为治本。"此事《通鉴》卷一五八系于梁武帝大同七年,即东魏孝静帝兴和三年(541)。至于《李浑传》所记修《麟趾格》事,在高洋称帝之后,所以称"文宣(高洋)以魏《麟趾格》未精,诏浑与邢劭、崔㥄、魏收、王昕、李伯伦等修撰"。

邢劭生平,曾任西兖州刺史,还做过兖州刺史。他任西兖州刺史,《北史》本传有明文,但不载任职时间,从此传文义来看,当是高澄入京辅政以后事。考《北史·齐本纪上》高澄辅政在东魏孝静帝天平三年(536)。又据《北齐书·崔暹传》,高澄辅政后,因崔暹的举荐,邢劭被征入邺。当时崔暹与邢劭关系尚好,崔暹在高澄面前还称扬邢劭。又据《北史·邢劭传》载,后来邢劭在高澄面前说崔暹之短,高澄将其言告崔暹,由此结怨,就借邢劭任用妻兄李伯伦向高澄告发,"劭由是被疏"。他"被疏"时间,虽不可确考,但必在高欢死前。邢劭为骠骑、西兖州刺史,则据《北史》本传,应在"被疏"之后。考之《洛阳伽蓝记》卷三云:"武定中,除骠骑大将军西兖州刺史,为政清静,吏民安之。后征为中书令。时戎马在郊,朝廷多事,国礼朝仪,咸自子才出。"武定是东魏孝静帝第三个年号,武定元年为公元五四三年。范祥雍《洛阳伽蓝记校注》所附年表,把邢劭任西兖州刺史定为武定四年(546)时事,虽属推测,似近情理。因为高欢死于武定五年(547)年初,他死后侯景即叛高氏,投向西魏和梁朝。《通鉴》卷一六〇记载邢劭发觉并捕杀侯景所遣潜入西兖州军士事就在这一年初,与高欢之死相隔不远。这说明武定五年初,邢劭已在西兖州刺史任上。所以他赴任时间最晚也得如范氏所说在武定四年,或更早一些。至于他离任时间,《洛阳伽蓝记》虽未记载,但估计也不会迟于武定五年。因为据《北齐书·崔㥄传》:"㥄每以籍地自矜,谓卢元明曰:'天下盛门,唯我与尔,博崔、赵李,何事

者哉!'崔暹闻而衔之。高祖(高欢)葬后,棱又窃言:'黄颔小儿堪
当重任不?'暹外兄李慎以棱言告暹。暹启世宗(高澄),绝棱朝谒。
棱要拜道左。世宗发怒曰:'黄颔小儿,何足拜也!'于是锁棱赴晋
阳而讯之,棱不伏。暹引邢子才为证,子才执无此言。"后来崔棱得
免死,邢劭还起了一定的作用。这段记载对了解邢劭离西兖州还
邺并任中书令时间极为重要。考《北史·齐本纪》上,高欢下葬时间
在武定五年八月。崔棱怀疑高澄能当重任,亦当在此时。因为《北
史·齐本纪》载,此年七月,东魏朝廷已任命高澄为丞相,而高澄到
八月仍在推辞。又,高澄在武定五年六月,从邺还晋阳,八月又到
邺,九月返晋阳。崔暹向高澄告发崔棱,当在此年八、九月间。此
时邢劭当已回到邺城,所以崔棱才能引邢劭为证。又《北史》本传
载,邢劭任中书令后,曾与仆射崔暹争论"旧格制"关于"生两男者,
赏羊五口"的存废问题。考《北齐书·崔暹传》,崔暹任度支尚书兼
仆射是在高欢死后,尚未发表之际,亦即武定五年六月以前。可以
推想邢劭在那一年七、八月间已从西兖州回邺任中书令。《洛阳伽
蓝记》所载史事,多在武定五年前。此书既提到邢劭任中书令,并
谓"国礼朝仪,咸自子才出",更可证明邢劭离西兖州时间当在武定
五年。

至于邢劭任兖州刺史时间,则在北齐孝昭帝高演时,和任西兖
州刺史决非一事。因为考《魏书·地形志》下,"兖州"和"西兖州"并
非一地。《魏书》说:西兖州是"(北魏孝明帝)孝昌三年置,治定陶
城,后治左城"。兖州是"后汉治山阳昌邑,魏晋治廪丘,刘义隆(宋
文帝)治瑕丘,魏因之"。但清人严可均《全北齐文》卷三《邢劭小
传》则显然把"兖州"和"西兖州"混为一地,因而将邢劭任西兖州刺
史时间误为北齐孝昭帝时。他说邢劭"皇建中,出除骠骑将军西兖
州刺史"。他的根据是《北齐书·袁聿修传》:

尚书邢劭与隹修旧款，每于省中语戏，常呼隹修为清郎。大宁初，隹修以太常少卿出使巡省，仍命考校官人得失。经历兖州，时邢劭为兖州刺史，别后，遣送白纻为信。隹修退纻不受，与邢书云："今日仰过，有异常行。瓜田李下，古人所慎，多言可畏，譬之防川，愿得此心，不贻厚责。"邢亦忻然领解，报书云："一日之赠，率尔不思。老夫忽忽意不及此，敬承来旨，吾无间然。弟昔为清郎，今日复作清卿矣。"

严氏《全北齐文》收入了这两封信。他据此推断邢劭出任"西兖州刺史"时间为孝昭帝皇建（560—561）时，其错误即在混淆了"西兖州"和"兖州"的差别。邢劭在北齐时确实做过兖州刺史，出任时间正是孝昭帝时。因为《北齐书·袁隹修传》所称"大宁初"，即皇建二年孝昭帝死去，武成帝即位的当年改元"大宁"，次年又改元为"河清"。"大宁初"实际上只是指公元561年的11月与12月。可见邢劭就任兖州刺史时间，必在皇建二年之前。但皇建元年（560）八月以前，高演尚未称帝，那时是废帝高殷乾明元年。再往上推一年即文宣帝高洋武成十年（559）。高洋即死于此年十月。考《北史·邢劭传》说："及文宣崩，凶礼多见讯访，敕撰哀策。"查高洋的《哀策文》和《谥议》皆出于邢劭之手，见《艺文类聚》卷一四。可见邢劭在高洋及高殷时，都较得意，无被疏外出之可能。出任兖州刺史，当在高演即位之后。所以严可均推断邢劭出任西兖州刺史的时间如果改为"兖州"，则应是正确的。

至于邢劭这次出任兖州刺史，我认为是又一次"被疏"。《北齐书·魏收传》："始收比温子升、邢劭稍为后进，劭既被疏出，子升以罪幽死，收遂大被任用，独步一时。"这里所谓"劭既被疏出"似乎既可指东魏时被疏，也可指北齐时出任兖州刺史。但从《北史·邢劭传》看来，邢劭自西兖州回邺以后，颇受重用。"自除太常卿兼中书监,摄国子祭酒。是时朝臣多守一职,带领二官甚少,劭顿居三职,并是文学之首,当世荣之。幸晋阳,路中频有甘露之瑞,朝臣皆作《甘露颂》,尚书符令劭为之序。"至于北齐时出任兖州刺史以后,则几乎再不见邢劭被任用之事。所以"疏出"疑即任兖州刺史之事。关于被疏出的原因,恐与杨愔被杀一事有牵连。因为邢劭与杨愔交情极深。《北史》本传载,早在北魏末尔朱荣入洛时,他就与杨愔一起避地嵩高山。《北齐书·郑颐传》云:"愔见害之时,邢子才流涕曰:'杨令君虽其人,死日恨不得一佳伴。'"邢劭任兖州刺史时间,正在杨愔被杀后不久。高演杀杨愔是为了夺取政权,而邢劭作为杨愔的友人,也可能因此被疏。杨愔在北齐是一位有才能的官员。《颜氏家训·慕贤篇》:"齐文宣帝即位数年,便沉湎纵恣,略无纲纪,尚能委政尚书令杨遵彦,内外清谧,朝野晏如,各得其所,物无异议,终天保之朝。遵彦后为孝昭所戮,刑政于是衰矣。"邢劭的《冬日伤志诗》中"时事方去矣,抚己独怀哉"疑即指杨愔死后政局而发。

邢劭卒前,曾授特进之官,故称邢特进。授特进的年代已难确考,但可以肯定在武成帝高湛即位之后,因为大宁元年,邢劭尚在兖州任刺史。

邢劭的生卒年《北史》本传亦无记载。他的生年,尚可考知。因为《北齐书·魏收传》云:"收少子才十岁。"同书又载魏收在北魏节闵帝普泰元年(531)时,为二十六岁,则魏收当生于魏宣武帝正始三年(506),而邢劭生年则为魏孝文帝太和二十年(496)。至于邢劭的卒年,已无可考。他活到了武成帝即位,却没有活到北周灭齐,则是肯定的。《北齐书·魏收传》说到北齐后主武平时,颜之推曾向祖珽问及邢、魏关于任昉、沈约优劣的争论,但未说明此时邢、魏二人是否健在。《颜氏家训·文章篇》也记此事,亦未说到两人存殁问题。不过,考《北齐书·魏收传》,魏收卒于武平三年(572),年六十七。同书《祖珽传》及《北史·齐本纪》下载,祖珽在武平三年被贬为北徐州刺史,从此不在邺城。可见邢、魏之争,应在武平三年之前。那一年,邢劭已经七十六岁,是否健在就不可知了。

关于邢劭生平还有两件事,也须加以考订。一件是《北史》本传所载他曾被征入朝,拟派他出使梁朝,后因他"不持威仪"作罢。此事提到了他与魏收及"从子子明"一同被征。考《北史·邢昕传》,"子明"即邢昕字。"天平(534—537)初,与侍中从叔子才、魏季景、魏收同征赴都"。"天平"是东魏孝静帝元善见第一个年号,可知被征事当在孝静帝初年,当时还是高欢执政期间。另一件事是《北齐书·废帝纪》云:"初,文宣命邢劭制帝名殷字正道,帝从而尤之曰:'殷家弟及,正字一止,吾身后儿不得也。'劭惧,请改焉。文宣不许曰:'天也。'因谓孝昭帝曰:'夺但夺,慎勿杀也。'"考北齐废帝死于皇建二年(561),年十七。据此则当生于东魏孝静帝武定二年(544)。当时东魏尚未亡,高欢、高澄尚在。如果说北齐取代东魏之势已成,高欢年纪已不小的话,那么高澄作为高欢的继承者早已确定。高洋何从预知高澄会被兰京所刺杀,而使帝位落到自己身上?他当然更不能预想自己死后把帝位传给儿子的事。这显然是后人附会之辞。废帝的名和字也可能确是邢劭所起,但高洋"从而尤之"及邢劭请求更改之事皆不可信。这是六朝隋唐人作史好杂采小说的缘故。这种风气唐刘知几在《史通》中早已指出过了。

一九八四年三月十五日于北京大学

陆凯《赠范晔诗》志疑

《太平御览》卷九七〇引《荆州记》载有陆凯《赠范晔诗》一首，云：

折花逢驿使，寄与陇头人。江南无所有，聊赠一枝春。

这确是一首清新可喜的好诗。但它的来源及作诗本末，却颇可怀疑。因为照《太平御览》引《荆州记》所载，范晔和陆凯是好朋友，范晔在长安，陆凯在江南，折花以赠。但考《宋书·范晔传》，范晔根本不可能到长安去。因为范晔出仕时，任"高祖（宋武帝刘裕）相国掾"。刘裕做相国是晋安帝义熙十四年（418）六月的事，同年十月，长安已被赫连勃勃攻占，从此以后，刘宋的军队再也没有打到长安。《宋书》中也看不见一点关于范晔在义熙十四年六至十月间曾去长安的影子。可见范晔并未在长安居住。所以《荆州记》所载陆凯赠诗之事，本属可疑。至于诗的作者陆凯是谁？更无从查考。有人以北魏陆俟的孙子陆凯当之。清唐汝谔《古诗解》觉得这个陆凯如果在江南折梅送范晔，未免太不近情理，所以倒了过来，说是范晔折花、作诗赠陆。这样一说，似乎很近理了。其实，这也不对。考《魏书·陆俟传》，陆俟卒于北魏文成帝太安四年（458），卒年六十七，当生于晋孝武帝太元十七年即北魏道武帝登国八年（392）。范晔的卒年据《宋书》的《文帝纪》和《范晔传》，是元嘉二十二年（445），年四十八。可见范晔生年为晋安帝隆安二年（398），比陆凯之祖陆俟仅小六岁，而他又比陆俟早死十三年。范晔和陆俟基本上是同时代的人。至于陆凯之父陆馛，比范晔要小十几岁，范晔怎么能和陆凯为友呢？我们假设陆俟比陆馛大十八岁，陆馛又比陆凯大二十岁（《魏书·陆俟附陆馛传》"馛有六子"，第五子名琇，是凯之兄，则陆凯是兄弟中最小的），那么陆凯生年至少为公元430年，即使如此，范晔死时他才十五六岁，怎么做朋友呢？至于那时南方人唯一可能到长安的时间——义熙十三年至十四年陆凯肯定未出生。因为那些年陆俟刚二十左右，怎么能有孙子呢？何况《魏书·陆俟附陆凯传》载，陆凯"年十五，为中书学生，拜侍御中散"。按照我们上述的假设，那么陆凯出仕之年当为范晔的卒年或前一年。这虽属假设，但陆凯的年龄，根据《魏书·陆俟传》推算不可能更大；他出仕之年也不会再早。所以陆、范友善之说，不可能成立。

如果我们再从史料的来源考虑，更觉此诗颇可怀疑。因为据《太平御览》说，此诗见《荆州记》。我们知道，《荆州记》是刘宋盛弘之所作。《隋书·经籍志二》有《荆州记》三卷，题"宋临川王侍郎盛弘之撰"。"宋临川王"应是临川王刘义庆，则盛弘之和鲍照是同事。今本《鲍参军集》有《送盛侍郎饯候亭》诗，当即其人。北魏郦道元作《水经注》，曾征引过盛弘之《荆州记》，可见在北魏后期，此书已流传到北方。临川王刘义庆卒于元嘉二十一年（444），则范晔死时，盛弘之已离开临川国侍郎之职。范晔因密谋反对宋文帝被杀，这在当时是一件大事，盛弘之如果还在，不可能不知道。他对范晔这样有名文人的生平也未必全无了解，不会说他曾住在长安，更不会把范晔之诗误为陆凯。因为范晔死时，陆凯还很小，南方文人恐怕连他的名字也不知道，更不要说见到他的诗或赠诗给他了。

当然，除了盛弘之《荆州记》外，也许南北朝或隋唐时还有别人作过同名的书，我们现在无法考知。不过，这另一部《荆州记》的记载，当出于后人传闻，并非事实。就算这样，书中所说陆凯，也非指北魏的陆凯。因为陆氏是江南大族，南朝史书虽未见陆凯之名，也未必说明南朝不会有这人物。至于北魏的陆凯,那是鲜卑人。《魏书·官氏志》载,魏神元帝拓跋力微氏,"余部诸姓内入者"有"步六孤氏,后改为陆氏"。范晔死时,北魏尚是太武帝拓跋焘在位之际,步六孤氏是否已改姓"陆",还是疑问。唐以前人颇重谱牒之学,那时一些轶事小说的故事常常不足据,但把鲜卑人步六孤氏误为南方的陆姓,恐还未必如此荒唐。所以唐汝谔的解释,貌似有理,而实际上也不足据。

《典论·论文》"齐气"试释

曹丕《典论·论文》中评王粲、徐幹时有一段话，历来认为比较费解。据《文选》所载原文云：

> 王粲长于辞赋，徐幹时有齐气，然粲之匹也，如粲之《初征》、《登楼》、《槐赋》、《征思》，幹之《玄猿》、《漏卮》、《圆扇》、《橘赋》，虽张、蔡不过也。然于他文，未能称是。

这段文字根据其他典籍所载，有一些异文。据《三国志·魏书·王粲传》裴注所引，作："粲长于辞赋，幹时有逸气，然非粲匹也。"《艺文类聚》卷五六所引，则作："王粲长于词赋，徐幹时有逸气，然粲匹也。"这三部书所载文字的出入，除了《三国志注》删去王、徐二人姓氏以及《艺文类聚》缺了"粲之匹也"的"之"字和"辞"作"词"字似无关大意外，"齐气"与"逸气"，"然"与"然非"两处，都涉及到曹丕究竟如何评价徐幹的问题。

关于《三国志注》所载文字多一"非"字，我觉得当属误衍。因为在雕板印刷发明之前，古籍都是手抄的。而从现存一些唐写本的书籍残卷看来，有一些古书系用草体缮写。在草书中，"然""非"二字形近（"然"作"⿱"，"非"作"⿰"）。可能抄写者误衍一"然"字，而后人又把后一字误认为"非"字。如果通读原文，则"非"字误衍是显而易见的。试想曹丕既认为徐幹"非粲之匹也"，又怎能举两人的赋若干篇，以为"虽张、蔡不过也"？而且曹丕既认为徐幹不足与王粲相比，那么又何必相提并论呢？

至于"齐气"和"逸气"的差异，情况就要复杂得多。从三部书的成书年代说,《三国志注》成于南朝宋代,时间最早;《文选》成于南朝梁代,较之略晚;《艺文类聚》成于唐初,时间又晚一些。不过这三部书迄今均有宋本传世,而宋以前的抄本,除少量残卷外,今已不存,很难判断是《文选》还是《三国志注》与《艺文类聚》的异文究竟谁是谁非。在这个问题上,如果简单地采取"三占从二"的办法,认为作"逸气"为是,倒也有其方便之处,因为作"逸气"的话,似文从字顺。然而这问题却决不是如此简单。因为《文心雕龙·风骨篇》中谈到曹丕论建安诸家时,有"论徐幹,则云'时有齐气';论刘桢,则云'有逸气'"之语。(按:其中说到刘桢"有逸气",见曹丕《与吴质书》;而论徐幹"时有齐气"则正指《典论·论文》而言。可见刘勰所见《典论·论文》与《文选》相同。这个问题近人刘文典先生在《三余札记》中早已指出。)所以历来选录《典论·论文》者大抵仍据《文选》作"齐气",应该说是比较审慎的。

但是,"齐气"二字作何解释,则颇难捉摸。《文选》李善注和李周翰注均释为"齐俗文体舒缓",似欠明确。所以反对者甚多。最近黄晓令同志《〈典论·论文〉中的"齐气"一解》(《文学评论》1982年第6期)据《淮南子·原道训》与《汉书·食货志》中"齐民"之"齐"训"平"、训"等",而断言"齐气"乃"平平之气"或现在所谓"俗气"。我看亦欠妥帖。因为"齐民"之"齐"训"平"不过是"相等"之意,亦即清郝懿行《尔雅义疏》中所谓:"齐者平也,等也,皆也,同也,又整齐也,五者实一义,皆无长短高下之差,故为中也。"(见《释言》)这里的"平也"、"等也"和"平平"的意思尚有区别。至于"平平"亦最多释为"平凡"、"平常",与"俗"更非一事。再看徐幹其人生平行事,似谈不上什么"俗气"。从现存的史料来看,当时人似都认为他高洁而不俗。如:

> 观古今文人,类不护细行,鲜能以名节自立,而伟长独怀

抱文质,恬淡寡欲,有箕山之志,可谓彬彬君子矣。(曹丕《与吴质书》)

昔文帝、陈王以公子之尊,博好文采同声相应,才士并出,惟粲等六人最见名目,而粲特处常伯之官,兴一代之制,然其冲虚德宇,未若徐幹之粹也。(《三国志·魏书·王粲传》陈寿评)

幹清玄体道,六行修备,聪识洽闻,操翰成章,轻官忽禄,不耽世荣。(《三国志·魏书·王粲传》裴注引《先贤行状》)

北海徐伟长不治名高,不求苟得,澹然自守,惟道是务。其有所是非,则托古人以见其意,当时无所褒贬。(《三国志·魏书·王昶传》载《诫子书》)

这些材料都说徐幹为人"温良恭俭让",不慕荣利。后来的谢灵运在《拟魏太子邺中诗》的说明中也称他"少无宦情,有箕颍之心事"。这样的人当然不得以"俗气"目之。

不过,"齐气"二字究作何解?其难处主要在曹丕这几句话针对徐幹的辞赋而言,而徐幹赋迄今所存仅寥寥几句佚文,无法知道它们的风貌。在现存的条件下,只能据"文如其人"的原则,以他的人品去推测他的作品。我看根据当时人对他的评语看来,倒不妨从《礼记·乐记》中所谓"商之诗"、"齐之诗"的"齐"来解"齐气"。《乐记》中记师乙答子贡问的一段话说:

……肆直而慈爱者,宜歌"商";温良而能断者宜歌"齐"。夫歌者,直己而陈德,动己而天地应焉,四时和焉,星晨理焉,万物育焉。故"商"者,五帝之遗声也,商人志之,故谓之"商";"齐"者,三代之遗声也,齐人志之,故谓之"齐"。明乎"商"之诗者,临事而屡断;明乎"齐"之诗者,见利而让也。

这里讲"宜歌齐"的人"温良",其意与"彬彬君子","当时无所褒贬"

相近；"明乎齐之诗者"能"见利而让"，也与"恬淡寡欲，有箕山之志"；"轻官忽禄"；"不求苟得，澹然自守"类似。以《礼记·乐记》之"齐"，释"齐气"之"齐"，似较"舒缓"或"俗气"稍近，因为至少从徐幹的为人方面还可以找到一些旁证。这种解释，也许并不完满，聊备一说，请大家指正。

乐府和古诗

——从《鲍参军集》的版本谈起

清纪昀在《四库全书总目提要》中根据明正德朱应登刊本《鲍参军集》，认为今存的鲍集已非《隋书·经籍志》所著录的十卷本之原来面目。他的理由有三条：一是朱刊本中《代结客少年场行》没有"日中市朝满，车马若川流"二句；二是朱刊本中《拟行路难》第七首的"蹲蹲"二字下有注曰："集作'樽樽'"，"啄"字下有注曰："集作'逐'"；三是朱刊本把《采桑》、《梅花落》、《拟行路难》等放在诗一起而没有放在乐府一起。他说："唐以前人皆解声律，不应舛互若此。"纪昀所说的三点，似都可商榷。

首先，"日中"两句，显系朱应登本误脱，因为现在所见的明本至少有两种版本都不曾脱去这两句。如《四部丛刊》影印明毛扆据宋本手校的《鲍氏集》，其底本也是个明本，却并无脱误；而毛扆所据的那个宋本，似乎也有这两句；其次是张溥的《汉魏六朝百三名家集》本《鲍参军集》，也有这两句①。这两个明本和一个宋本都没有脱漏，这说明仅仅是朱应登本的纰漏，并非传世鲍集的普遍情况。

其次，关于"蹲蹲"和"啄"字下注有"集作"云云的问题，其实只

①　清孙志祖《文选考异》卷二说："圆沙本云，'张本无此二句'。"考张溥原本及清光绪复刻本，都有这两句。

是朱刊本根据《乐府诗集》改了三个字。因为毛扆所用的明本,"蹲蹲"正作"樽樽","啄"正作"逐"。朱刊本大约看到别的鲍集版本都和自己校改的版本不同,才注曰"集作"云云。这只是个别字的更动,还不能说明朱刊本已非《隋志》本来面目,更不能证明毛扆所根据的宋本及他所用的明本,也不是《隋志》所著录的十卷本的原貌。

最后,关于《采桑》等诗的分类问题,我看更难说通。从唐以前的史书看,常常提到某人解音律的话,如《宋书·张永传》说张永"晓音律";《范晔传》也说他"晓音律"。《南齐书·王僧虔传》也说他"解音律";《萧惠基传》也提到他"解音律"。钟嵘《诗品》是反对四声说的急先锋,他说:"古曰诗颂,皆被之金竹。故非调五音无以谐会。若'置酒高堂上','明月照高楼',为韵之音。故三祖之词,文或不工,而韵入歌唱,此重音韵之义也,与世之言宫商异矣。今既不被管弦,亦何取于声律耶?"这都说明早在南北朝,人们也不是"皆解声律"的,所以遇到"解声律"的人,史书还要专门提一句。至于南北朝人作诗,已经"不被管弦",这正像宋词的唱腔久已失传,而填词的人至今不绝。所以纪昀立论的前题,就不合事实。

至于说到唐以前人都通晓声律,因此不可能把乐府诗当作一般的诗歌,我看更难说得通。

事实证明,自汉以来的许多诗歌,在南北朝以及隋唐人编的选本和类书中,有时把它们算作"古诗",有时算作"乐府诗"的例子就更多了。以《古诗十九首》为例,其中就有不少诗被称为乐府诗。如:其中的《生年不满百》,就和乐府诗《西门行》有许多相同的句子。清代的朱彝尊就认为这首诗是从晋乐所奏的《西门行》而来。近人古直曾经加以驳难。不管如何,《生年不满百》和《西门行》的关系确实很明显。古直驳斥朱彝尊说虽说得头头是道,但《西门行》有着"本辞"和"晋乐所奏"的两首歌辞,并不相同。余冠英先生认为《生年不满百》出于《西门行》的本辞,我看是正确的。至于晋乐所奏的歌辞,比本辞多出了好多句子,可能又从《生年不满百》中采取了一些句子入乐。从这个例子可以看出,乐府诗可以改写成普通的诗,普通的诗也可以改编为乐府歌辞,二者间并无截然的界线。

《古诗十九首》中还有一些诗,也有被认为是乐府诗的。如《青青陵下柏》一首,其中"人生天地间,忽如远行客。斗酒相娱乐"三句,见于《北堂书钞》卷一四八,说是"古乐府诗"。《北堂书钞》的编者虞世南虽活到唐代,而此书编于隋时,也可算得"唐以前人",但他把"古诗"说成乐府诗。梁代的萧统编《文选》时又以这首乐府诗为一般古诗。那么两位"唐以前人"的见解就不一样,究竟是谁"舛互"呢?另一首《驱车上东门》,在《艺文类聚》卷四一作《古驱车上东门行》,列入"乐府古诗"一类,后来郭茂倩《乐府诗集》卷六一也把它作为《杂曲歌辞》的"古辞"收入。《艺文类聚》编于唐高祖武德年间,编者欧阳询又是由隋入唐的人,他的看法又和萧统矛盾,这说明唐以前人对乐府诗和一般的诗歌,本无截然界线,他们也并不以此为"舛互"。

至于《古诗十九首》以外的作品,这样的例子也不胜枚举。如古乐府《饮马长城窟行》,《文选》卷二七把它算作乐府诗,说是"古辞",李善注:"言古诗,不知作者姓名。"《艺文类聚》卷四一也认为是"乐府古诗"。《文心雕龙·隐秀篇》虽有人认为是伪作,但据詹锳先生考证,并非确论,而在这一篇中,也有"乐府之《长城》"一语。这说明刘勰、萧统和欧阳询都认为它是乐府古辞。可是陈代徐陵的《玉台新咏》,却又认为它是东汉蔡邕的诗。曹植的《明月照高楼》,《文选》称之为《七哀诗》,《玉台新咏》称之为《杂诗》(五首)的第一首,而《宋书·乐志》则以为是《楚调怨诗》,把它算作乐府诗。

《乐府诗集》卷四一引陈释智匠《古今乐录》也提到"《怨诗行》歌东阿王(即曹植)《明月照高楼》一篇"。这个例子特别值得注意,因为沈约的年代早于萧统,《宋书》又作于齐代;徐陵和智匠都是陈代人。可见齐梁陈三代,人们对这首诗的看法也不一样,即使说"唐以前人"都通晓声律,但对具体的作品也可以各持己见,不相一致。

本来,乐府诗有的是"始皆徒歌,既而被之弦管",有的却是"因弦管金石造哥以被之"。这种情况《宋书》和《晋书》的《乐志》都已说过。这种情况,其实很早就有。如刘邦的《大风歌》本是即兴而作,后来却成了乐歌。《汉书·礼乐志》:"初、高祖既定天下,过沛与故人父老相乐,醉酒欢哀,作风起之诗,令沛中童儿百二十人习而歌之,至孝惠时,以沛宫为原庙,皆令歌儿习吹以相和,常以百二十人为员。"至于汉代的民歌《相和歌》,也是由"徒歌"被之管弦的。至于"因弦管金石造哥以被之"的例子,最明显的无过于《宋书·乐志》中所载的曹操、曹丕和曹睿根据《相和歌》以及《清商三调》中古辞的声调仿作的乐歌,这些例子很多,不多枚举。但那些仿古辞声调而作的乐府诗,未必都真正入乐歌唱。如相传为班婕妤所作的《怨歌行》①,李善《文选注》说:"《歌录》曰:'《怨歌行》,古辞。'然言古者有此曲,而班婕妤拟之。"《宋书·乐志》无录"怨诗"就不载这一首。后来曹植、陆机的不少乐府诗,也不入乐,所以《文心雕龙·乐府篇》说:"子建士衡,咸有佳篇,并无诏伶人,故事谢丝管。"其实除了这种并不入乐歌唱的乐府诗以外,还有本非乐府诗,而被乐官配乐歌唱之例。如《宋书·乐志》所载的《陌上桑》("今有人")不过是改写屈原《九歌·山鬼》;《乐府诗集》卷二五所载的《梁鼓角横吹曲》

---

① 《怨歌行》("新裂齐纨素")虽题班婕妤作,但《文心雕龙·明诗篇》已提到"所以李陵、班婕妤见疑于后代也"。可见南北朝以前就有人存疑。

《紫骝马》,据《古今乐录》说:"'十五从军征'以下是古诗。"这些例子说明,一般的古诗在唐以前,也可以采入乐曲成为乐府诗,而像《西门行》这样的例子,却说明乐府诗也未必不能改写成一般的古诗。这说明把一些乐府诗当作一般的古诗,未必是"舛互",更不一定是后人窜乱的结果。

尤其是鲍照的《采桑》等三首诗,朱刻本所以归入一般的诗而未归入乐府一类,恐怕有其原因。因为《采桑》在《乐府诗集》中归入《相和歌辞》,似乎与《陌上桑》是一类,但鲍照的《采桑》内容和题目均与《陌上桑》的古辞("日出东南隅")不同,虞炎编集时可能认为它与《陌上桑》不是一类作品,而没有把它当作乐府诗。《梅花落》是笛曲,它的古辞今已不存,在南齐时是否尚存,也无佐证。至于《拟行路难》在《乐府诗集》中属杂曲歌辞,这部分作品,沈约《宋书》、王僧虔《技录》皆未谈到,当时掌管乐府的官署中似乎也未谱乐演唱,因此没有把它们算乐府诗,也未必是后人窜乱的结果。因为在唐以前人编的总集中,把未入乐的民歌和文人诗算作一般诗歌的例子也是很多的。如缪袭、陆机、陶渊明的《挽歌》在《文选》中就另立一类,不作为乐府诗对待,而后来《乐府诗集》却把它们附于《相和歌》的《薤露》、《蒿里》之下;《孔雀东南飞》在《玉台新咏》中也只称《古诗为焦仲卿妻作》并不说它是乐府诗。

再说唐以前人对声律是否都很精通,我也觉得有些疑问。因为从现存的材料看,他们对一些乐府诗的曲调,似乎也有异说。如《陌上桑》,本是《相和歌》的曲名,而"日出东南隅"一首,《宋书·乐志》归入"大曲"一类;《乐府诗集》卷二八引《古今乐录》则以为是"瑟调曲",《白头吟》据《乐府诗集》卷四一引《古今乐录》转述王僧虔《技录》说是"楚调曲",而《宋书·乐志》却归入"大曲",又说"与《棹歌》同调",而《棹歌行》却是《瑟调曲》;《怨歌行》的古辞"为君既不易"据《乐府诗集》卷四二引王僧虔《技录》认为是《楚调曲》,并认为是"古辞",而《宋书·乐志四》所列"魏鼙舞歌五篇",有一篇叫"为君既不易",显然指的就是这一首,到了唐欧阳询《艺文类聚》卷四一则干脆说是曹植的作品。这些"唐以前人"对乐曲分类既然有如此纷歧的说法,也必然有人是对的,有人是错的。可见他们"皆解声律"也未免说得太绝对了。

因此,关于鲍照集子的版本,我觉得像《四部丛刊》本的《鲍氏集》,恐怕还是比较可信的。因为据宋人晁公武的《郡斋读书志》、陈振孙的《直斋书录解题》所著录的都是十卷,和《隋书·经籍志》相符。毛扆所用的底本虽是明刊本,但他根据宋本校勘过,不过改了个别错字,可见宋本的基本面貌,和那个明本差不多。我们很难断言《隋志》著录之本,至唐五代业已散佚,而宋本已是经人重新整理过的本子。当然,像张溥《汉魏六朝百三名家集》本,确是重新编排和分卷的本子,那又当别论。

附　录

关于所谓"赵高复辟"问题的旧案

"四人帮"的御用文人曾经炮制过一种离奇的说法,据云:秦二世任用赵高,实现了"奴隶制复辟",而陈胜、吴广的起义则是为了反对"复辟",而不是反对秦朝的苛政云云。他们编造这套谬说,有其反动政治目的,并非探讨学术问题,固无足论。不过他们因赵高姓赵,而指为赵国的本家,则无非是拾清人赵翼的唾余。赵翼《陔余丛考》卷四一《赵高志在复仇》条:

> 赵高之窃权覆国,备载《李斯传》中,天下后世,固无不知其奸恶矣。然《史记索隐》谓高本赵诸公子,痛其国为秦所灭,誓欲报仇,乃自宫以进,卒至杀秦子孙而亡其天下。则高直以勾践事吴之心,为张良报韩之举,此又世论所未及者也。

赵翼虽擅长考史,但这段话却不免是故作翻案文章,缺少确切根据。因为他赵高是"赵诸公子"等语,据云出自《史记索隐》。但考今本《史记》三家注中《索隐》部分,并无这种内容,可能是出于赵氏误记。即使他真见了什么"孤本秘籍",此说亦难以置信,因为这说法和《史记》原文有很大出入,而《索隐》出于唐人司马贞之手,其史料价值自难与《史记》并论。

《史记·蒙恬列传》述赵高身世云:

> 赵高者,诸赵疏远属也。赵高昆弟数人,皆生隐宫,其母被刑僇,世世卑贱。秦王闻高强力,通于狱法,举以为中车府令。

这里已经说到赵高是"生隐宫","世世卑贱"的人,并非"自宫以进"。《史记索隐》本是注释《史记》的,一般不大会与《史记》立异。
何况今本《史记》三家注有一段《索隐》的文字说:

> 刘氏云:盖其父犯官刑,妻子没为官奴婢,妻后野合所生
> 子皆承赵姓,并官之,故云"兄弟生隐宫"。谓"隐宫"者,宦之
> 谓也。(一本无末句。)

这段《索隐》就是为前引《史记·蒙恬列传》的记载所注的。可见正
是《索隐》本身否定了"自宫"之说。如果《索隐》中真有赵翼所说的
那种内容,那么司马贞岂非自相矛盾? 所以赵氏称引《索隐》以证
其说,实则并无根据。

至于《史记·蒙恬列传》所说的"诸赵疏远属也"一语,并不能像
赵翼那样理解为"赵诸公子"。因为"诸赵"一语,犹《史记》、《汉书》
中常用的"诸吕"、"诸窦","赵"乃姓氏,并非国名。这里所谓"诸
赵"即指秦国的王室。因为秦王室虽姓嬴,却又以赵为氏,这在《史
记·秦本纪》中有明文记载:

> (周)缪王以赵城封造父,造父族由此为赵氏。自蜚廉生
> 季胜已下五世至造父,别居赵。⋯⋯以造父之宠,皆蒙赵城,
> 姓赵氏。

同篇又云:"太史公曰:'秦之先为嬴姓。⋯⋯然秦以其先造父封赵
城,为赵氏。'"

《史记·秦始皇本纪》也说:秦始皇"及生,名为政,姓赵氏"。
《索隐》云:"《系本》作政,又生于赵,故曰赵政。一曰:秦与赵同祖,
以赵城为荣,故姓赵氏。"可见司马迁和司马贞都认为秦国君主以
赵为氏。东汉王符《潜夫论·志氏姓》讲到皋陶"其子伯翳,能议百
姓,以佐舜禹扰驯鸟兽,舜赐姓嬴"。其子孙造父被周穆王封于赵
城,"因以为氏"。可见秦王室是嬴姓,却又以赵为氏。《蒙恬列传》
所谓"诸赵疏远属也"乃指赵高是秦王室的本家。根据《史记》本文

及《索隐》说赵高"世世卑贱"和"其父犯宫刑"则赵高之父已为宦官,犯刑时间当在秦灭赵之前,不可能在秦国受刑,也不会是赵国君主的疏属。

在汉人的著作中也有不少文字以"赵"为秦王室的姓氏。如《淮南子·人间训》:"秦王赵政,兼吞天下而亡。"又《泰族训》:"赵政昼决狱而夜理书。"《汉书·陆贾传》:"秦任刑法,卒灭赵氏。"颜注:"郑氏曰:秦之先造父,封于赵城,其后以为姓。张晏曰:庄襄王为质于赵,还为太子,遂称赵氏。师古曰:据《秦本纪》,郑说是。"又《汉书·燕剌王旦传》载刘旦上疏说:"昔秦据南面之位,……其后尉佗入南夷,陈涉呼楚泽,近狎作乱,内外俱发,赵氏无炊火焉。"颜注引韦昭曰:"赵,秦之别氏。"这里除刘旦稍后于司马迁外,陆贾和《淮南子》都早于司马迁,而《索隐》及颜师古注所引前人注释也都主张"赵氏"指秦国的王族。可见自西汉至唐代,多数人均持此说。

三国和六朝的一些文学作品中亦有以"赵"为秦王族姓氏的。如:《文选》曹子建《求自试表》:"绝缨盗马之臣赦,楚赵以济其难。"唐李善注:"此秦而谓之赵者,《史记》曰:赵之先与秦共祖,然则以其同祖,故曰赵焉。"前秦王嘉(一说梁萧绮)撰《拾遗记》也记载一则故事说,"秦王子婴立,凡百日,郎中令赵高谋杀之",子婴梦见秦始皇的鬼魂对他说:"余是天使也,从沙丘来。天下将乱,当有同姓欲相诛暴。"子婴因此怀疑赵高,"囚高于咸阳狱"。这故事虽荒诞不经,但也可见作者认为赵高是秦朝的"同姓者"。

前引那些材料虽然都说明了"赵"是秦王室的姓氏,但它们几乎都没有说清楚一个问题,即在秦汉以前,"姓"和"氏"是有区别的。如《史记》称秦始皇"姓赵氏",就是比较含糊的说法。因此曾引起一些人的误解。如清人阎若璩在《潜丘札记》卷二中,就认为秦始皇生于邯郸,故姓赵氏,并且断言"深得古者天子建德,因生以

赐姓之义"。他还怀疑司马迁谓秦以其先造父封赵城为赵氏之说
不可信。其实在这段文字中，他也沿用了《史记》"姓赵氏"之说，可
见他并不知道古人"姓"和"氏"的区别。这个问题倒是顾炎武说得
比较明确。他在《日知录》卷二三《氏族》条中说："姓氏之称，自太
史公始混为一。本纪于秦始皇则曰姓赵氏，于汉高祖则曰姓刘
氏。"又说："自秦以后之人，以氏为姓，以姓称男，而周制亡而族类
乱。"（同上）但不管先秦时代"姓"和"氏"有多大区别，而秦汉以后
的人，大体以氏为姓，所以司马迁就把以嬴为姓、以赵为氏的秦王
室称为"姓赵氏"。他和赵高是"诸赵疏远属也"，自然即指赵高和
秦王室是本家。《拾遗记》中指赵高为秦王室的"同姓"，也是这个
意思。赵翼说赵高"本赵诸公子，痛其国为秦所灭"，以至"自宫"、
"誓欲报仇"等等说法，显系臆说。他的本意也无非为了故作惊人
之论。至于被"四人帮"的御用文人利用为制造反动舆论的论据，
却也是他始料所不及的。

魏晋南北朝文学史札记

许询的五言诗

　　《世说新语·文学篇》："简文（司马昱）称许掾（询）云：'玄度五
言诗，可谓妙绝时人。'"但许诗存者寥寥。丁福保辑《全晋诗》所录
许询五言诗仅一首，乃咏扇之作。从江淹《杂体诗三十首》中拟许
询的那首诗看来，和孙绰的诗风比较相近。孙绰有一首咏秋景的
诗（"萧瑟仲秋月"）比较被人们所注意，这首诗不但有隐逸思想，而
且有较多的写景成分。历来评论者常常把孙、许并称。由此推测
许询诗风，也应该和孙绰那首诗相近。今考《艺文类聚》卷八八录

许询诗逸句云："青松凝素髓，秋菊落芳英。"不光是写景，而且对仗工整，说明江淹的拟作，逼肖许询诗风。又《文选·江文通杂体诗》录张（当作"孙"）廷尉绰《杂述》注引许询《农里诗》"亹亹玄思得，濯濯情累除"，诗风也与此相类。

任 豫 的 诗

《文选》沈约《宿东园诗》李善注引任预《雪诗》："寒鸢向云啸，悲鸿竟夜嗷。"衡按：此诗亦见《北堂书钞》卷一五六，其下两句："箕飙振地作，毕阴骇曾高。"《北堂书钞》"预"均作"豫"，惟卷一四六有一处引《益州记》时称"任预"。考《隋书·经籍志》有"《礼论条牒》十卷，宋太尉参军任预撰"。"《礼论帖》三卷"，"《答问杂仪》二卷"，都题"任预撰"。又"宋奉朝请《伍缉之集》十二卷"下注云"梁有《任豫集》六卷"，似亡于周师入郢之际，故至隋唐已不复存。

谢灵运《岩下一老翁五少年赞》

《初学记》卷二三载谢灵运《岩下一老翁五少年赞》："岩下一老翁，四五年少者。衡山采药人，路迷粮亦绝。过息岩下坐，正见相对说。一老四五少，仙隐不可别。其书非世教，其人必贤哲。"同书卷五也载有这篇文字，但称之为《衡山诗》。从文字来看，似乎称之为"赞"比较妥当。严可均《全宋文》卷三三收了这篇赞，而丁福保《全宋诗》则不收。衡按：这篇赞的本事见于晋人罗含的《湘中记》。据《艺文类聚》卷八一引《湘中记》云："永和初，有采药衡山者，道迷粮尽，过息岩下，见一老公，四五年少，对执书，告之以饥，与其食物，如署预，指教所去，六日至家，而不复饥。"从这段记载的情节看，谢灵运显然是为这个故事作赞。

左思《招隐诗》

左思《招隐诗》的"白雪停阴冈"句,《四部丛刊》景印宋刻六臣本《文选》作"白云",而胡刻《文选》作"白雪"。衡按:当从胡刻本作"雪"。因为:《世说新语·任诞篇》记王子猷(徽之)雪后咏左思《招隐诗》,"忽忆戴安道(逵)",可见东晋时王徽之所见《招隐诗》本作"雪",所以在雪后咏此诗,这是一。梁刘孝标《世说新语注》引了《招隐诗》原文亦作"雪",这是二。《乐府诗集》卷四四《子夜四时歌》七十五首(晋宋齐辞)的《冬歌》中有"白雪停阴冈,丹华耀阳林。何必丝与竹,山水有清音"。如果作"云",似乎与冬天不相干,作"雪"而入"冬歌",则完全可以理解,这是三。《艺文类聚》卷三六所载《招隐诗》亦作"雪",可见唐初人所见的版本,亦作"雪"字,这是四。因此我认为当从胡刻本。

庾阐的诗歌

近来论山川诗的人往往认为它由玄言诗演化而来。范文澜《文心雕龙注》认为写景诗作较多的以庾阐为最早。庾阐东晋时人,他的诗作有不少游仙的内容。如《艺文类聚》卷七所载的《采药诗》,卷七八所载的《游仙诗》,都属于这一类。按:游仙本是玄言诗的重要内容之一。《世说新语·文学篇》注引《续晋阳秋》:"正始中王弼、何晏好庄、老玄胜之谈,而世遂贵焉。至过江,佛理尤盛。故郭璞五言始会合道家之言而韵之,(许)询及太原孙绰转相祖尚,又加以三世之辞,而《诗》、《骚》之体尽矣。询、绰并为一时文宗,自此作者悉体之,至义熙中谢混始改。"所以庾阐也可以说是一个玄言诗人,他的《衡山诗》就有很浓厚的玄言诗气息。但是,有些诗却说明他对世事并未忘情,如:

拂驾升西岭,寓目临浚波。想望七德曜,咏此九功歌。龙
驷释阳林,朝服集三河。回首盼宇宙,一无济邦家。(《登楚山
诗》,见《艺文类聚》卷七)

这种思想表现得更强烈的是《晋书·简文帝纪》,简文(司马昱)为桓
温所逼,"因咏庾阐诗云:'志士痛朝危,忠臣哀主辱。'遂泣下沾
襟"。(亦见《世说新语·言语篇》,刘孝标注云:"庾阐《从征诗》
也"。)丁福保辑《全晋诗》,未收《晋书》和《世说》所载佚句。其实这
两句却也反映了庾阐的一个方面。考《隋书·经籍志》:"晋给事中
庾阐集九卷。"现在庾阐作品存者不多,所以很难窥其全貌。

江淹的《杂体诗》

江淹的《杂体诗》颇能逼肖原作,所以他所拟的陶诗,竟被后人
误入《陶集》,作为《归园田居》的第六首。这也不足怪。《南史·吉
士瞻传》:"时征士吴苞见其姿容,劝以经学,因诵鲍照诗云:'竖儒
守一经,未足识行藏。'拂衣不顾。"衡按:"竖儒"二句,系江淹《杂体
诗》中拟鲍之作,非鲍诗。李延寿作《南史》,大抵取材于六朝人的
记载,这说明六朝和唐初,已经有人把江淹的拟作误为原作的。现
代人讲文学批评,往往注意那些评骘古人优劣的文字,这当然是一
个方面,但像江淹那样通过拟作来说明前人的创作特点,其实也不
失为批评的一法,值得予以重视。

《木兰诗》中的"耶孃"二字

杜甫《兵车行》中"耶孃妻子走相送",许多研究者多以为是受
《木兰诗》影响。其实呼父曰"耶"、呼母曰"孃",自刘宋时已然,不
始于《木兰诗》。《宋书·王景文(彧)传》:"长子绚,字长素,年七岁,
读《论语》至'周监于二代',外祖何尚之戏之曰:'耶耶乎文哉。'绚

即答曰：'草翁风必偃。'"这是呼父曰耶之例。《南史·齐武帝诸子传》记竟陵文宣王子良事云："武帝为赣县时，与裴后不谐，遣人船送后还都，已登路，子良时年少，在庭前不悦。帝谓曰：'汝何不读书？'子良曰：'孃今何处？何用读书。'帝异之，即召后还县。"这是呼母曰孃之例。可见这种称呼并不始于《木兰诗》，而是刘宋时代即已流行（齐武帝萧赜任赣县令时，也在宋末）。

江淹《游黄蘗山》诗

江淹《游黄蘗山诗》，首二句称："长望竟何极，闽云连越边。""闽"当指今福建一带，而"越"则指今浙江。如果照这样解释，那么"黄蘗山"当在今闽浙二省交界的地方。江淹写这首诗的时间也可能是元徽二年（474）被贬为建安吴兴令，取道浙江赴任时作。从他的《赤亭渚》等诗看来，他被贬建安吴兴令，似是取道浙江的。因为赤亭渚在富春江上，此诗有"路长寒光尽，鸟鸣秋草穷"之句，说明时当秋天。诗中又说"一伤千里极，独望淮海风"，亦似被贬者口吻。我们知道，江淹被贬，是元徽二年下半年的事。因为这一年五月，桂阳王休范叛乱时，江淹还给朝廷写了《敕为朝贤答刘休范书》。若江淹由浙入闽的假设可以成立的话，那么黄蘗山疑即"黄蘗峤"。《宋书·谢方明传》："顷之，孙恩重没会稽，谢琰见害，恩购求方明甚急。方明于上虞载母妹奔东阳，由黄蘗峤出鄱阳附载还都。"从谢方明逃难的路线看，他是由浙江经黄蘗峤向北入江西；而江淹则由浙江经黄蘗峤南向福建浦城。黄蘗峤的地点当在今闽浙赣三省交界处。这里多属山区。这一带的山，常称为"峤"，江淹有《渡泉峤道出诸山之顶》诗。因此我推测此诗当为赴建安、吴兴时作，时间为元徽二年秋冬或三年春。

何逊《九日侍宴乐游苑》诗

这首诗题下注云:"为西封侯作。"按:"封"当是"丰"之误。《梁书·太祖五王传》载,临川静惠王萧宏的儿子正德,封西丰侯。又《临贺王正德传》:"临贺王正德字公和,临川靖惠王弟之子也。……初高祖未有男,养之为子,及高祖践极,便希储贰。后立昭明太子,封正德为西丰侯,邑五百户,自此怨望,恒怀不轨。""封"、"丰"似音近而误。何逊集中有类似之例,如《还渡五洲》诗"戎伤初不辨","伤"即"商"之误。

湛方生诗考补

东晋湛方生诗,丁福保《全晋诗》所辑凡九首,未注出处。其实这九首诗,大抵出于《艺文类聚》和《初学记》:

一、《庐山神仙诗并序》,见《艺文类聚》卷七八。

二、《后斋诗》,见《艺文类聚》卷六四。

三、《帆入南湖》,见《艺文类聚》卷二七。

四、《还都帆》,见《艺文类聚》卷二七。

五、《天晴诗》,见《初学记》卷二。

六、《诸人共讲〈老子〉》,见《初学记》卷二三。

七、《怀归谣》,见《艺文类聚》卷一九。

八、《秋夜诗》,见《艺文类聚》卷三。

九、《游园咏》,见《艺文类聚》卷六五。

衡按:丁本所辑现存湛方生诗,并不全,仅《北堂书钞》所录,就有两首:其中一首是四言诗,见卷一五八,题曰《神仙诗》:"茇(疑当作"爰")有逸客,栖迹幽穴。仰超千里,夷此九折。"又一首是五言的,见同书卷一五四,未注明诗题,共四句:"仲秋有清气,始凉犹未凄。萧萧山闲风,泠泠积石溪。"

常景《四贤赞》

北魏前期的文学很不发达,当时文人诗几乎很少可读之作。《魏书》所载高允的几首四言诗,颇乏文采,不但不足与南朝诗相比,较之十六国一些人的诗(如前秦的赵整等)也大有逊色。北朝文学实际上是魏孝文帝元宏以后,才逐渐兴盛起来的。《魏书·文苑传》:"逮高祖(元宏)驭天,锐情文学,盖以颉颃汉彻(汉武帝刘彻),掩踔曹丕,气韵高艳,才藻独构。衣冠仰止,咸慕新风。肃宗(宣武帝元恪)历位,文雅大盛,学者如牛毛,成者如麟角。孔子曰:'才难,不其然乎!'"魏收对北魏作家有这种贬辞,并非偏见。因为北朝较有成就的诗人如温子升、邢劭和魏收都已到魏末;邢、魏还只能算北齐人。比他们年辈较早而略可称道的,当推常景。常景的诗作,据《魏书·常景传》载,有《四贤赞》和《拟刘琨〈扶风歌〉》十二首。后者今已不存,前者因全文载于《魏书》本传,所以还能读到。从《魏书》所载的四首诗来看,他所赞扬的四个古人:司马相如、王褒、严君平、扬雄,显然和鲍照的《蜀四贤咏》的题材相同。至于这四首诗的思想和手法,却又和颜延之的《五君咏》相近。这说明他是有意识地摹仿颜延之和鲍照的。继之而起的邢劭、魏收,也是一个学沈约,一个学任昉。这说明北朝的文人诗,实际上都是在南朝文学影响下的产物。不过,常景的诗主要学颜、鲍,还比较古朴,至于邢、魏等人的诗,则纯系齐梁那种追求对仗的作品了。

"上党鲍氏"与"东海鲍氏"

鲍照籍贯,《宋书》本传和虞炎《鲍照集序》说法不一,不少研究者大抵采《宋书》之说,而以虞炎之说为不足信。其实"东海鲍氏"

先世,本属上党,所以虞说与《宋书》并无矛盾。一些史籍在讲到东海鲍姓人物,有时也把他们说成上党人。如《晋书·艺术·鲍靓传》:"字太玄,东海人也。……为南海太守。"同书《葛洪传》:"(洪)后师事南海太守上党鲍玄。……以女妻洪。"鲍玄当指鲍靓的字"太玄"。因为从时代来看,鲍靓和葛洪同时而略早,做他的老师兼岳父是完全可能的。再说从《晋书·艺术传》所记鲍靓行事,确与《葛洪传》所说"内学"、"逆占将来"相符;官职又同为"南海太守",足证鲍靓即"鲍玄"。《晋书》所以在《艺术传》中说鲍靓为"东海人"而在《葛洪传》中说他是"上党人"即因东海鲍氏原出上党。这亦可为虞说不误作一佐证。

关于周弘正《答林法师诗》

周弘正《答林法师诗》见《艺文类聚》卷二九,而《初学记》则作江总诗,题为《同庾信答林法师》。按:"林法师"疑即任道林,北周同州法师。庾信赠林法师诗今佚。从庾信生平看,他和周弘正的关系比江总深。考《陈书·江总传》,江总到长安时间当在开皇九年(589)正月以后,而庾信则卒于开皇元年(581),两人不可能在长安见面。而周弘正则完全有此可能。考《陈书·周弘正传》,弘正于天嘉元年(560)使周,他的卒年为太建六年(574),年七十九。他出使时年当六十五,诗言:"客行七十岁,岁暮远徂征。"是举约数而言。诗中又说:"君看日远近,为忖长安城。"更可确定为出使北周时作。《初学记》作江总,显误,但题作《同庾信答林法师》,却也说明此诗乃周弘正作,因为周弘正使长安时,庾信曾有赠诗,见今本《庾子山集》。

辨《梁书·刘孝绰传》

　　《梁书·刘孝绰传》:"(刘)绘齐世掌诏诰,孝绰年未志学,绘常使代草之,父党沈约、任昉、范云等闻其名,并命驾先造焉。昉尤相赏好。范云年长绘十余岁,其子季才与孝绰年并十四五,及云遇孝绰,便申伯季,乃命季才拜之。"这段记载,恐出于当时传闻,因为所叙刘绘、刘孝绰年龄都和史实不合。因为根据《南齐书·刘绘传》与《梁书·范云传》所载范云、刘绘年龄,两人相差不到"十余岁"。《南齐书·刘绘传》载:"(绘)中兴二年(502)卒,年四十五。"据此,他当生于宋孝武帝大明二年(458)。《梁书·范云传》则载范云卒于梁武帝天监二年(503),"时年五十三"。据此,他当生于宋文帝元嘉二十八年(451)。范云和刘绘的年龄实际上相差仅七岁,并无"十余岁"之多。以情理而论,《南齐书·刘绘传》和《梁书·范云传》的记载,当较《刘孝绰传》为可信。因为《南齐书》作者萧子显是齐的宗室,据《梁书》本传载,他卒于大同三年(537)左右,年四十九,当生于齐武帝永明六年或七年。刘绘、范云死时,他年已十三四岁,当较唐代姚思廉作《梁书》之出于追记不同。即以《梁书》而论,范云是梁代开国功臣,官位较高,史官所存材料当也会多些,所以错误的可能性不大。至于《刘孝绰传》则记载有误,很可能是出于传闻。再说《梁书·刘孝绰传》这段话,和这篇传本身关于刘孝绰生卒年的记载也有矛盾。据本传下文说:"(孝绰)大同五年卒官,时年五十九。"大同五年为公元五三九年,可见其生年当为南齐高帝建元三年(481)。考《南齐书·刘绘传》,刘绘"掌诏诰"的时代是永明年间,还说到:"永明末,京邑人士盛为文章谈义,皆凑竟陵王西邸,绘为后进领袖。"据此,他掌诏诰时间,最晚不得后于永明十一年(493)。那么刘孝绰当时只有十三岁,也和《梁书》所谓"年十四五"不合。

何况所谓"永明末"还不能确指为十一年。所以《梁书·刘孝绰传》这段记载,恐不足凭信。

徐摛生卒年

《梁书·徐摛传》:"太宗(简文帝)后被幽闭,摛不获朝谒,因感气疾而卒,年七十八。"所载徐摛卒年似无问题,但年龄则恐有误。考《梁书·简文帝纪》及《侯景传》,简文被侯景幽闭是大宝二年(551)的事。如徐摛死于此年,当生于宋后废帝元徽二年(474)。但据梁元帝萧绎《法宝联璧序》(见《广弘明集》卷二〇)则谓萧绎二十七年时,徐摛年六十四。据《梁书·元帝纪》,萧绎死时年四十七,即承圣三年(554)西魏攻陷江陵之际。因此《法宝联璧序》当作于江陵被攻克之前二十年,亦即梁武帝中大通六年(534)。此年徐摛年六十四,则当生于宋明帝泰始七年(471)。照《法宝联璧序》所记年龄算,徐摛卒于大宝二年,得年为八十一。徐陵有《与王僧辩书》称:"太清六年六月五日,孤子徐君顿首。"太清六年即大宝二年的次年,亦即元帝承圣元年(552)。萧绎不承认大宝年号,而"承圣"改号则为那一年十一月的事,徐陵自称"孤子",说明当时徐摛刚死,尚未终服,知大宝二年之说不误。据此徐摛当生于泰始七年(471)。

徐陵《杂曲》

徐陵《杂曲》,清吴兆宜注《徐孝穆集》以为美张贵妃之作。诗中有"张星旧在天河上,从来张姓本连天"之句,确很像称美张贵妃的口吻。但据《陈书·徐陵传》,徐陵卒于陈后主至德元年(583),不在江总等"狎客"之列。再看诗中有"宫中本造鸳鸯殿,为谁新起凤凰楼"之句,似指《陈书·皇后传》所载至德二年(584)"于光照殿前起临春、结绮、望仙三阁"而言。此显系徐陵身后之事,不可能出现于徐陵集中,恐是后人误将江总等"狎客"所作误为徐陵作品。南北朝人的集子原本大抵早已亡佚,今所见者均系后人搜辑而成。这些集子中误把某甲诗文编入某乙名下的例子数见不鲜。《徐孝穆集》确有一些作品存在争论。如《别庚正员》一诗,亦作张正见诗,即其一例。

读书笔记八则

孟嘉论乐

陶渊明《晋故征西大将军长史孟府君传》载孟嘉与桓温问答之辞云:

又问听妓,丝不如竹,竹不如肉。答曰:"渐近自然。"

近人逯钦立注以为"弦奏用手,远于自然;管奏用口,较近自然;用喉歌唱,最近自然。"(中华书局版第 174 页)其说诚是。然孟嘉此论,虽貌似玄谈,而实本儒术。《礼记·郊特牲》:"歌者在上,匏竹在下,贵人声也。"孟嘉所谓"渐近自然"者,实亦"贵人声"之义。盖清谈家虽尚玄虚,其兼治儒学者亦不乏人。王弼注《老子》,亦注《易》;何晏作《道德论》,亦为《论语》作注。乐广自是清谈名家,而《世说新语·德行》记其斥王澄、胡母辅之云:"名教中自有乐地,何为乃尔也。"又《文学》云:"阮宣子有令闻,太尉王夷甫见而问曰:'老庄与圣教同异。'对曰:'将无同。'太尉善其言,辟之为掾。"此皆清谈家不废儒术之证。降及东晋,"名教"与"自然"益趋溶合。孟嘉此论即其一例。

"狸膏斗鸡"与《庄子》真伪

曹植《斗鸡诗》云:"愿得狸膏助,常得擅此场。"梁简文帝《鸡鸣诗》用其典曰:"陈思助斗协狸膏。"然狸膏之典出于《庄子》,非创自陈思王也。《艺文类聚》卷九一引《庄子》曰:"庄子谓惠子曰:羊沟之鸡,三岁为株,相者视之,则非良鸡也。然而数以胜人者,以狸膏涂其头。"按:《艺文类聚》引此文,于"羊沟之鸡"下有司马彪注:"羊沟,斗鸡之处";"三岁为株"下云:"株,魁师";"以狸膏涂其头"下云:"鸡畏狸也"。考唐陆德明《经典释文》卷一云:

> 然庄生宏才命世,辞趣华深,正言若反,故莫能畅其弘致。后人增足,渐失其真。故郭子玄云:"一曲之才,妄窜奇说,若《阏弈》、《意脩》之首,《危言》、《游凫》、《子胥》之篇,凡诸巧杂,十分有三。"《汉书·艺文志》:《庄子》五十二篇。即司马彪、孟氏所注是也。言多诡诞,或似《山海经》,或类占梦书。故注者以意去取,其内篇众家并同,自余或有外而无杂。唯子玄所注,特会庄生之旨,故为世所贵。

据此则"狸膏"之典虽不见今本《庄子》,而确为五十二篇中文字。唯晋宋以后,世人习见向、郭注,故梁简文帝乃以此典归诸陈思。然司马彪注至唐初尚存,故《经典释文》能言其概要;《艺文类聚》能引其文字。清姚鼐《庄子章义序》尝病郭象注删去十九篇,谓其中或有合庄生本意者。此言洵非无见。然窃以为庄生所作者,当限于"内篇"。历来学者推内篇为真,此自魏晋以来皆然。故陆氏谓诸注家以意去取,唯"内篇"并同。郭氏注实本向秀,见《世产新语·文学》。疑"内篇"与"外篇"、"杂篇"之分,早在三国之前。至于六朝人读《庄子》,则亦往往限于"内篇"。《宋书·谢灵运传论》云:"博物止乎七篇。"沈约通人也,《梁书》载,任昉卒后,梁武帝尝使约校其藏书。其于梁以前典籍知之甚审。是知以"内篇"为庄生自作，"外篇"、"杂篇"为后人所续之说，不可轻议也。

汉《曹全碑》与《左传》真伪

《后汉书·贾逵传》载逵上书章帝，议立《左氏》，有"又五经家皆无以证图谶，明刘氏为尧后者，而《左氏》独有明文"之语。后人多据此谓《左传·文公十三年》记士会归晋事中"其处者为刘氏"一语及《襄公二十四年》记范宣子语："昔匄之祖，自虞以上为陶唐氏"诸语，均出刘歆窜乱。持此论者辄谓指刘氏为尧后者，言尧禅于舜，所以助王莽篡汉也；东汉诸帝所以言汉为尧后者，言刘氏有再受命之符也。其说虽辩，然其立论实为牵强。夫后世史事之可以附会古书者，未必尽是作伪，亦有后人有意附会古事以定其封号者。如代汉者"当涂高"，自光武之世已有，故曹操封"魏"，以"魏阙"附会"当涂高"；宋季初议封萧道成为梁王，而道成以有"金刀利刃齐刘之"之谶，易之曰"齐"。焉知非王莽利用《左传》原文，而必谓刘歆窜入也。

若《左传》此文必是刘歆窜入，则前人文字符合后人政治目的者多矣。《三国志·魏书·蒋济传》裴注引魏武《家传》，自云"曹叔振铎之后"。魏武夙以周文王自居，其托言叔振铎之后亦以自附于人周文王之苗裔也。虽然，曹姓出于叔振铎之说，实不倡自魏武。考《汉郃阳令曹全碑》云："其先盖周之胄，武王秉乾之机，剪伐殷商，既定尔勋，福禄攸同，封弟叔振铎于曹，□（因）氏焉。"此碑建于中平二年（185），时魏武尚未起兵诛董卓，作此碑者断无助魏篡汉之意，亦不可谓此碑出魏人伪造。若以汉为尧后之说必属刘歆窜乱，则此碑恐亦出邺下文人之手矣！

《史记·秦始皇本纪》之"海渚"

余读《史记·秦始皇本纪》至"渡海渚"一语，颇疑有误。考张守节《正义》曰："《括地志》云：舒州同安县东。按：舒州在江中，疑'海'字误，即此州也。"张氏谓"海"字有误，是也，然究系何字？"海渚"当在何地，仍难确考。清梁玉绳《史记志疑》卷五云："案：《正义》以'海'为'江'字之误。《史诠》谓'江渚'一名'牛渚'，即采石矶也，秦时地属丹阳。"然考《正义》未断言"海"即"江"字之误，二字形、声均不相近，以"海"为"江"，且以采石矶当之，恐亦失武断。

清张文虎校刊本《札记》则据《太平御览·皇王部》所引文字作"梅渚"。余查宋刊本《御览》，实作"梅"字，颇疑当是"梅渚"。后读刘盼遂先生《论衡集解》，以《论衡》亦作"梅渚"，故亦以为"海"乃"梅"之误（见《论衡集解》1957 年版第 520 页）。窃以为张、刘之说似胜前人。盖"梅渚"者，即"梅根渚"，其地距《正义》所谓舒州不远，南齐武帝《估客乐》所谓"阻潮梅根渚"当即其地。然此亦假设而已，尚无确切之版本根据。

1982 年秋东游日本，水泽利忠教授赠以《史记会注考证校补》。归国后披读此书，知日本所藏《史记》中，"海"字作"梅"者凡七种：一、正平二年（1347）《英房史记抄》本；二、幻云（月舟、寿桂南化玄兴直江兼续旧藏上杉隆宪藏）南宋庆元（1195—1200）本栏外校记；三、枫山文库旧藏宫内厅书陵部藏本；四、狩谷棭齐旧藏宫内厅书陵部藏本；五、三陵西实隆公自笔宫内厅书陵部藏本；及"博士家藏"《史记异字》所引"中彭本"与"中韩本"。足见"海"确为"梅"字之误，日本所藏，尚有未误者。

《文选》与刘孝绰

　　《梁书·刘孝绰传》曰："时昭明太子好士爱文,孝绰与陈郡殷芸、吴郡陆倕、琅邪王筠、彭城到洽等同见宾礼。太子起乐贤堂,乃使画工先图孝绰。太子文章繁富,群才咸欲撰录,太子独使孝绰集而序之。"是知孝绰为昭明所知遇过于诸人。余尝疑昭明之纂《文选》,孝绰颇预其事。试观《文选》所录梁代文人之作似多取沈约、江淹、任昉、范云、丘迟诸人。数子者皆卒于天监中叶以前。至若何逊、吴均、柳恽辈卒于天监末或普通初者,皆不得入选。然《文选》中作者有三人卒于普通年间:一为徐悱,一为刘峻,一为陆倕。陆倕卒于普通七年,其人亦为昭明僚属,其《石阙铭》尝为梁武帝所称赏,《文选》录其文似不费解。至于徐悱,盖孝绰妹婿也。悱父徐勉又贵显。徐诗入选,或与孝绰有关,然尚难断言必孝绰意。至于刘峻之《辨命》、《广绝交》二论所以得入选者,疑是孝绰借以攻到洽者。盖刘峻名位不显,亦未尝服官东宫。《文选》李善注于《广绝交论》"自昔把臂之英,金兰之友,曾无羊舌下泣之仁,宁慕邱成分宅之德"诸句下云:"此谓到洽兄弟也。刘孝标《与诸弟书》曰:'任既假以吹嘘,名登清贯,任云亡未几,子侄漂流沟渠,洽等视之悠然,不相存赡。平原刘峻疾其苟且,乃广朱公叔《绝交论》焉。'"清胡克家《文选考异》卷一〇:"案:'标'当作'绰',各本皆误。本传云:'孝绰诸弟时随藩皆在荆雍,乃与书论共洽不平者十事,其辞皆鄙到氏'"云云,此所引即其一事也。孝绰彭城人,故下称孝标云'平原刘峻'。不知者妄改,绝不可通,今特订正。"道衡谨案:胡氏说是。《考异》所引"本传",即《梁书·刘孝绰传》也。然《与诸弟书》当作于孝绰被黜之后。孝绰与到洽有隙,盖始于同在东宫之时,《梁书》本传谓:"初,孝绰与到洽友善,同游东宫。孝绰自以才优于洽,每于宴坐,嘻鄙其文,洽衔之。"考《梁书·刘峻传》,未尝言刘峻有弟,而孝绰诸弟皆以文名。此益可知《与诸弟书》必孝绰文也。《文选》李注又引刘璠《梁典》云:"刘峻见任昉诸子西华兄弟等流离不能自振,生平旧交莫有收恤。西华冬月著葛布帔,练裙。路逢峻,峻泫然矜之,乃广朱公叔《绝交论》,到溉见其论,抵几于地,终身恨之。"疑孝绰在东宫时,故录刘峻文以刺到氏。又考《梁书·到洽传》,洽普通六年为御史中丞,"七年,出为贞威将军,云麾长史,寻阳太守"。《刘孝绰传》则云:"孝绰为廷尉正,携妾入官府,其母犹停私宅。洽寻为御史中丞,遣令史案其事,遂劾奏之。"据此孝绰免官当为普通六年至七年间。余颇疑《文选》之编纂当在普通年间,盖徐悱、刘峻皆卒于普通二年,时孝绰正游东宫,为昭明所宠礼。至于陆倕之卒于普通七年,而其《石阙铭》入选时,刘孝绰或已免官。盖一书之成,往往得数年而毕其功也。

《董 逃 歌》

《董逃歌》之本词,当即《后汉书·五行志》所载"承乐世,董逃"云云。此歌每句有"董逃"二字,犹《上留田》之每句有"上留田"三字也。唯《上留田》至晋宋已不复歌,文人拟作,仍有其辞,故谢康乐之诗,亦存旧观。《董逃歌》则一变而为"吾欲上谒"之辞,其"董逃"二字在《宋书·乐志》中所载,已经删削。然《宋书》"董逃"作"董桃",盖记其音而已。此"董逃"者,和声之辞,本无含义,"逃"之与"桃"一也。考《后汉书》记此曲之起,在灵帝中平中,时董卓尚未贵显。章怀注引《风俗通》谓"卓以《董逃》之歌,主为己发,大禁绝之,死者千数"。又引杨孚《卓传》曰:"卓改为董安。"此皆董卓贵显之后,以为不吉,已属附会。至后人因董卓之死,遂以此曲真为董卓而发矣。虽然,《董逃歌》列于"相和歌辞",当是汉代乐曲之名。

"吾欲上谒从高山"之辞,乃汉魏人因《董逃歌》之声而作辞。魏武所作《董卓歌辞》(见《三国志·魏书·袁绍传》注引《英雄记》)云:"德故不亏缺,变故自难常。郑康成行酒,伏地气绝,郭景图命尽于园桑。"疑亦是拟《董逃歌》,后人习以《董逃歌》主董卓之事,故误"逃"为"卓"耳。至唐人而"董逃"与董卓几成一事。元微之诗"董逃董逃董卓逃",全咏卓事。其实《董逃歌》与卓何涉?且卓死于吕布之手,不过顷刻,何尝有逃遁之事。

《玉台新咏》释疑

　　《玉台新咏》出自徐陵,见于《隋书·经籍志》。《艺文类聚》引《玉台新咏序》,亦题陈徐陵。此皆初唐之书,欧阳询由隋入唐,且为欧阳纥子。纥本陈将,因反被诛。子询以幼获免。是知陈亡之时,询当已知事,其于徐陵作《玉台》事,不应有误。惟是书颇为后人窜乱,通行诸本若吴兆宜注,则多附益,乃有庾信入北后诗及邢劭诸人之作。然校以明寒山赵氏覆宋本,则其附益之迹,显然可见,似不当复疑此书不出徐陵矣。赵均刊是书,有跋云:"惟武帝之署梁朝,孝穆之列陈衔,并独不称名。此一经其子姓书,一为后人更定无疑也。得此始尽释群疑耳。"窃怪赵本流行之后,疑《玉台》非徐陵作者,当不乏人,乃至有谓出梁元帝徐妃者。然若出徐妃,何得有子山入北后诗?是通行本之出,必在徐妃之后无疑。至于赵本面目,尤不应是徐妃作。徐妃者,元帝后也。当时梁尚未亡,徐妃乃能称阿翁为梁武帝耶?至于简文,元帝兄也。元帝时,简文已卒。元帝追谥之曰"太宗简文皇帝",徐妃不以此称之,而曰"皇太子",有是理耶?且徐妃又何必以孝穆称陵?以理度之,徐妃作《玉台》,断不可通。余以为赵均跋所言,实皆可信。"梁武帝"之称,出后人追改,犹《文选》有陈孔璋《答东阿王笺》,吴季重《答东阿王书》，时曹植尚未封王。至徐陵称字，正可证此书为其后人缮写。赵本序题"陈尚书左仆射太子少傅东海徐陵字孝穆撰"。考《陈书·徐陵传》，"后主即位，迁左光禄大夫太子少傅"，至德元年卒。考《陈书》，后主即位为太建十四年正月事。次年改元至德，则陵为太子少傅，乃卒前一年之事。此断非陵自署，乃其后人所加。考赵本，此书字而不名者凡二人，一为徐陵，一为王融。融之称"元长"者，或徐陵偶有疏忽。陵之称"孝穆"，恐其后人讳陵之名而称其字。今考各本《谢宣城集》，凡谢朓与人联句，他人所作皆署名，于朓独作"府君"字。"府君"者，后人称其先祖也。然朓集可以"府君"称之，《玉台新咏》是选本，称"府君"则不知伊谁之云矣。其子孙不敢直书其名，故书其字。此足证《玉台》实出陵手。赵本尚存其本来面目。虽然，此书亦已有附益之迹。如卷九末所附沈约《八咏》六首。疑刊本所据唐宋人抄本已然。然则《玉台新咏》之为人窜乱，盖不自明代始矣。

可否也谈谈形式问题

评价一部作品，当然首先要看它的思想内容，但文学作品的形式对它的优劣也起着重要作用。一部作品虽有好的内容，如果没有完善的艺术形式去表现它，很可能显得缺乏文采，不能对读者产生强烈的感染力。即使是辞句的修饰，音节的安排等问题，常常也能对作品产生很大的影响。尤其是诗、词、戏曲等文学体裁，这些规格和技巧问题更具有严重的意义。古今中外的伟大作家对这些问题都十分重视。杜甫自称"晚节渐于诗律细"，马雅可夫斯基也把诗歌语言的提炼工作比作从沥青中取镭。这些事例正足以说明他们创作态度的严肃。事实上一字之差往往能使一首诗增加不少光彩。"僧敲月下门"和"僧推月下门","春风又绿江南岸"和"春风又到江南岸"的差别就是最好的例子。我们经常感到有些诗不大像诗，这和形式与技巧方面也有相当关系。然而，这个问题在有些同志心目中，却还没有得到应有的重视。甚至一提到形式问题，就担心会犯形式主义的错误。

　　这种过于忽视形式的思想，在古典文学研究工作中也很清楚。具体到一些评价古典作家和作品的论著来说，总是光谈作品的思想内容，很少指出作家的艺术创作特色，至于一些形式方面的问题则几乎闭口不谈。而其实在文学史上确实有一些作家和作品，在形式方面有着重要的创造和发展，是需要加以阐述的。例如：曹植在建安作家中所以具有突出的地位，这决不是仅仅由于他的作品流传较多，主要还是在作品的质量方面。然而，一些同志关于曹植的评论却常常集中于他和曹丕的优劣问题。事实上曹植的作品即以思想内容而论，也比曹丕的作品来得宽广和深刻。如果从形式方面看，曹植的创造和贡献则更有突出的地方。像起兴句的使用，辞藻和对仗的讲究，都对后人有重大的影响。在这些方面，研究者们几乎很少谈到，即使涉及到，却又片面地加以责难。似乎使用了对仗，讲究了辞藻，就是形式主义的倾向，甚至齐梁的绮靡文风也得叫曹植分担若干责任似的。又如：谢灵运这样的作家，他的贡献与其说在思想内容方面，毋宁说主要在于形式技巧方面。他所代表的那种"俪采百字之偶，争价一句之奇，情必极貌以写物，辞必穷力而追新"的诗风①，对后来的诗人有坏影响但也有好影响。这两种影响，在目前一些有关的论文和著作中，分析也是很少的。至于沈约的"四声八病说"在诗歌格律方面所起的作用，则更少为人肯

---

①　见《文心雕龙·明诗篇》。纪昀评："谢客为之倡。"

定。不少同志一谈起沈约,就常常爱给他扣上一顶"形式主义"的帽子。

即从近来一些研究《文心雕龙》的论文看,这种偏见的影响也颇显著。不少同志虽然肯定了《文心雕龙》在反对形式主义风气的战斗作用,却往往有人说刘勰自己也受了形式主义的影响。他们的根据就是《文心雕龙》也是用对偶文写的,而且在书中有《声律》、《丽辞》等篇,专门讲求文章的音节、修辞、对仗等等形式问题。这些主张在某种程度上和齐梁作家的看法一致。其实,刘勰著作的研求声律形式等,则未可厚非。即以辞藻华丽来说,对作品也常能起好作用。过于讲究辞藻,自然会给人雕绘满眼之感,但过于质朴,亦未始不使人觉得拙陋。就是声律和对仗,对诗歌、骈文来说,情况则更不同。例如骈文、律诗如果不讲平仄,不用对仗,就不成其为骈文和律诗了。刘勰的《文心雕龙》既然泛论一切文体,当然不应该对当时流行的文体一字不谈。既然要谈当时文体,那么这些规格、技巧的问题又怎能不加以探讨呢? 即使是一些不少讲平仄和对仗的古诗、散文,如果适当地注意一下声律和字句工整,来加强它们的节奏感和诗文的色泽,也是有好处的。大凡一种文体,都不能不有它一定的规格或格律。只要作者能掌握这些格律,也未尝不可以自由自在地用来表现自己的生活与思想。尽管各种文体都有它的局限性,适宜于表现这些题材或不适于表现那些题材,这都必须由作家灵活地加以掌握。更何况文学史上的事实告诉我们,格律严整的文体,也何尝不可以产生伟大的和杰出的作品? 我们反对形式主义,主要是因为它光看到形式而不注意内容,或借此偷运某些落后与反动的内容。至于作品的质木无文或缺乏节奏感等等,不管怎样说,总会影响到作品的艺术成就。相反地,在形式上加以注意也可以使得作品更为精致与完善而能更好地表现其内

容。所以注意形式问题,其实是有益无害的。有些同志由于怕犯
形式主义的错误,因而不敢谈形式,这样的结果,不仅不能更好地
表现内容,反而妨碍更好地表现内容。这实在是因噎废食的作法。
以此要求今人,则会妨碍创作的发展,以此要求古人,将会抹煞遗
产中不少可资借鉴的东西。

材料、考证和古典文学研究

在古典文学研究中,对材料的理解与使用方面出现某些错误,
有时是很难避免的。这是因为我国古代的典籍浩如烟海,而古典
文学研究工作所遇到的问题又往往涉及许多学科的领域,研究者
个人的知识,总会有所不足。正如古人所谓"生也有涯而知也无
涯",所以出现一些错误,很难苛责。不过作为研究者本人来说,却
应力求避免和减少。

从目前出现的一些情况来说,有的恐不完全是难免的疏忽,颇
有一提之必要。例如:关于《尚书》的"今文"与"伪文"问题,这在学
术界早已有了定论。自从清初阎若璩考定今本"古文尚书"出于晋
人伪造以来,绝大多数学者均无异议。我们的研究者即使没有机
会阅读阎氏的著作,也可以从许多别人的论著中知道这个问题。
然而近年来出版的一些论著,包括一些古代思想史的专著以至某
些讲成语、典故的普及性读物,都对《尚书》中的真篇与伪篇不加分
别,一律引用。这样的学术论著其立论根据就存在问题,势必影响
其科学价值。至于普及性读物,更会给青年人以不正确的知识。

在目前流行的某些选本中,忽视基础知识的现象也较普遍。
例如:近年来不少出版社都出版了古代散文的选注。这些选注本
入选的文章似乎出入甚少,而注释却也大同小异。值得注意的是

这些选注对作品中某些字句的错误解释，竟也常有雷同之处。如汉代贾谊的《过秦论》，自是名篇，不少选本同时入选，这完全可以理解。但这篇文章中有一句"信臣精卒，陈利兵而谁何"。这"谁何"二字，本是指巡逻者对行人呵责、诘问的意思。据《史记索隐》说："崔浩云：'何'或为'呵'。《汉旧仪》：宿卫郎官分五夜谁呵，呵夜行者谁也。'何'、'呵'字同。"此说实为历来一致的解释。前此有《史记集解》引如淳说；后此有颜师古《汉书注》、李善《文选注》等，说法均与《索隐》相同。李善《文选注》还提到汉代有"谁何卒"。宋徐天麟编《西汉会要》，也曾提到"五夜谁何"。所以"谁何"二字的解释，旧注可谓"信而有征"。至于"谁能奈何得他（秦始皇）"之说，最早似出于解放前某书铺出版的一部白话注释《古文观止》一类书。这些书本属书贾牟利的东西，无学术价值可言。可也怪，就这种望文生义的解释，竟造成了如此巨大的影响。以致近年出版的选本有些竟也舍古注而取此曲说。有的虽明知此说与古注不同，也并列二说，不置可否。像这样一种曲解反复在几种选本中出现，不能不使人感到惊讶。

这种望文生义的注释，本来亦见有一些旧注。如前几年出版的一部杜诗的选本。在注《诸将》五首中的"多少材官守泾渭"句时，把"材官"释为"有才能的官吏"，此本于仇兆鳌注。其实"材官"乃汉代的一个兵种，以使用弓弩为特长。《史记》、《汉书》中屡次提到"材官"。如《汉书·申屠嘉传》："申屠嘉，梁人也，以材官蹶张从高帝击项籍。"颜注："如淳曰：'材官之多力能脚踏强弩张之，故曰蹶张。律有蹶张士。'师古曰：今之弩，以手张者曰擘张；以足蹋者曰蹶张。"《晁错传》载《论兵事书》："材官驺发，矢道同的。"颜注引"臣瓒"注云："材常，骑射之官也。"这里讲的是指善射的军人，而非泛指有才能的官吏。这部选本的注者，显然也是不查考两字出处，而随意臆解。

　　除了这些解释方面的错误外，在近年来一些刊物上还出现了某些违反历史事实的提法。例如："宫体诗"这个概念，根据《梁书·简文帝纪》记载，是在简文帝萧纲做了太子以后兴起的。所以历来的文学史家和文学批评史家，使用"宫体诗"时，总是指的梁陈以后的某些诗歌。然而近来有些同志却用起"齐梁宫体"的名词来。其实南齐和梁初本无"宫体"之名。更应该提出的是有的同志还说成名于南齐而卒于天监末普通初的何逊也受了"宫体"影响。这显然不符合历史和文学史的事实。因为何逊死时，萧纲还不过是个十五六岁的孩子，也没有立为太子，何从受他的影响？

　　在近年来的文学刊物和研究、注释工作中还有一种现象也很可注意，那就是有些作者似乎为了通过一些生动的故事，来说明某些创作问题，有时往往忽视这些典故的原意或历史事实。例如：有许多短文大谈韩愈和贾岛商讨"僧敲月下门"中"推"字和"敲"字的优劣问题。作为论诗，这样做也未始不可。然而这故事本身并非事实，却几乎无人提到。考此事见于宋计有功《唐诗纪事》一类记载轶事之书，据云当时韩愈正任京兆尹之职，而韩、贾的友谊也是从此事开始的。但考之史实，则韩愈任京兆尹是在他死前不久，而他与贾岛的交往却要早得多。远在韩愈被贬潮州刺史时，贾岛就有诗赠他。原作俱在，可见此事不过是一种传说。再如：刘禹锡的《酬乐天扬州初逢席上见赠》诗中"沉舟侧畔千帆过，病树前头万木春"两句，本是感叹自己的身世坎坷，情调比较消沉的。后来被借喻为不合潮流的人照例要被抛弃，这不过是一种断章取义的借用。尽管这些使用者们出于各种不同的动机，但毕竟是借用而非确解。古人也有过借喻之例，如《文心雕龙》中《神思篇》之借用《庄子》中"身在江湖，心存魏阙"的典故；《序志篇》中借用《庄子》"生也有涯"

的典故,都与《庄子》原意或用心并不相同。然而这种借用,决不是说明作者认为原典应作新解。但我们一些同志却认为刘禹锡的原诗本身,就包括什么"新生的事物总是要胜利的"原理。这样一来,刘诗后两句"今日听君歌一曲,暂凭杯酒长精神",也就很难说通了。

这些例子说明,我们的古典文学研究者有时过于忽视材料和考证问题,不善于鉴别材料的真伪,甚至可以望文生义,曲解原文。这就可能造成误解,贻误读者。

当然,古典文学研究工作应该而且必然包括很多方面。考证工作只是其中的一端而并非全部。对于每个研究者来说,侧重的方面也可以而且应该有所不同。有些研究者的考证文章流于烦琐的现象,也确实存在。目前有些同志对那些烦琐考证的批评,我也颇有同感。我在这里仅仅是认为在古典文学研究工作中,材料与考证工作也是一个不可忽视的方面。我们不应该把这一工作估价过高,认为考证就是一切;然而也不能对它估计不足,完全忽视它应有的作用。

后　记

这部不像样的小书包括我二十多年来所写文章中自认为尚可保留的部分,其中主要是粉碎"四人帮"以来的八年中所作。至于我在"文革"以前所写的文章,由于认识上有所变化,现在看来大部分都有待修正,所以没有收入。这次所收的像关于陶渊明和江淹的三篇,只是相对地说来还有些保留的余地。把它们收进这个集子,不过是为了说明我认识发展的过程。这些文章中的论点今天看来觉得不免肤浅。由于工作的关系,我近几年来对陶诗还没有重新加以研究,所以还没有机会再写这方面的文章。至于近几年的文章,在认识上也是有发展变化的。例如:关于北朝文学的问题,我在 1979 年和 1980 年时,还认为只是南朝文学的附庸,所以在《略论南北朝文学的评价问题》一文中,对北朝作品讲得很少,即使讲到一些,也只是强调其中与南朝文学相似之处。通过这几年的学习和探讨,我觉得北朝文学从总的方面来说,虽然是模仿南朝的,然而,它亦有其特点及其发展过程。所以后来又写了《试论北朝文学》一文,认为北朝文学也有个发展过程,并且到南北朝后期,北方的作家在某些方面甚至超过了南方。这种说法当然只是个人的一些想法,是否正确,尚待大家指正。此文发表后,我曾于 1982 年秋天访问日本,在京都大学和日本朋友座谈时,有一位先生曾向我提出:"南北朝时代,南北方文人间有没有交流? 北方文学对南方文学有没有产生过影响?"我当时只是根据自己的想法作了一些回答。散会后回到旅馆,邓绍基同志对我说:"这个问题对我们很有启发!"我当时也颇有同感。回国以后,就对这个问题进行了一些探讨,初步提出了自己的看法。恰好当时的任务是编写《中国文学史》中的北朝部分,因此在工作之余,起草了《东晋南北朝时代北方文化对南方文学的影响》一文。但此文初稿刚写完,我忽然得了视网膜脱落,右目失明,休息了半年左右,直到今年,才把这篇文章改出来。这篇文章认为北朝文学也曾影响过南朝。这说法我也只是初步的感想,是否站得住,尚无把握。在这篇文章中,我认为南朝后期文人所以写作大量关于边塞和战争的诗歌是受了北朝民歌的影响,而这些北朝民歌又与《汉横吹曲》有继承关系。这个论点和我过去在《关于北朝乐府民歌》一文中的看法有所不同。像这样的例子,在本书中还有一些,例如:关于鲍照《瓜步山楬文》中"鲍子辞吴客楚,指究归杨"一语的解释,我在《关于鲍照的家世和籍贯》及《鲍照几篇诗文的写作时间》二文中就有所不同。关于何逊的生卒年问题,我前后的看法也不一样。这些都是在探索过程中自己认识的变化。为了保存原来的面目,现在不作修改。

我有些文章和读书笔记,由于藏书少和自己的疏忽,有的论点早已被前辈们指正,而我并不知道。如我在《中华文史论丛》上发表的《魏晋南北朝文学史札记》中有一条关于"清晨登陇首"的作者问题,所据《北堂书钞》的材料,《中国历代文论选》中已经指出过,我没有看到。这次在编本书时,就把这条札记删掉了。《湛方生诗考补》条正是补丁福保《全晋诗》之缺,现在逯钦立《先秦汉魏晋南北朝诗》已出版,与拙文尚有出入,所以此条暂时保留。在本书中,还有些文章曾有同志提出过不同的意见。如《试论汉赋和魏晋南北朝的抒情小赋》一文,对赋的起源的解释,褚斌杰同志曾表示有不同看法,后来他的论文在《文学遗产增刊》十四辑上发表了。我觉得很有道理,将来我进一步研究辞赋时,一定要好好考虑。但我的旧作中,这只是一个论点,且多半是继承刘勰以来的旧说,所以暂时维持原样,姑俟进一步研究以后,在写文章时再作修改。还有同志提到汉赋和汉代神学谶纬的关系,则我至今尚对此存疑。因为"赋"的兴起,最晚也不得迟于枚乘、司马相如。枚乘《七发》的思想似属"杂家",其中有些话,在《吕氏春秋》中已经有了。《七发》末段所列的思想家,就包括了许多学派。司马相如从年代来说,与董仲舒同时,他的赋中虽然有一点仁政、节俭等说法,但很空洞。从他立身行事看来,与儒家也不太一致。至于说他曾教授过经书,那也很难证明他宣扬的就是董仲舒那一套学说。因为汉代初年的人,思想比较复杂。例如:景帝时晁错是从伏胜那里学《尚书》的,后来传授《尚书》的人多与他有关。但晁错的思想就既非儒家,更与谶纬之学无关。这个问题似乎暂时可以各持己见,有待将来作进一步的研究。

　　总的来说,在这本书中,许多论点都不能算成熟的。因为有些问题还要作进一步的探索。在编集这本小书时,我的心情是感到很惶惑、很惭愧的。惶惑的是自己这几年来,虽然努力读了些书,写了几篇文章,然而在茫茫学海中,自己年虽老大,而在学问上却仍然是这样幼稚,所知甚少。今年提出的看法,说不定明年又觉需要修正。这虽然是合乎认识发展规律的现象,但这种情况很多,却也说明自己的幼稚和不成熟。惭愧的是自己从事古典文学研究工作以来,已经三十多年,而成绩却是这样微不足道。这里当然有种种客观的原因,这是众所周知的。然而,即使在这种条件下,也有许多同志做出了不少突出的成绩来。这难道能把一切归之于客观吗?我看是不行的,根本原因还要在自己主观方面去寻找。从根本上来说,我觉得自己这几十年来,有两大思想障碍使自己进步迟缓。一是年青时自以为来日方长，不免缺乏紧迫之感，发表文章，也颇有急功近利之作。这就把不少大好光阴，白白浪费。到了年近"不惑"，才开始觉悟到自己的无知，想要发愤读书，而"十年动乱"已经开始，再想用功，已经很难为力。二是在"文革"以前和近几年中，由于身处顺境，在业务上还有一些积极性，到了十年动乱的逆境中，就心灰意懒，不求上进，任令岁月蹉跎。结果是"少壮不努力，老大徒伤悲"。但愿今后能好自努力，也许"东隅已逝，桑榆非晚"，还可取得一些进步吧！

　　这部小书，本拟取名"汉魏六朝文学史论文集"，因为觉得太长，所以改为《中古文学史论文集》。其实我学习的重点主要在南北朝文学方面。这本书是我第一个论文集，希望读者多加指正，以期我将来的文章能写得比现在好些。

　　本书蒙余冠英先生题签，许觉民、沈玉成同志赐序，谨在此表示衷心的感谢！中华书局文学编辑室的许逸民同志对本书的出版曾大力支持，我也在此衷心表示感谢！

曹道衡

一九八五年十二月